PETER GUSTAV BARTSCHAT

Die Nacht des Kalifen

Roman aus dem alten Bagdad

EDITION MEYSTER

*Für meine liebe Frau Barbara
und meine Katzen
Hitchcock und Godzilla:
Mögt Ihr Eure Näpfe
niemals leer finden.*

© 1993 by edition meyster/nymphenburger
in der F. A. Herbig Verlagsbuchhandlung GmbH, München
Alle Rechte, auch der photomechanischen Vervielfältigung und des
auszugsweisen Abdrucks, vorbehalten.
Schutzumschlag: Bernd und Christel Kaselow, München
Satz: Schaber Datentechnik, Wels
Gesetzt aus 11/13 Punkt Parlament auf Scantext 2000
Druck: Jos. C. Huber KG, Dießen
Binden: R. Oldenbourg, München
Printed in Germany
ISBN 3-485-08231-7

1. Kapitel

Die Nachtreise

Im Namen Allahs, des Allbarmherzigen: Lob und Preis sei ihm, der seine Diener zur Nachtreise vom heiligen Tempel zu Mekka zum fernen Tempel von Jerusalem geführt hat. Diese Reise haben wir gesegnet, damit wir ihm unsere Zeichen zeigen; Allah hört und sieht alles.

Mit lauter Stimme sang ich auf meinem nächtlichen Ritt durch die fruchtbare Ebene, die sich zwischen den Flüssen Euphrat und Tigris erstreckt, diese heiligen Worte aus der siebzehnten Sure. Ich saß, in ein wärmendes Wollgewand gehüllt, hoch auf dem Rücken meiner Kamelstute Nachla und schwankte im Rhythmus ihres leichten Trabes. Das Seil, an dem ich das mit Teppichen beladene Lastkamel mitführte, hatte ich aus Gründen der Bequemlichkeit am hinteren Horn meines Reitsattels festgebunden.

Nachlas regelmäßige Tritte klangen dumpf auf dem festgetrampelten Reitweg, der mich in östlicher Richtung auf die Stadt Bagdad zuführte. Nach Wochen, in denen meine Ohren nichts als das Knirschen des Wüstensandes unter den Hufen der Tiere vernommen hatten, übte dieser Klang des mesopotamischen Bodens eine angenehme Wirkung auf mich aus.

So sang ich denn aus zwei Gründen laut die Worte der siebzehnten Sure: Ich mußte mich selbst wachhalten, damit meine Reise zügig weiter ging – und ich war allein auf der Straße, so daß niemand an meiner wohl etwas eigenwilligen Art des Singens Anstoß nehmen konnte.

Es war eine jener Nächte, in denen der Mond sein Haupt völ-

lig verhüllte, um an der weiten Kugel des Firmaments, die Allah zu seinem Ruhme und zu unserer Ehrfurcht über unseren Häuptern errichtet hat, Platz für die Überzahl der Sterne zu schaffen. In solchen Nächten sollte ein Mann in seinem Tun einhalten, den Blick emporrichten und den Allbarmherzigen preisen.
Ich pries in jener Nacht Allah zwar mit den Worten, die der Engel dem Propheten offenbart hatte, doch nicht mit dem Herzen und dem Geist. Dieser war meinem Ritte vorausgeeilt und befand sich bereits zwischen den Mauern Bagdads.
Mit der Kraft zweier gesunder Kamele und angetrieben durch den ungebeugten Willen meiner Jugend, hatte ich die Strecke von Damaskus bis kurz vor die Tore Bagdads vielleicht schneller zurückgelegt als je ein anderer vor mir. Trotzdem mehrten sich, je näher ich meinem Ziel kam, die Anzeichen, daß es zu spät war. Denn in den Höfen der Karawansereien sprach man über prächtig gekleidete Reisende aus fremden Ländern, die einige Tage vor mir durchgekommen waren und Geschenke für al-Muqtafi bi-amr Allah, den Kalifen und Beherrscher der Gläubigen, mit sich führten.
Der Mensch erfleht oft gerade das Böse, im Glauben, er erflehe das Gute; denn der Mensch ist voreilig. Wir haben den Tag und die Nacht als zwei Zeichen unserer Allmacht eingesetzt. Wir verlöschen das Zeichen der Nacht und lassen das Zeichen des Tages erscheinen, damit ihr durch eure Arbeit die Fülle des Segens des Herrn erlangt und auch die Zahl der Jahre und die Berechnung der Zeit dadurch wissen könnt.
Die siebzehnte Sure, die auch »Die Nachtreise« genannt wird, erschien mir als die passende Begleiterin dieser letzten, gewaltsamen Anstrengung, von der ich hoffte, daß sie mich doch noch rechtzeitig an mein Ziel bringen würde. Nachdem ich den Euphrat überquert hatte und über den blühenden Boden des Zweistromlandes ritt, hatte ich von Tag zu Tag meine Ruhepausen verkürzt. Ich gönnte den Tieren und mir zur Nacht nur noch wenige Stunden Ruhe, unterbrach tagsüber

meinen Ritt kaum lange genug, um die vorgeschriebenen Waschungen und Gebete zu verrichten.
Gestern hatte ich zwei Gruppen von Reisenden überholt, die gleich mir auf dem Weg nach Bagdad waren. Nur wenige Worte hatte ich mit ihnen gewechselt, gerade so viele, wie nötig waren, um ihre Angebote, mich ihnen anzuschließen, auszuschlagen.
Ich war entschlossen, in einer letzten Anstrengung, die mich bis an den Rand der Erschöpfung und darüber hinaus tragen würde, ohne weitere Rast, in einem Ritt von zwei Tagen und einer Nacht, bis in die Stadt zu kommen. Doch vor dem Auge Allahs sind des Menschen Pläne nur eitler Tand, und seine Wünsche sind nichtig wie der Trotz eines Knaben vor dem Stock des Lehrers. Hätte ich auf die Worte gelauscht, die ich sang, vielleicht wäre mir Weisheit und Einsicht daraus erwachsen. Doch ich hatte meinen Blick nur auf mein Ziel gerichtet, und mein Wille beschränkte sich darauf, mich wach und die Tiere in Bewegung zu halten.
Setze nicht neben Allah, den wahren Gott, noch einen anderen Gott, denn sonst fällst du in Schmach und Armut. Dein Herr hat befohlen: nur ihn allein zu verehren und den Eltern, besonders wenn das hohe Alter sie erreicht, Vater oder Mutter oder beide, Gutes zu tun, und daß du nicht zu ihnen sagst: »Pfui« oder sie sonst schmähst, sondern ehrfurchtsvoll zu ihnen sprichst.
Im klaren Licht war der Weg vor mir deutlich genug zu erkennen, so daß ich nicht fürchten mußte, mich zu verirren. Hin und wieder wandte ich den Blick kurz zurück, um zu überprüfen, wie das Lastkamel mitkam. Schwer mit Teppichen bepackt, hatte es eine größere Anstrengung zu vollbringen als meine treue Stute, die mich einige Jahre auf mehreren Reisen begleitet hatte.
Zweimal seit meinem Aufbruch aus Damaskus hatte ich bereits ein neues Packtier erstehen müssen. Zum Glück verstand ich genug von Tieren, um nicht von gerissenen Händlern mit einem schlechten Kauf geprellt zu werden. Doch waren beide

Tiere sicherlich zu teuer bezahlt gewesen. Die Zeit des langen Suchens und des geschickten Verhandelns hatte ich doch nicht erübrigen können.
Dem Verstand eines Kaufmannes mußte meine Reise als ein Musterbeispiel an Dummheit erscheinen. Mit zu teuer bezahlten Tieren ritt ich nach Persien, um dort, im Land der höchsten Webkunst, Teppiche aus Syrien feilzubieten, die, wie liebevoll sie auch gewebt und wie geschickt sie auch gefärbt sein mochten, doch nur auf Gleichgültigkeit bei den Käufern und Mitleid bei den Händlern treffen konnten.
Der Weg führte auf einen Olivenwald zu und in diesen hinein. Zwischen den Bäumen war es zu dunkel, um den Weg und seine Umgebung erkennen zu können. Ich verließ mich auf den Instinkt der Tiere, die ihre Hufe sicherlich auch in der Finsternis richtig zu setzen wußten. Wäre meine Müdigkeit nicht so groß gewesen wie meine Eile, vielleicht hätte ich lieber den Weg verlassen, um den Wald zu umrunden. Schon mancher hat einen Wald betreten und kam niemals mehr heraus. Vielleicht hat mancher, dem es so erging, zuvor überlegt, ob ein kleiner Umweg seine Reise zwar verzögern, aber die glückliche Ankunft um so sicherer machen würde.
Dieweil Nachla mich dem dunklen Schlund, der den Eintritt des Weges in den Wald darstellte, entgegentrug, sang ich weiter mit meiner Stimme, die immer müder und schleppender wurde.
Sage meinen Dienern, daß sie mit den Ungläubigen nur das Beste reden mögen; denn der Satan sucht Uneinigkeit unter ihnen zu stiften, der Satan ist ja ein offenbarer Feind der Menschen. Wohl kennt euch euer Herr, und er ist euch gnädig oder straft euch, je nach seinem Willen. Dich aber haben wir nicht gesandt, ihr Wächter zu sein.
Vor mir gewahrte ich einen hellen Schein. Das Licht des heraufdämmernden neuen Tages kam mir auf meinem Weg nach Osten zwischen den Bäumen des zu Ende gehenden Waldes entgegen.

Ich zwinkerte mit den Lidern, um den Film aus Tränen und Müdigkeit, der sich über meine Pupillen gelegt hatte, zu vertreiben. Die Sterne zeigten mir, daß es erst um die zweite Stunde des neuen Tages war, viel zu früh, als daß der erste Sonnenschein über dem Horizont hätte sichtbar werden können. Vorsicht und Mißtrauen drängten sich in meinen Verstand, doch zu langsam, oh, viel zu langsam, als daß sie noch meine Umkehr hätten erreichen können.

Es mochte das Nachtlager einer Gruppe von Reisenden sein, die die Strecke bis zur nächsten Karawanserei nicht mehr vollendet hatten und sich deshalb am Rande des Waldes oder auf einer Lichtung zur Ruhe begaben. Vielleicht war es auch das glimmende Feuer eines Köhlers, der sein Werk allein und fern von Dörfern und Siedlungen verrichtete.

Selten tut es einem Reisenden wohl, wenn er aus Bequemlichkeit von mehreren Möglichkeiten die vermutet, die ihm die angenehmste ist. Reisende lassen nachts im Wald kein Feuer brennen, und Köhler benutzen kein Olivenholz.

Zwei Bäume wuchsen dicht am Wegesrand, der sich an dieser Stelle zu einem Pfad verengte, der nur so breit war wie ein Kamel. Ihre Äste hingen so tief, daß ich mich unter ihnen bücken mußte.

Verrichte das Gebet beim Untergang der Sonne, bis die Dunkelheit der Nacht heranbricht, und auch das Gebet beim Anbruch des Tages: denn das Morgengebet wird bezeugt.

Ich hatte den Text der Sure weitergesungen, ohne mir dessen bewußt zu sein. Jetzt verstummte ich. Hinter der Verengung weitete sich der Wald rechts und links des Weges zu einer kleinen Lichtung. Die freie Stelle wurde erleuchtet von vier Fackeln, von denen je zwei auf jeder Seite des Weges in der Erde steckten.

Als ich auf die Lichtung ritt, wurde mir klar, was das bedeutete. Doch es war zu spät. Der Wald um die Lichtung war dunkel, ich selbst befand mich inmitten eines hellen Platzes, gut sichtbar für jeden, der zwischen den Bäumen lauern mochte.

Durch meinen Gesang hatte ich mein Kommen längst angekündigt.
Jetzt, da ich für jedermann gut sichtbar war, wurde mir klar, daß ich mitten in einem Hinterhalt steckte. Das Lastkamel hinter mir befand sich noch zwischen den beiden Bäumen an der Wegenge. So konnte ich nicht rasch genug wenden, um in die Dunkelheit zurückzukommen und dort Schutz und Deckung zu finden. Es gab nur einen Weg für mich, und der führte mitten über die Lichtung, zwischen den Fackeln hindurch.
Wäre mir die Ladung des Lasttieres nicht so kostbar gewesen, ich hätte mich von ihm getrennt, um Nachla anzutreiben und so schnell wie möglich den jenseitigen Rand der Lichtung zu erreichen. Vielleicht wäre es mir gelungen, das Seil des zweiten Kamels rechtzeitig vom Sattel zu lösen. Wer auch immer den Hinterhalt vorbereitet hatte, vielleicht hätte er genug gehabt, wenn ihm nur mein Gepäck in die Hände gefallen wäre. Wenn ich nicht so müde gewesen wäre, hätte ich vielleicht die Kamele bereits vor der Lichtung verlassen und mich selbst im Dunkeln auf die Lauer gelegt. Doch für all diese »Vielleichts« war es jetzt zu spät.
Das Wissen um die Falle, in die ich geritten war, ließ mich die Müdigkeit verdrängen. Ich drückte der Stute die Fersen in die Seite, zog den Säbel und stieß gleichzeitig ein lautes »Hatatat« aus. Die Stute, gewohnt, in gefährlicher Lage sofort zu gehorchen, begann zu laufen. Aber schon wurde sie gebremst. Ein protestierender Ruf des Lastkamels ließ mich zurückblicken. Noch immer befand es sich zwischen den Bäumen. Die tiefhängenden Äste hatten sich in der Packlast verhakt und hielten das Tier fest. Nachla lehnte sich nach vorn, um meinem Befehl zu schnellem Lauf zu folgen. Doch plötzlich schien sie es sich anders zu überlegen.
Sie ließ sich auf die Knie der Vorderbeine nieder, als wollte sie Rast machen. Ich trieb sie stärker an, in der Hoffnung, durch einen kräftigen Ruck das Packtier von den Ästen zu lösen.
Nachla machte nun eine Bewegung, als wollte sie aufstehen,

wurde aber von einer stärkeren Kraft daran gehindert. Sie reckte ihren langen Hals empor und schrie wie vor Verzweiflung in die Dunkelheit hinein. Gleichzeitig knickten ihre Hinterläufe ein. Sie neigte sich zur Seite.
Im Lichte der Fackel sah ich, daß der lange Schaft eines Pfeiles ihren Hals durchbohrt hatte.
Nachla kippte nach links, und ich sprang zur selben Seite aus dem Sattel. Zum einen mußte ich die Berührung der zuckenden Hufe vermeiden, um nicht durch sie verletzt zu werden, zum anderen konnte ich mich so schneller aus dem Lichtkreis entfernen. Wenn es mir gelang, ohne Taumeln auf die Füße zu kommen, konnten mich drei oder vier schnelle Sprünge zwischen die Bäume bringen.
Doch es gelang mir nicht. Das Lastkamel kam von den Ästen, die es zurückgehalten hatten, frei und machte einen Sprung nach vorn. Das Verbindungsseil, gerade noch straff gespannt, lockerte sich und legte sich wie ein Fallstrick um meinen rechten Knöchel. Mitten im Sprung wurde ich zurückgerissen und stürzte schwer auf den Boden. Der Atem wurde aus meiner Brust gepreßt, und der Säbel entfiel meiner Hand.
Ich bezwang mich, nicht auf den Schmerz zu achten. Ich hörte den Hufschlag des näher kommenden Kamels. Gleichzeitig ließ die Spannung des Seiles um meinen Fuß nach.
Als ich den Blick hob, waren meine Augen genau auf eine der Fackeln gerichtet. Zwar schloß ich sofort die Lider, aber trotzdem war ich vorübergehend geblendet. Noch mit geschlossenen Augen griff ich in die Richtung, in der ich meinen Säbel vermutete. Meine Hand berührte Erdreich und Blätter, dann stießen meine Fingerkuppen auf etwas Rauhes und Festes. Es mußte der Griff der Waffe sein, der mit Bast umwickelt war, damit er sicherer in der Hand lag.
Ich streckte den Arm weiter aus, um meine Waffe greifen zu können. Da zuckte ein erneuter Schmerz durch meinen Knöchel. Ich wurde davongerissen, weg von meiner Waffe, und über den Boden geschleift. Das Lastkamel war an der gestürz-

ten Stute vorbeigelaufen. Dabei hatte der Strick um mein Bein sich wieder gespannt und mich außer Reichweite des Säbels gezogen.

Zu meinem Glück blieb das Tier jedoch stehen, als es spürte, daß das Seil sich straffte. Wäre es nur wenige Schritte weitergelaufen, so hätte das Seil mir vielleicht den Fuß abgetrennt.

Ich drehte mich in der liegenden Position um und versuchte, mit den Händen an den Strick zu kommen, um mich zu befreien.

Durch meine ledernen Stiefel war das Bein zwar gegen die direkte Einwirkung des Strickes geschützt, aber der Zug war so stark, daß das Blut im Fuß abgeschnürt wurde. Wie ein Fisch, der sich hilflos an der Angel hängend über dem Wasser windet, so hing mein Fuß in der straff gespannten Schlinge über dem Boden und zwang meinen Körper in eine Lage, in der ich nicht einmal aufstehen konnte.

Ich blickte zurück zu meinem Säbel. Jetzt konnte ich ihn zwar deutlich neben dem Weg liegen sehen, aber so wenig erreichen, als hätte ich ihn daheim in Damaskus gelassen.

Es war so still auf der Lichtung, daß ich die Fackeln leise knistern hören konnte. Doch die Stille währte nicht lange. Sie wurde unterbrochen von einer Stimme, die aus der Dunkelheit zu mir herüberklang und die Sure da fortführte, wo ich sie unterbrochen hatte.

Wach auch einen Teil der Nacht und bring ihn in Frömmigkeit und Gebet zu. Dadurch wird dich vielleicht einst dein Herr auf eine hohe und ehrenvolle Stufe erheben. Bete: O Herr, laß meinen Eingang und meinen Ausgang gerecht und wahrhaft sein, und laß mir deinen helfenden Beistand zuteil werden.

Ich blickte aus zusammengekniffenen Augen zwischen den Fackeln hindurch in die Richtung, in der ich den Sprecher vermutete. Außer Schwärze ließ sich jedoch jenseits des Lichtkreises nichts erkennen.

Die Stimme fuhr fort, jetzt nicht mehr zitierend: »Findet Ihr nicht auch, daß die Worte des Propheten wirklich auf jede Si-

tuation passen? Ich wachte einen Teil dieser Nacht, obwohl ich nicht damit rechnete, zu dieser Zeit einen Kaufmann anzutreffen. Und tatsächlich hat mich Allah auf eine hohe und ehrenvolle Stufe erhoben: auf die eines erfolgreichen Räubers nämlich.«
Das Rascheln der Blätter verriet mir, daß sich jemand näherte. Am Rande des Lichtscheins zeichnete sich der Umriß einer Gestalt ab.
»Und in der Tat ließ der Herr den Eingang und Ausgang gerecht werden. Der Eingang der Lichtung führte Euch in meine Falle, und der Ausgang ließ Euch nicht daraus entrinnen.«
Der Umriß füllte sich mit Licht und ließ mich einen Mann erkennen, so groß wie ich, doch breiter und kräftiger gebaut. Langsam, voll Ruhe und Selbstsicherheit, kam er auf mich zu. Dabei sprach er weiter: »Sogar helfender Beistand wurde mir zuteil, denn Eure Tiere wurden lange genug aufgehalten, um mir einen sicheren Schuß zu ermöglichen. Natürlich ist es schade um das edle Tier, das Ihr geritten habt. Aber Eure Waren werden mich sicher dafür entschädigen, denn wer die Mühe auf sich nimmt, nachts durch einen Wald zu reiten, der muß etwas Lohnendes mit sich führen. Was transportiert Ihr unter den Teppichen, die Eure Ladung bedecken?«
Der Sprecher war jetzt nahe genug an mich herangetreten, so daß ich ihn deutlich erkennen konnte. Während mein Blick an ihm emporwanderte, durchquerte er alle Stufen zwischen Pracht und Kargheit. Die Stiefel waren aus feinstem Kalbsleder gefertigt, doch so über und über mit bunten Perlen und kleinen Spiegeln bestückt, daß vom eigentlichen Wesen des Schuhwerks kaum noch etwas übrigblieb. Die rote Pluderhose hatte einen matten, seidigen Schimmer, der ihre Kostbarkeit verriet. Sie war mit Stickereien verziert, die außerordentlich phantasievolle Blumenrankenmuster darstellten.
Um die Hüften hatte er ein breites blaues Tuch geschlungen. Aus dessen Oberkante ragten die Griffe eines Dolches und eines Wurfmessers hervor. An der rechten Seite hing eine zu-

sammengerollte Kurbatsch*, die in den Händen eines Geübten so tödlich ist wie ein Schwert, vielleicht schlimmer, da sie auf größere Entfernung wirkt und ihre Schläge schnell sind wie eine zustoßende Viper. An der linken Seite trug er einen Säbel in einer abgewetzten Lederscheide.
Der Oberkörper des Mannes war fast nackt. Seine Blöße wurde durch eine kurze schwarze Weste mehr betont als verdeckt.
Zwischen einem Kinn, das keine Rundungen kannte, und einer breiten Nase thronte ein buschiger Schnurrbart, schwarz glänzend und sicherlich regelmäßig mit Fett und Öl gepflegt.
Die Augen standen so weit auseinander, als könnten sie ohne Wendung des Kopfes sehen, was im Rücken ihres Besitzers vor sich ging. Das linke Ohr des Mannes fehlte. Eine wulstige Narbe, die von der Stirn bis zum Kinn lief, zeigte, was aus ihm geworden war.
In der rechten Hand hielt der Räuber einen Bogen und einen einzelnen Pfeil.
»Befindet Ihr Euch wohl?« erkundigte er sich in einem Tonfall, als wäre er deswegen ernsthaft besorgt gewesen.
»Das kann doch nur eine rhetorische Frage sein«, erwiderte ich.
»Keineswegs. Ich bin stets bemüht, meinen Geschäftspartnern mit Höflichkeit zu begegnen – jedenfalls soweit die Art meiner Geschäfte dies erlaubt. Aber verzeiht, ich vergaß, mich Euch vorzustellen. Mein Name ist Reza Abbas. Man nennt mich Reza, den Höflichen. Sicherlich habt Ihr schon von mir gehört.«
»Ich muß gestehen, daß das bisher noch nicht der Fall war. Hättet Ihr vielleicht die Güte, mich aufstehen zu lassen?«
»Jetzt seid Ihr derjenige, der eine rhetorische Frage stellt. Erweist mir doch die Ehre, Euch zunächst einmal vorzustellen.«
»Mein Name ist Usama ibn Munqid«, sagte ich. »Ich bin ein Händler aus Damaskus.«

---

* Kurbatsch: Peitsche aus Nilpferdhaut.

»Ihr seid weit von Eurer Heimat entfernt. Womit handelt Ihr, Herr Usama?«
»Wie Euch ein Blick auf mein Kamel sofort zeigt, mit Teppichen.«
»Den Blick auf Euer Kamel habe ich bereits geworfen. Ich frage mich nun, was wohl unter den Teppichen sein mag.«
»Ein Kamel.«
»Ihr kommt aus Syrien, um in Persien Teppiche zu verkaufen?« fragte Reza ungläubig. »Ich hörte bisher nur von Händlern, die in Persien Teppiche einkaufen, um sie in Syrien wieder zu veräußern. Eure Art von Geschäften scheint mir wenig lukrativ. Vielleicht solltet Ihr Euch auf andere Waren verlegen.«
»Das habe ich auch vor. Mit meinem Erlös gedenke ich, mich in Athen als Eulenhändler niederzulassen.«
»Ihr seid ein Mann von Bildung und Humor«, lobte Reza. »Ich glaube, daß Ihr Euch über mich lustig machen wollt.«
»Warum geht Ihr nicht selbst zu meiner Packlast und seht nach? Wenn Euch meine Ware von zu geringem Wert erscheint, laßt Ihr Euch vielleicht überreden, mich meines Weges ziehen zu lassen.«
»Der erste Teil Eures Vorschlages deckt sich mit meinen Plänen. Über den zweiten müssen wir anschließend verhandeln.«
Reza trat an das Packtier und begann, die Verschnürungen zu lösen. Das Kamel, gewohnt, daß eine Arbeit an der Packlast Befreiung von dieser bedeutete, ließ sich zu einer ruhenden Position nieder. Dadurch entspannte sich das Seil, bis mein Fuß auf dem Boden lag.
Ein unangenehmes Kribbeln, das sofort im ganzen Bein einsetzte, zeigte, daß der Kreislauf des Blutes wieder in Gang kam. Ich hätte mich jetzt aus der Schlinge befreien können. Doch mit Vorbedacht stellte ich mich weiter hilflos, da ich noch nicht in der Lage war, sicher aufzutreten.
Während der Räuber begann, die ersten Teppiche abzuladen und auf der Erde auszubreiten, blickte ich mich nach meinem Säbel um. Er war nur wenige Schritte entfernt, doch mußte

ich fürchten, daß Rezas Pfeil mich schneller erreichen würde als ich den Säbel. Zwar hatte Reza Pfeil und Bogen neben dem Tier abgelegt, aber es bedurfte nur eines einzigen Griffes, um sie aufzunehmen und in Anschlag zu bringen.
Auf die erste Schicht der Teppiche fügten sich bald eine zweite und dritte. Hatte Reza die ersten Teppiche noch langsam und vorsichtig heruntergenommen, um eine vielleicht darunter befindliche Kostbarkeit nicht zu beschädigen, so wurden seine Bewegungen jetzt immer schneller. War erst der letzte Teppich entfernt, würde sich seine Aufmerksamkeit wieder auf mich konzentrieren. Mein Angriff mußte also vorher erfolgen, wenn er überraschend kommen sollte. Noch immer hatte ich das Gefühl, als stießen tausend Dschinni[*] mit Nadeln in mein Bein.
Reza türmte weiter Teppich auf Teppich. Schließlich warf er einen der Teppiche aus Ungestüm und Enttäuschung so zur Seite, daß dieser auf den Bogen fiel.
Einen günstigeren Augenblick als den jetzigen konnte ich schwerlich erhoffen. Ich richtete mich auf, zog das Seil mit beiden Händen auf mein Bein zu und lockerte dadurch die Schlinge. Mein Bein kam frei.
Mit den Händen stützte ich mich ab und stemmte mich auf die Füße. Sofort merkte ich, daß mein rechtes Bein mein Gewicht noch nicht tragen konnte. Mein Vorteil beim Angriff konnte nur in der Überraschung liegen, nicht jedoch in meiner Kampfkraft. Ich ließ jeden Gedanken an meinen Säbel fallen und hüpfte statt dessen auf dem linken Bein auf Reza zu.
Ausgerechnet in diesem Moment drehte er sich mir zu. Jedes Zögern würde meinen Vorteil vertun. So ballte ich die rechte Hand zur Faust und schmetterte sie gegen Rezas kantiges Kinn. Schmerz zuckte den Arm hoch bis zu Schulter, als hätte ich statt eines menschlichen Kinnes das einer Statue geschlagen.

---

[*] Dschinni: Plural von »Dschinn« = Geist.

Reza schüttelte den Kopf, doch schien das aus Verwunderung statt aus Schmerz zu geschehen.
Ich hieb ihm mit dem linken Ellbogen in den Bauch, da ich mir von einem Schlag in eine weiche Partie seines Körpers mehr Erfolg versprach. Wenn Rezas Körper überhaupt weiche Partien hatte, so befanden sich diese nicht in seinem Bauch.
Er stieß mit der Hand gegen meine Schulter, und ich fiel zu Boden.
»Warum tut Ihr das, Herr Usama?« fragte er.
»Weil Ihr ein Räuber seid«, sagte ich, während ich auf dem Hosenboden rückwärts rutschte, um außer Reichweite seiner langen Arme zu kommen.
»Bitte, dies ist nicht der Zeitpunkt für Anschuldigungen«, wies er mich zurecht. »Zudem weiß ich, daß ich ein Räuber bin. Und tut Euch selbst den Gefallen, nicht nach Eurem Säbel zu greifen. Ich könnte gezwungen sein, Euch zu verletzen.«
Für Ratschläge, seien sie gutgemeint oder nicht, war ich nicht empfänglich. Es gelang mir, wieder auf die Füße zu kommen. Noch immer wurde ich von meinem rechten Bein behindert, trotzdem mußte es jetzt – zumindest kurzfristig – mein Gewicht tragen. Ich wandte mich um und bewegte mich in einer Mischung aus Springen und Humpeln auf meinen Säbel zu.
Ich erreichte ihn, bückte mich und schloß die rechte Hand um den Griff. Noch während ich mich aufrichtete, wußte ich, daß ich einen Fehler gemacht hatte: Meine Rechte war durch den Schlag fast taub geworden und konnte die Waffe nicht fest genug greifen. Doch jetzt war es zu spät, noch etwas zu ändern.
Schon hörte ich Rezas Schritte hinter mir. Ich drehte mich um und nahm Kampfposition ein.
Reza blieb gerade so weit entfernt von mir stehen, daß ich ihn nicht mit der Klinge erreichen konnte.
»Herr Usama«, sagte er milde, »hört auf den Rat eines erfahrenen Mannes. Ihr seid nicht in der Lage, den Kampf mit mir aufzunehmen, solange Ihr Euch nicht ausgeruht habt. Jetzt solltet Ihr Euren Säbel fortwerfen.«

»Werdet Ihr warten, bis ich in besserer Verfassung bin?« fragte ich.
»Aber gern. Ich stehe Euch jederzeit zur Verfügung, wenn Ihr eine Lektion im Fechten nehmen wollt.«
»Und Ihr werdet mir meine Waren bis dahin nicht rauben?«
»Selbstverständlich werde ich Euch Eure Waren rauben. Schließlich verdiene ich meinen Lebensunterhalt damit. Die Fechtlektion hingegen wäre ein Gefallen, den ich Euch unabhängig davon erweisen würde.«
Ich senkte meinen Säbel und entgegnete: »Ihr habt wohl recht, Herr Reza.«
Reza lächelte und entspannte sich etwas. Ich machte einen Schritt nach vorn und stach mit dem Säbel zu. Ohne sich zurückzuziehen oder auszuweichen machte Reza eine Bewegung, schneller, als ich ihr mit den Augen folgen konnte. Die Kurbatsch sprang wie aus eigenem Antrieb in seine Hand. Mit dem Knauf wischte er meinen Angriff beiseite, so, wie ein Kamel mit der Quaste seines Schwanzes eine lästige Mücke verscheuchen würde.
Ich mußte mit der Linken zugreifen, um die Waffe nicht aus der Hand zu verlieren. Mit beiden Händen schlug ich in einem großen, schwungvollen Bogen nach seinem Hals. Doch im letzten Moment änderte ich die Schlagrichtung und zielte statt dessen auf seinen Unterleib.
Reza bog seinen Körper zurück, während seine Füße die Position hielten. Mit einem Zischen verfehlte meine Waffe ihn um Haaresbreite.
So verlor ich mein Gleichgewicht, taumelte an Reza vorbei und mußte meine ganze Kraft darauf verwenden, nicht hinzustürzen. Die Peitsche knallte dicht neben meinem Ohr, und der Strang traf stärker auf meine Klinge, als es ein Schwerthieb je vermocht hätte. In hohem Bogen flog mein Säbel davon, in die Dunkelheit des Waldes.
»Ihr seid ein schlechter Fechter«, sagte Reza.
»Wenn ich nicht angeschlagen bin, bin ich ein guter Fechter«,

widersprach ich. »Es wäre mir ein Vergnügen gewesen, Euch das zu demonstrieren.«
»Ein guter Fechter weiß aber, wann er zu angeschlagen für einen Kampf ist. Da Ihr nicht auf meine Warnung hören wolltet, müßt Ihr leider Verständnis für dies hier aufbringen.«
»Dies hier« war ein Schlag mit dem Knauf der Peitsche, der mich an der Schläfe traf, als wäre er mit einem Kriegshammer geführt worden.
Meine Ohren vernahmen nur noch ein einziges Dröhnen, die Welt vor meinen Augen verengte sich zu einem schmalen Rohr, von wirbelnden schwarzen Wolken umkreist. Ich spürte gar nicht, wie ich auf den Boden schlug.
Als ich wieder zur Besinnung kam, war es immer noch Nacht, und ich war immer noch auf derselben Lichtung. Ich blickte um mich und sah, daß Reza gerade dabei war, die Teppiche wieder auf mein Kamel zu packen. Neben ihm stand ein zweites Kamel. Ich konnte meinen Oberkörper nicht einmal in eine halbwegs aufrechte Lage bringen, denn meinem Bemühen wurde ein unüberwindliches Hindernis entgegengestellt. Meine Arme ließen sich nicht abstützen. Ich zerrte an ihnen, doch sie frei zu bewegen war unmöglich: Die Ellbogen waren auf dem Rücken zusammengebunden. Wenn ich mich zur Seite wälzte und an meiner Hüfte vorbei spähte, konnte ich einen Strick erkennen, der von den Armfesseln bis hinab zu den Fußgelenken führte, die ebenfalls zusammengebunden waren.
»Das habt Ihr Euch selbst zuzuschreiben, Herr Usama«, sagte Reza, der wohl durch mein angestrengtes Schnaufen auf mein vergebliches Tun aufmerksam geworden war. »Glaubt mir, es tut mir genauso weh wie Euch.«
»Das hat mein Vater auch immer gesagt«, keuchte ich, »aber er hat dabei nicht so breit gelächelt.«
Es gelang mir, in eine sitzende Position zu kommen, als ich mein Gewicht mit gespreizten Fingern auf dem Boden hinter meinem Rücken aufstützte.
»Eure Ladung scheint in der Tat nichts Wertvolles zu enthal-

ten«, sagte Reza nachdenklich. Obwohl sein Gesicht im Schatten lag, war ich sicher, daß er mich mit größter Aufmerksamkeit beobachtete.

Ich bemühte mich, dem Zorn meines Geistes nicht auf dem Wege über meine Zunge Zugang zum Klang meiner Worte zu gewähren, als ich antwortete: »Ich bin nur ein armer Händler. Sicher werdet Ihr ein Einsehen haben und mir meine Ware lassen, da woanders größere Beute Eurer harrt. Meine elenden Teppiche würden nur Euer Fortkommen behindern.«

Reza legte seine breite Hand besitzergreifend auf den jetzt fertig verschnürten Packen auf dem Kamelrücken. »Die Frage ist nur«, sagte er, »weshalb Ihr für ein paar elende Teppiche einen so verzweifelten Angriff gewagt habt.«

»Bedenkt, Herr Reza, daß das, was Euch als Weniges erscheint, für einen Armen wie mich doch alles bedeutet.«

»Ich erkenne, daß Ihr ein besserer Philosoph als Kämpfer seid. Leider läßt die Art meines Berufes es nicht zu, Euch zu überfallen, um Euch dann nicht anschließend auch zu berauben. Ich würde mich unglaubwürdig machen.«

»Ich würde Euch nicht verraten. Zudem habt Ihr selbst festgestellt, daß sich in der Ladung gar nichts Wertvolles befindet.«

»Keineswegs. Ich habe lediglich festgestellt, daß sich dort nichts Wertvolles zu befinden *scheint*. Das ist nicht ganz dasselbe. Und jetzt lebt wohl. Ich muß mich sputen, denn der Anbruch des neuen Tages steht bevor, und die anderen Reisenden werden schwerlich auf mich warten.«

Er ging zu seinem Kamel hinüber und schwang sich auf dessen Rücken. Das Tier sprang auf.

»Wartet noch«, rief ich. »Ich möchte Euch ein Angebot machen. Ich bin bereit, Euch eine Ablösesumme für mein Packtier und die Ladung zu bezahlen.«

»Das Angebot allein reicht schwerlich aus. Woher wollt Ihr das Geld nehmen, mich zu entlohnen?«

»Es scheint mir günstiger, Euch den Ort in diesem Stadium

der Verhandlungen noch nicht zu bezeichnen. Nennt nur eine Summe.«

»Bezieht Ihr Euch auf die Geldanweisungen aus Eurem linken Stiefel oder auf die Goldmünzen aus Eurem rechten?«

Ein Baum, der im Sturmwind bricht, hätte nicht lauter knirschen können als meine Zähne nach Rezas Worten.

»Der Lohn für diese Summen«, fuhr Reza fort, »sind die Stiefel, die ich Euch gelassen habe.«

Er trieb sein Tier an und ritt los, weiter auf dem Weg, der eigentlich mich hätte nach Bagdad führen sollen. Ich zerrte in einer neuen, doch immer noch vergeblichen Anstrengung an meinen Fesseln.

»Auf ein Wort noch!« rief ich dem Davonreitenden nach.

»Sprecht getrost«, antwortete Reza mit zurückgewandtem Kopf, ohne die Tiere zu zügeln.

»Laßt mir wenigstens meinen Gebetsteppich. So viel Anstand müßt selbst Ihr haben. Wie soll ich hier im Wald meine Gebete verrichten? Wollt Ihr, daß ich auf dem nackten Boden kauern muß?«

»Soweit ich sehe, kauert Ihr bereits auf dem nackten Boden. Und tröstet Euch damit, daß Allah langmütig ist.«

Jetzt verschwand Reza zwischen den Bäumen aus meinem Blick.

»Wollt Ihr mich hier hilflos liegen lassen?« schrie ich mit aller Kraft den Waldrand an, und der Waldrand antwortete mit Rezas Stimme: »Ja.«

Alle meine Teppiche waren fort, doch um die meisten grämte ich mich nicht. Wichtig wäre nur ein einziger Teppich gewesen, der, den ich mit meiner letzten Bitte von Reza zurückerfleht hatte: ein kleiner roter Teppich, in den Verse aus dem Koran eingewebt waren.

Allein und gefesselt im Wald liegend, war es unmöglich, Bagdad noch rechtzeitig zu erreichen. Früher oder später würde auf jeden Fall jemand kommen und mich entdecken, so daß ich Erlösung aus meiner Lage fand. Allerdings hätte die Erlösung sehr gut darin bestehen können, daß man mir die Kehle durchschnitt, um mir auch noch den Rest meiner kärglichen Habe zu rauben.

So nahe hatte mich mein Weg an mein Ziel herangeführt, um hier sein Ende zu finden. Ich versuchte, mich zu entspannen und meine Lage zu verändern, doch war die neue Stellung genauso unbequem wie die vorherige. Tränen traten in meine Augen. Nicht Tränen des Schmerzes oder der Scham, sondern Tränen der Hoffnungslosigkeit.

Die Tränen liefen an meinem Gesicht herab. Ich schluchzte und rief: »Komm zurück, laß mich nicht allein«, aber der schlanke, kräftige Mann ritt weiter, ohne sich nach mir umzuwenden.

Mit meinen kurzen Fingern wischte ich mir zitternd über die Augen, aber immer wieder schossen neue Tränen nach.

Der Mann, der ohne Säumen davonritt und gleich hinter der nächsten Düne verschwinden würde, war mein Vater, Madschaddin Abu Salama. Wir waren einige Wegstunden von der Festung Schaizar, dem Sitz unserer Familie, entfernt, inmitten der syrischen Wüste.

Bekleidet mit Sandalen und einem leichten Gewand, das meine Mutter aus Lammwolle für mich gewebt hatte, stand ich neben einem riesigen Kamel im Sand. Mein Vater ritt davon, heim nach Schaizar, und ließ mich in der Einsamkeit zurück.

Ich kannte den Weg nach Hause, ich wußte um die Form der Felsen, an denen man sich orientiert; ich hätte in einer Hölle aus Sand, die ihr Aussehen fast täglich änderte, mein Ziel finden können.

Das Kamel warf seinen Schatten auf mich. Ich mußte nur in den Sattel steigen und meinem Vater folgen. Aber genausogut hätte ich die Sonne selbst als Reittier neben mir haben können. Ich war fünf Jahre alt, klein, schwach und ängstlich. Zwar konnte ich reiten wie jeder Knabe in der Familie, aber noch nie war es mir gelungen, ein Kamel dazu zu bewegen, sich vor mir niederzulassen, damit ich mich in den Sattel schwingen konnte.

Am frühen Morgen dieses Tages hatte mein Vater mich an der Hand genommen und auf den Hof der Festung geführt. Dort warteten zwei Reitkamele auf uns. Das Tier meines Vaters lag auf dem kühlen Pflaster und erwartete geduldig die Befehle seines Herrn. Das andere stand daneben und blickte mich an.

Ich fürchtete die Kamele nicht. Sie waren so groß und so kräftig, doch auf den Zug der Zügel oder eine sanfte Berührung mit dem Reitstock liefen sie in die Richtung, die ich ihnen wies. Nur wenn ich am Zügel zog, damit sie vor mir knieten, senkten sie höchstens den Kopf und zeigten mir ihr Gebiß. In solchen Momenten waren sie für mich keine Reittiere, sondern Ungeheuer wie die, denen Sindbad, der Held aus den Geschichten meiner Mutter, trotzig die Stirn geboten hatte.

»Wir werden ausreiten, Usama, mein Sohn«, hatte mein Vater an diesem Morgen zu mir gesagt. »Dieses Kamel dort wird dich tragen. Geh hin und besteige es, damit du mich begleiten kannst.«

»Ich kann nicht, Vater«, entgegnete ich.

»Du kannst nicht? Aber es ist nur ein Tier, und du bist sein Herr.«

»Aber Vater, du weißt doch, daß die Kamele sich nicht vor mir hinlegen.«

Ohne ein weiteres Wort trat mein Vater zu dem Kamel, zog am Zügel, und das Tier legte sich gehorsam nieder. Mein Vater hob mich mit seinen Armen, die Kraft und Zärtlichkeit zugleich besaßen, sanft auf den Sattel. Es war ein richtiger Reitsattel, wie er von erwachsenen Männern bei Jagd und Kampf benutzt wird. Obwohl ich meine Schenkel weit spreizen mußte, um Halt zu finden, so wußte ich doch, wie man sicher sitzt.

Auf einen Ruf meines Vaters sprangen die beiden Tiere hoch und setzten sich in Bewegung. Mein Bruder Ali stand am offenen Tor und winkte uns zu, während wir vorbeiritten. Er zählte zwar erst sieben Jahre, doch war er schon häufiger in Gesellschaft der Männer als der Frauen und Kinder anzutreffen.

»Viel Glück, mein Kleiner«, sagte er zum Abschied zu mir. Das kam mir seltsam vor. Weshalb sollte er mir Glück wünschen? Ich ritt doch nur mit meinem Vater aus, wie ich es schon oftmals getan hatte.

Wir ritten den gewundenen Weg hinab, der von der Höhe des Burgfelsens in die Wüste führte.

Die Sonne stieg am Himmel und brachte schnell Hitze und Trockenheit. Gegen die Hitze schützte mich die Kapuze meines Gewandes, und gegen die Trockenheit nahm ich einen kleinen Kiesel aus einer der Taschen und schob ihn in den Mund. Langsam und bedächtig lutschte ich daran herum. So hatte ich immer ein wenig Speichel im Mund, der mir die Illusion der Feuchtigkeit vermittelte und den Gedanken an Durst vertrieb. Mein Vater, der dies genau beobachtet hatte, nickte anerkennend.

Wir sprachen wenig auf unserem Ritt. Nur von Zeit zu Zeit wies mein Vater mich auf einen Vogel hin, der hoch über uns seine Kreise zog, oder auf eine kleine Pflanze, die zwischen Sand und Steinen ihr karges Leben fristete.

Nach ein paar Stunden hielten wir in einer Senke zwischen zwei Dünen an. Mein Vater hieß die Tiere sich niederlegen. Wir stiegen beide ab.

Ich erwartete, daß mein Vater mir an dieser Stelle etwas zeigen würde. Neugierig blickte ich um mich, doch es schien hier nichts zu geben, das der Betrachtung Wert war. Die Dünen sahen aus wie alle anderen Dünen auch. Ein leichter Wind, der über sie hinwegstrich, legte einen dünnen Schleier aus wirbelndem Sand auf ihre Spitzen. Doch hier in der Senke stand die Luft still, so daß die Hitze ein unruhiges Flimmern erzeugte. Dieses Flimmern kann den Geist eines Menschen verwirren, wenn er sich zu sehr damit beschäftigt. So lenkte ich meinen Blick stets auf Stellen, an denen die Luft ruhig war.

Mein Vater ging vor mir in die Hocke. Er legte seine Arme auf meine Schultern und sah mir in die Augen.
»Du bist ein guter Reiter, mein Sohn«, sagte er. Seine Stimme klang seltsam, ganz anders, als man es bei einem Lob erwarten sollte. Vielleicht wurde ich etwas ängstlich dabei, doch ich wußte, daß mir niemals etwas Böses geschehen konnte, wenn er bei mir war. »Du weißt auch mit der Hitze und dem Durst umzugehen, und du läßt dich nicht von dem Flimmern gefangennehmen, mit dem die bösen Dschinni der Wüste die Reisenden zu verwirren trachten. Doch eine wichtige Lektion gibt es noch für dich zu lernen. Wer diese Lektion nicht beherrscht, der ist ein toter Mann in diesem Land. Ich liebe dich sehr, mein kleiner Usama, und deswegen werde ich dir heute beibringen, was du unbedingt wissen mußt.«
»Was ist es, mein Vater?« fragte ich.
Statt zu antworten, ließ mein Vater mich los und stieg wieder in seinen Sattel. Eine Ahnung kam mir. Ich machte rasch einen Schritt zu meinem Kamel zurück.
Da sprach mein Vater schon ein Befehlswort. Beide Kamele sprangen auf. Er lenkte sein Reitkamel neben das meine. Dann faßte er die Zügel meines Kamels und warf sie mir zu.
»Steig auf«, sagte er, »und wir reiten nach Hause zurück, wo es kühles Wasser gibt und süße Feigen. Ich werde dir heute Abend eine Geschichte erzählen und dich dabei auf meinen Knien wiegen. Steig auf, mein Sohn, damit wir reiten können.«
»Aber ich kann nicht aufsteigen. Das Kamel ist so groß, und es gehorcht mir nicht.«
Doch statt das Tier für mich am Zügel nach unten zu ziehen, wandte mein Vater sich mit seinem Kamel um und begann, langsam davonzureiten.
Ich lief neben ihm her durch den Sand und griff mit meiner Hand hoch hinauf, um ihn am Bein zu berühren.
»Ich kann nicht, Vater, ich kann nicht«, rief ich. »Ich bin zu klein. Bitte, nimm mich mit.«

»Ich nehme dich gern mit«, sprach er von der Höhe des Sattels. »Du mußt nur auf dein Kamel steigen.«
Er setzte sein Tier in Trab, so daß ich kaum Schritt halten konnte.
»Was habe ich denn getan?« schluchzte ich, denn die Tränen ließen sich nicht mehr zurückhalten. »War ich ungehorsam? Habe ich die Verse des Korans nicht gut genug gelernt? Vater, ich will doppelt soviel lernen wie bisher, doch laß mich nicht zurück.«
Ich stolperte über einen Stein und fiel in den Sand.
Mein Vater schlug sein Tier mit dem Reitstock kurz in die Flanken, und es begann zu galoppieren.
»Hilf mir!« schrie ich verzweifelt.
Er drehte sich nicht einmal nach mir um. Ich stand auf und wollte ihm weiter nachlaufen. Da bemerkte ich, wie das zweite Kamel herantrat. Es baute sich neben mir auf und blickte genau wie ich dem Davonreitenden nach. Es schnaubte ungeduldig, als wollte es mitlaufen. Doch der Zügel hing herab, und es hatte gelernt, daß es dann stehen bleiben mußte. Jetzt blickte es mit seinen großen Augen auf mich nieder.
Hier stand ich, sein Reiter, und machte keine Anstalten, es zu besteigen. Es warf seinen Schatten auf mich, doch seinen Rücken hielt es fern von mir. Ein weiteres Mal rief ich unter Tränen meinem Vater nach.
Sein Reittier trug ihn die Düne hinauf. Oben wurde er vom übermütigen Wind kurz mit Sand beworfen, dann war er verschwunden.
Ich zog die Nase hoch. Dann nahm ich einen Zipfel meines Gewandes, um mir die Augen auszuwischen.
Bestimmt würde mein Vater mich nicht dem Tode preisgeben. Wenn er merkte, daß ich ihm nicht folgen konnte, würde er umkehren. Er würde dem Kamel befehlen, sich hinzuknien. Ich würde aufsteigen, und wir würden zurückreiten.
Vielleicht aber würde er bis nach Schaizar reiten. Meine Mutter würde ihn fragen: »Wo ist Usama, unser Sohn?«, und er

würde antworten: »Ich mußte ihn zurücklassen, da er sein Kamel nicht besteigen konnte.« Dann würden alle zustimmen, denn einen Knaben, der sein Kamel nicht besteigen kann, muß man in der Wüste zurücklassen, verstoßen, vergessen.
Vielleicht würden sie denken: »Wenn er heute nicht kommt, wird er morgen kommen.« Und eines Tages dann würden sie sich nicht einmal mehr an meinen Namen erinnern können.
Vielleicht würde eines Tages mein Vater wieder in die Wüste reiten, um zu sehen, was aus mir geworden war. Er würde reiten und reiten, mich aber nicht finden. Er würde vergessen haben, an welcher Stelle er mich zurückgelassen hatte.
Vielleicht würde eines Tages das Kamel allein nach Schaizar kommen. Meine Mutter würde sagen: »Sieh, da ist das Kamel, mit dem du unseren Sohn, auf dessen Namen ich mich nicht mehr besinnen kann, in die Wüste gebracht hast. Es ist ein ungehorsames Kamel, denn hätte es nicht bei ihm bleiben müssen?« Mein Vater aber, der gerade mit meinen jüngeren Brüdern das Aufsteigen üben und sehr zufrieden mit ihnen sein würde, da die Kamele ihnen aufs Wort gehorchten, würde nur kurz aufblicken und sagen: »Nein, es ist ein gehorsames Kamel, denn ich befahl ihm nur, bei unserem Sohn zu bleiben, bis er stürbe.« Und meine Mutter würde sich anderen Dingen zuwenden.
Vielleicht würden eines Tages meine Brüder, nachdem sie erwachsen geworden waren, durch die Wüste reiten. Vielleicht würde es kurz nach einem Sandsturm sein, und sie würden einige helle Gegenstände erblicken, die der Wind freigelegt hatte. Sie würden anhalten und nachsehen, und sie würden feststellen, daß es kleine, weiße Knochen waren, von den Geiern abgenagt und von Wind und Sand glatt poliert. Einer würde fragen: »Was kann das für ein Tier gewesen sein, das so kleine Knochen hatte?« Sie würden alle dastehen, sich an den Köpfen kratzen und sagen, daß sie es sich nicht denken könnten. Dann würde vielleicht Ali äußern, daß er sich erinnern könne, es habe früher noch einen Bruder gegeben, der

zu schwach war, um auf ein Kamel zu steigen. Einmal sei der Vater mit diesem Bruder ausgeritten, aber allein zurückgekommen. Die anderen würden ihn fragen, wie der Bruder denn geheißen habe, aber Ali würde sich nicht erinnern können. Schließlich würden sie alle nach Hause reiten und in dem großen Buch, in dem alle Männer der Familie mit Namen und Taten aufgezeichnet sind, nachschauen. Sie würden entdecken, daß jemand in eine der Seiten mit einem spitzen Messer ein Loch geschnitten hätte, länglich und gerade, so lang und so hoch, daß gerade ein Name darin Platz finden würde.
Vielleicht würde ich auch in den Sattel kommen, wenn ich es versuchte.
Und ich versuchte es. Dem Kamel war das egal.
Ich zerrte mit aller Kraft, zu der ein verzweifelter Fünfjähriger fähig ist, die Zügel nach unten.
»Bück dich, bück dich doch!« befahl ich dem Tier.
Das Kamel schürzte verächtlich die Lippen und hob den Kopf. Die Zügel wurden mir aus der Hand gerissen.
Meine Tränen waren versiegt, denn mein Körper war ausgetrocknet und spröde. Jetzt hätte ich gern einen Schluck Wasser gehabt.
Am Sattel war ein Schlauch aus Tierdarm befestigt, der mehr als genug Wasser enthielt, um meinen Durst zu stillen. Das Wasser schwappte und gluckste leise, wenn das Kamel sich bewegte. Ich konnte sehen, wie der Darm sich mit den Wellen des Wassers ausdehnte und wieder zusammenzog.
Das Wasser war so hoch und unerreichbar wie der Sattel.

Kälte drang in meine Glieder. Die Fackeln waren abgebrannt und ließen nur noch etwas dunklen Rauch zum Himmel steigen.
Über mir dämmerte der neue Tag herauf. Aber es war nicht die Kälte des frühen Morgens, die ich fühlte, sondern die Kälte der absterbenden Arme und Beine.
Zwar waren die Fesseln nicht zu eng geknüpft, doch die ver-

krümmte Lage, zu der sie mich nötigten, forderte ihren Tribut.

Ich zog die Beine an, soweit ich konnte, und beugte gleichzeitig meinen Oberkörper nach hinten. Vielleicht gelang es mir, die Arme unter den Füßen hindurchzuführen und so meine Lage zu erleichtern.

Ich biß mir die Lippen blutig in dem Bemühen, die Schwelle des Schmerzes zu überschreiten, doch die Schwelle der Natur stellte ein unüberwindliches Hindernis dar. Wenn Reza meine Handgelenke zusammengebunden hätte, wäre mein Versuch sicher erfolgreich gewesen. Aber durch die Fesselung der Ellbogen war es unmöglich.

Da fielen mir die Fackeln ein. Solange sie noch brannten, hätte ich das Feuer auf die Stricke lenken und mich so von ihnen befreien können. Doch ich hatte wohl zu viel Zeit mit dem nutzlosen Versuch vertan, meinen Körper wie den einer Schlangentänzerin zu biegen.

Vielleicht aber war es noch nicht zu spät. Immerhin mußte ein Rest Glut zu finden sein, solange Rauch zu sehen war. Ich wälzte mich über den Boden auf die nächste Fackel zu.

So schwach meine Tritte auch ausfallen mußten, es gelang mir doch, die Fackel aus dem Boden zu lösen und zu Fall zu bringen.

Ich brachte meinen Körper dergestalt über sie, daß der Strick direkt auf ihrer Spitze lag. Mit Geduld und Glück, sagte ich mir, würde es nicht mehr lange dauern, bis ich frei war.

Ein wenig Rauch stieg zwischen meinen Knien nach oben. Er wurde stärker. Schon zerrte ich am Strick, um die Wirkung der Glut zu unterstützen, da löste sich der Rauch auf. Es war nur das letzte Aufglimmen gewesen; kalt und tot lag die Fackel unter mir.

Ich betrachtete die drei anderen Fackeln, aber keine von ihnen ließ noch Anzeichen von Glut erkennen.

Voll Wut bäumte ich meinen Körper auf und trat mit aller Kraft nach der Fackel. Der Schmerz, den ich mir dadurch

selbst zufügte, brachte mich rasch wieder zu einer erzwungenen Ruhe. Wenn ich im Liegen nicht aus den Fesseln schlüpfen konnte, würde es mir vielleicht in einer aufrechten Stellung gelingen. Natürlich konnte ich nicht allein aufstehen, das hatte ich deutlich bemerkt, aber wenn ich mich gegen einen Baum lehnte, würde ich möglicherweise mehr Erfolg haben.
So rollte ich mich erneut über die Lichtung, bis ich einen Baum erreicht hatte. Ich stützte mich mit den Schultern gegen den Stamm und drückte die Füße gegen den Boden. Langsam richtete ich mich auf, während mein Rücken an der rauhen Borke entlangrieb. Schließlich wurde meine Bewegung durch das straff gespannte Seil aufgehalten. Wenn ich meine Glieder jetzt erschlaffen ließ, würde ich nach unten fallen, sicherlich mit größerem Schwung, als ich ihn vorher im Liegen selbst erzeugen konnte.
Ich ließ mich fallen und bemühte mich gleichzeitig, meine Füße anzuheben. Alles, was ich erreichte, war, daß ich mir gegen die eigenen Hände trat, zur Seite kippte und mit dem Kopf gegen eine harte Wurzel schlug.
Nein, deshalb gab ich noch lange nicht auf. Ich rutschte zum Stamm zurück und versuchte es ein zweites Mal. Doch meine Knie waren jetzt ohne Kraft. Ich kam nicht einmal eine Handbreite vom Boden hoch.
Ermattet ließ ich mich fallen. Noch nie, seit mein Vater mich damals allein in der Wüste gelassen hatte, war ich so verzweifelt gewesen.

Ich ging auf unsicher schwankenden Beinen um das Kamel herum. Es folgte meiner Bewegung mit der Drehung seines Kopfes, bis ich hinter ihm war. Natürlich war das Tier von allen Seiten gleich hoch. Es gab keine Stelle, an der es leichter gewesen wäre, in den Sattel oder wenigstens an den Wasserschlauch zu kommen.
Da kam mir der Gedanke, daß ich mit einem Anlauf höher

springen könne als aus dem Stand. In den Sattel würde ich dadurch nicht kommen, aber ich konnte den Schlauch erreichen. Wenn ich ihn berühren oder gar meine Hand darum schließen konnte, so ließ er sich vielleicht herabziehen.
So trat ich einige Schritte zurück. Dann atmete ich tief ein und aus und lief los.
Das Tier blickte mit mäßigem Interesse dem kleinen Mann entgegen, der durch den Sand heranwetzte. Ich stieß einen Schrei aus, um mir selbst Mut zu machen, und sprang.
Mein Gesicht prallte gegen das Fell. Meine Augen sahen nichts als Haare, aber meine hochgestreckten Hände hatten irgend etwas gegriffen und klammerten sich daran fest.
Das Kamel schüttelte sich, doch ich ließ nicht los. Ich reckte meinen Kopf empor, um zu sehen, woran ich mich festhielt. Auch das Tier hob den Kopf und stieß einen Schrei aus.
Eine Hand hatte den Sattelgurt ergriffen, die andere umfaßte einen dünnen Strick, der zur Zierde an der Unterkante des Sattel baumelte.
Der Wasserschlauch war außerhalb meiner Reichweite. Aber es gab eine andere Hoffnung: Wie ein Mann, der einen steilen Berg erklimmt, suchte ich jeden Fingerbreit über mir ab, ob er mir Halt auf dem Weg zum Sattel gewähren konnte.
Als ich den Kopf weiter zur Seite drehte, blickte ich genau in die Augen des Kamels. Es hatte den Hals weit nach hinten gedreht, um meine Fortschritte zu beobachten.
Oberhalb meiner linken Hand verlief ein waagrechter Lederriemen. Ich verkrallte meine Rechte in die Kordel, griff mit der Linken nach oben und fand gerade noch Halt, ehe ich an der Kordel abglitt.
Die Kordel war wenig geeignet, mich zu tragen, so leicht ich auch sein mochte. Aber in Reichweite meiner Kinderarme war nichts anderes zu sehen, und wenn ich an das obere Ende der Kordel gelangte, konnte ich den Sattel berühren.
Ich entschloß mich, die Kordel um mein Handgelenk zu schlingen. Ich wußte, daß es weh tun würde, nur von einer

Schlinge gehalten zu werden. Dennoch mußte ich es versuchen.
Also streckte ich den rechten Arm so weit wie möglich hinauf. Mit einer raschen Bewegung führte ich die Hand unter der Kordel hindurch und wieder nach vorn, bis mein Gelenk einmal umschlungen war. Dann senkte ich die Hand und nahm unterhalb der Schlinge die Kordel fest in den Griff.
Mit der linken Hand mußte ich die Kordel über der rechten packen und mich höher hinaufziehen. Wenn es mir gelang, meine Füße auf den Riemen zu stellen, an dem jetzt noch meine linke Hand hing, konnte ich mich bis zum Sattel hochstemmen.
Ich preßte die Knie gegen die Flanke des Kamels, um mir zusätzlichen Schwung zu verschaffen. Dann stieß ich mich ab und griff gleichzeitig mit der freien Hand nach oben. Ich bekam einen Zierknoten zu fassen, der mir das Festhalten erleichterte. Blind tastete ich mit den Füßen umher, spürte einen Widerstand und stellte den Fuß darauf.
Schließlich drückte ich die Knie durch. Jetzt stand ich aufrecht an der Flanke, die Arme leicht gebeugt. Ich mußte sie nur ausstrecken, um den Sattel zu erreichen.
Die Kordel hatte sich tief in meine Haut geschnitten. Ein Tropfen Blut rann ganz langsam über mein Handgelenk nach unten.
Das Kamel bewegte sich etwas. Meine Füße glitten aus dem Riemen, als dieser sich spannte.
Ich hing nur noch an der Kordel. Hilflos trat ich mit den Füßen um mich, um wieder eine Stütze zu finden.
Die Kordel knirschte. Ich sah, wie sich über meinen Händen eine Faser zerteilte. Eine zweite Faser riß, dann zwei gleichzeitig.
Ich löste eine Hand von der Kordel, um zumindest den Riemen wieder zu erreichen. Jetzt riß auch der Rest der Kordel auseinander, und ich rutschte an der Flanke ab. Mehr aus Instinkt als aus Überlegung versuchte ich, mich im Fell festzu-

krallen. Doch die kurzen und harten Haare ließen meine Hände nur abgleiten.

Ich spürte, wie der Lederriemen unter meinen Händen vorbeiglitt, ohne daß ich ihn zu fassen bekam – und schon schlug ich mit den Füßen zuerst in den Sand.

Zum Glück war der Untergrund so weich, daß ich mich nicht verletzte. Ich kippte einfach nach hinten und blieb auf dem Rücken liegen. Meine Augen hatte ich während des Falls geschlossen. Jetzt öffnete ich sie wieder, als ich etwas Feuchtes im Gesicht spürte. Die Nase des Kamels beschnüffelte mich kurz und zog sich dann wieder zurück.

Vermutlich war das Tier zu dem Schluß gekommen, daß ich als Futter so ungeeignet war wie als Reiter. Es hob den Kopf und trottete einige Schritte weiter.

Ich blieb einfach liegen und sah dem Kamel zu. Neben mir im Sand lag das abgerissene Ende der Kordel.

Ich nahm es in die Hand und drehte es hin und her. Konnte es mir zu irgend etwas nutzen? Ich hätte das Tier damit schlagen können, aber dann wäre es weggelaufen. Ich könnte seine Füße damit zusammenbinden, um es am Weglaufen zu hindern. Aber vermutlich konnte es die Kordel ohne Mühe zerreißen.

Dann gewährte mir Allah seine Hilfe. Doch er lenkte nicht das Kamel, sondern ließ mich meine Augen und meinen Verstand gebrauchen: Fast überall waren die Hänge der Dünen schräg, nur an einer Stelle hatten Wind und Sand sich eine Ausnahme gestattet. Dort war ein kleiner Steilhang entstanden. Allerdings machte er nur einen Teil der Düne aus; rechts und links von ihm konnte man mit Leichtigkeit hinaufgelangen.

Ich nahm das Kamel beim Zügel und führte es hinter mir her. Es folgte willig meiner Lenkung, bis es vor dem Hang stand. Ich ließ den Zügel hängen, erkletterte die Düne an ihrer Schräge und trat oben auf den Hang.

Der Sattel lag in Reichweite vor mir; es bedurfte nur eines kleinen Sprungs. Unter meinen Füßen bewegte sich der Sand

und begann wegzurutschen. Schnell stieß ich mich ab und spürte schon, wie meine Füße ausglitten. Meine ausgestreckten Arme erreichten den Sattel.
Das Kamel stampfte. Ich wurde einige Male durchgeschüttelt, aber mit aller Kraft, die mir verblieben war, klammerte ich mich fest. Ich schwang ein Bein hoch, und es gelang mir, oben zu bleiben. Als ich den Sattel unter meinem Hosenboden spürte, wußte ich, daß ich gewonnen hatte.
Es dauerte eine Weile, bis das Kamel wieder ruhig stand. Dann erst wagte ich, nach dem Zügel zu greifen.
Ich wollte mir einen Schluck Wasser nehmen, aber plötzlich war meine neu gewonnene Ruhe wieder dahin. Meine Hände zitterten, und Übelkeit kroch aus dem Magen in meinen Hals. Doch ich ließ den Zügel nicht los, und meine Beine lockerten sich nicht.
Schließlich lenkte ich das Tier zur Spur meines Vaters und folgte ihr über die Düne.
Auf der anderen Seite kniete das Reittier meines Vaters am Boden. Er selbst hockte daneben, seinen Mantel mit Hilfe der Reitgerte wie ein kleines Zelt über sich geschlagen, damit er im Schatten saß.
»Du hast mich warten lassen, Usama«, sagte er, doch aus seiner Stimme klang nicht Vorwurf, sondern Stolz.
Nebeneinander ritten wir heimwärts.
Ich wußte nicht – und weiß es bis heute nicht –, ob er mich beobachtet hatte oder ob er glaubte, ich hätte das Kamel tatsächlich zum Liegen gebracht. Nicht lange danach lehrte mich mein Bruder Ali in heimlichen Übungen, wie man ein Kamel niederzwingt. Vielleicht wurde ich auch einfach alt genug, um von einem Kamel ernst genommen zu werden.
Später, als wir die Mauern von Schaizar vor uns sahen, fragte ich meinen Vater: »Wenn es mir nicht gelungen wäre, in den Sattel zu kommen, hättest du mir dann geholfen oder hättest du mich zurückgelassen?«
Mein Vater antwortete nicht direkt darauf. Er erwiderte: »Du

hast deine Lektion gelernt. Sie hieß: Wenn du eine helfende Hand suchst, findest du sie an deinem eigenen Arm.«
Doch was ich tatsächlich gelernt hatte, war, daß es mehr als eine Möglichkeit gibt, auf ein Kamel zu kommen.

Inzwischen waren alle Körperhaltungen für mich gleich unangenehm geworden. Während ich schweigend, doch keineswegs geduldig litt, ließ ich meinen Blick suchend über die Lichtung wandern. Irgendwo mußte es etwas geben, das mir weiterhelfen konnte.
Ich bewegte mich ohne Pause, streckte ein Bein halb aus, um es gleich darauf wieder anzuziehen, stützte mich einmal auf die eine, dann wieder auf die andere Schulter, um mich anschließend auf den Bauch zu rollen.
Wenn es irgendwo einen scharfkantigen Stein gab, mit dem ich meine Fesseln hätte durchscheuern können, so mußte er unter einem Haufen von Blättern verborgen liegen. Ich hätte für den Rest meines Lebens auf der Lichtung umherrutschen können, nur um eine Handbreit entfernt von ihm zu sterben.
Mehrmals schon war ich in dieser Nacht von Verzweiflung zu Hoffnung und wieder zurück gewechselt. Jetzt mußte ich bei der Verzweiflung bleiben, bis mich vielleicht ein Fremder finden würde, um mein Schicksal zu entscheiden.
Immer wieder fiel mein Auge auf die tote Nachla, deren Anblick nicht geeignet war, meine Gemütsverfassung zu bessern. Nachla stammte in direkter Linie von jener Stute ab, die zu besteigen mein Vater mich in der Wüste zurückgelassen hatte. Die Stute war kurz nach unserer Rückkehr von einem Rennkamelhengst, den mein Vater zu diesem Zweck angemietet hatte, gedeckt worden. Ihre Tochter Hanneh wurde mir noch ungeboren zum Geschenk gemacht.
An ihr hatte ich alles gelernt, was ein Mann über Pflege und Beherrschung eines Tieres wissen muß.
Als junger Mann erhielt ich schließlich Hannehs Tochter

35

Nachla, die mich seitdem auf all meinen Reisen begleitet hatte. Wir waren über glühheiße Ebenen geritten und hatten schneebedeckte Berge erklommen. Dicht aneinander gekauert hatten wir dem Sandsturm, der direkt aus den Tiefen der Dschehenna* zu kommen schien, getrotzt. Dem Wind gleich waren wir über die Steppe geeilt, manchmal die Rücken der Feinde vor uns, manchmal die funkelnden Spitzen ihrer Lanzen hinter uns.

Ja, es gibt mehr als einen Weg auf einen Kamelrücken. Doch wie viele Wege gibt es, die aus einer Fessel herausführen? Daß ich weder hinausschlüpfen noch die Knoten öffnen konnte, hatte ich eindeutig erkannt. Gab es einen anderen Weg?

Alexander der Große hätte bestimmt einen gewußt. Er hatte sich nicht nur die Hälfte der Welt untertan gemacht, er hatte auch eine Fessel gelöst: den Knoten, der den Heiligen Streitwagen aus Gordion mit der Deichsel verband.

Aber Alexander hatte eine scharfe Klinge gehabt. Ich auch, bevor Reza sie mir aus der Hand geschlagen hatte.

Als Reza davonritt, hatte ich nicht bemerkt, daß er meine Waffe mit sich führte. Der Säbel war in die Dunkelheit geflogen, wahrscheinlich über die Lichtung hinaus und in den Wald hinein. Dort lag er möglicherweise noch immer.

Ich rutschte über den Boden, bis ich etwa an der Stelle lag, an der ich entwaffnet worden war.

Es war jetzt hell auf der Lichtung. Alles sah anders aus als während der Nacht. Ich strengte mein Gedächtnis an, bis ich Reza fast leibhaftig vor mir wiedererstehen sah, höflich in seinen Worten und gewaltsam in seinen Taten. Ich verfolgte einen unsichtbaren Säbel mit den Augen, lauschte einem unhörbaren Peitschenknall und blickte auf den Waldrand.

Dann rutschte, kroch, wand ich mich eine schier unendliche Strecke der Bahn des Säbels hinterher.

Ein Säbel, auch wenn er mit großer Wucht geschleudert wird,

---

* Dschehenna = Hölle.

bewegt sich anders als ein Pfeil. So sind der Strecke, die er im Flug zurücklegen kann, enge Grenzen gesetzt.
Unter den Bäumen hielt ich an und suchte den Boden gewissenhaft ab.
Falls Reza den Säbel während meiner Bewußtlosigkeit doch an sich gebracht hatte, konnte ich natürlich lange suchen. Aber alles war besser, als nichts zu tun.
Ich stieß mit den Füßen in einem Blätterhaufen herum, ohne etwas zu finden.
Schließlich lehnte ich mich gegen einen Baum, um etwas Atem zu schöpfen. Der Säbel steckte mir gegenüber, etwa in Schulterhöhe, in einem anderen Stamm.
Ich starrte den Säbel an. Er hatte das Holz genau mit seiner Spitze getroffen und sich hineingebohrt.
Zögern würde mich nicht in seinen Besitz bringen, also machte ich mich auf den Weg. Zunächst unternahm ich einen törichten Versuch, mich darunter zu stellen, vornüber zu beugen und mit den Händen hinter meinem Rücken herumzufuchteln, bis ich ihn zu fassen bekam. Meine Hände ließen sich nicht weit genug ausstrecken. Hätte mich jemand beobachtet, so hätte er glauben müssen, einem besessenen Derwisch* begegnet zu sein, der voll Fanatismus einen seltsamen Tanz aufführte.
Als nächstes bemühte ich mich, den Griff mit den Zähnen zu packen, um die Klinge aus dem Holz zu zerren. Doch ich konnte mich nicht hoch genug aufrichten; nur meine Stirn reichte gerade bis zum Handschutz.
Somit war mein weiteres Vorgehen festgelegt. Schläge auf den Kopf hatte ich bereits erhalten, so daß ein paar weitere den Schaden nicht verschlimmern konnten. Also rammte ich mal meine Stirn, dann meine Schläfe, dann den Hinterkopf gegen

---

* Derwisch: persisch, wörtlich »Armer«, Mitglied eines islamischen Mönchsordens mit starker mystischer Ausprägung, zu dessen Riten unter anderem rhythmische Tänze gehören.

den Säbel. Langsam, Schlag für Schlag, lockerte sich die Waffe und fiel schließlich herab.
Ich hockte mich nieder und umfaßte die Waffe mit den Händen. Einen festen Schlag konnte ich in dieser Position nicht ausführen. Zum Glück war die Klinge scharf genug, um das Seil zwischen meinen Füßen durch Schneiden zu zertrennen. Der Rest war leicht.
Sicher ist ein Tagesmarsch für einen Mann in Reitstiefeln keine leichte Angelegenheit. Um wieviel schwerer ist er für einen Mann, der überfallen, geschlagen, ausgeraubt und gefesselt worden ist.
Doch jetzt konnte ich wieder etwas tun, konnte auf jeden Fall versuchen, noch rechtzeitig nach Bagdad zu kommen. Vielleicht würde ich mir sogar ein neues Reittier beschaffen können.
Also schob ich den Säbel in den Gürtel und machte mich auf den Weg nach Bagdad. Sicher humpelte ich mehr, als daß ich ging, aber ich bewegte mich. Ich geriet in eine seltsame, gleichsam abwesende Stimmung, die Müdigkeit und Schmerzen zu jemand anderem gehören zu lassen schien.
Auf meinem Weg überholten mich die beiden Reisegruppen, die ich zuvor nicht mit meiner Begleitung hatte beehren wollen. Interessiert erkundigten sie sich nach meinem Schicksal, gaben dann ihrem Bedauern über das, was mir widerfahren war, Ausdruck und erklärten schließlich, ihr Bedauern sei um so größer, als sie es zu eilig hätten, mir ihre Hilfe zuteil werden zu lassen.
Ohne Wehmut blickte ich denen nach, die mir auf meinem Weg vorauseilten, und lenkte meine Gedanken auf das, was mir erreichbar schien. Ich rechnete damit, gegen Abend die Karawanserei von Kazimiya zu erreichen, und hoffte, mir dort auf irgendeine Weise ein Reittier zu besorgen.

2. Kapitel

Kazimiya

Als ich mich dem kleinen Ort Kazimiya, etwa einen Tagesritt von meinem Ziel Bagdad entfernt, näherte, war ich entsprechend der zurückgelegten Strecke erschöpft.
Hatte ich zuvor geglaubt, schon längst am Ende meiner Kräfte zu sein, so hatte mich dieser Marsch eines Besseren belehrt – oder vielmehr eines Schlechteren, denn er war alles andere als eine angenehme Erfahrung gewesen.
Die Sonne stand in meinem Rücken schon tief am Himmel, als ich zu meiner Linken eine Gruppe auffallend bunt bemalter Häuser gewahrte. Hätten nicht ohnehin alle Straßen in dieser Gegend in Richtung Bagdad geführt, so hätte ich mich spätestens jetzt orientieren können.
Kazimiya ist ein Dorf der Teppichweber und Färber, einer jener Orte, in denen die Familien die strengen Geheimnisse der Kunst der Farbmischung beherrschen, die nur vom Vater auf den ältesten Sohn weitergegeben werden. In einigen dieser Orte hat es sich eingebürgert, die Farbreste, die nach Bearbeitung der Gewebe übrigbleiben, in den Bewurf zu mischen, mit denen die Außenwände der Häuser verputzt werden.
Doch ich hatte keinen Blick für die Schönheit, die der Anblick ausstrahlte. Auch war nicht der Ort selbst mein Ziel, sondern die Karawanserei, die in seiner Nähe lag.
Noch ehe ich in Sichtweite der Karawanserei angelangt war, begegnete mir ein Gruppe von etwa fünfzig Reitern. Sie kamen in wohlgeordneten Zweierreihen die Straße entlang. Alle Reiter hielten sich gerade im Sattel. Die Kleidung der Reiter

war einfach, doch gut gepflegt. Das gleiche konnte man über ihre Bewaffnung sagen. Jeder trug einen Säbel umgegürtet und hatte eine Lanze am Sattel befestigt. Ein Teil besaß zusätzlich noch Bogen und Pfeile, die in ihren Köchern vor den Steigbügeln hingen.
Eine solch disziplinierte und ausgerüstete Gruppe hatte sicher keinen Überfall durch Wegelagerer oder, wie es weiter draußen vorkommen konnte, räuberische Nomadenvölker zu befürchten.
Der einzelne Reisende tut wohl daran, wenn er einer Gruppe begegnet, dieser als erster die Höflichkeit des Grußes zu erweisen. Ich trat vom Weg herunter in eine kleine Senke, die hier zwischen diesem und den Feldern verlief und deren Zweck es war, zur Zeit des Frühjahrs- und Herbstregens das überschüssige Wasser regulierend zu leiten. Meine Hände hielt ich merklich vom Säbel entfernt, neigte mich nur leicht nach vorn, um meinem Gruß nur das Ansehen der Höflichkeit, nicht aber das der Unterwürfigkeit zu geben, und sagte: »Allah begleite Euch auf Eurem Weg, Ihr Herren, und möge Euch Euer Ziel wohlbehalten erreichen lassen.«
Statt meinen Gruß nur im Vorüberreiten zu erwidern, wie ich erwartet hatte, zügelte der erste Reiter sein Pferd vor mir und entgegnete: »Allah sei auch mit Euch, Wanderer. Ich sehe an Eurer Kleidung und Eurer Waffe, daß Ihr kein Bauer oder Weber seid. Doch geht Ihr zu Fuß auf dieser Straße. Ist Euch etwas zugestoßen, daß Ihr möglicherweise unserer Hilfe bedürft?«
Ich hatte den Eindruck, daß dieses Angebot nicht ganz ohne Eigennutz des Fragenden gemacht wurde. Während der Mann zu mir sprach, hatte er mich von Kopf bis Fuß genau gemustert.
Die anderen Reiter hatten indessen, ohne einen Befehl dazu abzuwarten, ihre Position verändert. Sie hielten nicht in der langen Reihe, in der sie gereist waren, sondern hatten sich um ihren Anführer und mich zum Kreis formiert. Dabei blickten

sie nicht voll Neugier nach innen, wie es wohl jeder normale Mensch getan hätte, sondern richteten ihre Aufmerksamkeit nach außen und brachten ihre Hände in die Nähe der Waffen.
Was ich beim ersten Anblick dieser Männer bereits vermutet hatte, wurde dadurch zur Gewißheit: Das waren keine Kaufleute oder Pilger, die sich zur Sicherheit auf langem Weg zusammengefunden hatten, sondern Soldaten, die ihre Uniformen gegen die normale Kleidung von Reisenden vertauscht hatten. Die Begegnung mit einem bewaffneten Fußgänger, der nicht den Eindruck machte, hier beheimatet zu sein, ließ sie an einen Hinterhalt denken.
Doch sie zeigten keine Anstalten, sich in Sicherheit zu bringen. Bewußt demonstrierten sie, daß sie bereit waren und sich jederzeit einem Kampf stellen würden. Wehe den Räubern, die diese Herausforderung angenommen hätten!
»Ich hatte eine unangenehme Begegnung mit einem Straßenräuber«, beantwortete ich die Frage des Anführers. »Sie kostete mich meine Tiere und fast meinen ganzen Besitz, so daß ich gezwungen bin, meinen Weg wie ein Mittelloser fortzusetzen.«
»Seid Ihr verletzt worden?«
»Nur mein Stolz. Doch seid gewiß, das ich mir zu gegebener Zeit wiederholen werde, was mir genommen ist. Eurer Hilfe bedarf ich nicht, doch nehmt meinen Dank dafür. Sagt mir nur, ob es noch weit ist bis zur Karawanserei von Kazimiya.«
»Wenn Ihr diesem Weg folgt, werdet Ihr sie in mehr als zwei Stunden erreichen. Doch wenn Ihr das Feld überquert, so Euer Schuhwerk dies zuläßt, und die Richtung auf jenen Hain aus Olivenbäumen und Palmen einschlagt, so findet Ihr das Gebäude direkt dahinter und erspart Euch eine halbe Stunde.«
»So habt nochmals Dank für Eure Auskunft, edler Reiter.«
Der Mann griff in seinen linken Ärmel und brachte eine Handvoll Münzen zum Vorschein, die er mir reichte.
»Nehmt dieses kleine Geschenk von mir. Es wird Euch die

Übernachtung ermöglichen, und wenn Ihr ein geschickter Händler seid, könnt Ihr vielleicht zudem ein Reittier mieten, daß Euch nach Bagdad trägt.«
»Ich bin kein Bettler, der Almosen erfleht«, sagte ich.
»Ich wollte Euch nicht beleidigen. Verzeiht mir, wenn ich es trotzdem tat. So nehmt es nicht als Geschenk von mir, sondern als einen Kredit, den Ihr an einem anderen Tag an jemanden zurückgeben werdet, der seiner dann bedarf.«
Das war genau das, was ich erhofft hatte: Ich besaß etwas Geld, ohne mein Ansehen – und sei es auch nur einem mir Fremden gegenüber – dafür eingetauscht zu haben.
»Nein, Ihr seid gewiß kein Bettler«, fuhr der Reiter fort, nachdem ich ihm gedankt hatte, »denn Ihr steht aufrecht und stolz, und Ihr tragt Eure Waffe bei Euch. Es muß gerade als ein Wunder erscheinen, daß es jemandem gelang, Euch zu berauben.«
»Es war ein Mann mit Kräften wie ein Stier, der focht, als wäre er der legendäre Skar Amusch selbst. Er nannte sich Reza, der Höfliche. Vielleicht habt Ihr von ihm gehört und könnt mir helfen, seinen gegenwärtigen Aufenthalt zu finden.«
»Nein, diesen Namen hörte ich nie. Doch wir stammen nicht aus diesem Land und sind nur auf der Durchreise. Laßt Euch aber raten, in Bagdad nach ihm zu suchen. Gewiß ist jedermann, der sich zur Zeit auf diesen Straßen bewegt, auf der Reise dorthin.«
»Mit Ausnahme von Euch, Ihr Herren.«
»Gewiß, mit Ausnahme von uns. Doch jetzt entschuldigt uns. Wir möchten vor Einbruch der Nacht noch eine Strecke des Weges hinter uns bringen.«
Wenig später war ich wieder allein auf der Straße. Ich blickte den davonziehenden Reitern nach. In der Tat, fast jedermann bewegte sich zur Zeit nach Bagdad, mit Ausnahme dieser Männer. Es mochten entlassene Soldaten sein, die sich entschlossen hatten zusammenzubleiben, um ihre Dienste einem anderen Herrn anzubieten. Doch helfen solche Männer selten

einem bedürftigen Reisenden mit Geld weiter. Auch wären Soldaten, die ihren Dienst beendet hatten, sicherlich noch einige Tage in Bagdad geblieben, um an der bevorstehenden Feier teilzunehmen. Soldaten allerdings, die noch unter Befehl standen, mochten sehr wohl einem anderen Ziel zustreben.

Diese Gedanken machte ich mir aus Gewohnheit, weil es immer von Vorteil ist, wenn man sich über die Absichten der Menschen, mit denen man es zu tun hat, im klaren ist. Ich dachte nicht, daß sie in irgendeiner Beziehung zu meiner Reise stünden, und wandte meine Gedanken anderen Dingen zu und mich selbst dem Hain, den mir der Anführer gezeigt hatte.

Die große Karawanenstraße führt ein gutes Stück südlich an Kazimiya vorbei. Diese Straße nennt man auch die Seidenstraße, da auf ihr wagemutige Kaufleute das wertvolle Produkt, das, wie mir erzählt wurde, aus den Ausscheidungen von Schädlingen stammt, die auf Maulbeerbäumen leben, von den Weiten des Osten in die Länder des Westens bringen.
Die Karawansereien an der Seidenstraße sind starke und befestigte Gebäude, kleinen Burgen gleich. Sie wenden dem Ankommenden dicke Mauern aus Bruchsteinen zu, die außer einem festen hölzernen Tor keine Möglichkeit des Zugangs aufweisen. In den Mauern finden sich anstelle der Fenster nur schmale Schießscharten, die flachen Dächer sind zudem meist mit einer von Zinnen gekrönten Brustwehr versehen.
Verzierungen, die dem Reisenden die Rast angenehm machen, findet der Ankömmling erst im Innenhof, der zudem einen Weiher oder zumindest einen gefaßten Brunnen aufweist und mit Bäumen bewachsen ist. Wer die Unsicherheit, die auch in den Ländern der Rechtgläubigen häufig auf den Straßen herrscht, kennengelernt hat, wird diese Vorsichtsmaßnahmen zu schätzen wissen.
Die Karawanserei von Kazimiya dagegen war von großer Einfachheit und bot gegen den Angriff eines bewaffneten Trupps

keine baulichen Verteidigungseinrichtungen. Sie bestand in erster Linie aus einem langgestreckten Gebäude, das aus Lehmziegeln errichtet war. Ihre Eingangsfront ging nach Süden zu und wies mehrere niedrige, offene Eingänge auf.
Die Ausrichtung der Türen nach Süden war ungewöhnlich für die Bauweise eines Wohnhauses. Wenn die Sonne tagsüber die größte Hitze entwickelt, scheint sie durch die Öffnungen direkt in die Zimmer und vertreibt die angenehme Kühle. Deshalb hält man die Südseite gemeinhin dicht geschlossen und legt die Türen und größeren Fenster nach Norden.
In Persien und im nördlichen Teil Arabiens findet man die Ausrichtung großer Öffnungen nach Süden nur bei Moscheen, da sie den Blick auf die heilige Statt Mekka freigeben sollen. Diese Eigenschaft bei einer Karawanserei zu finden ließ nicht auf ungewöhnlich große Frömmigkeit des Besitzers schließen, sondern vielmehr auf Ungeschick und Gleichgültigkeit des Baumeisters.
Nachträglich hatte man eine Reihe hölzerner Pfähle vor der Wand aufgerichtet, die durch Querstützen mit dem Gebäude verbunden waren. Über die Stützen war helles Leinen gebreitet, das das Vordringen der Sonnenhitze in das Innere zumindest mäßigen, wenn auch sicherlich nicht zur Gänze verhindern konnte.
Als ich den Hain umrundet hatte, bot sich mir ungeachtet der fehlenden Befestigungen meines Tageszieles der Anblick eines zwar kleinen, doch recht geschäftigen Heerlagers.
Vor dem Gebäude erstreckte sich ein ebener Platz, in dessen Mitte ein Zelt aufgeschlagen war, das wie die vorübergehende Wohnstatt eines bedeutenden Heerführers oder eines Reisenden von Adel wirkte.
Es bestand aus vier Seitenwänden, die zunächst senkrecht nach oben verliefen, bis sie einen Absatz erreichten. Oberhalb dieses Absatzes verlief die Neigung der Zeltbahn sich verjüngend nach innen, wie man es bei den vier Seiten eines Hauses ohne Giebel und First antrifft. In der Mitte, wo sich die Bah-

nen trafen, ragte ein Mast aus dem Zelt empor, der nicht nur die Aufgabe hatte, die hauptsächliche Stütze der Konstruktion zu sein, sondern der an seiner Spitze zudem einen Wimpel tragen konnte, der Auskunft über Stand und Herkunft des Bewohners geben würde. Ein solcher Wimpel war jedoch nicht vorhanden, wenn man auch eine Schnur erkennen konnte, die nach oben auf eine Umlenkrolle und dann wieder hinunter führte.
Das Aussehen des Zeltes ließ vermuten, daß sein Besitzer nicht aus Mangel an gutem Namen, sondern eher aus dem Wunsch heraus, unbekannt zu bleiben, auf das Hissen des Symbols verzichtet hatte.
Die Leinwand war grundiert in der Farbe des Türkises und mit weißen Ornamenten verziert. Jedes der Ornamente war an seinen Rändern mit schwarzen Linien eingefaßt. Am oberen Teil, in der Schräge, die das Regenwasser ablaufen ließ, formten sich die weißen Linien zu Sternen mit zehn Zacken, die sich mit ihren Spitzen berührten. Die Unterkante der Leinwand wurde durch darauf gelegte Steine straff gespannt, so daß das Zelt ruhig und fest wie ein gemauertes Haus stand und ungeachtet des Lufthauches keine Bewegung machte.
Mehrere Soldaten, an denen ich die blauen Uniformen der Palastwache des Kalifen erkannte, waren soeben dabei, einige kleinere Schlafzelte aufzustellen, die jeweils zwei Männern schützenden Raum für die Nacht bieten würden. An den Ekken des Zeltes stand jeweils ein Wachtposten mit Säbel und einer langen Reiterlanze. Etwas abseits, an der fernen Ecke der Karawanserei, war ein Pferch eingerichtet, in dem sich die Pferde der Soldaten befanden. Außerhalb der Umzäunung lagen vier Kamele wiederkäuend auf dem Boden. Zwei Wächter gingen langsam um die Begrenzung des Pferches herum.
Nahe dem Pferch befand sich eine Zisterne. Ein Soldat drehte soeben an einer Kurbel, die über eine Spule einen Eimer mit Wasser nach oben zog. Ein zweiter Mann stand daneben. Er hielt einen Wasserschlauch fest, der wohl gerade gefüllt wur-

de. Neben ihm lag auf dem Boden eine lange Tragstange, an deren einem Ende bereits ein voller Wasserschlauch befestigt war.

Ich ließ die Augen über den Platz wandern und gewahrte insgesamt gut zwanzig Soldaten. Allerdings sah ich niemanden, der so vornehm gekleidet war, daß er als Bewohner des Zeltes in Frage kam. Die Posten beim Zelt bewiesen, daß es sich hier nicht um ein zufälliges Zusammentreffen eines Reisenden und einer Abteilung aus Bagdad handelte, sondern daß die Soldaten zum Schutz des Zeltbewohners da waren.

An einem der Pfosten vor dem Gebäude war ein einzelnes Pferd festgebunden. Dieses Pferd allein wäre für einen Kenner sicherlich mehr wert gewesen als die komplette Herde im Pferch.

Es war ein schlanker, hochbeiniger Hengst, wie er nur aus anatolischer Zucht stammen konnte. Sein Fell war schwarz und glänzte im Schein der sinkenden Sonne. Sicherlich wurde er regelmäßig gestriegelt und erhielt sowohl Futter als auch Bewegung stets in ausreichendem Maß. Vom Körper des Tieres hob sich die helle, fast weiße Mähne ab wie ein letzter Flecken Schnee auf dunklem Fels.

Der Besitzer hatte nicht den Zügel zum Anbinden benutzt, sondern einen Strick von mehrfacher Manneslänge, der dem edlen Hengst Bewegung erlaubte. Dennoch stand das Tier dicht am Pfosten, während der Strick in Windungen vor ihm lag. Das Pferd hatte den Kopf erhoben und spähte aufmerksam zu der Herde im Pferch hinüber. Dort mochten sich einige Stuten befinden, die sein Interesse erregt hatten. Sollte er sich irgendwann entschließen, die Stuten nicht nur mit seiner Betrachtung, sondern mit seinem Besuch zu beehren, würde der Pfahl kaum in der Lage sein, ihn zurückzuhalten.

Sicherlich hätte dieser Hengst gut zum Besitzer des Zeltes gepaßt. Zwar richteten die Soldaten durchaus ihre Aufmerksamkeit auf ihn, doch war deutlich zu erkennen, daß das Tier sich nicht im Bereich dessen befand, das zu bewachen den Män-

nern aufgetragen war. So war es wohl nicht die Aufmerksamkeit des Wachenden, sondern die des Neidenden.
Ich lenkte meine Schritte zunächst zur Zisterne, um mich mit einem kühlen Trunk zu erfrischen. Dabei kam ich nahe an die Zelte heran, zu nahe, wie einige der Soldaten meinten.
Mehrere Männer unterbrachen ihre Arbeiten im Lager. Einer von ihnen, ein Korporal seinen Abzeichen nach, wies mich mit herrischer Stimme an, die Zelte in einem Bogen außen zu umschreiten. Da ich nicht gekommen war, Unfrieden zu stiften, und auch kaum in der Lage, einen Streit mit einer Übermacht auszufechten, folgte ich seinen Worten.
Inmitten des Lagers stand eine Reisesänfte, wie sie auf dem Rücken eines Kamels befestigt wird, um vornehme Frauen aufzunehmen. Die Sänfte besaß einen Rahmen aus gedrechselten Holzstäben, die in Gold und Purpur bemalt waren. Zwischen diesen Stäben waren buntbedruckte Tücher gespannt, die während der Reise die Hitze und die Blicke der Neugierigen von den Insassen fernhielten. Die Unterseite war hohl geformt und mit Schnüren und Schnallen versehen, damit man sie auf dem Rücken des Tragtieres festbinden konnte.
Auf dem Rand der Zisterne lag eine hölzerne Schöpfkelle. Ich nahm die Kelle an mich, während die beiden Soldaten gerade den zweiten Wasserschlauch aus dem Eimer füllten.
»Seid so gut, laßt mich teilhaben am Wasser«, bat ich.
Die beiden betrachteten mich. Schließlich kamen sie wohl zu dem Schluß, daß ich nicht den Eindruck eines Brunnenvergifters machte. Einer der beiden hielt mir den Eimer entgegen. Ich füllte die Kelle mit Wasser und trank.
»Trinkt lieber nicht so schnell«, sagte der Soldat, der den Schlauch hielt. »Ihr seht recht durstig und erschöpft aus, doch sind die großen Schlucke gefährlich.«
»Ihr habt recht«, antwortete ich. »Doch sagt mir, wo ich den Wirt dieser Karawanserei finde.«
Der Soldat blickte sich suchend um und deutete dann zum Gebäude herüber.

»Dort kommt er gerade mit Hauptmann Ridwan.«
In der Tat kamen vom Pferch her zwei Männer auf uns zu. Ich legte die Kelle wieder zurück und ging den Ankommenden entgegen.
Einer der beiden machte einen Eindruck, der dem der Karawanserei glich: Über schmutzigen, bloßen Füßen, die voll Narben und Hornhaut waren, hing ein langer Kaftan herab, der von den Schultern bis zu den Knöcheln reichte. Früher einmal – vielleicht zu der Zeit, als die Römer in diesen Ländern geherrscht hatten und die Reiter der Wüste gezwungen waren, auf Schiffen in die kalten Länder des Nordens zu reisen und für fremde Interessen zu streiten – mochte dieser Kaftan weiß gewesen sein. Vielleicht auch braun oder von leuchtendem Rot. Heute jedenfalls wies er eine Farbe auf, für die es weder Wort noch Schriftzeichen gibt. Der Schmutz hatte sich mit dem Alter verbündet und eine neue Art von Kaftan erzeugt, in dem jede Falte und jeder Kniff nicht vorübergehende Erscheinungen, die mit der Bewegung des Trägers kamen und gingen, sondern für die Ewigkeit hineingemeißelte Merkmale waren. Wäre das Kleidungsstück aus Holz geschnitzt worden, so hätte es nicht starrer wirken können.
Gleichfalls bedeckt, wenn auch etwas weniger schamhaft, waren die Haare des Mannes. Um sie herum war ein dünnes Tuch geschlungen, das die Zierde des Hauptes hindurchschimmern ließ. Das Tuch machte den Eindruck, daß es außer zur Verhüllung des Hauptes außerdem zur Reinigung des Geschirrs und zur Tötung aufdringlicher Insekten Verwendung fand.
Eine ungleich prachtvollere Erscheinung als der Wirt war der noch jugendliche Offizier, der gerade fünfundzwanzig Jahre zählen mußte. Sicherlich verdankte er seinen Hauptmannsrang weniger seinen eigenen Verdiensten, sondern dem Einfluß seiner Familie.
Über blankpolierten schwarzen Stiefeln, die man in Abwesenheit eines Spiegels zur Not hätte verwenden können, um mit

Hilfe des Sonnenlichtes Leuchtsignale zu geben, saß eine makellose Uniform. Sie kam bestimmt nicht aus der Kleiderkammer, sondern war für ihren Träger nach Maß gefertigt worden. Wo immer es möglich war, hatte der Schneider seine ganze Kunstfertigkeit entfaltet, um die Kleidung so individuell zu gestalten, wie es die Kleiderordnung der Palastwache gerade noch gestattete.

Die Hose war aus hellblauem Tuch angefertigt. Wäre es erlaubt gewesen, so hätte Ridwan sicherlich statt dessen Samt oder gar Seide benutzt. Aber für Uniformen wurde natürlich ein Stoff benutzt, der ein gewisses Maß an Strapazierfähigkeit besitzen mußte.

Der Uniformrock, in dunklerem Blau gehalten, reichte bis kurz oberhalb der Knie herab. Um eine harmonischere Kombination der beiden Blautöne zu erreichen, hatte der Schneider sich für eine Farbe entschieden, die um eine Spur von dem Blau abwich, das für die Oberbekleidung der Palastwache vorgeschrieben war.

Auf der linken Seite hing ein Säbel in einer Scheide, die genauso schwarz und glänzend war wie die Stiefel, bis zu denen sie herabreichte.

Unter- und Oberkante der Scheide hatten Beschläge aus Goldblech. Der Griff und die Parierstange der Waffe waren mit Blattgold belegt. Wahrscheinlich hätte dieser prachtvolle Offizier eine Waffe aus purem Gold bevorzugt, die er vielleicht bezahlen, sicher aber nicht heben konnte.

Auf dem Kopf saß ein weißer Turban, auf dessen Vorderseite eine Brosche in Form zweier gekreuzter Säbel angebracht war. Diese Brosche war aus einfachem Eisen gefertigt. Ich konnte mir vorstellen, daß ihre Anwesenheit zwischen all den zu Stoff gewordenen Piastern ihrem Träger ein stetes Gefühl der Unzufriedenheit vermittelte, aber sie war Bestandteil der Uniform und mußte so, wie sie war, getragen werden.

Das Gesicht, das mich zwischen Jacke und Turban anblickte, hätte noch zum Körper eines Knaben gehören können. Zwar

hatte Ridwan sich um ein männliches Aussehen bemüht, indem er sich einen Bart wachsen ließ, doch Zartheit und Blässe der Haut wollten so gar nicht zu einem Erwachsenen, schon gar nicht zu einem, der den Beruf des Soldaten ausübte, passen.
Das Haupthaar und der Bart waren pechschwarz und zu Locken geringelt, so, wie man es gelegentlich auf den aus alter Zeit überkommenen Steinreliefs sieht, die martialische persische Krieger aus der Zeit der Kämpfe mit den Griechen darstellen.
Insgesamt machte er auf mich den Eindruck eines Knaben, der Männerarbeit tut und weder sich selbst noch seinen Mitmenschen gegenüber zugeben will, daß sie zu schwer für ihn ist.
Verstärkt wurde diese Wirkung noch durch sein Bemühen um ein Auftreten voll Autorität, das in krassem Gegensatz dazu stand, daß er es niemals fertigbrachte, seinem Gesprächspartner in die Augen zu sehen.
»Ich grüße Euch, Ihr Herren«, sagte ich. »Wer von Euch beiden ist der Wirt dieser Karawanserei?«
»Das bin ich«, erwiderte der Wirt eifrig. »Mein Name ist Chirchan ibn Qaradscha. Darf ich Euch mit einem Nachtquartier und Versorgung für Euer Tier dienlich sein?«
Ridwan, bei dem ich gewiß jede Möglichkeit zum Erringen seiner Freundschaft verspielt hatte, als ich andeutete, er könne möglicherweise für den Wirt gehalten werden, hob sofort abwehrend die Hand.
»Halt. Erst soll der Fremde seinen Namen nennen und Auskunft über Woher und Wohin geben.«
Da schon meine Eröffnung des Gespräches so ungeschickt ausgefallen war, gab ich jetzt bereitwillig die geforderte Auskunft: »Mein Name ist Usama ibn Munqid. Ich bin ein Teppichhändler aus Damaskus und auf dem Weg in die prächtige Stadt Bagdad, um dort Geschäfte zu machen.«
»So führt Ihr gewiß Tauschwaren bei Euch, um Teppiche ein-

kaufen zu können«, sagte Ridwan und blickte sich um, ob ich irgendwo einen Berg aus Waren hingelegt hatte.
»Nein, edler Hauptmann«, sagte ich. »Ich bin gekommen, um Teppiche zu verkaufen.«
»Ihr wollt in Persien Teppiche verkaufen?« fragte er mißtrauisch. »Das kommt mir seltsam vor. Was bringt Euch auf den Gedanken, man könnte hier Interesse an Teppichen aus anderen Ländern haben? Und wo sind Eure Teppiche?«
»Ich bedaure zu hören, daß die Einfuhr von Teppichen nach Persien kein lukratives Geschäft ist. Allerdings machte ich schon eine schlechte Erfahrung dabei: Meine Teppiche sind bei einem Mann, der mir noch weniger zahlte, als meinen schlimmsten Befürchtungen entsprochen hätte. Es handelt sich um einen Räuber namens Reza Abbas.«
»Ach, Reza ist wieder in der Gegend. Und er raubte Euch Teppiche? Doch warum ließ er Euch Eure Waffe? Und warum ließt Ihr Euch die Teppiche abnehmen, solange Ihr die Waffe noch hattet?«
»Ich freue mich, daß Ihr solchen Anteil an meinem Geschick nehmt. Ich will Euch gern berichten, weshalb ich herkam und was mir bisher widerfahren ist.«
Ich erzählte ihm von meiner Teppichhandlung in Damaskus und davon, wie ich, als die Geschäfte schlechter gingen, den Entschluß faßte, ein reisender Händler zu werden. Ich sparte auch nicht mit Einzelheiten, die ich um so lieber erzählte, da ich sie mir alle ausgedacht hatte.
Schließlich unterbrach Ridwan meinen Vortrag. Wen immer er hier zu beschützen hatte, ich schien ihm hilflos und dümmlich genug, um keine Gefahr darzustellen. Meine Geschichte war also ein voller Erfolg, selbst wenn ich keine Teppiche vorweisen konnte, um sie zu veredeln.
»Habt Verständnis für mein genaues Nachfragen«, lenkte Ridwan schließlich ein. »Ich habe eine große Verantwortung zu tragen, und seltsame Gestalten lungern in dieser Karawanserei herum.«

Die seltsamsten Gestalten, die ich bisher gesehen hatte, waren er selbst und Chirchan, und beide waren als Gefahren für die Unbekannten im Zelt meiner Meinung nach genauso geringzuschätzen wie als Schutz. Es dauerte nicht lange, bis ich den zweiten Teil meiner Vermutung nachhaltig bestätigt fand.
Ridwan jedenfalls hatte bei seiner Erwähnung seltsamer Gestalten in Richtung auf das Gebäude, genauer, auf den wunderbaren Hengst, der davor angebunden war, gedeutet.
»Ein Franke«, sagte Ridwan, »und mit einem solchen Pferd!«
Es klang so, als hielte er es für besonders verwerflich, wenn ein Franke ein so edles Tier sein eigen nennen konnte.
Sicherlich hätte er das Pferd lieber selbst besessen. Ich konnte es ihm gut nachempfinden, denn nach einem Reittier wie diesem verlangte es mich auch. Damit hätte ich in einem halben Tag Bagdad erreichen können.
»Der Franke ist gar nicht so schlecht, wie Ihr glaubt, Herr Ridwan«, sagte Chirchan. »Er hat sogar im voraus bezahlt. Und Ihr, Herr Usama?«
»Wenn es so Brauch ist, zahle ich auch im voraus.«
»Das wollte ich nicht verlangen, wenngleich ich es natürlich schon gar nicht ablehnen würde. Ich fragte nur, womit ich Euch dienlich sein kann. Wünscht Ihr vollständige Verpflegung oder nur ein Morgenmahl?«
Zwar hatte ich, da ich den ganzen Tag nichts gegessen hatte, genug Hunger, um zum Abendessen die Ration von zwei Kamelen zu verspeisen – die Menge, nicht die Zusammensetzung –, aber meine finanzielle Lage ließ mich das kargere, doch bezahlbare Angebot wahrnehmen.
»Könnt Ihr mich in der Nähe des Franken unterbringen?« fragte ich. »Ich bin ein großer Pferdefreund, und es würde mir eine besondere Freude machen, wenn ich ein Tier wie dieses in meiner Nähe wüßte.«
»Aber gern. Außer Euch und dem Franken wohnt zur Zeit niemand im Haus. Ich werde Euch den Raum direkt neben ihm geben.«

Es war keineswegs so, daß ich fest entschlossen gewesen wäre, das Pferd zu stehlen, aber es entspräche auch nicht der Wahrheit, wenn ich leugnete, mit dem Gedanken gespielt zu haben.

Der Wirt brachte mich in dem Raum westlich neben dem des Franken unter.

Das Innere des Gebäudes war genauso karg ausgestattet, wie es von außen erschien. Vier fensterlose Ziegelwände umgaben einen annähernd quadratischen Raum. Der Boden bestand nur aus festgestampftem Lehm und war alles andere als eben. Da war es sicherlich von Vorteil, daß der Wirt seine Gäste nicht durch irgendwelche Möbelstücke in Gefahr brachte, die etwa hätten umfallen und den Gast verletzen können.

Mit Rücksicht auf die Reisenden, denen es vielleicht zur Gewohnheit geworden war, unter freiem Himmel zu übernachten und die sich durch ein Dach in ungemütlicher Weise beengt gefühlt hätten, war auf das Anbringen eines solchen freundlicherweise verzichtet worden. Statt dessen gab es eine Konstruktion aus dünnen Holzstangen, auf die man einige Stoffbahnen gelegt hatte. Diese Bahnen besaßen eine auffällige substantielle und farbliche Ähnlichkeit mit der Kleidung des Wirtes.

Dieser bemühte sich, mich durch ein Lächeln zu verwöhnen, das er zwischen seinen spröden Lippen hervorleuchten ließ, und fragte, ob ich alles zu meiner vollen Zufriedenheit vorgefunden habe.

Das einzige, was ich außer dem Raum selbst überhaupt vorgefunden hatte, war ein Stapel wollener Decken an der Rückwand.

Zwar sah ich keine Alternative zu dieser Art der Unterbringung, doch sollte der, von dem man eine Bezahlung erwartet, sich niemals zu früh mit dem Gebotenen zufrieden zeigen.

So erklärte ich, die Wände besäßen eine abstoßende Farbe, die Wolldecken erschienen mir als Mutprobe für einen indischen

Fakir und durch die nicht verschließbare Tür sei ich nächtlichen Räubern schutzlos ausgeliefert.

Chirchan versicherte mir, die abstoßende Farbe der Wände wirke sich dahin gehend aus, daß alles Ungeziefer den Räumen fernbleibe, weiche Decken seien schädlich für die Gesundheit des Rückens und Räuber drängen mit Vorliebe gerade da ein, wo eine verschlossene Tür lohnende Beute verheiße.

Auf diese traditionelle Weise einigten wir uns schließlich auf einen Preis von einem Piaster, der mir gerade noch tragbar erschien. Selbstverständlich müsse ich auf gar keinen Fall im voraus bezahlen, bemerkte Chirchan schließlich, aber da das Gespräch nun schon einmal darauf gekommen sei und ich dies nicht gerade deutlich abgelehnt habe, sei es doch vielleicht einfacher, die Angelegenheit der Bezahlung gleich zu bereinigen, zumal er mich dann nicht am nächsten Morgen mit der profanen Vorlage einer Rechnung belästigen müsse.

So gab ich ihm denn den geforderten Piaster und bezahlte damit zugleich ein Morgenmahl, zu dem ich gar nicht mehr kommen sollte. Der Wirt verabschiedete sich.

Zwar war ich müde genug, um mich gleich hinzulegen, aber ich wollte doch noch einen Blick auf das Pferd werfen.

Ich zog mir die Stiefel von den schmerzenden Füßen, legte den Säbel neben mein künftiges Nachtlager und ging barfuß vor die Tür. Dort setzte ich mich auf den Boden, lehnte mich mit dem Rücken gegen die Mauer und streckte meine geplagten Beine von mir.

Ich hatte vorgehabt, in Betrachtung des Pferdes eine kurze Weile der Ruhe zu pflegen, mir über mein weiteres Vorgehen klarzuwerden und mich dann zum Schlafen zurückzuziehen.

Daß ich nach Bagdad mußte, stand außer Frage. Zum einen führte mich mein Vorhaben ohnehin in diese Stadt, zum anderen war die Aussicht, Reza wiederzutreffen, dort am größten.

Und zu Reza zurückzukehren war unumgänglich. Ich war ihm

nicht sonderlich böse, daß er mich ausgeraubt hatte, auch wenn das seltsam klingen mag. Raub war, wie er gesagt hatte, sein Beruf. Wir alle müssen die Pflichten erfüllen, die unsere Berufe uns auferlegen, auch dann, wenn diese Pflichten für andere Menschen oder für uns selbst nicht immer angenehm sind.

Es gab etwas, das ich mit ihm ins reine bringen mußte: Er hatte er mit den anderen Teppichen den einen genommen, den ich unbedingt wiederhaben mußte, um meine Pflichten zu erfüllen.

Wenn ich ausgeschlafen und gestärkt war, all meine Schrammen zudem verheilt waren, brauchte ich eine neue Auseinandersetzung mit ihm wohl nicht zu fürchten.

Von meiner Ruhestellung konnte ich das Treiben im Zeltlager gut beobachten. Die Soldaten waren mit dem Aufbauen ihrer Ausrüstung fertig geworden. Mit Ausnahme der vier Wächter am großen Zelt und der beiden bei den Tieren hatten sich jetzt alle Männer in einer Reihe aufgestellt. Hauptmann Ridwan hielt Musterung.

Zwar konnte ich seine Worte nicht verstehen, doch aus seinem scharfen Tonfall klang der Tadel heraus. Er deutete mit dem Finger umher und bemängelte hier ungeputzte Stiefel, da einen schräg sitzenden Gürtel, dort einen unordentlich gewickelten Turban.

Ich hätte mich an seiner Stelle eher um die Kampfkraft der Männer gesorgt als um ihre Tauglichkeit zur Parade. Aber ich war nicht an seiner Stelle und hatte mich genug um eigene Dinge zu sorgen.

Der Zelteingang, vor dem sich die Musterung vollzog, war auf zweierlei Art zu verschließen. Die Zeltwand selbst war geteilt und konnte zusammengerafft und mit Schnüren geschlossen werden. Jetzt allerdings waren beide Teile seitlich aufgerollt und durch die Schnüre in dieser Position festgehalten. Ein Vorhang, der herabgelassen war, verwehrte den Blick ins Innere.

Während Ridwan noch die Dinge bemäkelte, die ihm des Bemäkelns wert erschienen, wurde dieser Vorhang von einer Hand hochgehoben, und die Bewohner des Zeltes traten ins Freie. Um es genau zu sagen: Es waren Bewohnerinnen.
Während die eine von ihnen den Vorhang anhob, trat die andere, die mit einem langen weißen, fast kein schmückendes Beiwerk aufweisenden Gewand bekleidet war, zuerst ins Freie. Es war einschließlich einer Kapuze entweder aus einem einzigen Stück gefertigt oder aus mehreren Teilen so geschickt vernäht, daß es wie nur ein Stück wirkte. Vom Kopf reichte es bis zum Boden herab und fiel dabei in weitschwingenden Falten um den ganzen Körper, so daß auch die Füße nicht zu sehen waren. Zunächst schien es so, als wären auch die Arme der Frau unter dem Stoff verborgen. Dann aber, während sie einige Schritte weit vom Zelt wegtrat, öffnete sich ein Teil der Falten durch die Bewegung, vielleicht auch unterstützt durch den abendlichen Wind, und ein Ärmel war zu sehen. Dieser war so lang, daß er bis auf die Hand reichte. Nur kurz konnte man die schlanken Finger erkennen. Ein leichtes Aufblitzen im Schein der tiefstehenden Sonne ließ einen Ring mit einem Edelstein vermuten, dann legten sich die Falten wieder um den Ärmel und ließen ihn vor neugierigen Blicken verborgen sein.
Das ganze Kleidungsstück war so gearbeitet, daß es keine Rückschlüsse auf den Körper der Trägerin zuließ. Es entsprach in jeder Hinsicht den Geboten der Schicklichkeit und der Vorsicht, ist doch die Zurschaustellung des weiblichen Körpers geeignet, den Sinn des Mannes in unzumutbarem Maße zu verwirren und seine Gedanken auf Dinge zu richten, die außerhalb des Heimes nicht bedacht, geschweige denn getan werden sollen.
Anstelle des dunklen Tuches, das die meisten Frauen mehrfach um ihren Kopf winden, um nur für die Augen Raum zu lassen, hatte der Schneider eine andere Möglichkeit gewählt, die sicherlich bequemer war, aber den Geboten des Anstandes

im selben Maße Rechnung trug. Die Kapuze, die das Haupt verhüllte, reichte mit ihrer oberen Kante bis zum Haaransatz, mit ihrer unteren Begrenzung etwa bis zum Kinn hinauf. Dazwischen war eine ovale Öffnung ausgespart, die dem Umfang des Gesichtes entsprach und die mit einem Schleier verhüllt war.

Die Begleiterin, die als zweite aus dem Zelt getreten war, nachdem sie den Vorhang hochgehalten hatte, war mit mehr Farben, aber mit geringerer Sorgfalt gekleidet. Zwar reichte auch ihr Kleid bis zum Boden, doch kamen bei jedem Schritt kurz die Spitzen ihrer Füße in ledernen Sandalen zum Vorschein.

Das Kleid bestand aus einfachem Tuch, das lila gefärbt worden war. Der untere Rand war durchgehend mit Verzierungen in hellem Rot und in Grüntönen bedeckt.

Über den Hüften verlief ein schmaler Gürtel, der bei jeder Bewegung klirrte und klingelte. Kleine Metallplättchen und winzige Glocken waren darauf angebracht worden. Die leisen Geräusche vermittelten mir, der ich erschöpft an der von der Sonne des Tages noch warmen Mauer lehnte, die Illusion von frischem Wind und angenehmer Kühle.

Die Ärmel des Kleides waren vielleicht so lang wie die Ärmel am Kleid der anderen Frau. Doch waren sie hier nicht in Falten verborgen. Um Oberkörper und Kopf war ein langes schwarzes Tuch oder ein Schal geschlungen.

Ein Arm hing lässig herab, der andere schwang einen Krug nach oben und stellte diesen auf dem Kopf ab. Diese Bewegung wurde so fließend, so ohne jede Anstrengung vollführt, daß sie sicherlich schon Hunderte von Malen gemacht worden war. Es konnte keinen Zweifel daran geben, wer von den beiden Frauen die Herrin und welche die Dienerin war.

Das Auftreten der beiden hatte Ridwans Musterung seiner Truppe beendet. Der Hauptmann ging auf die beiden Frauen zu, blieb jedoch in respektvoller Entfernung vor ihnen stehen. Er richtete das Wort an die Frau in Weiß. Diese aber drehte

sich nur einfach zur Seite, ohne ihm zu antworten. Ridwan verbeugte sich und entfernte sich rückwärts gehend.
Die Soldaten hatten alle gleichzeitig festgestellt, daß es etwas Dringendes zu erledigen gab, wozu sie sich unbedingt umdrehen mußten. Dem einen fiel ungeschickt eine Waffe zu Boden, ein zweiter schlug einem lästigen Insekt hinterher, das soeben an ihm vorbeiflog, ein dritter bemerkte, daß er wohl die Gelegenheit nutzen konnte, die Stäubchen auf seinen Schultern zu zählen. Ein kurzes Kommando des Korporals brachte jedoch alles wieder in den vorherigen Stand zurück.
Ridwan blickte der weißgekleideten Frau nach, die einige Schritte bis zur Ecke des Zeltes machte und sich dort den Blikken eines der Wachposten gegenüber sah.
Sie machte kehrt und ging zum Zelteingang zurück, wo die Dienerin immer noch mit dem Krug stand. Die Herrin blieb einen kurzen Augenblick stehen. Ich konnte unmöglich hören, ob sie etwas sagte, aber es mußte wohl doch so gewesen sein. Die Dienerin nämlich hob den Vorhang an, ohne daß der Krug auf ihrem Kopf auch nur um ein weniges geschwankt hätte.
Nachdem die Frau, die sich von Fragen und Blicken belästigt gefühlt hatte, wieder im Zelt verschwunden war, machte sich die andere auf den Weg zur Zisterne. Sie ging im Rücken der Soldaten vorbei, und ihr Gürtel klingelte leise bis zu mir her.
Eine Abteilung der Palastwache aus Bagdad, die in einer Karawanserei ein Zelt mit zwei Frauen bewacht, von denen eine die Dienerin der anderen ist – das gab mir Stoff zum Nachdenken. Ich glaubte zu wissen, wer die Frau in dem weißen Kleid war. Natürlich konnte ich mich irren und auf einer völlig falschen Spur sein, aber eine Kombination wie diese traf man bestimmt nicht allzuoft.
Wenn meine Vermutung richtig war, so war ich gar nicht in dem Ausmaß zu spät, wie ich bis gerade geglaubt hatte. Ich durfte jedoch auf keinen Fall zulassen, daß die Truppe mit den Frauen abzog und mich allein hier zurückließ.
Die Aussichten, von den Soldaten mitgenommen zu werden,

waren äußerst gering. Wenn ich am nächsten Tag im Ort ein Tier mietete, so würde ich ewig verhandeln müssen und zudem für mein weniges Geld sicher nur eine alte Schindmähre bekommen.
Noch immer stand der Hengst des Franken an den Pfahl gebunden. Vielleicht war sein Besitzer gar nicht in der Nähe. Aber um jetzt noch die Nacht durchzureiten, war ich zu erschöpft. Das beste würde es ohne Zweifel sein, wenn ich aufhörte, mir den Kopf zu zerbrechen, und mich schlafen legte.
»Friede sei mit Euch, Herr Nachbar«, sagte eine Stimme hinter mir.
Ich zuckte zusammen, als sei ich ein Knabe, den man bei verbotenem Naschen am Zuckerzeug erwischt hat. Als ich mich umdrehte, war niemand zu sehen.
»Überlegt Ihr, ob es sich lohnt, mein Pferd zu stehlen, oder wie Ihr die Dame dort drüben kennenlernen könnt?« fragte die Stimme. Sie sprach das Persische mit einem starken Akzent und zudem grammatikalisch nicht ganz rein, wie die Stimme eines Menschen, der eine fremde Sprache im täglichen Umgang gelernt hat und nicht von einem sorgfältigen Lehrer.
Der Sprecher war immer noch nicht zu sehen, doch es mußte sich um den Franken handeln, da die Worte aus seinem Zimmer gekommen waren. Dort stand er wohl in der sicheren Dunkelheit und beobachtete mich, wer weiß, wie lange schon.
»Friede sei auch mit Euch«, sagte ich, denn der traditionelle Gruß bedurfte der gebührenden Antwort, auch wenn er in unhöflichem Ton und in Verbindung mit einer Anschuldigung vorgebracht wurde.
»Leider kann ich Euch nicht erkennen«, fügte ich hinzu, als keine weiteren Worte zu hören waren. »Verzeiht deshalb, wenn mir die Situation einem Gespräch nicht förderlich zu sein scheint.«
Ich blickte dabei aufmerksam in das Zimmer und kniff die Augen leicht zusammen, in der Hoffnung, den Mann deutlicher

sehen zu können, wenn ich mich erst von der Helligkeit des Tages auf die Lichtverhältnisse im Innern umgestellt haben würde.
»Ich wollte Euch nicht belästigen«, antwortete der Franke. »Es ist mir auch egal, was Ihr tut. Mein Pferd würde Euch ohnehin abwerfen, und die Frauen hier sind für meinen Geschmack zu dick eingepackt.«
Ich glaubte, in der Schwärze hinter der Türöffnung jetzt die Umrisse einer Gestalt ausmachen zu können. Doch ehe ich mehr erkannte, sagte die Stimme nur noch »Gute Nacht«. Es gab eine Bewegung im Zimmer; ein leichtes Rascheln und ein Reiben wie von Metall auf Metall waren zu hören, dann war alles still.
»Warum sprecht Ihr so abfällig über die Frauen?« fragte ich.
Es erfolgte keine Antwort. Entweder hatte der Franke sich weiter ins Innere zurückgezogen, um sich mit anderen Dingen zu beschäftigen, oder er wollte gar nicht mit mir sprechen und beobachtete mich einfach schweigend weiter. Erkennen konnte ich jedenfalls nichts mehr.
Ich erhob mich und ging in mein Zimmer zurück. Mißtrauisch klopfte ich mit der flachen Hand auf den Decken herum. Da keine sofortige Auswanderungswelle sechs- und achtbeiniger Untermieter erfolgte, konnte ich es wohl wagen, meinen Körper zur Nachtruhe hinzubetten.
Ich zog meine Jacke aus und rollte sie zusammen, so daß ich den Kopf darauf betten konnte. Wesentlich bequemer würde mein Nachtlager auf diese Weise sicherlich nicht werden, doch bot es den Vorteil, daß mein Geld, das sich darin befand, auf die für mich sicherste Weise verwahrt war.
Ich war schon fast eingeschlummert, als ein Kratzen am Eingang mich ein Auge mühsam wieder öffnen ließ.
Ein schmächtiger Knabe, nur mit einem kurzen Schurz bekleidet, stand da.
»Was denn?« fragte ich, nicht gerade höflich, aber wohl ausreichend.

»Großvater läßt fragen, wann Ihr geweckt werden möchtet«, sagte er schüchtern. Dabei wich er einen halben Schritt von der Tür zurück. Vermutlich war mein unwilliges Knurren abschreckender ausgefallen, als ich gewollt hatte.
In einer finanziell weniger angespannten Situation hätte ich ihm sicher zum Trost ein paar kleine Münzen zugeworfen.
»Wecke mich bei Sonnenaufgang«, brummte ich, und schon war der Knabe verschwunden.
Acht Stunden Schlaf und ein kräftiges Essen würden mich wieder auf die Beine bringen. Ich wälzte mich auf den Bauch, legte die Arme um das provisorische Kopfkissen und bemühte mich, ruhig und regelmäßig zu atmen. Wie immer, wenn ich den Schlaf so dringend benötigte, wollte er sich nicht einstellen.
Bilder schossen mir durch den Kopf und hinderten mich, der Müdigkeit nachzugeben. Ich sah Reza mit meinem kleinen Teppich und die Frau im weißen Kleid. Als ich schließlich Reza im weißen Kleid sah, lächelte ich leicht im Dunkeln, denn endlich war mein Grübeln zu einem Traum geworden.

Als zwei Frauenschreie mich lange vor Sonnenaufgang aus dem Schlaf rissen, reagierten meine Instinkte schneller als mein Verstand.
Ich rollte mich von meiner Schlafstätte herunter, griff nach dem Säbel, den ich nachts immer in Reichweite liegen habe, und sprang auf. Erst als ich schon mit dem Rücken zur Wand stand, bereit, einem Angriff zu begegnen, wurde ich wirklich wach.
Sicher hatte ich die Anstrengungen und Rückschläge der jüngsten Vergangenheit noch lange nicht überwunden, aber ich fühlte mich durchaus in der Lage, wenn nötig einen Kampf aufzunehmen.
Vor der Türöffnung begann die Dunkelheit der tiefen Nacht gerade erst einem Zwielicht zu weichen, das von Dunkelheit höchstens eine winzige Nuance entfernt war. Im Zimmer war

es noch so dunkel, daß ich nicht mit Sicherheit sagen konnte, ob ich allein war.

Welcher Art von Bedrohung ich auch gegenübertreten mußte, ich mußte zuerst sicher sein, daß niemand hier auf mich lauerte. Ich hielt den Atem an, um zu lauschen, ob sich jemand durch ein Rascheln seiner Kleidung verriet oder ob vielleicht schon ein Dolch sich in die Decken bohrte, auf denen ich kurz zuvor noch geruht hatte.

Mit Ausnahme meines eigenen Pulses, der überlaut in meinen Ohren zu hämmern schien, war innerhalb der Mauern nichts zu hören. Von draußen aber klangen jetzt hastige Schritte herein. Männerstimmen riefen aufgeregt durcheinander. Allerdings war kein Waffengeklirr zu vernehmen.

Ich schüttelte ein paarmal den Kopf, um den Rest des Schlafes zu vertreiben. Dann ging ich langsam zur Tür, die Waffe kampfbereit in der Rechten.

Aufmerksam nach allen Seiten spähend, trat ich ins Freie. Da die Tür sich nach Süden öffnete, war zu meiner Linken der Himmel vom Grau des heraufdämmernden Morgens etwas stärker erhellt als der rechte Teil des Platzes, auf dem sich das Lager mit dem großen Zelt befand. Von rechts her war nur Lärm zu hören, und meine Augen erkannten, daß es dort einiges an rascher Bewegung gab. Einzelheiten jedoch ließen sich nicht ausmachen.

Aber just in diesem Augenblick flammten einige Feuer, die während der Nacht nur geglimmt hatten, von eiligen Händen geschürt wieder auf.

Die Soldaten bildeten einen schützenden Kreis um das Zelt. Die Waffen dieses Kreises aber waren seltsamerweise nach innen gerichtet. Zwar hatte ich Ridwans Fähigkeiten im Umgang mit einer bedrohlichen Situation als äußerst gering eingeschätzt, aber daß er bei einem Angriff seine Männer verkehrt herum postieren würde, vermochte ich denn doch nicht zu glauben.

Es schien, daß er eine Bedrohung eher aus dem Zelt heraus

erwartete, als daß das Zelt selbst bedroht war. Das freilich war eine ungewöhnliche Einschätzung, wenn man bedachte, daß es nur von einer vornehmen Frau und ihrer Dienerin bewohnt war.
In der Nacht war auch die äußere Zeltbahn herabgelassen worden, doch hatte man die Verschnürung nicht geschlossen. Ridwan stand vor dem Eingang und sprach mit leiser Stimme zu jemandem, der sich im Zelt befinden mußte. Durch die Zeltbahn klang eine drängende weibliche Stimme. Ridwan wippte einige Male mit seinem Säbel, als wäre er unschlüssig, wie er ihn am günstigsten halten sollte. Dann hob er das Zelttuch und trat ein. Das kostete ihn sichtlich Überwindung.
»Viel zu langsam«, sagte neben mir die Stimme, die ich gestern bereits gehört hatte.
Und genau wie gestern erschreckte ich mich dabei. Ich wirbelte herum und hob meine Waffe zur Verteidigung.
Vor mir stand der Franke. Zum Glück machte er keine Anstalten, mich anzugreifen. Außerdem hätte er, wäre das seine Absicht gewesen, mich vorher mit Leichtigkeit durch einen Streich von hinten fällen können.
Der Franke war um ein weniges größer als ich und machte den Eindruck, daß er mir an Zähigkeit mindestens ebenbürtig, an Körperkraft gar überlegen war. Seine Kleidung besaß kein schmückendes Beiwerk. Ihre einzelnen Stücke stammten deutlich aus verschiedenen Orten und wirkten, als seien sie, dem Zufall und der Notwendigkeit folgend, immer dann gekauft worden, wenn ein Teil gerade in irgendeiner Stadt zu verschlissen war, um noch weiter getragen zu werden.
Die Füße steckten in festen, geradezu klobig zu nennenden braunen Lederstiefeln. Die Beine waren mit einer türkischen Hose bekleidet, einer jener Hosen, die man normalerweise nur zu niedrigen Schuhen oder Pantoffeln trägt.
Um die Hüften wurde die Hose von einem Gürtel zusammengehalten, der wohl eine gute Handspanne breit war. Darauf fanden sich zahlreiche Haken und Schlingen, die dazu geeig-

net waren, viele Dinge zu befestigen und in der Tat auch zu diesem Zweck benutzt wurden. Rund um den Körper waren so ein kleiner Wasserschlauch, ein Löffel, ein Wurfmesser, ein Trinkbecher und ein zusammengerolltes Seil verteilt. Dazwischen fanden sich noch zwei Leinenbeutel, die voll mit nicht erkennbaren Dingen gefüllt waren, und ein zusammengerolltes Stück Pergament.

Der Oberkörper war von einem Kettenhemd geschützt, einer jener Erfindungen, mit denen die Franken immer dann aufwarten, wenn sie mit Heeresmacht in die Länder der Rechtgläubigen einfallen, um den frommen Pilgern den Zugang zu dem heiligen Ort Jerusalem zu verwehren. Gern hätte ich ein Schutzkleid dieser Art besessen, aber noch taten sich unsere Schmiede schwer mit der Herstellung.

Um die Schultern lag ein weiter Mantel von gelbbrauner Farbe, der an der Vorderseite von einem kurzen Lederband und zwei Spangen zusammengehalten wurde. Solche Mäntel fand man bei den Horden der Kurden, die immer wieder gegen ihre Emire aufstanden. Sie hüllten sich in ihre Mäntel und waren, solange sie sich ruhig verhielten, auf dem Boden fast unsichtbar. Dann brachen sie plötzlich hervor und fielen über Soldaten oder auch über harmlose Reisende her. Wenn der Franke Kurdistan nicht nur lebend durchquert, sondern zudem noch einen solchen Mantel errungen hatte, war er ohne Zweifel ein Mann, den man als Kämpfer ernst nehmen mußte.

Obwohl die Franken normalerweise von heller Hautfarbe sind, war das Gesicht dieses Mannes bereits so stark gedunkelt, daß er sich schon lange in den heißen Ländern aufhalten mußte. Seine Gesichtszüge jedoch verrieten ihn immer noch als einen im Norden Gebürtigen. Er hatte eine gerade, kleine Nase, der jeder verschönende Schwung oder Haken fehlte. Seine Augen waren von einem Farbton, der zwischen Blau und Grün angesiedelt war. Seine Mundwinkel waren jetzt zu einem leichten Lächeln angehoben, dem man nicht genau ansah, ob es ein Lächeln der Freundlichkeit oder der Hochmütigkeit war. Ich vermutete das letztere – schließlich war er ein Ungläubiger.

Die Ohren wurden von einem dichten und welligen roten Haarschopf verdeckt. Von gleicher Farbe waren auch seine schmalen Augenbrauen und der gestutzte Bart. Der Schnurrbart war an den Enden länger gewachsen und an beiden Seiten hochgezwirbelt.

Die Arme waren lässig auf ein langes Schwert gestützt, als lehnte der Franke an einem Pfahl. Die Klinge war auf beiden Seiten geschärft und so lang, daß sie allein vom Boden bis über die Hüfte reichte. Wie die Klinge ungewöhnlich lang war, so war auch die quer angesetzte Parierstange ungewöhnlich breit. Ihre Enden waren abwärts, zur Spitze hin, gebogen und verbreiterten sich nach außen hin. So konnten sie einen gegnerischen Hieb besser abfangen.

Der Knauf war aus Holz gefertigt und zu einer dramatischen Darstellung geschnitzt. Er stellte eine sich aufbäumende Echse mit einem langen geringelten Schwanz und klauenbewehrten Pfoten dar. Vor dieser Echse stand ein Ritter, der ihr soeben ein Schwert in die Brust stieß. Ein Ungläubiger mochte der Schnitzkunst, die sich darin zeigte, seine Bewunderung zollen. Ich jedoch mußte sie verdammen, denn aus der Lehre der Hadite[*] wissen wir, daß der Prophet die Anfertigung von Bildern, die einen Schatten werfen, verdammt hat. Als der Franke meiner Bestürzung ansichtig wurde, verbreitete sich sein Lächeln noch zu einem Lachen.

»Fürchtet nichts«, sagte er. »Ihr wart so in die Betrachtung der Soldaten versunken, daß Ihr meine Schritte nicht gehört hättet, selbst wenn ich mit den Füßen gestampft hätte wie ein Elefant.«

Er hockte sich auf seine Fersen, wie es die Beduinen außer-

---

[*] Hadite: Texte, die im 8. und 9. Jahrhundert aufgezeichnet und nachträglich Mohammed zugeschrieben wurden. Sie enthalten unter anderem ausdrückliche Verbote bildlicher Darstellungen, über die sich im Koran selbst nichts findet.

halb ihres Heims zu tun pflegen, wenn sie sich zur Beratung oder zur Rast niederlassen und dabei immer gewärtig bleiben, rasch aufspringen zu müssen. Sein Schwert legte er über die Oberschenkel; die rechte Hand ruhte auf dem Griff in einer Lage, die gerade eben noch als zufällig erscheinen mochte.
»Ich dachte schon, jemand wolle sich an meinem Pferd vergreifen«, erzählte er. »Aber diese Gefahr scheint nicht zu bestehen. Ich frage mich allerdings ernsthaft, was da drüben wohl passiert sein muß. Habt Ihr bemerkt, wie lange es dauerte, bis der Offizier das Zelt betrat? Als er hier ankam, hatte ich den Eindruck, daß er die Frauen beschützen sollte. Jedenfalls hat er mich nach meinem Lebenswandel ausgefragt, als wollte er eine Biographie über mich verfassen. Jetzt ist tatsächlich etwas passiert, und er zögert ewig vor dem Eingang herum, statt gleich mit gezückter Waffe zu Hilfe zu eilen.«
»In Eurer Heimat mag das anders sein«, erwiderte ich. »Die Rechtgläubigen aber betrachten die Räume der Frauen mit Respekt, selbst dann, wenn diese Räume nur durch Zeltbahnen abgeteilt sind. Ohne große Gefahr wird kein Mann ein Frauenzelt betreten.«
»Ich denke, daß ein nächtlicher Schrei ein deutliches Anzeichen für eine Gefahr ist.«
Wir beobachteten das Zelt und die Soldaten für eine Weile, ohne daß irgendwelche Geräusche auf das schließen ließen, was sich hinter den Zeltbahnen ereignete.
Dann tauchte Ridwan wieder auf, doch an einer unerwarteten Stelle. In der linken Seitenwand des Zeltes tat sich ein Spalt auf, durch den der Hauptmann, die Waffe immer noch in der Hand, hindurchtrat.
Er schaute sich nach beiden Seiten um. Nachdem er sich überzeugt hatte, daß alle seine Männer noch da waren, begann er, den Boden vor dem Riß eingehend zu untersuchen. Dazu kniete er nieder und ließ einen Soldaten mit einer Fackel kommen. Der Helfer mußte einige Schritte von seinem Vorgesetzten entfernt stehenbleiben und die Fackel am ausgestreckten

Arm weit vor sich halten, damit sie Licht auf den Boden vor dem Zelt warf.

Ridwan kroch auf dem Boden hin und her. Er entfernte sich dabei in kleinen Bögen vom Zelt und kehrte immer wieder zu seinem Ausgangspunkt zurück, um dann erneut davonzukriechen. Sicherlich suchte er nach Spuren, aber auf eine Art, die ihn selbst mehr davon erzeugen als entdecken ließ.

Schließlich stand er auf. Ich erwartete, daß er jetzt an einer anderen Stelle weitersuchen würde, dort, wo der Untergrund weniger festgetreten war. Bei einer vernünftigen Suche hätte er seine Leute ausschicken müssen, damit sie im weiten Umkreis den Boden ableuchteten.

Wenn er nach jemandem suchte, der unbefugt das Zelt betreten und wieder verlassen hatte – und alles, was ich bisher beobachten konnte, wies deutlich darauf hin –, dann wäre auch eine Untersuchung des Haines angebracht gewesen. Es war schon genug Zeit vergangen, so daß sich dort jemand hätte verbergen können.

Für wahrscheinlicher hätte ich es allerdings gehalten, daß jemand, der sich der Aufmerksamkeit der Soldaten entziehen wollte, hierher zum Haus gelaufen war. Es wäre viel gewitzter gewesen, einfach in der Nähe zu bleiben und genau zu beobachten, wie sich die Suche nach ihm entwickelte. Vorausgesetzt, man war unerkannt geblieben, war dies die beste Möglichkeit des Entkommens, da sie keine Spuren erzeugte. Ein so gewitzter Mann hätte durchaus überraschend neben mir auftauchen können, als sei er statt von draußen geradewegs aus seinem Zimmer gekommen.

»Wäre es nicht bemerkenswert, wenn sich herausstellte, daß einer von uns der Täter ist?« fragte der Franke.

»Was für ein Täter?« fragte ich zurück.

»Wollt Ihr mir erzählen, Ihr seid zu blind, um zu sehen, was dort vor sich geht? Es ist doch wohl offensichtlich, daß jemand in das Frauenzelt eingedrungen ist. Und jetzt suchen sie ihn da draußen, und er steht vielleicht hier. Wie lange mag es wohl dauern, bis der famose Hauptmann auf denselben Gedanken kommt?«

»Hoffentlich recht lange, denn wenn es soweit ist, könnte er auf eine recht nachhaltige und für einen von uns sehr endgültige Art darauf reagieren.«

»Das liebe ich an Euch Orientalen so: Ihr vermögt die unangenehmen Dinge in eine geradezu hübsche Form zu bringen. Wir wollen also hoffen, daß ... Holla, wer ist das denn!«
Während unserer Unterhaltung hatte der Franke sich auf dem Vorplatz umgesehen und deutete jetzt in eine bestimmte Richtung. Ich folgte mit den Augen seinem Finger. Einige Meter weiter, näher zur Ecke hin, stand ein kleiner älterer Mann in einem langen Gewand, einen hohen und spitzen Hut auf dem Kopf, und beobachtete gleich uns das Treiben. Es war noch zu dunkel, um weitere Einzelheiten seiner Erscheinung ausmachen zu können.

Als er bemerkte, daß wir auf ihn aufmerksam geworden waren, wich er einige Schritte zurück, blieb dabei allerdings unter dem Vordach.

»Den habe ich gestern gar nicht ankommen sehen«, sagte der Franke. »Allerdings sieht er kaum wie jemand aus, der nächtens in ein Zelt eindringen und dabei Frauen erschrecken würde.«

Aus der Ferne drang jetzt von Kazimiya der Ruf des Muezzins herüber. Es war die Stunde des Morgengebets, von der es heißt, sie sei dann gekommen, wenn man »einen schwarzen von einem weißen Faden unterscheiden« könne.

So sanken alle auf die Knie nieder, das Gesicht gen Mekka gewandt, und verrichteten die vorgeschriebenen Gebete.

Ich hatte erwartet, daß der Franke irgend etwas Lästerliches unternehmen würde, um den Augenblick des Gebets zu schänden, oder daß er zumindest als Ausdruck seiner Gleichgültigkeit stehenbleiben würde. Doch nichts dergleichen geschah. Er sank neben mir auf die Knie, legte sein Schwert beiseite und neigte das Haupt zur Erde.

Nachdem das Ritual beendet war, nahm er seine vorherige Position wieder ein.
»Ich hatte nicht vermutet, daß Ihr dem rechten Glauben angehört«, bemerkte ich.
»Vermutlich werdet Ihr niemals jemandem begegnen, der von sich selbst behauptet, er gehöre nicht dem rechten Glauben an«, erwiderte er. »Ich nutze die Zeit, mit meinem Gott zu sprechen, auch wenn ich ihn vielleicht nicht mit demselben Namen benenne wie Ihr. Handelte ich anders, wäre ich schwerlich bis in die Nähe der Stadt Bagdad gelangt. Allerdings scheint es hier Leute zu geben, die die Zeit des Gebets zu anderen Dingen nutzen.«
Ich blickte wieder zu den Soldaten hinüber, doch konnte ich nicht erkennen, wen er meinte.
»Ihr seht in die falsche Richtung. Achtet doch auf unseren gerade entdeckten Nachbarn.«
Tatsächlich hatte der kleine Mann sich in der Zwischenzeit von uns entfernt. Er befand sich jetzt an der Ecke des Gebäudes und bemühte sich, ein widerstrebendes Maultier hinter sich herziehend, die Straße zu erreichen.
Auch die Soldaten waren auf ihn aufmerksam geworden. Zwei von ihnen liefen hinter dem sich Entfernenden her und riefen ihm zu, er solle stehenbleiben. Doch nichts tat der Mann weniger, als diesen Zurufen zu gehorchen. Er verstärkte das Zerren am Zügel seines Tieres. Das Maultier, mit einem Kasten und mehreren Bündeln beladen, stemmte die Hufe in den Boden und machte keine Anstalten, die Flucht seines Herrn zu unterstützen.
Die Soldaten hatten den Mann fast erreicht. Er ließ das Maultier los und begann zu laufen. Dabei hielt er mit einer Hand seinen spitzen Hut fest. Im Lauf blickte er sich immer wieder nach seinen Verfolgern um.
Es gab keinen Zweifel, wie diese kurze Verfolgung enden mußte. Schon nach wenigen Schritten war er eingeholt worden. Einer der Soldaten faßte ihn am Arm und führte ihn zu

den anderen zurück, der andere übernahm die Führung des Tieres.
Sechs Bewaffnete kamen jetzt auf den Franken und mich zu. Fünf der Soldaten trugen ihre Säbel in den Händen, der sechste streckte uns die Hand fordernd entgegen.
»Gebt Eure Waffen heraus und folgt uns!« befahl er.
Der Franke warf ihm einen Blick zu, als hätte er einen Knaben vor sich stehen gehabt, der aus reiner Unkenntnis ein unsinniges Begehren ausgesprochen hat. Er richtete sich langsam auf, ohne die Hände zum Abstützen zu Hilfe zu nehmen, und sagte: »Dieses Schwert ist aus bestem Turiner Stahl gefertigt. Ein Schwert wie dieses kann man nicht bei Händlern kaufen, und man kann es auch nicht von anderen Männern erbitten. Es gibt nur einen Weg, es zu erlangen: Man muß es seinem Besitzer nehmen, wenn er tot neben ihm am Boden liegt. Wie steht es mit Eurer Waffe, mein Begleiter?«
Ich hob meinen Säbel und äußerte: »Dies ist eine Waffe aus Damaskus, wie sie dort zu Hunderten geschmiedet werden. Eine Waffe von der Art, wie sie sich ein Teppichhändler leisten kann, ist leichter entbehrlich als das Leben.« Mit diesen Worten drehte ich den Säbel um und reichte ihn dem Soldaten mit dem Griff zuerst.
Ohne eine weitere Aufforderung abzuwarten, ging ich zu Ridwan hinüber.
Der Franke folgte mir, sein Schwert immer noch in der Hand. Die Soldaten hatten ihn umringt, hielten allerdings so viel Abstand zu ihm ein, daß man auf ihren Respekt vor ihm schließen konnte. Vermutlich dachten sie sich, daß ihr Hauptmann sich dem Widerspenstigen gegenüber schon durchsetzen würde.
Die Soldaten, die den kleinen Mann verfolgt hatten, kamen mit ihrem Gefangenen etwa gleichzeitig mit uns bei Ridwan an.
»Ihr wollt Euer Schwert nicht abgeben?« fragte Ridwan den Franken.

»So ist es, Herr«, antwortete der Angesprochene.
»Ich habe in der Schlacht bei Dorylaeum* fünf Franken getötet, die ihre Schwerter auch nicht abgeben wollten«, sagte Ridwan.
»So seid Ihr ein Mann, dem man Achtung zollen muß, denn es war gewiß nicht leicht, zumal wenn man bedenkt, daß die Schlacht bei Dorylaeum vor elf Jahren stattfand. Ihr könnt damals kaum so groß gewesen sein, daß Ihr an den Knauf des Schwertes herangereicht habt, und doch habt Ihr schon fünf Männer getötet. Bestimmt wird man einmal ein Heldenepos über Euer Leben schreiben, wenn Ihr so weitermacht. Ihr solltet auf Eure Gesundheit achtgeben, damit Ihr selbst noch in der Lage seid, es zu hören.«
»Ich könnte Euch von meinen Leuten aufspießen lassen!« rief Ridwan, auf diese mäßig verhüllte Drohung mit einer offenen antwortend.
»Wenn Ihr Eure kleine Truppe noch kleiner machen wollt, so tut dies nur. Doch bedenkt, daß es zwei große Nachteile für Euch hat, wenn ich jetzt sterbe.«
»Welche sollten das sein?«
»Der erste ist, daß ich dann keine Auskünfte mehr geben kann. Und habt Ihr uns nicht gerufen, weil Ihr Auskünfte von uns einholen wollt?«
»Gewiß. Doch was sollte der zweite Nachteil sein?«
»Der zweite Nachteil für Euch, Herr Hauptmann, ist, daß ich Euch den Kopf schneller vom Rumpf schlagen kann, als einer Eurer Männer in der Lage ist, mich mit seinem Säbel zu treffen.«
Kaum hatte der Franke die Worte ausgesprochen, da wurde er schon der Lüge gestraft. Ridwan sprang außer Reichweite zurück. Einige der Soldaten, die vorher noch das Zelt umstanden

---

* Der zweite Kreuzzug (1147–49) unter Führung Kaiser Konrads III. und König Ludwigs VII. von Frankreich endete mit einer schweren Niederlage der Kreuzritter gegen die Türken unter dem Sultan von Ikonium in der Schlacht bei Dorylaeum.

hatten, waren näher herangetreten. Mindestens zehn Männer hätte der Franke bereits beim ersten Schwertstreich gegen sich gehabt, und binnen weniger Augenblicke hätte sich die Zahl seiner Gegner verdoppelt.
Der Franke federte in den Knien, seine Klinge hob sich langsam empor. Schon deutete Ridwan aus sicherer Entfernung mit dem Arm auf ihn, schon öffnete sich sein Mund, um einen Befehl zu geben, dessen Ausführung nur zum Tod des Einzelgängers führen konnte.
In diesem Moment, dem letzten Atemzug vor dem Klirren der Waffen, fiel mir ein, daß mir der Franke lebend nützlicher war als tot.
Ich trat vor und stellte mich zwischen den Franken und Ridwan. Die Augen des ersteren blickten mich durchdringend an und gaben mir das sichere Gefühl, das erste Opfer des Kampfes zu werden, wenn ich auch nur einen Fehler machen würde.
»Ihr seid ein tapferer Mann«, begann ich. »Tapfere Männer aber sollten ihr Leben nicht unbedacht fortwerfen. Wenn Ihr aber unbedingt sterben wollt, so nennt mir Euren Namen, damit ich auf Euer Grab schreiben kann, wer hier sein Leben für seinen Hochmut eintauschte.«
»Mein Name ist kein Geheimnis«, antwortete der Franke. Seine Augen wanderten dabei an der Reihe der Soldaten entlang, damit niemand überraschend angreifen konnte, während er mit mir sprach. »Ich heiße Gutschalk von Vogelheim, und für viele wird dieser Name das letzte sein, was sie ...«
»Herr Gutschalk«, unterbrach ich ihn, ehe er sich selbst so in Rage reden konnte, daß es kein Zurück mehr gab. »Ihr solltet Euer Leben nicht für ein Mißverständnis opfern. Hauptmann Ridwan wollte Euch nicht zwingen, sein Gefangener zu sein. Vielmehr bat er Euch, Eure Waffe als Gast abzulegen.«
»Den Eindruck hatte ich nicht«, sagte Gutschalk.
»Ich auch nicht«, fügte Ridwan hinzu.
Ich überging den Einwand des Hauptmanns und fuhr fort:

»Seht, Ihr habt mehr als zwanzig Männer gegen Euch. Selbst wenn Ihr einige von ihnen tötet, so ist Eure Niederlage doch völlig gewiß. Wenn Ihr lebend oder tot überwältigt werdet, so wird man Euch immer für den Schuldigen halten, was immer der Schuldige auch getan haben mag. Nicht einmal das würdet Ihr erfahren. Doch wenn wir beide freiwillig unsere Aussagen machen, so wird sich bald herausstellen, daß wir beide weit weg vom Zelt waren. Schließlich haben wir uns gegenseitig gesehen.«
»Weswegen macht Ihr Euch solche Sorgen um mein Wohlergehen?«
Ich konnte ihm schlecht antworten: »Weil Ihr mein einziges Alibi seid«, denn damit hätte ich zugegeben, daß ich glaubte, eines zu benötigen. Also sagte ich das erste, was mir einfiel: »Vielleicht war ich anfangs zu abweisend Euch gegenüber, denn ich gedachte der Worte der dritten Sure: *O Gläubige, werdet nicht zu Freunden derer, die nicht eure Religion haben, denn sie sinnen darauf, euch zu verführen und zu verderben.* Doch dann erinnerte ich mich an die neunundzwanzigste Sure, in der es heißt: *Das Gebet bewahrt die Gläubigen vor Verbrechen und Verbotenem.*«
»Das beantwortet meine Frage nicht«, entgegnete Gutschalk.
»Es nimmt ihm auch nicht sein Schwert ab«, stellte Ridwan fest.
»Aber es beantwortet alle Fragen«, versicherte ich eifrig, »denn in der achtzehnten Sure steht: *Nichts Mißverständliches, sondern nur Deutliches hat Allah seinen Dienern in der Schrift offenbart.*«
»Jetzt habe ich den Faden verloren«, sagte Gutschalk.
»Seht, Herr Gutschalk, Ihr, ich und auch der kleine Mann dort drüben, wir reiten alle auf demselben Höcker, wie man in Syrien zu sagen pflegt. Es ist in unserem Interesse, Hauptmann Ridwan in allen Punkten zu unterstützen, denn keine Schuld drückt unser Gewissen. Darum werdet Ihr Euch nicht länger weigern, Euer Schwert abzugeben ...«

»O doch!«
»Und Hauptmann Ridwan, der weiß, daß er Wichtigeres zu tun hat, als mit Euch zu kämpfen, wird nicht länger auf seinem Verlangen nach Eurer Waffe bestehen ...«
»Und ob ich das tue«, rief Ridwan.
»Sondern wir werden uns dahin gehend einigen, daß Herr Gutschalk sein Schwert einsteckt und sein Ehrenwort gibt, es nicht gegen einen der Soldaten zu ziehen.«
»Ich stecke mein Schwert nur ein, wenn man mir garantiert, daß ich es behalten darf«, forderte Gutschalk.
Rasch, ehe der winzige Vorteil wieder vergehen konnte, wandte ich mich an Ridwan: »Herr Hauptmann, bedenkt die Lage dieses Mannes. Er ist allein in einem fremden Land, umgeben von Bewaffneten. Selbst wenn er es wollte, so könnte er nicht entkommen. Geht auf den Vorschlag ein, ich bitte Euch. Was immer dort im Zelt geschehen ist, wir können es nicht ungeschehen machen, indem wir kämpfen.«
Da Ridwan in sicherer Entfernung von der Klinge des Franken stand, zweifelte ich sehr daran, daß er auf meinen Vorschlag eingehen würde. Doch es zeigte sich, daß ich in dieser Nacht als Friedensstifter mehr Erfolg hatte als in der vergangenen als Kämpfer.
»So mögt Ihr denn das Schwert einstweilen behalten«, gab der Hauptmann nach. »Aber meine Männer werden jede Eurer Bewegungen aufmerksam beobachten.«
»Das scheint mir ein fairer Vorschlag zu sein. Ich meinerseits will Euch versprechen, daß ich meine Waffe nicht gegen Euch erheben werde, wenn Ihr es nicht vorher gegen mich tut.« Mit diesen Worten schob der Franke sein Schwert mit einer sicherlich oft geübten Bewegung durch zwei Schlaufen seines Gürtels.
Die lange Waffe wurde dadurch in einer schrägen Lage an der Seite des Körpers gehalten, so daß die freie Klinge nicht über den Boden schleifte. Sicherlich war sie im Falle der Gefahr blitzschnell gezogen und kampfbereit gemacht.

»Nennt mir Euren Namen und Stand und den Grund Eures Hierseins«, wies Ridwan den Franken an.
»Ist Euer Gedächtnis so kurz, Herr Hauptmann, daß Ihr Euch nicht daran erinnern könnt, was ich Euch gestern bereits erzählte?«
Schon glaubte ich, er wolle alles, was ich soeben erreicht hatte, wieder zunichte machen und die Auseinandersetzung auf die Spitze treiben, bis es tatsächlich zu einem Kampf käme. Doch da lenkte der Franke ein. Vielleicht hatte er eingesehen, daß er im Begriff war, in seinem Stolz das Maß der Vernunft zu verlieren.
»Mein Name lautet Gutschalk von Vogelheim. Ich komme aus dem Reich Kaiser Friedrichs, des Rotbärtigen. Ich bin ein freier Mann und niemandem untertan außer dem, der mich im Schwertkampf zu bezwingen vermag. Mein einziges Begehr ist es, fremde Länder, Menschen und Sitten kennenzulernen, damit ich sie daheim in Liedern besingen kann. In meiner Heimat besitze ich einen Ruf als großer Poet. Zur Zeit bin ich auf dem Weg nach Bagdad, der Stadt, die man auch ›Die Prächtige‹ nennt. Der Ruhm ihrer Schönheit und Kostbarkeit, die man überall zu preisen weiß, ist bis in das Reich Kaiser Friedrichs gedrungen. Deshalb habe ich mich aufgemacht, die Stadt zu sehen und dann darüber zu berichten.«
»Seid Ihr im Auftrag Eures Kaisers unterwegs?«
»Nein, ich bin nur in eigenen Angelegenheiten hier.«
»Wann kamt Ihr in dieser Karawanserei an?«
»Ich bin bereits seit zwei Tagen hier und gedachte, morgen meine Reise fortzusetzen.«
»So habt Ihr auf jemanden gewartet, der Euch hier treffen sollte?«
»Ich warte auf nichts anderes als darauf, daß sich mein Pferd von den Strapazen des Rittes durch die Wüste erholt.«
»Warum standet Ihr gepanzert und bewaffnet vor der Tür Eures Raumes, als meine Männer Euch zum Kommen aufforderten?«

»Ich wurde durch lautes Schreien geweckt. Da erschien es mir angebracht, auf Ärger vorbereitet zu sein.«
»Was genau tatet Ihr, als Ihr die Schreie hörtet?«
»Ich war in dem von mir gemieteten Raum und schlief.«
»Bekleidet mit einem Kettenhemd? Ist es in den Ländern der Franken üblich, so zu schlafen?«
»Mit einem Kettenhemd bekleidet, angetan mit festen Stiefeln und das Schwert in der Hand, so verbringe ich jede Nacht, und ich lebe noch.«
Die letzten Worte sagte er auf merkwürdige Art betont, als erwartete er, Ridwan werde ihm erklären, daß nach dem Schrei jemand anderer nicht mehr lebe.
Ridwan machte den Eindruck, als könne er sich keine neue Frage mehr ausdenken, und so wandte er sich an mich.
Ich gab dieselben Erklärungen ab wie am Vortag. Schließlich fügte ich hinzu: »Auch ich bin erwacht, weil ich Schreie hörte. Deshalb trat ich bewaffnet vor die Tür, wo ich mit dem Franken zusammentraf. Dort haben wir dann beide beobachtet, wie Ihr eine Untersuchung vornahmt.«
Nachdem ich geendet hatte, forderte Ridwan den kleinen Mann zum Sprechen auf. Der war während der ganzen Zeit unruhig gewesen, hatte sich hin und her gewunden und sich immer wieder umgesehen, ob er einen Fluchtweg erspähen könnte. Einer der Soldaten hielt ihn immer noch am Arm gefaßt, um so jeden Gedanken an ein Entkommen von vornherein im Keime zu ersticken.
Der Mann mußte bereits ein hohes Alter zwischen sechzig und siebzig Jahren erreicht haben, ein Alter also, in dem man nicht allein auf Reisen sein, sondern, umgeben von Achtung und Fürsorge der Nachkommenschaft, daheim verweilen sollte.
Seine Kleidung mußte selbst in einem Land, das an Farbenpracht und Phantasiereichtum keinen Mangel leidet, sofort als äußerst ungewöhnlich auffallen.
Sie bestand zum größten Teil aus einem roten Mantel, der so

lang war, daß er zu Füßen seines Trägers und noch ein gutes Stück dahinter im Staub schleifte. Der untere Teil des Mantels war nicht nur einfach staubig, wie man es bei seiner Nähe zur Erde erwarten mußte, sondern zudem mit Dornen und kleinen Zweigen gespickt, die sich entweder eigene Löcher hineingebohrt oder vorhandene Löcher schamlos ausgenutzt hatten, um abweichend von der Bestimmung einer Pflanze ihren Aufenthaltsort zu verändern.

Da ein einfaches schmutziges Rot dem Reisenden wohl als zu trist erschienen war, hatte er den Mantel in seiner ganzen Länge durch das Aufnähen von gelben und weißen Sternen und Halbmonden verziert. Eine gründliche Reinigung mochte das Rot des Mantels hell erstrahlen lassen und das Gelb und Weiß in Gold und Silber verwandeln – oder den Mantel der völligen Zerstörung preisgeben, denn er wirkte nicht, als hätten die Stürme des Lebens ihn gestählt, sondern als hätten sie ihn an den Rand des schmählichen Untergangs getrieben.

Der Hut, der mir schon beim ersten Anblick aufgefallen war, besaß die Höhe, die ein hochgereckter Arm über dem Kopf gerade noch zu erreichen vermag. Seine Form war die einer runden Papiertüte, die mit ihrer Öffnung auf dem Kopf saß und die Spitze in den Himmel reckte. Die Sterne und Monde, mit denen er ebenfalls bestückt war, lösten sich an ihren Kanten langsam vom Untergrund ab, als wären sie nicht aufgenäht, sondern nur aufgeklebt und als hätte der Klebstoff seine Haltbarkeit erschöpft. Das brachte mich zu der Vermutung, daß dieser krönende Teil der Erscheinung nicht nur die Form einer Papiertüte hatte, sondern tatsächlich eine war.

Der Bekleidete selbst trat fast völlig hinter seine Kleidungsstücke zurück. Die Hände hatte er in den Ärmeln verborgen, und so ragte von seinem ganzen Körper nur oben das Gesicht heraus. Dieses war dunkelbraun und voll Falten und Schwielen. Als einzige Zierde wies es einen auffallenden gelben, an den Enden leicht nach oben gebogenen Querstrich auf. Dieser Querstrich konnte einerseits ein Lächeln sein, andererseits

aber auch die einfachste Methode, dem Betrachter zu zeigen, daß ungepflegte Zähne nach einigen Jahren die Farbe gebeizten Olivenholzes annehmen. Zwischen den dunklen Falten des Gesichtes leuchten zwei kleine Augen hervor, die eine Gewitztheit vermuten ließen, die eher der Pfiffigkeit als der Verschlagenheit nahestand.
Die Stimme klang je nach Situation anders, wie ich später merkte. Pries sie etwas an, war sie die Stimme eines begeisterten Jugendlichen, beklagte sie etwas, gehörte sie einem gramgebeugten alten Mann.
»Herr«, erklärte er Ridwan, »ich bin Saifaddaula Chalaf, ein Wissender und Magier, der den weiten und gefahrvollen Weg aus den fernen Ländern Indien und China zurückgelegt hat, um den Adel und das Volk in diesem Land durch Kenntnisse und Wunder ohnegleichen zu erstaunen und zu belehren.«
»Noch nie habe ich in so kurzer Zeit so oft das Wort ›und‹ gehört«, warf Gutschalk ein.
Ohne darauf zu achten, fuhr Ridwan in seiner Befragung fort und wollte hören, wann der Wissende und Magier eingetroffen sei und wie er die Nacht verbracht habe.
»Ich traf erst zu sehr später Stunde ein, da mein treues und wackeres Maultier lahmte. Der Herr und die Bediensteten der Karawanserei hatten sich bereits zur nächtlichen Ruhe begeben. Daher meldete ich mich nicht an, denn ich wollte niemandem Störungen und Ungelegenheiten bereiten. Ich machte mir also mein Nachtlager in jener Nische dort, nahe der Ekke des Hauses. Darin bettete ich mich nieder und schlief ungestört, bis die Schreie mich weckten.«
»So schlieft Ihr außerhalb des Gebäudes?«
»Es ist, wie Ihr sagt, Herr.«
»Und bemerktet Ihr jemanden, der sich dem Zelt näherte oder es verließ?«
»Mein Schlaf war tief und fest, Herr, wie er eines Menschen mit ruhigem Gewissen angemessen ist. Nur einen einzigen sah ich das Zelt betreten, nachdem ich aufgewacht war.«

»Wer war es? Redet und fürchtet nichts!«
»Ihr selbst wart es, edler Hauptmann. Doch war das bereits lange nach dem Schrei.«
»Warum seid Ihr weggelaufen? Mir scheint, Ihr habt doch etwas zu verbergen.«
»Nein, nein. Ganz bestimmt nicht. Mein Maultier wollte, vom Lärm beunruhigt, das Weite suchen. Ich hingegen vermutete, daß Ihr mich gewiß befragen wolltet, uns so machte ich mich auf, das Tier zurückzuhalten.«
Ridwan runzelte nach dieser äußerst freizügigen Interpretation der Ereignisse die Stirn.
Inzwischen hatte der letzte Soldat, den er ausgeschickt hatte, den sehr verschlafenen Wirt und seinen kleinen Enkel herbeigeführt.
»Sagt, Chirchan, ist Euch während der Nacht etwas Ungewöhnliches aufgefallen?« fragte ihn der Hauptmann.
Der Wirt zermarterte sich unter demonstrativem Stirnrunzeln das Gehirn und erwiderte schließlich, er könne sich auf nichts besinnen.
Ridwan drang weiter in ihn: »Sind noch neue Gäste eingetroffen, von denen Ihr mir keine Mitteilung gemacht habt? Oder ist Euch irgend jemand aufgefallen, der in der Nähe herumlungerte?«
»Nichts dergleichen, Hauptmann. Was ist denn nur geschehen? Weshalb all die hohen Feuer? Und weshalb halten Eure Männer diesen seltsamen Mann fest? Seid Ihr etwa während der Nacht bestohlen worden?«
Ridwan zögerte, ob er seinerseits auf die Fragen antworten sollte.
In mir war inzwischen eine sehr genaue Vorstellung dessen entstanden, was in dieser Nacht geschehen und wer davon betroffen war. Wenn diese Vorstellung mit der Wirklichkeit übereinstimmte, so befand ich mich in höchster Gefahr, falls Ridwan mir meine Behauptung, ich sei ein reisender Teppichhändler, nicht mehr glauben sollte. Auf jeden Fall mußte ich

Gewißheit haben, und zwar sofort, damit ich mich in meinem weiteren Verhalten darauf einstellen konnte.

»Sprecht nur«, ermunterte ich ihn deshalb. »Wessen auch immer Ihr uns verdächtigt, bedenkt, daß der wirkliche Täter es ohnehin wissen müßte und ein Unschuldiger Euch um so mehr helfen kann, je genauer er weiß, worauf er in seinem Bericht zu achten hat.«

Ridwan räusperte sich und sagte: »So hört denn, Ihr Herren. In jenem Zelt befindet sich eine Prinzessin von edler Herkunft. Sie ist Selina, die Tochter des Malik ibn Salim, des Herrn über die Festung Mankir. Vor kurzer Zeit ist ein Mann mit einem Dolch in dieses Zelt eingedrungen.«

Das entsprach erschreckend genau dem, was ich vermutet hatte. Ich hielt den Atem an. Dabei bemühte ich mich, so zu erscheinen, als käme die Nachricht für mich völlig unerwartet. Doch wer weiß schon, wie der Eindruck, den er auf einen Beobachter macht, tatsächlich beschaffen ist. Wenn Selina tot war, hätte ich auf der Stelle nach Damaskus umkehren können – nur hätte man mich nicht gelassen.

Ridwan fuhr fort: »Er hat Sulanid, die Bedienstete der Prinzessin, getötet. Und nur meinem raschen Eingreifen ist es zu verdanken, daß nicht auch die Prinzessin selbst sein Opfer wurde.«

Gutschalk schnaubte verächtlich durch die Nase, als Ridwan sein rasches Eingreifen erwähnte. Empört blickte der Offizier den Franken an.

Ich konnte hoffen, daß dadurch mein eigenes Gesicht, das bei dieser Mitteilung eine wenig geistreiche Mischung aus Erleichterung und Ärger widerspiegeln konnte, nicht in den Mittelpunkt der Aufmerksamkeit geriet. Erleichterung deshalb, weil der Tod einer Magd oder Sklavin nicht eine so genaue Untersuchung nach sich ziehen würde wie der einer Prinzessin; Ärger, weil der Mörder, hätte er Sulanid selbst erwischt, alle meine Probleme mit Ausnahme meines eigenen Entkommens gelöst hätte.

»Ich werde diesen Vorfall genauestens untersuchen«, kündigte Ridwan an. »Und seid gewiß, daß der Täter, sollte er noch hier sein, meinen Nachforschungen nicht entgehen wird.«
Während seiner Worte ließ Ridwan seine Augen von einem zum anderen wandern. Saifaddaula schlug die Augen nieder, Gutschalk erwiderte den Blick trotzig und offen, ich blickte ebenfalls ohne Zögern, wenn auch mit den oben genannten gemischten Gefühlen zurück, Chirchan und sein Enkel wirkten beide aufs äußerste verschüchtert. Ich hatte den Eindruck, daß jeder von uns von einem der anderen erwartete, er möge etwas unternehmen, das die Untersuchung weiterbringen würde.
Da wurde der Zelteingang zurückgeschlagen und eine Frau trat heraus. Es war diejenige, die in das kostbare weiße Gewand gehüllt war und die ich gleich als die Herrin eingeschätzt hatte. Sie ging auf Ridwan zu.
»Edle Prinzessin«, sagte Ridwan verlegen, »ich halte es für besser, wenn Ihr Euch wieder in das Zelt begebt. Nur dort kann ich für Eure Sicherheit garantieren.«
Hatte Selina es noch am Vorabend für unschicklich gehalten, das Wort an den Hauptmann zu richten, so war ihre Meinung durch die Ereignisse der Nacht geändert worden. Als sie jetzt sprach, war ihre Stimme zwar von weiblicher Zartheit, doch gleichzeitig so fest und unbeugsam, wie eine Stimme, die es gewohnt war, Anweisungen zu erteilen.
»Hauptmann, es ist notwendig, daß wir sofort nach Bagdad aufbrechen. Da Ihr schon während der Nacht nicht für meine Sicherheit garantieren konntet, so wird es Euch am Tage auch nicht gelingen. Wenn Ihr Euch aber bemühen wollt, Eure Pflicht zu tun, so nehmt dies hier in Verwahrung.«
Sie löste ihre linke Hand aus den Falten des Gewandes und reichte Ridwan eine dunkle Flasche, deren Öffnung mit Wachs versiegelt war. Ich konnte erkennen, daß Schriftzeichen in das Wachs gedrückt waren, doch lesen konnte ich sie nicht.
Ridwan nahm die Flasche entgegen. Sie schien schwerer zu

sein, als sie aussah, denn er ließ sie fast fallen. Diesmal jedoch gelang ihm wirklich ein rasches Eingreifen. Er faßte mit der zweiten Hand zu und hielt sie fest.

»Niemals«, sagte die Prinzessin, »nicht bei Strafe Eures Lebens und des Lebens aller Menschen auf diesem Platz darf das Siegel dieser Flasche erbrochen werden. Ihr werdet sie in Bagdad nur mir oder dem Kalifen selbst aushändigen.«

Sie wandte sich zurück zum Zelt, drehte sich jedoch nach einigen Schritten nochmals um und fügte hinzu: »Es ist möglich, daß der Überfall gar nicht mir galt, sondern dieser Flasche. Ihr tragt jetzt eine große Verantwortung, Hauptmann. Erweist Euch ihrer als würdiger als der Verantwortung, die Ihr heute Nacht trugt. Und laßt die Sklavin vergraben. Sie beginnt, meine Nase zu beleidigen.«

Nach diesen Worten verschwand sie endgültig im Zelt. Ridwan aber las die Schrift auf dem Siegel und erbleichte.

3. Kapitel

Bagdad

Viele Vorschriften gibt es darüber, wie mit dem Körper eines toten Menschen zu verfahren sei. Manche dieser Vorschriften wurzeln in den Geboten des Korans, manche in den Erkenntnissen der Ärzte, manche in den Notwendigkeiten des Rechtswesens. Eine aber wurzelte in der Empfindsamkeit von Prinzessin Selinas Nase, und diese führte dazu, daß Sulanid bereits von der Erde bedeckt wurde, als wir Kazimiya verließen.
Ridwan hatte dem Wunsch der Prinzessin entsprochen und von einigen seiner Leute in der Nähe des Hains eine Grube ausheben lassen. Dann hatte er selbst die Tote aus dem Zelt geholt. Mit sichtlichem Ekel legte er sie auf eines der Pferde, ließ sie wegführen und begraben.
Ich hatte nur einen kurzen Blick auf die Tote werfen können, bevor sie weggebracht wurde. Auf ihrem schwarzen Tuch war nur ein kleiner Blutfleck in Höhe der linken Brust, der sich gegen den Untergrund beim flüchtigen Hinsehen kaum abhob. Der Dolch mußte von sicherer und erfahrener Hand geführt worden sein, da er eine Wunde geschaffen hatte, die den Tod so schnell herbeiführte, daß nur ganz wenig Blut ausgetreten war.
Noch während das Grab zugeschaufelt wurde, waren die meisten Soldaten bereits mit den Vorbereitungen des Aufbruchs beschäftigt gewesen. In kürzester Zeit waren sämtliche Zelte abgerissen und zur Weiterreise verpackt worden.
Es hatte einen kurzen Moment der Spannung für mich gege-

ben, als Selina in die Sänfte einstieg, denn ich hatte nicht bemerkt, daß jemand auf den Gedanken gekommen war, diese zu untersuchen.
Dann jedoch zeigte sich, daß Selina selbst daran dachte. Ridwan hob auf ihre Anweisung hin alle Kissen hoch und stocherte mit seinem Säbel zwischen den Ritzen der Holzumrahmung herum. Wie sich herausstellte, befand sich der Mörder nicht darin.
Gutschalk packte indessen seine Habseligkeiten, soweit er sie nicht ohnehin schon am Körper trug, zusammen und verlud sie auf sein Pferd.
Ridwan trat schließlich in Begleitung einiger Männer auf ihn zu und fragte ihn: »Wo wollt Ihr hin, Herr Gutschalk?«
»Mein Weg führt mich nach Bagdad«, erwiderte der Franke. »Vielleicht ist mir das Glück hold, und ich begegne Euch dort nicht.«
»Ihr werdet uns begleiten, damit die Untersuchung zu einem ordnungsgemäßen Abschluß kommen kann.«
»Wenn Ihr in Bagdad irgendwelche Fragen an mich habt, wird es Euch sicherlich gelingen, mich ausfindig zu machen. Doch warum sollte ich mit Euch reiten?«
»Weil ich es so wünsche. Und weil die Untersuchung gründlich durchgeführt werden muß.«
Schon sah ich eine Wiederholung des Streites voraus, da sagte Gutschalk nur: »Gut, aber paßt auf, daß keiner von Euren Leuten in meinem Rücken reitet.«
Da weder Saifaddaula noch ich Widerspruch anmeldeten, als man uns bedeutete, uns bereit zu machen, brachen wir kurz darauf zur letzten Etappe unserer Reise auf.
Ridwan hatte einen Reiter auf dem schnellsten Pferd vorausgeschickt, oder besser: auf dem schnellsten Pferd, das ihm zur Verfügung stand, denn Gutschalks Pferd schied aus der Auswahl aus.
Der Hauptmann hatte die Spitze übernommen, gefolgt von den Kamelen. Auf einem der hohen Rücken schaukelte die

Sänfte mit der Prinzessin. Da sich das Tier mit der schwankenden Last nur im Schritt bewegen konnte, bestimmte es gleichzeitig als das langsamste unser Marschtempo. Vor dem späten Abend würden wir unser Ziel nicht erreichen. Zwei von den anderen drei Kamelen waren schwer mit Gepäck beladen. Truhen mit Beschlägen aus edlen Metallen und Ballen, von kostbarem Tuch umgeben, zeigten, daß es sich dabei um den Besitz der Prinzessin handelte.

Das letzte Kamel war frei geblieben. Ich hatte darum gebeten, es mir zur Verfügung zu stellen, und Ridwan hatte der Bitte entsprochen.

Saifaddaula, der so leicht war, daß sein Gewicht nicht weiter störte, war hinter einem der Soldaten aufgesessen. Immer wenn mein Blick auf ihn fiel, bewegte sich das Mundwerk des Magiers in großer Geschwindigkeit. Der Soldat vor ihm blickte wieder und wieder hilfesuchend zum Firmament empor, aber kein Dschinn erschien aus den Wolken, ihn von dem geschwätzigen Plagegeist zu befreien.

Rechts und links vom Tier der Prinzessin ritten je fünf Soldaten mit gezogenen Säbeln. Die übrigen waren zu beiden Seiten des Weges verteilt. Wenn die Strecke unübersichtlich wurde, ritten einige von ihnen voraus, während Ridwan den Rest der Kolonne anhalten ließ.

Unter etwas anderen Bedingungen wäre das eine vernünftige Sicherheitsmaßnahme gewesen. So, wie die Dinge aber lagen, befürchtete ich, daß unser Vormarsch dadurch bis in die Nacht behindert werden könnte und wir gezwungen wären, ein weiteres Lager im offenen Gelände zu beziehen. Falls der Mörder tatsächlich aus dem Lager entkommen war, mochte sich das als tödlicher Fehler erweisen.

Gutschalk ritt als letzter. Gelegentlich zügelte er sein Pferd und ließ sich noch weiter zurückfallen. Dann blieben stets auch einige Männer der Flankendeckung weiter zurück. Jedesmal krampften sich dabei ihre Hände nervös um die Waffen zusammen. Sie hatten ohne Zweifel von Ridwan die Anweisung bekommen, den Franken auf keinen Fall entrinnen zu lassen.

Als es auf Mittag zuging und die Sonne höher am Himmel stand, wurde er es müde, seine Bewacher zu provozieren. Er trabte weiter nach vorn und ritt schließlich neben dem Kamel her, das mich trug.

Er grinste zu mir, der ich auf der Höhe meines Sattels weit über ihm schwebte, hinauf und fragte: »Ihr habt wohl für jede Gelegenheit einen Spruch aus dem Koran zur Hand, oder?«

»Aber gewiß«, antwortete ich, »Es steht schließlich in der sechsten Sure: *Und der Koran, den wir nun offenbarten, ist gesegnet. Befolgt ihn und fürchtet Allah, damit ihr begnadigt werdet.* Wo sonst also sollte ich Weisung für meine Handlungen finden wenn nicht im Heiligen Buch selbst?« .

»Könnt Ihr denn das ganze Werk auswendig aufsagen?«

»Aber gewiß, denn die achtzigste Sure fordert: *Dieser Koran ist eine Ermahnung, wer nun guten Willen hat, behält ihn im Gedächtnis.* So erwartet man es von einem Mann, der seine Erziehung in einer Koranschule erhalten hat. Leider gibt es viele, die die Lektionen mit Nachlässigkeit lernen. Mein Vater aber achtete immer streng darauf, daß ich meine Pflicht erfüllte.«

»Daran ist wohl auch nichts auszusetzen. Sagt, Ihr erwähntet heute früh gegenüber unserem famosen Hauptmann, daß Ihr Teppichhändler seid und daß Euch Eure Teppiche gestohlen wurden. Nun habe ich gehört, daß die persischen Teppiche von so hoher Qualität sein sollen, daß hier kaum jemand einen angemessenen Preis für einen Teppich aus dem Ausland zahlen würde. Wußtet Ihr das etwa nicht, oder habt Ihr einen besonderen Trick bei Euren Geschäften?«

»Ich wollte einfach auf mein Glück vertrauen.«

»Ach ja, Glück«, zischte Gutschalk, wobei er seine Stirn in Falten legte, als hätte dieses Wort einen neuen Gedankengang bei ihm ausgelöst. Ich hingegen war sicher, daß er über das, womit er dann anfing, schon die ganze Zeit nachgedacht hat-

te, ja, daß es sogar der tatsächliche Grund war, weshalb er ein Gespräch mit mir angefangen hatte.
»Mir ist da ein Problem aufgefallen, für das ich einfach keine Lösung finden kann«, begann er schließlich wieder. »Vielleicht muß man Perser sein, um es zu durchschauen.«
»Dann befürchte ich, der falsche Gesprächspartner für Euch zu sein. Ich bin nämlich Syrer.«
»Bah! Syrer, Perser... Seid Ihr nicht alle Araber?«
»Und seid Ihr Franken nicht alle Ungläubige?«
»Erwähnte ich nicht schon, daß ich kein Ungläubiger bin? Ich bin nicht einmal ein Franke. Ich bin Westfale. Doch laßt mich auf mein Problem zurückkommen. Was kann in eine Flasche hineinpassen und gleichzeitig so wertvoll sein, daß jemand dafür ein solches Risiko auf sich nimmt? Der Mörder konnte sich schließlich nicht darauf verlassen, daß er unbemerkt aus dem Lager entkommen würde.«
Dieselbe Frage hatte ich mir natürlich auch längst gestellt.
»Es muß auf jeden Fall etwas sehr Kleines sein«, sagte ich, »und dabei auch recht schwer, denn Ridwan fand die Flasche nicht so leicht, wie er zunächst gedacht hatte. Edelsteine kämen in Frage, oder Goldstücke, Münzen, Perlen.«
»Münzen passen bestimmt nicht durch den Flaschenhals«, widersprach Gutschalk. »Edelsteine, Goldstücke und Perlen vielleicht, wenn sie klein genug sind. Aber dann wären sie nicht von so außergewöhnlichem Wert. Ein entschlossener Mann mit einem Schwert kann die hundertfache Beute machen, wenn er die Straßen entlangzieht.«
»Das mag sein. Allerdings bin ich einem von dieser Sorte begegnet, und ich darf versichern, daß er keine besondere Beute gemacht hat.«
»Ihr sprecht von diesem Reza Abbas. Vielleicht war er der Mörder. Nachdem er bei Euch nicht den erhofften Erfolg hatte, hat er die nächste Gelegenheit genutzt, seine Reisekasse etwas aufzubessern.«
»Dazu hätte er wissen müssen, daß es in dem Zelt etwas Loh-

nendes zu holen gab. Mir erschien Reza mehr als ein Mann, der auf sein Glück vertraut und den Zufall beim Schopfe packt, anstatt einen umständlichen Plan auszuarbeiten. Man sah dem Zelt schließlich nicht an, was sich darin befand.«
»Dann bin ich weiter aufs Raten angewiesen«, sagte Gutschalk. »Ich hatte gehofft, Ihr als ein Kenner des Landes und seiner Schätze wüßtet, worum es sich handeln kann. Ist Euch eigentlich aufgefallen, mit welcher Schnelligkeit Ridwan seinen Verdacht auf uns drei Gäste gelenkt hat?«
»Auf wen hätte er ihn sonst lenken sollen? Außer uns war ja niemand mehr da.«
»Immerhin gibt es noch Chirchan. Er wirkte durchaus wie jemand, der eine zusätzliche Einnahme gut gebrauchen kann. Oder wollt Ihr mir erzählen, alle Wirte seien durch und durch ehrlich?«
»Es gibt sicherlich Wirte, die einen ihrer Gäste töten würden, um ihn zu berauben. Doch sagt selbst, Herr Gutschalk, würdet Ihr, wenn Ihr ein Wirt wärt, dies tun, solange Zeugen anwesend sind? Selbst wenn man Euch nichts beweisen könnte, wäre der Verdacht allein hinreichend, um weitere Gäste von Euch fernzuhalten. Nein, ein einzelner Gast mag schon einmal ein zu frühes Ende seiner Reise gefunden haben, wo er nur eine Rast einlegen wollte, aber einer aus einer ganzen Gruppe muß derartiges nicht befürchten.«
»Das klingt natürlich überzeugend. Ich wollte auch gar nicht Chirchan als den Schuldigen hinstellen. Er sieht wirklich nicht aus, als würde er ohne Skrupel einen Raubmord begehen. Worauf ich hinauswollte, ist etwas ganz anderes. Vielleicht hat Ridwan das Zelt nur deshalb so zögernd betreten, weil er wußte, daß sich nichts mehr darin befand, was ein rasches Eingreifen erforderlich gemacht hätte.«
»Das könnte natürlich sein«, stimmte ich zu. »Als der Verantwortliche konnte er sehr wohl über die Flasche und ihren Inhalt informiert sein. Außerdem hatte er die Möglichkeit, die Wachen so einzuteilen, daß ihm Zeit und Gelegenheit zum

Eindringen gegeben waren. Und schließlich hat er ja jetzt die Flasche. Außerdem bringt er drei Verdächtige mit. Wenn es so ist, werden wir uns vorsehen müssen, denn seine Darstellung der Ereignisse wird vielleicht von der Wahrheit abweichen. Sicher bedauert Ihr jetzt, daß Ihr mitgekommen seid.«
»Keineswegs. Ich bedauere höchstens, daß ich so lange brauchte, um Euren tatsächlichen Plan zu durchschauen, Herr Usama.«
»Meinen tatsächlichen Plan? Was meint Ihr nur?«
Gutschalk lächelte verschwörerisch. Er blickte sich um, ob keiner der Soldaten zu nahe bei uns ritt. Dann richtete er sich auch noch im Sattel auf, um näher bei mir zu sein und leiser sprechen zu können.
»All Eure Koranzitate waren doch nur dazu gedacht, gegenüber Ridwan vorzutäuschen, daß Ihr ohne Eigennutz meine Begleitung erringen wollt. Wenn Ridwan wirklich der Täter ist, werden wir einer Anklage gegenüberstehen. Falls er mich hätte töten lassen, wäre niemand mehr dagewesen, der bezeugen könnte, daß Ihr Euch zum Zeitpunkt des Mordes in Eurem Zimmer aufhieltet. Aber wenn wir gegenseitig unsere Unschuld und außerdem noch die Saifaddaulas bestätigen können, sind wir viel besser gestellt. Hattet Ihr etwa nicht so überlegt?«
»Niemals sind mir solche Gedanken gekommen! Da Ihr mich aber schon einmal darauf bringt...«
»Schon gut. Macht Euch keine weitere Mühe. Wir wollen uns gegenseitig schützen, ob der Koran Euch nun vor der Freundschaft mit Andersgläubigen warnt oder nicht. Gebt Ihr mir Eure Hand darauf?«
Ich reichte ihm meine Hand, und er ergriff sie mit einem festen Druck, der mir bei einem Rechtgläubigen vielleicht Vertrauen eingeflößt hätte.
»Freunde müssen wir nicht sein«, sagte ich. »Der Prophet lehrt uns in der vierundsechzigsten Sure: *Er weiß, was in den Himmeln und was auf Erden ist und was ihr verheimlicht und*

was ihr kundtut; denn Allah kennt das Innerste des menschlichen Herzens. So wird er auch wissen, daß ich nicht gegen sein Gebot verstoßen habe, sondern vielmehr nur die gebührende Vorsicht walten lasse, um mein Leben zu bewahren. Bewahre ich damit gleichzeitig das Eure, so geschieht dies nur in Erfüllung von Allahs unergründlichem Ratschluß.«
»Bravo! Das nenne ich pragmatische Theologie. Doch laßt uns schnell noch einige Dinge besprechen. Vielleicht kommen wir später nicht mehr dazu, denn sicher wird irgendwann ein Mann von größerer Intelligenz als Ridwan die Angelegenheit weiter untersuchen. Laßt uns also zunächst annehmen, daß Ridwan wirklich der Täter ist. Da gibt es immer noch einiges, was nicht zusammenpaßt. Er kam zum Beispiel erst gestern nachmittag mit seinen Leuten in die Karawanserei.«
»Und vorher waren die Frauen ungeschützt? Das kann ich nicht glauben.«
»Ihr braucht es auch nicht zu glauben, Herr Usama, denn sie waren keineswegs ohne Schutz. Es war vielmehr gut die doppelte Menge an Männern da. Außerdem sahen sie aus wie Leute, die einen Mörder nicht durch ihre Reihen schlüpfen lassen würden. Sie trugen zwar Zivilkleidung, aber ich erkenne eine Eliteeinheit, wenn ich eine sehe. Als Ridwan mit seinen Männern ankam, sind die anderen abgezogen.«
»Ich erinnere mich. Die Männer sind mir sogar noch begegnet. Schade, daß wir nicht mehr feststellen können, ob sie Ridwan von der Flasche erzählt haben.«
»Selbst wenn sie es taten oder wenn er durch irgendeine andere Quelle davon wußte, gibt es immer noch eine Ungereimtheit. Wenn der Hauptmann wirklich an die Flasche wollte, weshalb war er dann so erschrocken, sie tatsächlich zu bekommen?«
Uns fiel beiden keine Antwort ein. So ritten wir eine Weile schweigend nebeneinander her.
Schließlich äußerte ich: »Angenommen, von uns beiden war keiner der Täter...«

»Das setze ich doch wohl voraus!« warf Gutschalk ein. »Mit einem Mörder würde ich niemals gemeinsame Sache machen. Und Ihr sicher auch nicht.«
»Natürlich nicht. Vielleicht sollten wir einige Gedanken auf den Magier verwenden. Es ist schließlich möglich, daß der Mörder einer der Gäste war. Und der Magier...«
Aber ich kam nicht mehr dazu, Gutschalk meine Vermutungen über Saifaddaula zu enthüllen.
Vor uns tauchte auf einer Hügelkuppe, über die der Weg führte, eine Staubwolke auf, die rasch näher kam.
Ridwan ließ anhalten und formierte seine Leute zu einer Kette, die sich vor den Kamelen quer über den Weg postierte.
Zuerst erkannte ich unter der Wolke nur eine kompakte dunkle Masse, in der es hin und wieder hell aufblitzte. Dann konnte ich einzelne Reiter unterscheiden. Als die ersten von ihnen den unteren Rand des Hügels erreicht hatten, waren sie nahe genug, um zu erkennen, daß das Blitzen von ihren polierten Brustharnischen herrührte. Die Männer ritten in Fünferreihen nebeneinander. Einer der vorderen Reiter hielt ein grünes Banner erhoben, das anzeigte, daß sich ein Scherif* bei der Truppe befand.
Ridwan schien in den Kommenden Verbündete erkannt zu haben. Denn er zog seine dünne Linie von Kämpfern von der Straße zurück und hieß sie seitlich davon Aufstellung nehmen. Er selbst saß von seinem Pferd ab und kniete sich, das Gesicht den Reitern zugewandt, in den Staub.
Jetzt waren die Reiter so nahe, daß ich einzelne Gesichter erkennen konnte. Sie alle hatten harte Gesichtszüge und trugen dunkle buschige Schnurrbärte, deren Spitzen lang gewachsen waren und weit zur Seite abstanden.
»Von allen Leuten, die ich getroffen habe«, sagte Gutschalk, »sehen diese am wenigsten vertrauenerweckend aus.«

---

* Scherif: Nachkomme Mohammeds in direkter Blutslinie. Die Scherifen dürfen als einzige die Farbe Grün in ihrem Banner führen.

Er hatte seine Hand auf den Schwertgriff gelegt.
»Das ist die türkische Garde des Kalifen«, erklärte ich ihm.
»Laßt um Allahs willen Euer Schwert los. Wenn Ihr einen von denen erzürnt, kann ich kein Zitat aus dem Koran zu Ende bringen, um Euch zu helfen.«
Die Kolonne teilte sich auf und ritt zu beiden Seiten an unserer kleinen Karawane vorbei, bis sie uns völlig umgeben hatte.
»Selbst die Einwohner Bagdads, die ihren Herrn lieben, hassen diese seine Knechte«, fuhr ich fort. »Sie nehmen sich, was sie wollen. Man sagt sogar, daß sie selbst den Kalifen, den Beherrscher der Gläubigen, nicht fürchten und nur auf die Worte seines zweiten Sohnes Nuraddin hören, der mit ihnen reitet und kämpft, als wäre er einer der Ihren. Die grüne Fahne zeigt, daß er bei ihnen ist. Also hört auf mich und laßt äußerste Vorsicht walten, was immer auch geschieht.«
Ich hätte Gutschalk noch eindringlicher gewarnt, doch eine Gruppe der türkischen Reiter baute sich so nahe vor uns auf, daß es mir wie krankhafter Leichtsinn erschienen wäre, in ihrer Hörweite über sie zu sprechen. Die Soldaten trugen anstelle von Reiterlanzen kurze Wurfspeere in den Händen.
Es gab keinen Zweifel, daß Gutschalk bei einer einzigen verdächtigen Bewegung mit den Speeren gespickt worden wäre wie ein Igel mit seinen Stacheln. Ich konnte nur hoffen, daß sein Verstand den Sieg über sein aufbrausendes Wesen davontragen würde.
Tatsächlich nahm er langsam die Hand vom Schwertgriff und legte sie neben die andere auf den Hals seines Hengstes.
Ein Reiter löste sich aus dem dichten Pulk und parierte sein Pferd vor dem unterwürfigen Ridwan.
Das Pferd war ein arabischer Hengst, der gewiß keinen Vergleich mit Gutschalks Tier zu scheuen brauchte. Sein Fell war von jenem seltenen Schwarz, das fast in Blau übergeht. Die Haare waren am Mähnenansatz und in der Mitte der Stirn zu Wirbeln verdreht. Man sagt, daß eine solche Farbe und solche

Wirbel untrügliche Zeichen für Schnellfüßigkeit und langen Atem seien.

Hätte es jemals ein Rennen zwischen dem Besitzer dieses Pferdes und Gutschalk gegeben, so wäre es mir schwer gefallen, auf den Sieg des einen oder anderen zu wetten.

Der Reiter war ein Mann von einer Erscheinung, die wahrlich gut zu diesem edlen Tier paßte. Er war groß, schlank und muskulös, als wäre er ein zu Fleisch gewordener Held aus einem Märchen.

Bekleidet war er mit einem langen Burnus, der zwar von großer Sauberkeit war, doch mehrere kleine Flickstellen aufwies. Dabei wirkte der Mann nicht wie jemand, der sich keine neue Kleidung leisten konnte, sondern als habe er die alte zu lieb gewonnen, um sich von ihr zu trennen. Der Burnus war eng gerafft, wie es der Fall ist, wenn man damit rechnen muß, in Kampfhandlungen verwickelt zu werden.

In einer Scheide am Gürtel steckte ein breiter Dolch mit gekrümmter Klinge, unter den Gürtel war ein Säbel geschoben. Die Waffen wiesen keinen Zierrat auf.

Um das Haupt war ein grünes Tuch gewunden, doch weniger in der Art eines Turbans oder einer Kapuze, sondern mehr wie ein Stirnband, das das Flattern der Haare verhindern sollte.

Das Gesicht selbst verriet die seltene Kombination von Jugend und Erfahrung. Der Mann konnte nur um ein weniges älter sein als Ridwan, doch in den Augenwinkeln hatten sich bereits Falten gebildet. Am Kinn und über der Nasenwurzel erkannte man den Verlauf von zwei Narben, die entweder besonders tief gewesen oder nicht früh genug behandelt worden waren, so daß sie nicht vollständig verheilen konnten.

Die Lippen waren schmal, die Mundwinkel fast unmerklich nach unten gezogen, als hielte der Mann seine Lippen gegen ihren eigenen Willen vom Lächeln ab. Darüber war ein Schnurrbart gewachsen, der im Vergleich zur martialischen Zier der Türken wie kindlicher Flaum erschien. Doch wirkte er an einem fast noch Jugendlichen inmitten von gestandenen Männern keineswegs lächerlich. Es sprach vielmehr für seine Selbstsicherheit, daß er keinen Versuch unternommen hatte, durch Hinzufügen von Farbe oder Wachs ein Aussehen der Bartes vorzutäuschen, das dieser gar nicht besaß.

Ridwan führte eine Reihe von Verneigungen vor dem Angekommenen aus, die dieser mit offensichtlicher Ungeduld betrachtete.

»Edler Herr«, ließ sich der Hauptmann in einem leiernden Sprechgesang vernehmen, »großmächtiger Prinz, tapferer Kommandant der Reiterei, Sohn des Beherrschers der Gläubigen und Nachkomme des Propheten, o Nuraddin, dem Allah in seiner Güte tausend ...«

»Schon gut, ich weiß, wer ich bin«, unterbrach der Prinz den Vortrag. »Bei Slugi wirst du genug Zeit zum Erzählen bekommen. Ich habe nicht so viel Geduld. Lebt die Prinzessin?«

»Gewiß, mein Prinz. Es ist mir gelungen ...«

»Was dir gelungen ist, habe ich von deinem Boten gehört. Steig wieder aufs Pferd und geh zu deinen Leuten zurück. Ich werde den Rest übernehmen.«

Mit zitternden Knien ging Ridwan zu seinem Tier zurück. Es gelang ihm kaum, in den Sattel zu kommen.

Noch während des kurzen Wortwechsels hatten sich die Reihen der Türken kurz geöffnet, um Platz für die Einfahrt eines achtspännigen Reisewagens zu machen. Es war eines jener Fahrzeuge, die in den Ländern der Franken gebräuchlicher sind als bei uns, die aber durch den Einfall der Ungläubigen und die Gründung der christlichen Königreiche in Palästina zumindest als Einzelstücke bis ins Innere der islamischen Länder gelangt waren.

Die Hinterräder waren um das Doppelte höher als die Vorderräder. Dazwischen hing der Hauptteil des Wagens, der im wesentlichen aus einem hohen geschlossenen Kasten mit Fenstern bestand. Die Fenster waren jetzt mit Tüchern verhängt. Ein solches Fahrzeug war für eine längere Reise über Land

völlig ungeeignet, da man sich damit nur noch auf flachen und ausgebauten Straßen bewegen konnte. Zudem wurde beim Verlust eines oder gar mehrerer Zugtiere die glückliche Vollendung der ganzen Reise in Frage gestellt.
Nuraddin schien derlei Bedenken nicht zu haben. Er hieß das Kamel mit der Sänfte niederknien und näherte sich dem Vorhang.
»Edle Prinzessin Selina«, sagte er, »ich hoffe, Ihr befindet Euch wohl.«
»Wer seid Ihr?« fragte Selinas Stimme aus dem Innern zurück. »Warum habt Ihr uns aufgehalten? Ich muß ohne Verzug nach Bagdad. Laßt uns weiterziehen, oder der Beherrscher der Gläubigen wird Rechenschaft von Euch fordern.«
»In seinem Auftrag bin ich hier. Ich bin Nuraddin, der zweite Sohn des Kalifen. Als mein Vater und Herr von dem Überfall erfuhr, beauftragte er mich, Euch entgegenzureiten und für Eure Sicherheit Sorge zu tragen. Seid gewiß, daß Euch auf dem Weg zum Palast kein Leid zugefügt werden kann. Daß es so ist, dafür bürge ich mit meinem Leben und meiner Ehre.«
Die Vorhänge an der Sänfte wurden zurückgeschlagen. Im Dämmerlicht dahinter war der Umriß der hellgekleideten Prinzessin zu erkennen. Sie bewegte sich ein wenig und ließ wohl den Blick über die Menge der Wächter streifen, die sie vor einer Rückkehr des Mörders schützen würde. Vielleicht fragte sie sich angesichts der furchteinflößenden Gestalten, von denen sie nun umgeben war, wer sie vor den Beschützern schützen würde.
»Ich danke Euch für Euer Kommen, Prinz Nuraddin. Verzeiht meine Worte, aber ich war in großer Sorge, daß der Aufenthalt nichts Gutes zu bedeuten habe. Zwar kenne ich Euch nicht, doch habt Ihr einen Ruf als tapferer Mann. Ich weiß, daß ich nun unbesorgt sein kann. Habt aber trotzdem Verständnis für meine Bitte, die Reise augenblicklich fortzusetzen. Ich weiß, was ich dem Willen meines Vaters und des Euren schuldig bin.«

»Es wird sofort weitergehen. Steigt bitte vom Rücken des Kamels um in diesen Wagen. Der Einbruch der Nacht ist näher gerückt, als uns angenehm sein kann. Mit dem Wagen aber können wir den Palast schneller erreichen, als wenn Ihr in der Sänfte bleiben würdet.«

Selina zögerte, der Bitte des Prinzen zu entsprechen. Nuraddin öffnete den Seitenverschluß der Sänfte und entfernte ein seitliches Gitter, das der Prinzessin bei den schaukelnden Bewegungen Halt gegeben hatte.

»Fürchtet nicht, daß es unschicklich sei, in den Wagen zu steigen«, ermunterte er sie. »Wäre es möglich gewesen, so hätte ich Euch Sklavinnen zu Eurer Unterstützung mitgebracht. Doch die Gefahr schien zu groß, um auch nur einen Moment des Säumens zu rechtfertigen.«

Er hob den Vorhang an, so daß eine Seite der Sänfte jetzt ganz offen war. Selina stieg schließlich aus. Sie war bestimmt noch niemals in einem Wagen gereist und schien davor fast soviel Angst zu haben wie davor, bis zum Einbruch der Dunkelheit auf der Straße zu bleiben. Dann aber trat sie entschlossen darauf zu.

Nuraddin öffnete die Tür zum Innern des Wagenkastens. Unter der Tür war eine kleine Leiter angebracht. Selina blickte darauf, da sie nicht wußte, mit welcher Bewegung sie schicklich einsteigen sollte. Da reichte der Prinz ihr den Arm als Stütze. Selina legte ihre Hand darauf und schwang sich in den Wagen hinein. Schnell schloß Nuraddin die Tür hinter ihr.

Er stieg wieder auf sein Pferd, das sich tänzelnd bis zu Gutschalk und mir bewegt hatte, und blickte diesem in die Augen.

»Ihr seid der Franke, der sein Schwert nicht abgeben wollte«, sagte er.

»Ich bin der Franke, der sein Schwert nicht abgeben will.« Das letzte Wort betonte Gutschalk nur leicht, aber unmißverständlich.

»Wenn es soweit ist, Franke, werde ich mir Euer Schwert holen.«
»Für einen mutigen Mann bin ich stets zu finden«, erwiderte Gutschalk.
Nuraddin entgegnete nichts darauf, sondern richtete sich mir zu. Seine Augen bohrten sich fest in die meinen. Es kostet mich große Überwindung, seinem Blick standzuhalten.
»Ihr hingegen gabt Eure Waffe sofort ab«, sagte er zu mir.
»Heißt das, Ihr könnt nicht damit umgehen, oder heißt das, Ihr wollt uns Glauben machen, daß Ihr nicht damit umgehen könnt?«
»Edler Prinz, es bedeutet nur, daß ich ein Händler bin. Und Händler pflegen nicht mit den Leuten zu fechten, mit denen sie handeln können.«
»Ein Händler, ein Teppichhändler gar, wie mir der Bote erzählt hat. Und einer, dem zudem seine Teppiche gestohlen wurden. Weder wißt Ihr, wo es sich lohnt, Eure Waren feilzubieten, noch könnt Ihr auch nur auf sie aufpassen.«
Er wendete sein Pferd und betrachtete jetzt Saifaddaula. Hätten dem Magier in diesem Augenblick magische Kräfte zur Verfügung gestanden, ich glaube, er hätte den Erdboden sich öffnen lassen, um darin zu versinken.
»Über Eure Waffen hörte ich nichts«, sagte der Prinz. »Wollt Ihr sie mir jetzt aushändigen?«
»Mein mächtiger Herr, mein weiser Gebieter. Ich bin nur ein armer und alter Mann. Ich füge niemandem Übel und Schmerz zu. Eine Waffe besitze ich nicht. Seid gewiß, hätte ich eine, so würde ich sie Euch ohne Zögern und Säumen übergeben.«
»Gut, alter Mann. Ich denke, dessen kann ich wirklich gewiß sein.« Nuraddin hob den rechten Arm.
»Vorwärts!« rief er. »Nach Bagdad!«

Wenn ich auch anstrengende Ritte gewöhnt war und zur Not ohne Nahrung und Schlaf auskommen konnte, so begrüßte

ich doch die Mauern Bagdads mit größter Erleichterung, als sie endlich vor uns auftauchten.
Wir hatten den letzten Teil der Strecke in einem wahren Gewaltmarsch zurückgelegt. Wäre es nicht um der Gesundheit der Tiere willen gewesen, so hätte Nuraddin gewiß den ganzen Weg nur Galopp reiten lassen. So befahl er immer abwechselnd Galopp und Trab. Eine Rast oder auch nur eine Zeitlang im Schrittempo war uns nicht vergönnt.
Den Türken schien diese Art der Fortbewegung nichts auszumachen. Auch Gutschalk und sein Pferd zeigten keine Ermüdung. Ridwan und seine Männer hatten jedoch deutliche Schwierigkeiten mitzuhalten, aber keiner der Männer wagte es, zurückzufallen. Saifaddaula klammerte sich an dem Soldaten vor sich fest. Das Pferd, das unter dem zusätzlichen Gewicht anfangs nicht gelitten hatte, geriet während der letzten Etappe mehrmals ins Stolpern.
Ob meine Erschöpfung oder mein Hunger größer war, vermag ich nicht zu sagen. Sicher war nur, daß ich von Ruhelager oder Speise einfach das nehmen würde, was mir als erstes angeboten werden sollte.
Der letzte Teil der Sonnenscheibe, der über dem Horizont leuchtete, tauchte die Stadtmauer und die Brücke über den Tigris in leuchtendes rotes Licht, so rot wie Feuer oder wie frisches Blut.
Wir ritten die sich sanft dem Ufer des Tigris zuneigende Ebene hinab. So bot sich uns eine vollkommene Ansicht auf Bagdad, das man auch »Die Prächtige« oder »Die runde Stadt« nennt.
Der Blick des Näherkommenden wurde zuerst vom Grundriß der Stadt angezogen, der die Berechtigung des zweiten Namens sofort erkennen ließ: Die Umfassungsmauer stellte einen perfekten Kreis dar. Von unserer erhöhten Position aus machte die gesamte Anlage den Eindruck eines gigantischen Wagenrades mit vielen engen Speichen.
Den äußeren Reifen dieses Rades bildete die dreifache Umfas-

sungsmauer, die an der Außenseite von einem tiefen Graben umgeben war. Vier besonders befestigte Tore zeigten in die vier Himmelsrichtungen. Sie waren nach den Straßen, die von ihnen ausgingen, als das Syrische, Arabische, Kirmanische und Chorasanische Tor bezeichnet. Dem erstgenannten dieser Tore näherten wir uns jetzt.

Die Speichen des großen Rades waren die Straßen, die im Innern der Ringmauer wie Strahlen von einem Mittelpunkt ausgingen. Die vier stärksten dieser Strahlen – oder Naben, wenn wir beim Gleichnis des Rades bleiben wollen – führten von den Toren aus in gerader Linie nach innen. Im Mittelpunkt, einem grünen Rechteck, erhoben sich nebeneinander zwei Paläste. Zwar war ich noch nie in Bagdad gewesen, doch wußte ich genau, welche Gebäude ich dort vor mir sah.

Das grüne Rechteck war ein großer Garten, der mit besonderer Sorgfalt bewässert und gepflegt wurde. Einer der beiden Paläste war der Sitz des Kalifen, dem als Oberhaupt aller Muslime der Titel »Beherrscher der Gläubigen« gebührt. Der andere war der Palast eines noch höheren Herrschers. Es handelte sich um die große Moschee.

Daß der Palast des Kalifen mit seinen zweihundert Schritte langen Seiten gut doppelt so groß war wie die Moschee, mußte nicht bedeuten, daß der Kalif sich größer dünkte als Allah. Denn der Palast war nicht nur die Wohnung des Kalifen, sondern zugleich der Sitz des Diwans[*], so daß sein Umfang praktischen Erwägungen genauso folgte wie solchen der Repräsentation.

Die Nähe der Stadt veranlaßte Nuraddin nicht etwa, uns endlich etwas Ruhe zu gönnen. Vielmehr spornte er uns zu einem letzten Galopp an, mit dem wir dem Tigris zustürmten. Der Wagen mit der Prinzessin sprang und bockte auf der Straße,

---

[*] Diwan: Exekutive, oberste Verwaltungsbehörde. Die Bezeichnung »Ruhelager« erhielt das Wort erst in späterer Zeit, als böse Zungen die Vorstellung vom mangelnden Arbeitseifer der Beamten verbreiteten.

als hätte er einen eigenen störrischen Willen besessen, der sich dem stärkeren Willen des Lenkers auf seinem Bock nur gezwungenermaßen unterordnete.

Bestimmt war es alles andere als ein Vergnügen, unter solchen Bedingungen im Innern eines Wagens auszuharren, dessen willkürlichen Bewegungen man sich nicht so leicht anpassen konnte wie dem rhythmischen und einlullenden Schaukeln eines Kamelrückens.

Gerade als die Sonne endgültig versank, setzte Nuraddins Pferd als erstes seine Hufe auf die breite steinerne Brücke, die sich über die trägen, schlammigen Fluten des Tigris spannte.

Die ganze Anlage der Stadt zeigte, daß sie nicht aus einer kleinen Siedlung entstanden war, die sich im Laufe der Zeit unter der Gunst Allahs immer mehr ausgedehnt hatte, mit Befestigungsanlagen umgeben und schließlich von einem Herrscher zu seinem Sitz erwählt worden war. Vielmehr war sie in ihrer jetzigen Gestalt geplant und ausgeführt worden. Der Kalif al-Mansur hatte vor vierhundert Jahren beschlossen, an dieser Stelle seine neue Hauptstadt zu errichten. Sie sollte dem Ruhme Allahs wie dem seines Stellvertreters auf Erden gleichermaßen gerecht werden.

Seit ihrer Gründung stand die Stadt im Mittelpunkt der Kriege zwischen den Familien der Umaiyaden, Abbasiden und Fatimiden, die sich in stetem Widerstreit darüber befanden, wer von ihnen würdig sei, den Beherrscher der Gläubigen aus seiner Mitte zu benennen.

Im Laufe dieser Auseinandersetzungen war Bagdad mehrfach belagert und im Sturm genommen worden. Jeder neue Eroberer hatte auf seinen eigenen Erfolg im Feldzug damit reagiert, daß der die zerstörten Befestigungen in verbesserter Form wieder aufbauen ließ. So war der dreifache Mauerring entstanden, der den Gipfel der Festungsbaukunst, verbunden mit einer ästhetischen Erscheinung, darstellte.

Selbst die berühmte Zitadelle von Aleppo konnte nicht so sicher sein, wie es Bagdad inzwischen geworden war. Keine

Wurfmaschine reichte so weit, daß sie die überhöhte Lage an den Rändern des Flußtales hätte ausnutzen können, und kein Rammbock war so gepanzert, daß er sich durch alle drei Mauern hätte wühlen können, ohne seinerseits zerstört zu werden.

Jede der Mauern war auf ihrer Außenseite im Abstand von fünfzig Schritten mit halbrunden Türmen verstärkt, deren schmale Schießscharten eine Verteidigung auch gegen jene Angreifer ermöglichten, die sich bereits im toten Winkel dicht an der Mauer befanden. In größerer Höhe war die ganze Mauer einschließlich der Türme mit Pechnasen und leicht nach unten geneigten Schießscharten, die Raum genug für kleinere Wurfmaschinen boten, versehen.

Diese gewaltige Festungsanlage, die wohl einen gesamten Umfang von zehntausend Schritten besitzen mußte, schützte jetzt die Herrschaft des Kalifen al-Muqtafi bi-amr Allah aus der Familie der Abbasiden. Jede nur denkbare Belagerungstechnik, die jemals gegen eine Festung zum Einsatz gekommen war, hatten die Baumeister berücksichtigt und ihre Gegenmaßnahmen eingeplant.

Der älteste Teil der ganzen Anlage war die Brücke, die wir jetzt überquerten. Fast vierhundert Jahre, bevor Mohammed den Gläubigen den Koran gab, wurden die Fundamente dieser Brücke aus im Gebirge gebrochenen Steinen errichtet. Damals führte hier eine Konstruktion aus Holz, die auf diesem Grund errichtet war, über den Fluß, an dem es ansonsten keine weiteren Bauwerke gab. Man sagt, daß römische Soldaten, die in Gefangenschaft geraten waren, die Fundamente und die Brücke errichteten. Als Kind hörte ich einst eine Geschichte über einen Zenturio, der sich während der Konstruktion der früheren Holzbrücke so sehr für das Bauwerk begeistert haben soll, daß er selbst den persischen Ingenieuren immer wieder Vorschläge zur Verbesserung machte. Schließlich wurde die Brücke größer und fester, als sie ursprünglich geplant gewesen war. Der Zenturio soll angeblich von seinen eigenen Leuten getötet worden sein, als eine kleine Einheit der römischen Armee einen Verzweiflungsangriff auf die Brücke unternahm und er, so die Überlieferung, im Begriff war, sie zu verteidigen.

Noch heute sollen seine Überreste in einem der Pfeilerfundamente ruhen. Nach ihnen wird die Brücke im Volksmund »Knochenbrücke« genannt; ihr offizieller Name ist weniger einfallsreich: »Brücke des Syrischen Tores«.

Als die Spitze unserer Kolonne kurz vor der Ringmauer war, öffnete sich das Tor und ließ uns ein. Die beiden Flügel des Holztores waren von außen mit Metallplatten beschlagen, damit sie nicht in Brand geschossen werden konnten.

Eine zweite, aber wesentlich kürzere Brücke führte über den Graben, der zwischen der äußeren und der mittleren Mauer verlief. Der Boden dieses Grabens lag so tief, daß er bestimmt noch unterhalb des Wasserspiegels des Tigris lag. Jetzt war der Graben trocken, doch zahlreiche Rohre, deren Enden über dem Graben lagen, ließen vermuten, daß er bei einem Angriff geflutet werden konnte. In den Untergrund waren gespitzte Pfähle gerammt, die eine Durchquerung mit Belagerungsgerät erschweren sollten.

Als ich meinen Blick auf die Mauern und Türme richtete, blickte ich, wohin ich auch sah, stets in die Öffnung einer Pechnase oder einer Schießscharte.

Wir ritten durch ein weiteres Tor und auf die innere Festungsmauer zu. Hier war kein weiterer Graben angelegt, aber dafür war die letzte der Mauern um mehr als zwei Manneslängen höher als die davorliegende. Auch besaß die mittlere Mauer keinen gedeckten Wehrgang. Sollte ein Feind wider jedes Erwarten die beiden äußeren Mauern erklommen haben, so sah er sich hier ohne jede Deckung den Schüssen der Verteidiger ausgesetzt.

Das dritte Tor zog sich so sehr in die Länge, daß seine Durchquerung mehr dem Ritt durch eine Höhle als durch eine Befestigungsanlage glich. Über unseren Köpfen waren dicht bei-

einander zahlreiche kleine Öffnungen angebracht, die im Dunkeln kaum auszumachen waren. Von dort aus konnte man einen Angreifer mit siedendem Öl und Geschossen überschütten.
Keinem vernünftigen Menschen konnte ein Angriff auf diese Stadt in den Sinn kommen – zumal es, wie ich gehört hatte, noch Verteidigungseinrichtungen geben sollte, die sich dem aufmerksamsten Blick verbargen.
Dennoch hatte ich nicht das Gefühl, in Sicherheit zu sein, als ich endlich das letzte Tor durchquert hatte. So zweifelsfrei, wie die Festung einen Angreifer aussperrte, so sperrte sie jemanden, den man nicht entkommen lassen wollte, auch ein.
Als wir all diese an Kampf und Tod gemahnenden Bollwerke hinter uns gelassen hatten, entfaltete sich vor uns die Schönheit einer Prachtstraße. Es gab keine Spur von jenem Unrat, der überall, wo viele Menschen auf engem Raum zusammenleben, unvermeidlich scheint.
Von Haus zu Haus waren quer über die Straße Schnüre gespannt, an denen bunte Laternen hingen. Zu beiden Seiten standen in regelmäßigen Abständen dreibeinige Gestelle, auf denen große Öllampen brannten. Es gab keinen Hauseingang, der nicht seine eigene Laterne oder Fackel aufgewiesen hätte. So war selbst nach Einbruch der Dunkelheit das Innere der Stadt hell erleuchtet.
In Bagdad hatte man die meisten Gebäude aus gebrannten Ziegeln gebaut. Aber kein Haus richtete der Straße nur eine einfache Mauer entgegen. Das mindeste war es, die Fassade mit Stuck zu verkleiden. Wer immer es sich leisten konnte, hatte sogar Marmorplatten heranschaffen lassen.
Jedes Haus hatte seine eigentümliche Zierde aufzuweisen. Die Wände, die nur einfach bemalt waren – und wenn es mit Goldfarbe war –, fielen auf, als umfaßten sie ärmliche Unterkünfte.
Meist bildeten die Wände durch ihr Mauerwerk oder durch den Verputz Reliefs. Manchmal waren es einfache Ornamente,

häufig komplizierte Muster, oft Sprüche aus dem Koran oder Zitate bedeutender Dichter; oder man hatte alle Möglichkeiten zusammen genommen.
Bei einem Haus fiel mir ein besonders kunstvoll gestaltetes Eingangstor aus Bronze auf. Beide Flügel waren in Form von dornigen Ranken erhaben gegossen.
Ein anderes Gebäude war in jedem Stockwerk mit anderen Mosaiken verschönt. Vor der Hausfront verliefen eckige Säulen, deren Ecken immer rundlicher wurden, je weiter es nach oben ging, bis sie unterhalb des Daches vollends zu Halbkreisen wurden. Passend zu den Wänden waren selbst die Gitter der Fenster aus kleinen Steinen gebildet, und in jedem Fenster hatten die Gitteröffnungen eine andere Form. Es gab kreisrunde Öffnungen, quadratische, solche, die wie Halbmonde geformt waren oder in Form von Blättern und Schriftzeichen.
Ein drittes wiederum war von strahlendem Weiß. Die Steine waren abwechselnd erhaben und zurückgesetzt angeordnet, so daß sich ein Muster ähnlich dem eines Spielbrettes ergab. Die Fenster wurden dadurch gebildet, daß an einigen Stellen die vorspringenden, an anderen die eingezogenen Steine fehlten. So konnten Licht und Luft eingelassen werden, ohne daß man deswegen das durchgängige Muster hätte unterbrechen müssen.
Das Dach hatte die Form einer Kuppel, die das ganze Gebäude überspannte und im Licht einer Reihe von Fackeln leicht rötlich schimmerte.
Zwischen dem Obergeschoß und der Kuppel verlief ein Band aus blauem Mauerwerk, auf dem sich weiße Steinchen zu dem Satz formten: »Laßt Eure Fassaden von Halef Omar gestalten.«
Während wir weiter durch die Straße ritten, zeichneten sich vor uns die weißen Mauern des Kalifenpalastes ab, die selbst das im Vergleich zum hellen Schein der Sonne spärliche künstliche Licht reflektierten.
Unversehens wurde ich in meiner Betrachtung der Bauwerke

Bagdads gestört. Als wollte Allah mich aus dem Abschweifen meiner Gedanken erretten und meinen Geist wieder auf die Erfüllung meiner Pflicht zurücklenken, hatte er es gefügt, daß mein Blick sich von den Häusern löste und auf die Menge richtete, die die Seiten der Straße säumte.

Kaufleute, Handwerker und sonstige Bürger hatten sich in großer Zahl eingefunden. Zwischen vielen prachtvollen Kleidern sah man auch die einfachen Gewänder von Sklaven und Bauern. Wer immer sich sein Kommen leisten konnte, hatte es nicht versäumt, zum bevorstehenden Fest in die Stadt zu eilen. Sicherlich würde der nächste Tag noch eine größere Menge von Besuchern, die in der näheren Umgebung wohnten, zwischen die Mauern führen.

Die Mitte der Straße war für unseren Durchzug von allen Passanten freigemacht worden. Zwei Reihen von Soldaten hielten mit quer vor die Körper gehaltenen Lanzen die Neugierigen zurück. Der Druck der Menge, die auf einen verhältnismäßig schmalen Bereich vor den Häusern zusammengedrängt stand, ließ die Soldaten immer wieder zurückweichen. Wenn man die Straße entlangblickte, entstand der Eindruck zweier gigantischer blauer Schlangen, die sich nebeneinander wanden, ohne von der Stelle zu kommen.

Zwischen all der bunten und verschiedenen Kleidung, die man in der Menge sah, hob sich die Erscheinung eines Mannes deutlich ab. Er war immer noch so auffällig gekleidet wie bei unserer ersten Begegnung. Nur die Weste spannte sich jetzt nicht mehr über einem bloßen Oberkörper, sondern über einem Hemd, so weiß wie Kirschblüten im Frühjahr und wahrscheinlich von meinem Geld gekauft. Reza Abbas, die Daumen lässig in seinen Gürtel gehakt, lächelte mir zu. Er schien nicht die geringste Befürchtung zu haben, ich könnte mich auf ihn stürzen oder auch nur mit dem Finger auf ihn deuten.

Reza vermittelte den Eindruck eines Mannes, der unversehens bei einem Spaziergang einen flüchtigen Bekannten oder Geschäftsfreund wiedertrifft. Er nickte mir sogar höflich zu, als ich an ihm vorbeiritt. Ich nickte lächelnd zurück, als betrachtete ich die Begegnung mit ihm als angenehme, wenn auch nicht besonders bedeutende Überraschung. Dann wandte ich meinen Blick wieder in eine andere Richtung und schaute erneut die Häuser an, wenn auch nicht mehr mit demselben Interesse wie zuvor.

Es verbot sich von selbst, eine Geste zu machen, die als Fluchtversuch mißdeutet werden konnte. Reza und ich waren in derselben Stadt – also würde sich auf die eine oder andere Weise sicherlich die Gelegenheit ergeben, ihm erneut zu begegnen.

Die Wohnhäuser wichen den langen Arkadengängen zweier Basare, die das Ende der Straße vor dem Beginn des Parks säumten. Die Handelstätigkeit in den Basaren war mit Sonnenuntergang eingestellt worden. So waren die Holzläden vor den Gewölben der Händler jetzt herabgelassen. Dunkel und geheimnisvoll wirkten die Fronten der beiden Gebäude. Zwischen den Ritzen der Läden hindurch drangen immer noch Düfte bis auf die Straße hinaus, die zeigten, daß hier Gewürze feilgeboten, dort Speisen zubereitet wurden, an einem dritten Ort Duftwässer zu erstehen waren und an einem vierten ungewaschene Männer schwere Arbeiten verrichteten.

Wir ließen die Basare hinter uns und ritten in die kühle Dämmerung des Parks hinein, unter den Wipfeln von Orangenbäumen hindurch. Weiß und glatt ragten die Mauern des Palastes vor uns auf. Sie waren auf der Außenseite ohne Verzierung, doch ihr Ebenmaß bedeutete Zierde genug.

Der Weg führte in einem Bogen zur Seite, so daß wir neben den Mauern herritten. Ich bemerkte, daß die Ausdehnung der Stadt auf der anderen Seite des Palastes ihren Weg bis in den Park hinein gefunden hatte. Dort schoben sich die Wände einiger Gebäude, die wesentlich weniger ästhetisch anzuschauen waren, bis an die Palastmauern heran. Doch war es zu dunkel, um Einzelheiten zu erkennen. Außerdem machte der

Weg jetzt einen scharfen Knick nach rechts und führte direkt auf das Palasttor zu.

Hatten die Tore der Stadtmauer eine Ausstrahlung von Sicherheit gehabt, so schienen die beiden Flügel dieses Tores eher nach ihrer Schönheit gefertigt zu sein. Sie waren in ihrer ganzen Höhe, die mindestens drei Manneslängen betrug, als Gitterwerk gestaltet. Jeweils sechs dreieckige Öffnungen formten sich zu einem Gebilde, das wie ein Stern mit sechs Strahlen wirkte. Über und über türmten sich diese Sterne bis zur obersten Höhe des Tores.

Die Flügel standen jetzt offen. Der Torgang war von Fackeln und Laternen hell erleuchtet.

Unser Weg führte uns ins Innere des ersten Palasthofes. Dieser Hof war geschaffen, um große Mengen von Menschen aufzunehmen, um Paraden und Feiern abzuhalten.

Auf einen Zuruf Nuraddins hin schwenkten die türkischen Reiter auseinander und nahmen an den Seiten des Hofes Aufstellung.

Ein Teil der Reiter begleitete den Wagen mit der Prinzessin links an dem Brunnen, der sich in der Mitte des Hofes befand, vorbei, ein anderer Teil ritt mit uns – mit Ridwans Männern, Gutschalk, Saifaddaula und mir – nach rechts.

Das Licht erfüllte den Innenhof vollständig, die Fensteröffnungen und die Dächer der Gebäude jedoch lagen im Dunkeln. Niemand von uns aber brauchte noch mehr Licht, um zu wissen, daß wir von dort aufmerksam beobachtet wurden.

Ich war eingekeilt zwischen mehreren Reitern, die alle ihre Waffen in Händen trugen. Gutschalk und Saifaddaula befanden sich in derselben Situation. Gutschalk hatte die Hand wieder auf den Schwertgriff gelegt.

Ridwan war von seinen Männern getrennt und ebenfalls umstellt worden. Diese wurden durch einige barsche Befehle dazu gebracht, abzusteigen und sich an einer Hauswand entlang aufzureihen.

Ridwan machte eine Bewegung, zu seinen Leuten zu gelangen, aber die Türken hielten ihn zurück. Mein Kamel ließ sich auf die Knie nieder, als es merkte, daß wir am Ende unseres Weges angelangt waren.

Ich hörte mehrere Befehle, protestierende Rufe, dann Waffengeklirr.

Es schoß mir durch den Kopf, man könnte sich entschlossen haben, jeden, der bei dem Mord anwesend war, kurzerhand zu töten, um den wahren Schuldigen mit Sicherheit dabeizuhaben.

Wenn ich schon sterben sollte, so dachte ich mir, dann zumindest nicht ohne Gegenwehr. Ich suchte mit den Blicken die Soldaten um mich herum ab, wem am leichtesten die Waffe zu entreißen sein würde. Zu viele Lanzenspitzen deuteten auf mich, als daß ich mir ernsthafte Hoffnungen hätte machen können.

Oder gab es eine Möglichkeit zur Flucht? Die Wände des Innenhofes waren voll Tür- und Fensteröffnungen, doch keine war nahe genug, um sie mit ein paar Sprüngen zu erreichen. Die Mitte jeder der vier Seiten des Hofes wurde von einem hohen, gekachelten Liwan* gebildet. Einer enthielt das Tor, durch das wir eingeritten waren. Zwei andere waren an den Rückseiten verschlossen und enthielten Sitzpolster und niedrige Tische. Sie mochten als schattenspendende Aufenthaltsorte während der größten Tageshitze dienen. Der vierte Liwan war mit einem Vorhang verhängt, der an einer Querstange in Höhe zweier Manneslängen befestigt war, so daß man nicht in ihn hineinsehen konnte.

Zwischen den Liwanen verliefen Mauern, die wie zwei aufeinandergetürmte Arkaden gestaltet waren. Auf der Außenseite

---

* Liwan (auch: Iwan): in Afghanistan im 10. Jahrhundert entstandene und in Persien weiterentwickelte Form der islamischen Architektur. Man kann sich einen Liwan vorstellen als eine Nische von der Höhe eines mehrstöckigen Gebäudes: drei Außenwände, die eine halbe Kuppel tragen, welche häufig aus mehreren sich gegenseitig stützenden sphärischen Dreiecken gebildet wird; die vierte Seite ist völlig offen.

des Palastes waren diese Arkaden sicherlich nur Zierrat, der die Einheitlichkeit der Hofarchitektur wahren sollte; auf den drei anderen Seiten jedoch mochten sie nichts als die Außenwände von Gebäuden sein. Falls es mir gelang, mich durch eine Tür oder ein Fenster ins Innere eines dieser Gebäude zu flüchten, mochte ich irgendwohin gelangen, wo ich zumindest vorläufig sicher vor Ermordung war.

Aber eine solche Überlegung war auch dem, der unseren Empfang vorbereitet hatte, nicht fremd gewesen. Zwar hatten wir in unserem Rücken eine der mutmaßlichen Gebäudemauern, doch waren an der Stelle, wo wir uns aufhielten, nur kleine und zudem vergitterte Fenster angebracht.

Durch eine Bewegung in der Menge der Soldaten entstand eine Lücke, die mir den Blick auf Ridwans Männer freigab. Flankiert von zwei Reihen der türkischen Garde, wurden sie gerade vom Hof geführt. Währenddessen sammelten einige andere Soldaten Waffen vom Boden auf. Das Klirren, das ich gehört hatte, war von nichts anderem gekommen als von den Waffen, die die Männer auf Befehl zu Boden hatten werfen müssen.

Nuraddin war vom Pferd gestiegen. Ich sah, wie er sich Gutschalk näherte. Noch ehe die ersten Worte fielen, wußte ich, was geschehen würde – zumindest glaubte ich, es zu wissen. Als dann tatsächlich das geschah, was Gutschalk heraufbeschwor, waren wir beide gleichermaßen davon überrascht.

»Gebt mir jetzt Eure Waffe«, forderte Nuraddin den Franken auf.

Seine Stimme klang kaum noch höflich; seine Aufforderung war alles andere als eine Bitte. Hier und jetzt würde Gutschalk seines Schwertes entledigt werden, es war höchstens eine Frage der Methode.

Aus den Augenwinkeln bemerkte ich, wie der Vorhang am vierten Liwan sich teilte und zwei Männer heraustraten. Sie kamen schnellen Schrittes auf uns zu, als befürchteten sie, zu spät zu kommen.

»Herr Nuraddin«, erwiderte Gutschalk, »denkt nicht, daß ich kein Verständnis für Eure Bitte habe. Doch muß ich auch Euch um Verständnis ersuchen. Viele Klingen sind auf mich gerichtet. Wie leicht könnte einer ihrer Besitzer eine Unvorsichtigkeit begehen und sie in meinen Körper stoßen! Solange ich mein Schwert habe, wird der Gedanke daran, daß dies ein augenblickliches Rollen seines Kopfes zur Folge haben müßte, jeden Eurer Männer zu Überlegung und Mäßigkeit anhalten.«
Vielleicht war es nur Einbildung, aber ich glaubte, ein ganz leichtes Zittern in Gutschalks Stimme zu hören, als wüßte er, daß seine Worte seinen Tod heraufbeschwören würden. Doch vielleicht irrte ich mich, und es war nur die späte Stunde oder die Kühle der Nacht, die seine Worte nicht mehr so selbstbewußt wirken ließ.
Nuraddin machte eine Bewegung mit der Hand. Augenblicklich erweiterte sich der Kreis um den Franken, bis nur noch Nuraddin und er sich gegenüberstanden.
Mit einer langsamen Bewegung zog Nuraddin seinen Säbel.
»Ich werde Euch kein zweitesmal auffordern, Franke«, sagte Nuraddin.
»Und ich werde ...«
»Warte, Bruder«, rief da einer der beiden Männer, die heranliefen.
Der Mann, der gerufen hatte, sah aus wie ein Nuraddin, der einige Jahre älter und einige Pfunde schwerer geworden war. Wo Nuraddins Wangen gerade waren, waren die des anderen rund, wo Nuraddins Gewand sich um Muskeln spannte, war das des anderen flach, und wo Nuraddins Gürtel die Taille umspannte, wölbte sich des anderen Bauch.
»Bruder« hatte er Nuraddin genannt, und so wußte ich, daß es sich bei dem Mann um Murschid handeln mußte, denn nur zwei lebende Söhne nannte al-Muqtafi die seinen. Murschid, fünf Jahre älter als sein kriegerischer Bruder, hatte noch keine Taten vollbracht, die einem Dichter rühmenswert erschienen wären. Er verbrachte sein Leben im Palast an der Seite seines

Vaters, doch nicht im Müßiggang, wie ein Unwissender bei seinem Anblick im ersten Augenblick vermuten mochte.
Vielmehr ging er dem Kalifen bei allen Staatsangelegenheiten zur Hand. Man erzählte sich, daß er der einzige sei, der wirklich alle Verflechtungen der Politik durchschaue, der Kenntnis von allen Gesetzen und Verordnungen habe, die seines Vaters Vorgänger erlassen hatten, und den der Vater vor jeder wichtigen Entscheidung um Rat frage. Wenn al-Muqtafi gestorben sei, so sagte man auch, so werde man dies an nichts erkennen außer an den geänderten Schriftzeichen in der Unterschrift auf den Dokumenten.
Murschid ging jetzt, da sein Zuruf die Ereignisse aufgehalten hatte, merklich langsamer. Als er neben seinem Bruder stand, fielen ihre Ähnlichkeit und ihre Unterschiede noch mehr auf. Wie sein Bruder hatte sich auch Murschid nur den Schnurrbart wachsen lassen, doch war dieser wesentlich dichter als bei Nuraddin. Murschid trug leichte und einfache Kleidung, wie man sie auch bei einem einfachen Bürger der Stadt hätte sehen können. Nur sein grüner Turban hätte ihn in den Straßen auffallen lassen. Er trug weder auffällige Ringe noch Ketten, seine Füße unter der hellblauen Stoffhose steckten gar nur in Pantoffeln, deren einziger Schmuck die nach innen gerollten Spitzen waren.
Sein Begleiter war, obwohl von Körperbau und Aussehen ganz verschieden, auf seltsame Weise Nuraddin ähnlicher als dessen Bruder. Der Begleiter Murschids mochte fünfzig Jahre zählen. Trotz vieler Falten wirkte seine Gesichtshaut immer noch glatt und straff. Er besaß seine volle Haarpracht, was für einen Mann dieses Alters ungewöhnlich ist, doch waren seine Haare weiß wie Schnee und bis auf die Stoppeln kurz geschnitten. Das Gesicht wurde von einem ebenfalls weißen, kurzen Bart eingerahmt.
Mitten im Palast war er gekleidet wie zum Kampf. Nicht nur das: Die Art seiner Kampfkleidung an sich war außergewöhnlich. Er war in eine enge Hose und ebensolche Jacke aus Leder

gehüllt. Es gab keine einzige Falte, an der man ihn hätte packen können. An seinem Gürtel hingen zwei Säbel, die ihre Griffe einander zuneigten.

Jetzt stand er neben den Brüdern, nur einen halben Schritt zurück, um Respekt anzudeuten, doch bereit, augenblicklich nach vorn zu springen, falls der Franke angreifen sollte.

»Warte einen Augenblick, Bruder«, stieß Murschid hervor. Sein Atem ging laut. Schon der kurze Lauf war mehr an Anstrengung gewesen, als er gewohnt war.

Nuraddin war merklich ungehalten über die Störung, doch äußerte sich dies nur in einem unwilligen Zusammenziehen seiner Augenbrauen.

»Ich war gerade im Begriff, unserem Gast Erleichterung von seinen schweren Waffen zu verschaffen«, sagte Nuraddin. »Anschließend stehe ich dir gern zur Verfügung.«

»Falls dies nötig ist, überlaßt es nur mir, Prinz«, warf der Mann in der Lederkleidung ein.

»Wart Ihr es nicht, der mich lehrte, daß man Dinge, die man anfing, stets selbst zu Ende bringen muß?« antwortete Nuraddin ihm.

»Gewiß, doch solltet Ihr zunächst auf Euren Bruder hören, Prinz, und dann entscheiden.«

Nuraddin nickte in Murschids Richtung, ohne dabei den Franken aus den Augen zu lassen.

»Es ist eine Bitte, die Slugi an mich richtete«, erklärte Murschid. »Er meinte, es sei besser, dem Franken noch etwas mehr Raum zur Bewegung zu lassen. Es werde dann kein Blut vergossen werden.«

»Das meint Slugi immer«, sagte Nuraddin. »Doch sind Dinge wie diese nicht Slugis Angelegenheit. Er ist kein Kämpfer.«

»Er ist ein Mann, der weiß, wie man Kämpfe vermeidet, wenn es angebracht ist«, betonte der Mann in Leder.

Er schien nicht ohne Einfluß auf beide Prinzen zu sein. Ich konnte mir kein rechtes Bild von seiner Person oder seiner Funktion machen. Hätte er andere Kleidung getragen, so hätte

man ihn für den Großwesir halten können. Seit der Absetzung des letzten Großwesirs nahm Murschid diese Aufgabe für seinen Vater wahr. Zudem war die ganze Erscheinung von Murschids Begleiter die eines Soldaten, obgleich er keine Uniform trug. Er sprach davon, einen Kampf zu vermeiden, und hatte dabei die Arme lässig verschränkt, doch seine Hände waren dabei in Reichweite der Waffengriffe, und eine kurze Bewegung würde die Säbel in seine Hände bringen.
»Nun gut, so gebt dem Franken Raum«, rief Nuraddin seinen Männern zu.
Die Soldaten wichen zurück. Inmitten der freien Fläche saß Gutschalk hoch aufgerichtet im Sattel seines Pferdes. Er ließ seinen Hengst tänzeln und blickte dabei um sich. Ich folgte seinem Blick und sah, daß dieser zurück zum Tor ging. Das Tor war geschlossen, und zwischen uns und ihm befanden sich immer noch dicht an dicht die Reihen der Soldaten.
»Was habt Ihr vor?« fragte Gutschalk.
»Vielleicht vermag Euch eine Bitte zu etwas zu bewegen, was Euch ein Befehl nicht abnötigen konnte«, sagte Murschid.
Nuraddin schnaubte durch die Nase.
Gutschalk zog am Zügel. Der Hengst ging rückwärts, bis er genau an der Mauer stand.
Ich verstand den Franken nicht. Einen Ausweg aus dem Hof konnte es für ihn nicht geben. Er konnte auch nicht ernsthaft glauben, daß die Geduld, die man auf Anraten des Mannes, der Slugi genannt wurde, immer noch übte, ein Zeichen von Schwäche war.
Jetzt zog Gutschalk mit einer flinken Bewegung sein Schwert hervor. Ich sah, wie er dem Hengst die Fersen in die Seite stieß und vorwärts galoppierte ... Nein, der Hengst galoppierte allein. Gutschalk blieb dort zurück, wo er zuletzt gewesen war.
Eine Bewegung wie von Schlangen war vor der Wand entstanden, als sich das Tier in Galopp setzte. Die Schlangen glitten durch die Luft nach unten, umfingen den Körper des Franken

und hielten ihn in der Schwebe zurück, während das Pferd davonlief.

Das Tier lief genau auf Nuraddin zu, zeigte dadurch, daß Gutschalk in einem Verzweiflungsangriff auf den Mann, den er für den gefährlichsten hielt, seinen einzigen Ausweg gesehen hatte.

Jetzt hing der Franke hilflos da und sah zu, wie Nuraddin mit festem Griff an den Zügel das Pferd aufhielt. Der Hengst stampfte und wieherte empört, doch Nuraddins Wille und Kraft zwangen ihn bald zur Ruhe.

Der Mann in Leder ging gemessenen Schrittes auf Gutschalk zu. Noch immer befand sich dieser in Höhe des Sattels über dem Erdboden. Seine Arme waren an den Ellbogen fest gegen den Körper gepresst. Drei Schlingen hatten sich darum gelegt, und von den Schlingen führten Seile hinauf zu der dunklen, oberen Arkade.

Als ich meine Augen etwas zusammenkniff, konnte ich erkennen, daß dort mehrere Soldaten standen, von denen jeweils zwei eines der Seile in Händen hielten.

Sie ließen Gutschalk in der Schwebe, bis der Ledergekleidete ihn entwaffnet hatte. So verlor der Franke nicht nur sein Schwert, sondern seinen ganzen Gürtel mitsamt der Ausrüstung.

Ein Soldat brachte die Sachen fort. Dann erst wurde Gutschalk auf einen Wink Murschids heruntergelassen.

»Verzeih mir, Bruder«, sagte Murschid. »Ich griff nicht ein, weil ich glaubte, du könntest dem Kampf nicht gewachsen sein. Im Gegenteil, es gab niemanden hier, der an deinem Sieg die geringsten Zweifel gehabt hätte. Doch Slugi ...«

»Ich weiß«, unterbrach ihn Nuraddin. »Ich habe ihm schon oft zugehört. Sicher hat Slugi alles durchdacht und alles vorbereitet, was die Unterbringung der Gefangenen anbelangt. Ich hätte sie in den Kerker werfen lassen – die Überlebenden jedenfalls. Aber Slugi hat bestimmt andere Pläne, nicht wahr?«

So war es.

Wenn der Raum, in den man uns führte, ein Kerker war, so war er der prächtigste Kerker, in dem jemals ein Gläubiger oder Ungläubiger inhaftiert worden war.
Man führte Saifaddaula, den immer noch gefesselten Gutschalk und mich durch eine Flucht von Fluren, Korridoren und Gängen bis in einen großen Raum, der aufs vornehmste mit Teppichen, Polstern und Tischen ausgestattet war. Lampen mit parfümierten Ölen erfüllten den Raum mit würzigem und zugleich betäubendem Duft. Eine Wand war mit einer Reihe von Fenstern durchbrochen. Die Fenster waren zwar hoch, doch so schmal, daß nicht einmal ein Kind sich hätte hindurchzwängen können.
Hinter uns fiel eine Tür aus schweren Balken zu. Wir hörten, wie zwei Riegel nacheinander vorgelegt wurden. Auch der prächtigste Kerker ist ein Kerker.
Ich löste Gutschalks Handfesseln; die Fangseile waren bereits von den Soldaten mitgenommen worden. Der Franke rieb sich die Handgelenke. Er ließ keine Geste und kein Wort des Dankes erkennen. Statt dessen sagte er: »Ihr hättet in Kazimiya nicht eingreifen sollen.«
»Möglicherweise habt Ihr recht«, erwiderte ich. »Doch hätte ich nicht eingegriffen, könntet Ihr Euch jetzt nicht beschweren. Oder denkt Ihr im Ernst, Ihr hättet mit allen Männern dort fertigwerden können?«
»Jedenfalls leichter als mit allen Soldaten in diesem Palast. Zweifelt Ihr etwa daran, daß man uns letztlich doch töten wird? Vielleicht wird es eine große Untersuchung geben, vielleicht wird man hundertmal sagen, daß man nur die Wahrheit herausfinden wolle. Aber schließlich wird man uns doch umbringen. Lieber hätte ich in der Karawanserei die Entscheidung erzwungen, als ich noch Herr meiner Bewegungen war und mein Schwert hatte. Jetzt könnte ich nicht einmal mehr heraus, wenn ich hundert Kameraden mit Schwertern bei mir hätte statt eines Greises und eines jugendlichen Schwätzers.«

»Ich bin kein Greis«, kam es etwas zaghaft von Saifaddaula, »ich bin ein Wissender und Magier.«

»Und ich bin nicht mehr ganz so jugendlich, wie ich aussehe«, sagte ich. »Doch laßt uns unsere Zeit nicht mit Jammern vertrödeln. Wenn wir geschickt sind, werden wir dem Tod entrinnen. Denkt daran, wie leicht man Euch vorhin auf dem Hof hätte töten können. Statt dessen hat man sich auf den Rat eines gewissen Slugi besonnen und Euch lebend gefangen.«

»Slugi, ein seltsamer Name«, fuhr Gutschalk fort. »Vermutlich ist er einer der hiesigen Folterknechte. Heißt ›Slugi‹ nicht soviel wie ›Hund‹?«

»Ein Slugi ist ein Jagdhund«, erklärte ich. »Das wäre ein seltsamer Name für einen Folterknecht.«

Wir hörten, wie der Riegel an der Tür zurückgeschoben wurde. Die Tür schwang auf. Draußen auf dem Gang sahen wir einige Bewaffnete stehen, deren Anwesenheit keinen Zweifel daran ließ, daß ein Versuch, bei dieser Gelegenheit zu entkommen, sinnlos war.

Eine Negersklavin betrat den Raum. Trotz unseres Hungers und Durstes fesselte sie unseren Blick mehr als die Nahrung, die sie brachte.

Die Negerin war groß, was sie noch dadurch betonte, daß sie hoch aufgerichtet ging. Sie wirkte keineswegs unterwürfig, wie es ihr geziemt hätte, sondern selbstbewußt und stolz, als wäre sie nicht durch ihr Geschlecht und ihre Rasse gleichermaßen von Allah zur Rolle einer niedrigen Dienerin vorbestimmt gewesen. Sie ging barfuß, so daß ihre Schritte auf dem Boden unhörbar waren wie die Bewegungen einer Katze. Von der Hüfte abwärts war sie mit einem buntbedruckten Wickelrock bekleidet, der manchmal bei ihren Schritten ein wenig auseinanderklaffte und für die Dauer eines sich von selbst beschleunigenden Herzschlags einen winzigen Ausschnitt ihres Schenkels erkennen ließ. An ihrem Oberkörper trug sie eine weiße und sehr eng sitzende Bluse, die sich über ihren vollen Brüsten spannte. Bei jedem ihrer Schritte, der wie ein Teil aus

einem aufreizenden Tanz wirkte, bewegten sich die Brüste unter dem dünnen Tuch. Ich ertappte mich bei dem Gedanken daran, die Vorderseite der Bluse möge sich für einen Spalt öffnen wie die Seiten ihres Rockes.
»Hebe dich hinweg, Scheitan*«, murmelte ich.
»Komm näher, Mädchen«, sagte Gutschalk.
Dem Gesicht der Sklavin fehlten jene typisch afrikanischen Züge. Statt dessen hatte sie eine kleine, gerade Nase, volle Lippen und große braune Augen. Allah hat in seinem unerforschlichen Ratschluß die Schönheit mit der Versuchung verbunden, um unsere Stärke zu prüfen. Es steht mir nicht zu, mit dem Allmächtigen ins Gericht zu gehen, aber hätte er meine Stärke nicht bei einer anderen Gelegenheit prüfen können?
Der einzige Schmuck, den sie trug – und ihr Körper wäre Schmuck genug gewesen –, war eine feine Goldkette an ihrem rechten Arm. Sicherlich hatte sie hier im Palast einen vornehmen Gönner, der schwach genug war, in ihr nicht nur Besitz, sondern auch Neigung zu suchen.
Sie trug zwei silberne Tabletts, auf deren einem eine Schale mit Früchten stand, während sich auf dem anderen Karaffen mit Fruchtsäften und Wasser sowie mehrere Becher befanden. Auf dem Kopf balancierte sie ein drittes Tablett mit einem geflochtenen Korb, der Brot und Fleisch enthielt.
»Meine Herren schicken Euch Nahrung und Trank«, sagte sie. »Ihr mögt Euch stärken und anschließend ruhen. An diesem Abend wird man Euch nicht weiter belästigen. Sicher seid Ihr erschöpft von der Reise.«
Ihre Stimme sprach das Persische ohne Fehler aus, nur mit einem ganz leichten Akzent, der es eher verbesserte statt verfälschte. Warum nur dehnt der Koran seine Weisung zur Ver-

---

* Scheitan: Teufel. Das Wort stammt, wie das deutsche »Satan«, von dem hebräischen Wort für »Widersacher« ab, das sich auch im Altgriechischen und im Lateinischen als Lehnwort findet.

hüllung des weiblichen Körpers nicht auf die Sklavinnen aus? Für den Geist des Mannes wäre dies sicherlich ein Segen.
»Wenn Ihr noch Wünsche habt, ehe Ihr Euch zur Ruhe legt, so laßt es mich wissen«, fuhr sie fort.
»Ich habe viele Wünsche«, antwortete Gutschalk. »Vielleicht kann ich sie Euch bei einer günstigeren Gelegenheit vortragen.«
»Ich werde gern wieder zu Euch kommen. Doch macht mich, ich bitte Euch, nicht verlegen durch diese förmliche Anrede. Ich bin nur eine Sklavin, und das ›Ihr‹ geziemt mir nicht.«
»Ich bin nur ein Reisender in der Fremde, und ich denke, daß Ihr das auch seid. Wir beide sind nicht aus freiem Willen hier, deshalb sollten wir nicht so tun, als ob es Unterschiede zwischen uns gäbe.«
Wie mußte Allah den Geist des Franken verwirrt haben, wenn er auf solch abwegige Ideen kommen konnte!
»Wir danken Euch für die Speisen und Getränke«, sprach Gutschalk weiter. »Beides haben wir bitter nötig, doch das Schönste, was der Palast zu bieten hat, seid sicherlich Ihr. Mein Name ist Gutschalk, und dies sind meine Begleiter, Herr Usama aus Damaskus und Herr Saifaddaula aus dem fernen Indien.«
»Seid willkommen im Palast, Ihr Herren«, sagte die Sklavin und verneigte sich dabei, doch so wenig, daß es nur als Zeichen der Höflichkeit und nicht der Unterwürfigkeit zu erkennen war. »Ich hoffe, daß Ihr in Bagdad finden werdet, was immer Ihr sucht.«
»Ich werde Taten vollbringen, die Wundern und Staunen hervorrufen«, verkündete Saifaddaula, der sich bei seinen Worten in die Brust warf und sich bemühte, nur halb so alt auszusehen, wie er war.
»Ich suche neue Erfahrungen«, meinte Gutschalk, »und ich habe schon mehr gefunden, als ich mir wünschen konnte.«
Die Sklavin blickte die beiden freundlich lächelnd an und wandte dann ihren Blick mir zu.

Ich machte keine Anstalten, mich vorzustellen, bis Gutschalk sagte: »Herr Usama ist ein ...«
»Geograph«, fiel ich ihm ins Wort. Ich hatte keine Lust, schon wieder eine Bemerkung über Teppichhändler im falschen Land zu hören. »Ich war es müde, immer nur in den weißen Flecken der Landkarten umherzureisen und suchte deswegen eine Stadt auf, in der alle Straßen Namen haben.«
»Mein Name ist Wagunda«, sagte die Sklavin. »Ruft nach mir, wenn Ihr noch etwas benötigt.«
Sie drehte sich ab, um zu Tür zu gehen, als ich wieder das Wort ergriff: »Ich habe nur einen Scherz gemacht. In Wirklichkeit bin ich Teppichhändler.«
Gutschalk starrte mich verdutzt an. Dann lächelte er wissend, doch natürlich verstand er nichts.
Wagunda zögerte kaum merklich auf ihrem Weg zur Tür. Außer mir, der ich es erwartet hatte, hatte wahrscheinlich niemand dieses Zögern bemerkt.
Sie schaute kurz über die Schulter zurück und versprach: »Ich werde wiederkommen.« Dann trat sie hinaus, und die Tür schloß sich hinter ihr.
Wir erfrischten uns zunächst mit dem kühlen Wasser aus dem Krug, dann setzten wir uns zum Essen nieder. Zwar war mein Hunger groß, doch wollte sich der rechte Appetit nicht einstellen. So trank ich mehr, als daß ich aß. Meinen Begleitern ging es ähnlich.
»Man wird uns sicherlich getrennt verhören«, begann Gutschalk. »Aber es ist klar, daß wir alle nur dasselbe aussagen können, die lautere Wahrheit nämlich. Ich jedenfalls bin fest davon überzeugt, daß der Mörder längst über alle Berge ist. Es ist einfach nicht zu glauben, daß er zu der Karawanserei zurückgelaufen ist.«
»Das denke ich auch«, stimmte ich ihm zu. »Wenn wir heute früh etwas anderes vermutet haben, so war das auf jeden Fall voreilig. Der Mörder würde ja in diesem Fall jetzt ganz schön in der Klemme stecken.«

»Wieso das?« fragte Saifaddaula.
»Weil er dann jetzt in diesem Raum wäre«, erklärte Gutschalk.
Saifaddaula rückte ein Stück von uns ab. »Wollt Ihr sagen, daß einer von uns dreien der Mörder sein kann?«
»Auf keinen Fall!« sagte Gutschalk.
»Völlig unmöglich!« bekräftigte ich.
Saifaddaula dachte nach. Das hätte er nicht tun sollen, denn nicht nur, daß er auf denselben Gedanken kam wie Gutschalk und ich, er sprach ihn auch noch aus – und das hier, wo die Wände Ohren haben konnten.
»Es wäre für den Mörder aber von Vorteil gewesen, zurückzulaufen. Vor allem dann, wenn er bei seinem Überfall etwas holen wollte, was er dann nicht bekommen hat. Vielleicht lag es geradezu in seinem Interesse, auf diese Weise in den Palast zu kommen. Denkt nur an diese Flasche! Wäre der Mörder zurückgeblieben, während die Flasche mit uns weiterreiste, so wäre sie seinem Zugriff endgültig entzogen worden.«
»Ach, die Flasche ist uns völlig egal«, winkte Gutschalk ab.
»Erinnert Euch vielmehr daran, wie sehr ich mich geweigert habe, mitzureiten. Hätte ich das getan, wenn ich der Mörder wäre?«
»Es könnte ein Trick gewesen sein, um die Soldaten irrezuführen«, vermutete Saifaddaula. Dabei versuchte er, weiter von Gutschalk wegzurutschen, und kam dabei wieder näher zu mir.
»Und ich habe alles getan, um einen Kampf in der Karawanserei zu vermeiden«, sagte ich. »Wenn ich der Mörder wäre, hätte ich mich doch bemüht, den Verdacht auf Herrn Gutschalk zu lenken, und es wäre in meinem Interesse gewesen, wenn er gleich getötet worden wäre.«
»Ihr hättet aber auch versuchen können, den Kreis der Verdächtigen möglichst groß zu halten, um Unsicherheit zu erzeugen«, entgegnete Saifaddaula. Er rutschte wieder zurück, bis er von Gutschalk und mir etwa gleich weit entfernt war.
»Aber wir haben uns doch alle gegenseitig gesehen, nicht

wahr?« stellte Gutschalk fest. »Und so können wir alle bezeugen, daß keiner von uns in der Nähe des Zeltes war oder gar von dort zurückgelaufen ist. Das ist die reine Wahrheit, und dabei sollten wir bleiben.«
»Ich bin nicht ganz sicher, ob ich Euch beide gesehen habe«, widersprach Saifaddaula.
»Das könnte zu einem Problem für Euch werden«, warf ich ein. »Ihr solltet noch einmal ganz genau darüber nachdenken, was Ihr wirklich gesehen habt, und dabei auch die Konsequenzen für Euch selbst bedenken. Selbstverständlich müssen wir morgen auf jeden Fall bei der reinen Wahrheit bleiben.«
»Fast glaube ich, Ihr versucht, meine Aussage zu beeinflussen.«
Gutschalk schüttelte den Kopf, und ich nickte.
»Warum stimmt Ihr ihm zu?« fragte ich Gutschalk.
»Aber ich stimme ihm doch gar nicht ... Ach, ich vergaß, daß hier das Nicken ein Zeichen der Verneinung ist.« Schnell nickte er ebenfalls.
Ich erhob mich, um zu einem der Ruhelager zu gehen. Die Müdigkeit forderte jetzt, da ich mich erfrischt hatte, ihren Tribut. Auch die beiden anderen gähnten.
»Wir sollten uns jetzt niederlegen«, sagte ich, »damit wir morgen ausgeruht sind.«
»Es wäre besser, noch einmal alle unsere Erinnerungen zu vergleichen«, meinte Gutschalk. »Auf diese Weise helfen wir bei der Untersuchung sicherlich am besten.« Man merkte, wieviel Überwindung ihn seine Worte kosteten, denn auch er hätte sich am liebsten hingelegt.
Saifaddaula fielen bereits die Augen zu. Er schien schon vergessen zu haben, daß er uns soeben noch verdächtigt und sich selbst in Gefahr gesehen hatte. Sein Kopf sank auf den Tisch nieder.
Ich ging zum nächsten Lager und streckte mich darauf aus. Ich machte mir nicht einmal mehr die Mühe, meine Oberbekleidung abzulegen. Kaum lag ich, fielen auch mir die Augen zu.

Wie durch eine Wand drangen Gutschalks Worte zu mir durch.
»Herr Usama, bemüht Euch, wach zu bleiben!«
»Ach, laßt mich doch ruhen«, murmelte ich.
Eine Hand packte meine Schulter und begann mich zu rütteln.
»Steht auf. Ihr müßt dagegen ankämpfen.«
»Laßt los. Wogegen soll ich kämpfen?«
»Aber merkt Ihr es denn nicht? Das ist nicht die Müdigkeit der Erschöpfung, die uns umfängt. Wir sind vergiftet worden!«

4. Kapitel

Der Mikrokosmos aus gemischtem Obst

Wir schliefen tiefer und länger, als es normalerweise angesichts unserer Lage möglich gewesen wäre. Mit verklebten Augen wachten wir auf.
Auf dem Tisch, an dem wir unser Abendessen zu uns genommen hatten, standen neue Schalen mit frischen Früchten, daneben Becher mit heißem, dampfendem Tee.
Ich erhob mich, rieb mir die Augen und setzte mich an den Tisch. Es dauerte eine Weile, bis ich merkte, was mir seltsam vorkam. Vermutlich lag das daran, daß alles an meiner gegenwärtigen Lage seltsam war; was mir jedoch auffiel, war, daß ich keine Stiefel mehr an den Füßen trug. Ich blickte mich um, allerdings mit wenig Hoffnung. Doch meine Stiefel standen neben meinem Lager.
Gutschalk saß noch auf dem Polster, auf dem er geruht hatte. Schließlich kam auch er herüber, doch zog er vorher seine Stiefel und sein Kettenhemd an.
»Jemand hat uns heute Nacht durchsucht«, stellte er fest.
»Richtig«, sagte ich. »Kommt her und eßt einen Bissen.«
»Nein danke! Ihr denkt ans Essen, und jeden Augenblick kann eine wilde Horde von Folterknechten hereingestürzt kommen.«
»Dann sollten wir besser jetzt essen, denn später werden wir kaum noch dazu kommen.«
»Eure Ruhe möchte ich haben! Außerdem ist es wahrscheinlich vergiftet.«
Ich hätte auch gern meine Ruhe gehabt, denn im Innern war

ich alles andere als ruhig. Doch hatte ich so viele Fehler gemacht und mich zu Unbedachtheiten hinreißen lassen, daß ich jetzt fest entschlossen war, mit Umsicht und Selbstbeherrschung vorzugehen.
Ich drehte einen Apfel bedächtig in der Hand und erwog Gutschalks letzte Worte.
Saifaddaula saß auf seinem Polster und beobachtete mich, als hielte er mich für den Vergifter des Apfels statt für ein mögliches Opfer.
»Wenn man uns hätte töten wollen ...« begann ich.
»Hätte man es längst getan, ich weiß«, unterbrach mich Gutschalk, der sich mit diesen Worten zu mir setzte. »Schließlich benutze ich bei passenden Gelegenheiten denselben Satz. Also vorwärts, beißt nur hinein.«
»Beißt getrost«, mischte sich eine neue Stimme in unser Gespräch und erreichte dadurch als erstes, daß ich nicht hineinbiß, sondern mich umblickte.
Einer der Wandvorhänge wurde zurückgeschlagen. Ein weniger als mittelgroßer, schmächtiger Mann trat dahinter hervor und kam zu uns.
Sicherlich hatten wir drei Gefangenen uns alle in unserem Innersten irgendwelche Vorstellungen davon gemacht, wie wohl der Mann aussehen würde, der irgendwann zu uns kommen mußte, um eine Entscheidung über unser Schicksal zu fällen. Dieser Besucher paßte in keines der Bilder hinein – soviel kann ich mit Sicherheit sagen, wenn ich natürlich auch nicht in das Innere der Köpfe von Gutschalk und Saifaddaula zu blicken vermochte.
Er ging leicht gebückt und etwas schlurfend, bewegte sich dabei aber mit der Sicherheit eines Menschen, der in vertrauter Umgebung ist.
Ich habe schon Sklaven gesehen, die vornehmer gekleidet waren als dieser Mann. Seine beiden Pantoffeln, die er über die bloßen Füße gezogen hatte, schienen häufiger mit dem Staub der Straße als mit dem Fußboden von Palasträumen in Kon-

takt gekommen zu sein. Die Sohlen waren schon schief gelaufen, aber noch in der Phase, in der es einem anderen auffällt, während der Träger immer noch meint, die Erde sei vielleicht etwas uneben.
Den schmächtigen Körper bekleidete ein Gewand, das viel zu weit ausgefallen war. Es warf überall Falten und bot Platz genug für mindestens einen zweiten Besitzer mit derselben Statur. Oberhalb der Hüften war das Kleidungsstück durch einen Stoffgürtel zusammengerafft.
Am Oberkörper trug der Mann eine Weste in einem verwaschenen Blaugrau, die ebenfalls für einen Besitzer größerer Statur gemacht schien und die immer wieder von den Schultern zu gleiten drohte. Ohne hinzusehen oder sich auch nur Gedanken darüber zu machen, zog der Mann ab und zu die Schultern hoch oder zupfte mit einer Hand an der Weste, um sie an den ihr bestimmten Platz zurückzuverweisen.
Die Ärmel des Gewandes waren hochgerollt und zeigten uns seine spindeldürren Arme.
Den Kopf bedeckte eine flache, runde Mütze von der Form der Kappen, die von Knaben in den Koranschulen des Jemens getragen werden, vermutlich weniger ein Zeichen besonderer Frömmigkeit als dafür, daß ihr jetziger Besitzer das Winden eines Turbans oder eines Fes für eine überflüssige Beschäftigung mit seiner Person hielt. So machte seine gesamte Kleidung nicht den Eindruck, daß für unseren Besucher keine bessere erschwinglich gewesen wäre, sondern daß er sie nicht für wichtig erachtete.
Auf der Oberlippe befand sich der kläglichste Schnurrbart, der mir jemals begegnet war. Der Bart, wenn man ihn denn so nennen durfte, bestand aus nicht mehr denn zehn Haaren, die allerdings ordentlich je zur Hälfte nach links und rechts gekämmt waren.
Die Augenbrauen waren stets gerunzelt, als wäre der Mann fortwährend mit einer anstrengenden, aber für niemanden außer ihm selbst erkennbaren Tätigkeit beschäftigt.

Die Nase ragte spitz aus dem Gesicht hervor. Der Mund war schmal, mit zusammengekniffenen Lippen, als wollte er sich ins Innere des Körpers zurückziehen. Doch wenn der Mann sprach, klang seine Stimme tief und volltönend. Sie paßte so wenig zu seiner sonstigen Erscheinung, daß ich sofort an einen Scherz dachte, den man gelegentlich auf Jahrmärkten findet, auf denen ein Mann mit einer Puppe auftritt, die durch eine geschickte Einrichtung den Mund bewegen kann, während der Mann dazu redet.
»Meine Herren, seid willkommen in Bagdad«, sagte er jetzt.
»Ich weiß, daß Ihr nicht vollständig zufrieden seid mit der Art, wie Ihr hier empfangen wurdet. Ich kann Euch nur um Verständnis ersuchen, denn wir mußten einen Weg finden, der den Geboten der Gastfreundschaft und der Vorsicht gleichermaßen Genüge tut. Es will mir allerdings scheinen, daß Ihr auch Anlaß zur Freude habt, denn wäre es einem von Euch auf andere Weise gelungen, so schnell Zugang zum Palast zu erlangen?«
Er musterte uns alle ganz genau, wie jemand, der nach dem geringsten Detail sucht, das ihm Aufschluß über irgendein Rätsel geben kann. Im weiteren Verlauf des Gesprächs bemerkte ich, daß er diese Art der Musterung bei jedem anwandte, den er gerade anblickte.
Saifaddaula, der sich bisher noch fern gehalten hatte, trat herbei und ließ sich Seite an Seite mit dem Besucher nieder. Er schien instinktiv Vertrauen zu einem Mann gefaßt zu haben, der ihm, zumindest was den Körperbau anbelangte, so ähnlich war.
»Vielleicht haben wir gar keinen Wert auf einen Besuch im Palast gelegt«, erwiderte Gutschalk die Begrüßungsworte.
Der Mann lächelte. »Herr Gutschalk von Vogelheim, verzeiht zunächst, wenn Euer Name in meinem Mund, der die Aussprache anderer Laute gewohnt ist, etwas seltsam klingt. Ihr kommt einen weiten Weg aus dem Abendland bis nach Bagdad, und Ihr erzählt mir, daß Ihr keinen Wert darauf legt, den

Palast des Kalifen von innen zu sehen? Das erscheint mir wenig glaubwürdig. Oder bezieht Ihr Euch auf Eure Mitreisenden? Ihr, Saifaddaula Chalaf, Wissender und Magier, seid mit den Wundern der Welt in Eurem Gepäck von Indien hierhergereist. Wo könntet Ihr interessiertere und vor allem wohlhabendere Betrachter für Eure Wunder finden als im Palast des Kalifen? Und Ihr, Usama ibn Munqid, Teppichhändler aus Damaskus, wolltet sicher das eine oder andere seltene Stück aus Eurem Sortiment da anbieten, wo Ihr zahlungskräftige Kenner der Webkunst findet. Nur muß ich gestehen, daß Ihr Eure Waren in die falsche Richtung transportiert habt.«
»Man machte mich bereits darauf aufmerksam«, entgegnete ich. »Seid gewiß, daß meine nächste Reise mich in die Gegenrichtung führen wird.«
»Ihr kennt uns, scheint es, alle gut«, sagte Gutschalk. »Wollt Ihr Euch nicht selbst vorstellen? Ich wüßte gern, wen ich vor mir habe, und vor allem wüßte ich, wem ich den Verlust meines Eigentums zu verdanken habe.«
»Verzeiht meine Unhöflichkeit. Mein Name ist Muqallad ibn Nasr. Ich bin der Untersuchungsrichter des Kalifen. Gelegentlich werdet Ihr von mir unter dem Namen Slugi reden hören, in der Tat ein Name, der nicht zu einem Folterknecht passen würde.«
»Aha, man hat uns belauscht. Ich hätte mir denken können, daß das ganze Gemäuer von Geheimgängen und verborgenen Öffnungen nur so wimmelt.«
»Da habt Ihr recht, Herr Gutschalk. Ich selbst allerdings benötigte keine Geheimgänge. Ich betrat das Gemach vor Euch und stellte mich hinter jenen Vorhang dort. Hättet Ihr Euch aufmerksam im Raum umgesehen, so wäre ich Eurer Entdeckung sicher nicht entgangen. Als Ihr eingeschlafen wart, nutzte ich die Gelegenheit, einen genaueren Blick auf Eure Kleidung zu werfen.«
»Ihr habt uns betäubt und anschließend durchsucht.«
»Ich will nicht mit Euch um Formulierungen streiten. Ein mil-

des Schlafmittel hielt ich für angebracht, denn Ihr benötigtet Erholung, und ich benötigte Zeit. Ich hoffe, Ihr seid gestern abend auf dem Hof nicht verletzt worden, Herr Gutschalk. Wenn Ihr Euer Temperament zügelt, werdet Ihr mir recht geben, daß ich Euch durch meine Vorsichtsmaßnahme zwar Euer Schwert nahm, doch Euer Leben rettete.«
»Ihr habt Euch das ausgedacht! Kann ich jetzt mein Schwert wiederhaben?«
»Gestattet, daß ich es für Euch aufbewahren lasse. Ihr werdet wenig Verwendung dafür haben, solange Ihr im Palast seid.«
»Mir scheint im Gegenteil, daß ich hier eine Menge Verwendung dafür haben würde.«
»Das zeigt, daß es um so wichtiger ist, es Euch nicht zurückzugeben. Doch laßt uns jetzt unsere Aufmerksamkeit wieder auf wichtigere Dinge lenken.«
Gutschalk brummelte etwas vor sich hin. Vermutlich wollte er sich selbst mitteilen, daß es nichts Wichtigeres gebe als sein Schwert. Doch er unterbrach Slugi nicht.
»Ihr Herren, der Kalif wünscht eine rasche Aufklärung der Ereignisse in Kazimiya. Wir wollen uns deshalb sofort an die Arbeit machen, denn so werden der Befehl meines Herrn und Euer Wunsch nach Freiheit rasch erfüllt. Herr Usama, Ihr beginnt! Ihr kamt gegen Abend zu Fuß in der Karawanserei an. Wo waren Euer Reittier und Eure Teppiche?«
»Ich bin erstaunt«, antwortete ich, »daß Ihr uns nicht getrennt verhört. Wollt Ihr uns nicht in Widersprüche verstricken?«
»Ihr wollt mich mit Eurer Frage gewiß nur necken. Ihr hattet gestern Zeit genug, Euch eine gemeinsame Geschichte zurechtzulegen und diese in allen Einzelheiten zu besprechen. Hauptmann Ridwan dachte leider nicht daran, Euch voneinander zu trennen. Ich würde mir albern vorkommen, wenn ich jetzt versuchte, dies ungeschehen zu machen und Euch mit Sätzen wie ›Gestehe, Schuft, deine Kameraden haben schon alles zugegeben‹ zu bedrängen. Seid jetzt so freundlich, Herr Usama, meine Frage zu beantworten.«

Ich schilderte den Überfall durch Reza, meine Befreiung von den Fesseln und meinen Weg zur Karawanserei. Die Begegnung mit den Reitern ließ ich aus, denn es schien mir günstiger, nicht zuzugeben, daß ich Hinweise auf die Wichtigkeit der Frauen im Zelt gehabt haben könnte.
Schließlich sagte der Untersuchungsrichter: »Reza Abbas ist also wieder zurück. Es gibt Leute, die gehofft hatten, er sei irgendwo ums Leben gekommen. Früher oder später wird er auch in Bagdad auftauchen.«
»Er ist bereits da, denn ich sah ihn gestern abend kurz am Straßenrand stehen. Ich hoffe, daß ich noch Gelegenheit finde, Reza den Höflichen mit einer neuen Form von Höflichkeit vertraut zu machen.«
»Er wird Reza der Häßliche genannt«, erklärte Muqallad. »Falls Ihr ihm begegnet, solltet Ihr ihm das allerdings nicht unbedingt ins Gesicht sagen. Er reagiert recht unbeherrscht darauf.«
»Warum laßt Ihr ihn nicht verhaften, da er doch in der Stadt ist?«
»Weil ich nur eine Sache nach der anderen erledigen kann, und jetzt bin ich mit der Untersuchung eines Mordes beschäftigt. Schildert mir nun bitte genau, was sich in der Nacht ereignete.«
Ich berichtete so genau wie möglich, was ich gehört und gesehen hatte. Dabei beschränkte ich mich auf die Ereignisse im Lager und die Handlungen der Soldaten, konnte ich doch nicht sicher sein, ob Gutschalk versuchen würde, den Verdacht auf mich zu lenken, oder ob er, wie wir besprochen hatten, mir helfen würde. Nach jedem Satz, den ich sagte, schüttelte Slugi den Kopf, als fände meine Aussage seine ungeteilte Zustimmung. Zu meinem Vorteil erkannte ich aus Erfahrung die Taktik, die sich dahinter verbarg: Wer seinem Zuhörer immer zustimmt, und sei es nur durch eine so subtile Geste, bringt ihn häufig dazu, mehr zu erzählen, als er ursprünglich vorhatte.

»Das Licht beim Lager der Soldaten war also wesentlich dunkler als in der anderen Richtung«, wiederholte Slugi am Ende meiner Erzählung. »Wenn ein Mensch das Zelt durch den Riß in der Wand verlassen hätte, hättet Ihr ihn dann weglaufen sehen?«

»Das vermag ich nicht zu sagen. Ich kann mir vorstellen, daß ich eine rasche Bewegung auch im Dunkeln bemerkt hätte. Ein Fliehender wäre aber kaum bis zu den Bäumen gelangt, ehe die Feuer der Soldaten auflodertet.«

»Wie weit er gekommen sein kann, ist eine ganz andere Frage. Was ich jetzt herausfinden möchte, ist, ob überhaupt jemand aus dem Zelt entkommen konnte, ungeachtet, wie weit er anschließend gelangte.«

»Ich denke, er konnte das Zelt schon verlassen, ohne daß ich ihn bemerkt hätte. Wenn er zum Beispiel sofort nach den Schreien hinausschlüpfte, wäre er schon draußen gewesen, ehe ich an der Tür meines Zimmers war.«

»Habt Ihr bemerkt, ob Ridwan den Olivenhain nach Spuren absuchen ließ? Oder konzentrierte er seine Nachforschungen nur auf die Leute in der Karawanserei?«

»Er suchte den Boden vor dem Zelt nach Spuren ab«, sagte ich. »Er blickte sich nach allen Seiten um und wohl auch zu den Bäumen hinüber. Aber so lange ich ihn beobachtete, ließ er nicht im Hain selbst suchen.«

»Hätte er diese Suche zu einem späteren Zeitpunkt nachholen können, als Eure Aufmerksamkeit anderen Dingen zugewandt war?«

Ich überlegte kurz und erklärte dann: »Ich war vor unserem Aufbruch nur noch einmal in dem Raum, den ich gemietet hatte. Aber da ich kein Gepäck hatte, das mich länger beschäftigt hätte, reichte die Zeit kaum aus, um zum Hain hin und wieder zurück zu gehen. So weit ich sah, waren alle Soldaten entweder mit dem Zusammenpacken oder mit unserer Bewachung beschäftigt.«

»Wieviel Zeit verging von dem Moment, als die Prinzessin

dem Hauptmann die Flasche überreichte, bis zum tatsächlichen Aufbruch?«

»Es mag eine halbe Stunde gedauert haben, vielleicht etwas länger.«

Slugi wandte sich an Gutschalk: »Herr Gutschalk, tratet Ihr nach oder vor Herrn Usama aus Eurem Raum?«

»Erst stand ich eine Weile an der Tür und blickte hinaus. Dann trat ich ins Freie und begab mich zu ihm.«

»Wo lag Euer Raum, in Beziehung gesetzt zu dem Eures Nachbarn?«

»Unmittelbar zu seiner linken Seite.«

»Könnt Ihr die Himmelsrichtung benennen?«

»Es war nach Osten zu.«

»Und Herr Usama stand schon vor seiner Tür, als Ihr hinzukamt?«

»Ja. Er stand dort und beobachtete das Lager.«

»Dann könnt Ihr nicht sagen, ob er aus seinem Raum gekommen war oder aus einer anderen Richtung.«

»Das kann ich sehr wohl sagen«, fuhr Gutschalk ohne zu zögern fort. »Er kam aus seinem Raum.«

»Wie könnt Ihr so sicher sein, da Ihr doch erst später hinzutratet?«

»Ich stand zunächst unmittelbar am Eingang. Wenn er sich aus einer anderen Richtung genähert hätte, so wäre mir das keinesfalls entgangen. Wäre er von links gekommen, hätte ich ihn gesehen, wäre er von rechts gekommen, gehört.«

»So konnte man auf dem Untergrund jeden Schritt deutlich hören?«

»Gewiß.«

Ich schüttelte zustimmend den Kopf, um seine Worte zu bestätigen. Mein eigenes Erschrecken, als Gutschalk neben mir auftauchte, blieb nun sein und mein Geheimnis. Natürlich war mir nicht wohl bei dem Gedanken an diesen Mann, der sich lautlos zu bewegen verstand und sich bemühte, es zu verbergen.

»Ist der Untergrund bei der Karawanserei überall gleich beschaffen?« fragte Slugi.
»Soweit ich es sah, war alles fester Boden. Größtenteils handelt es sich um Stein. Zwar sind einige Unebenheiten mit Lehm ausgeglichen worden, doch ist dieser im Laufe der Jahre so fest geworden wie natürlicher Fels. Erst beim Olivenhain ist der Boden wieder lockerer.«
»Wie weit schätzt Ihr, daß der Hain vom Gebäude entfernt ist?«
»Für einen Menschen, der läuft, mag er in weniger als zwei Minuten zu erreichen sein.«
»Und die Entfernung des Gebäudes vom Zelt?«
»Das waren nur ein paar Schritte.«
»Ich darf aber aus Euren Worten folgern, daß Ihr jemanden, der vom Zelt zum Haus gelaufen wäre, auf jeden Fall gehört hättet.«
»Das denke ich wohl.«
Slugi zog aus dem Innern seiner Weste ein Wachstäfelchen hervor und notierte einige Worte, deren ich jedoch nicht ansichtig wurde.
»Herr Saifaddaula«, wandte er sich an den Magier, »wie verbrachtet Ihr die Nacht?«
»Herr, ich schlief in einer Nische in der Außenwand. Ich traf erst spät ein, weil mein Tier, das einen weiten und gefährlichen Weg hinter sich gebracht hatte, zu lahmen begann.«
»Warum betratet Ihr nicht einen der leeren Räume und legtet Euch dort nieder? Deren gab es in jener Nacht genug. Ihr hättet den Wirt nicht zu wecken brauchen, gewiß hätte er Euer Geld auch angenommen, wenn Ihr erst am Morgen bei ihm vorstellig geworden wärt.«
»Aber wie sollte ich einem Raum von außen ansehen, ob er innen leer ist?«
»Allah hat Euch Augen gegeben, um zu sehen, und einen Mund, um Fragen zu stellen.«
»Es war nicht mein Begehr, jemandem lästig zu fallen. Zudem

bin ich, ein weitgereister und erfahrener Kenner aller Völker und Länder, den Schlaf unter dem Zelt der Sterne gewohnt.«
»Ihr seid ein Mensch voll Takt und Höflichkeit, Herr Saifaddaula. Wenn Eure Fähigkeit als Magier ebenso groß ist wie Eure Zurückhaltung im Umgang mit Euren Mitmenschen, so kann man Euch gar nicht genug preisen.«
»Das will ich meinen, Herr Muqallad.« Saifaddaula schien zu wachsen, als Slugi ihn auf seinen Beruf ansprach. Endlich konnte er das vorführen, was er am besten von allem beherrschte: das Eigenlob. »Wunder und Zauber ohnegleichen brachte ich aus fernen und seltsamen Ländern mit, um Lehrreiches und Erstaunliches zu verkünden.«
»Gewiß könnt Ihr mir eine Probe Eures Könnens vorführen.«
»Gern will ich Euch gefällig sein. Habt Ihr eine Münze bei Euch?«
Slugi suchte eine Weile in den Taschen im Innern seiner Weste, bis er schließlich eine Silbermünze zum Vorschein brachte und sie dem Magier reichte. Dieser untersuchte die Münze kurz und machte Slugi dann auf eine kleine Scharte an ihrer Kante aufmerksam.
»An diesem Mal werdet Ihr die Münze wiedererkennen«, sagte er. Dann schloß er die rechte Faust um die Münze. Er umfaßte beides mit der linken Hand, öffnete die Faust in ihr und führte eine kurze Bewegung aus, als wüsche er sich ohne Wasser die Hände. Dann zeigte er beide Handflächen leer vor.
Slugi bewegte in der ihm eigentümlichen Weise zustimmend den Kopf.
»Nie sah ich einen geschickteren Magier«, sagte er anerkennend. »Allein das ist wohl die Münze wert.«
»Aber Herr Muqallad«, sagte Saifaddaula, »es ist nicht mein Begehr, Euren Besitz zu schmälern. Ihr habt die Münze doch schon zurückerhalten.«
Slugi griff in seine Weste.
Der Magier lachte: »Aber nein, hier ist sie.«
Er beugte sich nach vorn über den Tisch, griff hinter Slugis

Ohr und brachte die Münze zum Vorschein. Slugi warf nicht einmal einen flüchtigen Blick auf sie und steckte sie ein.

»In der Tat«, sagte er, »es ist dieselbe. Ich sehe, Herr Saifaddaula, daß Ihr nicht zu viel versprochen habt. Ihr habt die Gabe, Dinge verschwinden und an einem anderen Ort wieder auftauchen zu lassen. Aber könnt Ihr dies nur mit Münzen machen?«

»Meine Fähigkeiten kennen keine Beschränkungen und Grenzen«, antwortete der Magier und breitet dabei die Arme aus, um anzudeuten, wie weit seine Fähigkeiten reichten. Leider waren die Arme recht kurz.

»Übertreibt es nicht«, sagte Gutschalk.

Saifaddaula, der gerade in der Lobpreisung seiner selbst hatte fortfahren wollen, erkannte den Doppelsinn der Warnung und zögerte.

»Ich war nicht bei dem Zelt«, betonte er schließlich.

Slugi sagte zu Gutschalk: »Ich stelle fest, daß Ihr dem Gespräch aufmerksam gefolgt seid. Sicherlich seid Ihr in der fraglichen Nacht genauso aufmerksam gewesen und habt festgestellt, wann Herr Saifaddaula hinzutrat.«

»Er trat gar nicht hinzu«, erklärte Gutschalk. »Wie sollte er auch, da wir doch wissen, daß er bereits die ganze Nacht draußen verbracht hatte und somit bereits da war.«

»Er stand also schon draußen, als Ihr vor die Tür tratet?«

»Natürlich.«

»Und Ihr saht ihn?«

»So sicher, wie ich Euch jetzt sehe.«

»Wo stand er?«

»Er stand vor der Nische, in der er geschlafen hatte, gegen das Ende des Gebäudes zu.«

»Wie weit war er von Euch entfernt?«

»Es waren noch drei oder vier Räume zwischen mir und ihm.«

Slugi hielt sein Täfelchen hoch und blickte darauf. Er hielt es dicht vor die Augen, als könnte er nicht recht glauben, was er darauf las.

Endlich sagte er: »Herr Saifaddaula war also am östlichen Ende des Gebäudes, und Herr Gutschalk war zwischen ihm und Herrn Usama.«
Saifaddaula und ich schüttelten die Köpfe, während Gutschalk mit Ungeduld in der Stimme einwarf: »Ja doch, dies alles ist doch so klar wie die Wahrheit selbst. Warum nur beschäftigt Ihr Euch so lange damit, wo jeder von uns stand?«
»Die Wahrheit erscheint mir bisher keineswegs klar. Noch liegen mehrere Schleier darüber, aber mit Eurer Hilfe werde ich einen nach dem anderen lüften. Laßt uns noch einmal wiederholen, was wir wissen. Manchmal versteht man bestimmte Dinge erst dann, wenn man sie sich bildlich vor Augen führt.«
Er räumte auf dem Tisch herum, bis er eine freie Fläche erhielt. Auf diese legte er mehrere Bananen nebeneinander. Vor die Bananen kamen drei Kirschen, zwei etwa in der Mitte der Reihe, eine am äußersten rechten Rand.
Er deutete nacheinander auf die Kirschen und sagte: »Dies seid, wenn Ihr meine Freiheit gestatten wollt, Ihr, Herr Saifaddaula. Und jene beiden Kirschen, die beieinanderliegen, seid Ihr, Herr Gutschalk, und Ihr, Herr Usama.«
»Ich habe mit niemandem beieinandergelegen«, wandte Gutschalk ein.
Unbeirrt fuhr Slugi fort, an seiner Welt aus Obst zu bauen. Er nahm eine Orange, die er etwas weiter entfernt von den Bananen legte und umgab sie mit weiteren Kirschen. »Dies ist das Zelt mit den Soldaten«, sagte er. »Es befindet sich südlich der Karawanserei. Seht Ihr einen Fehler in meinem Modell?«
»Ich vermisse die beiden Frauen, den Wirt und seinen Helfer«, bemerkte Gutschalk.
»Gut, daß Ihr daran denkt. Diese Personen saht Ihr auch zunächst nicht, als Ihr aus Euren Räumen getreten seid. Wir wollen die Frauen also im Innern der Orange, den Wirt und den Knaben im Innern einer der Bananen annehmen.«
Er manipulierte an der Gutschalk-Kirsche und der Usama-Kirsche herum.

»Der Stiel der Kirschen ist die Blickrichtung«, erläuterte Slugi. »Herr Usama blickt nach rechts, Herr Gutschalk ebenfalls, doch in einem stärkeren Winkel. Herr Usama sieht das Lager vor sich, Herr Gutschalk sieht das Lager und Herrn Usama.« Er drehte an der Saifaddaula-Kirsche. »Herr Saifaddaula sieht von seinem Standpunkt aus die beiden anderen Herren und das Lager. Ich setze dabei voraus, daß es hell genug war, sich gegenseitig zu sehen. War das so?«
»Ja, ganz genauso«, bestätigte der Magier eifrig.
Slugi blickte auf dem Tisch hin und her. Dann lehnte er sich etwas zurück und fuhr fort: »Hell genug war es jedoch nur im Osten. Nach Westen hin muß es zu dieser frühen Stunde noch dunkel gewesen sein. Herr Usama erklärte, daß er Einzelheiten erst erkennen konnte, als die Feuer geschürt wurden. Vorher, so sagte er, hätte er höchstens eine sich schnell bewegende Person erkannt. Daraus folgt, daß er eine sich langsam bewegende oder gar stillstehende Person kaum erkannt hätte.«
»Nun ...«, begann ich.
Slugi hob die Hand, um Ruhe zu gebieten. »Um wieviel weniger konnte Herr Saifaddaula also die beiden anderen Herren sehen, die nicht nur in der Dunkelheit standen, sondern noch dazu nahe am Gebäude und unter einem Vordach?«
»Ich habe die beiden Herren natürlich erst gesehen, als die Feuer aufflammten«, entgegnete der Magier.
»Aber ich habe ihn schon früher gesehen«, sagte Gutschalk provokativ.
»Zu welchem Zeitpunkt genau habt Ihr Herrn Saifaddaula gesehen?« fragte Slugi den Franken.
»Als ich durch die Tür spähte.«
»Aber wenn Ihr aus einem Raum nach außen blickt, könnt Ihr nichts sehen, was sich unmittelbar an der Mauer befindet. Herr Saifaddaula befand sich entweder in oder direkt vor einer Nische.«
»Ich hatte meinen Kopf herausgestreckt, nachdem ich die Schreie gehört hatte. Beim Lager liefen viele Männer hektisch

durcheinander, und diese Bewegung konnte man sehr wohl sehen. Da es im Osten hell war, wie Ihr selbst gesagt habt, Herr Untersuchungsrichter, konnte ich durchaus auch Herrn Saifaddaula sehen, auch wenn er mich nicht sah. Und ich versichere Euch, daß jeder von uns ganz genau da war, wo er berichtet hat, gewesen zu sein. Keiner von uns dreien kam erst später hinzu.«
»So ist es, so ist es«, beeilte sich Saifaddaula hinzuzufügen.
»Warum aber blicktet Ihr nach Osten?« fragte Slugi. »Das Lager, aus dem die Schreie kamen, lag südlich und westlich von Euch.«
»In kritischen Situationen blicke ich immer um mich«, erwiderte Gutschalk.
»So seid Ihr ein vorsichtiger Mann.«
»In der Tat, das bin ich.«
»Dann verstehe ich nicht, wieso Ihr zuerst den Kopf aus der Tür gesteckt habt. Wie leicht hättet Ihr ihn verlieren können, wenn die Gefahr eine andere gewesen wäre. Ein vorsichtiger Mann wäre entweder im Innern geblieben, oder er wäre mit dem ganzen Körper möglichst rasch aus der Tür getreten.«
»Wie Ihr seht, habe ich anders gehandelt.«
»Und Ihr hattet keinen anderen Grund als den Euch von der Vorsicht gebotenen, nach Osten zu blicken?«
»Welchen anderen Grund könnte ich wohl gehabt haben?«
»Es wäre mir lieber, wenn Ihr mir das beantworten könntet.«
»Es gab keinen anderen Grund«, betonte Gutschalk nochmals.
»Denkt genau nach«, forderte Slugi ihn auf. »Habt Ihr vielleicht Schritte gehört? Bis die Feuer aufflammten, verging doch eine Weile. Und da das Lager dicht beim Haus lag, könnte jemand zum Haus gelaufen sein.«
»Ich hörte keine Schritte, und es ist niemand zum Haus gelaufen. Herr Usama stand zu meiner Rechten, Herr Saifaddaula zu meiner Linken.«
»Jemand hätte zur westlichen Ecke des Hauses laufen, dieses

dann umrunden und erst im Osten wieder in Eurem Blickfeld aufzutauchen können.«
»Ich war es nicht«, rief Saifaddaula. »Ich bin nichts als ein Magier. Ich interessiere mich nicht für Mord.«
»Ihr seid ein zäher Mann«, sagte Gutschalk. »Herr Saifaddaula stand in seiner Ecke, und ich sah ihn. Das beweist, daß er da war, und das beweist, daß ich da war.«
Slugi atmete hörbar durch die Nase aus wie ein Mann, dessen Geduld erschöpft ist. Dann wandte er sich an mich.
»Was ist mit Euch, Herr Usama? Ich hörte Euch nicht berichten, ob Ihr Herrn Saifaddaula von Anfang an saht oder nicht.«
Ich war bei meiner ersten Schilderung bewußt vorsichtig gewesen. Zwar verliefen Gutschalks Aussagen nach meinen Wünschen, doch ließ sein Verhalten allzusehr den Gedanken zu, daß er etwas zu verbergen hatte. Da mußte ich, der ich wirklich etwas zu verbergen hatte, noch mehr Vorsicht walten lassen. Auf jeden Fall mußte ich Gutschalk durch meine Aussage schützen, so, wie auch er mich schützte. Wenn aber er oder Saifaddaula zu einem späteren Zeitpunkt als Täter überführt werden sollte, so würde ich dadurch erst recht in Gefahr sein. Man würde mich als Mittäter oder, wenn mein Vorhaben entlarvt wurde, gar als Anstifter verdächtigen. Was immer ich sagte, es mußte wie die lautere Wahrheit klingen und gleichzeitig gerade um die notwendige Handbreit neben ihr bleiben.
»Ihr zögert, Herr«, mahnte Slugi.
»Ich habe noch einmal genau überlegt, damit ich mich auf keinen Fall täusche. In einer solchen Nacht glaubt man bisweilen, Dinge zu sehen, die gar nicht da sind. Auch ich blickte nach Osten, genau wie Herr Gutschalk. Dann richtete ich meine Aufmerksamkeit auf das Lager. Kurz darauf machte mich Herr Gutschalk auf die Anwesenheit eines weiteren Mannes aufmerksam. Das beweist, daß er ihn wirklich gesehen hat.«
Ich war nicht wenig stolz auf mein Geschick, denn ohne eine offensichtliche Lüge hatte ich doch des Franken Aussage bestätigt.

»Das scheint es zu beweisen«, meinte Slugi zustimmend. Zwar hatte er das Wort »scheint« nicht auffällig betont, aber es war sicher nicht als reine Redewendung in seinen Satz geraten. Mir wurde etwas mulmig, aber er wechselte das Thema, als wäre die bisher behandelte Frage endgültig geklärt.

»Wenden wir uns nun dem Zeitraum zu, der zwischen der Spurensuche vor dem Zelt und der Übergabe der Flasche liegt. Wie viele Soldaten verließen ihre Posten, um Euch zu Ridwan zu bringen?«

»Es waren sechs«, antwortete ich.

»Was machten die anderen in der Zeit?«

»Sie sahen uns zu.«

»Das kann ich mir gut vorstellen. Die Frage ist, ob sie auf ihren Posten blieben oder nicht.«

»Am Schluß standen viele um uns herum. Ich kann nicht mit Sicherheit sagen, ob ein paar Wächter auf den anderen Seite des Zeltes waren.«

»Herr Gutschalk, welchen Eindruck hattet Ihr davon?«

»Es gab einen ganz schönen Menschenauflauf vor dem Zelt«, sagte der Franke. »Aber ob noch jemand auf der Rückseite war, habe ich auch nicht gesehen.«

»Zu welchem Zeitpunkt genau gab es diesen Auflauf?«

»Zwischen Ridwan und mir kam es zu einer kleinen Meinungsverschiedenheit. Ich nehme an, die Soldaten wollten mitreden, aber Herr Usama hat uns den Spaß verdorben.«

»Ich vermute, daß es bei dieser Meinungsverschiedenheit um Euer besonderes Reizthema, das Schwert, ging.«

»Man könnte auch sagen, es ging um eine Glaubensfrage: Ridwan glaubte, mir mein Schwert wegnehmen zu können. Aber das ist noch niemandem gelungen – jedenfalls nicht auf faire Weise.«

»Ich frage mich, Herr Gutschalk, wieso Ihr Euer Schwert nicht abgeben wolltet. Ihr befindet Euch auf persischem Gebiet. Denkt Ihr wirklich, daß Ihr den Anweisungen eines Offiziers keinen Gehorsam erweisen müßt?«

»Die Welt außerhalb dieses Palastes ist hart. Viele Dinge kann man nur behalten, wenn man sie mit der Waffe verteidigt. Die Freiheit zum Beispiel. Ihr seht ja, wo ich jetzt bin, nachdem mein Schwert weg ist.«
»Freilich sehe ich das: Ihr seid in einem gemütlichen Raum mit reichlich Nahrung. Aber das beantwortet meine Frage nicht. Ich nehme an, daß Ihr Euch eine bestimmte Vorstellung machtet, wie die Ereignisse sich weiter entwickeln würden, als Ihr Ridwan Trotz botet. Oder wußtet Ihr, daß Herr Usama eingreifen würde?«
»Woher hätte ich das wissen können? Ich wollte meine Haut so teuer wie möglich verkaufen. Ehrlich gesagt hatte ich damit gerechnet, daß ich als Fremder sowieso umgebracht würde, wenn es jemandem an den Kragen ging.«
»Damit rechnetet Ihr zu einem Zeitpunkt, als Ihr noch gar nicht wissen konntet, was in dem Zelt geschehen war?«
»Herr Muqallad, man reist nicht jahrelang in der Welt herum, ohne dabei eine gewisse Erfahrung zu sammeln. Geschrei, Fackeln und blitzende Säbel deuten im allgemeinen nicht auf die Einladung zu einem gemütlichen Abend in der Spinnstube hin.«
»Wenn Ihr Euch immer so aufführt, muß es geradezu als Wunder gelten, daß Ihr überhaupt lebend bis hierher gekommen seid.«
»Ganz im Gegenteil. Ich wäre nicht einmal von zu Hause bis zum nächsten Dorf gekommen, wenn ich auf jede Aufforderung hin meine Waffen weggeworfen hätte.«
Slugi wandte sich an Saifaddaula: »Ihr standet etwas weiter weg und saht das Zelt unter einem anderen Winkel. Habt Ihr bemerkt, ob sich alle Wächter vor dem Eingang versammelt hatten?«
»Meine Aufmerksamkeit ist stets wach und umfassend. Nichts entgeht meinen Augen, die schon Dinge und Wesen gesehen haben, die jeder menschlichen Vorstellungsgabe und Phantasie spotten. In der fraglichen Nacht ...«

»Aber bitte ohne Vorstellungsgabe und Phantasie!« mahnte Slugi.
Saifaddaula kniff kurz die Lippen zusammen und setzte dann neu an:
»Als die Soldaten mich höflich baten, mit ihnen zu kommen, um meinen scharfen und genauen Verstand zur Hilfe und Unterstützung der Untersuchung einzusetzen, da habe ich genau gesehen, daß diese beiden Herren mit vielen Soldaten vor dem Zelt standen. Es kam zu Streit und Tumult, weil ...«
»Herr Saifaddaula, was Ihr da zelebriert, nennt man eine elliptische Erzählung. Ich möchte aber genau den Teil hören, den Ihr ausgelassen habt. Nachdem die Soldaten Euch abholten und bevor Ihr so nahe beim Zelt standet wie Eure Begleiter, muß es einen Zeitraum gegeben haben, in dem Ihr Euch dem Zelt genähert habt. Habt Ihr während dieses Zeitraums Wachen auf der Rückseite bemerkt? Antwortet, wenn es Euch möglich ist, mit Ja oder mit Nein.«
»Nein.«
Slugi erhob sich und steckte dabei sein Täfelchen wieder ein. Auch wir standen den Geboten der Höflichkeit folgend von unseren Polstern auf.
»Ich danke Euch, Ihr Herren, für Eure Offenheit«, sagte Slugi. »Obwohl mir jetzt viele Dinge klargeworden sind, fehlt mir noch ein Detail zur Beantwortung der Frage, wie der Mörder nach der Tat entkommen konnte. Ich denke aber, daß sich diese Frage noch vor dem Mittagsgebet klären wird.« Er blickte aus dem Fenster. »In zwei Stunden etwa werde ich noch einmal Eure Hilfe benötigen. Noch ehe die Sonne im Zenit steht, sollen die Unannehmlichkeiten für Euch vorbei sein.«
»Darf ich Euch auch eine Frage stellen?« bat Gutschalk. »Verzeiht mir, wenn sie Euch unziemlich erscheint, und haltet mir die Tatsache zugute, daß ich als ein Fremder nicht mit allen Gebräuchen vertraut bin.«
»Sicherlich dürft Ihr mich fragen, Herr Gutschalk. Ich kann

Eure Frage sogar beantworten, ehe Ihr sie stellt, denn ich weiß bereits, wie sie lauten wird.«
»Wie ist das möglich?«
»Weil es so naheliegend ist, danach zu fragen, und doch so unmöglich, den in der Frage enthaltenen Vorschlag auszuführen. Ihr wollt wissen, weshalb ich nicht die Prinzessin befrage. Sie müßte all dies besser beantworten können als Ihr, da sie doch in unmittelbarer Nähe des Täters war.«
»Ihr habt recht. Ich weiß natürlich, daß es nicht üblich ist, daß ein Mann einfach ein Gespräch mit einer Frau führt. Aber Ihr würdet bestimmt eine Möglichkeit finden, zumal die Antworten so wichtig sind.«
»Natürlich gibt es Möglichkeiten. Und es gibt keine Regel, von der man nicht eine Ausnahme finden könnte. Auch in diesem Fall ist es nicht wirklich unmöglich, Informationen von der Prinzessin zu bekommen. In der Tat habe ich auch solche Informationen eingeholt, doch sind dabei besondere Erschwernisse zu überwinden, und die Genauigkeit leidet darunter. Bei der geplanten Vermählung ist ein genauer Zeitplan einzuhalten, der schon seit längerem feststeht: das Eintreffen in Bagdad gestern abend, die Vermählungszeremonie heute nachmittag und die Feier heute abend. Der Überfall gehörte natürlich nicht dazu, und der Kalif scheint fest entschlossen, ihn so weit wie möglich zu ignorieren. Meine Untersuchungen sollen vor der Zeremonie abgeschlossen sein, aber nicht auf eine Weise, die die Zeremonie verzögert. Ich konnte über Prinz Murschid nur die Erlaubnis erlangen, einen Eunuchen mit einigen Fragen zu ihr zu schicken. Wollt Ihr die Antworten hören?«
»O ja«, riefen Gutschalk und ich wie aus einem Munde.
»Die Antworten lauten: Es war dunkel, sie hat eine Silhouette bei Sulanid gesehen, sie hat Sulanid schreien hören, sie hat selbst geschrien, dann war die Silhouette weg.«
»Soviel hätten wir uns auch zusammenreimen können«, sagte Gutschalk.

»Ihr könnt doch nach der Feier eine Befragung ermöglichen«, schlug ich vor.
»Der Kalif, Herr Usama, ist ein in Ehren alt gewordener Herrscher. Wenn er ganz bestimmte Vorstellungen entwickelt hat, wie etwas geschehen soll, dann geschieht es auch meistens so. Wenn er also will, daß die Untersuchungen abgeschlossen werden, dann werden sie abgeschlossen. Das einzige, was ich tun muß, ist, bis zum Mittag eine Lösung zu haben. Ich kann mir also nur noch die Fragen aussuchen, aber nicht die Person, der ich sie stelle.«
»So kann ich Euch nur Glück wünschen«, bemerkte Gutschalk dazu.
»Glück«, erwiderte Slugi nachdenklich, »ist in meinem Beruf so wichtig wie Genauigkeit. Und jetzt entschuldigt mich.« Er ging zur Tür. Schon hob er die Hand, um daran zu kratzen, damit die Wachen ihm öffneten, da schien ihm noch etwas einzufallen.
»Eine Frage habe ich noch«, setzte er an, ohne sich an einen Bestimmten von uns zu wenden. »Was könnt Ihr mir über die Flasche sagen, die Hauptmann Ridwan so sehr bewacht?«
Gutschalk und ich schauten uns an.
Schließlich antwortete ich: »Das einzige, was wir darüber wissen, ist, daß die Prinzessin sie ihm gab. Sie drohte mit dem Tode, wenn die Flasche geöffnet oder in unrechte Hände geraten würde.«
»Sagte sie, wer diese unrechten Hände haben könnte?«
»Sie sagte, niemandem als ihr selbst oder dem Kalifen dürfe die Flasche übergeben werden.«
»Machte sie eine Andeutung über den Inhalt?«
»Nein, mit keinem Wort.«
»Vielleicht hörtet Ihr ein Geräusch, als sie Euch die Flasche übergab. Ein Klappern, ein Gluckern wie von einer Flüssigkeit.«
»Nichts dergleichen. Mir fiel nur auf, daß die Flasche recht schwer zu sein schien. Aber der Hauptmann müßte Euch Aus-

kunft geben können. Er las etwas auf dem Siegel, mit dem die Flasche verschlossen ist.«

»Und es scheint ihn sehr beeindruckt zu haben. Er hütet die Flasche, als wäre sie das kostbarste Kleinod aus den Schätzen der vierzig Räuber. Ich wollte, er hätte das Zelt genauso aufmerksam bewacht.«

Mit diesen Worten verließ uns Slugi endgültig. Die Tür wurde hinter ihm verschlossen und verriegelt.

»Zwei Stunden noch«, sagte Gutschalk. »Ich bin wirklich gespannt, was dann passiert. Ich wünschte, ich hätte mein Schwert. Ich wünschte, ich hätte mein Pferd. Ich wünschte, ich hätte Flügel.«

»In der Dunkelheit konntet Ihr gar nicht ...«, begann Saifaddaula.

»Ich wünschte, ich hätte einen Knebel«, unterbrach ich ihn. »Möglicherweise sind wir nicht ganz so allein, wie es scheint.«

Der Magier schwieg, gekränkt und voll Mißtrauen gegen uns. Gutschalk und ich verbrachten einen Teil der Zeit damit, den Raum genauer zu untersuchen. Außer der Wandnische, in der Slugi sich verborgen gehalten hatte, fanden wir keine zusätzlichen Geheimnisse. Aber das hatte nichts zu besagen.

Die Zeit des Mittagsgebets kam und ging vorüber. Schon wähnten wir uns von Slugi vergessen.

Wir waren recht schweigsam, nicht nur, weil unsere Worte möglicherweise mit größter Aufmerksamkeit verfolgt wurden, sondern auch, weil jeder sich in sein eigenes Grübeln zurückgezogen hatte.

Gutschalk, der immer wieder ans Fenster trat, um einen Blick nach dem Stand der Sonne zu werfen, sagte schließlich: »Wenn der Untersuchungsrichter uns schon vergessen hat, dann könnte wenigstens Wagunda uns mit ein paar frischen Getränken die Aufwartung machen. Wie denkt Ihr darüber, Herr Usama?«

»Ich würde den Untersuchungsrichter bevorzugen«, antworte-

te ich,» wenn mir auch scheint, daß diese Frage für Euch eine Bedeutung hat, die sich mir noch nicht erschließt.«
Laute Schritte, die sich näherten, enthoben Gutschalk einer Erklärung.
Die Tür wurde geöffnet, und ein Unteroffizier forderte uns auf, ihm zu folgen. Wir wurden von einer starken Eskorte begleitet. Dennoch warf ich Gutschalk einen warnenden Blick zu, damit er nicht unüberlegt handelte. Der Franke benahm sich aber ganz ruhig. Vielleicht hatte er den Gedanken an Flucht aufgegeben. Man führte uns durch mehrere Gänge, bis wir auf Slugi trafen.
»Ich danke Euch für Euer Kommen, Ihr Herren«, begrüßte er uns, als wären wir völlig Herren unserer Zeit und unseres Tuns.» Wir werden jetzt ein kleines Experiment, besser gesagt: eine Rekonstruktion, vornehmen. Dabei denke ich, die Frage nach dem Verbleib des Mörders zu beantworten. Ich bedarf dabei Eurer Hilfe und denke, daß sie mir nicht verwehrt werden wird.«
Wir brachten alle zum Ausdruck, daß er selbstverständlich mit uns rechnen könnte.
»Ich glaube, daß es angebracht ist, Euch in einer Hinsicht zu warnen«, fuhr Slugi fort.» Diese Warnung gilt vor allem für die Anmerkungen, die Ihr zu dem macht, was Ihr gleich sehen werdet: Seid vorsichtig mit den Worten, die Ihr während des Experiments sprecht.«
»Ich werde keinen Ton sagen«, kündigte Gutschalk an.
»Das dürfte das beste sein«, stimmte Slugi zu. »Doch solltet Ihr es mit diesem Versprechen nicht so fanatisch halten wie mit einem Gelöbnis. Es könnte sein, daß Ihr mir die eine oder andere Frage beantworten müßt.«
Gutschalk versicherte, der Untersuchungsrichter könne unbesorgt sein.
Slugi blickte noch kurz zu Saifaddaula und mir herüber. Ich bemerkte, daß der Magier bereits Luft holte, um nach der mehrstündigen Schweigsamkeit zu einer Tirade über seine

Ausdauer im Schweigen anzusetzen, aber ich schnitt ihm mit einem kurzen »Wir haben verstanden — alle drei« das Wort ab.
Slugi öffnete eine auffallend schmale und niedrige Tür und führte uns in einen Hof.
Der Hof war wesentlich kleiner als der, in den wir nach dem Betreten des Palastes angelangt waren. Er war aber immer noch geräumig genug, um dem großen Zelt der Prinzessin sowie Hauptmann Ridwan mit allen seinen Männern Raum zu bieten.
Der Hof war wie eine Ellipse geformt. Alle Gebäude, die an ihn stießen, hatten also gekrümmte Wände. Die Wände wiesen keinerlei Verzierungen auf, weder Erker noch Mosaiken. Selbst auf Fenster hatte man weitgehend verzichtet, und da, wo welche waren, handelte es sich nur um winzige und schmale Öffnungen.
Zwei Türen führten in den Hof. Sie lagen einander gegenüber an den Längsseiten der Ellipse. Die zweite Tür war genauso klein wie die, durch die wir eingetreten waren.
Der Boden war wie die Wände so glatt wie möglich eingeebnet. Er war aus Steinplatten zusammengesetzt, deren Fugen man mit Mörtel auf genau dieselbe Höhe wie die Platten aufgefüllt hatte.
Mit der Konstruktion dieses Hofes hatte man sich offensichtlich sehr viel Mühe gemacht. Ich konnte mir nur nicht erklären, aus welchen Grund. Er wirkte in keiner Weise besonders schön, sondern durch seine Kahlheit und die winzigen Öffnungen langweilig.
In Höhe des zweiten Stockwerks gab es eine Ausnahme von der Kahlheit. Dort befand sich ein größeres Fenster, das auf eine seltsame Weise schief und falsch wirkte. Als ich einige Schritte tat, verschob sich der Umriß des Fensters völlig. Da niemand Anstalten machte, uns einen bestimmten Platz auf dem Hof zuzuweisen, ging ich einfach weiter zur Mitte. Als ich eine Stelle erreichte, die nahe der Achse durch die beiden

Brennpunkte der Ellipse lag, wirkte das Fenster völlig gerade auf mich, obwohl seine Ränder ja der Biegung der Wand folgen mußten. Gleichzeitig bemerkte ich, daß sich im Raum dahinter einige Personen bewegten. Im Dämmerlicht des Innern konnte ich aber keine Einzelheiten ausmachen.

Also schlenderte ich wieder zu Gutschalk und Saifaddaula zurück, die unschlüssig immer noch in der Nähe des Eingangs standen. Bei einem kurzen Blick über die Schulter sah ich, wie sich die Perspektive des Fensters wieder verschob.

Natürlich glaubte ich nicht, einer speziellen Form der Ästhetik gegenüberzustehen. Mit der Anlage des Hofes und der Konstruktion des einzelnen Fensters verband sich irgendeine Absicht, die auch mit dem von Slugi geplanten Experiment in Zusammenhang stehen mußte.

In der Mitte des Hofes, genau zwischen den beiden Brennpunkten, war das große Zelt aufgebaut, in dem Sulanid ihr Leben gelassen hatte. Der Riß, durch den der Mörder entkommen konnte, war deutlich zu erkennen.

Natürlich ließ sich auf diesem festen Untergrund das Zelt nicht auf die übliche Weise aufbauen. Man hatte deshalb die Pflöcke, die sonst in das Erdreich gerammt wurden, zwischen mehreren Steinen, die zu diesem Zweck herbeigebracht worden waren, verkeilt.

Zusätzlich zu den üblichen Stangen und Verstrebungen waren an einigen Stellen des unteren Randes noch Leinen befestigt worden, die nach oben führten. Sie alle vereinigten sich oberhalb der Zeltspitze in einem Ring, der an einer langen Stange aus einem Fenster im obersten Stock ragte.

Inzwischen war der Untersuchungsrichter zu den Soldaten gegangen, die zusammen mit ihrem Hauptmann in der Nähe des Zeltes standen. Sie alle waren ohne ihre Waffen. Ridwan drückte den linken Arm steif gegen seinen Körper, als wäre er verletzt. Ich brauchte nicht zu raten, um den wahren Grund zu erkennen.

Ich tippte Gutschalk gegen den Arm und zeigte auf Ridwan.

»Er hält die Flasche unter der Jacke«, flüsterte ich ihm zu, um die merkliche Stille auf dem Hof nicht zu unterbrechen.
Sofort merkte ich, weshalb Slugi uns vor unbedachten Worten gewarnt hatte. Seine Warnung hatte sich keineswegs nur auf falsche Aussagen bezogen, wie man hätte glauben können. Die Konstruktion des Hofes war bewußt so ausgeführt worden, daß eine jener akustischen Eigentümlichkeiten erzeugt wurde, von denen ich bisher nur in den Schriften der griechischen Historiker gelesen hatte. Auch ein leise gesprochenes Wort konnte noch in großer Entfernung vernommen werden.
Slugi wechselte einige Worte mit Ridwan, doch konnte ich sie trotz der Form des Hofes nicht hören. Slugi hatte sich nämlich auf die Zehenspitzen gestellt, um seinen Mund in die Höhe von Ridwans Ohr zu bringen und dann beide Hände rechts und links daran zu legen. So blieb das, was er sagte, sein und des Zuhörenden Geheimnis.
Hinter dem Zelt kamen jetzt zwei Sklaven hervor und stellten sich in die Nähe des Eingangs.
Slugi beendete seinen Vortrag. Er ging näher an das große Fenster heran und blieb abwartend darunter stehen.
Ich ließ nochmals meinen Blick über die kleinen Fenster an den Wänden streifen. Es ließ sich nicht erkennen, ob wir auch dort Zuschauer hatten. Falls Prinzessin Selina uns beobachtete, würde die Rekonstruktion der Ereignisse der Mordnacht – denn es gab keinen Zweifel, daß Slugi eine solche im Sinn hatte – recht seltsam auf sie wirken.
Die Gestalten, die sich hinter dem großen Fenster bewegt hatten, traten jetzt nach vorn.
Zwei von ihnen erkannte ich auf Anhieb: Es waren Murschid und Nuraddin. Nuraddin hatte seine Reitkleidung gegen ein etwas vornehmeres Gewand getauscht. Er bewegte sich wie ein Mann, der sich in seiner Haut nicht recht wohl fühlt. Das konnte an der Kleidung liegen, die ihm weniger lieb war, oder auch daran, daß er ungern an der Vorführung teilnahm.
Murschid wirkte wie jemand, der eine Pflicht erfüllt, ohne sich

dabei Gedanken zu machen, ob sie ihm angenehm ist oder nicht. Er geleitete einen dritten Mann am Arm nach vorn, der prunkvoller gekleidet war als jeder andere, den ich bislang in Bagdad gesehen hatte.
Die Kleidung war nicht nur kostbar, sondern wirkte auch außergewöhnlich schwer. Der lange Mantel, den der Mann trotz der Hitze trug, war aus gelbgefärbtem Leder gefertigt und mit grünen Ärmelaufschlägen aus Seide versehen. Um den Kragen verlief ein weicher Pelzbesatz, der sich an der offenen Vorderseite so weit nach unten fortsetzte, wie ich den Körper innerhalb der Fensteröffnung sehen konnte.
Unter dem Mantel trug er ein blaues Gewand. Es hatte den matten Glanz von Samt und saß so genau und ohne jede Falte am Körper, als sei es direkt auf diesem zusammengenäht worden.
Um den Hals lag eine lange Kette aus Gold. Sie setzte sich aus mehreren Scheiben zusammen, von denen jede ein Symbol oder ein Schriftzeichen trug. Unten an der Kette hing ein goldener Löwenkopf.
Auf dem Kopf des Mannes befand sich ein grüner Turban von besonders kunstvoller Wicklung. Die Stoffbahn war nicht nur so geschlungen, daß sie das Haupt in einer festen, einer Halbkugel ähnlichen Form umgab, sondern sie lief nach oben spitz zu und ahmte das Aussehen des Kuppeldachs einer Moschee nach. An der Vorderseite waren drei Pfauenfedern mit einer Brosche befestigt, in deren Mitte ein geschliffener roter Edelstein leuchtete.
Zu all der aufwendigen und teuren Kleidung mochte das Gesicht des Mannes nicht passen. Es hätte Würde ausstrahlen müssen, doch zeigte es nur Müdigkeit und Anstrengung.
Der Mann schien nicht nur unter dem Gewicht seiner Kleidung, sondern unter jeder Bewegung, die er machen mußte, zu leiden. Er bewegte sich langsam, als erforderte es stets besondere Konzentration, nur den Arm zu heben oder den Kopf zu drehen.

Selbst aus der Entfernung konnte ich sehen, wie zahlreiche Falten sein Gesicht zerfurchten. Seine Augen wirkten winzig klein und fast bis ins Innere des Kopfes zurückgezogen. Immer wieder schlossen sie sich für eine Weile, so daß man niemals sicher sein konnte, ob er die Ereignisse seiner Umgebung wahrnahm.

Sein Gesicht war von einem weißen, vollen Bart umrahmt, der nach unten in Form zweier Spitzen geschnitten war.

Ich hatte diesen Mann noch niemals gesehen, wußte aber sofort, wen ich vor mir hatte: al-Muqtafi bi-amr Allah, den Beherrscher der Gläubigen und Kalifen von Bagdad, der bereits weit in seinem achten Lebensjahrzehnt stand. Immer wieder hatte Allah seine schützende Hand über diesen Mann ausgebreitet. Er hatte alle seine Söhne bis auf die beiden, die zu seinen Seiten standen, durch Krieg, Krankheit oder Mord verloren. Er selbst hatte mehr als einmal am Rande des Todes geschwebt, doch stets war er wieder in das Reich der Lebenden zurückgekehrt. Er hatte den Dolch des Attentäters genauso überstanden wie den Anschlag durch Gift, und jetzt schien er dabeizusein, selbst dem Alter zu trotzen.

Er war sogar gewillt, noch einmal zu heiraten, wenn es auch hieß, daß diese Heirat mehr auf Drängen seines Sohnes Murschid und aus dessen politischem Kalkül zustande kommen sollte als auf Initiative des Kalifen selbst.

Slugi hatte sich, nachdem der Herrscher sich auf einem thronähnlichen Sessel niedergesetzt hatte, ehrerbietig verneigt. Dann richtete er das Wort an seinen Herrn, indem er ihn zunächst mit seinem vollen Namen und allen seinen Titeln anredete. Er brauchte dabei seine Stimme nicht zu erheben, weil seine Worte auch im normalen Gesprächston bis zum Angeredeten vordrangen.

Der Kalif saß dort oben, geduldig der umfangreichen Liste seiner Titel lauschend, und brachte weder durch Gesten noch durch Worte zum Ausdruck, daß er eine Abkürzung der Zeremonie wünsche.

Endlich kam Slugi an das Ende seiner Präliminarien. »Ich werde jetzt eine Rekonstruktion der Ereignisse der vorletzten Nacht aufführen«, erklärte er, an den Kalifen und die Prinzen gewandt. »Ihr mögt den Eindruck haben, daß diese Vorführung ein wenig von einem Theaterstück an sich hat. Schätzt sie dennoch nicht zu gering. Genau wie auf einer Bühne kann hier einiges hinter den Kulissen stattfinden, was der Zuschauer nicht bemerkt, obwohl es für die Handlung von Bedeutung ist. Anders als beim Theater sind die meisten der Zuschauer hier auch Schauspieler.«

Er zog wieder sein Täfelchen hervor. Aufmerksam las er Zeile für Zeile; er fuhr sie sogar mit dem Finger entlang, wie man es bei Schulknaben, nicht aber bei höfischen Beamten anzutreffen erwartet.

Anhand seiner Aufzeichnungen arrangierte er den Hauptmann und seine Männer so um das Zelt, wie sie wohl nach eigenen Aussagen in der Nacht geschlafen hatte. Ein Soldat baute sich in respektvoller Entfernung vor dem Zelteingang auf; ein zweiter begann, in Kreisen um das Zelt zu schreiten.

Slugi winkte die beiden Sklaven, die bisher untätig in der Nähe gewartet hatten, herbei. Sie betraten das Zelt, ohne weitere Fragen zu stellen. Sicherlich waren sie bereits genau darüber informiert worden, was von ihnen erwartet wurde.

Das Geräusch einer sich leise schließenden Tür – im Hof trotzdem deutlich zu hören – ließ mich nach hinten schauen. Ein weiterer Mann hatte den Hof betreten. Es war der Mann in der Lederkleidung, der am Vorabend mit Murschid zusammengewesen war. Ohne ein Wort blieb er neben der Tür stehen und sah zu. Seine Funktion am Hofe war mir völlig rätselhaft, doch ich grübelte nicht weiter darüber nach, denn jetzt kam Slugi zu uns dreien herüber und gab uns Anweisungen, wo und wie wir uns hinzustellen hatten.

Ich mußte zugeben, daß es bisher eine erstaunlich genaue Nachbildung der Situation war, vor allen wenn man bedachte, daß sie von jemandem arrangiert wurde, der selbst nicht dabeigewesen war.

Schließlich trat Slugi wieder näher zu dem Fenster hin und sagte: »Jeder der Anwesenden wird jetzt wiederholen, was er in der Nacht tat. Die beiden Sklaven, die ich in das Zelt sandte, werden mit Eurer Erlaubnis, o Beherrscher der Gläubigen, für die kurze Weile unseres Schauspiels in die Rollen der edlen Prinzessin Selina und ihrer unglücklichen Dienerin schlüpfen.«

Er machte eine kleine Pause, mit der er geschickt die Spannung erhöhte, und erklärte dann: »Jetzt ertönen die Schreie.«

Sofort erklang hinter den Zelttüchern hervor ein zweistimmiges Grölen, das mit Schreien voll Angst und Schmerz wenig gemeinsam hatte.

Die Soldaten sprangen blitzschnell aus ihren liegenden Positionen auf, schürten unsichtbare Feuer und formierten sich zu einem schützenden Kreis um das Zelt.

Ridwan war mit einigen raschen Sprüngen am Zelteingang und rief mit einer falschen Betonung wie ein Schmierenkomödiant: »Edle Herrin, ist Euch ein Leid geschehen?«

»Ein Mann!« rief eine Männerstimme aus dem Zelt zurück und fügte dann etwas leiser hinzu: »Er hat Sulanid erstochen. Kommt schnell!«

Einen imaginären Säbel in der Hand schlug Ridwan mit einer kühnen Geste den Vorhang zur Seite und eilte hinein. Von innen waren Schritte und Rascheln zu hören.

»Während der Hauptmann das Zelt durchsucht«, kommentierte Slugi, »möchte ich Eure Aufmerksamkeit auf ein wichtiges Detail lenken. Das Zelt ist zu diesem Zeitpunkt von allen Seiten umstellt. Weder durch den Eingang noch durch den Schnitt an der Seite kann jetzt jemand entkommen. Alle Soldaten sind auf ihren Posten. Ich habe mir bei jedem der Männer notiert, wer links und wer rechts von ihm stand sowie in welcher Entfernung. Es sind alle Soldaten anwesend. Hört Ihr mich, Hauptmann?«

»Ja, Herr«, antwortete Ridwan aus dem Zelt.
»Was seht Ihr?«
»Die Magd liegt tot auf dem Boden. Die Prinzessin steht neben ihr.«
Das unterdrückte Lachen zweier Männerstimmen folgte seinen Worten, einen ärgerlichen Verweis Ridwans nach sich ziehend.
»Fahrt fort«, sagte Slugi.
Unternehmungslustig brach Ridwan durch die beschädigte Seitenwand ans Tageslicht hervor und machte sofort seine Leute auf uns drei Reisende aufmerksam. Dieselben Soldaten wie in der Nacht kamen auf uns zu.
Gutschalk beugte sich zu mir hinüber und flüsterte, nein, hauchte mir ins Ohr: »Das Beeindruckende am orientalischen Theater ist seine freie Gestaltung tatsächlicher Ereignisse.«
In der Tat hatte sich der Ablauf im Hof schon so weit von den wirklichen Vorgängen entfernt wie die Erzählung eines Veteranen von seinen echten Kriegserlebnissen.
Die Soldaten forderten uns auf, mit ihnen zu kommen. Die Auseinandersetzung um Gutschalks Schwert, die für sie nicht den gewünschten Erfolg gehabt hatte, ließen sie dabei höflich aus.
Die Soldaten, die aufgebrochen waren, die drei Zuschauer einzusammeln, hatten eine große Lücke im Kreis der Wächter hinterlassen. Die anderen Soldaten rückten auf, um diese Lücke zu schließen. Diese Bewegung setzte sich allerdings ganz um das Zelt herum fort, bis auf der Rückseite eine neue, ebenso große Lücke entstanden war, denn jeder der Männer war zumindest so weit nach vorn gegangen, bis er uns gut sehen konnte.
Slugi hob die Hand, um unsere Handlungen zu unterbrechen.
»Danke, Ihr Herren, das genügt zunächst. Jeder von Euch hat jetzt, soweit es ihm richtig erschien, nachgeahmt, was er in der Nacht tat. Wir stellen fest, daß dabei vielleicht nicht immer mit Überlegung vorgegangen wurde, auf jeden Fall aber rasch.«

Gutschalk erstickte sein Lachen in einem vorgetäuschten Husten.
»Wir stellen weiter fest«, fuhr Slugi unbeirrt fort, »daß sich auf der abgewandten Seite des Zeltes eine Lücke gebildet hat. Allerdings ist sie jetzt noch nicht groß genug, um jemandem unbemerkt das Durchschlüpfen zu ermöglichen. Nun wollen wir darauf achten, was weiter mit dieser Lücke geschieht. Ich bitte nun die Prinzessin, aus dem Zelt zu treten.«
Ein Sklave verließ das Zelt und kam auf uns zu. Er überreichte Ridwan eine unsichtbare Flasche und schärfte ihm grinsend ein, sein Leben sei verwirkt, wenn sie in falsche Hände gerate.
Die Lücke zwischen den Soldaten wurde noch größer, weil die am weitesten entfernt Stehenden rechts und links um das Zelt herumkamen, um bei der Übergabe der Flasche zuzusehen.
Ich fragte mich, weshalb sie das freiwillig taten. Sie demonstrierten auf diese Weise eine Pflichtvergessenheit, die doch härteste Strafen nach sich ziehen mußte. Wenn Ridwan sein Verhalten beschönigte, hätte es jeder einzelne seiner Männer genauso tun können, denn niemand mußte befürchten, von dem Hauptmann entlarvt zu werden.
»Wie Ihr seht, kommen die Soldaten sofort nach vorn, um im Falle einer neuen Gefahr so nahe wie möglich bei der Prinzessin zu sein. Das Verhalten der Männer ist völlig untadelig, auch wenn sie den Befehl dazu nicht abgewartet haben. Es mag sogar sein, daß sie auf diese Weise das Leben der edlen Selina retteten.«
Das war auf jeden Fall übertrieben, denn hier wurde ausschließlich das Leben der Wächter von der Rückseite des Zeltes gerettet.
»In der Zwischenzeit haben alle Personen das Zelt verlassen. Alle, die noch lebten, jedenfalls. Oder haben wir etwas übersehen? Wir wollen einmal einen Blick in das Zelt hineintun.«
Er winkte nach oben, um jemandem, der für uns unsichtbar hinter einem der kleinen Fenster stand, ein Zeichen zu geben. Die Seile, die nach oben führten, bewegten sich. Sie glitten

durch den haltenden Ring und hoben drei Seiten des Zeltes an.
Wie eine Kulisse stand das offene Zelt vor uns. Es war so reichhaltig und kostbar eingerichtet, wie man es für die Unterkunft einer Prinzessin nur erhoffen konnte. Der Boden war mit Teppichen ausgelegt. Mehrere Polster und Ruhelager standen darauf. Es gab einen Tisch, auf dem Erfrischungen ausgebreitet waren, und drei Kohlebecken, die das Innere in kalten Nächten erwärmen konnten. Jetzt waren sie leer, aber in der Nacht hatten sie vermutlich geglimmt und neben Wärme auch genug Licht gespendet, damit man sich im Zelt orientieren konnte.
Einige Vorhänge schufen voneinander getrennte Räume. In einem davon lag der zweite Sklave gemütlich auf dem Rücken und versuchte, tot auszusehen.
Slugi gab uns genug Zeit, den Eindruck auf uns wirken zu lassen. Doch worauf wollte er hinaus? Es gab nichts zu sehen, was nicht zu erwarten gewesen wäre.
»O Beherrscher der Gläubigen, wann habt Ihr den Eunuchen at-Tur zum letztenmal gesehen?« fragte Slugi.
Der Kalif antwortete erst nach einem Moment der Überlegung. Seine Stimme klang langsam und leise, als bereitete ihm das Sprechen Mühe. Ohne die akustischen Eigenheiten des Hofes hätten wir ihn schwerlich verstanden.
»Ich weiß nicht mehr genau, wann es war«, sagte er. »Auf jeden Fall war es beim Essen.«
Das Gelächter heller Stimmen beantwortete die Bemerkung und bewies, daß wir auch aus den Frauengemächern Zuschauer hatten.
»Wollt Ihr so gut sein, o Herr, und ihn zu Euch rufen«, bat Slugi.
Der Kalif machte eine Bewegung, als wollte er aufstehen. Doch dann blieb er an seinem Platz und machte nur eine kleine Geste zu Murschid.
Der Prinz sprach anstelle seines Vaters: »At-Tur, komm her.«

Zwei der Decken nahe der Rückwand, die nicht hochgeklappt worden war, wurden zur Seite geschlagen. Ein riesiger Mann, fast so breit wie hoch, erschien vor unseren Augen. Er hatte ein rundes Gesicht, das an den Vollmond erinnerte. Er war mit einem einfachen, lang herunterhängenden Gewand bekleidet. Der Stoff, der dafür Verwendung gefunden hatte, hätte sicher ausgereicht, um drei Gewänder für einen Menschen meines Körperbaus zu schneidern.

Ein breites, rotes Tuch war als Gürtel um den Körper geschlungen. Da dieser Körper allerdings nichts aufwies, was die Bezeichnung Hüfte oder Taille verdiente, verlief es einfach um den Bauch, und Bauch war bei diesem Mann fast alles zwischen Hals und Beinen.

In aller Ruhe ging der überraschend Aufgetauchte jetzt um eine Stütze herum und wieder zur Rückwand des Zeltes. Er hob sie mit einer lässigen Bewegung an, bückte sich mit einer wesentlich weniger lässigen Bewegung und verließ das Zelt.

»Dies, o Kalif, ist die Geschichte des plötzlich und spurlos aus dem Zelt verschwundenen Mörders«, erklärte Slugi. »Ich habe mir die Freiheit genommen, at-Tur vor Beginn der Vorführung darin zu verbergen. Wenn diese zwei Sklaven und der Hauptmann einen Menschen von seiner Größe am Tage nicht fanden, um wieviel besser konnte sich dann ein kleinerer und gewandterer Mann bei Nacht darin verbergen?«

»Ihr vergaßt nur eines«, sagte Murschid. »Ihr nanntet uns den Grund für den Mord nicht.«

Der Kalif bewegte bei den Worten seines Sohnes zustimmend den Kopf.

»Der Grund soll Euch nicht länger verborgen bleiben. Doch denke ich, daß ein anderer Mann, der hier in unserer Mitte weilt, Euch bessere Auskunft darüber geben kann.«

Bei diesen Worten deutete Slugi auf Ridwan und sprach weiter: »Hauptmann Ridwan erhielt von der edlen Prinzessin einen bestimmten Gegenstand. Wir sahen diese Übergabe und die Warnungen, die damit verbunden waren, erst vor wenigen

Augenblicken. Die Prinzessin schien den Verlust des Gegenstands in mindestens demselben Maße zu fürchten wie den Verlust des eigenen Lebens. Sie selbst vermutete, der Angriff habe gar nicht ihrem Leben oder dem ihrer Magd gegolten, sondern nur dem Diebstahl des Gegenstands. Dies alles läßt mich vermuten, daß das Wissen um den Gegenstand uns zur Erkenntnis der Motive und damit auch zur Person des Mörders führen wird.«

Nuraddin, der bis jetzt schweigsam neben seinem Vater gestanden hatte, beugte sich nach vorn und sagte mit strenger Stimme: »Einen solchen Gegenstand hättet Ihr mir sofort aushändigen müssen, Hauptmann. Eure Pflichtvergessenheit scheint ihre Grenzen erst da zu finden, wo sie Euch vom Beil des Henkers gezeigt werden.«

Murschid hatte sich zu seinem Vater niedergebeugt, der ihm etwas ins Ohr flüsterte. Dann richtete der ältere Sohn sich wieder auf.

Nuraddin sagte zu Slugi: »Was ist es denn für ein Gegenstand, Slugi? Und warum hat er Euch die Informationen, nach denen Ihr sucht, noch nicht mitgeteilt?«

»Herr, Hauptmann Ridwan berief sich auf einen Befehl der Prinzessin und weigerte sich, diesen Gegenstand einem anderen als dem Kalifen oder ihr selbst auszuhändigen. Da der Kalif nun anwesend ist, vermag er den Hauptmann von seiner Pflicht zu entbinden und ihn anzuweisen, ihn mir auszuhändigen.«

Nuraddin wandte sich seinem Vater zu, doch noch ehe er etwas sagen konnte, hatte Murschid das Wort ergriffen.

»Welcher Art ist der Gegenstand?« fragte er Slugi.

»Es handelt sich dabei um eine Flasche.«

»So bringt die Flasche zu uns herauf, Hauptmann Ridwan.«

Ridwan holte die Flasche aus seinem Gewand hervor und streckte sie vor in Richtung auf den Kalifen, um zu zeigen, wie gut er sie verwahrt hatte.

Gutschalk und ich reckten die Hälse, um einen Blick auf das

Siegel erhaschen zu können. Leider war unser Bemühen vergeblich. Zuerst befand sich die Flasche in Bewegung, so daß wir die Schriftzeichen nicht erkennen konnten, dann, als Ridwan bemerkte, daß alle Anwesenden ihre Aufmerksamkeit darauf konzentrierten, deckte er den Verschluß mit der Hand.
»Was soll das?« fragte Nuraddin seinen Bruder. »Er soll Slugi die Flasche geben. Es wird sein, als hätte er sie unserem Vater ausgehändigt. Unser Vater wünscht eine Klärung des Mordes, und Slugi wird sie ihm am leichtesten verschaffen können.«
»Unser Vater wünscht, die Flasche zu erhalten«, sagte Murschid.
»Slugi wird ihm die Flasche geben, wenn er seine Untersuchungen beendet hat. Wir sollten diese Sache bald zum Abschluß bringen.«
»Nein, Bruder. Ich habe mit unserem Vater darüber gesprochen. Jetzt laß uns nicht länger streiten. Hauptmann, bringt die Flasche herauf!«
Der Kalif selbst hatte noch kein Wort dazu geäußert. Jetzt beugte sich Nuraddin zu ihm nieder und sagte etwas, das ich nicht verstehen konnte.
Der Kalif wirkte unschlüssig.
Da sank Ridwan auf die Knie, reckte die Flasche hoch empor und rief: »Edler Kalif, Beherrscher der Gläubigen, gebt nicht den Befehl, Slugi die Flasche auszuhändigen. Nur Euch will ich die Flasche übergeben. Wenn Ihr seht, was sich darin befindet, werdet Ihr mich für mein Pflichtbewußtsein loben.«
»Habt Ihr Einblick in die Flasche genommen?« fragte Murschid streng.
»Niemals, mein Herr. Doch ist ein Siegel auf dem Verschluß, das mir sagt, welchen Inhalt die Flasche hat. Wenn ich aber Eurem hohen Vater die Flasche ausgehändigt habe, so wird mein Kopf leer sein von jedem Wissen.«
»Gut gesagt«, murmelte Gutschalk.
»Jetzt bringt die Flasche herauf!« befahl Murschid.
Bevor es sich jemand anders überlegen konnte, erhob sich

Ridwan und lief zur Tür. Slugi unternahm keine Anstalten, ihn zurückzuhalten.

Der Kalif hob die Hand und sagte: »Mein Sohn Murschid, entscheide du.« Als ob dieser das nicht schon getan hätte. Ich versuchte, wenn schon nicht die Flasche, so doch Slugis Gesicht zu sehen. Ich war gespannt, wie er diese Niederlage aufnahm. Er aber wandte mir den Rücken zu und starrte, wie die meisten, zum Fenster hinauf, an dem bald Ridwan erscheinen mußte.

Tatsächlich kam der Hauptmann in kürzester Zeit beim Kalifen an, fiel erneut auf die Knie und überreichte die Flasche. Der Kalif griff zu und betrachtete aufmerksam die Schrift auf dem Siegel. Ridwan neigte sein Haupt, so daß nur noch sein lockiger Haarschopf über der Fensterkante zu sehen war.

Die beiden Prinzen beugten sich vor, um ebenfalls eine Blick auf das Siegel zu werfen. Bei Murschid, aus dessen Worten ich bereits gefolgert hatte, daß er den Inhalt kennen mußte, war es nur der kurze Blick eines Menschen, dem eine Bestätigung seines Wissens genügt.

Nuraddin hingegen sah lange hin, als wollte er seinen Augen keinen Glauben schenken. Schließlich wandte er sich erbost ab.

Der Kalif blickte versonnen auf die Flasche. Dann, mit neuer Energie, schob er sie unter sein Gewand, als hätte es eine Weile gedauert, bis er sich über den Inhalt im klaren war. Dann erhob er sich und ging weg. Nur kurz sah er auf den Rücken seines jüngeren Sohnes, sagte aber kein Wort zu ihm. Es schien mir, als enthielte die Flasche etwas für den Kalifen Unangenehmes, vielleicht sogar Peinliches, auf das er aber nicht verzichten konnte.

Murschid wartete – vielleicht, bis sein Vater sich aus dem Raum entfernt hatte – und sprach dann: »Muqallad, Ihr habt mit bewunderswertem Scharfsinn entdeckt, wie ein Mann verschwinden konnte, obwohl er von Soldaten umgeben war. Die Untersuchung des Falles ist damit beendet. Seid gewiß,

daß weder die Flasche noch ihr Inhalt in irgendeiner Beziehung zu dem Mord steht. Und seid genauso meiner Anerkennung über die Genauigkeit Eures Vorgehens gewiß.«
Damit drehte er sich um und verschwand.
Nuraddin stand noch oben. Slugi blickte ihn von unten abwartend an und brachte schließlich ein fragendes »Herr« heraus.
Nuraddin erwiderte den Blick. Er schien fast die Anweisung seines Bruders aufheben zu wollen, aber dann meinte er nur: »Ihr habt es gehört.«
Damit wandte er sich vom Hof und von uns allen ab, blieb aber in Gedanken versunken am Fenster stehen.
»Ich darf vermuten, daß wir jetzt außer Verdacht stehen«, sagte Gutschalk.
»Herr Gutschalk«, erwiderte Slugi, »Eure Ohren sind so gut wie die meinen. Es gibt keinen Grund, Euch länger Eurer Bewegungsfreiheit zu berauben. Ihr und Eure Begleiter dürfen gehen, wohin es Euch beliebt.«
Ridwan tauchte wieder im Hof auf. Er wirkte, als hätte er seine alte Selbstsicherheit wieder. Sofort gab er seinen Männern Anweisung, mit dem Abbau des Zeltes zu beginnen. Er lief dabei geschäftig auf und ab, stets darauf bedacht, seine Unentbehrlichkeit ins rechte Licht zu setzen.
»Werdet Ihr den Fall jetzt weiter untersuchen?« fragte ich Slugi.
»Ich untersuche Mordfälle nicht zu meinem Vergnügen. Ich tue es, weil es meine Pflicht ist und weil ich dem Kalifen gehorche. Zudem gibt es genug andere Dinge, die meiner Aufmerksamkeit bedürfen.«
»Ich hörte den Kalifen keine Weisung geben, die Untersuchung einzustellen.«
»Ihr seid spitzfindig, Herr Usama. Wenn der Sohn für den Vater spricht, so ist es, als hätte der Vater selbst gesprochen. Hat nicht auch al-Malik al-Adil, der Herr von Damaskus, Männer, die in seinem Auftrag sprechen? Doch laßt uns diesen Hof

verlassen. Ich werde Euch zu Eurem Raum zurückbegleiten. Die letzte Zeit war anstrengend für Euch, und Ihr werdet wünschen, Euch zu erholen, ehe Ihr an dem Fest heute abend teilnehmt.«

»So sind wir zu einer Feier eingeladen?« fragte Gutschalk. »Ich hatte erwartet, daß man uns sofort aus dem Palast weist.«

Der Raum, in den wir zurückgekehrt waren, wirkte jetzt nicht mehr wie ein Kerker auf mich. Die Wächter waren verschwunden, und die Tür stand einladend offen.

Wir setzten uns um einen Tisch, auf dem schon wieder frische Früchte standen, zusammen.

Slugi, der unterwegs geschwiegen hatte, antwortete erst hier auf Gutschalks Frage.

»Es gibt keine Anweisung, wie mit Euch weiter zu verfahren ist«, sagte er. »Zunächst seid Ihr Gäste in diesem Palast. Alle anderen Gäste, die zur Zeit hier weilen, sind herzlich eingeladen, an der Feier heute abend teilzunehmen. Also sehe ich keinen Grund, weshalb nicht auch Ihr teilnehmen solltet. Wie Ihr seht, Herr Usama, kann auch ich spitzfindig sein. Ich werde Euch nun verlassen. Ihr könnt Euch frei bewegen. Vielleicht werdet Ihr den Wunsch verspüren, Euch im Palast umzusehen. Doch denkt an meine Worte, und laßt Vernunft walten.«

Er erhob sich, verneigte sich höflich und ging hinaus.

Saifaddaula, der sich nicht am Gespräch beteiligt hatte, sprang auf und lief hinter Slugi her.

Vom Gang klang sein Geplapper in unser Zimmer: »Erlaubt, daß ich noch einmal das Wort an Euch richte, Herr Muqallad. Erbauliches und Wunderbares führe ich mit mir. Sicherlich gibt es unter den Edlen und Vornehmen, die an der Festlichkeit heute abend teilnehmen werden, verständige und großzügige Männer, die mir meine Mühe und Plage durch eine unbedeutende Anerkennung entlohnen werden. Könntet nicht Ihr, Muqallad, mir mit Eurer Hilfe und Unterstützung...«

Den Klang der Stimme hörte ich noch eine Weile, auch als die Worte schon nicht mehr zu verstehen waren.
Gutschalk begann, im Zimmer auf und ab zu laufen. Ich sah ihm eine Zeitlang zu, bis ich sicher war, daß Slugi sich weit genug entfernt hatte.
Dann erhob auch ich mich, gab mir den Anschein der Unschlüssigkeit und sagte zu Gutschalk: »Ich werde mich ein wenig im Palast umsehen. Habt Ihr vielleicht Lust, mich zu begleiten? Ich habe von einigen bemerkenswerten Bauten gehört, die ich mir gern ansehen würde.«
»Denkt Ihr dabei an Bauten aus Stein?«
»Natürlich, denn Holz ist hier nur wenig verwendet worden.«
»Ich hatte vermutet, daß Ihr vielleicht eine bestimmte junge Dame wiederzutreffen hofftet.«
»Aber ich kenne keine Dame in diesem Palast. Außerdem würde man mich kaum zu ihr lassen, selbst wenn es anders wäre.«
»Ihr stellt Euch, als ob Ihr mich nicht verstehen würdet. Die schöne Wagunda schien Euch gestern sehr beeindruckt zu haben.«
»Das ist doch nur eine Sklavin. Sie ist mir völlig gleichgültig.«
»Dann frage ich mich, weshalb Ihr während ihrer ganzen Anwesenheit die Beine so stark zusammengepreßt habt.«
»Weil das Polster, auf dem ich saß, etwas unbequem war. Habt Ihr Euch entschieden, ob Ihr mich begleiten wollt?«
»Was wollen wir uns denn ansehen?«
»Wir wollen zum Splitter des Schwarzen Steins, an dem wir die traditionelle dreistündige Meditation abhalten, bei der man kein Augenlid und keinen Finger bewegen darf. Dann werden wir zum heiligen Brunnen gehen und diesen hundertmal umrunden, wobei wir die Namen aller Blutsverwandten des Propheten aufsagen. Anschließend gehen wir in den östlichen Liwan, dem man nachsagt, daß er wunderbare Harmonie dem verleiht, der auf Knien und Ellbogen an seiner Außenwand entlangkriecht. Nachdem wir das gemacht haben ...«

»Ach, ich hab's mir überlegt. Geht nur allein. Ich werde lieber ein bißchen ruhen.«

Das war geschafft!

Während ich das Gebäude verließ, mußte ich an das denken, was mir wesentlich mehr Sorgen bereitet hatte als die Möglichkeit von Gutschalks Begleitung: Als Slugi seine letzte Warnung ausgesprochen hatte, Vernunft walten zu lassen, hatte er da nicht auffällig in meine Richtung gesehen? Und hatte er nicht auf dem Hof eine deutliche Anspielung auf andere Dinge gemacht, die er zu untersuchen hatte?

Grübelnd verließ ich das Gebäude, um durch den Palast zu schlendern. Auf irgendeine Weise mußte ich es schaffen, den Kalifen zu sprechen. Doch wie sollte ich das machen, ohne den Teppich wiederzubekommen? Und selbst wenn mir beides gelingen sollte, würde ich den senilen alten Mann von der großen Gefahr überzeugen können, in die er sein Land im Augenblick der Vermählung mit Selina führte?

5. Kapitel

Der Palast

Ich durchwanderte also die Höfe und Gärten des Palastes und sah mich dabei nach allen Seiten aufmerksam um, ob ich etwas bemerkte, was mir nützlich sein konnte. Zwar wußte ich, welches Ziel ich erreichen mußte, aber nicht, mit welchen Mitteln. Anders, als ich Gutschalk gegenüber zugegeben hatte, wäre es mir sehr recht gewesen, Wagunda zu begegnen.

Mein Weg führte mich wieder auf den Hof, den wir bei unserer Ankunft als ersten betreten hatten. Wie ich bemerkte, dienten die Gebäude an seinen Seiten in erster Linie dem öffentlichen Verkehr und denjenigen Geschäften, mit denen der Staat größten Anteil am Wohlergehen seiner Bürger nimmt – nur finanziellen Anteil natürlich. Wo am vergangenen Abend die Pferde der Türken gestampft hatten, standen jetzt Männer in langen Reihen hintereinander vor geöffneten Türen. Einige trugen Listen in den Händen, in die sie sich vertieften, während sie langsam vorrückten. Andere studierten noch einen Mitleid erregenden Gesichtsausdruck ein. Alle aber schielten hin und wieder aus den Augenwinkeln auf eine bestimmte Stelle des Hofes, wo neben dem Brunnen eine jener hölzernen Bänke aufgebaut war, die zur Verabreichung der Bastonade* dienten. Daneben stand ein muskulöser Türke, der ein Bündel biegsamer Weidenruten in der Hand hielt.

---

* Bastonade: orientalische Prügelstrafe, die durch Schläge mit Stock oder Riemen auf die Fußsohlen ausgeführt wird.

In Bagdad galt wie überall auf der Welt: Niemand zahlt seine Steuern, weil er höflich darum gebeten wird.

Auf diesem Weg konnte ich höchstens Zugang zum Beutel des Kalifen finden, nicht aber zu seinem Ohr. Ich schlenderte deshalb auf den mit einem Vorhang verhängten Liwan zu, aus dem Murschid gestern aufgetaucht war. Dort bestand die größte Wahrscheinlichkeit, in Bereiche des Palastes zu kommen, die dem Aufenthalt der Familie des Herrschers vorbehalten waren.

»Einen Dinar nur, Herr, einen Dirham, ich bitte Euch«, jammerte eine dünne Stimme neben mir.

In der letzten Reihe der Wartenden, an der ich gerade vorbeikam, stand ein gramgebeugter Mann, bekleidet mit einem zerfetzten Kaftan. Er hielt sich mit Hilfe eines knorrigen Stockes mühsam aufrecht. Eine Hand hatte er mir entgegengestreckt und blickte mich aus seinen geschwollenen Augen flehend an.

Wenn es darum geht, Geld entgegenzunehmen, ist kein Herrscher zimperlich. Hier in Bagdad sah ich zum erstenmal, daß sogar ein Bettler gezwungen war, seine kärglichen Einkünfte mit seinem Herrn zu teilen.

Zwar war ich selbst so gut wie mittellos, doch war ich satt und hatte zumindest vorübergehend ein Dach über dem Kopf. Draußen, auf den Straßen, wäre ich trotzdem an ihm als einem Bedürftigen unter vielen vorbeigegangen. Hier aber griff ich in mein Gewand und reichte dem Mann einen Dirham, nach kurzem Zögern einen zweiten. So trug ich einen Teil des Krediltes, der mir auf dem Weg nach Kazimiya gewährt worden war, wieder ab. Schneller, als ich es mit dem Auge verfolgen konnte, verschwand die Hand mit dem Geld in den Falten der Kleidung, und eine brüchige Stimme sagte: »Danke, danke, edler Herr. Allah, der Allerbarmer, wird es Euch einst lohnen.«

Zu beiden Seiten des Liwans standen Wächter, die lässig auf ihre Lanzen gestützt waren. Ein Vorgesetzter war weit und breit nicht zu sehen, und auch die Posten machten keine An-

stalten, mein Vordringen in diesen Teil des Palastes zu behindern.
Ich durchquerte die Kühle des Liwans, die mir eine kurze Erholung nach der Hitze auf dem Hof gewährte. Auf der Rückseite war eine offene Tür, die in einen zweiten Hof führte.
Mehrere Soldaten saßen im Schatten eines Gebäudes und waren damit beschäftigt, ihre Waffen zu reinigen.
Da verschiedene Gänge vom Hof abgingen, entschied ich mich aufs Geratewohl für einen nach links. Schließlich schlug mir Pferdegeruch entgegen, und schon öffnete er sich auf einen weiteren Innenhof, auf dem Bedienstete dabei waren, Pferde herumzuführen. Auf einer Seite stand ein Gebäude, dessen weit offenstehende Torflügel Einblick in das Innere eines Stalles gewährten. Mir gegenüber verlief wieder die Außenmauer des Palastes. Unten in der Mauer war ein Tor, das jetzt mit einem schweren, quer darüber liegenden Balken verschlossen war. In das Tor war eine kleinere Pforte eingelassen, die halb offenstand. Gerade schlüpfte ein Mann mit einem Korb von außen kommend hindurch. Er drückte die Pforte zu und verschloß sie mit einem Pflock, den er durch zwei Eisenringe steckte.
Sicherlich war es gut zu wissen, wo man den Palast rasch verlassen konnte, ohne durch das Haupttor zu müssen. Einen Wächter für diese Pforte konnte ich nicht sehen.
Ich wählte einen anderen Pfad, der mich vom Pferdehof wegführte.
Schon nach wenigen Schritten machte der Weg, dem Verlauf eines Gebäudes folgend, eine Biegung. Kaum um diese herum, blieb ich stehen, weil der Weg vor mir durch eine hohe Hecke versperrt war.
Ich konnte nicht in einem fremden Palast herumlaufen und erwarten, durch Zufall sofort mein Ziel zu erreichen. Also würde ich wieder umkehren und mir einen anderen Weg suchen.
Da hörte ich hinter der Hecke Stimmen. Neugierig trat ich nä-

her, geleitet von der unbestimmten und sicher auch unvernünftigen Hoffnung, einen Satz zu hören wie: »Den Kalifen trifft man am leichtesten allein an, wenn man zweimal links abbiegt.«

Natürlich hörte ich nichts dergleichen. Auch die Stimmen entfernten sich, ehe ich nur ein Wort verstanden hatte. Dafür sah ich aber, daß die Hecke nur den Blick versperrte, keineswegs aber den Durchgang. Zu beiden Seiten befanden sich in den Mauern Nischen, die man aus nur wenigen Schritten Entfernung nicht hatte sehen können.

Ich ging also durch eine der Nischen hindurch und befand mich auf einem Weg zwischen weiteren Hecken. Die Pflanzen waren geradlinig beschnitten und ragten bestimmt bis zu doppelter Manneshöhe hinauf. Anfangs konnte ich über ihnen noch die Oberkanten der Gebäude sehen, dann aber nur noch den Himmel.

Der Weg war hier mit weißem Kies bestreut, auf dem meine Schritte knirschten. Er wand sich um viele Ecken herum, und immer wieder taten sich Seitenöffnungen auf, die manchmal zu anderen Wegen führten, manchmal zu kleinen runden oder rechteckigen Plätzen, die mit Blumen bepflanzt waren.

Steinbänke luden den Spaziergänger zur Rast ein, hin und wieder sprudelte Wasser in einem zierlichen Brunnen. Gelegentlich hörte ich wieder leise Stimmen oder die Schritte anderer Personen hinter den Hecken.

Ich mußte mich inzwischen in einem Bereich des Palastes befinden, der nicht mehr als Aufenthaltsort für die Öffentlichkeit gedacht war. Dennoch hielten sich hier mehrere Menschen auf, so daß mein Erscheinen nicht allzusehr auffallen würde. Und die labyrinthische Form der Anlage verhalf mir, sollte ich dennoch unwillkommen sein, zur besten aller Ausreden: Ich konnte behaupten, mich verirrt zu haben.

Für einen Mann mit wachem Verstand besitzt ein Labyrinth keinen Schrecken. Es gibt viele Möglichkeiten, sich darin zu orientieren. Der griechische Held Theseus verwendete einen

einfachen Faden, um seinen Weg nicht zu verlieren. Als Knabe hatte ich von den Lehren des Mathematikers Thales gehört, der einen einfachen Weg nachgewiesen hatte, wie man sich in jedem Labyrinth zurechtfindet. Zwar fiel mir nur sein Name, nicht aber seine Lösung ein, doch zweifelte ich nicht daran, selbst durch eigene Aufmerksamkeit meinen Weg zu finden. Ich mußte einfach nur abwechselnd rechts und links abbiegen. So würde ich auf die denkbar einfachste Weise auf der anderen Seite herauskommen. Leider hatte ich mir nicht gemerkt, wie ich am Anfang abgebogen war.
Ich entschied mich also für eine beliebige Richtung, die ich einschlagen wollte, und ging weiter. Nichts leichter als das. Ich bog einmal links ab, dafür beim nächstenmal wieder rechts. Dann führte der linke Weg zu einem Platz mit Bank und Brunnen, der keinen zweiten Ausgang hatte. Also bog ich ein zweitesmal rechts ab.
Die nächste Abzweigung ließ mir nur die Wahl zwischen rechts und geradeaus. Ich entschied mich für geradeaus, ging dann beim nächstenmal wieder links. Der Weg machte jetzt nur noch Biegungen nach links. Also mußte er wie eine Spirale immer weiter nach innen führen und schließlich enden. Ich kehrte um bis zur letzten Abzweigung und nahm die andere Möglichkeit.
Diesmal ging ich, ohne daß die Hecken eine neue Öffnung gehabt hätten, eine längere Strecke geradeaus, bis der Weg endete.
Diese kleine Schwierigkeit würde mich nicht aufhalten. Ich mußte nur einfach noch um eine weitere Abzweigung zurückgehen, bis hinter den letzten Ruheplatz, und dann mit meinem Verfahren weitermachen.
Also kehrte ich wieder um, schlug bei der nächsten Abzweigung den alten Weg wieder ein, der mich zurückführen mußte.
Vielleicht war ich um ein weniges zu unaufmerksam gewesen, denn da, wo ich Bank und Brunnen erwartet hatte, fand ich

eine Kreuzung. Das machte es natürlich nur leichter für mich. Ich mußte nur nach rechts abbiegen, um wieder in der alten Richtung weiterzugehen. Moment – mußte ich nicht nach links gehen? Ich war wieder zurückgegangen, also mußte es links statt rechts sein. Aber ich war zweimal umgekehrt. Also doch rechts.
Oder war ich gar nicht umgekehrt? Ich befand mich ja nicht auf dem Weg, auf dem ich zurückgewollt hatte. Vielleicht sollte ich einfach weiter geradeaus gehen. Nein, dann würde ich mit Sicherheit zurückkommen.
Kurz entschlossen ging ich nach links, folgte einer Biegung nach rechts und stand wieder vor einer Hecke am Ende des Weges.
Zurück an der Kreuzung, hielt ich mich geradeaus – so als wäre ich vorhin rechts abgebogen, merkte ich mir –, kam an eine zweite Kreuzung, bei der ich links gehen mußte, und erreichte einen runden Platz mit einer Bank.
Ich ließ mich nieder, um eine Weile nachzudenken.
Knirschende Schritte näherten sich. Sofort fiel mir die beste Lösung zur Orientierung in einem Labyrinth ein: Man fragt jemanden, der sich auskennt, nach dem Weg.
Höflich erhob ich mich, um den Kommenden zu begrüßen. Eine große, dunkelhäutige Frau trat auf mich zu.
Ich blickte mich vorsichtig um, um sicher zu sein, daß unser Treffen nicht beobachtet wurde.
»Niemand kann uns hier sehen«, sagte Wagunda. »Doch wir müssen leise sein, denn es gibt viele Stellen im Palast, an denen die Worte weiter reichen als die Blicke.«
Wir traten aufeinander zu. Der betörende Duft ätherischer Öle drang auf mich ein, verbunden mit einer ganz persönlichen Ausstrahlung, die einem Mann die Sinne rauben konnte. Wir standen so nahe, daß unsere Körper sich fast berührten. Ich beugte mich vor, näherte mein Gesicht dem ihren und flüsterte ihr ins Ohr: »*Schickt denn wohl Allah einen einfachen Menschen als Sendboten?*«

»Wenn die Engel vertraulich mit Menschen verkehrten, so wären sie die Gesandten«, erwiderte sie und fügte dann hinzu: »Ich hatte Eure Worte in einen Teppich gewebt erwartet.«

Wochen zuvor und viele Meilen weiter westlich befand sich al-Malik al-Adil in einem Raum seines Palastes und sprach mit einem Mann, den er Aima* nannte.
Al-Malik saß auf einem schlichten Hocker, und Aima kauerte vor ihm auf einer Matte. Der Raum, in der die beiden Männer sich aufhielten, war so beschaffen, daß er nicht recht in einen Palast zu passen schien. Außer dem Hocker war eine Truhe der einzige Einrichtungsgegenstand; diese Truhe war mit drei Eisenbändern umgeben, welche jeweils nur mit einem eigenen Schlüssel geöffnet werden konnte.
Daß es dem Raum an Pracht fehlte, bedeutete nicht, daß Damaskus eine arme Stadt oder ihr Herrscher ein ungewöhnlich bescheidener Mann gewesen wäre. Es zeigte, daß dieser Raum nicht für Vergnügungen irgendwelcher Art gedacht war, sondern nur dem Aufenthalt von Männern dienen sollte, die sich in wichtigen Angelegenheiten des Staates trafen.
Al-Malik war ein Mann in den Fünfzigern. Seine Kleidung, mit Gold und Purpur reich ausgestattet, wäre neben der des Kalifen nicht verblaßt. Zwar war er formal dem Kalifen als dem Beherrscher aller Gläubigen untertan, doch reichte sein politischer Einfluß weit. Seit etwa einem Jahrhundert befand sich Syrien in einem von Friedenszeiten nur kurz unterbrochenen Kampf gegen die Franken, die immer wieder nach Palästina vordrangen. Das Land des al-Malik unterhielt ein stehendes Heer, das sogar dem des ungleich größeren Persiens überlegen war.
Aima las in einem Brief, den al-Malik vor kurzem aus der Truhe genommen hatte. Der Herrscher wartete geduldig ab, bis sein Gegenüber die Lektüre beendet hatte. Dann nahm der

---
* Aima: altarabisches Wort, bezeichnet eine nicht näher erforschte Vogelart.

den Brief zurück, faltete ihn zusammen und versiegelte ihn mit einigen Tropfen von einem Stück harten Wachses, das er über einer Kerze erwärmt hatte. Schließlich drückte er seinen Ring in das weiche Siegel.

»Ihr wißt um die Bedeutung der Festung Mankir?« fragte al-Malik.

»Herr«, antwortete Aima, »ich selbst war niemals in dieser Festung. Doch weiß ich um ihre Lage und um die Versuche der Franken, sie zu erobern. Es kommt einer Wundertat Allahs gleich, daß sie bisher keinen Erfolg damit hatten.«

»Gewiß müssen wir Allah für seine Hilfe danken. Aber wir dürfen dabei nicht außer acht lassen, daß die Lage der Festung auf einem steilen Berg nicht ganz ohne Bedeutung für ihre Standhaftigkeit ist. Und letztlich haben die Männer, die ich Malik ibn Salim im Falle der Gefahr stets zu Hilfe sandte, sicherlich auch ein wenig mitgeholfen. Wißt Ihr, weshalb die Franken die Festung unbedingt erobern wollen?«

»Soweit ich weiß, beherrscht die Festung eine Schlucht durch den Dschebel as-Sharq*, durch welche die große Karawanenstraße verläuft. Wer die Festung besitzt, könnte den Handel auf der Straße kontrollieren.«

»Er könnte den Handelsverkehr auf der Straße sogar völlig zum Erliegen bringen, wenn er Wert darauf legte. Nun habe ich mehrfach mit Malik ibn Salim Unterhandlungen geführt, in denen ich ihm nahelegte, die Festung unter den mächtigen Schutz von Damaskus zu stellen. Ich appellierte an seine Pflicht gegenüber dem Islam, ich erinnerte ihn an meine Hilfeleistungen, ich gemahnte ihn sogar, daß zwei Männer, deren Namen sich so ähneln, auch gemeinsam kämpfen müssen. Doch er zeigte sich ohne Einsicht. Zwar nahm er meine Hilfe gern entgegen, doch fürchtete er, wenn er sich völlig unter meinen Schutz stellte, käme dies einem Verlust seiner Selbständigkeit gleich.«

---

* Dschebel as-Sharq: Gebirgszug im Grenzgebiet zwischen Libanon und Syrien.

»Der Uneinsichtige! Wie konnte er dies nur glauben?«
»Weil er mehr Verstand hatte, als ich zunächst annahm. Er deutete sogar an, daß er im Falle eines gewaltsamen Eindringens meiner Truppen nicht zögern würde, die Franken zu Hilfe zu rufen.«
»Man stelle sich das vor!«
»Das habe ich getan, Aima, und von einer Gewalttat Abstand genommen. Nun geschah es im letzten Jahr, daß Ibn Salims einziger Sohn von seinem durchgehenden Pferd stürzte und, da er den Fuß nicht vom Steigbügel lösen konnte, zu Tode geschleift wurde.«
»Der einzige Sohn, Herr? Wer wird dann das Erbe über die Festung antreten?«
»Ibn Salim besitzt eine Tochter namens Selina. Wer sie zur Frau bekommt, der wird nach dem Tode des alten Mannes Anspruch auf die Festung haben. Ich sandte also sofort einen Boten zu ihm, der ihm meine Trauer mitteilte und gleichzeitig einen hohen Brautpreis für die Tochter bot. Dabei stellte sich heraus, daß noch ein anderer Herrscher dasselbe angeboten hatte: al-Muqtafi, der Kalif von Bagdad selbst. Ibn Salim entschied sich für den Kalifen.«
»Gewiß eine große Ehre für Ibn Salim.«
»Vor allem ein schlauer Schachzug. Al-Muqtafi ist weit, und ich bin nahe. Sicherlich hat sich Ibn Salim Gedanken darüber gemacht, weshalb mir die Festung so wichtig ist. Und sicher habt auch Ihr Euch deswegen Gedanken gemacht.«
»Natürlich, Herr«, sagte Aima. »Ihr wollt die Freiheit der Karawanenstraße verteidigen, damit der Handel ungestört fließen kann.«
»Genau das Gegenteil: Ich werde die Straße sperren. Die Karawanen sind dann gezwungen, um den Dschebel as-Sharq herumzureiten. Welchen Weg sie auch wählen, sie müssen durch die christlichen Reiche im Jordanland. Das wird nicht ohne Probleme ablaufen. Da viele Länder Interesse an einem reibungslosen Handel haben, ist es nicht auszuschließen, daß

uns beim Kampf gegen die Franken plötzlich Unterstützung von denen zuteil wird, die uns bislang nur ihre Sympathie schenkten. Gewiß aber ist«, fügte al-Malik hinzu», daß Ihr die Zunge verlieren werdet, wenn Ihr das soeben Gehörte auch nur einem Menschen gegenüber wiederholt.«
»Mein Herr«, beeilte sich Aima zu versichern, »seid gewiß, daß ich mir selbst die Zunge herausreißen würde, müßte ich befürchten, sie nicht im Zaume halten zu können.«
»Es ist von größter Wichtigkeit, daß diese Hochzeit nicht zustande kommt. Von unserer Beauftragten in Bagdad wissen wir, daß dort bereits Vorbereitungen getroffen werden. Murschid, der älteste Sohn des Kalifen, hat die Hochzeit eingefädelt. Es ist nicht auszuschließen, daß er, obwohl selbst ein Rechtgläubiger, mit den Christenhunden Sympathie hat. Auf jeden Fall aber macht er gute Geschäfte mit ihnen. Hütet Euch vor ihm, denn er wird alles tun, um die Hochzeit gelingen zu lassen. Fürchtet Ihr bei mir um Eure Zunge, so müßt Ihr bei ihm um Euren Kopf fürchten. Ihr müßt al-Muqtafi das Schreiben übergeben, ohne daß Murschid davon erfährt; denn er würde es vernichten, statt es seinem Vater zu zeigen.«
»Könnte es nicht sein, daß er die Warnung in Eurem Brief beherzigen würde?«
»Er würde sie als die unverhüllte Drohung betrachten, die sie ist. Schließlich bringt mein Brief deutlich zum Ausdruck, daß Damaskus den Kalifen in dem Moment, in dem die Hochzeit vollzogen ist, als Feind betrachtet und unverzüglich in Persien einmarschieren wird. Nuraddin, der jüngere Sohn, haßt zwar die Christen, doch können wir nicht mit seiner Unterstützung rechnen, wenn wir mit Krieg drohen. Verlaßt Euch auf niemanden in Bagdad, mit einer Ausnahme: Unsere Agentin Wagunda wird Euch nach Kräften unterstützen, doch ist sie nur eine Frau und eine Sklavin noch dazu. Sie kann Euch also mit Informationen helfen, doch handeln müßt Ihr allein. Ihr könnt Ihr vertrauen, und es gibt einen guten Grund dafür. Man ließ Wagunda wissen, daß ihr Vater in einem unserer Verliese ge-

fangengehalten wird und nur so lange lebt, wie sie uns nützlich ist.«

Aima blickte seinen Herrn mit leicht schräg gehaltenem Kopf an.

»Findet dies nicht Eure Zustimmung, Aima?« fragte der Herr von Damaskus, dem diese Reaktion nicht entgangen war.

»Gewiß ist es zum Wohle des Staates unumgänglich, mein Herr. Doch ist mir nicht wohl dabei.«

»So seid getröstet: Wagundas Vater ist seit Jahren tot. Unsere Kerker sind kein angenehmer Aufenthalt für alte Menschen. Aber sollte ich deswegen auf Wagundas Hilfe verzichten?«

Aima fand diese Mitteilung keineswegs tröstlich, doch wußte er sich jetzt zu kontrollieren und verzog keine Miene, während er weiter zuhörte.

»Als Wagundas Nachricht von der bevorstehenden Hochzeit mich erreichte, ließ ich ihr durch einen Kaufmann, der gelegentlich Dienste für uns tut, ausrichten, daß ich einen Mann mit einem Brief zum Kalifen senden werde. Dieser Mann wird einen Gebetsteppich mit sich führen, in den einige Worte eingewebt sind. Nun wird es Zeit, daß Ihr aufbrecht. Wie werdet Ihr den Brief verstecken?«

Und Aima, der, wie der aufmerksame Leser längst erraten hat, niemand anderer war als ich, erwiderte: »Ich werde die Seitennaht des Teppichs auftrennen und ihn hineinschieben. Dort ist er so sicher, als wäre er auf meine Haut tätowiert.«

»Verzeiht, daß es so lange dauerte, bis ich den Kontakt zu Euch aufnahm«, sagte Wagunda. »Ich hatte erwartet, daß man einen älteren und erfahrenen Mann mit einer solch schwierigen Mission beauftragen würde.«

»Ich weiß selbst, wie schwierig die Mission ist«, antwortete ich, während ich meine Augen zwang, sich nicht von ihrem Gesicht zur verlockenden Wölbung ihrer Brust zu verirren. »Und sie ist in den letzten Tagen nicht leichter geworden. Zuerst merkte ich, daß die Hochzeit näher bevorsteht, als wir

vermutet hatten, und dann mußte Selinas Dienerin ausgerechnet in meiner Gegenwart ermordet werden.«
»Wart Ihr es nicht selbst? Ich hatte angenommen ...«
»Ich bin ein Bote, kein Mörder. Aber wenn meine Identität und mein Auftrag bekanntwerden, dann werden noch ganz andere als du auf diesen gefährlichen Gedanken kommen. Ich muß also rasch handeln, da die Vermählung noch heute stattfinden wird. Was muß ich tun, um vorher mit dem Kalifen sprechen zu können?«
»Ihr müßtet Euch in Rauch verwandeln und zwischen den Wachen hindurchschweben. Der Kalif und auch Selina werden aufs schärfste bewacht. Niemand, der nicht zur engsten Umgebung gehört, wird zu ihnen vordringen können. Ihr könntet höchstens Murschid den Brief geben. Aber ich glaube nicht, daß das ratsam wäre.«
»Es wäre nicht einmal möglich, da mir der Brief mit dem Rest meines Eigentums geraubt wurde. Ich muß mit dem Kalifen sprechen, wenn ich auch noch nicht weiß, wie ich ihn von meinem Auftrag überzeugen soll. Wo ist der Kalif jetzt?«
»Er pflegt sich vor seinen Eheschließungen in den Kreis der Ayatollahs[*] zurückzuziehen und erbauliche Gespräche zu führen. In den letzten Jahre allerdings hört er mehr zu, anstatt sich selbst daran zu beteiligen.«
Ich senkte nachdenklich den Blick, aber statt daß mir die Konzentration auf mein vordringliches Problem gelang, mußte ich jetzt immer wieder auf ihre schmalen Füße sehen, die unter dem Kleid hervorragten.
Warum nur ging sie ohne Schleier? Wie leicht ist es, sich ein verschleiertes Gesicht häßlich vorzustellen, und wie unmöglich, ein schönes nicht zu betrachten!
»Hört Ihr mir noch zu?« fragte Wagunda.
»Selbstverständlich«, sagte ich zu der Hecke, auf die ich mich jetzt mit aller Kraft konzentrierte.

---

[*] Ayatollah: wörtlich »Zeichen Allahs«, Titel der obersten Geistlichen in Persien.

»Ich sagte gerade, daß Ihr nur heute abend bei der Feier mit dem Kalifen sprechen könnt.«
»Heute abend ist es zu spät. Dann ist die Ehe rechtsgültig.«
»Aber nein, Herr. Heute abend ist nur die Zeremonie vorbei. Rechtsgültig ist die Ehe erst, wenn sie im Schlafgemach vollzogen wurde. Genau bis zu diesem Moment könnt Ihr noch eingreifen.«
Sie sprach über das Schlafgemach, als wäre es ein natürliches Thema für eine Frau und als gäbe es in ihm keine geheimen Vorgänge, über die Stillschweigen bewahrt werden muß.
Ich spürte, wie sich in meinem Innern die Eingeweiden verkrampften. Ich mußte handeln, irgend etwas tun, statt hier mit ihr allein zu sitzen.
»Dann zeig mir, wo sich dieses Gemach befindet«, sagte ich. »Ich will bis zum letzten Moment versuchen, meinen Auftrag zu erfüllen.«
Und das war mein voller Ernst, aus Pflichtbewußtsein und um nicht an das zu denken, woran mein Körper mich zu denken zwingen wollte.
Wagunda führte mich zielsicher durch das Labyrinth. Schon nach wenigen Biegungen traten die Hecken zurück und eröffneten den Blick auf einen sorgsam gepflegten Garten in der Mitte des Platzes.
Man konnte sich in die Lage eines Vogels versetzt glauben, der aus der Höhe des Himmels hinunterblickte, denn die Anlage des Gartens ähnelte der einer verkleinerten Welt. Die schmalen Kanäle, die hindurchführten, waren gewunden wie natürliche Wasserläufe, die hier und da kleine Seen mit bewachsenen Inseln bildeten. Am fernen Ende des Gartens erhob sich ein Berg, der mir wohl bis zur Schulter gegangen wäre, aber durch die sorgsam beschnittenen, winzigen Bäume darauf um ein Vielfaches höher wirkte. Von diesem Berg sprudelte das Wasser in einer funkelnden Kaskade nieder und verteilte sich, den Pflanzen Leben und den Menschen angenehme Kühle bringend, in die verschiedenen Wasserläufe.

Die Wege waren im Innern des Gartens schmaler als im Labyrinth. Sie führten in Windungen um die einzelnen Beete herum, überquerten gelegentlich die Wasserläufe auf zierlichen Brücken, von denen eine jede in einem anderen Stil gestaltet war. Ich sah, daß der ganze Garten von Hecken umgeben war. Da ich die Gesamtheit der Anlage bis zu den umgebenden Häusern überblickte, bemerkte ich, daß dieses Labyrinth nicht annähernd so breit war, wie ich während meines Irrgangs vermutet hatte.
Gerade wollte ich den Garten betreten, da zog Wagunda mich mit einer raschen Bewegung, die fast mit der Kraft eines Mannes ausgeführt wurde, zwischen die Hecken zurück.
Doch es war zu spät. Einer der drei Männer, die im Gespräch zusammenstanden, hatte mich bereits bemerkt und rief mich herbei. Da es sinnlos gewesen wäre, mich zu verbergen, trat ich wieder hervor. Dabei gab ich Wagunda einen Wink, zurückzubleiben. Vielleicht war sie noch nicht gesehen worden, und falls doch, so hoffte ich, daß der einzige der drei, dessen Blick auf mich gefallen war, keine Schlüsse daraus ziehen würde – zumindest keine richtigen.
Die beiden Männer, die mir bisher den Rücken zugewandt hatten, drehten sich jetzt um. Es waren Murschid und Nuraddin. Die beiden Kalifensöhne hatten leicht gerötete Gesichter, wie Menschen, die gerade eine heftige Auseinandersetzung geführt hatten und sich nun bemühten, in Anwesenheit von Fremden ihre Erregung zu verbergen.
Dennoch nahmen sie sich die Zeit, den Ausführungen des dritten Mannes zu lauschen. Vielleicht weil sie im Grunde froh darüber waren, daß jemand den Streit unterbrochen hatte.
Dieser dritte war Saifaddaula, der sich in die Brust geworfen hatte wie ein Hahn und ungeachtet des Rangunterschiedes zwischen sich und seinen Zuhörern deren Zeit stahl, um seine Fähigkeiten zu preisen.
Die Prinzen ließen nicht erkennen, ob mein Hinzutreten ihnen

angenehm war oder nicht, Saifaddaula hingegen winkte mir heftig zu, mich zu beeilen. So trat ich denn wie ein zufälliger Spaziergänger näher.

»Nicht die größten Mühen und Gefahren habe ich gescheut«, plapperte der kleine Magier eifrig, »um für den Beherrscher der Gläubigen, die Blume der Weisheit und den Verteidiger des Glaubens die sprühendsten Geister und funkelndsten Dschinni herbeizurufen, welche die Brautnacht des Allergnädigsten zu einem einprägsamen Erlebnis und einer erstaunlichen Erinnerung machen werden. Wenn Ihr es mir nur gestattet, hohe Herren, so werde ich gegen ein geringes Entgelt, ein Almosen praktisch, die Nacht zum Tage und das Dunkel der Unwissenheit zum Lichte der Erkenntnis werden lassen. Fragt jenen Herren, einen gelehrten Händler und Reisenden aus der prächtigen Stadt Damaskus – doch nicht so prächtig, daß sie neben Bagdad, der Blume unter den Städten, bestehen kann –, ob er nicht erst heute in der Frühe Zeuge einer magischen und unerklärlichen Begebenheit wurde, bei der ich dem klugen und aufmerksamen Richter Muqallad ibn Nasr bewies, wie sehr die Geister des Jenseits meinem Willen und Wunsch untertan sind.«

Während die Prinzen meine Antwort abwarteten, hampelte Saifaddaula in ihrem Rücken herum und versuchte, mir durch Grimassen und Armgefuchtel irgend etwas mitzuteilen. Ich konnte mir lebhaft vorstellen, wie er vergeblich versucht hatte, Slugi zu seinem Fürsprecher zu machen, und dann gewagt hatte, sich allein den Prinzen zu nähern, und wie er jetzt einen der wenigen, die er in Bagdad kannte, herbeirief.

Natürlich konnte er nicht ahnen, wie ungelegen mir sein Auftritt kam. Sicher deutete er mein Zögern, in sein Lobrede einzustimmen, als einen Akt der Unfreundlichkeit.

»Ihr Herren, er ist recht gut im Verschwindenlassen von Münzen«, sagte ich schließlich ausweichend.

»Münzen verschwinden bei uns in letzter Zeit im Übermaß«, erwiderte Nuraddin, wohl mehr für die Ohren seines Bruders

als für die meinen bestimmt.«Allein die Kosten der Feier am heutigen Abend hätten die Ausrüstung zweier Regimenter Kavallerie erlaubt, und Allah ist mein Zeuge, daß wir Kavalleristen dringender brauchen als Feiern.«
Murschid machte eine unwillige Handbewegung. »Dies ist nicht der Zeitpunkt für solche Gedanken«, sagte er. »Unser Vater äußerte einen Wunsch, und diesen Wunsch werden wir erfüllen. Magier, das Verschwindenlassen von Münzen scheint mir allerdings nicht der Würde des heutigen Abends angepaßt.«
Ich korrigierte meine Vermutung, die Prinzen hätten angesichts des Magiers ihre Auseinandersetzung unterbrochen; sie führten sie nur mit leicht geänderten Argumenten fort.
»Herr«, entgegnete er mit einer tiefen Verneigung vor Murschid, »niemals würde ich es wagen, das Angesicht des Beherrschers der Gläubigen mit so alltäglichen und gleichgültigen Dingen wie dem Münzzauber beleidigen zu wollen. Nein, die Nacht will ich zum Tage machen, als hätte die Sonne in ihrem Lauf innegehalten.«
»Das willst du können?« fragte Nuraddin. »Ich hörte, daß einer der Feldherren der Juden vor langer Zeit diese Gabe gehabt haben soll. Willst du dich mit ihm auf eine Stufe stellen?«
»Mit solchen Fähigkeiten kann ich, der ich nur ein äußerst bescheidener, wenn auch hochbegabter und geschickter Mann bin, mich nicht messen. Doch habe ich in Indien unter größter Gefahr für Leib und Leben ein magisches Pulver erstanden, das aus dem fernen China kam. Mit Hilfe dieses Pulvers vermag ein mutiger und entschlossener Magier die Dschinni sichtbar zu machen, die unerkannt unter den Menschen weilen und wandeln. In der Dunkelheit der Nacht vorgeführt, erscheinen jene Dschinni in den leuchtendsten und sprühendsten Farben und Formen. Kann es eine würdigere und angemessenere Untermalung des Festes geben?«
Bei diesen Worten hatte Saifaddaula einen kleinen Lederbeutel

aus seinem linken Ärmel gezogen. Jetzt öffnete er ihn und nahm mit einer vorsichtigen, beinahe ehrfürchtigen Geste eine Prise des unscheinbar aussehenden, dunklen und feingekörnten Pulvers heraus. Er zeigte das Pulver kurz vor und steckte es dann wieder in den Beutel zurück, den er anschließend wieder in den Ärmel schob.
»Für eine geringe Summe Geldes, eine Nichtigkeit im Vergleich zur Pracht meiner Vorführung, einer mehr symbolischen denn angemessenen Entlohnung, werde ich heute abend eine Leistung vollbringen, die keiner der Gäste und auch der Gastgeber jemals vergessen wird.«
Nuraddins Gesicht zeigte jetzt offensichtliche Geringschätzung. »Deine Dschinni, scheint mir«, sagte er, »sind auch in Bagdad nicht ganz unbekannt. Sind sie nicht von jener Art, die sich bei Regen hervorzutreten weigert und einen starken Geruch nach Schwefel hinterläßt? Zwar hast du für heute keinen Regen zu befürchten, wohl aber den Zorn unseres Vaters, wenn der Gestank in sein Gemach dringt und sein Wohlbefinden mindert. Ich denke, daß du mit deinen Tricks bei dem Volk auf den Straßen besser ankommst als hier im Palast. So gehe denn dorthin.«
»Aber nein«, widersprach Murschid, den schon die ablehnende Haltung seines Bruders dazu zu bringen schien, Saifaddaulas Auftritt zu befürworten. »Sprühende und funkelnde Dschinni sind genau das, was unserem Vater Freude bereiten kann. Magier, du sollst deine Aufführung heute abend machen, und zwar auf dem Hof vor dem Festsaal. Dort können alle Gäste dich sehen, und wenn unser Vater dazu aufgelegt ist, kann er dir aus dem Fenster des Brautgemachs zusehen. Wenn er so viel Gefallen an dir findet, wie du glaubst, dann werde ich dir hinterher mehr Münzen geben, als du an einem Tag verschwinden lassen kannst.«
Nach diesen Worten lächelte er seinen jüngeren Bruder an, als erwartete er ein Aufbegehren, daß er dann beiseite wischen konnte. Nuraddin aber schwieg nur dazu.

Saifaddaula sank vor Murschid auf die Knie und setzte dazu an, sich überschwenglich zu bedanken. Der Prinz klopfte ihm leutselig auf die Schulter und sagte, der Magier möge nur at-Tur mitteilen, was zur Aufführung benötigt werde; es solle alles bereitgestellt werden.
Der Magier verabschiedete sich unter vielen Verbeugungen und eilte dann davon.
»Nun, Teppichhändler aus Damaskus, habt Ihr vielleicht auch eine Bitte vorzubringen?« fragte Nuraddin mich.
Wäre ich mit ihm allein gewesen, so hätte ich es jetzt wohl gewagt, meine Botschaft zumindest anzudeuten. Vielleicht ahnte Nuraddin, daß ich nicht nur als Händler hier war. Wenn es so war, dann war Murschid nicht weniger klug, denn noch ehe ich antworten konnte, sprach er: »In Damaskus wohnen kluge Leute. Sie wissen, daß man eine Entscheidung, die der Beherrscher der Gläubigen einmal getroffen hat, nicht ungeschehen machen kann. Herr Usama, wir wollen Euch nun nicht länger von der Erledigung Eurer Geschäfte abhalten.«
Der Wunsch, von mir allein gelassen zu werden, hätte zwar weniger höflich, aber nicht deutlicher formuliert werden können. So verneigte ich mich und zog mich wieder zwischen die Hecken zurück.
Nuraddin ließ nicht erkennen, ob er wirklich Wert auf ein Gespräch mit mir gelegt hatte. Auf jeden Fall aber hörte ich noch, wie er zu seinem Bruder sagte: »Bist du gewiß, daß die Leute in Damaskus so klug sind?«
»Bruder«, erwiderte Murschid, »ich wollte schon zufrieden sein, wenn manch einer in Bagdad so klug wäre.«
Nuraddins Antwort konnte ich nicht mehr verstehen, doch bemerkte ich, daß sie mit scharfem Ton gegeben wurde.
Wagunda hatte zwischen den Hecken, nur gerade außer Sicht, auf mich gewartet.
»Wollt Ihr immer noch sehen, wo das Brautgemach ist?« fragte sie.
»Jetzt mehr denn je.«

»Dann folgt mir. Wir nehmen besser den Weg außen um den Garten herum. Bleibt einige Schritte hinter mir, damit man uns nicht zusammen sieht. Ich werde Euch einen Wink geben, wenn wir da sind. Es kann sein, daß der Magier schon vor uns da ist.«

»Das glaube ich kaum. Er wird sicher die nächsten Stunden damit verbringen, im Irrgarten herumzulaufen.«

Der Saal, in dem die Feier am Abend stattfinden sollte, lag in der Nähe der Palastmauer. Eine seiner Schmalseiten verlief nahe der Mauer, doch blieb immer noch Raum für einen breiten Weg; die Längsseite wandte er einem gepflasterten Hof zu.

Wagunda und ich kamen an der Mauer entlang auf diesen Hof, nachdem wir in einem weiten Bogen durch andere Teile des Palastes gegangen waren.

Das Gebäude hatte die Höhe von drei Stockwerken. Zwar fehlten an seiner vorderen Front die farbigen Kacheln, die so viele andere Wände im Innern des Palastes schmückten, doch wirkte es alles andere als unscheinbar. Die Wände waren aus Ziegeln errichtet, aber nicht aus quaderförmigen Steinen, wie man sie für ein einfaches Haus genommen hätte. Vielmehr hatte man jeden der Steine aufs feinste ziseliert, so daß er schon für sich allein mehr als luftiges Kunstwerk denn als belastbarer Baustoff gewirkt hätte. Die Steine waren in verschiedenen Mustern durchbrochen, häufig in der in Bagdad so beliebten Rankenform, aber auch so, daß sich die stilisierten Umrisse von Vögeln oder Fischen ergaben.

Einem einzelnen dieser Ziegel hätte man niemals zugetraut, daß er dem Gewicht eines ganzen Gebäudes Stütze sein könne, aber dennoch erhob sich das flache Dach erst knapp unter der Krone der Palastmauer.

In der Mitte war die Wand durch drei hohe, offene Bögen der Eingänge unterbrochen. Sie ließen den Blick ungehindert ins Innere des Saales dringen und zeigten, daß dieser in der Tat so hoch war wie das ganze Gebäude. Die Decke wurde nur durch wenige runde Säulen gestützt.

Eine lange Reihe von Sklaven trug Körbe und Töpfe über den Hof in den Saal. Im Innern waren andere damit beschäftigt, Tische und Polster herzurichten, Lampen mit Öl zu füllen und Verzierungen aus Metall durch heftiges Reiben zum Glänzen zu bringen.

Ich blieb in der Mitte des Hofes stehen und sah mich in aller Ruhe um, wie es ein zufällig des Weges kommender Spaziergänger getan hätte.

Wagunda, die einige Schritte vor mir gegangen war, lief ohne anzuhalten oder sich auch nur umzudrehen weiter, nachdem sie mir zu verstehen gegeben hatte, daß ich an meinem vorläufigen Ziel war.

Entgegen meiner Vermutung – und wenig schmeichelhaft für mich – war Saifaddaula keineswegs noch dabei, zwischen den Hecken umherzuirren. Vielmehr traf ich ihn in angeregtem Gespräch mit at-Tur. Angeregt gilt dabei allerdings nur für Saifaddaula, at-Tur stand mit Duldermiene vor ihm und hörte zu, welche Wünsche der Magier äußerte.

Ich schlenderte auf die beiden zu, nicht weil ich mich so sehr für ihr Gespräch interessierte, sondern weil sie genau da standen, wo ich hinwollte: vor dem Gebäudeflügel, in dem sich das Brautgemach befinden mußte.

Im rechten Winkel zum Festsaal war ein niedrigeres Gebäude errichtet. Auf den ersten Blick wirkte es wie ein Anbau zum Festsaal, doch konnte ich beim Nähertreten erkennen, daß der Stein wesentlich älter war. Es handelte sich außerdem nicht um die moderneren gebrannten Ziegel, sondern um Bruchstein. Aus solchen Steinen, die von weit her geholt werden mußten, waren einige der ältesten Gebäude in Bagdad errichtet worden. Nach der ersten Eroberung und Zerstörung der Stadt war man dann dazu übergegangen, neue Gebäude nur noch aus Ziegeln zu errichten.

Die Hauswand hatte keine Türen. In Höhe des ersten Stockwerks führten mehrere Fenster auf den Hof hinaus, doch waren die meisten so schmal, daß sie weniger als Fenster denn als Luftlöcher bezeichnet werden mußten. Nur eines war breit und hoch genug, daß es bequem genug war, um sich hinauszulehnen und die Vorgänge auf dem Hof zu betrachten.

Hinter diesem Fenster mußte das Brautgemach des Kalifen liegen, denn schließlich hatte Murschid zu Saifaddaula gesagt, der Kalif könne seiner Vorführung von dort aus zusehen.

In gerader Linie vor dem Fenster, jedoch einige Schritte davon entfernt, bezeichnete Saifaddaula soeben ein Rechteck auf dem Boden, das er mit hastigen Trippelschritten umlief.

»Aber nein, Herr«, sagte at-Tur mit der erzwungenen Geduld eines Menschen, der einem unverständigen Narren einen offensichtlichen Zusammenhang zu erläutern versucht. »Wir können es nicht so nahe davor errichten.«

»Es wird den Kalifen nicht stören«, versicherte Saifaddaula. »Im Gegenteil, es wird ihm bestimmt gefallen.«

»Aber das bezweifle ich doch gar nicht. Bedenkt jedoch, daß der Kalif es in seiner Gesamtheit viel besser sehen kann, wenn es etwas weiter weg ist. Hier zum Beispiel.«

At-Tur ging entschlossen etwa bis zur Mitte des Hofes, gefolgt von Saifaddaula, der »Falsch, ganz falsch« rief. Als der Eunuch an mir vorüberkam, verdrehte er kurz die Augen zum Himmel, Allah zum Zeugen für die Unbelehrbarkeit des Magiers anrufend.

Der Gedanke, nachts in das Schlafgemach des Kalifen einzudringen, hatte gar nichts Verlockendes an sich. Doch hätte ich meine Pflicht vernachlässigt, wenn ich nicht wenigstens die Möglichkeit in Erwägung gezogen hätte.

Was die Möglichkeit anbelangte, so war sie auf dieser Seite des Hauses anscheinend nicht gegeben. Das Fenster lag zu hoch, um im Sprung erreichbar zu sein, und war außerdem mit zwei hölzernen Läden verschlossen. Die Mauer selbst war so glatt, daß man sie nicht erklettern konnte. Die Steine waren so behauen, daß sie nahtlos ineinanderpaßten, ohne daß auch nur genug Zwischenraum für einen greifenden Finger geblieben wäre. Ich hätte nicht nur dem Spitznamen nach, sondern wirklich ein Vogel sein müssen, um dort hinaufzugelangen.

Ich wollte meine Neugier nicht verraten, indem ich den Festsaal zu dieser frühen Stunde betrat. So ging ich statt dessen um das Gebäude herum.

Dem Festsaal gegenüber befand sich die lange Rückwand eines anderen Gebäudes. Vor dieser verlief ein Arkadengang, doch gab es keinerlei Zugangsmöglichkeit vom Hof ins Haus. Soweit ich meinem Ortssinn nach dem Besuch im Labyrinth noch trauen konnte, mußten in dieser Richtung sowohl besagtes Labyrinth als auch die Stallungen liegen. Die Wand verlief in ihrer ganzen Länge parallel zum Festsaal, bis sie schließlich genau an die Palastmauer stieß.

Ich ging unter den Arkaden von der Mauer weg und bewegte mich so auch an der Seitenwand des Steinbaues entlang. An der Wand, die den Arkaden zugekehrt war, befand sich eine hölzerne Tür, die jetzt verschlossen war. Zwei bewaffnete Wächter hatten davor Posten bezogen.

Ich ging weiter, bis ich das Ende des Arkadenganges erreicht hatte. Dort gewahrte ich rechts wieder die Hecken des Labyrinths, und ein Stück dahinter erkannte ich die Rückwand der Stallungen. Jetzt wußte ich genau, wo ich mich befand.

Wie jemand, der sich müßig die Wartezeit vertreibt, ging ich wieder zurück und nahm dabei die dritte Wand des Hauses, dem mein Interesse galt, in Augenschein. Hier gab es mehrere schmale Fenster, nicht einladender als die Luftlöcher auf der Hofseite, die zudem mit Gittern gesichert waren.

Wenn ich also von außen ins Innere wollte, dann konnte mein Weg nur durch die Tür oder durch das größere Fenster auf der Hofseite führen. War der Eingang schon jetzt bewacht, so würde er das nachts erst recht sein.

Ich kehrte zum Hof zurück, um noch einmal einen Blick auf das Fenster zu werfen.

Saifaddaula und at-Tur standen sich immer noch gegenüber.

Dabei riefen sie sich gegenseitig ihre Argumente zu, und hin und wieder machte einer einen Schritt nach vorn. Langsam näherten sie sich einander, und es war vorauszusehen, daß sie sich irgendwann in der Mitte treffen mußten.
Unter dem Fenster stand jetzt Gutschalk und ließ seine Hand prüfend über das Mauerwerk gleiten.
»Habt Ihr Euren Schlaf schon beendet?« fragte ich ihn.
Er zuckte zusammen, als wäre er bei etwas Verbotenem ertappt worden, lächelte dann aber.
»Und Ihr«, fragte er zurück, »habt Ihr alle Eure Umkreisungen schon beendet?«
»Es ging schneller, als ich dachte.«
»So war es auch mit meinem Schlaf. Ich entdeckte plötzlich ein altes Interesse aus meiner Jugend wieder: das Interesse für die Kunst der Baumeister.«
»So habt Ihr Euch ein seltsames Objekt ausgesucht. Wäre nicht die Konstruktion des Festsaales dort vorn wesentlich interessanter? Bemerktet Ihr, wie leicht sie trotz ihrer Höhe wirkt?«
»Die Baukunst ist ein weites Feld«, entgegnete Gutschalk. »Gerade die Baumeister des Orients könnten Vorbilder für diejenigen in meiner Heimat sein. Wie protzig, eckig und klobig sind unsere Burgen. Und wie fein und geschwungen wirkt dieser Palast, und trotzdem vermag er einer Belagerung sicher standzuhalten. Habt Ihr allein diese Gebäude betrachtet? Es ist praktisch eine Festung in einer Festung. Nicht drei Männer, die einander auf den Schultern stehen, könnten das einzige Fenster erreichen, das einen Einstieg ermöglicht. Habt Ihr zudem bemerkt, daß die Wände nicht nur glatt sind, sondern zudem nach oben hin weiter nach außen geneigt? Das macht es für die Verteidiger im Innern viel leichter, eine angelehnte Leiter umzustoßen. Das Haus verteidigt sich fast von allein. Auch ohne eine Schar bewaffneter Wächter wird der Kalif, wenn er sich nach der Feier in das Brautgemach begibt, so sicher sein wie auf dem Gipfel des steilsten Berges.«

Ich hatte mich bei seinen Worten ganz dicht an die Mauer gestellt und nach oben geblickt. In der Tat neigten sich, was mir zuvor nicht aufgefallen war, die Wände leicht nach außen. Zwar war die Neigung nicht so stark, daß es einem flüchtigen Betrachter sofort auffallen mußte, aber dennoch ärgerte ich mich, daß ich diesen Umstand nicht erkannt hatte.
»Ihr scheint über intime Kenntnisse zu verfügen, wenn Ihr sogar wißt, in welchem Gebäude sich das Brautgemach befindet«, sagte ich.
»Ich habe nur das älteste Verfahren angewandt, das es zum Erlangen von Wissen gibt.«
»Welches ist das?«
»Ich habe jemanden gefragt. Den wohlbeleibten Herrn dort vorn, der mit Saifaddaula diesen seltsamen Tanz aufführt. Gut, daß ich nicht Saifaddaula gefragt habe. Ich würde ihm jetzt noch zuhören.«
»Wer sollte ein Interesse haben, eine Leiter an diese Wand zu lehnen?« fragte ich.
Gutschalk antwortete in aller Ruhe: »Ein mißtrauischer Mensch, der Euch soeben beobachtet hätte, könnte vermuten, daß Ihr ein solches Interesse habt.«
»Habt nicht gerade Ihr die Mauern mit Interesse betrachtet? Vielleicht habt auch Ihr eine solche Absicht.«
»Ich bemerke, daß Euch unvorsichtigerweise das Wörtchen ›auch‹ entschlüpft ist. Aber natürlich ziehe ich keine Verdachtsmomente daraus. Was mich anbelangt, so betrachte ich alles mit Aufmerksamkeit, was sich mit den Leistungen meiner Heimat messen kann, denn man weiß nie, ob man einmal Verwendung für sein Wissen findet. Vielleicht sollten wir unser Interesse jetzt anderen Themen zuwenden. Ich wüßte zu gern, wie man Münzen aus anderer Leute Ohren holt – doch ohne sie zuvor hineinzupraktizieren.«
Wir drehten uns zu Saifaddaula um, der sich inzwischen mit at-Tur auf halbem Wege getroffen hatte. Saifaddaula betrachtete den Untergrund an der Stelle, wo beide standen, blickte

dann wieder zum Schlafgemach des Kalifen hinauf und schien allgemein unzufrieden. Schließlich nickte er at-Tur zu, als er sich in sein Schicksal ergab. At-Tur hingegen wirkte rundum zufrieden.

Aus dem Festsaal heraus kam Slugi auf uns zu. Er begrüßte jeden von uns mit einem freundlichen Lächeln, zu dem der starre Blick seiner Augen nicht recht zu passen schien. Wieder einmal hatte ich das unangenehme Gefühl, er blicke vielleicht durch meine Haut hindurch bis in meine Seele.

»Ihr seid gewiß noch nicht hier, um Euch zur Feier einzufinden, Ihr Herren«, sagte er. »Zumal Eure Kleidung einem solchen Anlaß keineswegs angemessen erscheint.«

»Der Kalif selbst gab mir seine allerfreundlichste Zustimmung und Erlaubnis, heute abend seine hohen und edlen Gäste durch Magie und Wunder in Erstaunen zu versetzen«, beeilte sich Saifaddaula zu versichern, wobei er die Wahrheit um eine Generation beugte.

»Herr Usama und ich haben nur einen kleinen Spaziergang gemacht«, erklärte Gutschalk. »Gerade wollten wir zurück zu unserem Wohnraum gehen, um uns zur Feier umzuziehen.«

»Habt Ihr Euch schon festliche Kleidung besorgt?« fragte Slugi mich.

Daran hatte ich nicht gedacht. In den strapazierten Reisekleidern, die ich jetzt trug, würde man mich sicher nicht in den Festsaal lassen.

»Ich besitze leider nicht die Mittel dazu«, antwortete ich.

»Vielleicht darf ich Euch etwas von meiner Kleidung leihen«, bot Gutschalk an. »Es ist zwar nicht die vornehmste auf der Welt, und sie wird Euch auch nicht genau passen ...«

»Das wird nicht nötig sein, Herr Gutschalk«, sagte Slugi. »At-Tur, bitte sorge dafür, daß Herr Usama noch vor dem Beginn der Feier mit allem Notwendigen ausgestattet wird.«

»Selbstverständlich, Slugi«, erwiderte der Eunuch. »Ich nehme nur noch einen kleinen Imbiß, wenn ich Herrn Saifaddaula mit allen Hilfsmitteln versorgt habe.«

Slugi und at-Tur sprachen zu meinem Erstaunen in einem recht vertrauten Ton miteinander, als wären sie zwei Freunde und nicht ein hoher Beamter und ein Sklave.
»Gestattet«, wandte Slugi sich an Gutschalk und mich, »daß ich Euch auf dem Rückweg begleite. Mir sind in der Zwischenzeit noch ein paar Dinge durch den Kopf gegangen, die ich mit Euch besprechen möchte. Zwar ist die Untersuchung beendet, doch meine persönliche Neugier will sich nicht so ohne weiteres zur Ruhe begeben.«
Wir stimmten gern zu, und zu dritt machten wir uns auf den Weg. Slugi führte uns in Richtung auf den Garten.
Eine Weile gingen wir schweigend nebeneinander. Gutschalk nutzte die Gelegenheit, das Steingebäude von seinen beiden anderen offenen Seiten ausgiebig zu betrachten.
»Ihr seid beide zwei weitgereiste und erfahrene Männer«, begann Slugi schließlich. »Deshalb würde mich interessieren, wie Ihr über die Beweisführung denkt, die ich heute mittag vorgestellt habe.«
»Sie erschien mir logisch und überzeugend. Niemand wird danach noch einen Verdacht gegen uns drei Reisende hegen«, sagte Gutschalk.
»Wenn der zweite Satz die Begründung des ersten ist«, entgegnete Slugi, »dann ist der erste falsch. In diesem Fall scheint Euch der Beweis nicht überzeugend, sondern angenehm. Herr Usama, sicherlich habt Ihr Euch ebenfalls einige Gedanken zu dem Thema gemacht.«
Spätestens seit Slugis Antwort war mir klar, daß dieses Gespräch doch alles andere als ein Geplauder auf dem Weg war.
So unternahm ich keinen Versuch, mich naiv zu stellen: »Ich denke, Ihr habt einen Punkt so beeindruckend bewiesen, daß dem Kalifen und seinen Söhnen nicht auffiel, daß Ihr einen anderen, der ebenso interessant ist, ausließet.«
»Das ist die Antwort, die ich hören wollte«, sagte Slugi. »In der Tat ließ ich mehrere Punkte aus. Da einer davon Euch bei-

de betrifft, nehme ich sicherlich zu Recht an, daß Ihr mich auf diesen jetzt nicht aufmerksam zu machen gedenkt.«
»Was meint Ihr?« fragte Gutschalk.
»Gerade daß der Untergrund auf dem Platz vor der Karawanserei so fest ist, bedeutet, daß man sich geräuschlos auf ihm bewegen kann. Nur bei einem beweglichen Untergrund wie Kies oder Sand läßt sich ein Geräusch beim Schritt nicht vermeiden.«
»Wenn Ihr uns verdächtigt, so ist es doch sehr riskant, uns dies hier anzuvertrauen, da Ihr mit uns allein seid.«
»Auf jeden Fall verdächtige ich Euch nicht des Mordes. Wenn Ihr sagt, daß Herr Usama die ganze Zeit vor seinem Raum stand, obwohl Ihr dessen nicht sicher sein könnt, weil Ihr erst nach ihm aus dem Euren tratet, so könnt Ihr das nur in der Hoffnung tun, daß Herr Usama Eure Aussage seinerseits bestätigt. Und wenn keiner von Euch ein Mörder ist, warum verhaltet Ihr Euch dann beide so? Ich bewies nur, wie der Mörder aus dem Zelt entkommen konnte: Er zerschnitt die Zeltleinwand, um den Eindruck zu erwecken, er wäre schon fort, blieb aber da. Ich behauptete nicht, daß er tatsächlich das Lager verließ. Und schon gar nicht behauptete ich, daß er jetzt nicht in Bagdad sei.«
»Ihr versteht es wirklich, Herr Muqallad, uns mit einem Wechselbad von Entlastung und neuem Verdacht in Atem zu halten.«
»So muß ich Euch dafür um Verzeihung bitten: eine schlechte Angewohnheit meines Berufes, die sich nicht leicht ablegen läßt. Doch jetzt möchte ich wissen, was Euch bei meiner Vorführung aufgefallen ist, Herr Usama.«
»Wir wissen, wie und wann der Mörder das Zelt verließ«, erklärte ich. »Doch es bleibt ein Rätsel, wie und wann er hineingekommen ist, da es doch von einem Posten umrundet wurde. Alle Fragen hatten sich so auf das Entkommen konzentriert, daß der andere Punkt völlig außer acht gelassen wurde. Ihr selbst habt eine vergleichbare List angewandt, als Ihr Euch

hinter dem Wandvorhang in unserem Zimmer verborgen gehalten habt. Ich vermute, daß Ihr so auf die Lösung gekommen seid.«
»Diese Lösung kannte ich schon, als mich die Botschaft Ridwans erreichte. Zwar waren seine Nachforschungen sehr stümperhaft durchgeführt worden, aber in dieser Hinsicht völlig klar. Es ist geradezu erstaunlich, daß er selbst die Antwort nicht gesehen hat.«
»Der Hauptmann gehört eben nicht zu den ganz großen Geistern Bagdads«, warf Gutschalk ein.
»Verachtet ihn nicht«, wies Slugi ihn zurecht. »Ridwan ist alles andere als ein geborener Soldat. Seine Familie zwang ihn, diese Stellung anzunehmen. Ridwan selbst ist ein begabter Mann in anderen Bereichen. Ihr würdet staunen, wenn Ihr ihm beim Spiel auf der Flöte zuhören könntet. Doch kehren wir zu unserem Problem zurück. Ich vermutete zunächst, der Schnitt in der Zeltwand sei gar nicht der Fluchtweg, sondern der Zugang für den Mörder gewesen. Aber die Untersuchung des Schnittes zeigte, daß die Fasern von der Innenseite her mit einem Dolch zerschnitten wurden. Ich nehme an, der Mörder entkam, indem er die Leinwand an einer unbefestigten Stelle hochhob und hindurchschlüpfte. Ein besonders verwegener und geschickter Mann kann es durchaus riskieren, den Moment abzuwarten, in dem der Wachposten gerade auf der anderen Seite des Zeltes ist, um dann rasch zu handeln. Aber in der Tat hatte ich keine Lösung anzubieten, sondern nichts als Vermutungen. Und mein Befehl lautete, bis zum Mittag eine Lösung zu finden. Für seine Vorführung bin ich übrigens Herrn Saifaddaula zu großem Dank verpflichtet.«
»Aber der Magier hat doch nur vor sich hin geplaudert«, sagte Gutschalk.
»Ich meine auch nicht seine Aussage, sondern seine Vorführung mit der Münze. Sie erregte bei Euch beiden einiges Staunen. Wie bei vielen Rätseln erscheint die Lösung ganz einfach, wenn man sie einmal kennt. Ein geschickter Mensch kann

nach einiger Übung mit der Außenseite seiner Finger genausogut etwas festhalten wie mit der Innenseite. Nur das beeindruckende Drumherum bei der Vorführung täuscht über die simple Ausführung hinweg. Wenn es also meine Aufgabe war, eine schnelle Lösung zu finden, meine Lösung aber nicht vollständig war, mußte ich sie in einem so beeindruckenden Rahmen präsentieren, so daß ihre Fehlerhaftigkeit nicht auffiel. Deshalb entschloß ich mich dazu, at-Tur aus dem Zelt auftauchen zu lassen. Der Effekt war so groß, daß niemand weitere Fragen stellte. Allerdings hoffte ich, über Ridwan und die Flasche doch noch die richtige Lösung zu finden.«

Wir hatten bei unserem Gespräch das Heckenlabyrinth durchquert, wobei Slugi uns so schnell und zielsicher führte, daß das Verwinkelte der Anlage mir, wäre dies mein erster Besuch darin gewesen, gar nicht aufgefallen wäre.

Jetzt kamen wir in den Garten. Ich dachte mir, daß eine unauffällige Andeutung, ich wäre zum erstenmal an diesem Ort, mir nicht schaden könne.

»Herrlich!« rief ich aus. »Noch niemals sah ich einen so prachtvollen Garten. Wieviel Liebe muß in seiner Planung und Anlage stecken. Gewiß haltet Ihr Euch gern zur Entspannung hier auf, Herr Muqallad.«

»Wie so oft«, sagte Slugi, während wir quer durch den Garten gingen, »wohnen auch in diesem Garten das Schöne und das Schreckliche dicht beieinander. Natürlich verfehlt die Schönheit ihre Wirkung auf mich nicht, doch muß ich auch stets an das Blut denken, das um dieses Gartens willen vergossen worden ist, so daß ich hier keine Entspannung finden kann.«

»Ihr meint, daß hier ein Kampf stattgefunden hat?« fragte Gutschalk.

»Ein Kampf? Nein, so kann man es nicht nennen. Vielleicht ist Euch vorhin aufgefallen, daß die Hecken, die den Garten umgeben, ein Garten für sich sind, und zwar ein Irrgarten. Die Wege zwischen diesen Hecken verlocken häufig den Unvorsichtigen dazu, sich sicher zu fühlen. Da er niemanden bemerkt, glaubt er auch sich unbemerkt. So manche Verschwörer haben sich schon auf den Ruhebänken getroffen und offen über ihre Pläne gesprochen. Manches Mal stand ein aufmerksamer Lauscher nur durch eine Hecke getrennt nahe bei ihnen. Ich könnte Euch sogar ein Beispiel aus der jüngsten Vergangenheit nennen, doch will ich Euch die Freude des Anblicks ... was ist mit Euch, Herr Usama? Warum werdet Ihr so blaß?«

Innerhalb eines winzigen Augenblicks schossen mehr Gedanken durch meinen Kopf, als ein ganzes Pergament fassen kann, doch was ich herausbrachte, war nur: »Ich... ich... äh ...«

»Sicher macht sich Eure Erschöpfung durch die weite Reise jetzt bemerkbar«, sagte Slugi. »Wollen wir unser Gespräch lieber auf einen späteren Zeitpunkt verschieben?«

»Auf keinen Fall«, antwortete Gutschalk. »Gerade jetzt, wo es interessant wird. Mir fiel auf, daß Ihr dem Mörder eine bestimmte Eigenschaft zugeschrieben habt. Nachdem Ihr at-Tur aus dem Zelt habt hervortreten lassen, sagtet Ihr, daß sich ein kleiner und gewandter Mann im Zelt verborgen gehalten hätte. Hattet Ihr dabei eine ganz bestimmte Vorstellung vom Aussehen des Mörders?«

»Nein. Ich dachte nur, daß er kaum das direkte Ebenbild at-Turs wäre.«

»Aber es gab in der Karawanserei jemanden, auf den diese Beschreibung genau paßte und den Ridwan nicht mit nach Bagdad mitnahm. Ich sprach mit Euch bereits über dieses Thema, Herr Usama, doch Ihr überzeugtet mich zunächst davon, daß ich im Unrecht wäre.«

»Ihr denkt an den Wirt«, sagte ich.

»Ich denke ganz speziell an seinen Enkel, diesen schmächtigen Knaben. Herr Muqallad, vielleicht solltet Ihr eine Patrouille nach Kazimiya senden, um den Wirt und seinen Enkel vorführen zu lassen.«

»Ihr vergeßt, daß die Untersuchung offiziell bereits beendet wurde. Wenn ich jemanden zum Verhör vorführen lasse, dann muß ich ein paar Gründe mehr haben. Wenn ich jede Person verdächtige, die sich vorgestern in Persien aufgehalten hat, muß ich natürlich früher oder später den Richtigen dabeihaben, aber so kann ich nicht vorgehen.«

Wir hatten den Garten durchquert und verließen jetzt auf der anderen Seite die Hecken, um wieder auf gepflasterte Wege zu stoßen.

Plötzlich kam mir eine Idee. Es handelte sich nicht so sehr um eine Idee zur Aufklärung des Mordes, sondern um eine Idee, den Verdacht von mir abzulenken – falls das überhaupt noch möglich war, wenn Slugi, wie er angedeutet hatte, mein Gespräch mit Wagunda belauscht hatte.

»Klein, gewandt und verwegen«, sagte ich, »das paßt noch auf jemand anderen.«

»Ihr denkt an Saifaddaula«, meinte Gutschalk, »doch den habe ich die ganze Zeit gesehen.«

»Ich denke nicht so sehr an einen bestimmten Menschen, sondern an eine bestimmte Art von Menschen. Der Täter könnte ein Assassine gewesen sein.«

»In der Tat«, stimmte Slugi zu, »diese Möglichkeit habe ich ebenfalls erwogen. Die tollkühne Ausführung des Mordes deutet darauf hin: Durch einen Kreis von Wächtern schleicht sich jemand ein, begeht einen Mord und entkommt schließlich unerkannt im Dunkeln. Doch begehen Assassinen ihre Morde nicht zum Vergnügen. Stets steckt eine Absicht dahinter.«

»Ich hörte schon von diesen Assassinen«, warf Gutschalk ein. »Allerdings spricht man nicht gern über sie, als befürchtete man ihr Auftauchen, wenn man nur das Wort ausspricht. Was genau hat es damit auf sich?«

Etwa dreihundert Jahre vor meiner Geburt spaltete sich eine Sekte, die sich selbst den Namen Ismailiya gab, vom wahren Glauben ab. In meiner Heimat Syrien wurden diese Leute Batiniya genannt. Bald zerfiel diese Sekte wiederum in mehrere

Splittergruppen, die sich gegenseitig bekämpften und deswegen zu keiner wirklichen Gefahr für den Islam werden konnten – mit einer Ausnahme. Eine dieser Gruppen, die Nizariya, war mit der Hilfe des Scheitan allen Versuchen, ihrer habhaft zu werden, entkommen und hatte sich in den Bergen westlich von Hamat* eingenistet. Dort, in ihren sicheren felsigen Verstecken, begnügten sie sich nicht mehr damit, das Angesicht Allahs zu beleidigen, indem sie sich vom Wort des Propheten entfernten, sondern sie strebten nach politischer Macht.
Obwohl der jetzige Anführer der Nizariya, den seine Getreuen al-Muabbad** nennen, als wäre er Allah, der Allerbarmer, selbst, in mindestens zwanzig Städten zum Tode verurteilt wurde, haben sie in Ägypten zunehmend an Einfluß gewonnen. Durch Intrigen und Morde – wobei sie letzteres zu bevorzugen schienen – besetzten sie die höchsten Staatsämter mit Männern, die ihnen ergeben waren.
Obwohl ihre Methoden allgemein bekannt sind, wagen nur wenige, entschlossen gegen sie vorzugehen. Der Fürst oder Beamte, der entgegen den Interessen dieser Leute handelt, wird ohne Warnung getötet, und das oft auf eine sehr grausame Weise.
Der ruchlose Anführer der Nizariya versteht es, junge Männer zu seinen willenlosen Werkzeugen zu machen. Er läßt sie glauben, daß ihm allein die Macht gegeben ist, die Pforten des Paradieses zu öffnen. Er gibt den Männern eine Droge, die aus Hanf gewonnen wird und unter dem Namen Haschisch bekannt ist. Darauf fallen sie in einen tiefen Schlaf. Wenn sie erwachen, finden sie sich in einem herrlichen Garten voll der schönsten Blumen und der köstlichsten Früchte wieder. Leise Musik schwebt durch die Luft, ohne daß man einen Musikanten sehen kann, und wunderschöne Mädchen erfüllen dem Besucher jeden Wunsch, kaum daß er ausgesprochen wurde.

---
* Hamat: syrische Stadt am Orontes, 150 km südlich von Aleppo.
** al-Muabbad: der Angebetete.

Schließlich lädt man den jungen Mann zu einem Gastmahl. Kurz nach dem Genuß der Speisen versinkt er wieder in einen tiefen Schlaf. Diesmal erwacht er wieder in der Gegenwart al-Muabbads, der ihm erklärt, er habe einen kurzen Blick in den Vorhof des Paradieses tun dürfen.

Die Leute, die der Schurke für seine Zwecke aussucht, sind natürlich nicht Söhne der gebildeten Familien, sondern junge Männer aus den ärmsten Kreisen. Sie würden alles für ihn tun, denn al-Muabbad erklärt ihnen, daß sie, sollten sie in seinen Diensten getötet werden, ohne die geringste Verzögerung wieder im Paradies erwachen würden – diesmal für die Ewigkeit.

Was Wunder, daß sich die Verführten ohne Ansehen des eigenen Lebens aufmachen, den Mann zu töten, den al-Muabbad ihnen bezeichnet. Inmitten einer tausendköpfigen Menschenmenge stürzt sich der Mörder auf sein Opfer und stößt ihm den vergifteten Dolch ins Herz; und er lacht noch voll Freude, wenn ihn das Schwert des Henkers trifft.

Um den Glauben an die Macht al-Muabbads zu festigen, reichen dessen Getreue den Verführten immer wieder kleinere Portionen der Droge. Nach deren Bezeichnung nennt man die Angehörigen der Sekte auch Haschischin. In den Ländern, in denen man das Haschisch nicht kennt und das Wort nicht zu deuten weiß, erhielten sie bald den im Klang ähnlichen Namen Assassinen.

Die Interessen, die der verbrecherische Anführer dieser Sekte hat, sind mit zwei Worten zu beschreiben: Reichtum und Macht. Beides hat er in Ägypten bereits in Händen, doch ist das Verlangen danach eine noch stärkere Droge als das Haschisch. Vielleicht glaubt er, es in Bagdad befriedigen zu können.

Slugi und ich hatten dem Franken auf unserem Weg abwechselnd über die Assassinen berichtet. Bemerkenswerterweise war ich, je länger wir über dieses Thema sprachen, um so mehr von der tatsächlichen Richtigkeit der Vermutung überzeugt. Doch Slugi holte mich schnell wieder auf den Boden der Tatsachen zurück, indem er feststellte: »Der größte Vorteil, den ein Assassine in Euren Augen hat, ist natürlich, daß er Euch als Verdächtigen ausschließt.«

»Müßten wir nicht den Kalifen warnen?« fragte ich. »Vielleicht wäre es günstiger, die Hochzeit auf einen späteren Zeitpunkt zu verschieben.«

»Es gibt keinen späteren Zeitpunkt«, sagte Slugi. »Während wir miteinander geplaudert haben, ist die Zeremonie bereits in der großen Moschee neben dem Palast vollzogen worden. Habt Verständnis, daß ich das nicht gleich erwähnte, aber ich fürchtete, Eure Aufmerksamkeit könnte dadurch von unserem interessanten Thema abgelenkt werden. Doch seht, wie schnell die Zeit verging: Dort ist Euer Quartier, und schon kündigt sich die nahe Dämmerung an. Rasch, kleidet Euch um, damit Ihr zum Beginn der Feier bereit seid.«

Mit diesen Worten ließ er uns allein.

In unserem Zimmer holte Gutschalk frische Kleidung aus seinem Gepäck. Diese war nicht gerade prunkvoller als das, was er bislang getragen hatte, aber auf jeden Fall sauberer.

Er trug jetzt eine weiße Hose, die so weit war, daß man sie für einen Rock hätte halten können. Den Oberkörper bedeckte eine hellblaue Jacke, deren Ärmel bis zu den Ellbogen reichten. Er schlang sich ein langes buntes Tuch als Gürtel um die Hüften und zog es anschließend überkreuzend über beide Schultern. Ein zweites Tuch von denselben Farben wand er sich mit wenigen geschickten Handgriffen als Kopfbedeckung ums Haupt.

Statt der schweren Stiefel bekleidete er seine Füße mit neuen Sandalen aus Leder. Wäre nicht sein leuchtend rotes Haar gewesen, das an den Rändern unter dem Tuch hervorragte, so hätte man ihn auf den ersten Blick für einen Rechtgläubigen halten können.

Schließlich nahm er sein Kettenhemd wieder zur Hand und betrachtete es unentschlossen.
»Wollt Ihr den Panzer etwa mitnehmen, wenn wir zur Feier gehen?« fragte ich.
»Selbstverständlich. Ein Ritter ohne Schwert ist halb nackt, und ein Ritter ohne Panzer ganz. Sicher geziemt es sich nicht, nackt zur Hochzeit des Kalifen zu erscheinen.«
»Noch weniger geziemt es sich, gerüstet zu erscheinen. Niemand im Saal wird eine Waffe oder eine Rüstung tragen. Und erinnert Euch, wie wenig Euch das Schwert genutzt hat. Es ist wichtiger, das Vertrauen unserer Gastgeber zu haben als ihre Furcht. Denn wenn Sie uns fürchten, so haben sie ihre eigenen Wege, diese Furcht zu beenden.«
Er legte das Kettenhemd wieder zur Seite.
»Im äußersten Notfall«, sagte er, »verfüge ich immer noch über meine Fäuste.«
Saifaddaula kam in den Raum zurück und begann, aus seinem Gepäck verschiedene Gegenstände zusammenzustellen. Ich sah, daß er mehrere Röhren zusammenlegte, dann sternförmige Gebilde mit Löchern hinzufügt. Er hielt einige dieser Teile aneinander, als wollte er prüfen, ob sie sich verbinden ließen.
Mehr und mehr nahm er aus seiner Truhe und den Beuteln, bis schließlich ein beeindruckender Haufen entstanden war.
Da trat at-Tur mit zwei weiteren Sklaven hinzu. Die Sklaven sammelten die Dinge ein, die Saifaddaula bereitgelegt hatte, und trugen sie dann hinter ihm her.
At-Tur hatte mir Kleidung für die Feier mitgebracht. So legte ich meine Reisekleidung ab und zog das neue Gewand an.
Nach einem kurzen »Gestattet, Herr« griff at-Tur mit geschickten Fingern zu, ohne meine tatsächliche Erlaubnis abzuwarten. Er hatte mich schneller angekleidet, als ich es selbst gekonnt hätte. Dann strich er noch einmal hier, zupfte dort, und fertig war ich.
»Herr Usama, Ihr seht aus wie der Kalif selbst, außer daß Euch die Farbe Grün fehlt«, staunte Gutschalk.

In der Tat waren die geliehenen Kleider alles andere als armselig. Natürlich konnte ich mich selbst nicht sehen, da der Raum keine spiegelnden Metallflächen besaß, aber was ich gesehen hatte, während ich angekleidet wurde, war erstaunlich genug. Ich trug jetzt ein langes Gewand mit zarten roten und blauen Streifen, die durch dünne weiße Linien getrennt waren und hin und wieder kleine Ornamente aufwiesen. Der Stoff war so leicht und weich, daß es sich nur um hauchdünnen Samt handeln konnte. Um die Hüfte hatte at-Tur mir einen breiten Ledergürtel mit silbernen Beschlägen geschnallt.
Darüber trug ich einen langen dunkelblauen Mantel, der mit schmalen Streifen aus Bärenpelz verziert war.
Um den Kopf wand sich ein weißes Tuch, das so lang war, daß es mir, obwohl zur Form eines Turbans gefaltet, anschließend noch bis zur Hüfte herunterhing. »Ich bin erstaunt, wie genau Ihr meine Größe geschätzt habt«, sagte ich.
»Herr, die Aufgaben eines Eunuchen an diesem Hofe sind zahlreich«, erwiderte at-Tur. »Das Wohlergehen der Menschen, denen meine Aufmerksamkeit in erster Linie gilt, schließt auch die Auswahl passender und vornehmer Kleidung mit ein.«
»Außerdem vermeidet Ihr es geschickt, das Wort ›Frau‹ zu erwähnen«, bemerkte Gutschalk.
»Die Kunst der Formulierung ist manchmal mit der Kunst des Überlebens identisch«, erklärte ihm der Eunuch. »Wenn Ihr etwas früher zu mir gekommen wärt, Herr Gutschalk, hätte ich Euch in zweierlei Hinsicht beraten können: in der Kunst des Kleidens und in der Kunst der Rede. Doch so müßt Ihr Euch auf die Hilfe des Herrn Usama verlassen.«
Er trat einige Schritte zurück und begutachtete noch einmal das Werk, das er an mir verrichtet hatte.
»Ich bin zufrieden mit Euch«, sagte er zu mir. »Ihr habt einen schlanken Körper ohne ein Zuviel an Muskeln. Das mag auf Euren Reisen ein Nachteil sein, bei der Auswahl vornehmer Kleidung ist es ein Gewinn.«

»Gestattet mir eine Frage«, wandte sich Gutschalk an at-Tur, ohne wegen dessen milden Tadels beleidigt zu sein. »Was habt Ihr mit dem Magier auf dem Hof gemacht? Der Mann war vorhin so eifrig, daß ich es nicht übers Herz gebracht habe, ihn selbst zu fragen. Oder ist das einer der Punkte, über die man besser nicht spricht?«
»Es ist kein Geheimnis dabei. Herr Saifaddaula läßt auf dem Hof ein Gerüst errichten, das ihm angeblich dabei helfen soll, irgendwelche Dschinni zu beschwören. Ich persönlich habe allerdings die Vermutung, daß er dort nur stinkendes chinesisches Pulver verbrennen will. Wenn Ihr jetzt bereit seid, Ihr Herren, bitte ich Euch, mir zu folgen. Es ist an der Zeit, den Festsaal aufzusuchen.«

Die Halle wirkte in ihrem Innern noch größer, als das Gebäude von außen ausgesehen hatte. Dies lag sicher daran, daß man es nicht gewohnt war, Innenräume von solchen Ausmaßen zu sehen.
Der Gebetssaal der großen Moschee von Damaskus hätte leicht zweimal hineingepaßt, und immer noch wäre Platz genug für ein kleines Beduinendorf übriggeblieben. Schmale, hohe Säulen schienen eher zur Zierde als zur Stütze der Decke im Innern aufgereiht. Auf würfelförmigen Sockeln aus gelblichem Stein erhoben sich die Stützen aus feingemasertem Marmor bis in die schwindelnde Höhe der Decke. Dort oben waren sie durch Arkaden miteinander verbunden.
Die Decke war über dem größten Teil des Saales flach und mit Intarsien aus unterschiedlichen Hölzern ausgelegt. Bei dieser Einlegearbeit unterschieden sich die einzelnen Teile nicht nur durch Farbe und Form, sondern auch geringfügig in der Höhe, in der sie eingepaßt waren.
Der Saal war von Laternen erleuchtet, die man nur nach Hunderten zählen konnte. Die Lichtquellen bewegten sich leicht in einer Brise, die erfrischend durch die ganze Länge des Saales wehte. Dadurch änderten sich stets die Schatten, die die Höl-

zer auf die Decke warfen, so daß sie in ihrer Gesamtheit in einer kontinuierlichen Bewegung zu sein schien.

In der Mitte des Saales erweiterte sich die Decke nochmals in Form einer hohen runden Kuppel. In deren Umkreis wurden auch die langen Reihen der geradlinig aufgereihten Säulen unterbrochen durch einen Kreis, der sich aus einem Wechsel von jeweils zwei Säulen und einem Pfeiler zusammensetzte. Die mächtigen Pfeiler, die wohl sechs Männer, die sich an den Händen hielten, nicht hätten umfassen können, trugen nicht nur das Gewicht der Kuppel, sondern die Hauptlast des ganzen Saales. Sie waren aber so geschickt mit schwarzem und weißem Marmor belegt, zudem mit schmalen Streifen aus Gold unterteilt, so daß sie in ihrer Wuchtigkeit keineswegs störend im Gesamtbild des Bauwerks wirkten.

Wo die Kuppel sich oberhalb der Decke wölbte, war sie ganz mit Gold ausgekleidet, unterbrochen nur da, wo eines der zahlreichen Fenster in die Rundung eingelassen war. Herrschte bei Tage ein Dämmerlicht fast im ganzen Saal, drang durch die Kuppel doch immer heller Sonnenschein in die Mitte.

Die Wände waren bis in Manneshöhe mit roten Teppichen behängt. Darüber erstreckte sich Marmor, wobei sich stets Platten unterschiedlicher Maserung nebeneinander befanden.

Der Boden war ebenfalls mit roten Teppichen belegt, in die goldene Muster eingewebt waren.

So leuchtete der gesamte Raum in einem Farbton von Rot und Gold, der den Reichtum des Gastgebers unterstrich und dabei doch nicht aufdringlich, sondern im höchsten Maße anheimelnd wirkte.

Auf einer der beiden Schmalseiten war die Reihe der Wandteppiche durchbrochen. Dort erstreckten sich mehrere Nischen, vor denen Vorhänge hingen, die jetzt alle zurückgeschlagen waren. Dort waren Räume geschaffen für die Gäste, die es verlangte, sich zu einem Moment der Ruhe oder zu einem Gespräch, dessen Inhalt nicht für fremde Ohren bestimmt war, zurückzuziehen.

Die gegenüberliegende Schmalseite – es war die, die der Außenmauer des Palastes am nächsten lag – wich von der roten und goldenen Ausstattung ab. Dort war eine niedrige Empore errichtet, nur eine Stufe hoch, um anzudeuten, daß die Männer, die sich dort niederlassen würden, sich eine Stufe über ihren Gästen befanden. Diese Empore war mit grünen Teppichen belegt. In ihrer Mitte, aber recht weit nach vorn, stand ein Thron aus Holz. Auf ihm lagen Kissen und Polster, und nur an wenigen Stellen ließ sich erkennen, daß der ganze Thron über und über mit Ornamenten beschnitzt sein mußte. Über diesem Thron hing ein Baldachin an vier goldenen Kordeln, die an der Saaldecke befestigt waren.
Der ganze Saal war mit niedrigen Tischen, um die sich Sitzpolster gruppierten, gefüllt.
Als Gutschalk und ich eintraten, saßen bereits viele Männer auf ihren Plätzen, andere standen in kleinen Gruppen im Gespräch beisammen.
Sklaven, die ebenfalls in Festgewänder gekleidet waren, so daß man sie manchmal von den vornehmen Gästen kaum unterscheiden konnte, eilten geschäftig umher und führten die gerade Eingetroffenen zu ihren Tischen oder reichten den bereits Anwesenden Erfrischungen.
Ein Sklave fragte höflich nach unseren Namen und bedeutete anschließend einem anderen Sklaven, uns zu dem für uns bestimmten Tisch zu geleiten. Wir wurden durch den Saal geführt, bis wir an einen Platz gelangten, der weit vom Thron entfernt lag. Das war nicht erstaunlich, denn selbstverständlich waren die Gäste, was die Entfernung zum Kalifen betraf, in der Rangfolge ihrer Bedeutung plaziert.
Noch lange nach unserer Ankunft strömten Männer in den Saal. Es gab Fürsten und Gesandte der umliegenden Städte und Festungen, hohe Würdenträger von Staat und Geistlichkeit, bedeutende Kaufleute und verdienstvolle Offiziere. Sogar einige Abgesandte der Fürstentümer der Ungläubigen aus dem Jordanland erblickte ich. Auch Gutschalk warf den letzte-

ren einen kurzen Blick zu, doch schien er ohne Interesse, Kontakt zu seinen Glaubensbrüdern aufzunehmen.

Schließlich waren alle Plätze belegt. Ein Zeremonienmeister mit einem reichverzierten Stab, dem Zeichen seine Amtes, forderte die Anwesenden auf, sich zu erheben.

Der Kalif, begleitet von seinen Söhnen, betrat den Saal. Einige Schritte hinter den Männern ging aufrecht eine Frau, deren anmutige Gestalt man durch die leichten Stoffe ihres farbenprächtigen Gewandes stärker erahnen konnte, als es schicklich erschien. Das Gesicht blieb züchtig hinter einem silbern glänzenden Schleier verborgen.

Nachdem der Kalif sich auf dem Thron und seine Söhne sich auf Polstern zu seinen Seiten niedergelassen hatten, setzte sich auch Selina. Ihr Polster war etwas abseits von den Männern, dem Brauch entsprechend in der Öffentlichkeit fern von ihrem Gatten. Sie trug den Kopf stolz erhoben.

Wenn sie am nächsten Morgen in den Armen ihres Gatten und Herrn erwachte, würde ihre Welt nur noch die Ausmaße der Wände des Harems haben – wie es Allahs Willen und dem Worte seines Propheten entspricht. Jetzt und hier mochte sie noch den Anblick des fröhlichen Treibens genießen, vielleicht sogar ein höfliches Wort mit dem einen oder anderen Würdenträger wechseln, solange die Gebote des Anstands und des Abstands gewahrt blieben.

»Wir sollten zusehen, daß wir einen Platz etwas weiter vorn bekommen«, sagte Gutschalk.

»Aber die ersten Plätze sind für die höchsten Würdenträger bestimmt«, mahnte ich ihn.

»Ich habe noch nie Schwierigkeiten gehabt, einen Platz in der ersten Reihe zu bekommen.« Er machte allerdings keine Anstalten, seine Ankündigung in die Tat umzusetzen, sondern blieb mit mir zusammen an unserem Tisch. Niemand außer uns beiden saß daran. Es schien geradezu, als wäre dieser Tisch nachträglich nur für uns aufgestellt worden.

Selbst aus dieser Entfernung war mir aufgefallen, wie schwer dem Kalifen die wenigen Schritte vom Eingang bis zum Thron gefallen waren. Jetzt saß er auf den Kissen, als berührte ihn all der Aufwand zu seinen Ehren nicht. Die Pracht seiner Gewänder und sein Auftreten in der Öffentlichkeit konnten nicht verbergen, daß er jetzt ein Greis an der Schwelle des Todes war.

Prinz Nuraddin bewahrte zwar eine würdige Miene, doch die übertrieben steife Haltung seines Körpers bewies, daß er sich in anderer als seiner Reitkleidung unwohl fühlte. Als einziges Schmuckstück hatte er einen silbernen Armreif angelegt.

Als Sklaven damit begannen, Köstlichkeiten vor uns aufzutürmen, wandte sich meine Aufmerksamkeit wieder von den hohen Herren ab.

Zur Vorspeise reichte man uns ein Mus aus indischen Feigen und Myrte, dazu Sibb-al-Belad-Salat*. Kaum hatten wir die Teller geleert, da wurden sie schon durch geschäftige Hände vom Tisch genommen und gegen eine noch heiße, eiserne Pfanne ausgetauscht, in der in einer Soße aus Knoblauch, die noch Blasen warf, schmale Streifen duftenden Fleisches lagen.

Gutschalk nahm einen der Streifen mit den Fingern heraus und betrachtete ihn eingehend.

»Was ist das?« fragte er mich schließlich. »Ich kann mich nicht erinnern, so etwas schon einmal gesehen zu haben.«

»Es ist gebratenes Dobb«, erklärte ich.

Er schob sich den Streifen in den Mund, kaute andächtig und sagte anerkennend: »Das schmeckt so gut, wie es riecht. Was ist Dobb?«

»Eine Eidechsenart, die in den Abwasserkanälen lebt. Sie gilt in Persien als besondere Köstlichkeit, weil sie so schwer zu fangen ist. Nicht weil sie besonders scheu wäre, sondern weil man lange in Schlamm und Kot herumwühlen muß, bis man genug für eine Mahlzeit beisammen hat.«

»Ich verstehe. Na, wenn man fremde Länder bereist, lernt

---

* Sibb al-Belad: rötliche Wurzel, ähnlich der Möhre.

man schnell, seine Vorurteile abzulegen. Nehmt doch auch einen Bissen davon, Herr Usama.«
»Nein danke, bei diesen ausgefallenen persischen Zutaten wird mir leicht schlecht.«
Gutschalk aß das Fleisch mit großem Appetit, während ich auf den nächsten Gang wartete. Tatsächlich servierte man anschließend etwas weitaus weniger Ungewöhnliches, nämlich Samak* mit Reis und Zuckerrohr, von dem ich, dessen Geschmack nur wenig Freude an exotischen Gerichten findet, mit großer Freude ebenso große Mengen verzehrte.
Zur Nachspeise gab es Datteln mit Kisra**, dazu Tee, Kaffee und süße Fruchtsäfte.
Während die Nachspeisen gereicht wurden, formierte sich vorn im Saal bereits eine lange Reihe aus Gästen, die dem Kalifen ihre Glückwünsche oder die ihrer Herren darbrachten.
Die Zeremonie ging schnell und ohne Stocken vonstatten. Die Menge der geladenen Gäste zeigte, daß der Kalif aus dem Zeitpunkt seiner Hochzeit mit Selina den anderen Staaten gegenüber mitnichten ein Geheimnis gemacht hatte. Wenn er also absichtlich keine Gäste aus Syrien geladen hatte, mußte er dann nicht schon um den Inhalt der Botschaft, die ich hatte übermitteln wollen, wissen?
Während ich noch mit meinen weiteren Gedanken beschäftigt war, sagte Gutschalk: »Ich bedaure wirklich nicht, daß ich in dieses Land gereist bin. Noch nie sah ich eine Hochzeitsfeier, die so problemlos verlaufen ist. Das ist fast wie ein einstudiertes Stück, das die Mitwirkenden seit Jahren aufführen. Da sitzen jedes Wort und jeder Schritt. In meiner Heimat geht bei jeder Hochzeit irgend etwas daneben.«
»In Frankistan«, erwiderte ich, »habt Ihr auch den seltsamen Brauch, jedem Manne nur eine Frau anzuvermählen. Wie soll jemand, der eine Hochzeitsfeier nur einmal im Leben macht,

---

* Samak: ägyptischer Fisch.
** Kisra: Brötchen aus Hirsemehl.

die Ruhe und Gelassenheit gewinnen, die zur Feier so nötig ist wie zur Ehe? Bedenkt, daß wir hier die beinahe hundertste Hochzeit des Kalifen erleben. Wie soll da noch etwas fehlgehen?«
Als wollte Allah selbst mir meine Frage beantworten, geriet jetzt eine Sache in mein Bewußtsein, die ich schon vor einer Weile wahrgenommen hatte, ohne meine Aufmerksamkeit direkt darauf zu lenken. Alle Gäste, die nach vorn getreten waren, um dem Herrscher ihre Aufwartung zu machen, gingen anschließend wieder zu ihren Plätzen zurück.
Nur eine Gruppe aus drei Männern in den Gewändern reicher Kaufleute tat dies nicht. Sie hatten schon in der Nähe des Throns gestanden, als wir eingetroffen waren, und machten den Eindruck von Männern, die auf etwas warteten. Sah es zunächst so aus, als rechneten sie mit dem Eintreffen eines verspäteten Freundes, so konnte man jetzt glauben, sie wünschten, ein Wort an den Kalifen zu richten, sobald der Strom der Besucher abreißen würde. Dafür aber hatten sie sich eine wenig günstige Position ausgesucht. Sie warteten gerade an der Stelle, an der die anderen auf dem Weg nach vorn zwischen einer Säule und einem besonders großen Tisch hindurchmußten.
Dabei versperrten die drei den Weg derart, daß keiner der Gäste umhin kam, sich mit einem gemurmelten »Gestattet« oder »Verzeiht« direkt an ihnen vorbeizudrängen.
Einen der drei kannte ich vom Sehen: Es war der Mann, der am Abend unseres Eintreffens Murschids Begleiter gewesen war.
Ein paar Tische entfernt saß, so prächtig gekleidet, daß ich ihn anfangs gar nicht erkannt hatte, Slugi und beobachtete aufmerksam die drei Männer.
Mir schien, als spielte sich hier etwas anderes ab, als das Auge zu sehen bekam.
»Ich würde zu gern einen Blick auf das Gesicht der Prinzessin werfen«, sagte Gutschalk. »Ich kann mich des Eindrucks nicht

erwehren, daß sie sich gar nicht recht wohl in ihrer Haut fühlt.«

»Euer Interesse für Frauengesichter scheint mir fast krankhaft. Weshalb nur konzentriert Ihr Euch so darauf? Jeder weiß, daß die Frauen keine Seele besitzen und ihr Anblick die Gefahr birgt, den Mann zu verwirren und auf den Weg der Sünde zu führen.«

»Sätzen, die die Worte ›jeder weiß‹ beinhalten, habe ich immer schon mißtraut. Woher weiß den jeder, daß Frauen keine Seele haben?«

»Da wäre zunächst die vierte Sure, die uns lehrt: *Die Männer sollen gegenüber den Frauen bevorzugt werden, weil Allah sie mit Vorzügen ausstattete und weil die Frauen der Männer Eigentum sind.*«

»Herr Usama, denkt bitte nicht, daß ich Euren Glauben schmähen will. Doch ich weiß, daß man aus heiligen Büchern stets all das herauslesen kann, was man möchte. Auch in meiner Heimat beherrschen die Starken die Schwachen und die Männer die Frauen. Noch niemals hatte jemand, der Macht ausübt, Schwierigkeiten, dies nachträglich durch ein Zitat zu rechtfertigen. Doch seht einmal dort hinüber!« Er deutete auf die Seite des Saales, auf der gerade einige Negerinnen Körbe mit frischen Früchten herbeitrugen, und fuhr fort: »Warum gehen denn diese Frauen nicht verschleiert?«

»Aber das sind keine Frauen, das sind Sklavinnen«, erklärte ich.

»Und die sind nicht dazu angetan, einen Mann zu verwirren? Ich will ja nicht den Namen Wagunda erwähnen ... Hopsa, jetzt habe ich es schon getan.«

»Jetzt verstehe ich, worauf Ihr hinauswollt. Wenn Euch danach ist, Euch mit einer der Sklavinnen zu vergnügen, so wird sich das sicher ermöglichen lassen. Ihr seid Gast in diesem Palast, und man wird Sorge tragen, daß Ihr Euch wohl fühlt.«

»Ihr meint, wenn Ihr Verlangen nach Wagunda verspürt, so könnt Ihr sie einfach zwingen, Euch zu Diensten zu sein?«

»Herr Gutschalk, wo denkt Ihr hin! Das wäre im höchsten Maße unmoralisch.«
»Ich hatte Euch nicht so verstanden, daß Ihr Euch Gedanken um die Rechte einer Frau macht.«
»Aber nein. Doch sie ist Eigentum des Kalifen, und eines anderen Eigentum zu nehmen, verbietet das Heilige Buch in seiner ...«
»Ihr versteht mich falsch, Herr Usama.«
»So gilt Euer Interesse eher einem Knaben? Das hatte ich zwar nicht erwartet, doch selbstverständlich läßt ...«
Unvermittelt sprang Gutschalk auf, griff an die Stelle, an der er sonst sein Schwert erreicht hätte, und begann, in seiner seltsamen Muttersprache, die ihre Laute im Gaumen statt im Rachen bildet, auf mich einzuschreien. Ich hörte Worte wie »Schawayhnehunnt« und »Luhßtmohlk«, deren Bedeutung ich zwar nicht kannte, die mir jedoch Ausdruck einer unfreundlichen Gesinnung zu sein schienen.
Die Gäste an den Nebentischen wurden auf uns aufmerksam. Doch ehe einer von ihnen mehr tun konnte, als zu uns zu blicken, bekam Gutschalk sich wieder in die Gewalt.
Er setzte sich, atmete einige Male tief durch und sagte: »Herr Usama, ich muß Euch um Verzeihung bitten. Ein Sprichwort bei uns lautet: ›Bist du in Rom, tu, wie die Römer tun.‹ Für einen kurzen Moment vergaß ich, daß ähnliches natürlich auch für Bagdad gilt.«
»Auch ich will Eure Verzeihung erbitten«, erwiderte ich. »Wenn ich Euch verletzte, dann nicht aus böser Absicht, sondern weil mir Eure Sitten so fremd sind wie Euch die unseren.«
»Ich hoffe, die Feier erregt Euer Wohlgefallen, Ihr Herren«, vernahmen wir plötzlich Slugi, der während unserer Auseinandersetzung seinen Tisch verlassen hatte und herbeigetreten war.
Wir stimmten ihm höflich, wenn auch durch unser eigenes Verhalten immer noch etwas peinlich berührt, zu. Dann ba-

ten wir ihn, doch bei uns Platz zu nehmen, was er auch gern tat.

»Es fällt auf«, sagte Slugi mit einem Lächeln, »daß überall da, wo Ihr beide auftaucht, Unruhe und Verwirrung entstehen. Zuerst wird eine Sklavin ermordet, dann erzeugt Ihr Lärm und Unfrieden auf einer Feier des Beherrschers der Gläubigen. Wenn mir als Untersuchungsrichter auch das erste Vergehen schwerer erscheint, so mag in den Augen des Kalifen das zweite unverzeihlich sein. Wenn ich Euch einen Rat geben darf, so seid Ihr, Herr Gutschalk, vorsichtig mit Euren Taten, so wie Ihr, Herr Usama, vorsichtig sein mögt mit Euren Worten und denen, an die Ihr sie richtet.«

»Es war allein meine Schuld«, beteuerte Gutschalk.

»Nicht mehr als die meine«, fügte ich hinzu.

Slugi schüttelte beifällig den Kopf und schien zufrieden, daß es keine weitere Auseinandersetzung zwischen uns zu geben schien.

Ich blickte wieder zu den drei Männern hinüber, die ihre Plätze immer noch nicht verlassen hatten. Jetzt traten kaum noch neue Gäste vor den Thron. Als der, den ich für mich den Ledergekleideten nannte, sich kurz bewegte, zeichnete sich auf der Rückseite seines Gewandes etwas ab, was durchaus ein Säbelgriff sein konnte.

Hatte Slugi den Mann beobachtet, weil er ihn für einen Attentäter hielt? Aber der Verdächtige mußte eine hohe Stellung innehaben. Wenn er aber ein Attentäter war, wenn er vielleicht noch an diesem Abend das vollendete, was der andere namenlose Attentäter (oder konnte es derselbe sein?) in Kazimiya nicht geschafft hatte, dann wäre der Krieg zwischen Syrien und Persien vermieden.

Doch Mord gehörte noch nie zu den Dingen, die ich einfach akzeptieren konnte. Ich hoffte geradezu, Slugi habe dieselbe Beobachtung gemacht wie ich, damit ich nicht selbst eine Handlung begehen mußte, die man als schädlich für die Interessen al-Maliks hätte auslegen können.

Doch Slugi hatte ein Gespräch mit Gutschalk über dessen Reisen begonnen und interessierte sich augenscheinlich nicht im geringsten für das, was hinter seinem Rücken vorging.
»Ihr seid eine große Strecke von Eurer Heimat bis zu der meinen gereist«, plauderte Slugi. »Sicherlich könnt Ihr mir Dinge berichten, von denen man hier in diesem friedlichen Land niemals hört. Saht Ihr die berühmten Kanäle der Stadt Venedig? Und bestauntet Ihr die glänzenden Kirchen des Christengottes in Byzanz?«
»Leider muß ich Euch enttäuschen, Herr Muqallad. Meine Reisen haben mich durch keine der beiden Städte geführt.«
»Das ist seltsam. Meine Kenntnis der Geographie – wenn sie auch nur sehr bescheiden ist – sagt mir, daß es kaum einen anderen Weg nach Bagdad geben kann, wenn man aus dem Lande der Franken kommt. Es sei denn, laßt mich überlegen ... Es sei denn, man nimmt einen zeitraubenden Umweg um das Schwarze Meer in Kauf. Hattet Ihr vielleicht Veranlassung, diese längere Route zu wählen?«
»Es gibt mehr als eine Möglichkeit, nach Bagdad zu gelangen.«
Noch ehe Gutschalk seine Antwort genauer erläutern konnte, erhob sich Murschid, um im Namen seines Vaters eine Ansprache an die Gäste zu halten.
Er rühmte die Taten des Malik ibn Salim, der die Festung Mankir im Geiste seiner langen Ahnenreihe gegen den Ansturm der Ungläubigen verteidigt hatte. In Maliks Person vereinigten sich Kraft und Glaube, Schönheit und Anmut in noch nie gesehenem Maße.
Murschid schilderte den staunenden Gästen, die nur Teile der Ereignisse vom Hörensagen kannten, wie die Prinzessin knapp dem Tode entronnen war, was er als Zeichen wertete, daß Allah die Verbindung mit seinem besonderen Segen bedacht hatte. Schließlich malte er in den prächtigsten Farben aus, wie sich die Zukunft des Reiches durch die Garantie des Friedens angenehmer denn je gestalten würde.

Es war genau in diesem Augenblick, daß mir die Erkenntnis kam, wie vergeblich meine ganze Mission war. Wenn ich es tatsächlich auf mich nahm, in einem verzweifelten Versuch jetzt noch meine Botschaft an den Kalifen auszurichten, wenn ich tatsächlich Erfolg hätte, so würde dies Krieg mit den Franken bedeuten. Richtete ich sie nicht aus, so würde das Krieg zwischen Syrien und Persien geben. Meine Kenntnis der griechischen Klassiker verriet mir, daß meine Lage im wahren Sinne des Wortes eine tragische war, denn stets würde ich das Falsche tun, wie ich mich auch entschied.

Nachdem Murschid geendet hatte, erhob sich Selina selbst. Sie verneigte sich bescheiden gegen den Kalifen und sagte: »Ich schätze mich glücklich, daß ich gesund und lebend bei meinem Herrn und Gatten angelangt bin. Und ich danke Euch, Ihr Herren alle, daß Ihr mir so wohlgesinnt seid.«

Nach diesen wenigen Worten setzte sie sich wieder hin. Ich hatte zwar nicht den Eindruck, daß sie glücklich und dankbar war, aber angesichts so vieler bedeutender Männer schien ihr die Selbstsicherheit, die sie gegenüber Ridwan gezeigt hatte, zu fehlen.

Vorn im Saal entstand Bewegung, und viele der Gäste erhoben sich, um besser erkennen zu können, was dort vor sich ging.

Zwei Sklaven traten zum Kalifen. Einer hatte einen Falken auf einem dicken Lederhandschuh sitzen, der zweite führte einen zahmen Geparden an einer Leine.

»Diese beiden Tiere«, sprach Murschid, »schenkt mein Vater Euch, edle Selina, als ein erstes Zeichen seiner Zuneigung. Der Falke sei ein Symbol für die Klarheit Eures Blickes, und der Gepard für die Anmut Eurer Bewegungen.«

Er machte einen Wink zu den Sklaven, die die Tiere daraufhin wieder hinausführten – ohne Zweifel zu demselben Gehege, in dem sie bisher gelebt hatten und auch in Zukunft leben würden.

Murschid ermunterte uns alle, die Nacht mit seinem Vater

und ihm zu feiern. Die Gespräche im Saal wurden wieder aufgenommen.

»Das sind zwei herrliche Tiere«, sagte Gutschalk. »Ihr werdet mich sicherlich schelten, aber in meinen Augen sind sie Symbole der Gefangenschaft. Was nutzen ihnen klarer Blick und Anmut, wenn sie ihr Leben hinter Gittern verbringen müssen?«

»Warum sollte ich Euch schelten?« entgegnete Slugi. »Die Eigenschaft eines Symbols ist es, für alles stehen zu können, wofür der Betrachter es stehen lassen will. Sicherlich ist die eine Interpretation so richtig wie die andere. Wir sollten aber diese Feier nicht durch schwermütige Gedanken entweihen. Seht, es scheint sich alles zum Guten zu wenden. Ihr seid außer Verdacht und könnt morgen ungehindert Eurer Wege ziehen. Auch Ridwan ist der Schuld am Tode Sulanids freigesprochen. Zur Belohnung für sein korrektes Verhalten hat er in dieser Nacht sogar das Kommando über die Wache erhalten.«

»Da nennt Ihr ›zum Guten wenden‹?« fragte Gutschalk. »Es läßt mich eher Schlimmes für die Sicherheit des Kalifen befürchten.«

»Zum Glück ist das Gebäude so errichtet, daß es sich fast von allein schützt«, erklärte ich.

»Ich sehe, daß Ihr aufmerksam um Euch geblickt habt«, lobte Slugi mich. »Sicherlich glaubt Ihr nicht, daß es jemandem gelingen könnte, den Kalifen des Nachts zu stören.«

»Von mir jedenfalls hat der Kalif nichts zu befürchten«, versicherte ich. Dabei blickte ich wieder zu den drei Männern, die immer noch an derselben Stelle standen. Obwohl jetzt niemand mehr zum Kalifen nach vorn ging, machten sie keine Anstalten, sich ihm zu nähern. Führten sie tatsächlich Böses in ihrer Absicht, so hätten sie es in diesem Moment mit Leichtigkeit ausführen können.

Slugi erhob sich und sagte: »Ihr habt Eure Aufmerksamkeit sicherlich bereits auf jene drei Kaufleute dort gelenkt. Meiner

Aufmerksamkeit bedürfen sie jetzt, denn für mich ist dieser Abend nicht nur dem Vergnügen, sondern auch der Pflicht gewidmet. Ich bitte Euch also, mich zu entschuldigen.«
Nach diesen Worten verließ er uns und gesellte sich zu den dreien. Er näherte sich ihnen wie ein Gast, der sich der Höflichkeit halber mit anderen Gästen unterhält.
Noch während er mit ihnen plauderte, erhob sich der Kalif und sagte einige Worte, die wir nicht verstehen konnten.
Murschid, der sich mit seinem Vater erhoben hatte, sprach mit lauter Stimme zu den Gästen und erklärte, sein Vater gedenke, sich jetzt zurückzuziehen. Es sei sein ausdrücklicher Wunsch, daß die Gäste sich weiter unterhalten mögen, so lange, wie es ihnen beliebe.
Kurz bevor der Kalif, gefolgt von Selina, den Saal verließ, tastete er in einer Falte seines Gewandes, so, wie man tastet, um sich zu vergewissern, daß man etwas Bestimmtes nicht vergessen oder verloren hat. Dabei öffnete sich der Mantel für einen kurzen Moment. Gutschalk zog scharf den Atem ein. Er hatte genauso rasch und deutlich wie ich bemerkt, wonach der Kalif da getastet hatte. Der Gegenstand war an seinem Leibgürtel befestigt: Es handelte sich um die dunkle Flasche.
Murschid begleitete seinen Vater bis zum Ausgang und kehrte dann in den Saal zurück. Dort gesellte er sich zu einer Gruppe von Botschaftern der Franken, um sich mit ihnen zu unterhalten.
Nuraddin blieb noch eine Weile allein auf dem Podest sitzen. Schließlich erhob er sich ebenfalls. Er schien zunächst unentschlossen, wohin er sich wenden sollte. Dann erspähte er mich in der Menge und kam mit raschen, wütend wirkenden Schritten herbei.
Er baute sich vor unserem Tisch auf und erklärte: »So seid Ihr also zu spät aus Damaskus gekommen, Teppichhändler. Es bleibt Euch nur, zurückzukehren und zu berichten, was Ihr gesehen habt. Und ich rate Euch: Tut dies bald. Jetzt kann nur noch ein Wesen mit Kräften jenseits der menschlichen eingrei-

fen, um das zu verhindern, was ich in der Zukunft unserer beiden Länder sehe.«
Ich erhob mich und neigte mein Haupt vor dem Prinzen.
»Herr«, erwiderte ich, »ich danke Euch für Euren Rat, und seid gewiß, daß ich ihn beherzigen werde. Doch bin ich nur ein unbedeutender Mann, und man wird in Damaskus kaum auf meine Worte hören.«
»Spielt nicht mit mir, Herr Usama! Mancher weiß mehr über Euch, als Euch lieb ist. Ihr seid kein Mann, mit dem ich mein Schwert kreuzen würde, denn ich kämpfe nur mit aufrechten Männer, die ihre Absichten nicht hinter Trug verbergen. Euer Begleiter ist wenigstens ehrlich. Vielleicht wird der Tag kommen, an dem wir aufeinandertreffen.«
Gutschalk stand ebenfalls auf, doch er blieb ruhig und beherrscht.
»Edler Prinz«, sagte er, »wäre ich ein Gefangener im Palast Eures Vaters, so würde ich Euch um eine Waffe bitten, um Euer Wort in die Tat umzusetzen. Doch ich bin ein Gast, und so hoffe ich, daß wir uns niemals im Kampf gegenüberstehen.«
»Ich weiß, daß Slugi Euch zur Zurückhaltung gemahnt hat. Haltet Euch nur recht gut daran, doch seht zu, daß Ihr fern von Bagdad seid, wenn die Zeit der Zurückhaltung vorbei ist. Slugi liebt den Frieden, doch Frieden ist nicht das Schicksal, das uns bestimmt ist.«
Ohne eine Antwort abzuwarten, wandte er sich ab und stürmte hinaus.
Da unser Gespräch mit leiser Stimme erfolgt war, hatte sich die Aufmerksamkeit, die uns von den Nebentischen zuteil wurde, nur auf die Person des Prinzen, nicht aber auf den Inhalt der Worte bezogen. Lärm und Fröhlichkeit im Saal nahmen merklich zu, als die Gastgeber nicht mehr anwesend waren. Niemand machte Anstalten aufzubrechen. Die drei Kaufleute allerdings waren verschwunden.
Gutschalk neigte sich zu mir: »Herr Usama, ich muß Euch

nochmals um Verzeihung für mein unangenehmes Auftreten von vorhin bitten.«
»Aber Herr Gutschalk, es ist doch längst vergessen. Laßt uns nicht weiter darüber sprechen.«
»Gestattet dennoch, daß ich Euch eine Abbitte leiste, indem ich Euch an etwas teilhaben lasse, das ich sonst für mich behalten hätte.«
Meine Neugierde war sofort geweckt. Ich stimmte gern zu, wenn ich auch der Höflichkeit wegen nochmals betonte, daß ich keinerlei Groll gegen ihn hegte.
Gutschalk blickte mit Verschwörermiene um sich und sagte: »Es ist besser, wenn ich es Euch nicht hier zeige. Gibt es wohl einen Raum, in dem man sich unbeobachtet unterhalten kann?«
Ich machte ihn auf die Nischen aufmerksam, bei denen einige der Vorhänge bereits zugezogen waren. Wir begaben uns in eine Nische, die noch leer war, und Gutschalk schloß deren Vorhang hinter uns.
Auch hier war der Boden mit einem weichen Teppich belegt. Zwei Polster und ein kleiner Tisch stellten die einzige Einrichtung dar. Die Wände erstreckten sich bis in die Höhe, die ein normales Stockwerk wohl gehabt hätte. Nach oben hin war die Nische offen, so daß das Licht aus dem Saal zu uns hereinfiel.
»Herr Usama«, begann Gutschalk feierlich, »wir kennen uns noch nicht lange, und doch hat das Schicksal uns gemeinsam in einen Verdacht geraten und diesen gemeinsam wieder entkräften lassen. Das macht uns vielleicht zu besseren Gefährten, als es zwei Menschen verschiedenen Glaubens sonst in so kurzer Zeit möglich gewesen wäre. Es war stets mein Begehren, mich in den Ländern, die ich bereise, den herrschenden Gebräuchen anzupassen. Doch in einem Punkt fiel mir dies immer besonders schwer.«
»Ich verstehe. Die Verschleierung der Frauen.«
Er winkte ab. »Aber nein, laßt uns nicht wieder mit diesem leidigen Thema beginnen. Ich habe schon mehr dazu gesagt,

als klug gewesen wäre. Ich meine die Art der Getränke, die man hier zu sich nimmt. Ihr trinkt meist Wasser, Säfte, die aus Früchten gepreßt sind, oder dieses heiße, schwarze Zeug, das Ihr Kaffee nennt. Ein Mann aus dem Norden jedoch hat hin und wieder Verlangen nach einem stärkeren Trunk. Und da habe ich eine kleine Vorbereitung getroffen.«

Er schlug sein Gewand beiseite, nestelte an seinem Hemd herum und brachte einen Wasserschlauch zum Vorschein, den er darunter getragen hatte.

»In diesem Schlauch«, erklärte er, »befindet sich der köstlichste Wein von den sonnenbeschienenen Hängen des Rheins. Ich habe ihn mir für eine besondere Gelegenheit aufgespart. Sagt, habt Ihr schon einmal Wein gekostet?«

»Der Prophet verbietet uns bestimmte Getränke«, erwiderte ich vorsichtig, »wenngleich uns diese Getränke nicht notwendigerweise unbekannt sein müssen.«

»Ist es aber nicht so, daß es Verbote unterschiedlichen Grades gibt? Ein Mord zum Beispiel ist doch sicherlich einem stärkeren Verbot unterlegen als der Diebstahl einer Dattel. Wie sehr verbietet der Prophet denn den Wein?«

»Die fünfte Sure lehrt: *O Ihr Gläubigen, der Wein, das Glücksspiel und die Götzenbilder sind ein Werk des Scheitans. Durch Wein und Spiel will er Zwietracht zwischen Euch stiften und Euch vom Gedanken an Allah abbringen. Solltet Ihr darum nicht davon ablassen wollen?*«

»Ich bemerke, daß es sich dabei weniger um ein Verbot handelt als um eine Frage. Außerdem haben wir keinerlei Götzenbilder oder Würfel hier. Bedenkt auch, daß die Zwietracht, die gestiftet werden kann, nicht nur abhängig von der Art des Getränkes ist, sondern auch von seiner Menge.«

»Da mögt Ihr im Recht sein.«

»Wollt mir die Ehre erweisen, ein kleines Schlückchen dieses Getränkes mit mir zu teilen?«

»Aber nur ein kleines Schlückchen«, antwortete ich und griff nach dem Schlauch.

»Dies ist einer der Momente, in denen ich mein Schwert am meisten vermisse«, sagte Gutschalk. »Der Knauf der Waffe ist abnehmbar und hohl geformt; er hätte einen guten Trinkbecher für uns ergeben. Doch es mag auch so gehen.«
Ich setzte den Schlauch an und nahm einen Schluck. Das Getränk war schwer und süß. Wein war mir keineswegs unbekannt. Meine Reisen hatten mich bereits durch Länder geführt, in denen – wenn sie auch von Rechtgläubigen bewohnt waren – die Gebote des Propheten nicht immer mit der gebührenden Sorgfalt beachtet wurden. Und hatte Gutschalk nicht recht, wenn er der Ansicht war, daß man sich den Sitten der fremden Länder anpassen müsse?
Natürlich wußte ich, daß ich mich mit Vorsicht verhalten mußte. Ich konnte nicht wissen, ob Gutschalks Angebot wirklich der Freundlichkeit entsprungen war. So stellte ich mich weniger erfahren, als ich war. Ich nahm nur einen winzigen Schluck, plusterte aber meine Wangen dabei auf, als habe ich den ganzen Mund voll.
Ich lobte den überraschend guten Geschmack und den Einfall Gutschalks, mich daran teilhaben zu lassen. Dann reichte ich Gutschalk den Schlauch zurück. Er trank und gab ihn mir wieder. Diesmal nahm ich tatsächlich einen größeren Schluck. Der Wein schmeckte wahrhaft köstlich, und er mochte mich ein wenig über die verlorene Situation, in der ich mich befand, hinwegtrösten. Natürlich war ich meiner selbst sicher genug, als daß ich meine Beherrschung verlieren würde.
»Bei der Rekonstruktion auf dem Hof habe ich etwas Interessantes bemerkt«, begann Gutschalk wieder. »Ich weiß nicht, ob es Euch ebenfalls aufgefallen ist.«
»Ich weiß nicht, was Ihr meint«, sagte ich.
»Es betrifft den kleinen Magier. Etwas, was er gemacht hat; genaugenommen etwas, was er nicht gemacht hat.«
Ich nahm noch einen Schluck. Wirklich, ein hervorragender Wein. Er paßte in seiner roten Farbe sogar zur Einrichtung des Saales. Man sollte zu bestimmten Gelegenheiten wie festli-

chen Anlässen vielleicht solchen Wein reichen dürfen – ohne Frage nur in beschränkter Menge und an verantwortungsvolle Männer wie mich.
»Ihr erinnert Euch an die Szene, in der Slugi dem Hauptmann die Flasche abnehmen wollte?« fragte Gutschalk.
»So gut, als wäre es gestern gewesen«, stimmte ich zu.
»Ich hoffe, besser, denn es war erst heute mittag.«
»In der Tat. Wie die Zeit vergeht!« Ich blickte an Gutschalk vorbei und bewunderte die Webkunst des Wandteppichs hinter ihm. Die Mäander an seinem Rand waren so kunstvoll gefertigt, daß sie sich zu schlängeln schienen.
»Sagt, worauf habt Ihr Euer Augenmerk in dem Moment gerichtet?« fragte Gutschalk.
»Auf die Flasche habe ich geblickt.«
»Das dachte ich mir. Jetzt sagt mir noch, warum.«
Ich nahm noch einen Schluck Wein, denn die Gelegenheit war gerade günstig, weil Gutschalk sich mit seinem Problem beschäftigte.
»Man könnte meinen«, fuhr der Franke fort, »daß jeder von uns in der Karawanserei schon genug Gelegenheit hatte, auf die Flasche zu blicken. Weshalb also sollten wir das wiederholen. Die Antwort ist ganz leicht. Doch gebt mir, bitte, den Schlauch kurz herüber.«
Ich trank schnell noch einen Schluck, damit der kostbare Trank nicht etwa verdunstete, um mir als Dampf das Gehirn umnebeln zu können. Auch Gutschalk nahm einen tiefen Zug.
»Jeder von uns hatte gesehen, daß das Siegel, das den Flaschenhals verschloß, beschriftet war«, erläuterte er. »Aber keiner außer Ridwan...«
»Der Hauptmann«, sagte ich rasch, damit Gutschalk nicht etwa glaubte, ich sei nicht in der Lage, seinen Worten zu folgen.
»Richtig, genau der. Nur der Hauptmann hatte Gelegenheit, die Schrift zu lesen. Als er bei der Untersuchung die Flasche hochhielt, versuchten wir, die Schrift zu entziffern. Das war

natürlich unmöglich, weil wir nicht nahe genug dabeistanden. Aber es war eine unwillkürliche Handlung, deren Sinnlosigkeit einem erst im nachhinein klar wird. Als sie mir aber klar wurde, habe ich geschaut, was die anderen taten. Ihr, Herr Usama, schautet ebenfalls in Richtung auf die Flasche. Dasselbe taten alle Soldaten und sogar die Sklaven im Zelt. Slugi tat es nicht, denn er blickte zum Kalifen hoch, um dessen Entscheidung abzuwarten. Aber was tat unser Wissender und Magier?«
Mir fiel auf, daß einige der Nähte des Polsters, auf dem Gutschalk saß, mit schief gelegtem Kopf und leicht zusammengekniffenen Augen betrachtet die Umrisse einer Ziege ergaben. Ich nahm den Schlauch wieder an mich und trank schweigend, um Gutschalk nicht zu unterbrechen.
»Saifaddaula blickte einfach nur so in die Gegend. Er schien sich nicht im geringsten für das Siegel zu interessieren. Ist das nicht seltsam?«
»Seltsam, seltsam«, sagte ich. Ob der Franke mich aushorchen wollte? Oder wollte er nur meine Klugheit auf die Probe stellen? Rasch tat ich zum Schein so, als wäre ich dem Wein verfallen, und nahm noch einen Schluck. Wenn Saifaddaula nicht auf das Siegel geschaut hatte, konnte das nur bedeuten, daß er den Inhalt der Flasche – woher auch immer – schon gekannt hatte. Aber diese Schlußfolgerung würde der Franke kaum ziehen können. Wer weiß, was er sich ausgedacht hatte!
»Ich denke, daß der Magier gewußt haben muß, was in der Flasche war«, verkündete Gutschalk.
Er scheute sich nicht einmal, mir meine Einfälle zu stehlen! Und das, obwohl er nicht die geringste Ahnung hatte, daß er auf einem Ornament in Form einer Ziege saß! Zur Strafe würde ich ihm seinen ganzen Wein austrinken. Schnell trank ich einen großen Schluck, dann streckte Gutschalk schon wieder die Hand nach dem Schlauch aus.
Als der Franke weitersprach, merkte ich, daß seine Zunge vom Wein schon schwer zu werden begann. »Die Frage ist, ob

wir auch herausfinden können, was es ist. Ich will einmal zusammenfassen, was wir über den Inhalt wissen: Für Selina ist er wichtig, dem Kalifen ist er unangenehm, Murschid ist er gleichgültig, Nuraddin verachtet ihn. Welchen Gegenstand gibt es, der alle diese Eigenschaften aufweist?«
»Den Weinschlauch«, sagte ich.
»Aber ein Weinschlauch paßt nicht in die Flasche.«
»Gebt mir noch einmal den Weinschlauch«, bat ich ihn, jede Silbe besonders deutlich aussprechend, damit er diesmal verstand, was ich meinte. Ich mußte mich beim Trinken zurücklehnen, da der Schlauch nur noch zum Teil gefüllt war. Gutschalk mußte außergewöhnlich viel daraus getrunken haben. Dabei bemerkte ich, daß ein Sitzpolster ohne Lehne bedeutende Nachteile hat. Ich hatte mich bequem zurückfallen lassen und drohte, hintenüber zu fallen. Reaktionsschnell gab ich mir einen Schwung nach vorn. Ich schwankte zwar ein wenig auf dem Polster hin und her, war aber geistesgegenwärtig genug, um nichts zu verschütten. Vorsichtshalber trank ich noch etwas ab, um den Flüssigkeitsspiegel zu senken.
»Gold, Perlen und Edelsteine können es nicht sein«, überlegte er laut, »da bin ich jetzt ganz sicher. Aber vielleicht eine einzige Perle oder ein einziger Stein von ungewöhnlicher Größe oder seltener Form. Um einen solchen Schatz zu verbergen, könnte man eine Flasche um ihn herum geblasen haben. Das würde erklären, daß sich etwas darin befindet, das größer ist als der Durchmesser des Flaschenhalses. Aber es erklärt nicht unbedingt das Gewicht der Flasche.«
Wir tranken abwechselnd und schwiegen uns an. Als Gutschalk schließlich weitersprach, hatte er übergangslos das Thema gewechselt.
»Wißt Ihr eigentlich, daß jüngere Söhne gefährlich sind?« fragte er.
»Wie meint Ihr das?« fragte ich mißtrauisch zurück, war ich doch selbst der zweite Sohn meines Vaters.
»Seht, der älteste Sohn wächst in der Gewißheit auf, daß er

einmal den Besitz erben wird. Alles, was er tun muß, ist, den Vater nicht zu erzürnen. Er kann von ihm lernen, ihm nacheifern, und eines Tages wird er das Reich verwalten. Nehmt nur Murschid als Beispiel. Er spricht und handelt bereits jetzt für seinen Vater und liest ihm seine Wünsche von den Augen ab. Spätestens in ein paar Jahren wird er der Kalif sein und ein Weltreich führen. Habt Ihr den Eindruck, daß er besonders klug ist? Habt Ihr den Eindruck, daß er ein besonderer Charakter ist? Habt Ihr noch einen Schluck Wein im Schlauch gelassen?«

Mit einer langsamen, kontrollierten Bewegung reichte ich ihm den Schlauch, andernfalls hätte seine reglos ausgestreckte Hand die meine leicht verfehlen können.

Gutschalk neigte den Kopf zurück und ließ den Wein in seinen weitgeöffneten Mund rinnen.

»Nuraddin ist ganz anders«, fuhr er fort. »Er ist ein Kämpfer, ein Mann der Tat. Das muß er auch sein, wenn er jemals etwas gewinnen will. Habt Ihr bemerkt, wie er die Kavalleristen in seiner Gewalt hat, obwohl er soviel jünger ist? Er ist der geborene Anführer, doch er wird niemals der Herrscher Bagdads werden, solange sein Bruder lebt. Was immer er besitzen will, wird er sich erkämpfen müssen. Ach, ich glaube fast, der Wein macht mich redselig. Ich habe gar nicht über Nuraddin gesprochen, sondern über mich. Ihr müßt wissen, daß ich gar nicht aus Reiselust unterwegs bin. Es gab in meiner Heimat keine Zukunft für mich. Mein Bruder wird das Land meines Vaters erben, und für mich gab es nur ein Leben als Soldat oder als Priester. Erscheint Euch das reizvoll?«

Ich fühlte, wie sich die Welt um mich zu drehen begann. Dies mußte ein plötzlicher Schwächeanfall sein, vielleicht eine weitere Folge meiner Anstrengungen. Wie leicht kann ein solcher Anfall im Augenblick der Gefahr lähmend wirken! Doch der Wein, in Maßen genossen, soll belebende Kräfte besitzen. Rasch forderte ich den Schlauch zurück und trank.

»Ich bin auch ein zweiter Sohn«, sagte ich.

»Dann versteht Ihr, wovon ich spreche. Euer Bruder wird alles erben, und Ihr selbst seid vielleicht viel geeigneter dazu.«
»Mein Bruder Ali ist tot. Er fiel im Kampf gegen die Franken bei Gaza.«
»Verzeiht, ich wußte nicht, daß ich eine wunde Stelle bei Euch berühre.«
»Abu l-Hasan Ali, so war sein Name. Er wollte nicht herrschen, Herr Gutschalk. Sein größter Wunsch war es, eine vollständige Geschichte Syriens zu schreiben. Mehr als zehn Jahre hat er daran gearbeitet und mir manchmal, wenn wir uns trafen, daraus vorgelesen. Er hoffte immer, daß sein Werk ihn überdauern würde. Doch nachdem er tot war, überrannten die Franken Schaizar und ließen alles in Flammen aufgehen, so auch sein Manuskript. So bleibt von Ali nichts als meine Erinnerung an ihn, und sie wird einst mit mir sterben. Jetzt könnte ich herrschen, doch es gibt nichts mehr, das ich beherrschen könnte.«
Ich trank den Rest des Weines aus. Was ich Gutschalk erzählt hatte, hätte ich niemandem sonst anvertraut.
»Ich verstehe, daß Ihr uns haßt«, sagte Gutschalk. »Auch in meinem Volk gibt es Männer, die schwere Verluste zu tragen haben. Ich will nicht Euer Feind sein, Herr Usama, auch wenn es uns nicht bestimmt ist, Freunde zu sein.«
Ich stützte den Kopf in die Hände und die Ellbogen auf die Knie.
»Morgen werden wir uns trennen und uns niemals mehr sehen«, erwiderte ich. »Ich werde den Rat Nuraddins befolgen, und auch Ihr solltet das tun. Nun laßt uns von etwas anderem reden.«
Das neue Thema fand sich von selbst, denn in diesem Moment drangen Lärm und Schreie von draußen an unsere Ohren.
»Der Mörder«, stellte ich ruhig und gleichgültig fest. »Jetzt hat er wieder zugeschlagen.«
»Aber nein«, verbesserte Gutschalk. »Saifaddaula beginnt mit

seiner Zaubervorführung. Vielleicht sollten wir sie uns ansehen, um auf andere Gedanken zu kommen.«

Ich wollte mich erheben, aber aus irgendeinem Grund gelang es mir nicht. Die Schwäche mußte schlimmer sein, als ich befürchtet hatte. Meine Augenlider schlossen sich. Wie durch weite Entfernung gedämpft hörte ich Gutschalks Stimme. Schließlich fühlte ich noch seine Hand an meiner Schulter. Er schien sich zu bemühen, mich hochzuheben, aber statt dessen kippte ich seitlich vom Polster.

Ich rollte mich auf dem Boden zu einer bequemen Stellung zusammen, die Knie hochgezogen und den Kopf in den Händen verborgen.

Gutschalk ließ von mir ab. Ich bemerkte, wie der Geruch nach Schwefel in den Raum drang, doch er ließ mich gleichgültig. Anfangs hörte ich noch einige Stimmen aus dem Saal, dann wurde es still. Ich würde schlafen, in aller Ruhe schlafen, bis ... eine kräftige Hand mich ohne Rücksichtnahme an der Schulter rüttelte und in den Zustand der Wachheit – oder einen Zustand, der diesem ähnelte – hineinzwang.

Nach meinem Gefühl konnte ich nur eine kurze Zeitspanne im Reich des Schlafes gewesen sein, doch das Licht, das jetzt im Raum herrschte, stammte nicht mehr aus Laternen, sondern aus der Dämmerung eines neuen Tages.

Mein Kopf dröhnte, als habe ein Dschinn mit einem großen hölzernen Hammer darauf eingeschlagen, während der Schlaf mich der Möglichkeit zur Verteidigung beraubt hatte.

»Wacht auf, Herr Usama«, forderte mich eine laute Stimme auf. Mein Verstand mühte sich nach Kräften ab, aus dem verschwommenen braunen Fleck vor meinen Augen einen erkennbaren Gegenstand zu formen. Der Fleck besaß Nase, Augen und Mund, die einen exzessiven Tanz aufführten, als wären sie Derwische, die sich am Genuß giftiger Kräuter berauscht hatten. Doch dann fanden sie Plätze, an denen sie verblieben, um mir den Anblick des Gesichtes von Gutschalk zu bieten.

»Ihr habt geschlafen«, sagte Gutschalk mit einem leichten Anklang des Vorwurfs in der Stimme.
»Nuninzenaublich«, murmelte ich.
»Entschuldigt, aber so gut verstehe ich den syrischen Dialekt nicht.«
Ich räusperte mich und wiederholte: »Nur einen winzigen Augenblick.«
»Aber genau den falschen Augenblick, denn in der Zwischenzeit ist etwas Fürchterliches passiert.«
Mit Gutschalks Hilfe erhob ich mich langsam. Der Raum schien in einer steten Drehbewegung begriffen. Doch das war nicht so schlimm wie der Durst, der mich plagte, schlimmer, als ich ihn bei der Durchquerung der Wüste verspürt hatte.
Gutschalk bückte sich und hob den Weinschlauch auf. Er hielt ihn mit der Öffnung nach unten, drückte darauf herum und sah zu, was herausfloß. Es war hervorragender Wein, wenn auch nur zwei Tropfen davon.
»Mir scheint, Herr Usama, Ihr spracht dem Wein im Übermaße zu.«
»Aber nein, Herr Gutschalk. Ich wollte Euch nicht beunruhigen, aber eine Krankheit hatte plötzlich von mir Besitz ergriffen und es mir so gut wie unmöglich gemacht, etwas zu mir zu nehmen.«
»Seid Ihr denn schon so weit genesen, daß Ihr Euch etwas sehr Wichtiges merken könnt?«
»Aber ja.«
»Dann hört zu, denn unser beider Leben hängt davon ab. Wir haben beide die Nacht in angeregtem Gespräch verbracht und die Nische nicht verlassen. Könnt Ihr Euch das einprägen? Wir dürfen beide nicht davon abweichen.«
»Was ist denn überhaupt passiert?« fragte ich, aber ich kannte die Antwort schon, bevor Gutschalk sie mir nannte.
»Der Mörder ist tatsächlich nach Bagdad gekommen, und er hat wieder zugeschlagen. Die Prinzessin ist tot. Und der Kalif auch.«

6. Kapitel

Der verschlossene Raum

An allen Türen und Fenstern des Saales hatten sich bewaffnete Soldaten postiert. Auf den Polstern saßen, teils in niedergedrücktes Schweigen gehüllt, teils aufgeregt miteinander flüsternd, die meisten der Gäste, die an der Feier teilgenommen hatten. Nur wenige Sitze waren leer.
Ich wankte in Richtung auf unseren Tisch. Gutschalk jedoch faßte mich zwar sanft, aber keinen Widerspruch duldend am Oberarm und führte mich durch die Reihen weiter nach vorn, bis wir nur ein paar Schritte vom Podest entfernt einen freien Tisch fanden.
»Niemand soll glauben, wir wollten uns hinten im Saal verstecken«, erklärte er.
Ich bemerkte, daß auf dem Tisch eine flache Schale mit Wasser stand. Schnell nahm ich einen kleinen Schluck, um die ärgste Not zu lindern.
Irgend etwas machte Anstalten, vom Magen kommend in meine Kehle zu klimmen. Ich mußte mehrmals schlucken, um einen peinlichen Zwischenfall, der sich andernfalls ergeben hätte, zu vermeiden.
Gutschalks Mitteilung drang, wenn sie meine Ohren auch bereits passiert hatte, nur langsam in mein Bewußtsein. Noch langsamer wurde ich mir über die Konsequenzen klar: Ich mußte der Hauptverdächtige sein, und nichts als Gutschalks zweifelhaftes Zeugnis stand zwischen mir und dem Tod.
Ich hielt meinen Kopf etwas gesenkt und blickte erst hoch, als das Gemurmel im Saal erstarb. Slugi war eingetreten und

stellte sich an die Vorderkante des Podestes. Er sah niedergeschlagen und übernächtigt aus.

»Ihr Herren«, sagte er, »Ihr alle wißt, daß es unumgänglich ist, Euch um ein verlängertes Bleiben zu ersuchen. Sicherlich ist das für viele von Euch mit Unannehmlichkeiten verbunden. Es läßt sich jedoch nicht vermeiden, Euch alle zu befragen. Seid gewiß, daß für Eure Unterbringung und Euer Wohlergehen Sorge getragen wird.«

»Die müssen hier mehrere Zimmer wie das unsere haben«, murmelte Gutschalk.

»Ich danke Euch allen für Euer Verständnis. Wir werden versuchen, mit der größtmöglichen Eile, aber auch mit Sorgfalt vorzugehen.«

Einige widersprechende Rufe wurden laut. Slugi hob die Hand, um Ruhe zu gebieten. »Ich führe einen Befehl meiner Herren, der Prinzen Murschid und Nuraddin, aus. Gewiß werden meine Herren Euch für Eure Einwände zu Verfügung stehen und Euch gegebenenfalls Abbitte leisten – hinterher. Euch, Herr Usama, darf ich bitten, mich zu begleiten, um mir als erster einige Fragen zu beantworten.«

Als erster und vielleicht auch als letzter, dachte ich, während ich mich langsam und unwillig erhob.

»Merkt Euch nur, daß wir immer beisammen waren«, flüsterte Gutschalk. Er tat dabei, als kratzte er sich an der Nase, um seine sich bewegenden Lippen hinter der Hand zu verbergen.

Ich nahm noch rasch einen zweiten Schluck Wasser aus der Schale. Jetzt erst bemerkte ich, daß es sich um eine Wasserschale zur Reinigung der Finger nach fettem Essen handelte. Fast hätte ich alles wieder ausgespuckt, aber ich wollte Slugis Aufmerksamkeit nicht unnötig auf mein Mißgeschick lenken.

Aufrecht und gerade begab ich mich nach vorn. Eine ganze Horde von Dschinni war damit beschäftigt, mit Meißeln im Innern meines Schädels Erweiterungsarbeiten auszuführen. Vielleicht war der Bodensatz des Weines verdorben gewesen.

Ich ließ mir jedoch nichts anmerken und sagte: »Ich stehe Euch ganz zur Verfügung, Herr Muqallad.«
Er starrte mich mit seinen stechenden Augen an. Ich bemühte mich, die meinen offenzuhalten, obwohl das Licht sehr schmerzte.
Slugi bedeutete mir, ihm zu folgen. Wir verließen den Saal und begaben uns zu dem kleineren Gebäude daneben. Als wir auf den Hof traten, schlug mir mit Macht der Schwefelgestank entgegen, der im Innern nur leicht spürbar gewesen war. So wurde meinen Qualen noch eine weitere hinzugefügt. Vielleicht, so überlegte ich, hätte ich ein angenehmeres Los gezogen, wenn ich gefesselt auf der Lichtung geblieben wäre. Als wir uns dem Eingang an der Seite des Gebäudes näherten, wurde die Luft jedoch merklich besser, so daß ich mich wieder mit meinen Kopfschmerzen beschäftigen konnte.
»Wappnet Euch gegen einen bösen Anblick«, warnte Slugi, während wir im Innern eine Treppe emporstiegen. »Ich kann ihn Euch leider nicht ersparen.«
Wir gingen einen Gang entlang, von dem mehrere Räume abzweigten. Vor einer der Türen, die weit offenstand, hatte sich Hauptmann Ridwan mit mehreren Wachen postiert. Dies mußte der Raum sein, in dem die Bluttat begangen worden war.
Ridwan machte ein Gesicht, als erwartete er, jeden Augenblick den Befehl zu seiner Hinrichtung überreicht zu bekommen. Ich konnte ihn gut verstehen.
Ohne ein Wort führte Slugi mich an den Wächtern vorbei. Wir betraten ein Zimmer, das neben dem von Ridwan bewachten lag. An der hinteren Wand waren einige Tische aufeinandergestapelt. Eine wirkliche Einrichtung sah ich nicht, vermutlich wurde dieser Raum nur als Lager benutzt.
Durch eine einzige schmale Fensteröffnung fiel nur leichtes Dämmerlicht in den Raum, auch war der Schwefelgeruch nicht ins Innere gedrungen. Zwar blieb ich hier vor Unannehmlichkeiten der Augen und der Nase bewahrt, nicht je-

doch vor gefährlichem Verdacht. Murschid und Nuraddin warteten auf uns. Beide hatten Gesichtszüge, die wie versteinert wirkten. Und beide blickten auf mich, als hielten sie mich für den Mörder. Zumindest Nuraddin hatte mich durchschaut, wie er am Vorabend zu Erkennen gegeben hatte. Vielleicht würde mein Leben der Preis der Versöhnung zwischen den beiden Brüdern sein. Ein Philosoph hätte bei diesem Gedanken ein wenig Trost verspüren können. Allerdings wäre ein Philosoph auch nicht in meine Lage geraten.
So stand ich nun drei Anklägern gegenüber, die gleichzeitig meine Richter sein konnten. Meine Verfassung erlaubte mir nicht einmal einen tollkühnen Fluchtversuch, wie ich ihn bei klarem Kopf und im Besitz aller Kräfte in dieser Situation wohl erwogen hätte.
Mir blieb nur eine einzige Hoffnung: daß Slugi wirklich eine genaue Untersuchung durchführen und diese zur Entdeckung des wahren Täters führen würde.
»Ihr seid als Beauftragter des al-Malik al-Adil hier«, begann Murschid. »Sprecht ja oder nein, aber macht keine Ausflüchte!«
»Ja«, sagte ich.
»Was war Euer Auftrag?«
»Es war mein Auftrag, hoher Herr, Euren Vater zu ersuchen, von der Eheschließung mit der edlen Selina Abstand zu nehmen.«
»Und im Falle, daß er nicht darauf einging?«
»So hatte ich nach Damaskus zurückzukehren und meinem Herrn dies mitzuteilen.«
»Wir werden sehen, ob Ihr nach Damaskus zurückkehren werdet. Slugi, habt Ihr wirklich Zweifel an der Schuld dieses Mannes?«
»Erlaubt mir, Herr«, erwiderte Slugi, »daß ich vor meiner Antwort zunächst Herrn Usama einige Fragen vorlege.«
Murschid winkte zustimmend.
»Welcher Art ist Eure Botschaft«, fragte Slugi mich.

»Sie ist so, wie ich sie Herrn Murschid gerade schilderte.«
»Ich fragte nicht nach ihrem Inhalt, sondern nach ihrer Art. Ist es eine Botschaft, die Ihr nur mündlich ausrichten solltet?«
»Nein, Herr, es handelte sich dabei um einen Brief.«
»Dann bitte ich Euch, uns den Brief jetzt zu zeigen.«
»Ich führe ihn nicht bei mir, Herr Muqallad. In der Nacht, bevor ich Kazimiya erreichte, fiel ich in die Gewalt des Räubers Reza Abbas, der mir all meine Habe nahm, und damit auch den Brief, der darin verborgen war.«
Nuraddin schnaubte verächtlich. »Den dümmsten aller Boten scheint al-Malik uns geschickt zu haben, oder den feigsten. Unsere Boten wissen, daß sie mit ihrem Leben für ihre Botschaft einstehen.«
»Der Mann ist kein Bote«, erklärte Murschid. »Er ist ein gedungener Mörder aus Damaskus. Slugi, ich glaube, wir können viel Zeit sparen, wenn wir uns nur mit ihm beschäftigen.«
»Gewiß, Herr«, sagte Slugi. »Ihr könntet ihn in diesem Augenblick auf den Hof führen und enthaupten lassen. Dann senden wir die Gäste mit den Ausdruck unseres Bedauerns heim und schicken Herrn Usamas Kopf nach Damaskus.«
»Ein guter Vorschlag«, stimmte Nuraddin zu.
»Aber sind wir dann sicher, daß sich der Mörder nicht doch noch unerkannt unter uns verbirgt?« fuhr Slugi fort. »Erlaubt mir, Euch zu bitten, daß ich zunächst meine Untersuchung durchführe, ehe ich einen Verdacht oder eine Anklage äußere. Laßt Herrn Usama in meiner Nähe. Dort ist er so sicher wie im tiefsten Kerker. Bedenkt, daß ein Geständnis nicht nur durch Worte erfolgen kann, sondern manchmal nur durch eine winzige Geste, und eine solche würde im Kerker unbemerkt bleiben, ein Toter aber könnte sie gar nicht mehr machen.«
»Wir sollten ihn hinrichten«, beharrte Nuraddin. »Die ganze Geschichte mit der verschwundenen Botschaft beweist, daß er schuldig ist.«
»Herr«, entgegnete ich, »es gibt diese Botschaft wirklich. Ich werde sie Euch vorlegen, wenn Ihr mir nur Gelegenheit gebt,

sie Reza wieder abzunehmen. Und, glaubt mir, ich bin kein Mörder.«

»Mann aus Damaskus«, sagte Murschid zu mir, »unser Vater hatte den Ruf, ein gerechter Mann zu sein. Deshalb werde ich seine Nachfolge nicht mit einer Tat des Unrechts beginnen. Wenn Slugi eine Untersuchung wünscht, so soll sie durchgeführt werden. Doch wißt, daß es kein Entkommen für Euch gibt. Solltet Ihr die Stadt verlassen, so werden Männer Euch suchen, vor denen Ihr nicht einmal jenseits der Säulen des Herkules* sicher seid.«

»Sollen wir alt und grau werden, während unser Vater immer noch ungerächt ist?« fragte Nuraddin. »Wenn Slugi jeden Mann, jede Frau und jedes Kind in Bagdad verdächtigt, so werden wir ewig auf ein Ergebnis warten. Und wir haben Wichtigeres zu tun. Wie die Geier werden die fremden Könige über uns herfallen, wenn sie unsere Unentschlossenheit spüren. Laßt uns Usama und diesen Franken, in dessen Begleitung er kam, hinrichten. Das bringt uns Respekt.«

»Es bringt uns den Krieg«, meinte Murschid.

Slugi schüttelte zustimmend den Kopf. »Wenn Ihr einfach zwei Menschen töten laßt, mein Prinz«, sagte er zu Nuraddin, »so habt Ihr gewiß zwei Tote mehr, aber ob Euer edler Vater damit gerächt ist, ist ungewiß.«

»Genug der Auseinandersetzung«, beschied Murschid streng. »Ich werde Euch eine Frist bis morgen abend setzen, Slugi. Dann werde ich in dem Saal, in dem wir in dieser Nacht gefeiert haben, Recht sprechen.«

»Wenn Ihr erlaubt«, bat Slugi mit einer Verneigung, »so möchte ich jetzt mit meiner Untersuchung beginnen. Ich muß Euch um völlig freie Hand in meinen Maßnahmen ersuchen.«

»Ihr sollt nicht behindert werden. Trefft Ihr auf einen Mann, der Euch Schwierigkeiten bereitet, so bringt mir seinen Na-

---

* Säulen des Herkules: die Meerenge von Gibraltar, die in Antike und Mittelalter als die westliche Grenze der Welt galt.

men zur Anzeige. Wer es auch sei und welchen Stand er auch habe«, dabei streifte er seinen Bruder mit einem kurzen Blick, »er soll sich morgen abend vor mir verantworten.«
»Ich danke Euch, Herr. Nur ist es so, daß eine gründliche Untersuchung mehrere Tage dauern kann.«
»Morgen abend«, betonte Nuraddin, »so lange will ich mich gedulden.« Er sagte nicht, was er danach unternehmen wollte.
Murschid schüttelte den Kopf. »Morgen abend«, wiederholte er. »Ich erwarte noch heute Euren ersten Bericht, Slugi.«
»Ich danke Euch«, erwiderte dieser. »Zunächst wünsche ich, daß sich jedermann aus diesem Gebäude und aus einem Umkreis von zehn Schritten darum entfernt.«
»Ich werde Euch Hauptmann Ridwan senden«, kündigte Murschid an, der sich bereits zum Gehen gewandt hatte. »Er wird für die Ausführung Eurer Anweisungen Sorge tragen. Vergeßt eines nicht, Slugi: Jede Eurer Anweisungen soll ausgeführt werden, doch für jede müßt Ihr einstehen.«
»So soll es geschehen, Herr.«
Die Prinzen gingen hinaus. Nuraddin warf mir noch einen kurzen Blick zu, den ich nicht recht zu deuten wußte. Ich war nicht völlig sicher, ob er mich wie sein älterer Bruder für den Mörder hielt. Auf jeden Fall aber ich konnte keinen Haß, wie man ihn beim Anblick des Mörders eines nahen Verwandten empfinden mußte, erkennen.

Der erste Eindruck, den ich beim Betreten des Raumes, in dem die Morde verübt worden waren, gewann, war so nachhaltig, daß ich mit vor den Mund gepreßter Hand gleich wieder hinausstürzte. Dies lag zum Teil an dem Anblick, der sich mir darin bot, in erster Linie aber auch an dem Schwefelgestank, der sich zwischen den Wänden in verstärktem Maße gesammelt hatte, und an dem nur mühsam zurückgehaltenen Druck, den die Speisen des vergangenen Abends auf meine Kehle ausübten.
Slugi führte mich zur Kammer der körperlichen Erleichterung,

die sich zum Glück nur auf der anderen Seite des Ganges befand.
Er wartete geduldig vor der Tür, bis ich wieder heraustrat.
»Laß uns noch einige Augenblicke hier im Gang bleiben«, sagte er zu mir. »Die Morgenbrise wird uns von dem Geruch befreien, wenn er auch das einzige ist, wovon sie uns befreien wird.«
Wir waren jetzt die einzigen Menschen im Gebäude – die einzigen jedenfalls, die noch lebten. Die Wächter hatten auf Slugis Weisung hin ihre Posten verlassen. Es war ein seltsames Gefühl, das von mir Besitz ergriff. Angst um mein eigenes Geschick, Übelkeit und Kopfschmerz, das Wissen, nur durch eine Wand von zwei Toten entfernt zu sein, paarten sich mit einem vielleicht unbegründeten Vertrauen in Slugis Aufrichtigkeit und Geschick.
»Erlaubt mir zu bemerken«, fuhr Slugi fort, »daß Ihr ein Mann von mehr Feingefühl und Empfindlichkeit seid, als ich bisher vermutete. Der Anblick, den Ihr gerade hattet, ist gewiß furchtbar. Doch hat nicht jeder von uns im Kriege schon Furchtbareres gesehen? Selbst die Prinzen, die doch um ein Vielfaches mehr betroffen sind, reagierten nicht so heftig darauf wie Ihr.«
»Der Beherrscher der Gläubigen erschien mir stets unverrückbar und ewig wie ein Fels in der Brandung. Und jetzt ballen sich die dunklen Wolken der Gefahr...«
»Und ein Poet seid Ihr auch, wie ich höre. Ihr seid nach Bagdad gekommen, um zum Kalifen von Krieg zu sprechen. Ihr wolltet versuchen, ihn von seinem Entschluß abzubringen, und erzählt mir, daß Ihr ihn für einen unverrückbaren Felsen haltet. Das mag er im Vergleich zu Euch tatsächlich gewesen sein, denn Ihr steht vor mir und seid kaum in der Lage, Euer Gleichgewicht zu bewahren. Schon als wir herkamen, schwanktet Ihr auf seltsame Art. Man könnte auf den Gedanken verfallen, Ihr wußtet, welcher Anblick sich Euch bieten würde.«

»So verdächtigt Ihr mich doch?«
»Es ist eine alte Regel«, erläuterte Slugi, »daß sich bei der Untersuchung eines Verbrechens niemand so seltsam verhält wie der Schuldige, gerade dann, wenn er versucht, völlig normal zu erscheinen. Bis gestern abend verhieltet Ihr Euch wie ein gesunder Mann, und heute könntet Ihr nicht gegen den gebrechlichsten Greis bestehen.«
»Mir fehlt der Schlaf der Nacht, Herr Muqallad.«
»Wir sind beide Männer, die es gewohnt sind, auf den Schlaf von mehr als einer Nacht zu verzichten, wenn es sein muß. Die Prinzen haben nicht geschlafen, die Wachen nicht, auch nicht die meisten der Gäste. Ich selbst hatte mich kaum für die Dauer einer halben Stunde niedergelegt, als mich die Nachricht vom zweifachen Mord erreichte. Wo wart Ihr, als die Tat geschah?«
»Ich saß mit Herrn Gutschalk in einer der Nischen im Gespräch vertieft.«
»So müßt Ihr den Zeitpunkt der Tat genauer kennen als ich. Da ich nicht weiß, wann sie geschah, weiß ich auch nicht, wo ich mich zu diesem Zeitpunkt aufhielt. Nur wo mich die Nachricht erreichte, vermag ich zu sagen.«
»So leicht glaubt Ihr, mir ein Geständnis entlocken zu können? Wolltet Ihr mich nur in Sicherheit wiegen, als Ihr sagtet, daß Ihr mich für unschuldig haltet?«
»Das sagte ich nie. Ich sagte nur, daß ich Euch nicht für schuldig halte.«
»So laßt mich Euch folgendermaßen antworten: Die Tat wurde begangen nach dem Zeitpunkt, an dem der Kalif und seine Gattin den Saal verließen, und vor dem Zeitpunkt, an dem wir alle zusammengerufen wurden. Die ganze Zwischenzeit aber waren Herr Gutschalk und ich beisammen.«
»Das wird er natürlich bestätigen.«
»Gewiß wird er das.«
»Ist es nicht seltsam«, sagte Slugi, »wie sehr mich das an Euer beider Aussagen bei dem Mord an Sulanid erinnert?«

»Wir waren eben in beiden Fällen zusammen. Im zweiten Fall sprachen wir gar über den ersten, so daß es so seltsam gar nicht ist.«
»Ich sehe mit Freuden, daß Euer Verstand wieder zu arbeiten beginnt, während ich gerade noch an ihm zweifeln mußte. So beantwortet mir eine Rätselfrage: Ihr seht einen Mann, der einen alltäglichen Fehler begeht. Was denkt Ihr dabei?«
»Ich bin sicher, daß dies mehr ist als nur eine normale Rätselfrage. Aber sie ist schwerlich zu beantworten, wenn man nicht weiß, worin dieser Fehler besteht.«
»Nehmen wir an, jemand will eine Frucht mit Zucker bestreuen. Doch aus Versehen nimmt er statt dessen weißen Pfeffer.«
»Ich würde mir nichts weiter dabei denken, denn so etwas kann jederzeit geschehen. Ich verstehe auch nicht, worauf Ihr hinauswollt.«
»Ihr werdet mich gleich verstehen. Wenn Ihr nun seht, wie dieser Mann in die Frucht beißt und sie kaut, dabei aber alle Anzeichen von sich gibt, als wäre die Frucht wirklich gezukkert, was würdet Ihr denken?«
Ich überlegte einen Moment und antwortete dann: »Ich würde denken, daß er eine Krankheit hat, die ihn keinen Geschmack empfinden läßt.«
»In diesem Fall wäre es ohne Sinn gewesen, die Frucht zu zuckern.«
»Habt Ihr denn eine solche Beobachtung gemacht? Und glaubt Ihr, daß sie Euch auf die Spur des Mörders führt?«
»Ich will Eure Gedanken noch mit einer letzten Bemerkung anregen, ehe ich Euch Antwort gebe. Normalerweise würde derjenige, der eine süße Frucht erwartet, jedoch in eine gepfefferte beißt, voll Ekel ausspucken. Wenn er aber etwas zu verbergen hätte, wenn er um keinen Preis wollte, daß jemand auf ihn aufmerksam wird, dann würde er sie ohne eine Miene zu verziehen verspeisen.«
»Ich gebe Euch recht. Wenn Ihr jemanden dies tun saht, so

habt Ihr jemanden beobachtet, der im höchsten Maße verdächtig sein muß.«
»Ich sah«, sagte Slugi leichthin, »wie jemand Wasser aus einer Fingerschale trank. Als er es bemerkte, spuckte er nicht aus, sondern kam zu mir, als ich dies von ihm verlangte.«
»Das kann ich erklären.«
»Ich bin sicher, daß Ihr das könnt.«
»Schon in der Nacht spürte ich, wie eine schwächende Krankheit sich in meinem Körper ausbreitete. Ich benötigte dringend einen Schluck Wasser und griff nur versehentlich nach der Schale.«
»Ich weiß, das es nur ein Versehen war. Wenn Ihr Euch krank fühltet, ist es verwunderlich, daß Ihr die ganze Nacht mit dem Franken beisammensaßt, statt Euch in Euer Gemach zu begeben. Ihr bemerkt, daß jede Antwort zu einer neuen Frage führt. Fühlt Ihr Euch jetzt in der Lage, mit mir wieder jenes Zimmer zu betreten?«
»Gewiß. Doch warum wollt Ihr mich noch einmal hineinführen?«
»Ich wünsche, daß Ihr den Raum in meiner Anwesenheit durchsucht.«
»Aber das könntet Ihr doch viel besser, da Ihr Euch in den hiesigen Gegebenheiten auskennt.«
»Ich sagte nicht, daß ich es nicht könnte.«
»Ich bin aber der am meisten Verdächtige. Und ausgerechnet mir wollt Ihr die Sicherung der Spuren anvertrauen? Wie leicht könnte ich ein wichtiges Beweisstück beiseite schaffen!«
»Wie recht Ihr habt«, lobte Slugi mich. »Und wie leicht könntet Ihr – das vergaßt Ihr zu erwähnen – Euch gerade dadurch verraten. Jetzt folgt mir.«
Wir betraten das Zimmer. Slugi setzte sich auf ein Polster, das neben der Tür stand. Er zog sein Täfelchen und den Schreibgriffel heraus.
»Ihr werdet jetzt durch den Raum gehen und mir genau schildern, was Ihr seht«, forderte er mich auf.

So nahm die seltsamste Untersuchung, von der ich jemals hörte, ihren Anfang. Er folgte mir mit den Blicken, die er nur kurz abwandte, wenn er sich eine Notiz machte, während ich, der Verdächtige, seine Aufgabe erfüllte.

»Der Beherrscher der Gläubigen und die edle Selina liegen in dem Viertel des Raumes, das am weitesten von der Tür entfernt ist«, begann ich meine Schilderung. »Es ist zugleich der Teil, der dem Fenster am nächsten liegt.«

Alles in mir sträubte sich, den Toten zu nahe zu kommen. Ich befürchtete einen weiteren Anfall von Übelkeit, der vielleicht schneller kommen würde, als ich den Raum wieder verlassen könnte. Noch mehr aber fürchtete ich, den Verdacht gegen mich zu verstärken, wenn ich meine Hilfe bei der unorthodoxen Untersuchung verweigerte. Es hilft oft bei der Erledigung unangenehmer Dinge, wenn man um ihre Unvermeidlichkeit weiß. Deshalb ging ich, meinen Widerwillen bezwingend, direkt auf das zu, was mir das Abscheulichste war.

»Beide sind auf gräßliche Weise verstümmelt«, fuhr ich fort, als ich direkt neben den Körpern stand. »Der Kalif liegt auf dem Bauch, das Gesicht der Erde zugekehrt, zur Linken hin. Sein Hinterkopf, sein Nacken und Teile seiner Schultern sind von einer Reihe heftiger Schläge zerschmettert worden. Selina ist zur Rechten hingestreckt. Sie liegt auf dem Rücken, und ihre Füße weisen in Richtung der Füße des Kalifen. Selina hat furchtbare Wunden im Gesicht. Ihr Gewand ist auf der Vorderseite zerfetzt. Auch sie wurde von mehreren Schlägen getroffen.«

»Ich bemerke«, unterbrach mich Slugi, »daß Ihr Eure Beobachtungen an den Wunden im Stehen macht. Günstiger wäre es, sich niederzubeugen, um kein wichtiges Detail zu übersehen.«

»Seid unbesorgt, ich kann im Stehen alles genau erkennen.«

»Erlaubt, wenn ich meine Erfahrung in solchen Dingen nutze, Euch zu widersprechen. So genau, wie es wünschenswert ist, sieht das menschliche Auge nur auf kurze Entfernung. Wenn

ich einen Falken benutzen wollte, hätte ich einen mitgebracht. Könnt Ihr im Stehen erkennen, mit welcher Waffe die Wunden zugefügt wurden? Blieb vielleicht ein Splitter der Waffe in einer der Wunden zurück? Hat einer der Toten Blut oder Haare unter seinen Fingernägeln, die auf einen Kampf schließen lassen? Sind bei den Toten Finger gebrochen, als hätte der Täter ihnen etwas entrissen?«
Langsam, stets darauf bedacht, meinen Oberkörper in senkrechter Haltung zu bewahren, ging ich in die Hocke. Ich berührte den Kalifen sanft mit der Hand.
»Die Leichenstarre ist noch nicht eingetreten«, berichtete ich.
»Der Tod ist also vor noch nicht langer Zeit eingetreten.«
»Das wissen wir bereits, da wir die beiden noch vor wenigen Stunden auf der Feier sahen.«
Unter mehrmaligem schnellem Schlucken wagte ich es, mich über den Hinterkopf des Kalifen zu beugen. Ich fuhr mit der Spitze des Zeigefingers am Rand der großen Wunde entlang.
»Das Blut ist geronnen. Der Mord wurde also spätestens vor dem Viertel einer Stunde begangen.«
»Und ich wurde vor einer ganzen Stunde davon informiert.«
Slugi schien nicht die Absicht zu haben, mir meine Arbeit leichtzumachen. Ich kämpfte gegen die Übelkeit und tastete mit dem Finger im Innern der Wunde umher.
»Reste, die von einer Waffe abgesplittert sind, sind nicht ... oh, anscheinend doch.« Etwas von festerer Natur war an meinem Finger haften geblieben. Ich hob ihn bis kurz vor die Augen. Leider blieb mein Blick durch einen Tränenfilm auf der Pupille immer ein wenig unscharf. Ich zwinkerte und wischte mir schließlich mit dem linken Ärmel die Augen frei.
»Es ist ein winziger Splitter, kleiner als ein Sandkorn. Trotz seiner Kleinheit ist er kantig und spitz. Er könnte vor kurzem von einem größeren Gegenstand abgebrochen sein.«
»Das sind Beobachtungen, wie ich sie erhoffte«, sagte Slugi.
»Macht weiter so, denn Ihr seid auf dem richtigen Wege.«
»Wollt Ihr die Untersuchung nicht selbst vornehmen?«

»Aber das tue ich doch. Ich krieche nur nicht selbst im Zimmer umher.«

Für einen Augenblick glaubte ich, Zugang zu der Erkenntnis zu haben, weshalb Slugi nicht selbst das Zimmer erforschte. Aber die hämmernden Dschinni in meinem Schädel und die riesige Hand, die sich gerade jetzt wieder um meinen Magen krampfte, ließen die Erkenntnis keine genaue Form gewinnen.

»Alle Wunden liegen so dicht beieinander, daß sie eine einzige zu sein scheinen. Die hintere Seite des Schädels ist völlig zerstört. Der Mörder muß voll Wut immer und immer wieder auf den Kalifen eingeschlagen haben, auch dann noch, als dieser schon längst tot war.«

»Könnt Ihr eine Begrenzung zwischen den Wunden erkennen? Seht Ihr vielleicht gar, welche als erste und welche als letzte zugefügt wurde?«

»Nein, das ist unmöglich. Sie haben sich zu einer einzigen vereint.«

»Wie könnt Ihr dann wissen, ob es nicht tatsächlich nur eine einzige ist?«

»Es gibt keine Waffe, die eine solche Wunde mit einem einzigen Schlag zufügen kann«, antwortete ich. »Der ganze Kopf und Teile des Körpers sind zerschmettert. Der Mörder müßte eine gigantische Keule benutzt haben, um das mit einem Schlag zu erreichen. Aber eine solche Keule wäre zu schwer, um eine nützliche Waffe zu sein.«

»Was ist, wenn ich Euch auf Anhieb eine Waffe nenne, die dazu in der Lage ist?«

»So wäre ich sehr erstaunt.«

»Ein Stein, von einer Wurfmaschine abgeschossen, vermag sogar noch schlimmere Wunden als diese zu erzeugen. Er kann den Kopf eines Menschen von den Schultern reißen, statt ihn nur zu zerschmettern.«

Ich blickte zu dem offenen Fenster und sagte: »Natürlich, Ihr habt recht. Jemand schoß von außen zwei Steine ins Zimmer und entfernte sie, ehe wir kamen. Dort drüben ist die Palast-

mauer. Das Geschütz kann also außerhalb des Palastes gestanden haben, und niemand in seinem Innern hat etwas davon bemerkt. So und nicht anders ist es gewesen.«
Slugi begann zu lachen, was angesichts der beiden Leichen äußerst unpassend wirkte.
»Ach, Herr Usama, wenn Ihr nicht mein Assistent bei dieser Untersuchung wärt, könntet Ihr mein Narr sein. Der größte Vorteil des Gedankens an eine Wurfmaschine außerhalb der Mauern ist zweifelsfrei, daß er Euch von aller Schuld freisprechen würde. Doch es ist nicht unsere Aufgabe, aus unzureichenden Beobachtungen schnell falsche Schlüsse zu ziehen. Ihr dürft nicht von allem, was Ihr seht, nur die Details heranziehen, die zum Aufbau einer Geschichte passen. Vielmehr müssen wir erst alle Spuren betrachten. Ich wollte Euch keine Lösung präsentieren, bevor das Rätsel nicht fertig formuliert ist; ich wollte Euch nur ein Beispiel geben, daß auch das unlösbar Scheinende eine Lösung besitzen kann.«
Ob der Schwefelgestank tatsächlich abzog oder ob ich mich nur besser an ihn gewöhnt hatte – auf jeden Fall fiel mir das Atmen schon leichter.
Slugi winkte mich herbei und hieß mich, den Splitter auf einem weißen Tuch abzustreifen, das er auf seinem Schoß ausgebreitet hatte. Meine Vermutung, er werde sofort mit der Untersuchung des Fundes beginnen, bewahrheitete sich nicht. Vielmehr ließ er Tuch und Inhalt ohne weitere Beachtung liegen. Vielleicht wollte er warten, bis genug Funde zusammengekommen waren, um die Mühe der eigenen Tätigkeit zu lohnen.
Ich wollte meine Untersuchung bei Selina fortsetzen, doch Slugi wies mich an, mich weiter mit dem Kalifen zu beschäftigen.
»Der Kalif ist mit einem langen Untergewand und Pantoffeln bekleidet«, schilderte ich. »Die prächtigen Gewänder, die er auf dem Fest trug, liegen dort drüben auf dem Bett. Der obere Teil seines jetzigen Kleides ist am Rand der Wunde zerfetzt.

Ein Teil des Rückens ist mit Blut getränkt. Die Beine sind nebeneinander ausgestreckt und nur leicht angewinkelt. Die Arme liegen dicht am Körper. An vier Fingern der linken und an drei Fingern der rechten Hand trägt er goldene Ringe, die mit Perlen und Edelsteinen besetzt sind. An dem leeren Finger der rechten Hand befindet sich ein heller Streifen, als trüge er sonst auch dort einen Ring.«
»Das ist richtig«, kommentierte Slugi. »Nur weiter so.«
Ich schob langsam die Ärmel des Gewandes nach oben und betrachtete die Arme.
»An Händen und Armen kann ich keine frischen Verletzungen feststellen. Am rechten Unterarm zieht sich eine lange weiße Narbe empor. Die Verletzung ist gut verheilt und sicherlich schon viele Jahre alt. Sonst ist am Körper selbst nichts zu erkennen. Um den Kopf herum befinden sich mehrere Blutspritzer auf dem Teppich.«
Slugi, der immer noch keine Anstalten machte, seinen Sitz zu verlassen, warf mir einen kleinen Beutel zu, den er aus einer Innentasche gezogen hatte. Mein ungeschickter Versuch, diesen aufzufangen, blieb ohne Erfolg, so daß ich ihn vom Boden aufheben mußte.
»Öffnet den Beutel vorsichtig«, mahnte Slugi. »Er enthält feinen Kreidestaub. Zeichnet mit Hilfe Eures Fingers die Umrisse der Gestalt auf den Teppich. Dann reinigt Eure Hände sorgfältig, damit Ihr bei der weiteren Untersuchung keine Spuren erzeugt, statt sie zu erkennen.«
Ich tat, wie mir geheißen wurde. Anschließend wischte ich die Hände an meinem Gewand ab. Auf Slugis Anweisung drehte ich den Körper des Toten um, so daß er auf dem Rücken lag.
»Im Gesicht und auf der Vorderseite des Körpers sind keine Wunden zu erkennen«, sagte ich. »Die Augen des Kalifen sind geöffnet.«
»Was erkennt Ihr im Gesicht?«
»Die Gesichtszüge sind ganz entspannt. Der Tod muß ihn völlig überraschend getroffen haben.«

»Die Gesichtszüge von Toten unterliegen nicht denselben Gesetzmäßigkeiten wie die von Lebenden, Herr Usama. Wenn die Muskeln unter der Haut erschlaffen, entspannen sich die Züge immer, wie verzerrt sie vorher auch gewesen sein mögen. Ich wollte wissen, ob Ihr etwas Außergewöhnliches im Gesicht bemerkt, vielleicht eine ungewöhnliche Verfärbung.«
»Nein. Das Gesicht sieht aus, als wäre er friedlich gestorben. Habt Ihr einen bestimmten Wunsch, wo ich weiter nachsehen soll?«
»Wendet Euch nun den Händen zu.«
»Die Hände liegen schlaff und offen da. Die Innenflächen und die Fingernägel sind sauber.«
Das Gewand des Toten hatte zwei Taschen. Ich fühlte in beide hinein und kehrte schließlich die Futter nach außen. Beide Taschen waren leer.
Jetzt sandte Slugi mich zu Selina hinüber.
Ich berichtete: »Die edle Selina liegt auf dem Rücken. Sie ist mit einem seidenen Gewand und einer ebensolchen Hose bekleidet. Beide sind sehr leicht; sie scheinen dazu gedacht, als Unterkleidung getragen zu werden. Ihre Füße sind unbekleidet. An den Knöcheln sehe ich mehrere kleine weiße Narben, wie von Verletzungen, die sie als Kind oder junges Mädchen erlitten hat. Der linke Arm liegt längs des Körpers auf dem Boden hingestreckt, der andere quer über der Brust. Die Hände und ein Teil der Unterarme sind zerschmettert und verstümmelt. An der rechten Hand sind gar zwei Finger abgerissen, alle anderen kaum noch als Finger zu erkennen. Der obere Teil des Gewandes ist voll Blut. Der Oberkörper, den es bedeckt, und das Gesicht ... Bei Allah, ich muß eine kurze Pause machen.«
Ich stand auf und ging zum offenen Fenster hinüber. Als ich mich hinausbeugte, um einige Züge frischer Luft einzuatmen, blickte ich genau auf das Gerüst, das Saifaddaula hatte errichten lassen. Hatte der kleine Magier wirklich ernsthaft vermuten können, seine von solchem Gestank begleitete Vorfüh-

rung, die noch nach Stunden die Luft im Zimmer verpestete, hätte dem Kalifen gefallen können? Wenn er bei klarem Verstand war, mußte er Allah geradezu preisen, daß der Beherrscher der Gläubigen in dieser Nacht gestorben war und den Verbreiter übler Düfte nicht mehr zur Rechenschaft ziehen konnte.

Über den Hof war eine dichte Postenkette aufgestellt, die jeden Zugang zum Haus und auch zu Saifaddaulas Gerüst verwehrte. Ich schaute nach rechts und sah, daß auch vor dem Zugang zum Festsaal Wächter standen.

Aus dem toten Winkel, in dem der Durchgang zwischen der Stirnseite dieses Hauses und der langen Wand mit den Arkaden lag, kamen zwei Männer hervor. Einer von ihnen war Hauptmann Ridwan, der seine Position als derzeitiger Oberer der Wache noch nicht gegen die eines Kerkerinsassen vertauscht hatte. Er kontrollierte mit großem Eifer die Aufmerksamkeit seiner Untergebenen. Ihn begleitete der Mann, der mir schon zweimal aufgefallen war. Er trug jetzt wieder seine Kleidung aus Leder. Er ging einen halben Schritt hinter Ridwan und reagierte mit keiner Silbe oder Geste auf das, was der Hauptmann hin und wieder zu ihm sagte. Ich hatte den Eindruck, daß Ridwan seine deutliche Kontrolle hauptsächlich deshalb vornahm, um diesem Mann eine Demonstration seiner Zuverlässigkeit zu geben. Und der Ledergekleidete selbst war keineswegs Ridwans Begleiter, sondern sein Wächter. Meine Beobachtungen fügten sich zusammen wie bunte Steine in einem Spiel, aus dem Kinder ein Bild zusammensetzen können.

Als ich mich wieder umdrehte, sagte ich zu Slugi: »Wie bedauerlich, daß Eure Schutzmaßnahmen im Saal nicht im Innern dieses Gebäudes fortgesetzt wurden.«

»Ich hatte mehrere Maßnahmen angeordnet. Welche im besonderen meint Ihr?«

»Die drei Kaufleute, die beim Fest in der Nähe des Kalifen standen, waren keine Kaufleute. Es waren Leibwächter, die sofort eingreifen konnten, wenn jemand den Kalifen bedrohte. Sie standen für jedermann im Weg, so daß sie jeden, der sich näherte, nach Waffen abtasten konnten.«

»Leider stellten sie sich dabei so ungeschickt und tölpelhaft an, daß jeder sie an Ort und Stelle durchschauen mußte«, gab Slugi zu. »Eine Schutzmaßnahme, die man auf Anhieb erkennt, hat schon den größten Teil ihrer Wirkung eingebüßt. Nachdem Ihr mich auf den Gedanken mit den Assassinen gebracht hattet, befürchtete ich, ein solcher könnte sich in Verkleidung auf das Fest schleichen, um zu vollenden, was ihm beim ersten Versuch mißlang. Natürlich konnten wir nicht die Identität jedes aus der Ferne angereisten Gastes überprüfen. Mancher wies sich nur durch Schreiben und Siegel aus. Wie leicht man dergleichen Ausweis verliert, habt Ihr selbst erfahren. Andererseits konnte ich auch nicht jeden Gast nach Waffen durchsuchen lassen. Also entschloß ich mich mit Erlaubnis Murschids zu einer anderen Maßnahme: Ich ließ zwei ertappte Taschendiebe aus dem Kerker holen und machte ihnen ein Angebot. Sie konnten, wie das Gesetz es befiehlt, die rechte Hand verlieren, oder sie konnten mir einige Stunden behilflich sein. Die beiden wurden in Festtagsgewänder gekleidet und tasteten jeden Gast, der an ihnen vorbeikam, kurz und gründlich nach Waffen ab, ohne daß es dieser bemerkte. Bei ihnen stand Isbaslar Bursuk, der Fechtlehrer der beiden Prinzen. Er ist ein Mann von großem Geschick und Schnelligkeit – Herr Gutschalk sollte den Männern, die auf mein Geheiß Schlingen über ihn warfen, dankbar für ihren Erfolg sein; hätten sie schlechter geworfen, wäre er von Isbaslar getötet worden, ehe er noch die Meinung, seine Waffe nicht abzugeben, hätte ändern können. Jeder Besucher, der sich dem Kalifen mit einer verborgenen Waffe genähert hätte, wäre enthauptet worden. Leider ist Isbaslar zwar ein hervorragender Kämpfer, aber seine Fähigkeiten zur Erledigung geheimer Aufgaben sind sehr mäßig. So sah man immer wieder, wie sich die Umrisse seiner Waffe unter der Kleidung abzeichneten. Wer mit Mordabsich-

ten im Saal war, hat diese sicherlich einfach verschoben. Die Taschendiebe waren wesentlich geschickter; das bringt ihre Profession wohl mit sich. Ich darf vermuten, daß Ihr Isbaslar soeben als Wächter Ridwans unten auf dem Hof bemerkt und daraus Eure Schlüsse gezogen habt.«
Ich wußte, daß Slugi mir mit seinem Bericht eine Ruhepause hatte vergönnen wollen. Bestimmt hatte er bemerkt, wie mein Magen mir zu schaffen machte. Ohne eine Aufforderung von ihm abzuwarten, ging ich zu Selina zurück. Vielleicht war es so, überlegte ich, daß Slugi den Anblick der Verstümmelten nicht ertragen konnte. Da niemand von seiner Schwäche erfahren sollte, hatte er mich mit der Untersuchung beauftragt, unter dem Vorwand, mich besser im Auge behalten zu können.
Ich fuhr mit der Untersuchung fort. Die Kleidung Selinas besaß keine Taschen. Um ihren Kopf herum und bei der linken Hand hatte Blut die Fäden des Teppichs getränkt, doch gab es hier nicht die Spritzer, die ich beim Körper des Kalifen gefunden hatte. Das Gesicht der Toten war eine furchtbare Fläche aus Fleisch und Knochensplittern. Diese Wunden waren nicht durch Einwirkung eines Kampfes entstanden. Hier konnte nur jemand, der voll Abscheu gegen den Anblick eines weiblichen Antlitzes war, seinem Zorn ohne jede Hemmung den Lauf gelassen haben. Wie weise ist der Prophet, der die Frauen verschleiert gehen läßt, wenn ihr Anblick solche zerstörerischen Kräfte freisetzt!
Ich markierte auch hier die Umrisse des Körpers mit Kreide und drehte ihn dann um.
»Der Rücken und der Hinterkopf sind ohne Verletzungen«, sagte ich.
Während ich mich erhob und auf die beiden Toten herabschaute, kam mir irgend etwas seltsam vor – nicht die über jede Notwendigkeit für einen Mord hinausgehenden Verstümmelungen, sondern etwas, was unabhängig von deren Anblick war.

»Untersucht nun die unmittelbare Umgebung auf dem Teppich«, wies Slugi mich an.
»Einen Moment noch«, bat ich. Abwechselnd blickte ich auf den Kalifen und auf Selina. Beide lagen jetzt etwas mehr zum Fenster hin. Da sie umgedreht waren, blieb meinen Augen der größte Teil der Wunden erspart. Neben den Körpern waren die mit Kreide gezeichneten Umrisse zu sehen. Ich wünschte, mein Kopf wäre etwas klarer gewesen. Sicherlich hätte ich dann genau bezeichnen können, was mir so seltsam vorkam.
»Wenn Euch etwas aufgefallen ist, dann sagt es!« verlangte Slugi.
»Ich weiß es nicht genau. Es gibt einen Unterschied zwischen den beiden Körpern, den ich gesehen habe, der mir aber nicht recht bewußt wird. Wenn ich versuche, mich darauf zu konzentrieren, ist er immer wieder weg. Der Kalif liegt jetzt auf dem Rücken und Selina auf der Vorderseite, genau umgekehrt wir zuvor. Die Seiten der Körper, die ich jetzt sehe, sind durch die Schläge des Mörders nicht in Mitleidenschaft gezogen. Und doch sehe ich etwas, was nicht stimmt.«
Slugi beugte sich nach vorn. Jetzt zeigte er sich wirklich interessiert, aber immer noch ohne Verlangen, selbst nachzusehen.
»Ist es etwas, was Ihr zuvor nicht sehen konntet?« fragte er.
»Sicher. Aber was kann es sein?«
»Wenn es nicht die anderen Seiten der Körper sind, kann es nur der Teil des Teppichs sein, auf dem sie zuvor lagen.«
Ich hatte mich bisher auf die Körper konzentriert und so den umgebenden Teppich nur aus den Augenwinkeln wahrgenommen. Als ich jetzt bewußt hinsah, erkannte ich den Unterschied.
»Es sind die Teppichfasern«, stellte ich fest. »Da, wo der Kalif gelegen hat, biegen sie sich willkürlich in alle Richtungen. Unter Selinas Körper weisen sie alle in eine Richtung, und zwar dahin, wo ihr Kopf lag.«
Slugi notierte etwas auf seinem Täfelchen. Da er keine Anstalten machte, genauer nachzufragen, fuhr ich fort, indem ich

langsam in engen Kreisen um die beiden Toten herumging, wobei ich mich hin und wieder bückte, um etwas näher in Augenschein zu nehmen.

»Ein abgerissener Finger liegt auf dem Boden – jedenfalls nehme ich an, daß es einer von Selinas Fingern ist. Er liegt etwa in Höhe der Beine des Kalifen und einen Schritt weit zum Fenster hin. Bei Allah, nur ein vollkommen Wahnsinniger kann diese Taten begangen haben! Dort, weiter rechts, liegt ein Stück Holz, das in der Mitte zerbrochen ist. Eine Hälfte ist mit einem dünnen Überzug versehen, ihre Spitze ist angekohlt.« Ich hob das Holz auf. »Der Überzug scheint aus Wachs zu sein. Er läßt sich mit dem Fingernagel leicht abkratzen. Es ist einer jener Späne, die man zum Anzünden von Lampen verwendet. In einer kleinen Nische neben dem Fenster liegt eine Öllampe. Sie ist umgefallen und mit Ruß überzogen. Auch ihre Umgebung ist verrußt. Sie muß umgefallen sein, während sie brannte. Dabei hat sich das ganze Öl entzündet und ist verbrannt, ehe es auf den Boden tropfen konnte. Jedenfalls sieht es so aus. Natürlich werdet Ihr der Ansicht sein, daß die Spuren auch auf etwas anderes deuten könnten. Warum auch sollte jemand eine brennende Öllampe umwerfen?«

»Sehr richtig«, warf Slugi ein.

Ich hockte mich auf den Boden und ließ die rechte Handfläche leicht über den Teppich gleiten. »Hier liegen viele winzige Splitter. Viele sind zu klein, um sie mit dem Auge zu sehen, aber man kann sie spüren. Falls die Splitter von der Mordwaffe stammen, muß diese aus einem unüblichen Material sein. Aus Stein vielleicht.«

»Löst Eure Gedanken endlich von dem Katapult«, tadelte Slugi.

»Es könnten auch Knochensplitter der beiden Toten sein«, sagte ich. Dann wandte ich mich dem Fenster zu. »Die Fensterläden stehen weit nach außen. Sie bestehen aus Holz, das einige schmale Luftlöcher aufweist. Ursprünglich waren sie von innen durch einen hölzernen Haken verschlossen, der mit

einem Gelenk an einem Laden befestigt ist und in einen Ring am zweiten greift. Der Haken ist am Gelenk abgebrochen. Er steckt noch in dem Ring. Das Fenster ist also aufgebrochen worden. Falls jemand dadurch entkommen ist, weshalb hat er es nicht einfach aufgemacht? Es muß von außen aufgebrochen sein.«
»Gibt es eindeutige Hinweise darauf, daß jemand den Raum durch das Fenster betreten oder verlassen hat?«
»Außer den gerade genannten nicht. Wenn aber jemand hinuntergesprungen ist, so könnte er auf dem Hof Spuren hinterlassen haben. Außerdem müßte Saifaddaula ihn bemerkt haben, denn er war doch unten in der Nähe des Gerüstes.«
»Das wissen wir nicht. Da die Vorführung nicht die ganze Nacht dauerte, kann er durchaus weggegangen sein.«
»Ihr habt wieder recht, Herr Muqallad. Ich bin zu voreilig. Das Fenster ist allerdings auf jeden Fall groß genug, um selbst einem kräftig gebauten Mann Durchlaß zu bieten. An den Wänden rechts und links davon hängen Teppiche. Auf der linken Seite schließen sie gleich ans Fenster an. Auf der rechten Seite ist nur eine Lücke für die Nische mit der Lampe ausgespart.« Ich wandte mich nach links und ging langsam an den Wänden entlang. »Alle Wände sind mit Teppichen behängt. Hier in der Ecke steht eine Truhe aus Holz. Der Deckel läßt sich leicht öffnen. In der Truhe liegen einige Gewänder.« Ich hob die Kleidungsstücke eines nach dem anderen heraus. Sie alle waren aus dünnem Stoff gewebt, wie ein vornehmer Mann sie zur Nacht tragen mochte. Darunter war die Truhe leer. Einer plötzlichen Eingebung folgend klopfte ich gegen den Boden. Er klang fest. Dennoch maß ich mit dem Unterarm die Innen- und Außenwand der Truhe ab. Die Höhen waren bis auf einen Daumenbreit für den Boden gleich, so daß sich kein geheimes Fach darin verbergen konnte.
Ich ging weiter. Einer der Wandteppiche bewegte sich leicht im Luftzug, als hinge er nicht direkt an der Wand. Ich schlug ihn zur Seite und öffnete damit den Zugang zu einem kleinen

Nebengemach. Dieses war innen mit Mosaiken verziert. Es besaß nur eines jener schmalen Fenster, durch das ein erwachsener Mann nicht einmal seinen Arm hätte stecken können.
Auf einem Schemel befanden sich eine leere Schüssel, eine kleine Schale mit duftendem Öl und mehrere parfümierte Tücher. Daneben stand auf dem Boden ein Krug voll Wasser. Ich goß den Inhalt des Kruges in die Schüssel, um festzustellen, ob sich außer der Flüssigkeit noch etwas anderes in seinem Innern befand. Aber das war nicht der Fall.
Ich kehrte in das große Zimmer zurück und berichtete Slugi, was ich gesehen hatte.
Mein Rundweg führte mich anschließend hinter Slugis Rücken vorbei zur Tür.
Auch an der Tür war der Riegel gewaltsam geöffnet worden. In der Wand befand sich eine Aussparung, und ein waagrecht durch zwei Halterungen gleitender Riegel, der mit der Tür verbunden war, konnte dort hineingreifen. Der Riegel war genau an der Verbindungsstelle durchgebrochen; ein Teil steckte in der Wand, der größte Teil aber hing schief in seiner Führung.
»Wenn wir auch nicht sicher sind, wie der Mörder den Raum verlassen hat«, erklärte ich, »so gibt es doch keinen Zweifel, wie er hineingelangte.«
»Leider ist es nicht so einfach«, sagte Slugi. »Die Tür wurde von at-Tur und Ridwan gemeinsam aufgebrochen. Beide bestätigten, daß sie den Widerstand des Riegels überwinden mußten, indem sie sich mehrmals gegen die Tür warfen.«
»Ein Eunuch, der den Eingang zum Hochzeitsgemach seines Herrn aufbricht?« fragte ich zweifelnd. »In Bagdad scheinen seltsamere Sitten zu herrschen, als ich bisher annahm.«
»Vielleicht ist es nicht so seltsam, wie es Euch jetzt noch scheint. Aber fahrt fort.«
Ich vervollständigte meinen Rundgang, indem ich mich auf der anderen Seite des Zimmers wieder von der Tür entfernte.
»An dieser Wand steht ein breites Bett. Es ist reichhaltig mit

Kissen und Decken versehen. Eine Seite des Bettes berührt die Wand, die drei anderen sind offen. An jeder Ecke befindet sich ein hoher Leuchter. Die beiden Leuchter auf der Türseite stehen aufrecht auf ihren breiten Bodenplatten, die beiden auf der Fensterseite sind quer über das Bett gefallen. Keiner der Leuchter brennt. Auf der Türseite des Bettes steht ein Schemel, auf dem die Kleidung des Kalifen liegt. Am Fußende des Bettes liegt die Kleidung Selinas, der Schleier zuoberst.«
»Was bemerkt Ihr auf dem Bett?«
»Nicht mehr, als was ich Euch soeben schilderte.«
»So laßt mich die Frage anders stellen: Empfindet Ihr Zufriedenheit oder Ärger beim Anblick des Bettes?«
In der Tat empfand ich hauptsächlich Müdigkeit, doch natürlich verstand ich sehr wohl, worauf Slugi hinauswollte. Ich schaute ihn fragend an, denn es schien mir günstig, mich etwas dümmer zu stellen, als ich war.
»Stellt Euch nicht dümmer, als Ihr seid«, sagte Slugi. »Könnt Ihr feststellen, ob die Ehe vollzogen wurde? Wenn der Kalif erst später getötet wurde, so kann Murschid als sein Erbe Anspruch auf die Festung Mankir erheben; wurde er aber vorher getötet, so gibt es nach Malik ibn Salims Tod keinen eindeutigen Erben. Somit wäre allen Interessenten – und somit auch Eurem Herrn – wieder die Möglichkeit zu einem neuen Wettbewerb um die Übernahme der Festung gegeben.«
»Die Polster am Rand sind niedergedrückt, als ob dort jemand gesessen hätte, während er sich entkleidete. Auch weist eines der Kissen eine Einbuchtung auf, als hätte jemand mit der Hand darauf geklopft.«
»Befindet sich Blut auf dem Bett?«
»Nein.«
»So ist die Frage mit Bestimmtheit beantwortet.«
»Wäre es Euch lieber«, fragte ich vorsichtig, »es hätte anders ausgesehen?«
»Es hätte dem Wunsche des Kalifen und den Interessen des Staates jedenfalls mehr entsprochen.«

»Und entspräche es vielleicht Eurem Wunsch, daß ich meine Beobachtung ein wenig korrigiere?«
Er blickte mich fast unerträglich lange an, ehe er Antwort gab: »Herr Usama, es ist meine Aufgabe, Beweise zu finden, nicht, sie zu fälschen. Wäre das Zweite mein Auftrag, so würde ich auf jeden Fall gezwungen sein, Euch töten zu lassen. Kein Zeuge dürfte am Leben bleiben, schon gar nicht einer, dessen Interessen nicht in vollem Umfang auf das Wohl Bagdads ausgerichtet sind. Ihr vermögt, Fragen zu stellen, die nicht nur Antworten hervorrufen, sondern eine Versuchung erzeugen können. Diese Frage gar solltet Ihr niemals wieder stellen. Wollte ich nachträglich den Vollzug der Ehe vortäuschen, so müßte ich nicht nur Manipulationen am Zustand des Bettes vornehmen, sondern auch am Zustand der edlen Selina – und das Ehrenhafteste, was man über solcherlei Manipulationen sagen könnte, wäre, daß sie unappetitlich sind.«
»Ich werde jetzt mit Eurer Erlaubnis das Bett durchsuchen«, kündigte ich an.
»Euer Eifer wächst mit jedem Augenblick. Ich wollte Euch soeben darum ersuchen.«
Ich nahm ein Kissen nach dem anderen hoch, tastete es gründlich ab und legte es zu Boden. Auf der Seite, auf der die Polster von einem darauf Sitzenden niedergedrückt waren, fand ich in einer Spalte zwischen zwei Kissen einen Ring, der wesentlich prächtiger und größer war als die Ringe, die ich an den Fingern des toten Kalifen bemerkt hatte. Er hatte die Form eines zweimal im Kreis gewundenen Drachen. Die Oberseite wurde von einem weit aufgerissenen Maul gebildet, zwischen dessen spitzen Zähnen ein in vielen Farben das Licht widerspiegelnder Edelstein ruhte.
Ehe ich das Bett weiter abtrug, machte ich einen Versuch. Ich setzte mich auf die niedergedrückte Stelle, drehte mich etwas zur Seite und klopfte mit der Hand auf ein Kissen, wie es jemand täte, der eine Frau auffordern wollte, das Bett mit ihm zu teilen. Wie von selbst endete meine Bewegung genau auf

dem Kissen, das etwas eingebuchtet war. Somit war klar, wie diese Veränderungen zustande gekommen waren.
Ich stand wieder auf und entfernte alle Decken. Jede schüttelte ich aus, ohne etwas darin zu finden. Die Grundlage des Bettes wurde durch mehrere nebeneinanderstehende Polster gebildet. Ich stellte die beiden umgefallenen Leuchter wieder auf und hob alle Polster an. Auch darunter befand sich nichts. Schließlich richtete ich das Bett soweit wie möglich wieder her.
»Ein Zimmer vermag mancherlei zu erzählen, wenn man es wie einen Zeugen befragt«, sinnierte Slugi. »Dieses hat uns bereits einige wertvolle Hinweise gegeben. Ich kenne jetzt viele Arten, auf welche die Morde *nicht* begangen worden sind. Doch bevor wir das Zimmer verlassen und die Zeugenschaft der Menschen anrufen, wollen wir ihm noch einige weitere Fragen stellen. Die erste betrifft die vier Leuchter. Beginnt mit den beiden, die umgefallen waren, und stellt fest, ob sich eine Staubschicht darauf befindet. Wenn dies der Fall ist, fahrt mit den beiden übrigen fort.«
Ich wischte vorsichtig mit der Hand über die Leuchter, die wie schlanke Säulen geformt waren. Bei jedem blieb eine ganz dünne Staubschicht auf meiner Haut zurück.
»Es ist nicht mehr als der Staub eines einzigen Tages darauf«, sagte ich. »Gestern früh noch muß dieses Zimmer gereinigt worden sein.«
Slugi ließ mich die Leuchter ein zweitesmal gründlich untersuchen, um herauszufinden, ob vielleicht eine einzelne Stelle sauberer war als der Rest. Das kam mir reichlich übertrieben vor, da die Leuchter in der Tat recht sauber waren. Im Laufe eines Tages kann man das Ansetzen einer geringen Menge Staub eben nicht vermeiden.
Seltsamerweise schien Slugi sehr unzufrieden mit meiner Auskunft.
»Jetzt zur nächsten Frage«, drängte er. »Selina hatte zwei Finger verloren, doch Ihr habt nur einen gefunden. Seid Ihr sicher, daß Ihr jede Möglichkeit im Raum untersucht habt?«

»Völlig. Wenn ich den Finger nicht gefunden habe, so ist er nicht hier. Aber wie Ihr vorhin geäußert habt, daß Räume uns etwas erzählen können, so können uns auch fehlende Finger etwas erzählen. Wir kennen jetzt das Motiv für die Morde, und wohl auch für den Mord in Kazimiya.«
»Jetzt habt Ihr es geschafft, mich in Erstaunen zu versetzen, denn ich muß gestehen, daß ich noch keine solche Erkenntnis gewonnen habe.«
»Aber das ist doch ganz offensichtlich, Herr Muqallad: Schon der erste Mordversuch galt Selina. Nur durch einen Fehler des Täters wurde Sulanid getötet; wahrscheinlich verwechselte er in der Dunkelheit die beiden Frauen. Jetzt schlug der Mörder ein zweitesmal zu. Da der Kalif mit im Raum war, mußte auch er getötet werden. Wir haben unsere Überlegungen viel zu sehr auf die geheimnisvolle Flasche konzentriert und so das Wichtigste übersehen.«
»Ich gebe Euch recht, daß es falsch ist, sich zu früh auf eine bestimmte Lösung zu konzentrieren. Doch muß ich Euch um Belehrung bitten, wie Ihr eine solche Folgerung aus dem Fehlen eines Fingers ziehen könnt.«
»Der Finger ist selbstverständlich der Beweis des Mörders an seinen Auftraggeber, daß er seine Aufgabe erfüllt hat.«
»Erscheint Euch ein solcher Beweis nicht überflüssig? Schon jetzt weiß ganz Bagdad von dem Mord, in zwei Wochen ganz Persien, in zwei oder drei Monaten alle Länder der Rechtgläubigen. Das reicht als Beweis völlig aus. Einen Finger könnte sich der Mörder von jeder beliebigen getöteten Frau besorgt haben. Außerdem krankt Eure Vermutung in zwei wichtigen Punkten: Wenn der Mörder damals im Zelt dachte, er habe die Prinzessin getötet, warum nahm er Sulanid nicht den Finger? Wenn die Flasche nichts mit den Morden zu tun hat, wo ist sie dann? Ich vermute, daß Ihr wie ich bemerkt habt, daß der Kalif sie bei sich trug.«
In der Tat, wo war sie? Wenn der Mörder sie nicht mitgenommen hatte, mußte sie noch irgendwo im Raum sein. Hatte er

sie aber mitgenommen, mochte sie sehr wohl der Anlaß für die Tat gewesen sein.
Ich sah mich um. Die Truhe enthielt keinen doppelten Boden; den Wasserkrug hatte ich geleert und alle Kissen und Polster untersucht.
Mit einer Ausnahme, wie mir erst jetzt auffiel. Ich nötigte Slugi, sich zu erheben, hob sein Sitzpolster hoch und untersuchte auch dies. Leider immer noch ohne Erfolg.
»Die Flasche ist spurlos verschwunden, genauso wie der Mörder«, sagte ich bedauernd.
»Spurlos, sagt Ihr? Aber keineswegs! Ein Mörder, der einen Finger und eine Flasche stiehlt, die kostbaren Ringe des Kalifen aber zurückläßt, ist so einzigartig, daß man ihn auf jeden Fall identifizieren kann. Das Hauptproblem liegt in der Kürze der Zeit, die mir zur Verfügung steht. Es sind nur die Durchschnittsverbrecher, die unerkannt in der Anonymität der Masse untertauchen können.«
»Einen Ring hatte er dem Kalifen immerhin schon abgezogen.«
»Aber nein. Den Ring hat der Kalif sich selbst abgezogen. Habt Ihr nicht bemerkt, wie viele spitze Stellen der Ring hat? Der Kalif war stets außerordentlich rücksichtsvoll gegenüber seinen Frauen; er wollte sie nicht verletzen.«
Ich begann einen neuen Rundgang durch den Raum. Es war eine Art von Jagdfieber in mir erwacht. Ich schlug alle Wandteppiche zurück, um vielleicht einen zweiten Nebenraum zu entdecken, vielleicht auch nur eine Nische mit einer Flasche.
Etwas knirschte unter meinen Sohlen.
»Die Splitter!« rief ich. »Der Mörder hat die Flasche zerschlagen, um an ihren Inhalt zu gelangen. Es muß also doch etwas Großes gewesen sein, das sich nicht durch den Flaschenhals herausholen ließ.«
»Und wo ist dann der Rest der Flasche? Er wird sich schwerlich die Mühe gemacht haben, die ganze Flasche in kleine Stücke zu zermahlen.«

»Er hat die Flasche mitgenommen.«
»Warum hat er sie dann vorher zerschlagen?«
»Um zu sehen, ob darin war, was er vermutet hatte.«
»Warum hat er sie dann noch mitgenommen? Er hätte sich, war die Flasche einmal zerstört, mit dem Inhalt begnügen können.«
»Vielleicht brauchte er einen Behälter, um den Inhalt zu transportieren. Vielleicht waren es kleine ... Nein, dann hätten sie sich durch den Flaschenhals entfernen lassen. Herr Muqallad, Ihr stellt immer nur neue Fragen!«
»Das ist mein Beruf. Wenn ich die Antworten geben kann, habe ich meine Aufgabe ja erfüllt.«

»Dies ist mein Arbeitsraum«, erklärte Slugi mir wenig später.
Wir hatten das Gebäude, das so viel Gewalt in seinen Mauern erduldet hatte, verlassen. Jetzt befanden wir uns in einem anderen Palastteil, der nicht der Feierlichkeit, sondern der Verwaltung diente.
Slugis Arbeitsraum hätte sich sogar gänzlich außerhalb des Palastes befinden können. Von Prachtentfaltung war hier keine Rede mehr. Einfache Schemel waren die Sitzgelegenheiten; sie besaßen Rahmen aus Holz und dazwischen ein Rohrgeflecht. In der Mitte des Raumes stand ein Tisch, auf dem einige der Wachstäfelchen lagen, die Slugi für seine Notizen benutzte. In der hinteren Ecke lag ein abgewetzter Gebetsteppich auf dem gestampften Lehm des Bodens, daneben stand ein Schemel mit einem aufgeschlagenen Koran. Die unteren Ecken der einzelnen Seiten waren abgegriffen und wiesen zahlreiche kleine Einrisse auf. Ohne Zweifel tat Slugi mit dem Buch der heiligen Offenbarung, was dessen Name[*] den Rechtgläubigen zu tun auffordert.
Slugi setzte sich auf die eine Seite des Tisches und bedeutete mir, ihm gegenüber Platz zu nehmen.

---
[*] »Koran« bedeutet wörtlich: das oft zu Lesende.

»Wir werden uns gemeinsam einige Aussagen anhören«, sagte er. »Ich bitte Euch, die Zeugen genau zu beobachten und mir hinterher mitzuteilen, wenn Euch etwas Besonderes aufgefallen ist. Es mag sein, daß ich Euch bitten werde, in das Gespräch einzugreifen. Tut dies ohne Scheu.«
»Ich verstehe Euren Plan nicht recht, Herr Muqallad. Ich hatte erwartet, daß Ihr mich zuerst verhören wolltet. Statt dessen tut Ihr fast, als wäre ich Euer Mitarbeiter.«
»Alles wird zu seiner Zeit geschehen. Zunächst fühlt und handelt getrost so, als wärt Ihr es tatsächlich.«
»Doch wenn Euch etwas entgeht, so wird es mir gewiß nicht auffallen.«
»Ihr habt Euch soeben als ein guter Beobachter erwiesen. Ich erkenne Anlagen in Euch, die mich glauben lassen, daß Ihr mit ein wenig Übung durchaus imstande sein werdet, auch das übrige zu lernen. Seht, dort tritt schon unser erster Zeuge ein! At-Tur, mein Lieber, nimm Platz.«
Der Eunuch schob zwei Schemel zusammen und setzte sich unter großem Ächzen darauf. Unwillkürlich fragte ich mich, wie er erst beim Aufstehen ächzen würde.
Slugi hatte ihn mit seiner einladenden Geste so postiert, daß at-Tur neben mir saß und der Untersuchungsrichter uns beide gleichzeitig vor sich hatte. Vielleicht, so dachte ich, ist dies bereits mein Verhör – nur findet es dadurch statt, daß er meine Reaktionen auf die Aussagen der Zeugen anstelle meiner Antworten zu Rate zieht.
»Verzeihe, wenn ich dich von deinen Pflichten fernhalte«, entschuldigte sich Slugi mit einem Lächeln.
Ebenso lächelnd erwiderte at-Tur: »Ich machte ohnehin gerade eine Pause für einen kleinen Imbiß, da konnte ich unterwegs genausogut bei dir vorbeischauen.«
Ich gewann den Eindruck, der Wiederholung eines alten Scherzes beizuwohnen, wie er unter guten Freunden manchmal üblich ist und von dem sie selbst in einem wichtigen Augenblick nicht lassen können.

»Berichte mir, wie es zur Entdeckung der Morde kam«, bat Slugi ihn.
At-Tur begann zu sprechen. Er hatte eine weiche, angenehm klingende Erzählstimme. Hätte er nicht das Amt eines Eunuchen bekleidet, so wäre er wohl ein beliebter Märchenerzähler geworden.
»Als der Beherrscher der Gläubigen mit seiner Gemahlin Selina den Festsaal verließ, ging er auf direktem Wege über den Hof zu dem Gebäude, in dem nach alter Tradition das Ritual der Hochzeit vollzogen wird. Ich hatte ihn an der Ecke zum Platz erwartet. Als ich ihn kommen sah, ging ich vor ihm ins Haus. Da ich wußte, wie sehr er es schätzte, sich des Abends mit warmem Wasser zu reinigen, hatte ich einen Krug mit Wasser auf eine Feuerstelle im Erdgeschoß gestellt. Jetzt holte ich den Krug und trug ihn in das kleine Gemach neben dem Schlafraum. Ich vergewisserte mich noch kurz, daß alles zum Wohlgefallen meines Herrn gerichtet war. Die Läden vor dem Fenster waren geschlossen, nur die kleine Öllampe in der Nische brannte. So herrschte ein angenehmes Dämmerlicht im Zimmer. Ich erwartete den Kalifen neben der Tür. Er schien guter Laune zu sein, und es gab keine Anzeichen für die Schmerzen in seiner Brust, die ihn in letzter Zeit so häufig geplagt hatten. Er sagte noch ein Scherzwort zu mir, als er eintrat. Seine Gemahlin folgte ihm schweigend. Ich verneigte mich und ging hinaus. Der Kalif kam noch einmal zur Tür und gemahnte mich kurz an meine besondere Pflicht. Du weißt natürlich, worum es sich handelt.«
»Erzähle es trotzdem, denn unser Gast weiß nichts darüber. Es wird ihm gewiß eine seiner brennenden Fragen beantworten.«
At-Tur warf mir einen kurzen, mißtrauischen Blick zu, antwortete aber ohne Zögern: »Der Kalif ist ... war ein alter Mann. Sein Körper und auch sein Geist waren schon lange nicht mehr so stark, wie er es selbst gern gehabt hätte. Häufig leugnete er seine Gebrechen gerade sich selbst gegenüber,

aber niemals in einem solchen Ausmaß, daß er sich aus Starrsinn einer Gefahr ausgesetzt hätte. Er hat seinen Frauen nur noch selten beigewohnt, da er befürchten mußte, daß eine große körperliche Anstrengung seinen Tod zur Folge haben könnte. Wenn er es tat, so mußte ich beim ersten Schimmer des Morgenlichtes nach ihm sehen. Ich kratzte dann an der Tür und rief: ›Befindet sich mein Herr wohl?‹ Wenn er mir antwortete, dann war alles gut, und ich trug Sorge, daß sein Morgenmahl gerichtet wurde. Sollte er jedoch einmal nicht antworten, so war es meine Pflicht, sofort in das Zimmer einzutreten. Zu diesem Zweck ließ der Kalif die Tür stets unverriegelt. Natürlich war es jedermann streng untersagt, sich im Gebäude aufzuhalten. Nachdem der Kalif also die Tür geschlossen hatte, ging ich durch alle Räume des Hauses, um zu überprüfen, ob sich nicht doch ein neugieriger Sklave irgendwo versteckt hielt.«

»Du bist sicher, daß der Kalif den Riegel nicht vorlegte?«

»Hätte er den Riegel vorgelegt, so hätte ich dessen Gleiten hören müssen. Der Riegel läßt sich nicht lautlos bewegen. Er kann erst vorgelegt worden sein, nachdem ich das Haus verlassen hatte. Ich fand in den Räumen niemanden vor. Das bedeutet, daß sich auch niemand ohne mein Wissen im Haus aufgehalten hat. Du weißt, daß ich in den Jahren, in denen ich meine Pflicht erfüllte, zweimal neugierige Sklaven ertappte, die sich vor meinen Blicken und meinem Zugriff sicher glaubten. Ich führte sie dem Stock des Zuchtmeisters zu und rettete sie so, um den Preis ihres Hasses auf mich, vor dem Schwert des Henkers. Als ich am gestrigen Abend ins Freie trat, tat ich dies in der völligen Gewißheit, daß sich nur die beiden Menschen im Brautgemach zwischen den Mauern befanden. Vor der Tür standen vier Wächter. Ich ging auf den Hof zurück, da ich mir die Vorführung des Magiers ansehen wollte. Ich bemerkte unter den Arkaden Hauptmann Ridwan, der seine Aufmerksamkeit zwischen der Beobachtung der Wächter und sehnsüchtigen Blicken auf den hellerleuchteten Festsaal teilte.

Der Magier war inzwischen dabei, letzte Hand an die Gerätschaften auf dem Gerüst zu legen. Da ich keine Lust hatte, mich mit Ridwan zu unterhalten, stellte ich mich abseits von ihm in den Schatten. Dabei kam mir der Gedanke, daß das Gerüst doch zu nahe beim Haus stand, so daß die Vorführung den Kalifen mehr belästigen als erfreuen würde. Ich ging eine Weile mit mir selbst zu Rate, ob ich etwas unternehmen sollte, um die Vorführung zu verhindern. Aber ich war zu langsam, denn während ich noch nachdachte, lief der Magier schließlich in den Festsaal. Bald darauf kam er wieder heraus, und viele Gäste folgten ihm nach draußen. Zwar hatte der Magier Murschids Einwilligung für sein Handeln, aber es gibt Ereignisse, nach denen der Prinz sich auch bei schärfstem Nachdenken an bestimmte Einwilligungen nicht mehr erinnern kann. Der Magier hielt zunächst eine längere Ansprache, in der er zwei Dinge lobend hervorhob: seine Bescheidenheit und seine überragenden Fähigkeiten. Dann brannte er sein chinesisches Pulver ab. Ich muß zugeben, daß es ein unvergeßliches Erlebnis war: So viel Gestank habe ich noch nie erlebt. Das Feuerwerk schien kein Ende zu nehmen. Immer wieder zündete er noch ein Rad an, das sich feurig drehte, oder noch eine Hülse, die Funken in den Himmel sprühte. Mit der Ausweitung des Gestankes weitete sich auch der Kreis der Zuschauer immer mehr, während ihre Anzahl stets kleiner wurde. Auch ich wartete das Ende nicht ab, zumal ich den Verdacht hatte, Saifaddaula erwarte von allen, die bis zum Schluß ausharrten, ein Entgelt. In der Küche nahm ich noch einen kleinen Imbiß zu mir, dann legte ich mich eine Weile aufs Ohr. Vor der Morgendämmerung weckte mich einer der Küchenjungen. Ich ging zum Gebäude zurück und traf dort ein, als die Wachen gerade abgelöst wurden. Ridwan stand dabei und mäkelte an den Uniformen herum. Ich stieg in den ersten Stock hinauf und kratzte an der Tür des Zimmers. Ich stellte meine Frage, aber keine Antwort kam. Dann nahm ich mir die Freiheit, mit der Hand gegen das Holz zu klopfen und meine Frage lauter zu

wiederholen. Aber weder antwortete mir der Kalif, noch ließ seine Gattin erkennen, daß die Störung ihr lästig sei. Ich drückte gegen die Tür und stellte fest, daß sie verschlossen war. Meine Anweisung, einzutreten, war eindeutig, wenn darin auch von verschlossenen Türen keine Rede war. Ich rief die Treppe hinunter nach dem Hauptmann, der auch sofort nach oben kam. Als ich ihn aufforderte, mir beim Aufbrechen der Tür zu helfen, wies er dieses Ansinnen entsetzt von sich. Als ich aber begann, mich selbst gegen die Tür zu werfen, half er mir doch, wenn auch recht zurückhaltend. Wir mußten mehrmals gegen die Tür anrennen, weil der Riegel die ersten Stöße ausgehalten hatte. Schließlich – es mag beim fünften oder sechsten Versuch gewesen sein – brach der Riegel. Ridwan blieb stehen, ich aber stürzte in den Raum hinein. Als ich mühsam wieder aufgestanden war, sah ich als erstes Ridwans entsetztes Gesicht. Dann drehte ich mich um und erkannte, was geschehen war. Wir wußten zunächst beide nicht, was wir tun sollten. Ich schickte Ridwan los, um dich zu holen. Er aber stand weiter da, als sei er völlig gelähmt, und starrte auf die beiden Toten. Da lief ich selbst geschwind, um dich zu wecken. Nein, ich will bei der Wahrheit bleiben: Ich lief, so schnell ich konnte.«
»Wenn du die Absicht gehabt hättest, Selina zu töten, was hättest du getan?« fragte Slugi unvermittelt.
At-Tur zeigte sich von der Frage nicht im geringsten überrascht. »Der günstigste Moment wäre der gewesen, in dem sie das Zimmer betrat. Ich hätte neben der Tür gewartet und beide nacheinander mit einem vergifteten Dolch verletzt. Ihre Schreie hätte ich mit Kissen erstickt. Dann hätte ich Bagdad sofort verlassen. Da ich immer der erste war, der den Kalifen ansprach, hätte es bis weit in den nächsten Tag dauern können, ehe die Toten entdeckt worden wären. Bis dahin hätte ich einen ziemlichen Vorsprung gehabt. Aber ich wäre niemals entkommen, weil es kein Problem ist, der Spur eines Mannes zu folgen, der aussieht wie ich.«

»Hättest du den Kalifen auf jeden Fall mit ermorden müssen?«
»Wenn ich es in dieser Nacht getan hätte, ja. Hätte ich Selina zu einem späteren Zeitpunkt im Harem töten wollen, so hätte der Kalif überleben können. Um meine Spuren zu verwischen, hätten dann aber ein paar andere Frauen sterben müssen, vielleicht auch ein knappes Hundert Sklaven, Eunuchen und Soldaten.«
»Ihr sprecht«, mischte ich mich ein, »als hättet Ihr die Möglichkeit, den Kalifen zu töten, bereits ernsthaft erwogen.«
»Einem Mann meines Standes«, antwortete at-Tur mit Würde, »bleiben nicht viele Möglichkeiten, sich die langen Nächte zu vertreiben, wenn er sich nicht mit der eigenen Phantasie beschäftigt.«

Hauptmann Ridwan kam ohne seinen Wächter. Er nahm militärische Haltung an und war erst nach einigem Zureden dazu zu bewegen, neben mir Platz zu nehmen.
At-Tur hatte nach seinem Weggang dafür gesorgt, daß eine Sklavin uns heißen Tee brachte. Die dumpfe, lähmende Stimmung, die mich den Vormittag über bei der Untersuchung des Zimmers beherrscht hatte, hatte sich nach und nach verflüchtigt. Ich war zwar immer noch nicht auf der Höhe meiner Kräfte, aber ich begann schon wieder, etwas Appetit zu entwickeln.
Als Ridwan sich schließlich neben mich setzte, goß ich ihm höflich Tee in einen Becher. Bald zeigte sich, daß sein anfängliches Zögern, die Sitzgelegenheit anzunehmen, weniger mit seinem Gefühl für militärische Haltung als mit meiner unmittelbaren Nachbarschaft zu tun hatte.
»Was immer in meiner Macht steht, will ich tun, um den schändlichen Mörder zu entlarven«, sagte er. »Habt Ihr Euer Auge auf die Fremden gerichtet, die diesen Palast bevölkern?«
»Sie sind schwerlich zu übersehen«, antwortete Slugi, »sind sie doch zu Hunderten im Festsaal versammelt.«

»Ich meinte besonders jene«, präzisierte Ridwan mit einem Blick auf mich, »die überraschend und ohne Einladung Zugang zum Palast gefunden haben.«
»Es ist seltsam, daß ausgerechnet Ihr mich mit diesen Eigenschaften belegt«, entgegnete ich. »Wenn mich meine Erinnerung nicht trügt, gelangte ich auf Eure Anweisung und in Eurer Begleitung hierher. Könnte es sein, daß Ihr ein bestimmtes Interesse hattet, die Zahl der Fremden noch zu erhöhen?«
»Ihr hättet es auf jeden Fall verstanden, einen Weg in den Palast zu finden.«
Slugi unterbrach: »Ihr Herren, Konjunktive werden uns unsere Aufgabe nicht erleichtern. Wir wollen uns an Tatsachen halten. Hauptmann Ridwan, Ihr hattet in der vergangenen Nacht das Kommando über die Wache. Berichtet, was Ihr getan und beobachtet habt!«
»Ich übernahm das Kommando um die Zeit des Nachmittagsgebets von Hauptmann al-Hafiz. Nachdem ich mich in die Wachrolle eingetragen hatte, inspizierte ich die Posten am Tor. Die letzten Steuerzahler verließen gerade den großen Hof. Ich blieb dort, bis das Tor geschlossen war, denn der Palast sollte für jedermann während der Feierlichkeit unzugänglich sein. Dann begab ich mich zum Hof vor dem Festsaal zurück. Ich kontrollierte die Wächter, die des Nachts die Sicherheit des Kalifen vor der Eingangstür garantieren sollten. Ich hatte die Absicht, die ganze Nacht hindurch in der Nähe des Herrschers zu bleiben. Die Pflicht geht mir über alles, über das Glück meiner Familie, ja selbst über mein eigenes Wohlbefinden.«
Er machte eine kurze Pause, um unser Lob entgegenzunehmen. Wir blickten ihn jedoch nur abwartend an, und so sprach er weiter: »Ich umrundete die drei offenen Seiten des Gebäudes, so daß ich sichergehen konnte, daß niemand sich daran zu schaffen gemacht hatte. Auf der Seite des Schlafgemachs legten Sklaven letzte Hand an ein Holzgerüst, während der indische Gaukler um sie herumhüpfte und aufgeregt An-

weisungen gab. Ich fragte ihn, was er dort zu suchen habe. Er antwortete, im Auftrag des edlen Prinzen Murschid beabsichtige er, einige Feuerdämonen zu beschwören. Ich vollendete also meine Kontrolle des Hauses und kehrte dann ins Wachlokal zurück, um mir die Einteilung der Wachen für die Nacht zur Genehmigung vorlegen zu lassen.«

»Habt Ihr die Mitteilung Saifaddaulas nachgeprüft?«

»Warum hätte ich das tun sollen?«

»Bedeutet Eure Gegenfrage soviel wie ›Nein‹?«

»Ja.«

»Ihr vollendetet also Eure Kontrolle. Wie machtet Ihr das?«

»Ganz einfach, indem ich mir alle Seiten des Hauses ansah.«

»Ihr habt also den Festsaal betreten.«

»Aber keineswegs. Wie kommt Ihr darauf?«

»Das Haus steht nur auf drei Seiten frei. An der vierten stößt es an den Festsaal.«

»Das ist mir wohlbekannt.«

»Hauptmann, Eure Antworten scheinen mir ein wenig unvollständig zu sein. Wenn Ihr wirklich alles tun wollt, was in Eurer Macht steht, so müßt Ihr mehr Entgegenkommen beweisen. Ihr könnt nur dann alle Seiten des Hauses überprüft haben, wenn Ihr in den Saal gegangen seid. Also?«

»Auf der Seite zum Saal hat das Haus weder Tür noch Fenster. Der Festsaal ist dort direkt an die Mauer gebaut. Da das Haus nur an den drei anderen Seiten Öffnungen besitzt, habe ich auch nur diese überprüft.«

»Das war doch gar nicht so schwer zu beantworten. Jetzt berichtet weiter.«

»Ich führte im Wachlokal einen Appell durch, bei dem ich die Soldaten auf Vollzähligkeit und Korrektheit der Ausrüstung überprüfte. Dann ging ich wieder zum Festsaal zurück. Ich wartete am Rand des Hofes, bis der Kalif und seine Gemahlin den Saal verließen und das Haus betraten. Auch anschließend blieb ich noch eine Weile dort, um zu überprüfen, ob die Vorführung des Inders vielleicht eine Gefahr für den Herrscher

bedeuten konnte. Später ging ich durch den Palast, um immer wieder überraschend die Wachen zu kontrollieren. Zweimal kehrte ich dabei zu dem Haus, in dem der Kalif ruhte, zurück. Ein drittesmal dann, als die Morgendämmerung einsetzte.«
»Habt Ihr während der Nacht geschlafen?«
»Nicht einen Augenblick.«
»Hat, nachdem der Kalif mit seiner Gattin eingetreten war, jemand das Gebäude betreten oder verlassen?«
»Nein.«
»Da seid Ihr völlig sicher?«
»Selbstverständlich. Es gehört zu meinen Aufgaben, über solche Dinge informiert zu sein. Es gibt nur eine einzige Tür, und vor der standen die Posten. Ich ließ mir jedesmal Meldung über die Vorkommnisse machen, als ich auf meinem Kontrollgang dort angelangte.«
»Und was ist mit at-Tur? Er muß doch irgendwie aus dem Gebäude herausgekommen sein, nachdem der Kalif eingetreten war.«
»Ach, der Eunuch. Ja, der ist natürlich herausgekommen und auch heute morgen wieder hineingegangen.«
»Das ist bemerkenswert, sagtet Ihr doch soeben noch, es wäre niemand gekommen oder gegangen.«
»Aber bei dem Eunuchen gehört es doch zu seinen Pflichten.«
Slugi atmete tief aus, wie ein Mann, der an einer Aufgabe zu verzweifeln droht. Dann sagte er in einem Tonfall, der dem Angesprochenen eine bewußt erzwungene Geduld verriet: »Gut, Hauptmann, jetzt denkt genau nach. Hat während der Nacht außer at-Tur irgend jemand, zu dessen Pflichten es gehören mochte oder nicht, das Gebäude betreten oder verlassen? Ich weiß nicht recht, wie ich Euch die Bedeutung der genauen Klärung dieser Frage vermitteln soll, wenn Ihr sie nicht von allein erkennen könnt.«
»Niemand sonst ist dagewesen.«
»Dann berichtet weiter, was heute in der Frühe geschah.«

»Als die Morgendämmerung begann, unmittelbar nach dem Frühgebet, wurden die vier Posten vor dem Eingang abgelöst. Ich stand dabei, um den Vorgang zu überwachen.«
»Ich verstehe Euch dahin gehend, daß außer Euch zu diesem Zeitpunkt acht Soldaten vor der Tür anwesend waren.«
»So ist es. Während die Wachablösung vor sich ging, kam der Eunuch herbei und betrat das Gebäude. Kurz darauf hörte ich ihn aufgeregt aus dem Innern nach Hilfe rufen. Ich erkannte sofort, daß etwas Furchtbares geschehen sein mußte. Daher lief ich, ohne zu säumen, die Treppe hinauf. Sofort entschloß ich mich, die Tür zum Zimmer des Kalifen aufzubrechen, da jedes Zögern die Gefahr hätte vergrößern können. Doch es war zu spät. Leider war der Eunuch mir keine große Hilfe. Wer weiß, ob der Kalif nicht noch zu retten gewesen wäre, wenn wir schneller hineingekommen wären. Der Eunuch aber stellte sich so ungeschickt an, daß er mit der Tür zu Boden stürzte. Mit einem Blick erfaßte ich, was geschehen war. Ich sandte den Eunuchen, der vor Entsetzen wie gelähmt war, um Euch so rasch wie möglich zu benachrichtigen. Ich selbst blieb zurück und wachte aufmerksam, damit kein Unbefugter sich einschleichen und wichtige Spuren verwischen konnte. Dort traft Ihr mich an.«
»In der Tat, und ich mußte dreimal laut Euren Namen rufen, um Eure Aufmerksamkeit zu erregen. Nun zu einem anderen Thema: Was war in der Flasche?«
Ridwan kniff die Lippen zusammen, als wollte er sichergehen, daß sich nicht eine Antwort hindurchzwängen könnte.
»Ich warte«, sagte Slugi, als Ridwan beharrlich schwieg. »Sagt mir, was darin war, oder sagt mir, daß Ihr es nicht sagen werdet. Aber schweigt mich nicht an.«
»Ihr wolltet schon einmal eine Antwort von mir«, erwiderte Ridwan schließlich zögernd. »Doch der Kalif befahl mir, genau wie seine Gattin, das Geheimnis zu wahren. Ich kann es Euch nicht sagen.«
»Es würde Euch nicht überzeugen, wenn ich argumentierte,

daß der Kalif nur deshalb sein Leben verlor, weil ihm jemand die Flasche abnehmen wollte?«

Ridwan nickte verneinend. »Das ist gewiß nicht möglich. Wenn Ihr wüßtet, was darin ist ...« Er rutschte unruhig auf seinem Sitz hin und her.

»Ich verstehe Euch«, beruhigte ihn Slugi. »Ihr fürchtet den Zorn der Prinzen, wenn Ihr das Geheimnis verratet, und Ihr fürchtet ihn genauso, wenn ich behaupte, daß Ihr mir nicht offen geantwortet habt. Ist es nicht so?«

»Herr Muqallad, ich bin in einer schwierigen Lage.«

»Wie wahr! Gut, ich will nicht weiter in Euch dringen.«

Ridwan wirkte erleichtert und gleichzeitig erstaunt. Er hatte gewiß nicht erwartet, daß Slugi so schnell aufgeben würde. Ich übrigens auch nicht.

»Als Ihr hereinkamt«, sagte Slugi jetzt, »da rietet Ihr mir, mein Augenmerk auf eine bestimmte Gruppe von Personen zu richten. Zwar nanntet Ihr keine Namen, aber ich vermute, daß Ihr die Herren Usama, Saifaddaula und Gutschalk meintet.«

»Ja, ich halte sie für am meisten verdächtig.«

»So erklärt mir, weshalb.«

»Sie waren in Kazimiya, als die Dienerin der Selina ermordet wurde, und sie waren auch hier im Palast, als der Beherrscher der Gläubigen mit seiner Gattin starb. Es scheint mir ganz offensichtlich, daß einer von ihnen oder mehrere gemeinsam für die Morde verantwortlich sind.«

»Beruht Euer Verdacht nur auf der jeweiligen Anwesenheit, oder habt Ihr darüber hinaus noch Gründe dafür?«

»Ist die Anwesenheit nicht genug?«

»Wenn es so ist, Hauptmann, dann müßt Ihr auch Euch selbst und jeden Eurer Männer in den Kreis der Verdächtigen einschließen.«

»Aber ... Ich war es nicht!«

»Ihr habt in beiden Fällen die Opfer gesehen, Hauptmann. Ist Euch vielleicht ein wichtiger Unterschied in der Ausführung der Morde aufgefallen?«

»Sie wurden nicht gleich ausgeführt. Sulanid wurde erstochen, und der Kalif und Selina wurden fürchterlich zugerichtet, als hätte jemand mit einem Knüppel auf sie eingeschlagen. Meint Ihr das?«
»Genau. Wir wollen einmal gemeinsam unseren Verstand anstrengen. Wenn wir es mit demselben Mörder zu tun haben, wie Ihr denkt, warum hat er dann nicht jedesmal dieselbe Waffe benutzt? Mit einem Dolch tötet man schneller und leiser, als wenn man jemanden erschlägt. Vor allem gilt dies dann, wenn der Mörder mit einem Dolch umzugehen versteht. Eurem Bericht über den Mord an Sulanid entnahm ich, daß der Mörder nur einen einzigen Stich brauchte, um sie zu töten. Das gelingt nur jemandem, der im Umgang mit der Waffe geübt ist. Warum benutzte der Mörder hier seinen Dolch nicht noch einmal?«
Ridwan und ich grübelten um die Wette. Slugi saß abwartend auf seinem Hocker. Ich war sicher, daß er selbst die Antwort auf diese Frage schon wußte. Wollte er einem von uns eine Falle stellen?
»Was meint Ihr, Herr Usama?« fragte er mich, als Ridwan nicht antwortete. »Ihr bildet Euch so schnell eine Meinung, daß ich denke, Ihr habt auch jetzt eine.«
»Wenn wir voraussetzen«, sagte ich, »daß der Mörder zu der von Euch benannten Gruppe gehört, dann kann es nur einen Grund dafür geben: Beim Mord in der vergangenen Nacht hatte er seine Waffe nicht mehr. Er hat sie in Kazimiya zurückgelassen, weil er nicht wollte, daß sie bei Eurer Untersuchung entdeckt würde. Bei seinen späteren Morden benutzte er eine andere Waffe. Vielleicht mußte er improvisieren und nahm etwas, was normalerweise gar nicht als Waffe gedacht ist.«
»Sehr gut. Was denkt Ihr darüber, Hauptmann?«
»Das ist schon möglich, Herr Muqallad.«
»Dann stehen wir also vor unserer nächsten Frage: Wo ist der Dolch? Die Art der Wunde, die Ihr mir beschrieben habt, deu-

tet auf einen solchen hin und nicht etwa auf ein Schwert oder einen Säbel.«

»Der Mörder kann ihn irgendwo zwischen Kazimiya und Bagdad beseitigt haben.«

»Erscheint Euch das glaubhaft, Hauptmann? Waren die Verdächtigen nicht die ganze Zeit unter Beobachtung? Wenn der Dolch unterwegs weggeworfen wurde, dann deutet das auf die Täterschaft eines Unverdächtigen, also auf Euch oder einen Eurer Männer. Wurde er bereits in Kazimiya versteckt, sieht die Sache anders aus. Es wäre wichtig, die Waffe zu finden, und zwar bald. Ihr habt mir Eure Hilfe zugesagt, Hauptmann. Jetzt ist der Moment, das Angebot anzunehmen.«

»Wollt Ihr mich zurücksenden? Aber ich darf den Palast nicht verlassen.«

Slugi erhob sich und ging zu dem Schemel mit dem Koran. Er blätterte kurz, dann nahm er eine Seite, die nur locker darin gelegen hatte, und gab sie Ridwan.

»Lest, was darauf steht«, wies er ihn an.

Und Ridwan las laut: »*Auf meinen Befehl und zum Wohle des Staates tut der Inhaber dieses Briefes das, was er tut. Gegeben zu Bagdad im Jahre 551. Darunter ist das Siegel des Kalifen.*«

»Irgendwo habe ich diesen Satz schon einmal gehört«, überlegte ich laut.

»Woher habt Ihr diese Vollmacht, Herr Muqallad?« fragte Ridwan.

»Hauptmann, Vollmachten zu besitzen gehört zu meinen Pflichten, wenn auch eine Blankovollmacht wie diese manchmal eine große Last bedeuten kann. In diesem Fall werde ich die Last mit Euch teilen. Geht zu den Ställen und wählt Euch das schnellste Pferd. Besser, wählt Euch zwei, damit Ihr unterwegs wechseln könnt. Ich will, daß Ihr morgen abend vor Sonnenuntergang zurück seid. Wenn in der Karawanserei irgendwo die Waffe zu finden ist, dann müßt Ihr sie finden.«

»Aber die Karawanserei ist groß. Soll ich mir Helfer mitnehmen?«

»Nicht aus Bagdad. Sucht den Kschascha* in Kazimiya auf und laßt Euch Männer zur Hilfe geben, soviel Ihr braucht.«
»Das will ich tun. Ich möchte nur zu bedenken geben, daß ich die Räume der Verdächtigen bereits durchsuchen ließ, ohne daß etwas gefunden wurde.«
»Habt Ihr die Wände abklopfen lassen, ob etwas hinter einem lockeren Stein verborgen war? Habt Ihr den Boden in den Zimmern mit Harken wenden lassen, ob etwas eingegraben war? Habt Ihr Leute mit Leitern auf das Dach steigen lassen? Habt Ihr alle leerstehenden Zimmer kontrollieren lassen? Habt Ihr einen Mann mit einer Fackel an einem Seil in die Zisterne herabgelassen? Habt Ihr die Asche der Feuerstellen wenden lassen?«
Ridwan senkte den Kopf; das was Antwort genug.
»Dann habt Ihr keine Untersuchung vorgenommen«, erklärte Slugi. »Und jetzt macht Euch auf den Weg, Hauptmann. Denkt nicht, daß ich Euch angst machen will, aber Ihr habt einen Erfolg bitter nötig.«
Als Ridwan uns verlassen hatte, äußerte ich: »Ihr habt aber schnell nachgegeben, als er nicht mit den Informationen über die Flasche herausrücken wollte.«
»Er hätte das auf keinen Fall getan, auch wenn ich länger gebohrt hätte. Ich sagte doch schon, daß er seine Unsicherheit durch Starrsinn überdeckt. Außerdem hat er nicht ganz unrecht, wenn er sagt, daß der Befehl des Kalifen noch gilt. Weshalb hätte ich ihn mir durch Drohungen zum Feind machen sollen? Ich werde die Prinzen gelegentlich nach dem Inhalt der Flasche fragen. Aber ich muß mich selbst auch ein wenig zur Ordnung rufen, damit ich mich nicht zu sehr auf den Inhalt der Flasche konzentriere. Wenden wir uns nun dem nächsten Zeugen zu. Zwar denke ich, daß ich auch mit ihm über die Flasche sprechen werde, aber sicherlich auch über das eine oder andere Ereignis, daß Euch sehr interessieren wird.«

---
* Kschascha: Dorfvorsteher.

»Einen Moment!« Ich hielt Slugi zurück, der gerade den Soldaten, der vor dem Eingang bereitstand, hereinrufen wollte, um den nächsten Zeugen kommen zu lassen. »Ihr zieht auch Ridwan in den Kreis der Verdächtigen mit ein. Warum laßt Ihr ihn dann davonreiten, ratet ihm geradezu noch zu einem Ersatzpferd? Ja, Ihr helft ihm sogar mit einer unbegrenzten Vollmacht.«
»Glaubt Ihr etwa, daß er fliehen wird, Herr Usama?«
»Wenn er der Mörder ist, wird er es bestimmt tun.«
»Richtig. Wie Ihr seht, gibt es mehrere Wege, einen Mörder zu überführen.«

Gutschalk betrat den Raum und blickte sich aufmerksam nach allen Seiten um, als erwartete er eine Falle. Als er niemanden außer uns beiden entdeckte, ließ er sich allerdings zwanglos neben mir nieder.
»Ihr habt eine schwere und traurige Pflicht zu erfüllen, Herr Muqallad«, sagte er. »Wie ich sehe, habt Ihr Euch der Unterstützung durch Herrn Usama versichert. Ich vermute, daß Ihr auch mich um meine Hilfe bitten wollt, denn schließlich steht von uns beiden eindeutig fest, daß keiner von uns der Täter sein kann.«
»Es ist immer von Vorteil, wenn man die eindeutig Unschuldigen früh von den Verdächtigen trennen kann«, erwiderte Slugi ausweichend.
»Soll ich Euch berichten, wie Herr Usama und ich die Nacht verbrachten? Ich fürchte nur, daß ich Euch mit dieser Aussage nicht viel helfen kann. Wir hielten uns in einem Nebengemach auf und bekamen von den Vorgängen außerhalb so gut wie nichts mit.«
»Berichtet nur«, ermunterte Slugi ihn. Es klang so, als wollte er mit dieser Aufforderung Gutschalk einen Gefallen erweisen und nicht seine eigenen Informationen vervollständigen.
Gutschalk erzählte, wie er und ich durch eine Nichtigkeit in Streit geraten waren, uns anschließend wieder versöhnten

und dann zusammen zurückzogen, um uns in Ruhe auszusprechen. Den Wein und meine Unpäßlichkeit erwähnte er dabei mit keiner Silbe.

Sollte ich jemals einen Freund haben, so dachte ich, dann müßte es ein Mann wie Gutschalk sein. Doch mein ruheloses Leben im Dienste des al-Malik verbot mir Freundschaften – der Verbündete von gestern konnte sich schon heute als Feind herausstellen.

»Das war ein guter und ausführlicher Bericht«, lobte Slugi den Franken, als dieser geendet hatte. »Da Ihr gerade hier seid, laßt uns doch ein wenig über Eure Reisen plaudern. In der Nacht kamen wir leider nicht dazu, unsere interessante Unterhaltung fortzusetzen.«

»Gern, Herr Muqallad. Doch erlaubt, daß ich meiner Überraschung Ausdruck verleihe, da ich Euch ganz mit der Untersuchung zweier Morde beschäftigt glaubte.«

»Eine schwierige Aufgabe wird nicht dadurch leichter, daß man sich selbst eine kurze Erholung verweigert. Sagt, auf welchem Wege seid Ihr nach Bagdad gelangt?«

»Über Jerusalem und Damaskus.«

»Ach, über Damaskus. So kennt Ihr Herrn Usama vielleicht schon länger und seid Euch in Kazimiya nur wiederbegegnet?«

»Nein, wir hatten uns vor jener unglücklichen Nacht noch niemals gesehen. Mein Aufenthalt in Damaskus war nur kurz. Auch muß ich die Stadt einige Tage vor ihm verlassen haben, so daß wir uns auf der Reise nicht begegneten.«

»Wie gefiel Euch Jerusalem? Sowohl die Christen als auch wir Rechtgläubigen betrachten die Stadt als heilig. Leider hatte ich selbst noch niemals Gelegenheit, dorthin zu reisen.«

»Sie war sehr beeindruckend, wenn auch für meinen Geschmack von Pilgern viel zu sehr überlaufen.«

»Habt Ihr den berühmten Felsendom besichtigt?«

»Wie ich hörte, ist es Christen untersagt, ihn zu betreten. Deswegen machte ich keinen Versuch, dorthin zu gelangen. Ich

besuchte nur die Grabeskirche. Über deren Ausstattung allerdings kann ich Euch viele Einzelheiten mitteilen – dies nur für den Fall, daß Ihr Eure Fragen aus Zweifel an der Wahrhaftigkeit meines Berichtes stellen solltet.«
»Viele Einzelheiten, Herr Gutschalk, sind nicht ein Kennzeichen der Wahrheit, sondern der Lüge. Die Wahrheit fügt sich wie von selbst in das Gebäude, das die anderen Wahrheiten errichtet haben; die Lüge jedoch muß sich mit vielen Fingern von außen daran festklammern. Doch laßt Euer Mißtrauen mir gegenüber fallen. Zwar sagtet Ihr, daß Ihr nur kurz in Damaskus wart, doch habt Ihr gewiß einen Blick auf die berühmte Chafadschisch-Moschee geworfen. Schließlich gibt es in Damaskus nicht so viele Berührungspunkte zwischen den Religionen, als daß Ihr beim Betreten einer Moschee hättet Ärger befürchten müssen. Der Ruf der golddurchwirkten Gewänder, die in ihrem Innern aufbewahrt werden, muß bis ins Abendland gedrungen sein. Man sagt, daß sie demjenigen, der fest an sie glaubt, Macht über Zeit und Raum verleihen.«
Ich war versucht, Gutschalk einen Wink zur Vorsicht zu geben. Er blickte leider immer noch nicht in meine Richtung, und so sah ich die Glaubwürdigkeit meines einzigen Entlastungszeugen erlöschen wie eine Kerze im Wind, als er behauptete: »Natürlich sah ich diese Gewänder. Doch verzeiht, wenn ich hinzufüge, daß mir ihr Ruf stark übertrieben erscheint.«
»Das scheint mir nicht so«, sagte Slugi. »Zumal wenn man bedenkt, daß sich die Chafadschisch-Moschee in Chartum am Oberen Nil befindet und Ihr sie in Damaskus betreten habt.«
Ich hatte angenommen, daß Gutschalk wutentbrannt aufspringen würde. Doch er blieb ruhig und gefaßt, als wäre diese Enthüllung nicht überraschend für ihn gekommen. Er lächelte sogar, als er entgegnete: »Es scheint, daß ich auf einen der ältesten und einfachsten Tricks hereingefallen bin. Natürlich war ich mir im klaren, daß Ihr mich im Hinblick auf meine

Reiseroute in Widersprüche verstricken wolltet, doch erwartete ich eine kompliziertere Falle.«

»Ich stelle jedenfalls mit Interesse fest«, erklärte Slugi, »daß Ihr nicht über Jerusalem und Damaskus gereist seid. Zudem behauptet Ihr, nicht über Venedig und Byzanz gekommen zu sein. Vielleicht seid Ihr so freundlich, mir Eure wirkliche Route zu verraten. Bislang glaubte ich immer, es gebe keine andere Möglichkeit, als das Meer entweder auf der westlichen oder auf der östlichen Seite zu umrunden.«

»Aber natürlich gibt es noch eine andere Möglichkeit.«

»Wollt Ihr andeuten, daß die Welt wie eine Kugel geformt sei, wie manche Gelehrten behaupten? Und habt Ihr diese Kugel umrundet, um Euch von der anderen Seite zu nähern?«

Trotz der ernsten Lage mußte ich bei diesem seltsamen Gedanken lachen. Wie könnte die Erde eine Kugel sein, angesichts der Worte der achtundachtzigsten Sure: *Betrachtet die Himmel, die erhoben wurden, und die Erde, die ausgebreitet wurde!*

»Aber nein«, sagte Gutschalk. »Doch man kann ein Meer auf den Planken eines Schiffes überqueren.«

»Das ist ein sehr teurer Weg. Ich dachte nicht, daß ein fahrender Ritter wie Ihr eine Schiffsreise hätte bezahlen können.«

»Und wenn ich nun kein fahrender Ritter wäre?«

»Dann wären wir dem Sinn meiner Fragen schon wesentlich näher gekommen.«

»Ich hatte die Hoffnung, Euch meine Person und meinen wahren Auftrag nicht enthüllen zu müssen. Auch jetzt tue ich es nur sehr ungern, zumal wir nicht allein sind.« Er wandte sich an mich und fuhr fort: »Verzeiht, Herr Usama, es ist nicht gegen Euch persönlich gerichtet. Aber manche Dinge bleiben in der Öffentlichkeit besser ungesagt. Wie fühlt Ihr Euch übrigens? Ich hatte den Eindruck, es sei Euch nicht recht wohl?«

»Es geht mir ganz ausgezeichnet«, erwiderte ich zwischen zusammengebissenen Zähnen.

Slugi forderte Gutschalk auf: »Sprecht nur ohne Scheu. Herr Usama ist so leicht nicht zu erschüttern.«

»Nun denn, so sei es! Ich bin nicht aus Reiselust hergekommen, sondern weil ich einen Auftrag zu erfüllen habe. Die christlichen Fürsten im Jordanland haben, wie Ihr vielleicht wißt, größtes Interesse an der Eheschließung zwischen dem Kalifen und Selina. Dieses Interesse teilt auch Kaiser Friedrich selbst. Deshalb entsandte er mich als seinen Beauftragten, damit ich die Verbindung überwache und gegen ihre Widersacher verteidige. Leider muß ich mit tiefer Zerknirschung gestehen, daß ich bei der Ausführung meines Auftrages versagt habe. Ich muß Euch deshalb bitten, mich so bald wie nur möglich abreisen zu lassen, damit ich in meiner Heimat Bericht erstatten kann.«

»So sagt mir, Herr Gutschalk ...«

»Verzeiht! Ihr könnt auch gern meinen richtigen Namen erfahren, den ich aus Gründen der Sicherheit bislang verhüllen mußte. Man nennt mich in Wahrheit Oswald von Katernberg.«

»So sagt mir, Herr Oswald, warum Ihr mich durch das Verschweigen Eurer Reiseroute erst unnötig darauf aufmerksam gemacht habt, daß Ihr nicht der seid, für den Ihr Euch ausgebt?«

»Es ist in der Tat so: Eine Schiffsreise ist zu teuer, als daß ein fahrender Ritter sie hätte bezahlen können.«

»Aber betritt man nicht üblicherweise ein Schiff, das nach Süden fährt, in Venedig? So hättet Ihr zumindest in jener Stadt gewesen sein müssen.«

»Ich habe mich in Genua eingeschifft.«

»Ihr habt Euch im Westen Italiens eingeschifft, obwohl Eure Reise in östlicher Richtung verlaufen sollte? Das erscheint mir seltsam.«

»Venedig liegt zur Zeit mit Genua im Krieg und ist meinem Herrn und Kaiser nicht wohlgesinnt.«

»Es gibt eine alte Regel für Untersuchungsrichter, die lautet:

Finde heraus, wann der Zeuge lügt, und du weißt, wann er die Wahrheit spricht. Wenn es Euch nur darum ging, Eure Schiffsreise zu verheimlichen, so hättet Ihr ohne weiteres sagen können, Ihr wärt über Venedig und Byzanz gekommen. Streitet Ihr das jedoch ab und vermögt auch keine andere Strecke glaubhaft zu machen, so muß ich vermuten, daß Ihr tatsächlich diesen Weg genommen habt und es nur verheimlichen wollt.«

»Wenn Ihr mir ohnehin nicht glaubt, so ist es sicher ohne Sinn, mich noch weiter zu befragen.«

Ich hatte in der Zwischenzeit den roten Faden der Unterhaltung verloren. Zwar waren mir alle diese Städte vom Namen her bekannt, doch hätte ich ohne die Hilfe einer Karte niemals sagen können, welche Reiseroute überzeugend klang und welche nicht. Zudem verstand ich nicht, was der Weg des Franken mit den Morden zu tun haben könnte. Aber als Slugi fortfuhr, merkte ich bald, in welcher Richtung sich seine Gedanken bewegt hatten.

»Ihr müßt wissen, Herr Oswald«, sagte er, »daß die Interessen eines Beamten des Kalifen ebensowenig vor den Toren Bagdads enden können wie die Interessen seines Herrn. Daher unterhalte ich eine zwar nicht häufige, aber doch regelmäßig Korrespondenz mit anderen Männern meines Standes in verschiedenen Städten, selbst in den Ländern der Ungläubigen. So kam es, daß ich in einem Brief des Pietro Francisci einen rothaarigen Ritter erwähnt fand, der stets ein auffällig langes Schwert bei sich trug. Ist Euch dieser Name ein Begriff?«

»Nein«, entgegnete der Mund des Franken, doch seine Gesichtszüge verrieten ein Ja.

»Pietro ist der Untersuchungsrichter des Dogen. Er schrieb mir, daß sich der erwähnte Ritter unter dem Namen Edgar von Borbeck Zutritt zu einem Fest im Palast des Dogen verschafft hatte. Er verstand es, die Aufmerksamkeit aller Anwesenden zu fesseln, indem er seine zahlreichen Abenteuer schilderte. Der Doge selbst zog in Erwägung, den Mann in seine Dienste zu nehmen. Am nächsten Morgen jedoch ergab es sich, daß der Doge den Verlust einer bestimmten Statuette aus chinesischer Jade feststellte, die ihm aufgrund ihrer Einzigartigkeit besonders lieb geworden war. Er hatte diese Statuette auf dem Fest gezeigt und sie dann in der Nähe seines Throns auf den Boden gestellt, während er den Erzählungen Edgars zugehört hatte. Nun ließ Pietro alle Anwesenden des Festes versammeln und deren Wohnungen durchsuchen. Auch Edgar, der völlig ruhig und anscheinend nichtsahnend in seiner Herberge geschlafen hatte, wurde ergriffen. Die Untersuchung seiner Kleider und Besitztümer brachte ebenfalls keine Spur des geraubten Gutes. Man setzte Edgar wieder in Freiheit, zumal er erzählte, daß er in den Dienst des Dogen zu treten gedenke. Er machte sich sogar auf den Weg zum Palast, doch dort kam er niemals an. Da erkannte Pietro, daß die Erklärungen Edgars falsch waren und sandte Soldaten aus, ihn erneut zu ergreifen. Es gab aber keine Spur mehr von dem Flüchtigen.«

»Falls Ihr mich verdächtigt, jener Edgar zu sein, so kann ich darüber nur lachen«, erwiderte Gutschalk. »Ich bitte Euch geradezu, mich zu durchsuchen. Ich habe die Statuette nicht.«

»Das weiß ich. Die Statuette tauchte etwa einen Monat später in Byzanz auf. Ein rothaariger Ritter hatte sie bei einem Wucherer als Pfand zurückgelassen. Der Wucherer, der anfangs recht wortkarg war, erinnerte sich an viele Einzelheiten, als er bemerkte, daß er die Statuette nicht behalten konnte. Man verfolgte die Spur des Fremden und stellte mit Erstaunen fest, daß er sich für die Wache des Primas der Oströmischen Kirche hatte anwerben lassen. Er hatte seinen Namen mit Hasso von Segerott angegeben. Ich muß einflechten, daß ich diese Ereignisse nicht so zusammenhängend erfahren habe, wie ich sie Euch jetzt wiedergebe. Die Geschehnisse in Byzanz erfuhr ich erst vor kurzem aus einem Schreiben von Michael Cacoyannis. Vielleicht habt Ihr diesen Namen schon einmal gehört?«

»Leider ist der Herr mir ebenfalls unbekannt. Darf ich vermuten, daß er Untersuchungsrichter in Byzanz ist?«
»Welche Freude für mich festzustellen, daß Ihr meiner Erzählung aufmerksam zuhört und Euch auch eigene Gedanken dabei macht! Dadurch wird es Euch gewiß leichtfallen, die richtige Lehre daraus zu ziehen. Michael, der auf ein Schreiben aus Venedig hin die Untersuchung durchführte, ergriff sofort Maßnahmen, Hasso festnehmen zu lassen. Jener hatte jedoch die Stadt inzwischen verlassen. Voll Entsetzen stellte man fest, daß der Ritter an einigen Tagen seinen Wachdienst in den Gemächern, in denen die Kostbarkeiten der Kirche verwahrt wurden, verrichtet hatte. Augenblicklich untersuchte man die Kleinodien auf Vollständigkeit, doch nichts schien zu fehlen. Michael jedoch ist ein gründlicher Mann. So ließ er nicht nur die Gegenstände selbst zählen, sondern auch jeden einzelnen von ihnen genau untersuchen. Dabei wurde festgestellt, daß aus einigen Kelchen Edelsteine herausgebrochen worden waren, stets jedoch auf der Seite, die dem Betrachter abgewandt war. So war der Verlust mehrere Tage lang nicht aufgefallen.«
»So ist man in Byzanz besonders leichtfertig«, bemerkte Gutschalk – oder wie er auch heißen mochte. »Es ist geradezu sträflich, einen Mann, der in solchen Räumen seinen Dienst versieht, nicht anschließend gründlich zu durchsuchen.«
»Sicherlich führte man eine solche Untersuchung durch. Doch der Ritter, von dem ich Euch erzähle, wandte einen Trick an, mit dem er schon zuvor in Venedig Erfolg gehabt hatte. Vielleicht wäre dieser Trick sogar für immer unentdeckt geblieben, hätte er nicht während seines Besuches bei dem Wucherer eine kleine Unaufmerksamkeit begangen. Als der Wucherer kurz den Raum verlassen hatte, um ein Erfrischungsgetränk zu holen, brachte der Ritter die Statuette zum Vorschein. Er hatte sie anfangs verborgen gehalten, und erst als er sich unbeobachtet glaubte, holte er sie aus seinem Versteck. Der Griff des Schwertes ließ sich ablösen und verbarg in seinem Innern einen Hohlraum.«

»Und Euer Ritter hatte nicht bedacht, daß der Wucherer ihn heimlich beobachtete. Wenn er jemals davon erfährt, wird er sich gewiß maßlos über seinen Fehler ärgern!«
»Das vermute ich ebenfalls.«
»Gewiß möchtet Ihr jetzt mein Schwert überprüfen. Nur zu, vielleicht findet Ihr ja die Edelsteine aus Byzanz darin.«
»Ich habe Euer Schwert bereits in der ersten Nacht überprüft, und in der Tat fand ich, daß es der Beschreibung auf erstaunliche Art nahekam. Die Edelsteine fand ich natürlich nicht, denn ich suchte auch nicht nach ihnen. Schließlich tauchten sie vor einem halben Jahr in Angora* auf.«
»Was füllte Euer geheimnisvoller Ritter denn dort in seinen Schwertgriff?«
»Nichts. Möglicherweise hatte er festgestellt, daß die Nachricht über ihn schneller dort angekommen war als er selbst. So bemühte er sich, schneller zu werden als die Nachricht: Er stahl aus den Ställen des Stadtkommandanten einen wertvollen Hengst. Der Hohlraum im Schwert blieb, soweit ich weiß, seitdem leer.«
»Herr Muqallad, Ihr werdet mich doch nicht nur deshalb für einen Mörder halten, weil mein Schwertgriff innen hohl ist. Ich benutze diesen Griff gelegentlich als Trinkbecher. Wenn Ihr Gelegenheit hättet, die Schwerter aus meiner Heimat gründlicher kennenzulernen, so würdet Ihr merken, daß sie häufig Hohlräume in ihren Griffen aufweisen. Viele Ritter führen darin heilige Reliquien mit sich, die ihnen Kraft verleihen und auf die sie Eide leisten.«
»Das ist mir wohlbekannt. Ihr habt ein ganzes Gespinst von Lügen gewebt, doch reicht dieses nicht aus, um Euch einen Mörder zu nennen. Es ist allerdings ausreichend, um Euch zu ersuchen, den Palast nicht zu verlassen, bis ich Gewißheit über die Person des Mörders erlangt habe.«
»Selbst wenn Eure Vermutungen der Wahrheit entsprechen,

---

* Angora: das heutige Ankara.

so entlastet mich doch die Tatsache, daß ich zur fraglichen Zeit mit Herrn Usama zusammen war.«
»Es gibt mehr Möglichkeiten, die Wahrheit zu finden, als nur Aussagen von Verdächtigen zu vergleichen.«
»Ihr denkt an die Folter?«
»Aber nein. Ist das etwa das übliche Verfahren in Eurer Heimat? In der Folterkammer erhält man keine wahren Aussagen, sondern falsche Geständnisse. Mein Werkzeug ist nicht die glühende Zange, sondern der wache Verstand. Doch jetzt seid Ihr entlassen. Ich denke, daß Ihr zu einem späteren Zeitpunkt etwas näher an der Wahrheit bleiben werdet.«

»Nun, wie gefällt Euch unser fahrender Ritter jetzt?« fragte Slugi, nachdem wir wieder allein waren.
Was Slugi über Gutschalks Lügengespinst gesagt hatte, traf genausogut auf mich zu. Hatte ich mir den Franken noch vor kurzem als Freund gewünscht, so erschien er mir jetzt als der wahrscheinlichste Täter. Sein Interesse an der Flasche, deren Verschwinden aus dem Zimmer und die Zeit, die ich fast in Bewußtlosigkeit nach unserem Gespräch verbracht hatte, sprachen eine deutliche Sprache. Doch ich wagte nicht, meine Lügen jetzt zuzugeben – wie leicht hätte man uns für Verbündete halten können. Selbst wenn man mir glaubte, so würde offenbar werden, daß ich mich am verbotenen Getränk gelabt hatte. Wie ich mich auch verhielt, stets würde eine Schuld auf mir lasten.
So antwortete ich ausweichend: »Könnte er vielleicht doch ein Beauftragter der fränkischen Fürsten sein?«
»Aber Herr Muqallad, wo bleibt Euer Verstand? Wenn Damaskus einen geheimen Agenten in Bagdad einsetzt, wählt es dann etwa einen Damaszener? Natürlich nicht, denn er würde als erster in Verdacht geraten. So würden auch die Franken einen Perser als Agenten einsetzen. In der Tat haben sie das getan: Da ich weiß, wer der Beauftragte der Franken ist, weiß ich auch, daß es nicht Gutschalk sein kann.«

»Vermutlich steht Ihr in ständiger Korrespondenz mit dem Agenten.«
»Nur zur Hälfte«, erwiderte Slugi lächelnd. »Ich fange seine Briefe ab, aber er nicht die meinen. Nun laßt uns fortfahren in unserem Bemühen, aus Geschwätz die Wahrheit herauszusieben. Unser nächster Besucher wird uns das, wenn es überhaupt möglich ist, noch schwerer machen als der letzte.«

Saifaddaula eilte ins Zimmer, als brächte er die langerwartete Kunde über den Ausgang der Schlacht von Marathon.
»Nachrichten und Informationen von unschätzbarem Wert habe ich Euch mitzuteilen, edler Herr Muqallad«, stieß er hervor. »Meine Beobachtungsgabe und meine Aufmerksamkeit ermöglichen es Euch, den Täter ohne Säumen seinem verdienten Schicksal zuzuführen.«
»Fürwahr«, unterbrach ihn Slugi, »unter allen Untersuchungsrichtern bin ich als der glücklichste zu preisen. Alle meine Zeugen sagen mir beim Betreten dieses Raumes spontan ihre Hilfe zu, und Ihr vermögt mir gar den Täter zu nennen. Wer ist es?«
Saifaddaula streckte mit einer dramatischen Geste die Hand aus. Leider zeigte er in die falsche Richtung: auf mich.
»Jener ist es! Er ist magischer Künste und Beschwörungen mächtig. So konnte er sich ungesehen und heimlich Zugang zum Gemach des Beherrschers der Gläubigen, der im Paradiese weilen mag immerdar, verschaffen und seine ruchlose Tat, für die Allah ihn mit dem Verfaulen seiner Eingeweiden strafen möge, vollbringen.«
»Das ist eine Unverschämtheit, für die ich ...«, begann ich. Doch Slugi bedeutete mir mit einer Geste, mich zurückzuhalten.
»Ihr versteht es wirklich, andere Menschen in Erstaunen zu versetzen«, sagte er zu Saifaddaula. »Welche Beobachtungen veranlassen Euch zu dieser Beschuldigung?«
»Während meiner magischen Vorführung, die das Erstaunen

und die Bewunderung aller Anwesenden erregte, war er nicht unter den Zuschauern. Er nutzte die Zeit, um seine mörderischen Pläne zu verwirklichen.«

Es gelang mir nicht abzuschätzen, inwieweit Slugi ihm Glauben schenkte. Er machte zwar einen interessierten Eindruck, aber das hatte er bislang bei jeder Aussage getan, die er von Anfang an als Lüge durchschaut hatte.

»Wie gelangte er in das Gebäude, da doch Wachen vor der Tür standen?« fragte Slugi.

»Durch Anwendung seiner heimtückischen Zaubereien, die genauer zu bezeichnen jeder anständige Magier sich schämen muß.«

»Wenn ich recht informiert bin, waren noch andere Personen nicht unter Euren Zuschauern. Auch diese müßtet Ihr dann verdächtigen. Ich hörte zum Beispiel, daß Herr Gutschalk im Saal geblieben war.«

»Herr Gutschalk? Aber der war doch unter meinen Zuschauern.«

»Das ist unmöglich«, warf ich ein. »Er war die ganze Nacht mit mir zusammen.«

Saifaddaula hob belehrend den rechten Zeigefinger und erklärte Slugi: »Es ist genauso, wie ich es erkannt habe. Durch seine teuflischen und verderbten Manipulationen hat er Herrn Gutschalk glauben gemacht, beide wären zusammengewesen. In voller Überzeugung wird Herr Gutschalk dies sogar bestätigen.«

»Wenn Ihr gestattet, Herr Saifaddaula«, wies Slugi ihn zurecht, »so wollen wir die Gefilde der Magie für eine kleine Weile verlassen und uns auf den Boden rein irdischer Tatsachen begeben.«

»Wenn Euch an der Unterstützung und Hilfe eines hellsichtigen Mannes so wenig gelegen ist ...«

»Mir ist sogar sehr viel daran gelegen. Darum erzählt mir doch, wie Ihr die Nacht verbracht habt.«

»Durch die Anordnung und das Verständnis des edlen Prin-

zen Murschid unterstützt, ließ ich von einigen Sklaven ein Balkengerüst errichten. Während die Herren sich zur Feier und Ehrung des Beherrschers der Gläubigen sowie seiner hochgeborenen Gattin zusammenfanden, nahm ich gewisse geheime Handlungen vor, die es mir ermöglichten, die Geister des Lichtes unter meinen Willen und Einfluß zu zwingen. So konnte ich den Anwesenden zu ihrer Unterhaltung und Belehrung ein Schauspiel bieten, wie es die Welt bis dahin noch nicht gesehen hatte. Seit meiner Jugend bin ich auf gefährlichen Pfaden durch die fernsten und seltsamsten Länder ...«
»Herr Saifaddaula, ich bitte Euch, nur die letzte Nacht, nicht Euer ganzes Leben!«
»Nachdem ich einen magischen Bann über die herbeigerufenen Dschinni verhängt hatte, so daß sie das Gerüst nicht verlassen konnten, eilte ich zum Festsaal, um den Edelleuten und Würdenträgern den Beginn des einmaligen und sensationellen Schauspiels anzukündigen. Die Herren folgten mir augenblicklich nach draußen, wo ich nach einigen beruhigenden Worten mit meiner Vorführung begann. Die Dschinni ließ ich unter dem Bann meines festen und unbeugsamen Willens feurigen Rädern gleich ihre Kreise ziehen; Geister schossen wie Kometen ins dunkle Rund des Firmaments; Dämonen irrten, ihrer Orientierung beraubt, flink wie Wiesel in gezackter Spur über den Boden. Die Ehrfurcht und das Erstaunen der edlen Gäste waren grenzenlos. Hatten sie zunächst einen dichten Kreis um das Gerüst gebildet, so zogen sie sich nun, von Furcht und Entsetzen überwältigt, immer weiter zurück, ihrem Körper und ihrer Seele Harm zu ersparen. ›Fürchtet Euch nicht, Ihr Herren‹, rief ich ihnen zu. Doch unmöglich war es, sie zu beruhigen. Viele verschlossen gar die Öffnungen ihrer Nase mit den Fingern, befürchtend, einer der Dschinni könne, meiner Kontrolle beraubt, dort hineinfahren, um Herrschaft und Besitz des Körpers zu usurpieren. Nur Herr Gutschalk vermochte, wenn auch innerlich bebend, seine Ruhe und Gelassenheit aufrechtzuerhalten. Er näherte sich gar dem Gerüst,

obwohl ich ihn warnte, daß ich ihn bei direkter Berührung nicht vor der bösartigen Gewalt der Wesen aus dem Jenseits würde schützen können. Er jedoch schien mich gar nicht zu hören, denn zu groß war der Lärm, den die tobenden Geister vollführten.«

»Was tat Herr Gutschalk bei Eurem Gerüst?«

»Oh, nicht viel. Zu groß war wohl letztlich sein Respekt vor den Kräften, deren Natur das Vermögen seines Begreifens überstieg. Als ich wieder zurückkam, war er auch schon verschwunden.«

»So verließt Ihr das Gerüst während der Vorführung?«

»Ich verließ es niemals, doch mußte ich es fortwährend umrunden, um die Kontrolle über die Dschinni von allen Seiten wahren zu können.«

»Wie oft saht Ihr bei Euren Runden Herrn Gutschalk? Und wo befand er sich genau?«

»Ich sah ihn nur einmal, und zwar auf der Seite, die dem Haus, in dem der Kalif weilte, zugewandt war.«

»Dann könnte es vielleicht sein, daß niemand außer Euch Herrn Gutschalk bemerkte?«

»Das ist sehr wohl möglich, sind doch meine Aufmerksamkeit und Beobachtungsgabe um ein Vielfaches weiterentwickelt als bei einem einfachen Mann.«

»Vielleicht waren Eure Geister auch so hell, daß von den Zuschauern niemand sehen konnte, was auf der abgewandten Seite des Gerüstes geschah.«

»Das kommt noch hinzu.«

»Was tatet Ihr, nachdem Herr Gutschalk verschwunden war?«

»Ich führte meine Beschwörung zu Ende. Die Gäste und der Beherrscher der Gläubigen waren tief beeindruckt.«

»So weilte auch der Kalif auf dem Hof? Ich habt, scheint es, die Gabe, Menschen zu begegnen, die an zwei Orten zugleich sein können.«

»Ich habe schon viel Seltsameres erlebt als nur dies, Herr Muqallad. Doch der Beherrscher der Gläubigen verblieb in sei-

nem Gemach. Er hatte nur das Fenster geöffnet, um mir zuzusehen. Das ist doch ein sicherer Beweis, daß er beeindruckt war.«
»Bestimmt hat er die ganze Zeit ›Aufhören! Aufhören!‹ gerufen«, unterbrach ich. »Ihr habt es nur bei dem Lärm nicht gehört.«
»Achtet nicht auf diesen falschen Ratgeber«, fuhr Saifaddaula fort. »Er versucht nur, mich durch finstere Andeutungen in Mißkredit zu bringen, geleitet von Motiven, die in den Abgründen seiner Seele verborgen liegen.«
»Zeigte sich der Kalif am Fenster?« fragte Slugi unbeeindruckt.
»Nein. Er hatte es nur geöffnet.«
»Schon zu Beginn Eurer Vorführung?«
»Zu Beginn war es noch geschlossen. Am Ende war es geöffnet. Das ist doch so klar und einleuchtend wie die Worte des Propheten selbst.«
»Über die Worte des Propheten, Herr Saifaddaula, wird gestritten vom Tage ihrer Niederschrift an. Und auch Eure Worte scheinen noch einer Interpretation wert. Doch berichtet weiter.«
»Nach dem Ende meiner Vorführung entließ ich die völlig erschöpften Dschinni als Zeichen meiner Gnade in die Freiheit. Dann begab ich mich im Gefolge der Gäste wieder in den Festsaal, in dem ich in anregendem Gespräch mit den beeindruckten und interessierten Würdenträgern verblieb, bis mich die entsetzliche und erschütternde Botschaft erreichte. Sofort machte ich mich auf, Euch meines Wissens teilhaftig werden zu lassen.«
»›Im Gefolge der Gäste‹ heißt wohl, daß Ihr noch eine Weile allein auf dem Hof zurückbliebt?«
»So ist es. Ich wollte sichergehen, daß keiner der Dschinni sich heimlich in den Palast schleichen konnte.«
»Sicher könnt Ihr mir die Männer benennen, mit denen Ihr Euch so angeregt unterhalten habt.«

»Es waren ihrer zu viele, als daß ich mir einzelne gemerkt hätte. Der Respekt und die Ehrfurcht der Männer war, nachdem sie meine Macht gesehen hatten, so groß, daß es keiner wagte, länger als für wenige Augenblicke in meiner Nähe zu bleiben. Stets schützten sie vor, dringende Gespräche an anderer Stelle führen zu müssen, kaum daß ich das Wort an sie gerichtet hatte. Aus Höflichkeit ließ ich sie nicht merken, daß ich ihre Angst vor mir durchschaut hatte.«
»Wann, denkt Ihr, ist die Tat begangen worden?«
»Nachdem ich in den Saal zurückgekehrt war. Hätte der Verbrecher früher zugeschlagen, hätte ich unbedingt etwas bemerken müssen. Schließlich befand ich mich stets in der Nähe des Fensters.«
Slugi erhob sich.
»Dann wollen wir jetzt ein übriges tun«, kündigte er an, »und uns auf den Hof begeben. Vielleicht erwächst uns eine neue Erkenntnis, wenn wir das Gerüst in Augenschein nehmen und uns vergegenwärtigen, welche Personen sich wo aufgehalten haben.«

Noch immer stand die Postenkette um das Gebäude. Mehrere Gäste und einige Sklaven warteten außerhalb und starrten zu dem offenen Fenster empor, als gäbe es dort etwas zu entdecken. Doch von außen war das Fenster nichts als eine dunkle Öffnung, die nichts von ihren Geheimnissen preisgab.
Ich bemerkte, daß die Wachen vor den Eingängen des Festsaales abgezogen worden waren. Die Gäste hatten ihre Bewegungsfreiheit wiedererlangt, und gewiß hatten viele die Gelegenheit genutzt, um abzureisen.
At-Tur kam aus dem Saal auf uns zu. Slugi unterhielt sich mit leiser Stimme mit ihm und sandte ihn schließlich fort.
»Die Prinzen haben sich den Erfordernissen der Politik gebeugt«, sagte Slugi schließlich zu uns. »Die meisten der Gäste sind bereits fort, und der Rest wird ihnen folgen, ehe der Tag zu Ende gegangen ist. Das ist aus meiner Sicht bedauerlich,

aber nicht zu ändern. Ich werde mich zur Entlarvung des Täters eben mit der kleinen Gruppe der Zurückgebliebenen begnügen müssen.«
»Ein bitterer Scherz«, kommentierte ich.
»Nein, Herr Usama, die Wahrheit. Die übrigen Gäste benötigte ich nicht als Verdächtige, sondern als Zeugen. Herr Saifaddaula, führt uns bitte vor, wie Ihr um das Gerüst herumgelaufen seid!«
Wir traten in den von Wächtern umschlossenen Bereich.
Die Röhren und Räder, die das chinesische Pulver enthalten hatten, waren von der Hitze geschwärzt. Zwar hatte der Wind die Luft im Hof gereinigt, doch wenn man die Nase nahe an die Behälter heranbrachte, vermochte man noch den Schwefelgeruch festzustellen.
Saifaddaula lief um das Gerüst herum und murmelte dabei unverständliche Beschwörungsformeln. Vermutlich war seine Aussprache für die Bewohner der Geisterwelt genauso undeutlich wie für mich, denn kein übernatürliches Wesen machte Anstalten, sich ihm dienend zu Füßen zu werfen.
Slugi ließ sich die Stelle zeigen, an der der Magier Gutschalk gesehen hatte. Saifaddaula bezeichnete einen Ort, der dicht an der Hauswand lag. Des Nachts, als das Pulver in den Röhren leuchtete, mußte Gutschalk dort tatsächlich für die Zuschauer auf den anderen Seite unsichtbar gewesen sein.
Wir traten an die Mauer heran. Noch immer sah ich nicht, wie jemand hätte hochklettern können, um das Fenster zu erreichen. Dennoch konnte Gutschalk einen Weg gefunden haben.
Slugi wies uns an, die Mauer nach Kratzern abzusuchen, die auf ein Erklimmen unter Einsatz eines wie auch immer gearteten Hilfsmittels schließen ließen. Er selbst setzte sich indessen auf das Gerüst und schaute uns zu.
Jetzt hatte er bereits zwei Assistenten, die seine Arbeit erledigten. Diese beiden Assistenten allerdings beobachteten sich gegenseitig im selben Maße, in dem sie nach Spuren suchten.
In mir keimte die Hoffnung auf, ich könnte einen Hinweis

entdecken, der auf Saifaddaula als den Täter deutete. Sicherlich hegte Saifaddaula seinerseits ähnliche Hoffnungen in bezug auf mich.
Wir wurden beide enttäuscht. Schließlich kehrten wir zu Slugi zurück. Dieser hatte allerdings bloß vor sich hin gestarrt. Er schien in Gedanken vertieft, die nichts mit uns zu tun hatten.
Wir standen abwartend vor ihm. Saifaddaula räusperte sich, um Slugis Aufmerksamkeit wiederzugewinnen, doch der reagierte nicht.
Erst als at-Tur erneut zu ihm kam, erwachte er aus seinem Grübeln.
»Es ist erledigt«, teilte ihm at-Tur mit.
Slugi dankte ihm, worauf der Eunuch sich wieder zurückzog.
»Nun, was habt Ihr entdeckt?« fragte Slugi uns.
»Es sind keine Spuren da«, antwortete ich. »Wer auch immer in das Zimmer eingedrungen ist, er ist nicht durch das Fenster gekommen.«
»Das möchtet Ihr uns Glauben machen«, widersprach der Magier höhnisch. »Doch gerade das Fehlen einer Spur beweist, daß Ihr diesen Weg genommen habt. Habt Ihr nicht zugegeben, daß Ihr mit Teppichen handelt?«
»Das scheint mir ein kühner Gedankensprung. Was sollen meine Teppiche hiermit zu tun haben?«
»Na bitte!« rief Saifaddaula Slugi zu, als hätte ich soeben ein Geständnis abgelegt. »Nur mit einem fliegenden Teppich kann man in das Zimmer gelangt sein, denn alle anderen Wege sind ausgeschlossen.«
»Wie muß ich Euch enttäuschen«, sagte ich herablassend. »Ihr vergaßt, daß ich aller meiner Teppiche beraubt worden bin. Ihr wollt nur davon ablenken, daß Ihr selbst mit Hilfe der indischen Seilzauberei in das Zimmer gelangt seid. Jedermann weiß, daß die indischen Magier die Kunst beherrschen, ein Seil senkrecht in die Luft steigen zu lassen. Und seid Ihr nicht lange in Indien gewesen und zudem ein Magier?«

»Mit solchen Taschenspielereien wie dem Seil habe ich meine wertvolle Zeit nie vergeudet.«
»Es gibt ein Kunststück, das Ihr nicht beherrscht? Wie enttäuschend.«
»Ihr Herren«, mahnte Slugi, »dies ist weder der Ort noch die Stunde für einen Wettbewerb der Märchenerzähler. Darf ich Eure Beobachtungen dahin gehend zusammenfassen, daß Ihr keine gemacht habt?«
Wir stimmten zu.
»Das ist bemerkenswert. Ihr wart an der Mauer direkt unterhalb des Fensters. Über Euch, im Zimmer, hielten sich währenddessen at-Tur und verschiedene Würdenträger auf. Sie haben die Körper der beiden Toten gereinigt und zur Einbalsamierung vorbereitet. Wenn Eurer Aufmerksamkeit also mehrere Männer in reger Beschäftigung entgangen sind, so darf man davon ausgehen, daß Herrn Saifaddaula auch ein einzelner Mörder entgangen wäre. Ihr werdet mir also zustimmen, daß wir über den genauen Zeitpunkt noch nicht mehr wissen als zuvor. Habt Ihr auch den Boden vor der Mauer untersucht? Dann geht zurück und tut es jetzt. Achtet besonders auf eine einzelne Vertiefung, die einer senkrecht aufgerichteten Stange Halt geboten haben könnte.«
Wir gingen ein zweitesmal zur Mauer, kehrten aber wiederum ohne Ergebnis zurück.
»So können wir einen weiteren Punkt der Untersuchung als abgeschlossen betrachten«, stellte Slugi fest. »Ich werde noch einige der Gäste befragen, bevor sie abreisen. Doch dazu ist Eure Hilfe nicht mehr vonnöten. Ihr könnt Euch beide zurückziehen.«
»Wenn Ihr gestattet«, sagte Saifaddaula, »so möchte ich mir eine Wohnung in der Stadt nehmen. Die Nähe des Herrn Usama würde ich als störend und gefährlich empfinden.«
»Bleibt ruhig in meiner Nähe«, forderte ich ihn mit heuchlerischem Lächeln auf. »Ich werde Euch zu einigen unvergeßlichen Erinnerungen an Bagdad verhelfen.«

»Es gibt keinen Grund, weshalb Ihr im Palast bleiben müßt, Herr Saifaddaula«, entschied Slugi zu meinem Bedauern. »Bedenkt jedoch, daß es Euch nicht erlaubt ist, die Stadt zu verlassen.«
Saifaddaula bedankte sich unter vielen Verneigungen.
Slugi rief einen der Wächter herbei. »Diesem Mann ist es gestattet, sich eine Unterkunft in der Stadt zu suchen«, informierte er ihn. »Geht mit ihm und meldet anschließend dem Kommandanten der Wache, wo er wohnt.«
Der Soldat begleitete Saifaddaula, der sich geschwinden Schrittes aus meiner Nähe entfernte.
»Ihr seht aus, als ob Ihr wirklich etwas Ruhe nötig hättet«, meinte Slugi zu mir. »Begebt Euch zu Bett. Ich hoffe, daß es Euch morgen besser geht, denn morgen haben wir beide vieles in kurzer Zeit zu erledigen. Denkt daran, daß das, was geschehen wird, sich morgen vor dem Abendgebet entscheidet. Ich werde Euch in der Frühe zu mir rufen lassen.«
Ich zögerte noch, ehe ich ging. Schließlich konnte ich nicht umhin, die Frage zu stellen, die mir seit einiger Zeit auf den Lippen brannte: »Was ist, wenn Saifaddaula recht hat? Ich meine, wenn wirklich etwas Übernatürliches im Spiel ist. Ihr könntet doch keinen Täter benennen, wenn der Täter ein Dschinn ist.«
»Glaubt Ihr wirklich, daß Zauberei die beiden Menschen getötet hat? Vielleicht auch gar Sulanid?«
»Wir haben doch alle Wege ins Zimmer überprüft, und auf keinem konnte ein Mensch hineingelangen.«
»Erst dann, wenn ich jeden Stein diese Gebäudes einzeln in der Hand gehalten und umgedreht habe, Herr Usama, erst dann habe ich alle Wege überprüft.«

Saifaddaula zuckte zusammen, als ich unser Zimmer betrat. Er war gerade dabei, seinen Besitz zusammenzupacken. Der Soldat stand dabei und machte keine Anstalten, ihm zu helfen.

Jetzt raffte Saifaddaula alles notdürftig zusammen, schleppte und zerrte Truhe und Beutel zur Tür. Er schielte dabei aus den Augenwinkeln zu mir herüber, wagte aber nicht, mir direkt ins Gesicht zu sehen.
»Lebt wohl, Herr Saifaddaula«, sagte ich zu ihm. »Ich wünsche Euch, daß Ihr für alle Eure Handlungen die gerechte Belohnung erhaltet.«
Ich muß gestehen, daß dabei vor meinen Augen das Bild von Saifaddaula mit durchschnittener Kehle entstand. Natürlich wäre das für seine Anschuldigungen nicht die gerechte Belohnung gewesen. Dennoch kam mir mein Zorn gerecht und verständlich vor, während er aus dem Zimmer wankte.
Gutschalk war nicht zu sehen. Ich konnte mir vorstellen, daß er irgendwo im Palast die Flasche versteckt hatte. Vielleicht war er gerade dabei, die Früchte seines Mordes zu genießen. Ich entkleidete mich, doch bevor ich mich zu Bett legte, trat ich noch einmal ans Fenster. Dabei fiel mein Blick wieder auf Saifaddaula. Er sprach soeben auf Murschid ein, während der Soldat respektvoll außer Hörweite wartete. Vermutlich wollte er jetzt den Prinzen von meiner Schuld überzeugen, nachdem ihm dies bei Slugi nicht gelungen war. Ich bemerkte, wie Murschid zu einigen Worten des Magiers zustimmend den Kopf schüttelte. Kein Wunder, denn hier rannte er höchstens offene Türen ein.
Schließlich trennten sich die beiden. Diesmal griff der Soldat helfend bei Saifaddaulas Gepäck zu. Einem Mann, dem der Prinz zustimmte, konnte der Soldat nicht seine Hilfe verweigern.
In dem Bewußtsein, daß dies die letzte Nacht meines Lebens werden könnte, begab ich mich zu Bett. Obwohl ich meine Augen kaum noch offenhalten konnte, ließ der Schlaf auf sich warten. Aufregung, Angst und Kopfschmerz taten das Ihre, und stets, wenn ich eingenickt war, schrak ich wieder hoch.
Einmal, als ich wieder wach wurde, merkte ich, daß ich nicht mehr allein im Zimmer war. Der Mond schien bereits durch

das Fenster herein und ließ Gutschalk, der sich über mich beugte, dämonisch erscheinen.

Unwillkürlich stieß ich einen Schreckenslaut aus, da ich dachte, er wolle mich nun auch töten. Doch rasch beherrschte ich mich wieder. Wenn ich sterben sollte, so würde ich dies mit Würde tun.

»Ihr seid wach«, sagte Gutschalk leise. »Das ist gut, denn wir müssen eine Entscheidung fällen.«

»Was meint Ihr?«

»Ihr wißt doch genau, weshalb Slugi Euch so lange bei sich behalten hat. Ich kenne Euch inzwischen gut genug, um zu wissen, daß Ihr niemals freiwillig die Wahrheit über die letzte Nacht berichten würdet. Aber wenn er Euch lange genug beobachtet und befragt, wird er Euch in Widersprüche verwikkeln, wie er es bei mir getan hat. Der Mann ist gefährlicher, als man bei seinem Aussehen glauben könnte. Er hat deutlich genug gezeigt, daß er mich verdächtigt. Also wird er Euren Worten keinen Glauben schenken, wenn nur Eure Aussage zwischen mir und dem Schuldspruch steht.«

»Der Magier hat Euch auf dem Hof gesehen.«

»Und natürlich hat er nichts Besseres zu tun gehabt, als mich anzuschwärzen.«

»Nein, er hat mich als den Täter hingestellt.«

»Ha! Dann ist er noch dümmer, als ich gedacht habe. In meiner Heimat nennt man einen Menschen, der den Mund nicht halten kann, eine Plaudertasche. Saifaddaula aber ist schon ein ausgewachsener Plaudersack. Zu ärgerlich, daß er mich gesehen hat, denn dadurch wird unsere Lage noch schlimmer.«

»Was wolltet Ihr überhaupt auf dem Hof?«

»Weshalb fragt Ihr noch? Ich wollte selbstverständlich ins Zimmer des Kalifen.«

»Dann gebt Ihr zu, daß Ihr der Mörder seid?«

»Wenn Ihr das glaubt, seid Ihr genauso dumm wie Saifaddaula. Ich sagte, daß ich hineinwollte, aber ich bin nicht hineinge-

kommen. Es war idiotisch von mir, das gebe ich zu. Genaugenommen kann ich mich mit Euch beiden in eine Reihe stellen. Wenn ich nüchtern geblieben wäre, hätte ich mich niemals auf so etwas eingelassen. Aber der Wein, der Euch müde gemacht hat, machte mich unternehmungslustig. Ich kam plötzlich auf den Gedanken, ich könnte mir aus zwei Stangen des Gerüstes so etwas wie Stelzen basteln und dann, während alle durch die Vorführung geblendet waren, in das Zimmer klettern und die Flasche holen. Der Kalif ist ein alter Mann, dachte ich, der gewiß schnell in den Schlaf der Erschöpfung gefallen ist. Vor Selina hatte ich keine Bange. Ich hätte sie geknebelt und mich mit der Flasche davongemacht. Aber, bei allem was mir heilig ist, ich hätte niemals eine Frau ermordet. Schließlich habe ich dann gar nichts getan, denn ich merkte, daß ich schon auf meinen eigenen Beinen ziemlich unsicher stand. An ein Laufen auf Stelzen war überhaupt nicht zu denken. Also bin ich wieder zurückgegangen und habe mich auch ein bißchen ausgeruht, bis wir dann plötzlich alle zusammengerufen wurden.«
»So habt Ihr mich mit Absicht trunken gemacht. Ihr habt mich nur benutzt, damit ich Euch mit meiner Aussage schützen kann.«
»Ihr seid sehr selbstgefällig, Herr Usama. Bedenkt, daß Ihr Euch selbst trunken gemacht habt. Daß ich die Gelegenheit nicht ungenutzt verstreichen ließ, kann Euch nicht überraschen. Oder habt Ihr etwas anderes erwartet? Ihr habt doch von Slugi gehört, wer ich bin.«
»So ist alles wahr?«
»Alles, und noch anderes, das er nicht erwähnte. Ich bin kein Heiliger, ich bin nicht einmal ein ehrlicher Mann. Aber ich bin auch kein Mörder.«
»Dann könnt Ihr nur eines tun: Geht zu Slugi, und erzählt ihm die Wahrheit!«
»Das kann ich nicht. Selbst wenn Slugi mir Glauben schenkt, so gibt es immer noch zwei Prinzen, die meinen Kopf fordern

werden. Ich muß noch in dieser Nacht fliehen. Wenn Ihr klug seid, so kommt Ihr mit mir.«
»Niemand kann aus Bagdad entkommen. Ihr habt doch die Befestigungen gesehen, als wir ankamen. Bestimmt wimmelt es auf den Mauern jetzt von Wachen.«
»Ich versuche es trotzdem. Wenn Ihr mich nicht begleiten wollt, so wünscht mir wenigstens Glück.«
»Das tue ich, Herr Gutschalk.«
Ich kann nicht mit Sicherheit sagen, ob ich meinen Wunsch ehrlich meinte. Aber als Gutschalk sprach, zweifelte ich nicht an seiner Aufrichtigkeit: »Und ich wünsche Euch Glück, denn Ihr werdet es brauchen, wenn ich fort bin. So ist alles gesagt, was zwei Männer wie wir uns sagen können. Lebt wohl.«
»Nein, es ist noch nicht alles gesagt«, hielt ich ihn zurück. »Wie wollt Ihr aus dem Palast gelangen?«
»Irgendwo muß es einen Mann mit einer Waffe geben, der allein und unaufmerksam ist. Die Wachen am Tor werden keinen Überfall von innen erwarten. Das Weitere wird sich finden.«
»Wißt Ihr, wo die Ställe sind?«
»Ich kann den Weg dorthin finden. Aber auf einem Pferd sind meine Aussichten nicht besser.«
»Bei den Ställen ist ein Seitentor in der Mauer, und in das Tor ist eine kleine Tür eingelassen, die nur mit einem Riegel verschlossen ist. Versucht es dort.«
Schnell und unhörbar, wie es seine Art war, verschwand er aus dem Zimmer, ohne sich bei mir zu bedanken.

»Wacht auf, Herr«, flüsterte eine Stimme in mein Ohr; wieder zuckte ich zusammen und öffnete meine verklebten Augen.
Der Mond war weitergewandert. Es war jetzt fast völlig dunkel im Zimmer, doch der Duft, der Wagundas Körper zu eigen war, ließ mich ihre Anwesenheit sofort erkennen.
Ich richtete mich auf und lehnte mich an die Wand. Fast au-

genblicklich fühlte ich seltsame Wünsche in mir entstehen, die ein Mann in einer schwierigen Lage besser verdrängt.
»Ich konnte nicht früher zu Euch kommen«, sagte sie. »Was kann ich tun, um Euch zu helfen? Wollt Ihr fliehen?«
»Nein«, erwiderte ich, und ich war selbst erstaunt, wie natürlich es mir erschien, hierzubleiben.
Ich hatte mich geweigert, Gutschalk zu begleiten, weil ich von der Vergeblichkeit eines Fluchtversuchs überzeugt war. Mit Hilfe von Wagunda, die sich in der Stadt auskannte, mochten sich mir viel bessere Aussichten dazu eröffnen.
Aber ich erinnerte mich an das, was ich gerade geträumt hatte. Es war nur ein einziges Bild gewesen, das sich immer wiederholte: Slugi, wie er mit dem Daumen über den Rand der Münze strich, die Saifaddaula ihm zurückgegeben hatte. Im Traum war mir klargeworden, daß hinter dieser Geste eine Bedeutung steckte, eine wichtige Bedeutung, die ich unbedingt in mein Bewußtsein zurückholen mußte.
Heute, wenn ich an jene Nacht zurückdenke, in der ich auf dem Lager saß und Wagunda neben mir im Dunkeln stand, wobei ich mir ihres Körpers deutlicher bewußt war, als wenn ich sie hätte sehen können, muß ich zugeben, daß nicht die Erinnerung an den Traum allein ausschlaggebend für meine Ablehnung war. Spräche ich von meinem Traum allein, so würde ich als ein kluger und überlegt handelnder Mann erscheinen. Doch meine Motive waren wirr, widersprüchlich und nicht ausschließlich ehrenhaft. Stolz und Überheblichkeit spielten ihre Rolle dabei, denn ich wollte nicht zulassen, daß man mich für einen feigen Mörder hielt. Einsamkeit, denn ich sehnte mich mit einem Teil meines Wesens nach Wagundas Nähe, während ein anderer Teil sie als Versuchung meines Fleisches verdammte. Der Wunsch nach Anerkennung, denn ich wollte an Slugis Seite sein, der Seite des einzigen Mannes, dem ich zutraute, ein unlösbar scheinendes Rätsel zu lösen.
So tat ich etwas, was eines Mannes, der nur der Erfüllung seiner Pflicht dient, nicht würdig ist.

»Setz dich zu mir, Wagunda«, forderte ich sie auf.
Ich spürte, wie die Polster sich senkten, als sie sich voll Vertrauen neben mir niederließ. Auch wenn ich bislang wenig Mitleid mit Sklaven verspürt hatte, so wußte ich natürlich, daß sie kein leichtes Los haben. Auch Wagunda hatte sicher Schmerz und Erniedrigung kennengelernt. Doch das, was sie jetzt erwartete, konnte sehr wohl der größte Schmerz ihres Lebens werden. Dennoch war ich entschlossen, ihr diesen Schmerz zuzufügen.
»Wir beide stehen in den Diensten desselben Herrn«, begann ich. »Das macht uns zu Verbündeten, auch wenn es viele Unterschiede zwischen uns gibt.«
»Ich bin mir dessen bewußt, Herr«, sagte sie zögernd, da sie nicht ahnte, worauf ich hinauswollte.
»Es kann sein, daß wir beide in den Tod gehen.«
»Ja, auch das weiß ich. Wenn es sein muß, werde ich nicht zögern.«
»Und doch gibt es einen Unterschied, über den ich mit dir sprechen muß.«
»Ja, Herr. Ihr seid ein Mann, und ich bin eine Frau.«
Ja wollte ich sagen, doch ich erklärte ihr: »Nein, das ist nicht das, was ich meine. Ich diene Damaskus, weil ich einen Eid leistete, das zu tun. Als ich diesen Eid schwor, war meine Familie getötet und meine Heimat in Trümmer gelegt worden. Es gab keinen Ort, an dem ich mich daheim gefühlt hätte. So wollte ich den Kampf suchen, und ich wollte reisen. Ich dachte, daß mir der Dienst für al-Malik diese Dinge geben würde. Oft habe ich seitdem Dinge getan, die mich befürchten ließen, selbst im Unrecht zu sein. Doch immer wieder habe ich diesen Gedanken verdrängt. Du bist aus einem anderen Grund in den Diensten desselben Herrn. Du willst das Leben deines Vaters bewahren. Ist es nicht so?«
»Ja, Herr. Doch glaubt nicht, daß ich deswegen weniger treu wäre.«
»Mich bindet immer noch mein Eid. Du kannst dich aus

dem Dienst lösen, wenn du willst, denn dein Grund ist hinfällig.«

Ich spürte, daß Wagundas Körper neben mir wie Stein erstarrte, als ich diese Worte gesprochen hatten.

Sie fragte nicht: »Heißt das, daß mein Vater tot ist?« Sie weinte nicht. Sie saß einfach schweigend weiter neben mir. Ich wollte sie in die Arme nehmen und leise Worte des Trostes murmeln, aber ich blieb unbeweglich sitzen.

»Du bist frei«, sagte ich schließlich. Es waren hohle Worte, gesprochen aus Unsicherheit.

Wagunda lachte bitter auf. »Frei? Nein, Herr, ich bin nicht frei. In diesem Leben werden weder ich noch mein Volk jemals frei sein.« Sie stand auf. Ich erwartete, daß sie ohne ein weiteres Wort gehen würde, aber sie blieb neben meinem Lager stehen.

»Warum habt Ihr mir das erzählt?« fragte sie.

»Ich weiß es nicht«, antwortete ich. »Vielleicht erschien es mir falsch, daß du aus den falschen Gründen auf meiner Seite bist.«

»Ich bin nicht auf Eurer Seite, schon lange nicht mehr. Vor vier Jahren ließ Slugi mich zu sich rufen und teilte mir mit, daß er eine Nachricht von mir abgefangen hatte. Seitdem tue ich das, was er mir sagt, und ich berichte nur das nach Damaskus, was er mir erlaubt. Ich meldete die geplante Hochzeit absichtlich zu spät, um Gegenmaßnahmen unmöglich zu machen. Doch es hat nichts genutzt: Ihr habt die Prinzessin und den Kalifen trotzdem getötet.«

»Ich war es nicht, Wagunda. Glaubst du mir das?«

»Wichtig ist nur, ob Slugi Euch glaubt. Er hat mich zu Euch gesandt, damit ich Euch aushorche.«

7. Kapitel

Vor und hinter den Wänden

»Verzeiht, wenn ich etwas abwesend wirke«, entschuldigte sich Slugi bei mir. »Doch dafür scheint Ihr heute im Vollbesitz Eurer Kräfte zu sein, so daß wir gemeinsam weiterhin soviel leisten können wie gestern. Dies war eine ereignisreiche Nacht für mich, in der ich nur wenig Schlaf fand. Ich habe mit all den Gästen gesprochen, die noch nicht abgereist waren. Alle waren bereit, mich nach Kräften zu unterstützen, aber niemand hatte etwas gehört oder gesehen, das mir weiterhelfen könnte. Ein Gast, der neben Euch gesessen hatte, sah, wie Ihr mit Herrn Gutschalk in die Nische gingt. Aber niemand sah einen von Euch herauskommen, und niemand außer Saifaddaula bemerkte, daß Gutschalk während der Vorführung auf dem Hof war. Man könnte geradezu den Magier für schuldig halten, wenn nicht Gutschalk heute nacht versucht hätte, aus der Stadt zu entkommen. Doch nehmt einen Schluck Tee.«
Es war noch früh am Morgen. Obwohl mir nach Wagundas Weggang nur noch wenige Stunden Schlaf geblieben waren, hatte ich diese doch ohne weitere Unterbrechung genossen. Als Slugi mich bei erstem Dämmerlicht durch einen Soldaten hatte rufen lassen, war ich zu ihm geeilt.
Wir saßen in Slugis Arbeitsraum an dem Tisch, auf dem ein karges Morgenmahl bereitstand.
»›Versucht‹ sagt ihr«, erwiderte ich. »Das heißt also, daß man ihn ergriffen hat.«
»Das heißt, daß er die Stadt noch nicht verlassen konnte. Er ist aus dem Palast entkommen, doch er irrt, wenn er sich frei

glaubt. In dieser kritischen Lage sind die Wächter auf den Mauern der Stadt verstärkt worden. Die Posten stehen fast auf Armeslänge nebeneinander, und zwischen den Mauern laufen während der Nacht scharfe Bluthunde. Ich darf Euch beglückwünschen, daß Ihr klug genug wart, nicht selbst die Flucht zu versuchen.«

»Ihr habt sehr offen zu mir gesprochen, Herr Muqallad. Erlaubt mir, daß ich jetzt genauso offen zu Euch spreche.«

»Ihr würdet mir einen sehr großen Gefallen damit tun. Doch beginnt Eure Offenheit damit, daß Ihr mich Slugi nennt. Wir sind Männer der gleichen Profession, und die förmliche Anrede wirkt zwischen uns lächerlich. Ich meinerseits werde Euch, wenn Ihr gestattet, Aima heißen.«

»Gern, Slugi. Ihr wart also vom Moment meines Eintreffens in Bagdad an über meine Identität und meine Absichten informiert. Und die Prinzen haben mich nicht von allein durchschaut, wie ich dachte, sondern Ihr habt ihnen von mir berichtet.«

»Sicher, denn das war meine Pflicht, obgleich ich wußte, daß sie falsche Schlüsse daraus ziehen würden. Im übrigen war ich schon vor Eurer Ankunft über Euch unterrichtet. Es versteht sich wohl von selbst, daß nicht nur Damaskus Interesse an den Ereignissen in Bagdad hat, sondern genauso Bagdad an denen in Damaskus. Ich brachte in Erfahrung, daß ein Bote hierher unterwegs war, und wie seine Botschaft lautete, war nicht schwer zu erraten. In einem Punkt nur habe ich einen unverzeihlichen Fehler begangen: Ich glaubte, die Zeit zur Übermittlung der Botschaften hin und her so berechnet zu haben, daß der Bote aus Damaskus erst nach der Hochzeit hier eintreffen würde. Doch Ihr wart schneller, als ich erwartet hatte.«

»Immerhin habt Ihr al-Malik jahrelang mit kontrollierten Informationen versorgt. Ich dachte nicht, jemand könne dahinterkommen, daß eine Sklavin als Beauftragte für Damaskus arbeitet.«

»In meinem Beruf, Aima, ist das Finden richtiger Antworten erst das zweite Problem, daß man lösen muß. Das erste ist es, die richtigen Fragen zu stellen. Wenn man erst einmal weiß, daß es einen geheimen Beauftragten geben muß – ein Wissen, das durch einfache Überlegung erlangt werden kann –, ist es nicht mehr schwer, diese Person herauszufinden. Hinzu kam in diesem Fall, daß Wagunda nicht freiwillig für al-Malik gearbeitet hat. Vielleicht wünschte sie gar, entlarvt zu werden, und war daher nicht ganz so vorsichtig, wie es ein anderer gewesen wäre. So profitierte Bagdad von der Erpressung, die al-Malik anwandte, letztlich mehr als Damaskus.«

»So waren all mein Versteckspiel und alle meine Lügen vergeblich. Das ist bitter, aber ich bin froh, daß es vorbei ist. Ich habe mich nicht wohl gefühlt, Slugi.«

»Ich weiß, das habt Ihr in der letzten Nacht bewiesen. Aber Eure Mühen waren nicht nur vergeblich. Es ist noch viel bitterer: Ihr habt nicht nur Euch selbst geschadet, was Euer gutes Recht ist, sondern auch der Gerechtigkeit. Ich fürchte, daß die Prinzen nicht dieselbe Abneigung gegenüber der Folter empfinden wie ich. Als ich Murschid berichtete, daß Gutschalk den Palast verlassen hatte, war er vollkommen überzeugt davon, daß der Franke und Ihr gemeinsame Sache gemacht habt. Ihr beide habt Euch mit Euren Aussagen immer gegenseitig geschützt. Was sonst hätte er also annehmen sollen?«

»Und Ihr, Slugi, haltet Ihr uns auch für schuldig?«

»Nein, keinen von Euch beiden. Ihr habt Eure Unschuld in dieser Nacht bewiesen. Ihr erklärtet Wagunda, daß sie nicht mehr dazu gezwungen sei, Euch zu helfen, obwohl Ihr unter Verdacht standet und Hilfe dringend benötigt. Wenn Ihr ein Mörder im Auftrag des al-Malik wärt, so hättet Ihr sicherlich keine Skrupel gekannt, die Angst einer Sklavin um ihren Vater zu Euren Gunsten auszunutzen. Man nennt Euch in Damaskus Aima; das ist der Name eines Singvogels, der seine Botschaft verbreitet, nicht der eines Raubvogels, der den Tod bringt. Und doch ist der Beweis Eurer Unschuld schwer, denn

Ihr habt durch Euer Verhalten so viel Verdacht auf Euch gelenkt, daß ich Eure Unschuld nur dann beweisen kann, wenn ich bis heute abend den wahren Täter habe.«

»Was immer in meiner Macht steht, will ich ... Aber das habt Ihr schon zu oft gehört, nicht wahr? So nehmt denn mein Wort, daß ich von jetzt an die Wahrheit sprechen werde. Vor kurzem noch hielt auch ich Gutschalk für den Täter, doch wagte ich es nicht, Euch einen Hinweis zu geben.«

»Natürlich nicht, denn das hätte bedeutet, zugeben zu müssen, daß Ihr betrunken am Boden lagt, während Gutschalk den Raum verlassen hatte.«

Ich war so verdutzt, daß ich nicht einmal ›Wie könnt Ihr das wissen?‹ fragen konnte. Aber mein Zusammenzucken mußte für Slugi Geständnis und Frage genug sein.

»Ihr scheint über wenig Erfahrung im Trinken zu verfügen«, erklärte er, »denn sonst wüßtet Ihr, daß man den Alkohol, den ein Mensch getrunken hat, riechen kann. Zudem hattet Ihr anfangs deutliche Schwierigkeiten, Euer Gleichgewicht zu wahren. Dann gab es noch die Episode mit der Fingerschale, aus der Ihr getrunken habt, und fast den ganzen Tag lang knifft Ihr immer wieder gegen das Licht, das Euch zu grell erschien, die Augen zusammen. Es war mir sofort klar, daß Ihr an den Nachwirkungen eines Rausches littet. Wer außer Gutschalk hätte Euch zu einem Rausch verhelfen können? Er hatte einen Schlauch mit Wein im Gepäck und zog sich mit Euch in eine Nische zurück. Später tauchte er dann allein auf dem Hof auf. Er ging als einziger zwischen das Gerüst und die Hauswand. Weshalb wohl? Ein Gerüst besteht aus Holzstangen, und mit Hilfe eines Sprungstabes oder etwas ähnlichem hätte er sich Zugang zum Fenster verschaffen können. Wie Ihr seht, ergibt sich aus einigen Einzelheiten manchmal eine zusammenhängende Geschichte.«

»Aber das klingt, als würdet Ihr Gutschalk verdächtigen. Bevor er floh, kam er zu mir und bot mir an, ihn zu begleiten. Als ich ablehnte, ging er allein. Wenn er der Mörder gewesen

wäre, hätte er auch mich töten müssen, damit ich nicht die Wache alarmieren konnte. Daß er dies nicht tat, beweist für mich mehr als seine eigenen Worte seine Unschuld. Doch alles, was Ihr mir soeben nanntet, scheint auf seine Schuld zu deuten.«
»Gerade weil ich diese Dinge weiß, bin ich von seiner Unschuld überzeugt. Wir beide waren gestern zusammen, als wir die Spuren überprüften. Ihr selbst littet unter den Wirkungen des Rausches und wart außerdem noch von Furcht und schlechtem Gewissen geplagt, darum habt Ihr viele Dinge mit anderen Augen gesehen als ich. Verzeiht mir übrigens die kleine Komödie, die ich Euch bei der Untersuchung des Raumes spielen ließ. Ich mußte sehen, wie weit Euer schlechtes Gewissen ging und, vor allem, ob Ihr versuchen würdet, jemanden zu schützen, den Ihr als den Mörder kanntet. Ihr machtet widerstandslos alles mit, selbst wenn es Euch unsinnig erschien. Das zeigte mir, daß Ihr nicht wissen konntet, was Euch erwarten würde – und somit konntet Ihr auch keine Verantwortung dafür tragen.«
Ich spürte einen leisen Anflug von Triumph, denn diesmal wußte ich etwas mehr, als Slugi glaubte. »Ihr braucht mich nicht um Verzeihung zu bitten«, sagte ich, »denn ich weiß, daß auch der Grund, den Ihr soeben nanntet, nur ein Vorwand ist. Doch Ihr müßt nicht befürchten, daß ich es ausplaudern werde.«
»Ihr macht mich neugierig. Was könntet Ihr über mich wissen, das auszuplaudern ich befürchten müßte?«
»Ich weiß über Eure Augen Bescheid, Slugi.«
Ich hatte Erstaunen erwartet, vielleicht gekränkte Eitelkeit, die sich in Zorn äußern würde. Dieses übergangslose Erbleichen seiner Gesichtszüge, dieses Zittern seiner Hände aber überraschte mich. Selbst seine Mitteilung, daß er von dem Wein wußte, hatte mich nicht so treffen können wie jetzt meine Worte ihn.
Ich bemerkte, wie er sich wieder in die Gewalt bekam – und

auch, welch fast übermenschliches Maß an Überwindung es ihn kostete, mit ruhiger und beherrschter Stimme zu sprechen: »So ist es doch herausgekommen. Ich dachte, es noch länger verbergen zu können. Aber Ihr seid nicht nur ein schnellerer Reiter, sondern auch ein besserer Beobachter, als ich glaubte.«

»Slugi, Ihr seid nicht der erste Mensch, der mit vorrückendem Alter weitsichtig wird. Ich verstehe natürlich, daß es die Arbeit eines Untersuchungsrichters erschwert. Aber Ihr seid doch nicht immer darauf angewiesen, Euch einen Helfer aus der Schar der Verdächtigen herauszusuchen. Sicherlich werdet Ihr einen lernwilligen Schüler finden, der solche Dinge für Euch machen kann.«

Slugi lachte bitter auf. »Nein, Ihr habt keine Ahnung, worin mein Problem besteht. Ich bin nicht nur ein bißchen eitel, weil ich weitsichtig werde. Mein Augenlicht schwindet von Tag zu Tag, und noch ehe sich dieses Jahr zu Ende neigt hat, werde ich blind sein.«

»Slugi, um Allahs Willen, das wußte ich nicht! Ich erinnerte mich nur daran, wie Saifaddaula Euch die Münze zurückgegeben hatte. Statt einen kurzen Blick darauf zu werfen, der Euch gezeigt hätte, ob es dieselbe war, seid Ihr mit dem Finger über den Rand gestrichen, um nach der Kerbe zu fühlen. Erst heute früh, beim Aufwachen, wurde mir die Bedeutung dessen klar. Natürlich hatte ich keine Ahnung, wie schlimm es wirklich ist. Sonst hätte ich niemals das Gespräch darauf gebracht.«

»Nein, es ist gut, Aima.« Seine Hände zitterten immer noch. »Es begann vor einem halben Jahr. Ich mußte damals mehrere Proben von Kameldung untersuchen, um festzustellen, ob Rückstände einer bestimmten Distelart darin waren. Ich will Euch nicht die ganze Geschichte erzählen. Kurz gesagt: Es ging darum, ob ein Kaufmann mit seinem Reittier eine Gegend durchquert hatte, in der zu einem bestimmten Zeitpunkt gewesen zu sein er behauptet hatte. Der Kameldung zeigte mir, daß das Tier von Pflanzen gefressen hatte, die nur dort

wachsen, und dadurch konnte ich die Unschuld seines Herrn beweisen. Noch während ich die Untersuchung durchführte, bemerkte ich, wie sich meine Augenlider von innen entzündeten. Doch statt daß die Entzündung sich später zurückbildete, wurde sie stärker. Ich suchte mehrere Ärzte auf; ihre Salben und Bäder brachten mir nur kurzfristige Linderung, keine Heilung. Ich schilderte den Zusammenhang der Erkrankung mit dem Dung. Doch alles, was ich hörte, war, der Dung müsse die Behausung eines bösen Dschinn gewesen sein, der mich aus Wut über die Entweihung seiner Wohnung mit einem Fluch belegt habe. Ach, ich wünschte, die Ärzte wären etwas weniger gute Gläubige und dafür etwas bessere Ärzte!«
Absichtlich überhörte ich diesen lästerlichen Stoßseufzer, der nur aus übergroßem Schmerz geboren sein konnte.
»Wißt Ihr, was mit alten Untersuchungsrichtern geschieht?« fuhr er fort. »Sie werden schlechter behandelt als alte Pferde. Ein Tier, das seinem Herrn gut gedient hat, erhält sein Gnadenbrot bis zum Tage seines Todes. Ein Untersuchungsrichter muß selbst sehen, daß er für sein Alter vorsorgt. Mein Vorgänger im Amt ging als reicher Mann nach Hause, denn er war stets bereit, die Hände offen- und die Augen geschlossen zu halten. Meine Leidenschaft aber galt der Wahrheit, und sie wurde höchstens durch die Treue zum Kalifen übertroffen. Ich besaß nichts, als ich dies Stellung antrat, und ich nehme nichts mit, wenn ich sie verlasse. Wenn man bemerkt hätte, daß ich langsam erblinde, so hätte jeder von den Männern, die Ihr mir vielleicht als Helfer empfehlen würdet, statt dessen meine Stelle eingenommen. Deshalb habe ich mir einige Kniffe zurechtgelegt, um darüber hinwegzutäuschen. Beim Lesen fahre ich mit dem Finger über die Tafel, als folgte ich einer Zeile. In Wirklichkeit aber spüre ich den Vertiefungen nach, die ich hineingeritzt habe. Ja, in einem habt Ihr recht: Ich brauchte Euch, weil ich das Mordzimmer nicht selbst durchsuchen konnte.«
So saßen wir einander gegenüber, zwei Männer, getrennt

durch einen Tisch und durch unsere verschiedenen Herren, aber verbunden durch das Wissen um unsere Geheimnisse.

»Jetzt kann ich es wohl nicht länger für mich behalten«, sagte Slugi schließlich.

»Ihr könnt es so lange geheimhalten, wie es Euch selbst richtig erscheint. Mein Mund wird versiegelt sein, Slugi. Mögen unsere Eide uns zwingen, morgen wieder Gegner zu sein, so bin ich doch Euer Auge, solange dieser Tag dauert.«

»Dann sei es, wie Ihr sagt. Gemeinsam werden wir beweisen, wer der Mörder ist, und wie weit ich sehen kann, wird niemals mehr zwischen uns erwähnt werden.«

Er setzte sich auf seinem Hocker zurecht, und es war, als wäre er mit dieser Bewegung wieder in seine alte Haut geschlüpft.

»In der Tat hatte Gutschalk den Plan gefaßt, in das Zimmer des Kalifen einzudringen und sich der Flasche zu bemächtigen«, dozierte er. »Doch die Art der Ausführung, an die er in jener Nacht dachte, war alles andere als wohlüberlegt. Viel zu viele Unsicherheiten bedrohen ein Vorhaben, das darin besteht, mit Hilfe von Stangen an der Außenwand eines bewachten Hauses emporzuklettern. Das Aufbrechen des Fensters wäre von außen mit Hilfe von Werkzeugen vielleicht möglich gewesen, aber sicherlich nicht geräuschlos verlaufen. Es gab nur einen einzigen Zeitpunkt, an dem Gutschalk hätte hoffen können, ungehört einzubrechen. Ich meine natürlich während Saifaddaulas Vorführung. Nun war er in der Tat auch dort, aber wie könnte man glauben, er wäre tatsächlich in den Raum eingedrungen! Er hätte dazu Stangen von dem Gerüst entfernen, an der Mauer emporklimmen, das Fenster aufbrechen, die Morde begehen, wieder hinunterklettern und die Stangen zurückbringen müssen, alles, ohne daß Saifaddaula es bemerkt hätte. Außerdem wissen wir, daß das Fenster seine Beschädigungen von der Innenseite des Raumes erhielt. Dies alles beweist seine Unschuld. Daß er auf dem Hof war, zeigt nur, daß er vorübergehend einer unausgegorenen Idee nachgegeben hatte.«

»Slugi, Ihr scheint Gutschalks Gedanken lesen zu können. Genau dasselbe hatte er auch mir erzählt, ehe er floh.«
»Es wäre ein Zeichen seiner Klugheit gewesen, wenn er es mir erzählt und seine Flucht verschoben hätte.«
»Aber er vermutete, daß man ihn auf jeden Fall als Schuldigen hinrichten würde.«
»Das ist kein Wunder bei einem Mann, der alles tut, um seine Vermutungen Wirklichkeit werden zu lassen. Jetzt kommt, wir müssen eine Flasche und einen Mörder finden.«

Man hatte die Körper der beiden Toten aus dem Raum entfernt. Ansonsten waren keinerlei Veränderungen vorgenommen worden.
Wir standen beide in der Mitte des Zimmers. Ich ließ meine Blicke langsam an den Wänden entlangwandern, in der Hoffnung, daß ich bei klaren Sinnen etwas bemerken würde, was mir am Vortag entgangen war. Beim Anblick der vier Leuchter erinnerte ich mich an Slugis Interesse für den Staub, der darauf war. Ich fragte ihn, was es denn damit auf sich gehabt hatte.
»Wir suchten doch nach einer Waffe, die mit einem einzigen Schlag so große Wunden reißen kann, wie Ihr sie an den Toten bemerktet. Ein schwerer Leuchter, von einem kräftigen Mann geschwungen, könnte dazu in der Lage sein. Ihr selbst habt Euch recht anstrengen müssen, um die Leuchter beim Abbau des Bettes zu bewegen. Aber es gibt sicherlich eine Handvoll Männer, die stark genug sind, um allein einen Leuchter zu schwingen.«
»Reza Abbas!« rief ich aus. »Er könnte das bestimmt, und er ist in Bagdad. Da stehen die Leuchter die ganze Zeit vor meinen Augen, und ich habe sie nicht als Waffe erkannt. Es ist offensichtlich, daß der Mörder ein ungewöhnlich starker Mann sein muß. Das gab ihm außerdem die Möglichkeit, unbewaffnet zu kommen und zu gehen, wann er wollte.«
»Wie leicht wäre es für uns, wenn Ihr recht hättet. Leider hat

keiner der Leuchter als Waffe gedient. Hätte man mit einem von ihnen zugeschlagen, so wäre er voll Blut gewesen.«
»Ihr vergeßt den Wasserkrug im Nebengemach«, sagte ich voll Begeisterung über meine Idee, Reza in den Kreis der Verdächtigen mit einzubeziehen. »Mit einem Teil des Wassers und einem einfachen Tuch, das er hinterher mit hinausnahm, konnte der Mörder das Blut leicht wieder entfernen.«
»Das ist deshalb ausgeschlossen, weil Ihr eine gleichmäßige Staubschicht auf allen Leuchtern entdeckt habt. Wäre einer der Leuchter sauber abgewischt worden, so wäre auch der Staub verschwunden. Doch jetzt laßt uns zunächst nach etwas anderem Ausschau halten. Ich weiß immer noch nicht, wie der Mörder ins Zimmer gekommen ist. Die Tür und das Fenster scheiden als Zugänge aus. Gleichfalls wissen wir, daß sich niemand vorher im Zimmer verborgen hatte. Also werden wir die nächste Möglichkeit überprüfen.« Mit diesen Worten zog er zwei leichte Hämmer aus seiner Weste und reichte mir einen.
»Ihr denkt an einen Geheimgang?« fragte ich. »Aber wärt Ihr über einen solchen nicht informiert?«
»Man weiht mich nicht in alle Geheimnisse innerhalb dieser Mauern ein.«
»Warum fragt Ihr nicht die Prinzen danach? Sie würden Euch bestimmt Auskunft geben können.«
»Das ist möglich. Es ist aber auch möglich, daß sie es nicht wollen. Ein Geheimgang, dessen Existenz man auf die bloße Frage enthüllt, verdient seinen Namen kaum. Was ist, wenn ich nach einem solchen Gang frage und als Antwort die Anweisung bekomme, nicht danach zu suchen? Selbst wenn der Gang nicht die Lösung ist, würden meine Gedanken trotzdem immer darum kreisen. Nein, Aima, wir müssen danach suchen, statt danach zu fragen.«
Ich begann, alle Vorhänge und Teppiche von den Seitenwänden zu entfernen. Die Wände zur Außenseite und zur Tür hin waren ganz offensichtlich zu dünn, um noch einen Gang enthalten zu können.

Slugi baute in der Zwischenzeit das Bett ab und schichtete Kissen, Polster und Decken in der Mitte des Raumes auf.
Er hatte zu mir von seiner Treue zur Wahrheit und von seiner Treue zu seinem Herrn gesprochen. An der Suche nach dem Gang erkannte ich, welche Treue größer war, wenn beide einmal in Konflikt kommen sollten. Dies machte ihn mir noch lieber, zumal meine eigenen Worte an Wagunda auch mir vor Augen geführt hatten, wie leicht ein solcher Konflikt entstehen kann.
Ich faßte mit an, als es darum ging, die vier Leuchter zur Seite zu räumen. Kurz darauf lagen die beiden in Frage kommenden Wände frei und kahl vor uns. Jeder begann nun, auf einer Seite mit seinem Hammer leicht dagegen zu klopfen. Wir lauschten dabei genau, ob sich der Ton der Schläge veränderte und die Existenz eines Hohlraums verriet.
Soweit wir im Stehen mit den Armen hinaufreichen konnten, ließ sich nichts dergleichen feststellen.
Ich holte mir schließlich eines der dickeren Polster herbei, stieg hinauf und suchte die obere Mauerkante unterhalb der Decke ab. Als ich zum fünftenmal das Polster verschoben hatte und gerade wieder hinaufklettern wollte, trat at-Tur in den Raum. »Ich grüße Euch, Herr Usama«, sagte er, »und auch dich, Slugi. Ich hörte einige seltsame Geräusche und wollte nachschauen, ob ich behilflich sein kann.«
»Es ist sehr freundlich von dir, daß du dir die Zeit dazu genommen hast«, erwiderte Slugi.
»Ach, ich war ohnehin gerade auf dem Weg zu einem kleinen Imbiß, und da konnte ich genausogut kurz vorbeischauen. Wie ich sehe, forschst du gerade nach einem geheimen Zugang zu diesem Raum. Gib mir deinen Hammer und ruh dich einen Moment aus. Ich will schauen, ob ich im Nebengemach etwas entdecken kann.«
Der Eunuch verschwand mit Slugis Hammer durch die Öffnung in den kleinen Raum, und schon ertönten von dort leise Schläge.

Slugi setzte sich auf ein Polster, und ich tat es ihm gleich. Mein rechter Arm, den ich lange hoch über den Kopf gestreckt gehalten hatte, fühlte sich etwas taub an. Ich massierte ihn mit der linken Hand, als ich mit einemmal wußte, wie und von wem der Mord begangen worden war.
Natürlich konnte niemand anderer als at-Tur der Täter sein. Wir hatten nichts als sein Wort dafür, daß sich niemand außer dem Kalifen und seiner Gattin im Haus aufgehalten hatte. Tatsächlich war aber noch der Eunuch selbst dagewesen. Seine Anwesenheit erschien allen so natürlich, daß niemand ihn weiter beachtet hatte. Auch Ridwan war fest davon überzeugt gewesen, niemand habe das Gebäude verlassen, nachdem der Kalif eingetreten war; und er mußte erst von Slugi auf at-Tur hingewiesen werden. Der Eunuch hatte erwähnt, daß er das Gebäude häufig durchsucht hatte, um versteckte Neugierige zu finden. Dabei mußte er auf die Spur eines Geheimganges gestoßen sein, der in diesem Zimmer endete. Er hatte also das Haus verlassen, war durch den Gang zurückgekehrt und hatte die beiden Morde begangen. Anschließend hatte er die Tür von innen verriegelt und das Fenster aufgebrochen, um die Untersuchung durch falsche Spuren zu erschweren. Kein Wunder, daß er sofort erkannt hatte, wonach wir suchten. Als er die Hammerschläge hörte, war er sicher zu Tode erschrocken, hatte aber rasch eine Gegenmaßnahme ergriffen. Meiner vernünftigen Überlegung war er natürlich nicht gewachsen! Ich wußte sogar, wo der Gang auf das Zimmer stieß: Im Nebengemach.
Unter dem Vorwand, uns helfen zu wollen, war at-Tur dort hineingegangen, in Wirklichkeit natürlich, damit wir den Raum nicht durchsuchen und dabei den Gang entdecken würden.
»Slugi, ich weiß wer der Mörder ist«, sagte ich.
Slugi, der grübelnd auf den Fußboden vor sich geblickt hatte, hob den Kopf.
»Wer denn?« fragte er.

»Hier ist etwas, Slugi«, rief at-Tur von nebenan. »Ich glaube, ich habe den Gang gefunden, den du suchst.«
»Ach, war nur so eine dumme Idee«, winkte ich zerknirscht ab.

Tock... tock... tock... *dump.* Der Ton des vierten Schlages klang eindeutig anders.
At-Tur stand vor der Wand, die dem schmalen Fenster gegenüberlag. Ich trat neben ihn, und gemeinsam klopften wir dicht nebeneinander die Wand ab.
Mit den Kanten der Hämmer ritzten wir Markierungen in das Mauerwerk, wo sich der Ton veränderte. Bald hatten wir einen Bereich eingegrenzt, der vom Boden bis kurz unter die Decke reichte und etwa zwei Schritte breit war.
Ich legte mich flach auf den Boden und suchte nach einer Spalte oder zumindest einer kleinen Öffnung, die auf einen Eingang hinwies. Doch bis auf die von uns soeben hineingeritzten Zeichen war der Putz auf den Mauern eben und glatt, ohne den geringsten Hinweis auf einen Mechanismus oder ein Scharnier.
»Das verstehe ich nicht«, sagte ich, als ich mich wieder erhob. »Hier ist eindeutig ein Hohlraum, aber keine Möglichkeit, hineinzugelangen.«
»Der Baumeister war eben kein Stümper«, bemerkte at-Tur. »Wir werden mehr als einen Blick brauchen, um den Gang zu öffnen. Meißel und Hacken zum Beispiel.«
»Wartet auf mich«, warf Slugi ein, der sich bereits zum Gehen wandte. »Ich hole, was wir brauchen. Schaffen wir es zu dritt?«
»Das will ich meinen«, bestätigte at-Tur.
Slugi eilte hinaus. At-Tur ging in das große Zimmer zurück. Ich tastete ohne Erfolg noch eine Weile an der Wand herum, dann folgte ich ihm. Der Eunuch hatte es sich auf dem Haufen aus Polstern, zu dem Slugi das Bett aufgeschichtet hatte, bequem gemacht.

Obwohl ich ihn nicht direkt beschuldigt hatte, glaubt ich, Abbitte leisten zu müssen.
»Es ist wirklich freundlich, daß Ihr uns helft«, begann ich. Sofort wurde mir klar, wie dümmlich diese Worte in seinen Ohren klingen mußten.
»Eure Freundlichkeit ist weit höher zu schätzen«, antwortete at-Tur, »denn Ihr seid nur ein zufälliger Gast, ich aber lebe schon seit meiner Kindheit hier.«
»Ihr habt Euren Herrn, den Kalifen, sicherlich sehr geliebt.«
»Geliebt? Wo denkt Ihr hin, Herr Usama! Ich bin ein Sklave und ein Kastrat. Ich habe keine Möglichkeit, die Stadt zu verlassen, ohne in weniger als einem halben Tag wieder eingefangen zu sein. Täglich sehe ich die schönsten Frauen kaum oder gar nicht bekleidet auf ihren Polstern liegen und habe nicht mehr als die dunkle Vorstellung eines Gefühls, das ich niemals kennenlernen kann. Nein, ich verspürte keine Liebe zum Kalifen.«
Sein Blick war aus dem Fenster in den Himmel gerichtet. Dabei klangen seine Worte so beiläufig, als spräche er über einen anderen Menschen, von dessen Schicksal er nur flüchtig gehört hatte.
»Ich werde an diesem Ort leben, bis ich sterbe oder in Ungnade falle, was allerdings auf dasselbe hinausläuft. Meine Freuden sind das Essen und meine Träume. Ich kann Euch versichern, daß meine Träume mir bei weitem mehr Freude bereiten, wenn sie auch weniger Spuren an meinem Äußeren hinterlassen haben. Ein Eunuch ist für die meisten Männer nur jemand, über den man Scherze machen kann. Nur ein bestimmter Untersuchungsrichter nimmt ihn als Freund an, und der Eunuch hätte nichts anderes verdient, als eine Witzfigur zu sein, wenn der diesem Untersuchungsrichter seine Hilfe versagen würde, so er ihrer bedarf.«
»Denkt Ihr, daß Slugi Hilfe braucht?«
»Wenn Ihr mich aushorchen wollt, Herr Usama, so könntet Ihr den Rest Eures Lebens mit dem Versuch verbringen. Ich

weiß nicht, welche Absicht Euch nach Bagdad führte, aber ich weiß, daß Slugi sich in dem Bemühen, Euch zu schützen, sehr leicht selbst in Schwierigkeiten bringen kann. Er scheint Euch zu vertrauen, und wenn Ihr Euch des Vertrauens als würdig erweist, so schulde ich als Slugis Freund Euch einen Gefallen. Wenn nicht ...«
Er brach ab, ohne den Satz zu Ende zu bringen. Sein Gesichtsausdruck hatte für einen kurzen Moment, ein Lidzucken lang vielleicht, etwas anderes erkennen lassen als den verweichlichten Eunuchen, der ein Leben zwischen Müßiggang und leichten Dienstleistungen im Harem führte. Doch schon war dieses andere wieder verschwunden, als hätte ich es mir nur eingebildet. Er faltete seine Finger über der Wölbung seines Bauches, und sofort sah er nur noch aus wie eine fette Witzfigur.
Ich aber wußte, daß ich ihn nicht unterschätzen durfte. Er hatte uns tatsächlich auf den Geheimgang hingewiesen, aber bewies das seine Unschuld? Hätten wir nicht vielmehr den Gang ohnehin entdeckt, und hatte er uns nur geholfen, weil er es nicht verhindern konnte?
Slugi kam erstaunlich schnell zurück. Er trug einen schweren Hammer und zwei Hacken sowie ein in ein Wachstuch eingeschlagenes Paket bei sich.
Kurz darauf standen wir drei schwitzend nebeneinander in dem kleinen Gemach und schlugen auf die Wand ein. Es dröhnte, daß ich glaubte, man müsse uns in ganz Bagdad bei der Arbeit hören können.
Keiner von uns war in dieser Tätigkeit erfahren. So brauchten wir sicherlich wesentlich mehr Zeit, als eine eingespielte Gruppe von Arbeitern benötigt hätte. Ich stand mit dem Hammer in der Mitte, während die beiden anderen mit den Hacken gegen die äußeren Ränder des dünnen Teils der Wand schlugen. Slugi schwang sein Werkzeug schweigend, aber so angestrengt, daß sein Gesicht bereits nach kurzer Zeit vor Schweiß glänzte. At-Tur begleitete jeden Schlag mit kleinen

Kommentaren, um sich selbst anzufeuern: »Das ist für dein Gekicher, Zoraide! Das ist für deine ewigen Sonderwünsche, Nurmahal!« Ich bewegte den Hammer wie einen Streitkolben im Kampf, holte Luft, wenn ich ihn zurückschwang, und stieß den Atem kräftig aus, wenn ich ihn gegen die Wand führte wie gegen den Panzer eines Feindes.

Die Wand, deren Anblick so massiv wirkte, bog sich bei jedem Hammerschlag ein wie eine Membran, doch machte sie lange keine Anstalten, zu zerbrechen. Derweil lösten Slugi und at-Tur mit ihren Hacken Brocken von Mauerwerk und Putz ab.

Dann, mit einemmal, brach die Wand entzwei, als der Kopf des Hammers wieder auf sie traf. Eine Hälfte zerbrach in kleine Stücke, die andere blieb schräg an ihrer alten Stelle hängen. Die entstandene Öffnung war groß genug, um einem Mann Einlaß zu gewähren.

Slugi wickelte das Paket aus, das er mitgebracht hatte. Es enthielt zwei Fackeln und ein kleines, verschließbares Becken, in dem Holzkohle glomm.

Ich nahm eine der Fackeln und entzündete sie. At-Tur griff wie selbstverständlich nach der anderen, doch Slugi hielt ihn zurück.

»Du solltest jetzt besser gehen«, sagte er. »Es reicht völlig aus, wenn einer von uns beiden sich vor den Prinzen rechtfertigen muß.«

At-Tur widersprach heftig. Während die beiden Freunde verhandelten, ob es klug oder dumm, angebracht oder unnötig sei, gemeinsam den Gang zu untersuchen, begann ich allein damit. Ich trat durch die Öffnung hinein und erforschte zunächst die Stelle, an der wir den Durchbruch geschaffen hatten.

Ich hatte nicht einen Moment gezweifelt, daß ich auf dieser Seite der Mauer einen Öffnungsmechanismus entdecken würde. Aber ich sah mich getäuscht. Die Wand des Ganges hatte aus Mauerwerk bestanden, das nur dünner ausgeführt war,

um nicht durch allzu große Stärke den Verdacht auf die Existenz eines Ganges zu lenken.
Selbst der Teil der Wand, der zusammenhängend geblieben war, bildete keine verborgene Tür. Seine Steine waren auf der dem Raum abgewandten Seite nur durch über Kreuz angebrachte hölzerne Streben verstärkt worden und deshalb zusammengeblieben, nachdem der Halt zum Rest der Mauer zerstört war.
Ich leuchtete nach beiden Seiten in den Gang hinein. Auf einer Seite führte er direkt auf die Mauer zu, hinter der das Brautgemach liegen mußte, auf der anderen konnte ich wegen des begrenzten Raumes, den die Fackel erleuchtete, kein Ende erkennen.
Ich kehrte zu Slugi und at-Tur zurück. Die beiden waren sich inzwischen darüber einig geworden, daß at-Tur nicht an der Untersuchung des Ganges teilnehmen würde. So verabschiedete er sich mit der Bemerkung, er werde sich jetzt zu einem kleinen Imbiß begeben.
Es war nicht zu übersehen, daß er ungern ging. Aber war der Grund der, daß er seinen Freund nicht allein lassen wollte oder daß er von Ferne nicht beobachten konnte, was wir finden würden?
»Wenn Ihr einverstanden seid, dann untersuche ich den Gang allein«, sagte ich. »Ihr werdet in der Dunkelheit nur wenig erkennen können.«
Slugi setzte zu heftigem Widerspruch an, überlegte es sich aber dann anders: »Ihr habt recht. Erforscht Ihr den Gang, ich werde hierbleiben. Früher oder später wird jemand kommen, den der Lärm aufgeschreckt hat. Dann ist es besser, ich kann ihn in ein Gespräch verwickeln, als daß er Euch bei der Entdeckung eines der Geheimnisse der Herrscherfamilie überrascht.«
Also war es entschieden. Ich ging mit meiner Fackel zurück und wandte mich zuerst in die Richtung, in der der Gang auf die Wand des Brautgemaches stieß. Ein geheimer Zugang

würde sich am wahrscheinlichsten dort befinden, und dann würde ich auch erkennen, weshalb unser Abklopfen der Wände im großen Raum kein Ergebnis erbracht hatte.
Der Gang machte keinen Bogen, um dem Verlauf der Wand zu folgen. Zum Glück führte ich die Fackel immer auf und ab, um alle Stellen der Wände betrachten zu können, sonst hätte ich schnell einen üblen Fall tun können. In der Mitte des Bodens befand sich eine Öffnung. Ich beugte mich nieder und leuchtete hinein. Dabei sah ich das obere Ende einer Leiter. Fast hätte ich laut aufgelacht: Den Fußboden des Zimmers hatten wir nicht abgeklopft; deshalb konnte sich dort ohne weiteres ein Zugang verbergen.
Ich widerstand der Versuchung, sofort zu Slugi zurückzulaufen und ihm von meiner Entdeckung zu erzählen. Er hatte mir mehrmals gesagt, ich solle nicht vorschnell Urteile fällen, sondern abwarten, bis genug Beobachtungen zusammengekommen seien. Also kletterte ich vorsichtig auf der Leiter nach unten.
Dabei hielt ich die Fackel mit der Linken. Die rechte Hand bewegte ich immer, wenn ich mit den Füßen Halt gefunden hatte, rasch um zwei Sprossen hinab. Die ganze Kletterpartie war etwas wacklig; noch am Vortag hätte ich sie schwerlich unternehmen können.
Hin und wieder hielt ich die Fackel soweit wie möglich nach unten, da ich erwartete, jeden Moment auf den Boden des Schachtes stoßen zu müssen.
Aber es war keineswegs so, daß die Leiter nur bis etwa Manneslänge unter den Fußboden des Zimmers führte und der Gang dann waagrecht darunter weiterging. Vielmehr führte der Weg weiter und weiter nach unten, bis ich mich schließlich auf dem Niveau des Erdbodens befand. Hier führte der Gang gerade weiter, allerdings im rechten Winkel zu seiner bisherigen Richtung. Das Mauerwerk an den Seiten war aus kräftigen Steinen, nicht aus dünnen Platten wie weiter oben, die nur vortäuschten, eine dicke Mauer zu bilden.

Die Luft war kühl und ein wenig stickig. Ich beobachtete die ruhig brennende Flamme der Fackel, denn ich wußte, daß die Gefahr der Erstickung bestand, sollte sie kleiner werden oder gar verlöschen.

Langsam setzte ich Schritt vor Schritt. Dabei leuchtete ich wie vorher nach allen Seiten, um keine Abzweigung oder Tür zu übersehen. Ich sagte mir, daß eine Tür, die vom Innern eines Geheimganges ausgeht, im Gang selbst wohl kaum verborgen wäre.

Ich vergegenwärtigte mir, in welcher räumlichen Beziehung die Zimmer des Gebäudes zueinander standen. Der Gang führte der Länge nach an der Außenwand zum Hof entlang. Da es im Erdgeschoß keine Fenster gab, würde seine Existenz nur jemandem auffallen, der mit dem Maßstab die inneren und äußeren Abmessungen des Hauses verglich.

Ich bewegte mich auf den Festsaal zu und zählte dabei meine Schritte, um abzuschätzen, wie weit ich jeweils gekommen war.

Als ich glaubte, etwa am Rand des Saales zu sein, stieß ich auf eine weitere Leiter, die wieder aufwärts führte. Diese Leiter war so kurz, daß ich ihr oberes Ende etwa in Augenhöhe vor mir hatte. Sie reichte nur so weit hinauf, wie dem Unterschied zwischen dem Fußboden des Saales und dem Hof entsprach.

Diesmal nahm ich mir die Zeit, die Leiter selbst genauer zu betrachten. Sie war aus festem und hartem Holz gefertigt. Von dem angenehmen Geruch, der frisch geschlagenem Holz zu eigen ist, war nichts mehr zu spüren. Sie konnte viele Jahre alt sein, erweckte allerdings nicht den Eindruck, häufig benutzt worden zu sein.

Ich kletterte nach oben. Dort endete sie in einem kleinen rechteckigen Gelaß, das gerade genug Platz für einen Mann bot. Rechts und links befand sich Mauerwerk, die Wand vor mir bestand aus einer einzigen Marmorplatte.

Da sonst kein Weg weiterführte, mußte die Marmorplatte der

Ausgang sein. Wenn ich mich nicht sehr irrte, befand sich dahinter der Festsaal. Ich hatte wenig Lust, einfach in den Saal zu platzen, in dem sich möglicherweise Menschen aufhielten. Deshalb nahm ich Abstand davon, einfach auf gut Glück an der Platte herumzudrücken.
Ich leuchtete die Ecken ab, an denen die Platte gegen die Steinwände stieß. Auf beiden Seiten verliefen kleine Spalten, die zeigten, daß die Platte nicht breiter war als das Gelaß, sondern in ihrem Querschnitt genau mit diesem übereinstimmte. Auch auf dem Boden fand ich eine solche Spalte, und hätte ich hoch genug hinaufreichen können, so hätte ich gewiß auch an der Decke eine bemerkt.
Die Marmorplatte war also ein Bestandteil der Vertäfelung im Festsaal. Wenn sie auf beiden Seiten eine identische oder sehr ähnliche Maserung aufwies und um einen Zapfen in ihrer Mitte drehbar war, so bildete sie einen idealen Zugang, der vom Saal aus nicht erkennbar war.
Ich legte mein Ohr direkt an die kühle Fläche, hörte jedoch weder Geräusche noch Stimmen. Sofort war die Versuchung da, die Wand zu öffnen, um meine Überlegungen bestätigt zu sehen. Ich beherrschte mich jedoch und trat statt dessen den Rückweg an.
Diesmal kam ich schneller voran, da ich mir nicht mehr die Mühe machte, unterwegs nach weiteren Ausgängen zu suchen.
Als ich wieder bei der Öffnung war, die wir in die Wand geschlagen hatten, steckte ich kurz den Kopf hindurch. Das Nebengemach war leer, und aus dem Zimmer selbst war nichts zu hören. Ich beschloß, zunächst das andere Ende des Ganges zu erkunden, ehe ich zu Slugi zurückkehrte.
Der Gang führte noch ein wenig geradeaus, machte jedoch bald eine Biegung nach rechts, die ihn an die Außenwand führte. Dieser folgte er dann bis zur Schmalseite des Gebäudes. Dort endete er vor einer weiteren Öffnung in seinem Boden, durch die eine neue Leiter wieder in die Tiefe führte.

Ich bezähmte meine Ungeduld, zum Ende des Ganges vorzudringen, und suchte nochmals Schritt für Schritt die Wand im ersten Stock ab. Aber auch diesmal fand ich nichts, was nur den kleinsten Hinweis auf einen Zugang zu irgendeinem Raum innerhalb des Hauses gegeben hätte.
Also stieg ich die Leiter hinab. Diesmal ging es noch weiter nach unten als zuvor. Schließlich befand ich mich unterhalb des Erdbodens. Hier war das Mauerwerk eindeutig älter und zudem gröber ausgeführt. Der stickige Geruch in der Luft wurde stärker.
Der Gang führte eine lange Strecke geradeaus. Seine Wände standen merklich weiter auseinander, als es im Innern des Hauses der Fall gewesen war. Allerdings wölbten sie sich an einigen Stellen nach innen, als hätte der Druck der Zeit sich bemüht, den Gang nach und nach verschwinden zu lassen.
Hin und wieder stieß ich auf eine hölzerne Strebe, die nachträglich eingezogen war, um das Absenken der Decke aufzuhalten. Feuchtigkeit und Schimmel bedeckten die Wände. Einmal mußte ich über ein paar Steine klettern, die aus der Wand gefallen waren; dahinter konnte ich das Erdreich erkennen. Ich blieb einen Moment stehen, weil ich glaubte, ein leises Geräusch gehört zu haben. Schon wollte ich weitergehen, da sah ich, woher der Ton stammte: Aus der Öffnung rieselte Erde in den Gang und hatte sich auf dem Boden zu einem kleinen Häufchen mit einem spitzen Kegel geformt, ähnlich dem Inhalt des unteren Glases einer Sanduhr. Die Zeit dieses Ganges lief ab, und wenn wir ihn nicht geöffnete hätten, wäre er ohne umfangreiche Bauarbeiten früher oder später auf jeden Fall zusammengebrochen.
Ich ging weiter. Inzwischen hatte ich keine Vorstellung mehr davon, wo ich mich befand. Ich mochte in einen fernen Teil des Palastes geraten sein oder mich schon außerhalb seiner Mauern befinden.
Trotz des unangenehmen Modergeruchs brannte die Fackel immer noch mit beruhigender Gleichmäßigkeit, so daß ich es

wagen konnte, meinen Weg fortzusetzen. Ich hatte nichts zu befürchten, außer daß mir ein sich überraschend von der Decke lösender Stein auf den Kopf fiel und meinen Schädel zerschmetterte. Oder daß vor und hinter mir der Gang einstürzte und mir jeden Weg nach außen abschnitt, so daß ich elend umkommen würde. Oder daß der Boden unter meinen Füßen nachgab und mich in einen tiefen Schlund fallen ließ, in dem meine Hilfeschreie ungehört verhallen würden.

Da merkte ich, daß die Luft frischer wurde. Kurz darauf fand ich mich vor einer Leiter wieder, die nach oben führte. Erleichtert kletterte ich hinauf. Es ging nur noch ein kurzes Stück weiter, bis der Gang dann vor einer Holzwand endete. Die Bretter dieser Wand standen senkrecht nebeneinander und wurden von einem diagonal angebrachten Balken verstärkt.

Ich verspürte den charakteristischen Geruch von Tieren. Auch ohne mein Ohr direkt ans Holz zu legen, hörte ich das Geräusch von stampfenden Hufen im Stroh, dann ein kurzes Wiehern.

Somit wußte ich genau, wo ich mich befand. Der Gang hatte mehrere Gebäude und den Garten im Labyrinth unterquert, um bei den Ställen zu enden. Ich warf noch einen kurzen Blick auf die Holzwand. Vermutlich wurde sie auf dieselbe Art bewegt wie die Marmorplatte in der Saalwand.

Also kehrte ich zurück, um Slugi zu berichten. Ich sprang sogar ausgelassen über den Haufen herausgefallener Steine, in der Überzeugung, daß mein zweiter Weg durch den unsicheren Stollen zugleich mein letzte war.

Kurz bevor ich den Mauerdurchbruch erreicht hatte, vernahm ich Stimmen, die hindurchklangen. Da Slugi sich gerade mit jemandem unterhielt, der sicher nichts über meine Anwesenheit wußte, wollte ich nicht einfach dazwischenplatzen. Deshalb legte ich die Fackel auf den Boden und löschte sie durch einige Tritte mit den Schuhsohlen aus. Dann kletterte ich lautlos durch das Loch und schlich mich bis an den Durchgang zum Brautgemach.

Jetzt konnte ich die Worte verstehen und auch die Stimmen erkennen. Nuraddins Stimme war voll Angriffslust, während die Slugis zwar bittend, doch selbstsicher blieb.

»... Staatsgeheimnisse preiszugeben«, sagte Nuraddin gerade. »Den ungläubigen Barbaren entkommen lassen, Ridwan wegschicken und sich dann noch mit dem Spion aus Damaskus abgeben! Mußte das das erste sein, was ich erfahren sollte, als ich in den Palast zurückkam!«

»Verzeiht mir, mein Prinz«, antwortete Slugi, »doch wie soll ich die Identität des Täters entlarven, wenn ich nicht alle Dinge, die mir dabei helfen können, miteinander in Zusammenhang bringen darf? Sicherlich gibt es möglicherweise mehrere Schuldige in diesem Fall, doch genauso muß es auch mehrere Unschuldige geben.«

»Der verdammte Franke war es. Warum wollt Ihr das nicht zugeben?«

»Euer Bruder scheint Herrn Usama zu verdächtigen. Gewiß ist doch wohl eines: Es kann nur einer von beiden gewesen sein. Daß sich beide miteinander verbündet haben, kann ich mir nicht vorstellen. Ich wäre der Lösung einen großen Schritt nähergekommen, wenn ich Genaues über den Inhalt der Flasche wüßte.«

»Die Flasche hat nichts damit zu tun. Statt Euch um Dinge zu kümmern, die Euch nichts angehen, solltet Ihr uns endlich den Schuldigen ausliefern. Aber womit beschäftigt Ihr Euch statt dessen? Ihr stemmt Mauern auf und spürt den Geheimnissen meines Vaters nach. Wenn es nach mir ginge, würdet Ihr selbst bald von Mauern umgeben sein, die niemand für Euch aufstemmen wird.«

»Herr, erlaubt mir einige Erklärungen, die Euch ...«

»Gar nichts erlaube ich Euch. Ihr versteckt Euch hinter der Entscheidung meines Bruders, doch seid nicht zu sicher, daß er ewig über dieses Land herrschen wird.«

»Weißt du etwas, was auch ich besser wissen sollte?« klang eine scharfe Stimme auf.

Schritte eines Mannes, der das Zimmer gerade betrat, kamen immer näher. Murschid hatte bei seiner überraschenden Ankunft mindestens die letzten Worte seines Bruders mitbekommen.
»Willst du den Tod unseres Vaters ausnutzen, um unseren Streit zu deinen Gunsten zu entscheiden?« fragte der Ältere jetzt. »Hast du schon vergessen, daß wir uns einig waren, unseren Zwist über die Bündnispolitik in dieser schwierigen Lage zu begraben? Wie sollen wir deiner Meinung nach die Einigkeit des Reiches bewahren, wenn wir nicht einmal untereinander einig sein können?«
»Du bist zu weich!« warf Nuraddin ihm vor. »Wir müssen kämpfen, und wir müssen zeigen, daß wir mit unseren Feinden keine Gnade kennen.«
»Kämpfen? Meinst du etwa gegeneinander kämpfen? Wo warst du heute nacht, Nuraddin? Ich hörte, daß du gerade erst in den Palast zurückgekehrt bist.«
»Wenn du es genau wissen willst: Ich war bei meinen Reitern. Wenn du die Wachen auf den Stadtmauern aufziehen läßt, werden meine Männer zwischen den Mauern für Ordnung sorgen.«
»Für eine Ordnung, die du willst. Glaubst du, ich lasse mich von dir unter Druck setzen?«
Da Nuraddin nicht antwortete, nutzte Slugi die Gelegenheit aus, um zu sagen: »Meine Herren, haben wir nicht alle dasselbe Bestreben? Wollen wir nicht den wahren Mörder des Kalifen entlarven? Ich benötige nichts als etwas mehr Zeit, um...«
»Nein!« rief Nuraddin. »Einer weiteren Verzögerung werde ich nicht mehr zustimmen. Heute abend will ich das Urteil gefällt sehen, und es wäre besser, Slugi, wenn Ihr den Franken bis dahin herbeigeschafft habt.«
»Die Anweisungen und Entscheidungen wirst du schon mir überlassen müssen«, wies ihn Murschid zurecht.
»Heute abend«, erwiderte Nuraddin, »wird sich zeigen, ob du

in der Lage bist, Entscheidungen zu fällen. So lange werde ich mich in Geduld fassen.«
»Soll ich das für Großzügigkeit halten? Du hast doch innerlich schon jede Erinnerung an unseren Vater ausgetilgt. Nicht einmal den Armreif trägst du mehr, den er dir geschenkt hat.«
»Ich würde mir an deiner Stelle andere Sorgen machen. Du behängst dich den ganzen Tag mit Schmuck, mein Körper ist dazu da, um Waffen zu tragen.«
Seine Schritte entfernten sich.
»Slugi«, sagte Murschid, als Nuraddin fort war und er sich mit dem Untersuchungsrichter allein glaubte, »heute abend werde ich ein Urteil sprechen. Ich erklärte gestern, es sei nicht mein Wille, die Herrschaft mit einer ungerechten Tat zu beginnen. Doch besteht die Gefahr, daß man meinen Willen zur Gerechtigkeit mit Schwäche verwechselt. Und wie soll ich aufrechten Ganges den Thron besteigen, solange der Mörder meines Vaters ungestraft ist?«
»Herr, ich tue alles, was in meiner Macht steht, um Euch den Mörder zu bringen.«
»Man erzählt sich im Palast, daß eine übernatürliche Macht für den Tod meines Vaters verantwortlich ist. Falls es so ist, würde ich tatsächlich großes Unrecht tun, wenn ich den Syrer oder den Franken verurteilte. Wenn Ihr mir bis zum Abend einen Beweis dafür bringt, was wirklich geschah, so will ich entscheiden, wie Ihr es mir ratet. Doch andernfalls muß ich handeln, wie es unumgänglich ist. Ein Unrecht, das ich einem einzelnen zufüge, mag eine geringere Schuld sein, als wenn ich einen Bürgerkrieg zwischen Nuraddins Anhängern und den meinen zulasse. Ihr wart stets ein treuer Diener meines Vaters, laßt mich nicht an Eurer Treue zu mir zweifeln.«
»Niemals soll das geschehen, mein Prinz.«
»Und doch habt Ihr etwas getan, das meine Lage erschwert.«
Ich bemerkte, daß seine Stimme sich näherte. Rasch wich ich zurück. Da Murschids Worte sich nur auf die Entdeckung des Geheimganges beziehen konnten, stand zu vermuten, daß er

mit Slugi zu dem Loch kommen würde. Also kletterte ich in die Dunkelheit des Ganges zurück, in der ich mich sicher glaubte.
Murschids Stimme klang ernst: »Es war Eure Aufgabe, zwei Morde aufzuklären. Ihr solltet nicht den Geheimnissen unserer Familie nachspüren. Wenn in diesen Mauern ein Geheimgang angelegt wurde und Ihr von diesem Gang Kenntnis erhieltet, so hätte es Euer Pflichtgefühl Euch verbieten müssen, diesen Gang zu offenbaren.«
»Mein Bestreben war es«, verteidigte sich Slugi, »Eurem Auftrag gemäß die Wahrheit zu entdecken. Alle Spuren und Aussagen zeigten: Der Mörder kam weder durch die Tür noch durch das Fenster, und er hatte sich auch nicht vorher im Raum versteckt. Also mußte ich die wahre Möglichkeit finden. Ich kann nicht glauben, daß etwas Übernatürliches im Spiel ist, solange nicht alle Wege des Natürlichen ausgeschlossen sind. Ein Mord kann nicht in einem völlig verschlossenen Raum begangen werden. Entweder ist der Raum nur scheinbar verschlossen, oder der Mord wurde nur scheinbar in ihm begangen.«
»Ich zweifle nicht daran, daß Ihr glaubtet, im Recht zu sein. Doch hätten Euch die Jahre Eures Dienstes erkennen lassen müssen, daß Euer Handeln übereilt war. Ehe Ihr jemals wieder Mauern einreißen laßt, erkundigt Euch, ob Euer Vorhaben meine Zustimmung findet.«
»Verzeiht, Herr, aber da Ihr diesen Gang geheimzuhalten wünschtet, so hättet Ihr meine Bitte auf jeden Fall mit einem Nein beantwortet.«
»Das hätte ich getan, und es wäre richtig gewesen. Es gibt nämlich außer der Tür keinen Zugang zu diesem Zimmer. Da der Schaden einmal angerichtet ist und das Geheimnis des Ganges nicht länger besteht, so könnt Ihr...« Nein, sag es nicht, dachte ich. Tu es nicht, gehe nicht mit ihm in den Gang, erzähle einfach nur davon. »... mir genausogut hineinfolgen und Euch selbst davon überzeugen.«

Ich bückte mich, ertastete mit Hast und Glück die erloschene Fackel und nahm sie an mich. Mir blieb keine Zeit zum Überlegen, in welche Richtung ich flüchten sollte. Ich hatte mich nach rechts gewandt, als ich wieder in den Gang getreten war, und somit mußte ich dorthin weiter. Ich schlich auf Zehenspitzen, meinen Weg in der Dunkelheit mit ausgestrecktem Arm ertastend.
»Wenn wir hier geradeaus gehen, kommen wir zum Saal«, sagte Murschid.
Allah sei Dank, ich hatte Glück. Natürlich war der Saal viel eher ein angemessener Aufenthaltsort für einen angehenden Kalifen als der Stall. Ich bog aufatmend um die Ecke und blieb stehen, um mich zurückzuschleichen, wenn die beiden Männer in Richtung Saal verschwunden waren.
»Aber das sind nur ein paar Schritte«, fuhr Murschid fort. »Sehen wir uns lieber das andere Ende des Ganges an.«
Hinter mir flammte die Fackel auf, die ich bei Slugi zurückgelassen hatte, und ihr Schein, die Schritte und die Stimmen der Männer folgten mir durch den Gang.
Jetzt zeigte sich, wie gut es gewesen war, daß ich in allen Teilen des Ganges die Schritte gezählt und ihre Anzahl in meinem Gedächtnis verwahrt hatte. Ich wurde weder von den Biegungen noch von der Bodenöffnung, in der die Leiter abwärts führte, überrascht.
Höchste Eile war geboten, wollte ich nicht von Murschid entdeckt werden. Zum Glück blieb mir immer noch der Weg durch den Stall. Leider würde es nicht genügen, den Gang nur knapp vor den beiden zu verlassen. Das Tageslicht würde durch die Öffnung hineinfallen und falls nicht mich selbst, so doch die Tatsache meines Entkommens verraten.
Ich atmete auf, als ich so viel Vorsprung erreicht hatte, daß der Schein der Fackel hinter mir nicht mehr war als ein heller Punkt in der Dunkelheit.
Da stieß mein Fuß, der sich gerade auf den Boden senken wollte, zu früh auf Widerstand. Ich stolperte, wollte mich an

der Wand abstützen, doch meine Hand rutschte ab. Dabei verlor ich die Fackel, die ich bis dahin festgehalten hatte. Es gelang mir, mich soweit zu beherrschen, daß ich keinen Laut ausstieß. Ich war auf einen der Steine getreten, die aus der Wand gefallen waren.
Die beiden Männer hinter mir hatten angehalten. Merkwürdig verzerrt und hallend drangen ihre Stimmen zu mir.
»Da war doch etwas«, sagte Murschid.
»Vielleicht eine Ratte«, vermutete Slugi. »Oder kann jemand außer Euch und Eurem Bruder den Gang kennen?«
»Nein. Es sei denn, Ihr habt ihn jemandem gezeigt.«
Suchend glitt meine Hand über den Boden, bis sie sich um die Fackel schloß.
»Ich bemühte die Hilfe at-Turs und Usamas, wie Ihr gewiß gehört habt. Aber ich sandte beide fort, um den Gang allein zu untersuchen. Ihr habt bemerkt, daß ich nur eine Fackel bei mir hatte.«
Ich schob die Fackel zur Sicherheit in den Gürtel und stand langsam auf. Mein linker Arm schmerzte etwas, aber ich hatte keine Schwierigkeiten aufzutreten. Also ging ich hastig und so leise wie nur möglich weiter.
Gab es noch mehr Stellen, die mir gefährlich werden konnten? Ich hielt mich seitlich und ließ beim Laufen eine Hand über die Mauer gleiten, um den Kontakt nicht zu verlieren. So konnte ich nicht gegen eine der Stützen in der Mitte des Ganges prallen.
Leider hatte ich durch meine Überlegungen mit dem Zählen der Schritte ausgesetzt. Ich konnte nicht mehr sicher sein, wie weit es bis zur nächsten Leiter war.
Da blieb nur eines: Ich streckte die rechte Hand, die ich nicht an der Mauer entlangführte, geradeaus. Sie würde mir die Position der Leiter verraten, ehe ich dagegenrannte.
Die Erinnerung spielt dem Menschen bisweilen seltsame Streiche. Zwar war mir der unterirdische Gang bei meiner erstes Durchquerung endlos lang vorgekommen, doch jetzt

rechnete ich jeden Moment fest damit, auf sein Ende stoßen zu müssen. Es ging aber weiter und weiter. Mein ausgestreckter Arm wurde schwer wie Blei. Nur das genaue Wissen, daß ich im selben Augenblick, in dem ich ihn nur für die Dauer eines Schrittes senken würde, gegen die Leiter rennen mußte, ließ ihn mich weiter hochhalten.

Schließlich kam mir der Gedanke, daß ich die Wirkung vielleicht zur Ursache umkehren konnte: Ich mußte nur meinen Arm senken, und schon war ich am Ende des Ganges angelangt.

Ich spannte meinen Körper an, verringerte meine Geschwindigkeit etwas, damit der Aufprall nicht so schmerzhaft werden würde, und senkte den Arm.

Es gab keinen Aufprall. Ich blieb kurz stehen, um mich nach meinen Verfolgern umzusehen.

Mein Vorsprung war immer noch groß genug. Aber das war kein Anlaß, leichtsinnig zu werden. Je länger ich durch das Dunkel lief, um so größer wurde die Gefahr, nochmals zu straucheln, diesmal vielleicht mit schlimmeren Folgen. Also lief ich mit vorgestrecktem Arm weiter. Nur vier Schritte weiter stieß ich auf das Ende des Ganges.

Ich atmete auf und begann ohne Verzögerung, die Leiter emporzuklettern. Oben ertastete ich bald die Tür. Aber noch war ich nicht in Sicherheit.

Schließlich konnte ich nur hoffen, daß die Geheimtür keinen komplizierten Öffnungsmechanismus besaß, den nur ein Eingeweihter bedienen konnte. Und außerdem konnte ich im Innern des Stalles vor den Augen einer bewaffneten Kavallerieeinheit auftauchen, die ihr Erstaunen vielleicht schneller überwunden hatte als ich die Distanz zum Ausgang.

Ich legte mein Ohr lauschend ans Holz. Aber jetzt rächte sich die Eile, mit der ich durch den Gang gelaufen war: Ich hörte nichts außer dem Hämmern meines eigenen Pulses.

Kurz entschlossen drückte ich auf der rechten Seite gegen die Holzwand. Ich spürte eine kleine ruckende Bewegung der

Wand, aber dann ging es nicht weiter. Ich verstärkte meinen Druck, ohne einen größeren Erfolg zu erzielen. Wenn der Durchgang von einem verborgenen Riegel verschlossen wurde, war meine Flucht hier zu Ende. Unüberlegt drückte ich immer weiter an derselben Stelle herum.
Ich drehte mich um und blickte in Richtung der Leiter. Konnte ich da schon einen Lichtschimmer sehen, oder bildete ich es mir nur ein?
Schließlich kam mir der Gedanke, daß die Wand auch eine linke Seite besaß. Nach einem kräftigen Druck dort schwang die ganze Wand herum. Ohne mich weiter umzusehen, was ohnehin keinen Zweck gehabt hätte, trat ich hindurch. Die Wand drehte sich weiter. Ich gab ihr noch einen kurzen Stoß, und nach einer halben Drehung um ihre Mittelachse schloß sie sich wieder.
Die bisherige Außenseite war jetzt zur Innenseite geworden. Da die Holzwände rechts und links im Stall die gleiche Struktur besaßen wie die Geheimtür, war kein Unterschied zu erkennen.
Vor der Wand lief eine Rinne entlang, die zum Ablauf übelriechender Flüssigkeiten bestimmt war. Natürlich stand ich mitten darin.
Zu meinem Glück war kein Mensch im Stall zu sehen, zu meinem Unglück auch kein geeignetes Versteck.
Der Raum war langgestreckt. In der Mitte befand sich ein breiter freier Gang, zu dessen beiden Seiten sich Reihen von Boxen erstreckten. Die meisten waren zur Zeit leer, nur in einigen standen Pferde, die mich keines Blickes würdigten. Der gesamte Stall mochte über fünfzig Tiere fassen.
Die Boxen waren durch Holzgitter voneinander getrennt. Die Stäbe standen eng genug beieinander, um die Pferde daran zu hindern, sich zu beißen. Einen Schutz vor Blicken vermochten sie allerdings nicht zu bieten.
Der Stall hatte die Höhe von zwei normalen Stockwerken. Drei seiner Seiten waren aus Holz errichtet, die vierte aus fe-

sten Steinen gefügt. Vermutlich handelte es sich dabei um die Außenmauer des Palastes. In der Wand, die der Mauer gegenüber lag, befand sich ein Doppeltor, dessen linker Flügel geöffnet war. Es bildete den einzigen Weg nach draußen. Durch die Öffnung waren Männer, teilweise in Uniform, teilweise in einfachen Skavengewändern, zu sehen, die einige Pferde im Kreis herumführten. Dieser Weg blieb mir also verschlossen.

Auf halber Höhe lief eine Galerie um den Stall. Dort waren hohe Ballen Heu aufgeschichtet. Hinter diesen Ballen hätte ich mich gut verstecken können, wenn ich nur hinaufgelangt wäre.

Eine Leiter war zwar vorhanden, doch sie lag auf dem Boden. Ich konnte auch gleich erkennen, weshalb. Eine ihrer Sprossen war geborsten. Eine neue Sprosse und ein Topf mit Leim befanden sich daneben. Jemand war wohl gerade im Begriff, sie zu reparieren, und vielleicht nur für einen kurzen Moment hinausgegangen.

Schon glaubte ich, Schritte hinter der Geheimtür zu hören.

So oder so – ich konnte die Leiter nicht aufstellen. Selbst wenn die Zeit dazu ausreichen würde, so konnte der Handwerker jederzeit zurückkommen.

Mich hinter den Körper eines Pferdes zu stellen wäre ein gleichfalls zweifelhaftes Versteck gewesen. Es sei denn, es würde mir gelingen, den Eindruck zu erwecken, als ob ich hierhergehörte. Dort hingen an einem Holzpfosten mehrere Striegel. Wenn ich einen davon ergriffe und mich mit einem Pferd beschäftigte, würde mich jeder sehen können, aber mit etwas Glück würde meine Anwesenheit niemandem auffallen. Ich machte einen Schritt auf den Pfosten zu, da hörte ich den Klang einer Stimme hinter der Geheimtür.

Selbst bei größter Anstrengung würde ich es nicht mehr schaffen, eine Bürste zu nehmen und zum nächsten Pferd zu laufen. Hektisch suchte ich meine unmittelbare Umgebung nach einem Keil ab, der die Öffnung der Tür verhindern oder

zumindest verzögern konnte. Ich brauchte nur ein paar Augenblicke mehr Zeit, als mir noch zur Verfügung stand.
Doch es gab keine Möglichkeit, diese Zeit zu gewinnen. Die Ordnung im Stall war penibel. Nirgends lag etwas herum, daß mir hätte helfen können.
Ich vernahm ein leises Knarren. Das Wandstück, hinter dem Murschid jetzt hervorkommen mußte, begann sich zu drehen.
Die Fackel! Ich wollte die Fackel aus dem Gürtel ziehen und den Zugang damit blockieren. Hätte ich nur ein bißchen früher daran gedacht, hätte ich die Tür damit so fest zuklemmen können, daß sie überhaupt nicht zu öffnen gewesen wäre. Murschid hätte mit Slugi umkehren müssen, und ich hätte den Keil entfernen und auf demselben Wege wieder verschwinden können, auf dem ich hergekommen war.
Zu spät – schon war der Spalt groß genug, daß ein Erwachsener sich hindurchzwängen konnte, selbst wenn ich die Fackel jetzt noch einsetzte.
Dem Rechtgläubigen wird die Hilfe Allahs in Situationen der größten Bedrängnis oftmals unvermittelt zuteil, und häufig auf Wegen, die noch wunderbarer erscheinen als das Auftauchen ganzer Armeen von Dschinni oder das Verweilen der Sonne auf ihrer Bahn um die Erde. Wer könnte an der Macht und Barmherzigkeit Allahs zweifeln angesichts seiner Gnade, uns durch ein Wunder zu erretten, ohne unseren Verstand zugleich durch das Unbegreifliche seines übernatürlichen Eingreifens rettungslos zu verwirren! In meinem Fall bestand die Hilfe, die der Allerbarmer mir gewährte, in einem schlagartigen Anwachsen meiner Unverschämtheit.
Ich sprang ungeachtet ihres abstoßenden Inhaltes in die Rinne zurück, als die Wand sich weiter um ihren Zapfen drehte. So, wie sich die eine Hälfte der Wand nach außen bewegte, um den Weg für die Heraustretenden freizugeben, so bewegte sich die andere Hälfte zugleich nach innen. Ich folgte ihr und schlüpfte in den Gang zurück, just als Murschid, nur durch die Dicke eines Brettes von mir getrennt, Slugi zurückhielt:

»Tretet nicht in diese Rinne; es möchte Eurem Schuhwerk Schaden zufügen.«

Die Drehtür verblieb in halbgeöffneter Stellung. Ich preßte mich mit dem Rücken gegen das Holz und bemühte mich, möglichst flach und geräuschlos zu atmen. Mein Blick war dabei zum Stalltor gerichtet, durch das jeden Augenblick jemand hereintreten konnte und dessen Auge als erstes auf mich fallen mußte. Wenn ich weiter in den Gang hineinging, würde Murschid mich sehen, sobald er sich umdrehte. Das Licht fiel weit genug nach innen, um bis zur Leiter zu reichen.

»Beachtet die geschickte Anlage der Rinne«, erläuterte Murschid. Ich glaubte, aus seiner Stimme so viel Stolz herauszuhören, als wäre das, was bereits Generationen vor ihm geschaffen worden war, sein Werk. »Durch den Ablauf an dieser Stelle besteht keine Gefahr, daß sich einer der Bediensteten ausgerechnet an dieser Stelle gegen die Wand lehnt und so durch Zufall das Geheimnis offenbart. So erübrigte sich ein Riegel, und die Tür konnte jederzeit von beiden Seiten begangen werden. Der Sinn der Anlage war es, dem Kalifen in Zeiten höchster Gefahr ein Entkommen aus dem Palast zu ermöglichen. Er konnte vom Saal ungesehen zu den Ställen gelangen und, mit einem schnellen Pferd versorgt, durch das Seitentor neben diesem Gebäude den Palast verlassen. Doch jetzt, da der Gang einmal geöffnet ist, hat er seinen Sinn verloren. Er soll heute noch zugemauert werden.«

»Erlaubt mir die Frage«, sagte Slugi, »wer von dem Bestehen des Ganges Kenntnis hatte.«

»Stets nur der Kalif und sein ältester Sohn. Nur in dieser Generation wußten drei Menschen davon, nämlich außer meinem Vater und mir noch mein Bruder Nuraddin. Er beschäftigte sich, wie Ihr wißt, sehr mit allen Bereichen des Krieges. Daher hielt mein Vater es für richtig, ihn in alle diesbezüglichen Geheimnisse einzuweihen.«

»Wie viele Räume kann man noch durch den Gang erreichen?«

»Es gibt nur zwei Zugänge: hier im Stall und im Festsaal. Einen Zugang vom Brautgemach gab es nicht – bis Ihr einen geschaffen habt. Der Gang lief nur hinter der Wand vorbei. Der Mörder muß entweder der Syrer oder der Franke sein. Der Syrer wäre mir natürlich lieber, da ich an einem guten Verhältnis mit den Franken interessiert bin. Doch nehmt dies bitte nicht als einen Versuch, Eure Untersuchung zu beeinflussen. He, du, komm her!«

Ein Sklave mit einem Hammer in der einen und einigen runden Holzzapfen in der anderen Hand war gerade in den Stall getreten. Er blickte zu uns herüber. Zum Glück beeindruckte ihn der Anblick Murschids mehr als der meine. Ich tat ein übriges, deutete mit der Hand auf ihn und winkte ihn herbei, als befände ich mich mit Murschids vollem Wissen und Einverständnis hier.

»Hol mir einen Offizier vom Hof!« befahl Murschid.

Der Sklave eilte hinaus und kam kurz darauf mit einem Leutnant zurück.

»Leutnant«, wies ihn Murschid an, »Ihr werdet ohne Verweilen den Zimmermann benachrichtigen, damit er heute noch diese Öffnung verschließt. Sorgt dafür, daß Wachen im Stall aufgestellt werden, bis die Arbeiten vollendet sind. Und benachrichtigt den Baumeister, daß er sich bei mir einfinden soll. Auch für ihn gibt es reichlich zu tun. Und wir, Slugi, gehen jetzt zurück.«

Der Leutnant verneigte sich vor seinem Herrn und nahm Haltung an.

Die Tür drehte sich zurück, und ich wanderte wieder nach draußen. Dort baute ich mich vor der Tür auf. Der Leutnant und der Sklave, der unschlüssig neben ihm stand, schauten mich abwartend an.

»Ihr habt gehört, was der Prinz befohlen hat«, sagte ich streng zu dem Offizier. »Eilt, denn die Erledigung duldet keinen Verzug. Ich werde einstweilen mit diesem Mann hierbleiben, bis die Wachen kommen.«

Der Leutnant lief hinaus.
Jetzt, da ich so viel geschafft hatte, galt es mit Ruhe zu handeln. Ich zählte also ohne Hast bis zwei, dann erklärte ich: »Gerade ist mir eingefallen, daß ich dem Prinzen noch etwas ausrichten muß. Du kannst solange allein aufpassen. Die Soldaten müssen ja ohnehin sofort kommen.«
Ich drückte die Tür wieder auf und schlüpfte in den Gang zurück. Der Fackelschein war schon nicht mehr zu sehen, also durfte ich hoffen, daß auch der kurze Lichteinfall bei meinem Eintritt unbemerkt geblieben war.
Ich folgte den beiden die Leiter hinab. Im Stollen hielt ich mich außerhalb des Fackelscheins, blieb aber nahe genug, um das Gespräch verstehen zu können.
»Wenn Ihr mir gestattet, würde ich noch einmal auf eine alte Frage zurückkommen«, hörte ich Slugi. »Ich bitte Euch um Auskunft über den Inhalt der Flasche, die die Prinzessin Eurem Vater ausgehändigt hat.«
»Slugi, Ihr seid ein Mann von großem Starrsinn. Ich sagte Euch doch, daß die Flasche in keiner Beziehung zu den Morden stehen kann.«
»Ich zweifle nicht an Eurem Wort, mein Prinz. Auch wenn der Inhalt der Flasche keinen Wert für jemand anderen als den Kalifen besaß, so könnte doch gerade die Unkenntnis dieses Inhalts die Tat des Mörders veranlaßt haben.«
Eine Weile lang schwieg Murschid. Ich glaubte schon, er wollte Slugi durch sein Schweigen bedeuten, daß er niemals Auskunft auf diese Frage geben würde.
Doch dann ergriff er wieder das Wort: »Gut, ich will nicht, daß es dereinst von mir heißen wird, ein Unschuldiger sei hingerichtet worden, weil ich eine Auskunft verweigert hätte. Ihr jedoch dürft niemals über das sprechen, was ich Euch jetzt sage, nicht bei Strafe Eures Todes und des Todes jedes Menschen, der noch Kenntnis davon erhält. Es sind ohnehin schon zu viele, die davon wissen.«
»Alle heiligen Eide, die Ihr von mir verlangt, will ich schwö-

ren, mein Herr, daß nichts davon über meine Lippen kommen wird.«
»Mir genügt Euer Wort.«
»So ist es gegeben.«
»Die Flasche enthielt etwas, was vielen Männern, die in die reiferen Jahre kommen, wohlbekannt ist. Häufig spricht man nicht darüber, obgleich man bereit ist, teuer dafür zu bezahlen. Auch mein Vater war in ein Alter gekommen, in dem es angebracht sein konnte, dieses Mittel zu benutzen. Doch Ihr werdet verstehen, daß man bei der Person des Beherrschers der Gläubigen keinen Zweifel daran haben darf, daß seine Zeugungskraft seinen Lenden allein entspringt. Sollte sich derartiges herumsprechen, würde der Pöbel auf der Straße seine Scherze darüber machen, und das wäre schlimmer als der Haß, den ein ungerechtes Urteil nach sich ziehen könnte.«
»Ich verstehe«, erwiderte Slugi, und fast wäre mir dieselbe Bemerkung entglitten.
»Die Flasche enthielt ein Pulver, das aus dem zerstoßenen Horn eines Nashorns gewonnen wird. Selina hatte dieses Pulver mitgebracht, damit es auf jeden Fall zum Vollzug der Ehe kommen würde. Sie wußte um ihre Pflichten als Tochter des Malik ibn Salim.«
»Ich verstehe«, wiederholte Slugi. »Als Ridwan in der Karawanserei am Siegel den Inhalt der Flasche erkannte, fürchtete er genau wie die Prinzessin und jetzt Ihr, man würde niedrig über den Kalifen denken, sollte es bekannt werden. Er fürchtete wohl auch um sein eigenes Leben, wenn die Gefahr bestand, daß durch sein Zutun der Inhalt bekannt würde. Seid gewiß, daß dies meine weiteren Überlegungen sehr vereinfacht. Mir fiel allerdings auf, daß Euer Bruder angesichts des Siegels großen Ärger zu empfinden schien.«
»Es ist kein Geheimnis, daß Nuraddins politische Interessen nicht mit den meinen in Einklang stehen. Wäre die Ehe nicht vollzogen worden, so hätte dies Nuraddins Wunsch nach einem Krieg mit den Franken Vorschub geleistet.«

»Darf ich nun fragen, was Ihr für Gedanken hattet, als Ihr die Flasche saht?«
»Slugi, ich kenne Euch gut genug, um zu wissen, daß Ihr Euch darüber bereits eine Meinung gebildet habt.«
»Ich bilde mir niemals eine Meinung, ehe ich alle Fakten kenne.«
»Ihr kennt bereits alle Fakten. Wer, denkt Ihr, riet meinem Vater zur Ehe mit Selina?«
»Ihr tatet das.«
»Und wer hatte neben meinem Vater das größte Interesse daran, daß diese Ehe und die sich daraus ergebenden politischen Folgen Wahrheit werden?«
»Ebenfalls Ihr.«
»Als mein Vater sich entschloß, die Ehe einzugehen, da empfing er mich zu einem vertraulichen Gespräch. Er gestand mir, daß er um die Kraft seines Körpers im entscheidenden Augenblick fürchte. Ich versprach ihm, daß er solche Befürchtungen nicht zu hegen brauche. Mein Vorschlag war, eine zuverlässige Dienerin aus Bagdad nach Mankir zu senden, um Selina bestimmte Informationen zu vermitteln. Dazu gehörte, daß Selina aus Mankir ein Mittel zur Stärkung der Manneskraft mitbringen sollte. So ließen sich die Gerüchte vermeiden, die entstanden wären, wenn ein Mitglied der Familie sich ein solches Mittel durch einen Beauftragten hier in der Stadt besorgt hätte.«
»Ihr schicktet Sulanid nach Mankir?« fragte Slugi.
»Richtig. Sulanid stammte aus Bagdad. Ich erzählte niemandem außer meinem Vater, weshalb sie nach Mankir reiste. Außerdem fragte niemand danach. Hätte es jemanden interessiert, so wäre sie eben nur mit dem Auftrag unterwegs gewesen, Selina auf bestimmte Sitten und Gebräuche in der Stadt aufmerksam zu machen. So, das war alles, was es über die Flasche zu wissen gibt.«
Wir waren inzwischen am Ende des Stollens angelangt. Ich blieb jetzt etwas weiter zurück.

Als ich schließlich den Mauerdurchbruch erreichte, waren beide Männer bereits verschwunden. Ich lauschte in das kleine Gemach hinein, doch hörte ich keinerlei Geräusche. So verließ ich beruhigt den Gang und machte Anstalten, in das Brautgemach hinüberzugehen.
Da hörte ich unmittelbar vor dem Durchgang hastige Schritte, die sich näherten, als hätte jemand im Zimmer nur reglos abgewartet, bis ich den Schutz der Dunkelheit verlassen würde.
Es war zu spät, in den Gang zurückzukehren. Ich riß die Fackel aus dem Gürtel und umfaßte sie wie eine Keule. Wenn Murschid mich jetzt ertappte, würde er sofort ahnen, daß ich alles gehört hatte. In diesem Fall war mein Tod unvermeidlich – und in dieser Gewißheit war ich zu jeder Verzweiflungstat bereit.

8. Kapitel

Die Herberge

Ihr könnt herauskommen, Aima, aber beeilt Euch«, sagte Slugis Stimme durch die Türöffnung.
Ich trat heraus. Gerade wollte ich etwas erwidern, da nahm er mir die Fackel ab, ging rasch zum Mauerdurchbruch und warf sie weit in die Dunkelheit des Ganges hinein. »Macht ein Gesicht, als wäre es das Natürlichste auf der Welt, daß wir zusammen sind«, forderte er mich auf.
Wir verließen das Brautgemach und gingen gerade die Treppe hinunter, da kamen uns schon ein Unteroffizier und sechs Soldaten entgegen, die wohl oben Posten beziehen sollten.
Slugi ermahnte die Männer, gut darauf achtzugeben, daß niemand den Gang betrete, widrigenfalls jeder von ihnen mit empfindlichen Strafen zu rechnen habe. Vermutlich hatten sie dasselbe zuvor von Murschid gehört. Der Unteroffizier versprach höchste Aufmerksamkeit und verschwand mit seinen Männern nach oben.
Offensichtlich hatten sie keine Anweisung, speziell auf mich zu achten. So gelangte ich im Gefolge Slugis heil die Treppe hinunter, an den Posten vor dem Eingang vorbei und hinaus ins Freie.
Noch nie war mir das Freie so frei vorgekommen, selbst wenn es nur ein Gang in einem Palast in einer ummauerten und bewachten Stadt war.
»Ihr habt keine Ahnung, was ich gerade durchgemacht habe«, äußerte ich mitleidheischend zu Slugi, als wir uns weit genug entfernt hatten.

»Ich habe mit Euch gelitten«, erklärte er, »zumal als Ihr anfangs nur so knapp vor uns wart. Aima, ich habe bestimmt mehr geschwitzt als Ihr, als Ihr auf der anderen Seite der Geheimtür standet und die beiden Männer im Stall Euch sehen konnten. Aber Ihr wart tollkühn und klug zugleich.«
Ich starrte ihn wieder an, wie ich es in den letzten drei Tagen schon so häufig gemacht hatte, und staunte: »Slugi, Ihr habt mir schon einige Male vorgemacht, wie man durch Überlegung die erstaunlichsten Schlüsse ziehen kann. Aber das *könnt* Ihr einfach nicht wissen, ohne übernatürliche Hilfe hinzuzuziehen. Ihr seid ein Magier.«
»Ihr habt seltsame Gedanken, Aima. Unter allen Menschen bin ich bestimmt derjenige, der am wenigsten ein Magier sein kann, denn ich glaube nicht einmal an Magie. Für alles Seltsame, das ich je gesehen habe, fand ich immer eine Erklärung. Häufig schien es mir hinterher erstaunlich, daß ich überhaupt etwas Seltsames daran gefunden hatte. Wer aber sofort bereit ist, Magie ins Spiel zu bringen, für den wird das Unerklärliche vielleicht immer unerklärlich bleiben. Ihr, Aima, braucht dringend einen Spaziergang, damit Euer Kopf von dumpfen Ideen gereinigt wird. Also kommt weiter, wir gehen in die Stadt. Ich gedenke, einen Besuch zu machen, und dabei könnt Ihr mich begleiten.«
»Aber wie konntet Ihr etwas, was Ihr nicht sehen konntet, so genau erraten?«
»Raten hatte nichts damit zu tun. Ihr habt den Gang zuerst zur linken Seite hin betreten und untersucht. Dort endete er, wie Murschid mir sagte, am Saal. Da das Gebäude direkt an den Saal stößt, kann die Strecke, die der Gang zurücklegt, auf dieser Seite nicht allzu lang sein. Es war also zu erwarten, daß Ihr die Untersuchung auf dieser Seite bereits abgeschlossen hattet, ehe die Prinzen zu mir kamen. Als wir den Gang betraten, wart Ihr somit entweder noch auf der anderen Seite oder bereits zum Durchbruch zurückgekehrt. Ich bemerkte den charakteristischen verkohlten Geruch einer soeben erst

gelöschten Fackel. Es war also klar, daß Ihr bereits zurückgekehrt wart. Da Ihr ungesehen entkommen wolltet, seid Ihr also wieder zurückgelaufen – nur diesmal ohne Licht. Die Frage war nur: Lieft Ihr vor uns her, oder wart Ihr auf der anderen Seite? Als Murschid ein Geräusch hörte, wurde es wahrscheinlich, daß Ihr vor uns wart. Murschid ist ein Mann der Politik; das Lesen von Spuren ist nicht seine Stärke. Ich brauchte also nicht zu befürchten, daß er zu denselben Schlüssen kommen würde wie ich. Aber dennoch hätte er zufällig auf Euch stoßen können. Die Luft im Gang war äußerst stickig, da bei geschlossenen Türen keine Luftbewegung stattfinden konnte. Plötzlich bewegte sich die Flamme der Fackel für einen kurzen Moment, um anschließend wieder still zu brennen. Mit dem Mauerdurchbruch hatten wir eine Öffnung geschaffen, wenn der Luftzug an uns vorbeigegangen war, mußte vor uns vorübergehend eine zweite Öffnung entstanden sein. Jetzt konnte es keinen Zweifel mehr geben, daß Ihr dort wart. Aus der Entfernung zwischen der Stelle, an der ich das Flackern bemerkte, und der Geheimtür konnte ich schließen, wie weit Ihr vor uns wart. Wie Ihr seht, ist die ganze Sache so einfach, daß man keinerlei Magie braucht.«
»Aber wie konntet Ihr wissen, daß ich hinter der Tür stand? Ich hätte mich doch irgendwo anders versteckt haben können.«
»Wenn Ihr die Möglichkeit dazu gehabt hättet, hättet Ihr das bestimmt getan. Aber es gab keine Stelle, an der Ihr sein konntet. Ich bin sicher, Ihr habt Euch genau nach einem Versteck umgesehen, deshalb brauche ich Euch nicht zu schildern, weshalb Ihr keines gefunden habt. Als Murschid mich auf die Rinne aufmerksam machte, in die ich fast hineingetreten wäre, mußte ich daran denken, daß Euch dieses Mißgeschick vielleicht passiert war. Schließlich hattet Ihr keinen Warner bei Euch, und die Rinne ist so angebracht, daß man fast immer hineintreten muß, wenn man sie nicht absichtlich vermeiden will. Wenn Ihr den Stall durchquert hättet, würdet

Ihr eine feuchte Fußspur hinterlassen haben. Ich verfluche meine Augen, die mich zwar sehen ließen, was auf der anderen Seite des Raumes war, aber nicht den Boden vor meinen Füßen. In diesem Moment roch ich wieder den verkohlten Duft. Er war allerdings nicht mehr so stark wie zuvor. Es gab nur zwei Möglichkeiten. Die eine war, daß Ihr die Fackel hier vor längerer Zeit gelöscht, dann wieder entzündet, und am Mauerdurchbruch erneut gelöscht hattet. Natürlich schied diese Möglichkeit aus, denn Ihr hattet nichts bei Euch, mit der Ihr sie hättet entzünden können. Es blieb die zweite Möglichkeit, daß sich die Fackel selbst, die noch etwas von dem Geruch ausströmte, in der Nähe befand. Es gab nur eine einzige Stelle, an der Murschid Euch nicht sehen konnte und an der Ihr trotzdem nahe genug wart, daß ich die Fackel riechen mußte: die andere Seite der Drehtür.«
Ich ging neben Slugi, aber ich dachte, daß mir der Platz hinter ihm mehr gebühren würde.
Unterwegs verweilten wir kurz bei dem Raum, der dem wachhabenden Offizier während seines Dienstes zur Verfügung stand. Slugi ließ sich Einblick in ein Buch geben, dann setzten wir unseren Weg fort in Richtung auf das Haupttor.
»Ich habe mir Saifaddaulas neue Wohnung bezeichnen lassen«, erläuterte Slugi. »Ich bin gespannt, welch wichtige Enthüllung er mir heute zu machen hat.«
»Bestimmt keine neuen«, meinte ich. »Bevor ich mich gestern zu Bett begab, sah ich kurz, wie er Murschid einen Vortrag hielt. Kein Wunder, daß der Prinz jetzt mich für den Täter hält.«
Der große Vorhof des Palastes war fast menschenleer. Zwar stand das Tor offen, doch niemand machte Anstalten, den Palast zu betreten. Die Wachen am Eingang waren verstärkt worden.
»Ich arbeite nicht zum erstenmal in meinem Leben unter Zeitdruck«, erzählte Slugi. »Allerdings ist Eile nicht für die Präzision des Ergebnisses förderlich. Manchmal kommen nur sol-

che Lösungen dabei heraus, wie ich sie im Falle des Mordes an Sulanid präsentiert habe.«
»Immerhin hatte diese Lösung den Vorteil, daß kein Unschuldiger dabei hingerichtet wurde«, bemerkte ich sehnsüchtig.
»Ich bin neugierig, ob Saifaddaula dem Prinzen wirklich denselben Unsinn erzählt hat wie mir. Je mehr ich darüber nachdenke, um so weniger kann ich das glauben.«
»Aber Ihr merkt doch, wie stark Murschid mich immer noch verdächtigt. Bestimmt hat Saifaddaula ihm dasselbe erzählt.«
»Aber Aima, habt Ihr nicht aufmerksam zugehört? Murschid sagte, er bevorzuge es, wenn Ihr als der Täter überführt würdet. Davon, daß er keinen Zweifel daran habe, war nicht die Rede. Nuraddin ist von den Brüdern derjenige, der keine Alternativen mehr sieht, wenn er sich einmal in eine Idee verrannt hat. Außerdem dürft Ihr nicht annehmen, Murschid halte den Magier für glaubwürdig, nur, weil er ihm die Vorführung in der Nacht erlaubte. Er ist sich genauso wie wir im klaren über Saifaddaulas Charakter; die Erlaubnis war nur der Versuch, Nuraddin in seine Schranken zu weisen. Wenn der Magier gestern dem Prinzen dasselbe erzählt hat, was er mir weismachen wollte, hätte Murschid ihn aus dem Palast werfen lassen. Nein, er muß ihm etwas anderes erzählt haben, was für Murschid überzeugender klang.«
»Warum habt Ihr nicht den Prinzen selbst danach gefragt?«
»Das wollte ich tun, aber nachdem wir den Gang verlassen hatten, beendete er das Gespräch und eilte fort. Ich hatte mich schon so weit vorgewagt, daß mir die Vorsicht riet, ihn nicht weiter zu bedrängen.«
Wir hatten den Palast verlassen und wandten uns jetzt nach rechts, wo ein schmaler Fußweg von der breiten Zugangsstraße abzweigte.
»Ich könnte mir vorstellen«, sagte Slugi, »daß Saifaddaula in der Nacht etwas beobachtet hatte, was er mir nicht erzählen wollte. Er suchte die Anerkennung einer höheren Person. Seine eigenen Angebereien ließen ihn glauben, daß er dadurch

ein bedeutenderer Mann werden könnte. Aber er kann Murschid nicht den Namen des Mörders genannt haben, denn sonst wäre meine Untersuchung ja überflüssig. Wie Ihr seht, gibt es durchaus Fragen, die zu beantworten mir schwerfällt.«
»Slugi!« Ich blieb stehen und zupfte ihn am Ärmel. »Saifaddaula kannte den Inhalt der Flasche. Er wußte von dem Pulver. Vielleicht hat das eine Bedeutung. Er kann daraus irgendeine Schlußfolgerung gezogen haben.«
»Woher hätte Saifaddaula diese Kenntnis haben sollen? Er stand doch nicht näher bei der Aushändigung als Ihr.«
»Ich weiß nicht, woher. Aber ich weiß, daß er bei Eurer Rekonstruktion als einziger nicht den Versuch unternahm, das Siegel zu erkennen.« Ich berichtete, was Gutschalk auf dem Hof beobachtet und daraus gefolgert hatte.
Slugi tippte sich mehrmals mit dem Zeigefinger gegen die Nase. Er schien meine Anwesenheit für einige Zeit völlig zu vergessen. Schließlich blickte er mich wieder an. »Habt Ihr Geld bei Euch?« fragte er.
Ich suchte in meinen Taschen herum und brachte schließlich zwei Dinar und eine Handvoll Dirham zum Vorschein: meine gesamte Barschaft.
»Für die Rückreise nach Damaskus reicht es sowieso nicht«, sagte ich ergeben, »also verfügt darüber nach Belieben.«
»Für unsere Zwecke wird es ausreichen. Kommt!«
Mit neuer Energie wandte er sich in Gegenrichtung und eilte auf die Straße zu, auf der wir unseren Einzug in die Stadt gehalten haben.
»Was habt Ihr vor?« fragte ich.
»Einkaufen. Wenn wir es finden, dann in den Basaren oder bei einem der Straßenhändler.«
»Was denn?«
»Das fragt Ihr noch? Zerstoßenes Nashorn natürlich.«

Sicherlich war heute nicht annähernd soviel Betrieb in der Stadt, wie es normalerweise der Fall war. Aber es konnte auch

keine Rede davon sein, daß die Nachricht vom Tode des Kalifen die Geschäfte zum Erliegen gebracht hätte.
Straßenhändler säumten beide Ränder des Weges. Sie boten all die Dinge feil, die man nur in einer wahren Metropole in dieser Menge und zu so hohen Preisen findet. Teppiche, Kleidungsstücke, Amulette, Waffen, Reit- und Tragtiere ... Es gab kaum etwas, was man nicht schon auf den ersten hundert Schritten nach dem Ende des Parks hätte erstehen können. Hunderte von Käufern betrachteten die Auslagen und erzeugten durch ihr Handeln mit den Anbietern die Geräuschkulisse, die einem Markt zu eigen ist. Dazu mischten sich die Schreie der Tiere, die zum Verkauf standen.
Ein normaler Tag auf dem Straßenmarkt von Bagdad? Nein, gewiß nicht. Zwar war ich zum erstenmal am hellen Tag auf Bagdads Straßen, aber ich konnte sofort einige Dinge benennen, die ungewöhnlich waren.
Ein Standort wie der zwischen den langgestreckten Basaren und dem Palast mußte für die Straßenhändler, die sich keine eigenen Gewölbe leisten konnten, ein begehrenswerter Platz sein. Bestimmt gab es üblicherweise keine Lücken in den Reihen der Anbieter. Heute jedoch waren höchstens zwei von drei Plätzen besetzt. In den Lücken dazwischen sah ich oft Matten, mit denen die Händler über Nacht ihren Platz markiert ließen. So mancher Händler hatte es für besser gehalten, nicht zu erscheinen.
Gaukler, Märchenerzähler, Puppenspieler, um die sich sonst dichte und drängelnde Kreise aus Kindern bildeten, fehlten völlig. Es mochte sein, daß die Prinzen nur den Handel mit Waren zugelassen hatten, alle Vergnügungen aber während der Trauerzeit untersagten. Allerdings sah ich auch fast keine Kinder.
Dafür war das Militär ungewöhnlich stark vertreten. Die Straßenmitte, die sonst von Käufern und Neugierigen überfüllt sein mußte, blieb so gut wie frei. Immer wieder zogen Kavalleriekolonnen die Straße auf und ab, ohne Rücksicht auf die

Fußgänger zu nehmen, die nicht so klug waren, sich an den Seiten aufzuhalten. Es waren fast ausschließlich die türkischen Reiter Nuraddins, die die Stadt kontrollierten.
Patrouillen der Palastwache gingen zu Fuß zwischen den Leuten umher, und wo immer sie den Reitern begegneten, wurden mißtrauische Blicke gewechselt. Beide Einheiten hielten die Hände in der Nähe der Waffen. Spätestens jetzt wußte ich, was Nuraddin mit seiner Ankündigung, er werde handeln, gemeint hatte. Deutlicher konnte man die Planung eines Umsturzes kaum noch machen. Es war kein Wunder, daß Murschid das Gespräch mit Slugi abgebrochen hatte, denn was hier vorging, konnte ihm nicht verborgen geblieben sein. Erstaunlich war höchstens, daß er sich so viel Zeit genommen hatte, ihm den Gang zu zeigen.
Jetzt war mir auch klar, weshalb er darauf bedacht sein mußte, den Gang zu verschließen: Er wollte nicht sich einer Fluchtmöglichkeit, sondern Nuraddins Männer eines zusätzlichen Eingangs berauben. Die verstärkte Wache am Tor mußte jederzeit bereit sein, den Zugang zu verschließen und zu verteidigen.
Slugi zeigte sich von den Vorgängen völlig unbeeindruckt. Sicherlich verfügte er über genügend Kenntnisse, um schon vorher gewußt zu haben, welcher Anblick sich ihm hier bieten würde. Er eilte auf den ersten Straßenhändler auf der linken Seite zu, drängte sich in einer für ihn ungewöhnlichen Dreistigkeit nach vorn und fragte nach dem Pulver. Er machte dabei einen so gezwungen und drängenden Eindruck, daß die anderen Kunden ihm einige zweideutige Scherzworte zuriefen, während er der Antwort des Händlers zuhörte. Schon schob er sich wieder durch die Menge und ging zum nächsten Händler.
Ich übernahm das Nachfragen auf der rechten Seite und arbeitete mich wie Slugi von einem Kaufmann zum nächsten vor, weiter in die Stadt hinein.
Zerstoßenes Nashorn habe er nicht, sagte mir der erste Händ-

ler, doch könne er mir preisgünstig einen Talisman überlassen, der dieselbe Wirkung habe und sich dazu niemals abnutze.

Er kenne ein Haus, vertraute mir der zweite Händler an, dessen Bewohnerinnen mit Fähigkeiten gesegnet seien, die jedes Hilfsmittel ebenso überflüssig wie lächerlich erscheinen ließen.

Die wahre Bestimmung des Mannes, erklärte der dritte Händler, sei es nicht, den Frauen beizuwohnen, sondern im Kampfe Ruhm und Ehre zu erwerben, und gern gebe er mir für den leicht entbehrlichen Gegenwert von fünfzig Dinar einen Kilidsch*, der den Gegner praktisch von allein töte.

Regelmäßige gesunde Kost, riet mir der vierte Händler, sei besser als alles andere geeignet, die Manneskraft zu stärken, weshalb er mir einen Korb mit Orangen und Datteln anbieten wolle.

Die wenigsten Probleme, hatte der fünfte Händler in Erfahrung gebracht, habe derjenige, der seine Frauen regelmäßig züchtige, weshalb er mir günstig zur Anschaffung einer Auswahl von Peitschen, Ketten und Fesseln verhelfen könne.

Selbstverständlich habe er, was ich suche, antwortete mir der sechste Händler. Er zeigte mir eine kleine Dose, in der sich nach seiner Auskunft das pulverisierte Horn eines zweihundertjährigen Nashornbullen befand, der über eine Herde von tausend Kühen geherrscht und weit über zehntausend Kälber gezeugt habe. Leider roch das Pulver verdächtig nach getrocknetem Büffeldung, so daß ich zu seiner Enttäuschung vom Kauf Abstand nahm.

Schließlich, nach vielfältigen, jedoch für mich unannehmbaren Alternativvorschlägen, erreichte ich den Basar auf meiner Straßenseite.

Aus der gleißenden Helligkeit und Hitze des frühen Nachmittags trat ich in das kühle Halbdunkel der gedeckten Galerie.

---

* Kilidsch: türkischer Säbel mit stark gekrümmter Klinge, dessen Griff in einem nach vorn gebogenen, kugelförmigen Knauf endet.

Die Basare von Bagdad unterschieden sich in ihrer Anlage etwas von der üblichen Architektur. Die meisten Städte besitzen nur einen Basar, der das Zentrum ihres Handels darstellt. Dieser besteht aus einem langen und hohen Gang, der nur von wenigen Oberlichtern, durch die einzelne Sonnenstrahlen fallen, erhellt wird. Zu beiden Seiten des Ganges liegen die Gewölbe der reicheren Kaufleute. Sie können leicht verderbliche Waren kühl aufbewahren. Nachts werden sie durch Tore oder Läden verschlossen, so daß die Händler ihr Gut nicht jedesmal mit nach Hause nehmen müssen, wenn die Zeit der Öffnung vorbei ist.

Hier in Bagdad lagen sich zwei Basare direkt gegenüber. Auf der Seite, die der Straße abgewandt war, zogen sich die Gewölbe in ununterbrochener Reihe hin. Auf der anderen Seite aber gab es zwischen den benachbarten Gewölben jeweils einen Durchgang zur Straße hin, durch den man das Treiben draußen beobachten konnte. Die Anlage war allerdings so, daß das Innere des Basars trotzdem in Kühle und Schatten bewahrt wurde.

Ich hatte Slugi aus den Augen verloren, ging aber davon aus, daß er sich inzwischen in dem Basar auf der anderen Straßenseite befand.

Zwar waren auch hier einige der Händler nicht erschienen und war ein Teil der Gewölbe geschlossen, doch drängten sich die Menschen im Innern des Ganges dicht an dicht. Da sie, wo es nur möglich war, die Straße mit ihren Soldaten mieden, nutzten sie somit den Basar auch als Wegstrecke.

Der verlockende Duft gebratenen Hammelfleisches stieg mir direkt beim ersten offenen Gewölbe in die Nase. Vorn stand ein Verkaufstisch, auf dem fertige Portionen zusammen mit Reis, Gemüse und Brot angerichtet waren, weiter im Hintergrund drehte ein Koch einen Hammel am Spieß über offenem Feuer.

Ich hatte außer einigen Bissen bei Slugi den ganzen Tag noch nichts gegessen, und der Hunger machte mir arg zu schaffen.

Ich klimperte mit den Münzen in der Tasche. Ein Helfer den Händlers reichte mir einladend einen Teller entgegen. Ich beherrschte mich jedoch. Schließlich wußte ich nicht, zu welchem Preis das Nashornpulver angeboten wurde. Wenn es für Slugis Untersuchung so wichtig war, konnte vielleicht alles scheitern, wenn ich einen Teil des Geldes für das Essen ausgab. Ich riß mich von Duft und Anblick los und ging weiter.
»Eine kleine Gabe«, winselte eine Stimme neben mir, »eine kleine Gabe für einen Weitgereisten, der ohne Freunde und Nahrung ist.«
Ein Bettler hatte sich mir genähert. Er trug einen langen dunklen Mantel, die Kapuze tief ins Gesicht gezogen. Trotz der elenden Stimme war seine Haltung aufrecht. Auch sah der Mantel nicht so verschlissen aus, wie man es bei einem Bettler erwarten sollte. Er schlug kurz die Kapuze zurück und lächelte mich an.
»Bei Allah, was treibt Ihr hier?« fragte ich ihn.
»Ich verstecke mich«, sagte Gutschalk, der die Kapuze wieder vorgezogen und seinen Kopf gesenkt hatte. »Inmitten einer Menschenmenge klappt das immer noch am besten.«
»Aber wenn man Euch entdeckt«, flüsterte ich.
»Wenn man mich entdeckt, ist es überall dasselbe. Kommt, laßt uns langsam gehen. So erregen wir weniger Aufmerksamkeit, als wenn wir hier herumstehen und Ihr mich anstarrt, als wären zwei Köpfe unter meiner Kapuze.«
So schlenderten wir nebeneinander her wie Passanten, die sich zufällig begegnet waren.
»Wie kommt Ihr zu dem Mantel?« wollte ich von ihm wissen.
»Ich habe ihn jemandem abgenommen, der so unvorsichtig war, mir den Rücken zuzuwenden.«
»Aber wenn er Euch hier durch Zufall trifft!«
»Bis der seine Kopfschmerzen los ist, bin ich den Mantel auch los. Aber jetzt zu etwas Ernsthaftem. Habt Ihr genug Selbstbeherrschung, Euch nicht umzusehen, wenn ich sage: Seht Euch nicht um?«

»Das denke ich schon.«

»Gut. Seht Euch nicht um, jemand folgt Euch, und zwar schon eine ganze Weile.«

»Seid Ihr sicher? Hier laufen schließlich eine Menge Leute herum.«

»Ganz sicher. Ich habe mich den ganzen Vormittag in der Gegend herumgetrieben, zum einen, weil ich hoffte, Euch zu treffen, zum anderen, weil ich ohnehin nichts anderes tun konnte. Als Ihr mit Slugi aus dem Palast kamt, dachte ich, ich gehe Euch eine Weile nach. Da fiel mir ein seltsamer Geselle auf, der versuchte, einem der Straßenhändler ein paar billige Teppiche anzudrehen. Als er Euch kommen sah, stellte er sich hinter eine Gruppe von Käufern und ließ Euch vorbei. Er wanderte vorsichtig immer auf der anderen Seite der Leute, damit Euer Blick nicht auf ihn fallen konnte.«

»Ein riesiger Kerl mit Glatze und bunter Hose.«

»Ah, ein alter Bekannter von Euch, wie mir scheint.«

»Das ist Reza Abbas, der Räuber, der mich ausgeplündert hat. Den würde ich zu gern in die Finger bekommen. Zu dumm, ich kann mich jetzt nicht um ihn kümmern. Wenn er mir entwischt, wird es schwer werden, nochmals in seine Nähe zu kommen.«

»Ich glaube, Ihr verkennt die Situation ein wenig. Er scheint nämlich großes Interesse daran zu haben, daß Ihr ihm nicht entwischt. Er drückt sich jetzt am Eingang des Basars herum und läßt Euch nicht aus den Augen.«

»Hört, Herr Gutschalk, ich muß Euch jetzt um Eure Hilfe bitten.«

»Tatsächlich hatte ich den Eindruck, daß ich der Euren viel mehr bedarf.«

»Aber Ihr werdet nicht verfolgt.«

»Wenn wir von den zweitausend Schnurrbärten absehen, die hier dauernd auf und ab reiten.«

»Die sind nicht hinter Euch her.« Ich schilderte ihm so knapp wie möglich, was sich heute ereignet hatte und daß der Aufmarsch von Nuraddins Reiten nicht ihm galt, sondern Murschid unter Druck setzen sollte.

»So, Ihr habt Euch also mit Slugi zusammengetan«, sagte er schließlich. »Na, dann ist ja wohl klar, wer am Ende der Dumme ist.«

»Ja, ich habe mich mit ihm zusammengetan. Und wenn Ihr klug seid, tut Ihr dasselbe. Kommt mit mir auf die andere Seite und stellt Euch. Slugi glaubt an Eure Unschuld wie an die meine.«

»Das wäre das Dümmste, was ich tun kann, und der *Thäuffl* soll Euch holen, wenn Ihr mich an Slugi verratet.«

»Wer soll mich holen?«

»Der Scheitan. Euer Rat mit der Seitentür war gut. Es war sogar noch leichter, als Ihr gesagt hattet, denn die Tür war nicht einmal verriegelt. Aber damit war mein Glück zu Ende. Die Stadttore waren bewacht und die Mauern besetzt, so daß man sich mitten in einer Belagerung glauben konnte. Euer neuer Rat taugt leider nichts, also laßt es mich auf meine Art versuchen, wenn Ihr mir nicht helfen könnt. Falls Slugi vor dem Abend den Mörder überführt hat, laßt es mich wissen. Und jetzt lebt wohl.«

Er beschleunigte seine Schritte und verschwand in der Menge. Ich blieb zurück, mit der Verlockung durch den Hammelbraten und der Bedrohung durch den Räuber hinter mir.

Ich überquerte die Straße in der Lücke zwischen zwei Kavallerieabteilungen, um nach Slugis Fortschritten zu sehen.

Slugi stand gerade in Verhandlung mit einem Händler, der ein Gewölbe im zweiten Basar besaß. Auf einem breiten Tisch waren die verschiedensten Pulver, Tränke und Salben ausgebreitet. Mehr noch als die Waren interessierte mich ihr Verkäufer, der mir bekannt vorkam, wenn ich mich auch nicht gleich erinnern konnte, bei welcher Gelegenheit ich ihn gesehen hatte.

Daß ich einen einfachen Kaufmann aus Bagdad kannte, war zu unwahrscheinlich. Er gehörte bestimmt nicht zu den Gästen, die ich auf dem Fest gesehen hatte. Die einzige andere Gelegenheit, die ich mir vorstellen konnte, war der Einzug in die Stadt gewesen. Aber dabei war mir bestimmt kein einzelnes Gesicht außer dem Rezas aufgefallen. Es mußte noch eine Möglichkeit geben.

Der Händler zeigte ein winziges Holzkistchen vor und sagte gerade: »Aber es sind nur fünf Dinar, mein Herr. Fünf Dinar, das ist fast so gut wie geschenkt für das unverschnittene Pulver, direkt aus Afrika.«

»Fünf Dinar?« fragte Slugi ungläubig. »So viel kann ein letztlich doch recht kurzes Vergnügen gar nicht wert sein.«

»Bedenkt, daß Ihr mit dem Inhalt dieses Behälters mehrere Jahre lang auskommen könnt. Jedesmal genügt eine kleine Prise. Ich biete Euch schließlich nicht den Schund an, den Ihr bei einem anderen Händler finden werdet. Hier ist kein Dreck und kein Unrat dazwischengemischt. Es ist das pure Pulver, und zehn Männer haben ihr Leben gelassen, um das kräftige Tier zu töten.«

»Mehr als einen Dinar ist es nicht wert. Außerdem scheint es feucht geworden zu sein, da hat es die Hälfte seiner Wirkung schon eingebüßt.«

»Im Gegenteil, es vervielfacht seine Wirksamkeit durch sachgemäße feuchte Lagerung. Aber da Ihr ein Bediensteter des Kalifen seid, will ich Euch einen Sonderpreis einräumen: Vier Dinar sind mein geringstes Angebot.«

»Mit sehr viel Großzügigkeit könnte ich Euch allerhöchstens zwei Dinar bieten. Der Boden des Kistchens ist ja kaum bedeckt, und Euer Preis kann sich doch nur auf die volle Höhe beziehen.«

»Ich habe selbst drei Dinar bezahlt. Doch um der Liebe zum verstorbenen Kalifen willen bin ich bereit, es mit keinem größeren Gewinn als Eurem Wohlwollen zu veräußern. Bedenkt, daß ich ein armer Mann bin. Gebt mir zumindest das, was es mich gekostet hat. Allah, der Allerbarmer, wird es Euch einst lohnen.«

Da wußte ich, woher ich ihn kannte. Allerdings war seine Kleidung bei unserer Begegnung eine völlig andere gewesen, doch der jammernde Klang seiner Stimme und seine Wortwahl waren dieselben gewesen.
»Ihr erinnert mich an einen Mann, gegen den demnächst wegen Hinterziehung von Steuern ermittelt werden soll«, sagte ich zu ihm.
Der Händler ließ die Schultern hängen und wirkte jetzt trotz des anderen Gewandes auch äußerlich wieder genauso wie der Bettler, dem ich im Hof des Palastes aus Mitleid ein Almosen gegeben hatte.
»Erbarmen, Herr«, flehte er mich an. »Ihr werdet verstehen, daß in dieser grausamen Welt jeder sich irgendwie durchschlagen muß.«
»Ich verstehe«, stimmte ich zu. »Dann werdet auch Ihr verstehen, daß zwei Dinar ein ausreichender Preis sind, zumal Ihr Euch für einen höheren Preis vielleicht noch die Begegnung mit einer Peitsche einhandelt.«
»Zwei Dinar und zehn Dirham. Lieber lasse ich mich auspeitschen, als noch weiter herunterzugehen.«
So kam das Kästchen in unseren Besitz.

»Ihr findet Euch in den hiesigen Gepflogenheiten erstaunlich gut zurecht«, lobte mich Slugi.
Wir hatten die Hauptstraße verlassen und einen kleinen Platz erreicht, auf dem im Schatten eine Bank stand. Slugi spielte mit dem Kästchen herum, und ich rieb meine letzten beiden Dirham in der Tasche aneinander.
»Nicht so gut, wie ich es gern hätte«, sagte ich.
Mochte mich Gutschalks *Thäuffl* holen, ich hatte mich entschlossen, offen zu Slugi zu sein, also war ich es. Ich erzählte ihm, daß ich den Franken getroffen hatte, und wiederholte seine Worte möglichst genau. Dabei beobachtete ich aus den Augenwinkeln unauffällig die Umgebung. Von Reza war nichts zu sehen. Vielleicht hatte er es aufgegeben, mich zu

verfolgen. Vielleicht hatte er mich aus den Augen verloren. Vielleicht würde ein Pferd mit Flügeln um die Ecke biegen und mich nach Damaskus tragen.
»Die kleine Tür war geschlossen, als die Wache vorbeikam«, äußerte Slugi nachdenklich. »Die Stelle wird etwa jede Stunde kontrolliert, und der Riegel ist von außen nicht zu betätigen. Deshalb hatte ich angenommen, Gutschalk sei über die Mauer geklettert.«
»Aber weshalb hätte er lügen sollen? Es bringt ihm doch keinen Vorteil, wenn wir glauben, er hätte den Palast auf einem anderen Weg verlassen.«
»Eine gute Frage. Ich hoffe, er überlegt es sich noch anders und kommt zu mir, wenn ich es auch nicht recht glauben kann.« Slugi öffnete das Kästchen und hielt es mir hin. »Versucht!« forderte er mich auf.
»Verzeiht, wenn ich ein wenig hilflos wirke. Was macht man überhaupt damit? Muß man es schlucken? Oder schnupfen? Vielleicht in Wasser auflösen und dann trinken? Oder reibt man es sich an den ... äh ... der Stärkung bedürftigen Körperteil?«
»Ihr sollt es nur an den Fingern spüren, Aima. Der Teil, den ich bei Euch anregen will, ist Euer Verstand. Befühlt einige Körner und sagt mir, ob sie Euch an etwas erinnern.«
Ich befeuchtete die Spitze meines rechten Zeigefingers mit Speichel und hielt sie vorsichtig auf die Oberfläche des Pulvers. Ich verspürte keine körperliche Reaktion. Als ich den Finger zurückzog, blieben einige Körnchen daran haften.
»Nicht so scheu!« ermunterte Slugi mich. »Ganz so kräftig kann es nicht sein, als daß Ihr nicht wagen könntet, Euch in der Öffentlichkeit sehen zu lassen.«
Ich rollte die Körnchen langsam zwischen Daumen und Zeigefinger hin und her.
»Es fühlt sich fest und kantig an«, erklärte ich. »Aber ich bin nicht sicher, ob es dasselbe ist, was ich in den Wunden und auf dem Boden gefunden habe. Außerdem kann ich mir kei-

nen Grund vorstellen, weshalb jemand Nashornpulver in eine Wunde streuen sollte.«

»Ich mir auch nicht«, sagte Slugi. »Genaugenommen kann ich mir nicht vorstellen, weshalb jemand überhaupt etwas in eine Wunde streuen sollte. Sehr gut aber kann ich mir vorstellen, daß es zufällig hineingeraten ist. Aber was nutzt das Vorstellen, wenn wir nicht genau wissen, was dieses hineingeratene Etwas ist: Nashornpulver, Glassplitter, beides oder etwas völlig anderes.«

Er klappte mit Entschlossenheit das Kästchen zu.

»Gehen wir jetzt zu Saifaddaula. Es gibt schließlich noch ein Pulver, das in Frage kommen könnte.«

»Das ist nicht gerade die vornehmste Wohngegend Bagdads«, stellte ich fest.

»Saifaddaula ist ja auch nicht der wohlhabendste unter den Magiern«, gab Slugi zurück.

Wir waren durch mehrere Straßen gelaufen und hatten dabei den Palast zur Hälfte umrundet. In diesem Teil der Stadt erinnerte nichts mehr an den Prunk der breiten Straße mit ihren verzierten Häuserfassaden und dem reichhaltigen Angebot der Händler.

Die Häuser waren aus ungebrannten Ziegeln errichtet. Witterungseinflüsse und fehlende Pflege ließen viele der Gebäude wie Ruinen wirken. Die Fenster waren nur leere Öffnungen, und so mancher Eingang wies nicht einmal eine Tür auf. Schmutz lag auf den Straßen, und Schafe, Ziegen und Hühner sorgten genau wie die Menschen, zwischen denen sie herumliefen, für seine Vermehrung.

Wer immer etwas im Haus hatte, das er nicht länger zu behalten wünschte, warf, kippte oder schüttete es unbesorgt hinaus. So war die Oberfläche der Straße aus recht zweifelhaftem Material geformt.

Nur in einem ähnelte sie noch der Hauptstraße: durch die Allgegenwart der Soldaten. Nuraddin mußte die Zeit seit dem

Tod seines Vaters genutzt haben, auch von Garnisonen außerhalb der Stadt Männer zusammenzuziehen, anders war die Menge der Uniformierten nicht zu erklären. Ich fragte mich, ob Murschid den Wünschen seines Bruders noch lange widerstehen könne. Und noch mehr fragte ich mich, was aus mir werden würde. Im Zwist der Prinzen um die Nachfolge mochten Gutschalk und ich aufgerieben werden wie Weizenkörner zwischen zwei Mühlsteinen.
Wir näherten uns einem weiteren brüchig wirkenden Gebäude am Ende einer Straße, vor einer Mauer aus Lehmziegeln, die bereits zum Teil eingefallen war. Dahinter war ein Stück des großen Parks zu erkennen, und durch die Bäume darin leuchtete wie ein ferner Wink der Schönheit ein weißer Fleck der Palastmauer.
Das Gebäude, dem Slugi zustrebte, lag auf der rechten Straßenseite. Es war eingeschossig und wies in gleichen Abständen eine Reihe von Eingängen, aber keine Fenster auf. Die Eingänge besaßen allerdings, was in diesem Viertel schon der reine Luxus sein mußte, verschließbare Türen aus Holz.
Gegenüber standen zwei Schuppen, die vermutlich zur Zeit ungenutzt waren. Leere Scharniere zeigten, daß sie einmal Tore besessen hatten. Die mit flachen Ziegeln gedeckten Dächer wiesen große Lücken auf, und auf dem Dach des anderen Gebäudes waren etwa genauso große Teile mit Ziegeln in der Farbe der Schuppendächer belegt.
Ich hörte das Getrappel von Pferdehufen, dann ein lautes Kommando, und hinter der schadhaften Ziegelmauer ritt ein Kavalleriezug vorbei.
Die abgerissenen Männer, die vor dem Haus im Sand saßen, blickten mißtrauisch zu den Reitern hinüber. Als diese jedoch keine Anstalten machten, den Park zu verlassen, wandten sie sich wieder ihren Tätigkeiten zu. Einige spielten lustlos mit Würfeln, andere flüsterten miteinander und betrachteten dabei Kleidungsstücke oder Gebrauchsgegenstände, die vor ihnen auf der Erde lagen und über die sie zu verhandeln schienen.

Mitten auf der Straße lag ein Mann mit leuchtendrotem Gesicht und schnarchte laut vor sich hin. Noch im Schlaf hatte er seine Hände um einen jetzt leeren Krug geklammert.

Ein kleiner Mann in einem schmutzigen Kaftan kam aus der ersten Tür heraus, als wir das Haus erreicht hatten. »Die Herren suchen eine Wohnung?« fragte er hoffnungsvoll.

Wirt einer Herberge zu sein war in Persien kein Beruf, der einen Mann reich machen konnte. Schon die Karawanserei von Kazimiya war mir als elend erschienen, doch im Vergleich zu der Unterkunft, die ich hier von mir sah, konnte sie als Vorbild dienen. Das einzige, was die Herberge in Bagdad ihr voraushatte, waren die Türen. Ein Blick auf das Publikum, das hier verkehrte, zeigte allerdings, das die Türen keine außergewöhnliche Annehmlichkeit, sondern unumgängliche Notwendigkeit waren.

Ich rätselte, wie der kleine Wirt, dessen schmächtige Arme kaum Kraft genug besitzen konnten, um einen Beutel voll Münzen hochzuheben, seine Gäste wohl davon überzeugen mochte, daß sie für die Unterbringung regelmäßige Zahlungen zu leisten hatten. Aber vielleicht konnte er sie ja gar nicht überzeugen und war deshalb so dürr. Sein Kaftan hatte die Farbe von Staub, so daß man keine Zeit zu vergeuden brauchte, um ihn zu reinigen. Selbst die Haut des Mannes hatte diese Farbe angenommen. Vielleicht packten übelgelaunte Besucher ihn hin und wieder und wischten mit ihm ihre Zimmer.

Bei all diesen für seine Person nachteiligen Überlegungen mußte ich doch zugeben, daß der Mann hocherhobenen Hauptes durchs Leben ging. Das mußte er auch, denn andernfalls wäre sein bedenklich schwankender Fes sofort heruntergefallen.

Ohne eine Antwort auf seine Frage abzuwarten, redete er gleich weiter, denn vermutlich konnte er sich nicht vorstellen, daß es einen anderen Grund gab, der zwei Menschen zu ihm führte.»Nirgendwo in der ganzen Stadt werdet Ihr so günstige und saubere Wohnungen finden, wie ich sie Euch anbieten

kann. Reisende aus der Fremde kehren immer wieder zu mir zurück, ja, manche kommen sogar nur nach Bagdad, um die Annehmlichkeiten der Mietwohnungen von Bursuq ibn Bursuq aufs neue zu genießen. Die Nähe des Palastes läßt Euch teilhaben an der Größe des Beherrschers der Gläubigen, der vor Tagesfrist so schrecklich aus dem Reich der Lebenden abberufen wurde. Doch man ist, wie ich aus zuverlässiger Quelle vernahm, dem Täter schon auf den Fersen. Wenn Ihr Euch hier einmietet, mögt Ihr schon bald das Todesröcheln des Ruchlosen mit eigenen Ohren vernehmen, wenn es durch diesen herrlichen Park, der den Augen ein Wohlgefallen ist, herüberschallt. So folgt mir denn, ich zeige Euch sofort meine besten Zimmer.«
»Darf ich daraus entnehmen, daß Ihr Eure besten Zimmer bisher noch nicht vermieten konntet?« fragte ich.
»Zeigt uns einfach das Zimmer des Saifaddaula Chalaf«, forderte Slugi ihn auf.
Bursuq blickte von mir zu Slugi und rief dann: »Jetzt erkenne ich Euch! Ihr seid Herr Muqallad, der Untersuchungsrichter. Verzeiht, daß ich Euch nicht Eurem Rang entsprechend begrüßte. Dabei mußte ich doch jederzeit mit Eurem Eintreffen rechnen. Schließlich beherberge ich einen Gast, der wohl die wichtigste Rolle bei der Aufklärung der entsetzlichen Morde spielt.«
»Wie kommt Ihr darauf?«
»Er hat es mir selbst erzählt. Zur Zeit hat er sich in sein Zimmer zurückgezogen, doch gestern noch wies er mich an, einen Beauftragten des Kalifen, der zu ihm wolle, ohne Säumen dorthin zu geleiten.«
»Das war sehr rücksichtsvoll von ihm«, kommentierte ich.
»Folgt mir, Ihr Herren, damit Ihr Eure Pflicht erfüllen könnt und der Gerechtigkeit Genüge getan wird.«
Wir gingen am Haus entlang, während die Köpfe der Männer sich mit uns drehten. Die Reisenden aus der Fremde, die Bursuq angeblich beherbergte, mußten – sofern sie mit

Ausnahme von Saifaddaula überhaupt hier hausten – in hoffnungsloser Minderzahl gegenüber den Tagedieben aus Bagdad sein.

Bursuq führte uns zur letzten Tür. Er kratzte daran und rief, der erwartete Besuch sei da. Dann blieb er stehen und wartete.

»Danke«, beschied ihn Slugi knapp.

»Zu Diensten«, erwiderte Bursuq mit einer Verneigung und blieb weiter stehen.

»Was Herr Muqallad meint«, erläuterte ich, »ist, daß Ihr Euch nun entfernen könnt.«

»Wenn ich Euch irgendwie helfen kann...«, begann Bursuq und hielt dabei wie zufällig die Hand auf.

Ich legte meine letzten beiden Dirham hinein. Zufrieden entfernte sich der Wirt.

Slugi kratzte und klopfte mehrmals gegen die Tür, was uns die Aufmerksamkeit aller Anwesenden sicherte, nicht aber die des Bewohners dieses Raumes.

»Brecht die Tür auf«, sagte Slugi. Er sagte es so sicher und selbstverständlich, daß ich wußte, was er dahinter erwartete.

Die Tür bewegte sich nach innen, als ich dagegen drückte, federte aber sofort wieder in ihre Ausgangslage zurück. Ich drückte nochmals. Sie bewegte sich oben ein Stück weiter nach innen als unten, öffnete sich aber nicht. Diese Tür wurde nicht durch einen Riegel oder ein Schloß zugehalten, sondern durch etwas, was unten davorlag und mir Widerstand entgegensetzte. Ich stemmte mich mit aller Kraft gegen das Holz. Langsam öffnete sich die Tür weiter. Dabei erklang ein schleifendes Geräusch, das verriet, daß ich das, was die Tür blockiert hatte, vor mir herschob. Ich schaffte es, den Spalt so zu erweitern, daß ich den Kopf hindurchstecken und in den Raum hineinsehen konnte.

Saifaddaula war daheim. Seine Kehle war durchgeschnitten.

Reza Abbas war ein geschickter Mann. Er verstand es, tagsüber in der Stadt bei der Beobachtung eines Mannes genauso unsichtbar zu bleiben wie des Nachts im Wald. Erst wenn er glaubte, seine lohnende Beute sicher zu haben, kam er zum Vorschein. Jetzt tauchte er am Ende der Gasse auf und schlenderte unbekümmert näher. Bis auf seine Kurbatsch schien er unbewaffnet zu sein. Sicher hatte er sich gesagt, daß einem Mann mit Waffen in einer Stadt voll Soldaten zuviel unerwünschte Aufmerksamkeit zuteil wird.

Bursuq, der sich nur einige Schritte entfernt hatte, kehrte um und kam zu uns zurück. Niemandem war entgangen, daß hier etwas Ungewöhnliches vorgefallen sein mußte. Die Spieler unterbrachen ihr Spiel, die Flüsterer ihr Flüstern. Nur der Betrunkene schnarchte in aller Ruhe weiter.

Ich versuchte, alle Anwesenden gleichzeitig im Auge zu behalten. Bei meinem kurzen Blick in den Raum hatte ich nicht nur Saifaddaulas Körper gesehen, sondern hinten auf der rechten Seite etwas, was ein unordentlicher Haufen von Gegenständen gewesen sein konnte – oder ein zweiter Körper. Es war zu dunkel in dem fensterlosen Gelaß gewesen, um etwas Genaues feststellen zu können. Vorn allerdings, wo durch den Türspalt ein Sonnenstreif hereingefallen war, hatte ich deutlich eine breite Blutspur erkannt, die sich von Saifaddaulas Körper aus nach hinten erstreckte.

»Ist Herr Saifaddaula nicht in seinem Raum?« fragte Bursuq.

»Doch«, erwiderte Slugi.

Bursuq wartete ab, ob wir von uns aus etwas hinzufügen würden. Als das nicht geschah, forderte er uns auf: »So tretet getrost ein.«

»Ihr nehmt bemerkenswerten Anteil an unserem Tun«, sagte ich. »Doch wollen wir Euch nicht von Euren Pflichten fernhalten.«

»Meine Pflicht ist es, in diesen Räumen für Ordnung zu sorgen.«

»Bravo, das wurde höchste Zeit. So eilt, und fangt am anderen Ende des Gebäudes damit an!«

Slugi legte mir kurz die Hand auf den Arm und erklärte: »Ai-

ma, ich muß Euch bitten, hierzubleiben. Wir brauchen Unterstützung. Sorgt dafür, daß während meiner Abwesenheit niemand diesen Raum betritt!«
Er ging auf die Mauer zu, kletterte darüber und verschwand in einer Eile, die ich bisher noch nicht bei ihm bemerkt hatte, zwischen den Gewächsen im Park.
»Wenn etwas Besonderes vorgefallen ist, müßt Ihr mich davon in Kenntnis setzen«, begann Bursuq wieder. Er trat auf die Tür zu.
Ich stellte mich genau davor und lächelte ihn an. »Ein wenig Geduld noch, Herr Bursuq. Wenn der Untersuchungsrichter es für angemessen hält, Euch das Betreten des Raumes zu gestatten, so wird er Euch rechtzeitig darüber informieren.«
»Ihr könnt mich nicht von diesem Raum fernhalten. Es ist mein Recht, ihn zu betreten. Schließlich gibt es Gesetz und Ordnung in Bagdad.«
»Ich kenne mich in den Bestimmungen der Stadt nicht gut genug aus, also bitte ich Euch um Verzeihung, wenn ich Eure Rechte beschneide. Seid so gut, Euch in Eure Wohnung zurückzuziehen, um eine Beschwerde zu formulieren.«
Die Männer hatten sich einer nach dem anderen erhoben und kamen jetzt näher. Mit dem Verschwinden Slugis schien die Vorsicht, die bisher ihre Neugierde gedämpft hatte, gleichfalls verschwunden zu sein. Sie stellten sich im Halbkreis um den Wirt und mich auf. Einige kratzten sich unter den Gewändern. Dort mochte es manchen verborgenen Dolch geben, um dessen Griff sich die Finger dabei schlossen.
»Hier gibt es nichts zu sehen«, sagte ich zu der Menge, wobei ich niemanden direkt ansprach. Es überzeugte auch niemanden.
Einige der Männer flüsterten miteinander. Wahrscheinlich waren sie noch uneins, wer sich zuerst auf mich stürzen sollte.
Die Entscheidung wurde ihnen abgenommen, als eine herrische Stimme hinter ihnen »Platz da!« rief. Der Kopf, dem die-

se Stimme gehörte, hob sich über alle anderen empor. In dem Halbkreis öffnete sich eine Gasse und ließ Reza nach vorn.
»Seid mir gegrüßt«, sagte er zu mir. »Ich freue mich, daß Ihr gesund und wohlbehalten nach Bagdad gelangt seid.«
»Ich freue mich ebenfalls, Euch zu sehen«, antwortete ich.
»Leider erlaubt meine Zeit es mir jetzt nicht, die interessante Unterhaltung fortzusetzen, die wir vor einigen Tagen unterbrechen mußten. Seid so gut, zu einem späteren Zeitpunkt nochmals bei mir vorstellig zu werden.«
»Aber ich bitte Euch! Für einen alten Geschäftsfreund werdet Ihr doch etwas Zeit erübrigen können. Leider muß ich Euch sagen, daß das Geschäft, das wir letzthin abschlossen, nur wenig gewinnbringend für mich war. Die ganze Mühe, und es sprang nicht mehr dabei heraus, als für ein Hemd ausreichte.«
»Und welche Verschwendung, daß Ihr Euch für ein Hemd mit Kragen entschieden habt. Der Scharfrichter wird ihn ohnehin entfernen.«
Reza lachte. »Wie ich höre, habt Ihr Euren Humor nicht verloren. Jetzt seid so gut, mich einen Blick in diese Zimmer werfen zu lassen.«
»Welches Interesse habt Ihr daran?«
»Ihr wißt doch, daß ich ein Geschäftsmann bin. Und als solcher denke ich mir, daß ein armer Teppichhändler kaum zu der Ehre kommen kann, als Gast im Palast des Kalifen aufgenommen zu werden. Ihr müßt also noch andere Dinge anzubieten haben, die bei unserer letzten Verhandlung nicht zur Sprache kamen. Nun frage ich mich, ob diese Dinge vielleicht in diesem Raum lagern und ob sie für mich von Interesse sein könnten.«
»Wir waren aber zuerst hier!« protestierte einer der anderen Männer.
Ohne den Blick von mir abzuwenden, ließ Reza seine Faust in Richtung des Sprechers zucken. Er traf ihn vor die Stirn, und ohne einen Laut fiel der Mann um.
Die übrigen zogen sich etwas von ihm zurück.

»Hört zu«, wandte ich mich an die Menge. »Wenn Ihr diesen Mann überwältigt, so verspreche ich Euch eine Belohnung von zehn Dinar.«
»Das ist kein Akt der Höflichkeit«, sagte Reza zu mir. »Ich fürchte, ich muß Euch eine zweite Lektion erteilen.«
Die Männer zogen sich noch etwas weiter zurück. Reza streichelte über den Griff seiner Kurbatsch.
»Zwanzig Dinar«, erhöhte ich.
»Für jeden?« erkundigte sich einer der Männer, für den diese Summe von Interesse zu sein schien.
Ich zählte die Köpfe ab.
»Siebenundzwanzig«, meinte Reza, der schon beim Herankommen gezählt hatte.
»Selbstverständlich für jeden«, versprach ich. Da ich zwanzig Dinar sowenig besaß wie fünfhundertvierzig, konnte ich großzügig sein.
Reza zog die Kurbatsch aus dem Gürtel. »Er meint: für alle Überlebenden«, korrigierte er.
Schlagartig war jedes Interesse an diesem Geschäft erlahmt, und alle Anwesenden, bis auf Reza und mich, waren nur noch Zuschauer.
»Wollt Ihr jetzt so gut sein, mir einen Blick durch die Tür zu gestatten?« fragte Reza.
»Es wird Euch aber nicht gefallen, was Ihr seht«, antwortete ich.
»Ich bin bereit, dieses Risiko einzugehen.«
Mir hingegen gefiel sehr gut, was ich sah. Aus den Augenwinkeln bemerkte ich, wie sich etwas Blaues zwischen dem Grün der Pflanzen im Park bewegte.
»Gut«, gab ich scheinbar nach. »So kommt her.«
Ich ging einen Schritt zur Seite und deutete einladend auf die Tür. Eine solche Chance, Reza in meine Hand zu bekommen, würde sich mir so schnell nicht mehr bieten.
Er mußte nur das Zimmer betreten, dann konnte ich die Tür hinter ihm schließen, während die Soldaten der Palastwache,

die sich gerade näherten, den Platz besetzen und Reza festnehmen würden.

Schon glaubte ich den größten Teil meiner Probleme gelöst. Ich würde von Reza erfahren, wo der Gebetsteppich mit al-Maliks Schreiben war, und dieses Murschid präsentieren können. Das würde ihn schon überzeugen, daß meine Geschichte stimmte und ich kein Mörder war, sondern nur ein Bote.

Es war eine gute Idee – ich hätte nur etwas früher darauf kommen müssen. Inzwischen waren die Soldaten in der blauen Uniform der Palastwache nahe genug, daß ihre Schritte zu hören waren.

Alle Anwesenden blickten zum Park. Auch ich, und das hätte sich fast als der größte und letzte Fehler meines Lebens erwiesen.

Die Soldaten näherten sich im Laufschritt und mit gezogenen Säbeln. Slugi hatte schneller Hilfe gefunden, als ich zu hoffen gewagt hatte.

An der Spitze der Abteilung lief ein Hauptmann, der seinen Männern »Laßt keinen entkommen!« zurief. Das war das Signal für alle Anwesenden, augenblicklich zu entkommen zu versuchen.

Während ich erleichtert nach Slugi Ausschau hielt, bemerkte ich am Rand meines Gesichtskreises eine rasche Bewegung. Nur für wenige Augenblicke hatte ich meine Aufmerksamkeit von Reza abgewandt. Er schlug mit der Kurbatsch nach mir. Der Schlag mit der langen, beschwerten Peitschenschnur war eindeutig auf meinen Kopf gezielt.

Ich verdankte es nicht meiner Überlegung, sondern nur meinem Instinkt, daß ich mich einfach auf die Erde fallen ließ, statt zur Seite auszuweichen oder eine Hand zur Abwehr zu heben. Die Schnur pfiff so knapp an mir vorbei, daß ich den Luftzug spürte. Dann trafen die Eisenkugeln, die an ihr Ende gebunden waren, gegen die Mauer. Mörtel und Steinsplitter regneten auf mich herab.

Die Soldaten waren so nahe, daß Reza sich nicht die Zeit für einen zweiten Schlag nahm.
»Auf ein andermal«, schrie er mir zu und lief davon.
Einer der Soldaten streckte den Arm aus, um den Flüchtigen zu fassen. Reza traf ihn mit dem Peitschengriff am Kopf, und der Soldat strauchelte.
Ein anderes Mal würde es nach dem heutigen Abend vielleicht nie mehr für mich geben. Ich sprang auf, um die Verfolgung aufzunehmen. Gerade kletterte Slugi über die Mauer und rief: »Danke, daß Ihr ohne Murren ausgehalten habt.«
Ich nahm mir keine Zeit, um irgendwelche Erklärungen abzugeben.
Reza lief die Straße entlang in die Stadt hinein. Ich folgte ihm. Damit gehörte ich für die Wachen, die mich nicht als einen Verbündeten erkannten, natürlich zum gejagten Wild.
Auf der Straße vor der Herberge gab es einige kleinere Handgemenge, aber keiner der Tagediebe wagte es, ernsthaften Widerstand zu leisten. Die meisten waren bereits gefangen, nur zwei liefen noch hinter Reza her, bereits dicht gefolgt von einigen Wachen.
Ich schloß mich an. Eine Hand griff nach meinem Kragen, eine Stimme brüllte mir »Stehenbleiben!« ins Ohr.
Rasch bog ich einen Finger der Hand um, stieß meinen Ellbogen in Richtung der Stimme und spürte, wie er auf etwas traf. Ein Blick zurück zeigte mir einen jungen Soldaten, der gerade die Verfolgung aufgab und beide Hände gegen die schmerzende Nase preßte.
Ich bin ein ausdauernder, wenn auch kein besonders schneller Läufer. Das Tempo, daß ich jetzt vorlegen mußte, war eindeutig zu schnell für mich. Aber ich konnte es mir natürlich nicht selbst einteilen, sondern mußte mich an Rezas Vorgabe halten. Sollte ich ihn im Gewirr der Gassen aus den Augen verlieren, würde ich ihn nie wiederfinden.
Ich hörte Keuchen und Schritte hinter mir. Mindestens einer der Soldaten war mir knapp auf den Fersen. Mit Erklärungen

würde ich nichts erreichen. Also wählte ich den schnellsten Weg, der mir in den Sinn kam, mich meines Verfolgers zu entledigen: Ich hielt unvermittelt an, bückte mich und stemmte die Hände fest auf den Boden.
Der Soldat prallte unvorbereitet gegen mich. Da ich das erwartet hatte, konnte ich den Stoß ausgleichen. Der Soldat aber überschlug sich hilflos in der Luft. Noch ehe er aufgeprallt war, kam ich wieder hoch. Ich sprang über ihn hinweg und lief weiter, gerade noch rechtzeitig, um zu sehen, wie die Verfolgungsjagd vor mir nach links in eine Seitengasse abbog.
Ich blickte mich kurz um und bemerkte weiter hinten drei Soldaten, die sich noch an der Verfolgung beteiligten. Sie waren zu weit zurück, als daß ich mir jetzt schon Sorgen um sie machen mußte – es würde genügen, wenn sie aufholten, nachdem ich Reza erreicht hatte. Ich lief in die Seitengasse, sah aber niemanden mehr vor mir. Auf gut Glück nahm ich die nächste Biegung nach rechts.
Fast wäre mir dasselbe zugestoßen wie meinem Verfolger. Direkt hinter der Abzweigung lag einer der Flüchtigen auf der Erde. Ein Soldat hielt ihn fest, während ein anderer ihm die Hände auf den Rücken fesselte. Ich wich gerade noch rechtzeitig aus, um nicht zu Fall zu kommen.
»Ich gehöre nicht dazu«, rief ich den beiden Männern zu. Vermutlich klang das nicht überzeugend genug, um sie von einer Verfolgung abzuhalten. Aber der Mann, den sie gefangen hatten, zappelte so stark, daß sie mit ihm vollauf beschäftigt waren.
Ein gutes Stück vor mir ging die Gasse nicht weiter geradeaus, sondern teilte sich in zwei kleinere Gassen, die im Winkel auseinanderführten.
Reza bog nach links, während der Flüchtling hinter ihm sein Heil auf der rechten Seite suchte. Die Verfolger teilten sich ebenfalls.
Die Gasse führte um einige Biegungen. Tatsächlich verlor ich

Reza aus den Augen, doch blieben mir seine Verfolger zur Orientierung.
Ich spürte, wie die Anstrengung an mir zehrte. Das war nicht die beste Voraussetzung für einen Kampf mit Reza. Hoffentlich fiel ihm der schnelle Lauf genauso schwer wie mir.
Einer der Soldaten gab auf. Ich lief an ihm vorbei, während er schwer atmend an einer Hausmauer lehnte. Dabei bemühte ich mich, meine Geschwindigkeit zu erhöhen. Ich mußte Reza wieder ins Blickfeld bekommen.
Die Gasse endete auf einer der breiten Straßen der Stadt. Ich sah Reza weit voraus und drei Soldaten, die ihn in unterschiedlichen Abständen verfolgten.
Eine Einheit türkische Kavallerie kam auf uns zugaloppiert. Der vorderste der Soldaten rief den Reitern etwas zu, aber die machten keine Anstalten, beim Einfangen Rezas Hilfe zu leisten.
Der Flüchtling ließ es trotzdem nicht darauf ankommen. Er bog von der Straße wieder in eine Gasse ab, diesmal in eine, die so schmal war, daß ein Reiter Schwierigkeiten gehabt hätte, ihm zu folgen.
Noch vor der Gasse stolperte einer der Wachsoldaten und stürzte so unglücklich, daß er sich nicht wieder erheben konnte. Ich sah, daß in Höhe beider Knie Blut durch den Stoff seiner Hose sickerte, als ich an ihm vorbeilief.
Dem ersten der beiden Verfolger war es gelungen, seinen Abstand zu Reza zu verringern. Reza strauchelte, fing sich aber und lief weiter. Dadurch holte der Soldat noch mehr auf. Dieser Erfolg machte ihn, wie es leicht geschehen kann, unvorsichtig. Er konzentrierte sich so darauf, den Flüchtigen einzuholen, daß er auf dessen überraschenden Angriff nicht mehr reagieren konnte.
Mitten im Lauf drehte Reza sich um und ließ seine Peitsche knallen. Mit einem lauten Schmerzensschrei stürzte der Soldat zu Boden, der Säbel, den er während der ganzen Zeit festgehalten hatte, schlitterte im Straßenstaub weiter.

Als ich an dem Gestürzten vorbeikam, hob ich im Lauf die Waffe hoch.
Der letzte Soldat, der noch vor mir war, wurde langsamer. Aus Erschöpfung oder weil er das Schicksal seines Kameraden nicht teilen wollte, ließ er sich mehr und mehr zurückfallen. Bald lief ich auch an ihm vorbei.
Reza, der keine Anzeichen von Erschöpfung zeigte, wurde wieder schneller. Ich schaffte es, das Tempo zu halten.
Meine Füße stampften in den Staub der Gasse, und meine Augen sahen nichts als Rezas Rücken. Ich konzentrierte mich nur darauf, den Abstand gleichbleibend zu halten. Irgendwann mußte Reza einen Fehler machen, und dann würde ich ihn stellen.
Reza verschwand, ohne langsamer zu werden, zwischen zwei Lehmhütten. Ich war nicht so dumm, ihm zu folgen, ohne mich umzusehen. Ich schlug einen Bogen auf die andere Seite der Gasse und blickte zuerst in die Lücke hinein. Dahinter sah ich einen Hof, in dem einige Wäschestücke auf einer Leine hingen.
Eine Falle oder nicht, jetzt mußte ich hinein, denn ich konnte es nicht riskieren, daß Reza sich über Hintertüren oder Dächer völlig aus dem Staub machen würde.
Aus der Ferne hörte ich Hufschlag und militärische Kommandos. Ich dachte mir, daß Nuraddins Reiter sich wohl doch entschlossen hatten, sich an der Jagd zu beteiligen, und ahnte nicht, daß sie ein anderes Opfer verfolgten.
Es war nicht leicht, Schnelligkeit und Vorsicht zu vereinen. Ich hielt den Säbel quer vor mir, um einen Schlag mit der Peitsche abfangen zu können, wenn Reza überraschend vor mir auftauchen sollte.
Der Hof war auf drei Seiten von Hütten umgeben, die vierte wurde durch eine mannshohe Lehmmauer gebildet.
Ich bückte mich, um festzustellen, ob Reza sich hinter den Wäschestücken verborgen hielt. Aber nirgendwo waren Füße zu erkennen.

Das Klappern von Hufen wurde wieder deutlich hörbar. Durch den Zwischenraum, durch den ich in den Hof gekommen war, sah ich einige Reiter durch die Gasse galoppieren. Keiner von ihnen warf einen Blick herein.
Jede der Hütten hatte einen Zugang zum Hof. Reza konnte ihn durch jeden davon wieder verlassen haben.
Vor einer dieser Hintertüren hing ein Vorhang aus Sackleinen. Der Vorhang bewegte sich, obwohl es hier auf dem Hof windstill war.
Ich hob den Säbel wieder. Der Vorhang wurde an einer Stelle zur Seite geschlagen.
Sofort stürmte ich mit vorgestreckter Waffe nach vorn. Wenn Reza heraustrat, würde er mit seiner Kurbatsch auf kurze Distanz nicht so gefährlich sein, als wenn er die volle Reichweite seiner Waffe ausnutzen konnte.
Ich riß mit der linken Hand den Vorhang ganz zur Seite, hielt den Säbel bereit, um einen Hieb mit dem Peitschengriff abzuwehren ... und blickte in das entgeisterte Gesicht eines etwa sechsjährigen Knaben.
»Hallo«, rief ich.
Er starrte ängstlich auf den Säbel.
»Du brauchst keine Angst vor mir zu haben«, beruhigte ich ihn. »Ich suche einen Mann mit einer Glatze. Weißt du, wohin er ist?«
Das Gesicht des Knaben blieb ängstlich, was ihn aber nicht hinderte, die Hand auszustrecken.
»Ich habe nichts mehr, was ich dir geben könnte«, sagte ich bedauernd. »Aber ich bringe dir etwas, wenn ich den Mann gefunden habe. Ganz bestimmt.«
Er hielt die Hand ausgestreckt und blickte auf den Säbel.
»Paß auf«, erklärte ich, »du sagst mir, wohin er gelaufen ist, und ich gebe dir alles Geld, das ich bei ihm finde. Einverstanden?«
Er schüttelte zustimmend den Kopf – ein Kind im Armenviertel von Bagdad, das bereit war, einem Fremden auf ein bloßes

Versprechen hin zu helfen. Ich hätte nicht darauf hereinfallen dürfen!
Die fordernde Hand veränderte sich zur zeigenden und wies auf die Mauer. Dort, wohin der Kleine zeigte, standen eine Kiste und ein hohes Faß nebeneinander, so daß sie fast eine Treppe formten, auf der man mit mäßiger Bequemlichkeit auf die Mauer gelangen konnte.
»Danke«, sagte ich und nahm mir noch die Zeit, dem Knaben über den Kopf zu streichen. Dann lief ich hinüber, setzte einen Fuß auf die Kiste, den zweiten auf das Faß und schwang mich hoch. Dazu stemmte ich beide Hände auf die Mauerkrone.
Als ich merkte, daß mein Bein von einem unwiderstehlichen Klammergriff umfaßt wurde, war es schon zu spät.
Reza war hinter dem Knaben aufgetaucht und hatte seine Kurbatsch geschwungen. Die Peitschenschnur hatte sich um mein rechtes Bein geschlungen.
»Seid so gut, mir Euren Säbel zuzuwerfen, Herr Usama«, verlangte Reza. »Es täte mir zu leid, wenn Ihr mich durch eine weitere übereilte Tat zwingen würdet, Euch herunterstürzen zu lassen.«
Ich blickte auf die Gasse, die auf der anderen Seite der Mauer entlangführte. Jetzt hätte ich die Ankunft einiger Reiter sehr begrüßt.
Aber noch hatte ich den Säbel, und solange ich bewaffnet war, hatte Reza nicht gewonnen. Ich drehte mich blitzschnell um und führte die Klinge nach unten, um die Peitschenschnur durchzutrennen.
Reza zog an der Kurbatsch. Mit Schwung flog ich vom Faß, die Arme hochgereckt, so daß mein Säbel auf die andere Seite der Mauer geschleudert wurde. Ich fiel unsanft auf den Rücken.
Reza zog die Peitsche mit einer Drehbewegung zurück. Dadurch löste sich die Schnur von meinem Bein.
Ich stand langsam auf. Reza achtete aufmerksam auf jede Bewegung, die ich machte. Die Peitschenschnur lag in lockeren

Windungen vor ihm am Boden. Er konnte sie jederzeit nach vorn schnellen lassen. Es war besser, wenn mir bald eine Möglichkeit einfiel, ihn daran zu hindern.

Inzwischen griff Reza in seine Weste und reichte dem Jungen, der uns interessiert zusah, einen Piaster.

»Ich danke dir, mein Kleiner«, sagte er. »Und jetzt geh und spiel woanders. Was hier passiert, ist kein Anblick für Kinder.«

Wortlos nahm der Knabe den Piaster in den Mund und verschwand hinter dem Vorhang.

»Herr Usama«, wandte sich Reza wieder mir zu, »stets führen unsere Begegnungen dazu, daß Ihr Euch weh tut. Ich habe gar die Befürchtung, Ihr seid im Begriff, etwas Unüberlegtes zu tun, und anschließend werdet Ihr Euch noch mehr weh tun. Warum seid Ihr nicht vernünftig?«

»Warum seid Ihr es nicht?« fragte ich zurück. »Jetzt ist die ganze Palastwache hinter Euch her, und die Reiter Prinz Nuraddins noch dazu.«

»Glaubt Ihr? Ich habe den Eindruck, daß die Wache und die Reiter in naher Zukunft nur noch miteinander beschäftigt sein werden. Wo so viel Zwietracht herrscht wie zur Zeit in dieser Stadt, da muß doch auch etwas für einen klugen Geschäftsmann übrigbleiben.«

»Bestimmt werdet Ihr Euren Teil an Zwietracht bekommen.«

»Ach, es wäre eine Freude, sich mit Euch zu unterhalten, wenn Ihr nicht immer zu so überraschenden Ausbrüchen von Gewalt neigtet. Doch jetzt befriedigt meine Neugier und sagt mir, was sich in dem Raum befand, der Euch so wichtig war.«

»Warum geht Ihr nicht zurück und seht selbst nach?«

»Ich bitte Euch, zwingt mich doch nicht, Eure Zunge durch einige Peitschenschläge zu lösen.«

»Ja, mit der Peitsche fühlt Ihr Euch stark. Werft sie weg und kämpft mit mir wie ein Mann!«

»Herr Usama, ich kämpfe doch nicht zum Vergnügen. Ich kämpfe, um zu gewinnen.«

»Ihr kämpft überhaupt nicht. Ihr könnt Euch nur aus dem Hinterhalt anschleichen und harmlose Reisende überfallen.«
»Ihr meint so einen harmlosen Reisenden wie Euch, der den Säbel schwingend durch die halbe Stadt hinter mir herläuft? Ihr wollt mich einen Feigling nennen?«
»Nein, ich will Euch einen stinkenden Abschaum nennen, gezeugt von einer verfaulten Assel, die an einer unaussprechlichen Krankheit leidet, mit einem Haufen Hundekot.«
»Solche Tiraden sollten Eurer nicht würdig sein. Ihr werdet verstehen, daß ich darauf nicht angemessen antworten werde, denn schließlich nennt man mich nicht umsonst Reza den Höflichen.«
»Soweit ich weiß«, sagte ich langsam und bedächtig, damit ihm kein Wort entging, »nennt man Euch wegen Eures abstoßenden Aussehens überall nur Reza den Häßlichen.«
»Das büßt du!« brüllte er und stürmte mit geballten Fäusten auf mich los. Er war so wütend, daß er mir die Schmerzen seiner Schläge unbedingt mit eigenen Händen zufügen wollte. Die Peitsche fiel unbeachtet in den Staub.
Mein Plan, ihn so wütend zu machen, daß er seine Vorsicht fallenlassen und sich in meine Reichweite bringen würde, war ein voller Erfolg.
Ich wartete, bis er ganz dicht heran war. Dann wich ich zur Seite aus. Er folgte mir, war dabei für einen winzigen Augenblick ohne festen Stand, und mein Schlag traf ihn genau auf die Nase.
Der Schmerz ließ ihn zurückweichen, und ich schlug ihn mit der linken Faust in den Bauch, als er gerade beide Arme zum Gesicht hob.
Er krümmte sich zusammen, nahm instinktiv eine Hand zum Schutz des Unterleibes herunter. Ich schlug ihm beide Fäuste gegen die Brust. Er prallte mit dem Hinterkopf gegen die Mauer.
Als ich zum zweitenmal nach seiner Nase schlug, nahm er den Kopf zur Seite, und meine Faust traf mit voller Wucht auf

den harten Lehm. Ich kam gar nicht dazu, den Arm zurückzuziehen, geschweige denn, einen anderen Angriff zu versuchen.
Er umklammerte mit seiner linken Hand mein rechtes Handgelenk und begann, mit der rechten Faust auf mich einzuschlagen. Er trieb mich vor sich her, kreuz und quer über den Hof. Meine Versuche, die Schläge abzuwehren, blieben völlig wirkungslos. Er hieb einfach meine Deckung beiseite und traf mich wieder und wieder in Gesicht und Körper.
Schließlich ließ ich die Abwehrversuche einfach bleiben und nahm die Treffer in Kauf. Ich griff mit meiner Linken nach der seinen und versuchte, seine Finger aufzubiegen. Doch er hielt meine Hand so fest wie Eisenklammern. Meine Knie wurden weich und knickten ein.
Er zog mich hoch, wirbelte mich herum und ließ mich los. Ich flog ein Stück durch die Luft und prallte mit Gesicht und Brust gegen die Mauer.
Seine Hand griff nach meiner Schulter und drehte mich um. Ich legte alle Kraft, die mir noch verblieben war, in einen Schlag mit der Linken. Ich knickte die Finger an den Knöcheln ein und zielte auf seine Kehle. Wenn ich seinen Adamsapfel traf, würde ihn das lange genug außer Gefecht setzen, so daß ich ... Egal, denn ich traf ihn nicht.
Er fing meinen Hieb ab und stieß mit der flachen Hand gegen meine Stirn. Mein Hinterkopf prallte gegen die Mauer. Und noch einmal.
Dann fühlte ich mich am Kragen gepackt und hochgehoben. Ich sah sein Gesicht ganz dicht vor mir und roch seinen schlechten Atem.
»Wie nennt man mich?« fragte er gefährlich leise.
Im Leben jedes Menschen kommt einmal der Zeitpunkt, an dem er zugeben muß, verloren zu haben. Ich meine nicht nur eine vorübergehende Niederlage, einen Rückschlag, den man ausgleichen kann, sondern ein völliges, endgültiges, nicht wiedergutzumachendes Verlieren. Jeder weitere Widerstand

kann die eigene Lage nur noch verschlimmern. Sich dem übermächtigen Gegner zu unterwerfen, seine Gnade und Großmut zu erflehen, die eigenen Fehler zuzugeben und seinen Stolz fahren zu lassen – diese Dinge sind dann kein Zeichen von Feigheit, sondern von Klugheit und Überlegung.

Als ich jetzt wehrlos in Rezas Griff hing, meine Füße nur noch mit den Zehenspitzen den Boden berührten und mir das Blut aus der Nase lief, da gab es nur eine Antwort, die ich noch auf die Frage meines Bezwingers geben konnte: »Reza der Häßliche«, denn Klugheit und Überlegung verlassen mich beim Kampf als erstes.

Ich stemmte beide Füße gegen die Mauer hinter mir, so daß Reza zurückwankte. Gleichzeitig stieß ich zwei vorgestreckte Finger nach seinen Augen.

Statt mich loszulassen, um sein Gleichgewicht wiederzufinden oder um den Angriff auf seine Augen abzuwehren, hob Reza mich mit ausgestreckten Armen hoch in die Luft und stieß mich dann von sich.

Als ich wieder zu mir kam und meine Augen öffnete, standen beide Stiefel Rezas vor meinem Gesicht. Also lag ich wohl auf dem Boden. Ich machte die Augen wieder zu und erwartete, bald den ersten Tritt zu spüren.

Ich hörte Keuchen, Schmerzensschreie, das Klatschen von Schlägen. Seltsamerweise verspürte ich keine neuen Schmerzen. Welche Gnade Allahs, dachte ich, daß er mir den Tod nicht ganz so furchtbar gestaltet; andererseits hätte er mir die alten Schmerzen ruhig auch ersparen können.

Jetzt vernahm ich ein Knirschen, als würde jemandem ein Arm ausgerenkt, dann das Knacken brechender Knochen. Ich spürte deutlich, daß meine beiden Arme zu den Seiten meines Körpers auf der Erde lagen.

Irgend etwas stimmte da nicht. Ich machte die Augen wieder auf und sah Reza ins Gesicht. Seine Augen waren weit aufgerissen und starrten mich ungläubig an. Ich starrte genauso zurück.

Zwei Hände faßten mich unter den Achseln und hoben mich auf. Rezas Gesicht blieb unter mir zurück. Der Rest von Reza auch.
Es erschien mir etwas seltsam, daß sein Gesicht und sein Rücken auf derselben Seite des Körpers waren, aber ich machte mir keine weiteren Gedanken darüber. Früher oder später würde sich die Erklärung dafür schon finden. Allerdings kam mir die Vermutung, daß er mir auf die Frage nach dem Verbleib des Gebetsteppichs wohl keine Antwort mehr geben konnte.
Die Hände, die mich hochgehoben hatten, drehten mich jetzt herum.
»Ihr habt Euch den falschen Gegner ausgesucht«, sagte Gutschalk. »Fangt lieber erst einmal mit ein paar Kindern an und arbeitet Euch dann langsam zu den Erwachsenen vor.«
»Danke«, erwiderte ich.
»Ich freue mich, daß Euch mein guter Rat gefällt. Bleibt Ihr von allein stehen, wenn ich Euch loslasse?«
»Ja.«
Er ließ mich los, und ich fiel wieder hin.
»Usama, Ihr könnt Euch später noch herumlümmeln. Wir müssen sehen, daß wir hier wegkommen. Hunderte von Reitern hetzen hier herum, und wir waren nicht gerade leise.«
Ich griff nach seiner ausgestreckten Hand und ließ mich hochziehen.
Er schlang meinen Arm um seine Schulter, schob den seinen unter meiner Achsel hindurch und vermittelte mir so die Illusion, meine Schritte zu unterstützen, während er mich in Wahrheit doch trug.
»Was ist überhaupt passiert?« fragte ich. »Weshalb seid Ihr hier?«
»Weil ich ein Idiot bin. Ich habe es nicht übers Herz gebracht zuzusehen, wie dieser Klotz hinter Euch herschlich. Also bin ich wieder hinter ihm hergeschlichen. Auf einmal habe ich gemerkt, daß einer von Nuraddins Männern mir folgte. Das war

mir zu dumm, also habe ich ihm eins auf die Nase gegeben. Dann wollte ich Euch helfen, weil Reza mit der Peitsche vor Euch herumfuchtelte, aber da kamen schon die Wachen. Ich glaubte, ich würde nicht mehr gebraucht, und wollte mich davonmachen, da war auf einmal die halbe türkische Kavallerie hinter mir her. Ich habe zugesehen, daß ich möglichst weit wegkam, da sah ich doch wieder Reza auftauchen, mit den Wachsoldaten hinter sich. Da werdet Ihr wohl auch wieder auftauchen, habe ich mir gedacht, und bin einfach der Spur aus atemlosen Wachen nachgegangen. Ich sah Euch in einen Hof einbiegen und wollte hinterher, aber dann wurde ich wieder von ein paar Reitern durch die Gegend gehetzt. Deshalb kam ich leider zu spät, um den Anfang Eurer Diskussion mitzuerleben, aber die entscheidenden Argumente konnte ich noch beisteuern. Und jetzt«, beendete er seine Erzählung und ließ mich langsam in eine sitzende Stellung gleiten, »könnte ich selbst etwas Unterstützung gebrauchen.«
Die Gasse vor uns war von einer Front Kavalleristen versperrt, die uns die Spitzen ihrer Lanzen entgegenrichteten. Hinter uns kam ein Zug Wachsoldaten mit kampfbereiten Säbeln an.
»Wir folgen dem Sieger«, bot Gutschalk an.
Aber diesmal waren sie sich einig und teilten uns unter sich auf.

»Ihr scheint ein wenig ungehalten mit mir zu sein«, sagte ich zu Slugi.
»Aber keineswegs. Ich bin vielmehr ernsthaft wütend auf Euch. Glaubt Ihr, ich habe nichts Besseres zu tun, als hier herumzusitzen und zu warten, bis die Wache Euch irgendwo aufgreift und zurückbringt? Wir haben schließlich eine Vereinbarung getroffen.«
»Ich habe nur versucht, Reza einzufangen. Wollt Ihr nicht wissen, was daraus geworden ist?«
»Er mag entkommen, gefangen oder tot sein, entscheidend ist

nur, daß er nicht der Mörder des Kalifen ist. Ist Euch überhaupt klar, was heute abend passieren wird? Wenn Murschid seinem Bruder angesichts der Truppen, die Nuraddin in die Stadt gebracht hat, einen Kompromiß vorschlägt, was meint Ihr, wie der aussehen wird?«
»Ihr meint, man wird Gutschalk *und* mich hinrichten?«
»Genau das meine ich. Es sei denn, wir fangen den richtigen Mörder. Aima, ich werde Allah auf Knien danken, wenn Ihr erst wieder in Damaskus seid – vorausgesetzt, Ihr kommt jemals dahin. Seht einmal nach dem Sonnenstand! Wir haben höchstens noch zwei Stunden Zeit, den Fall aufzuklären. Und Ihr vertrödelt unser beider Zeit, indem Ihr Euch herumprügelt! Ihr solltet sehen, wie Ihr Euch habt zurichten lassen.«
»Mir tut der ganze Körper weh.«
»Um so schlimmer! Wie wollt Ihr da vernünftige Arbeit leisten? Und jetzt nehmt gefälligst die beiden Fackeln da vorn und geht in Saifaddaulas Zimmer!«
Die Wachsoldaten hatten in der Zwischenzeit alle Einwohner der Herberge eingesammelt und gegenüber dem Haus vor einer Schuppenwand aufgereiht. Den Schnarcher, der von allem nichts mitbekommen hatte, hatten sie dazugelegt; er schnarchte immer noch.
Einer der Gefangenen war vor dem Hauptmann auf die Knie gesunken und erzählte ihm von einer gelähmten Mutter und fünf unmündigen Kindern, die er dringend aufsuchen müsse. Die anderen Männer, die vermutlich ähnliche Geschichten vorbereitet hatten, traten ungeduldig auf der Stelle herum.
Slugi trug immer noch die glimmende Holzkohle bei sich. In dem Zimmer, das dem Magier zur letzten Herberge geworden war, zündete er die beiden Fackeln an.
Der Boden bestand aus nichts anderem als festgetretenem Lehm, den weder Teppich noch Matte bedeckte. Ich rammte die Fackeln mit ein paar Stößen in den Boden, damit sie uns Licht für die Untersuchung geben würden.

Wir verfuhren so, wie wir es bei der Untersuchung im Palast getan hatten. Slugi blieb neben der Tür stehen, nachdem er sie hinter uns geschlossen hatte, während ich durch das Zimmer ging und berichtete, was ich sah.
Der Raum war länglich, die Tür befand sich an einer der Schmalseiten. Die Wände waren feucht, was zwar Kühle hervorrief, doch keine von der Art, die erfrischt, sondern von der, die krank macht.
Es zeigte sich, daß der Umriß, den ich bei meinem ersten Blick ins Zimmer im Hintergrund bemerkt hatte, kein zweites Mordopfer war, sondern die jeder Ordnung entbehrende Anhäufung von Saifaddaulas Besitztümern.
»An der rechten Wand liegt das Gepäck aufgehäuft. Es besteht aus drei Leinensäcken und einer Truhe aus Holz. Daneben, näher zur Tür hin, liegen Kleidungsstücke.«
Ich hob zunächst die Kleider eines nach dem anderen hoch und untersuchte sie.
»Die Taschen sind leer. Einige von ihnen sind mit dem Futter nach außen gedreht, als wären sie bereits durchsucht worden. Neben der Truhe liegen einige Gegenstände auf dem Boden: zwei Holzringe, ein Ei, ein paar bunte Tücher, ein Beutel, ein breiter Metallring, ein Dolch, einige Münzen. An einigen der Dinge befindet sich ein wenig Blut.«
Ich hob den Dolch auf, um ihn nach Blut zu untersuchen. Er schien außergewöhnlich leicht. Blut war keines daran. Ich prüfte die Spitze mit dem Daumen. Dabei schob sich die ganze Klinge ohne Widerstand in den Griff zurück.
»Es ist ein Trickdolch. Die Klinge steht nicht starr, sondern läßt sich einfach zurückschieben. Damit kann man den Eindruck erwecken, sich selbst zu stechen, ohne sich wirklich zu verletzen. Die Spitze und die Schneide sind stumpf, dieser Dolch kann nicht die Tatwaffe sein. Nicht einmal die Münzen, die daneben liegen, sind echt. Sie sehen auf den ersten Blick aus, als wären sie aus Metall, in Wirklichkeit ist es aber nur bemaltes Holz. Die größeren sind auf einer Seite ausgehöhlt.

Was soll das denn? Ach, sie lassen sich ineinander schieben, dann scheinen die kleineren zu verschwinden. Der Beutel ist aus Wachstuch. Ich erinnere mich, ihn schon einmal gesehen zu haben: Saifaddaula hat sein chinesisches Pulver darin aufbewahrt. Der Beutel ist offen, ein Blutfleck ist darauf, und ein Teil des Pulvers ist herausgerieselt. Die Tücher...«
»Wartet«, unterbrach Slugi. »Nehmt einige Körner von dem Pulver und befühlt sie so wie das Nashornpulver.«
Ich tat wie geheißen. Das Pulver fühlte sich ganz anders an.
»Die Körner sind runder. Sie machen keinen Eindruck von Festigkeit. Wenn man sie drückt, lösen sie sich einfach weiter zu Staub auf, bis man gar nichts mehr fühlt. Nein, das ist nicht das, was ich im Brautgemach gespürt habe.« Ich hielt mir den Finger, auf dem ich das Pulver zerrieben hatte, unter die Nase. »Es riecht leicht nach Schwefel. Der Geruch wird bestimmt stärker, wenn es verbrennt. Die Tücher liegen zusammen. Sie sind von verschiedenen Farben. Es sind eins, zwei... Nein, es ist nur eins. Im ersten Moment schienen es mehrere zu sein, aber es ist nur ein langes Tuch mit verschiedenen Farben. Es war nur so gefaltet, daß es wie mehrere einzelne Tücher aussah. Unter dem Tuch stehen eine kleine Öllampe und ein Kästchen. Die Lampe scheint in der Mitte zerbrochen... Nein, man kann sie in der Mitte aufklappen. In ihrem Innern steckt ein weiteres Ei. Es fühlt sich ungewöhnlich an. Man kann mit dem Fingernagel kleine Stücke von der Schale abkratzen. Ich denke, das Ei ist aus Gips. Das Holzkästchen hat einen seltsamen Riegel. Er ist nur aus dem Holz herausgeschnitzt, aber nicht beweglich. Dafür hat jede Kante des Kästchens ein Scharnier. Jetzt habe ich's: Man kann jede Seite abklappen und das Kästchen ganz flach machen. Das Ei, das auf dem Boden lag, ist auch aus Gips. Der Metallring ist schwer. Er scheint ein Schmuckstück zu sein, denn er ist auf der Außenseite mit Ornamenten verziert. Wenn ich ihn an einer anderen Stelle als im Gepäck eines Magiers gesehen hätte, hätte ich ihn bestimmt für echt gehalten. Ich kann nicht feststellen, wo

er präpariert ist. Die Holzringe haben hingegen schmale Spalten. Sie sind nicht so massiv, wie sie aussehen, sondern lassen sich auseinanderbiegen. Aber was kann man damit machen?«
»Spielt nicht mit den Utensilien herum«, ermahnte mich Slugi. »Bringt mir den Metallring her, ich will feststellen lassen, ob er wertvoll ist. Dann untersucht die Gepäckstücke.«
Ich trug ihm den Reifen hinüber. Er ließ ihn in seiner Weste verschwinden.
Dann schüttete ich die Leinensäcke aus. Sie waren voll mit Dingen, die mit Saifaddaulas Kunststücken in Zusammenhang stehen mußten, wenn ich auch nicht immer erkennen konnte, worin ihre Besonderheit bestand. Ich zählte auf: »Zwei Seile aus gleichem Material, eines glatt, das andere voll Knoten. Eine weiße und zwei rote Kugeln. Eine Vase ohne Boden. Mehrere dünne Scheiben aus Kork, einige mit Löchern. Ein Trinkbecher, mit außergewöhnlich dickem Rand. Nein, zwei Becher, die ineinandergeschoben sind. Nein, drei Becher. Vier, fünf... Bei Allah, das sind ja über zehn Becher, alle mit außergewöhnlich dünnem Rand! Ein Ledergürtel, der auf der Innenseite viele kleine Taschen hat. Ein Beutel mit Spielwürfeln.«
Schließlich hatte ich alle Säcke geleert und wandte mich der Truhe zu. Sie enthielt die Kleidungsstücke des Magiers.
»Ich sehe noch zwei Gewänder, die dem gleichen, das er immer getragen hat. Jetzt kommt normale Kleidung: eine Hose, zwei Hemden, eine Weste, ein Umhang. Alles ist in einem zerschlissenen und strapazierten Zustand. Saifaddaula scheint keine neue Kleidung zu besitzen. Zwei Sandalen sind noch darin, ein langes Tuch, aus dem sich ein Turban winden läßt, eine Mütze aus Wolle.«
Ich suchte die leere Truhe nach einem Geheimfach ab, aber ohne Ergebnis.
»An der hinteren Wand des Raumes ist ein Lager aus mehreren übereinandergelegten Decken errichtet. Davor stehen noch zwei Sandalen und sein hoher Hut auf dem Boden. Sein Man-

tel ist über das Lager gebreitet, als hätte er zum Zudecken dienen sollen. Vor dem Lager ist ein großer Blutfleck am Boden. Von hier zieht sich eine Blutspur durch den Raum, die seinen Weg zeigt. Vermutlich ist er hier im Schlaf oder kurz nach dem Erwachen ermordet worden. Es dauerte lange, bis er starb, denn er hat noch viel Blut verloren.«
Ich folgte der Blutspur, indem ich neben ihr herkroch, um nichts zu übersehen, das Saifaddaula vielleicht noch in der Gewißheit des Todes als Hinweis hinterlassen hatte.
»Saifaddaula muß eine Weile neben seinem Lager am Boden gelegen haben, denn dort ist am meisten Blut geflossen. Dann erst hat er begonnen, zur Tür zu kriechen. Sein Verstand muß sich schon verwirrt haben, denn er ist nicht direkt zum Ausgang gekrochen, sondern erst seitwärts, bis er auf sein Gepäck stieß. Dann führt die Spur in der anderen Richtung weiter bis zur Tür. Er wollte sicher draußen Hilfe holen, aber dann war er schon zu schwach, um die Tür noch zu öffnen. Der arme kleine Mann, er muß lange gebraucht haben, um zu sterben.«
»Habt Ihr auf dem Lager selbst Blut gefunden?«
»Nein, nur am Boden.«
»Und auf den Gepäckstücken?«
»Auf dem Pulverbeutel und auf dem bunten Tuch. Aber nur sehr wenig, als hätte er einmal kurz darübergetastet und als wäre dabei etwas von seiner verschmierten Hand zurückgeblieben. Es gibt keinen größeren Blutfleck am Boden davor, er kann sich dort nicht lange aufgehalten haben.«
»Konntet Ihr erkennen, ob er bei seinem Gepäck etwas an sich genommen hat?«
»Nicht mit Sicherheit. Aber die Blutflecken waren nur bei seinen Zauberutensilien. Ich kann mir nicht vorstellen, daß es dort etwas gab, was für einen Sterbenden von großem Wert war. Wenn überhaupt, dann kann nur dieser silberne Reif wertvoll gewesen sein, und den hat er liegengelassen.«
»Die Dinge, die einem Menschen im Angesicht des Todes et-

was bedeuten, sind nicht nach ihrem Verkaufswert zu bemessen.«

Ich wandte mich nun dem Körper Saifaddaulas zu. Im Tode wirkte er noch schmächtiger und hilfloser. Nie wieder würde er Beschuldigungen gegen mich schleudern – doch sie auch nie widerrufen.

»Er trägt ein Untergewand als einziges Kleidungsstück. Quer über seine Kehle verläuft ein tiefer Schnitt. Weitere Wunden sind am Körper nicht zu entdecken. Auf jeden Fall brauchen wir diesmal nicht zu raten, von welcher Art die Waffe ist. Der Körper liegt auf dem Rücken, die Beine stark angewinkelt und fast ganz bis unter den Leib geschoben. Zwischen ihm und der Tür ist der Boden an einigen Stellen zerfurcht. Ich vermute, daß ich den Körper, als ich die Tür mit Gewalt aufdrückte, darüber geschoben und dabei gleichzeitig umgedreht habe.«

Ich drehte den Körper auf den Bauch zurück, so, wie ich seine Ausgangslage vermutete, ehe ich mich an der Tür zu schaffen gemacht hatte. Dabei stellte sich heraus, daß die Leichenstarre bereits eingetreten war. Als ich ihn einmal bewegt hatte, kippte er fast wie von selbst in eine Position zurück, die genau auf der zerfurchten Stelle des Bodens lag. Seine Haltung war jetzt die eines Mannes, der zur Tür zu kriechen versucht und im Augenblick ihres Erreichens gestorben ist.

»Hier ist kein großer Blutfleck mehr«, fuhr ich fort, nachdem ich Slugi meine letzte Beobachtung geschildert hatte. Jetzt durchsuchte ich das Gewand des Toten nach Taschen, in die er etwas, was er vielleicht doch von seinem Gepäck fortgenommen hatte, gesteckt haben könnte. Aber das Kleidungsstück besaß keine einzige Tasche.

Eine seiner Hände war flach auf der Erde ausgestreckt, als hätte sie im Augenblick des Todes noch versucht, den Körper zum Türgriff hochzustemmen. Die andere Hand war zur Faust geballt. Ich bemühte mich, die Faust zu öffnen, aber der Krampf, der die Finger zusammenpreßte, war mit meiner Körperkraft nicht zu brechen.

»Ich hole mir von einem der Soldaten einen Dolch«, sagte ich und machte Anstalten, Saifaddaula fortzuziehen, um hinauszugehen.
»Nehmt eine der Fackeln«, riet Slugi. »Leichenstarre wird durch Wärme aufgelöst. Dann läßt sich die Hand ganz leicht öffnen. Ihr zerstört dabei nicht, was sich vielleicht darin befindet.«
Zuerst zog ich den Körper auf die Seite, dann drehte ich ihn vorsichtig um, so daß die geballte Faust nach oben wies.
Ich nahm eine der Fackeln aus dem Boden und führte ihre Flamme in die Nähe der Hand, doch ohne sie mit ihr in direkte Berührung kommen zu lassen. In Kreisen führte ich den Kopf der Fackel immer wieder von allen Seiten um die Hand herum, um zu vermeiden, daß das Feuer an einer einzigen Stelle auf den Körper übergreifen konnte.
Es dauerte eine Weile, bis ich eine Veränderung bemerkte. Zuerst wurde das Handgelenk, das ich mit meinen Fingern festhielt, etwas weicher.
Ich drehte mich zu Slugi um und sagte: »Tatsächlich, es gelingt.«
Im gleichen Augenblick spürte ich, wie die gesamte Verkrampfung der Hand sich löste. Die Finger öffneten sich, als ich die Fackel gerade unter ihnen herführte. Etwas rieselte heraus und geriet in die Flamme.
Es gab einen blendenden Blitz, ein scharfer Schmerz zuckte durch die rechte Seite meines Gesichtes. Eine Rauchwolke stieg auf und erfüllte das Zimmer mit beißendem Schwefelgeruch.
Ich war viel zu verdutzt, um zur Seite zu treten. Slugi aber sprang herbei, zog mich eilig zur Tür und brachte mich nach draußen.
Feurige Ringe tanzten vor meinen Augen und ließen mich nur einen schemenhaften Eindruck von der Welt um mich herum gewinnen. Schritte und Stimmen zeigten, daß sofort einige Soldaten herbeieilten, um nötigenfalls zu helfen.

»Schnell, ein feuchtes Tuch«, verlangte Slugi. Als dieses gebracht war, tupfte er damit vorsichtig mein Gesicht ab. Allmählich kehrte mein Sehvermögen zurück.
»Ihr habt Glück gehabt, daß Ihr gerade den Blick abgewandt hattet«, sagte Slugi. »Wäre er direkt auf die Hand gerichtet gewesen, so hättet Ihr wohl Euer Augenlicht verloren. So aber werdet Ihr nichts als eine kleine Brandwunde an der rechten Wange davon behalten.«

Der Raum, der Bursuq ibn Bursuq als Wohnung diente, besaß dieselben Abmessungen und dieselbe Feuchtigkeit wie der Raum, den wir vor kurzem durchsucht hatten. Seine Einrichtung war durch einige Sitzpolster nur um ein geringes üppiger. Bursuq hatte sich auf einem dieser Polster niedergelassen. Jetzt wies er mit einer einladenden Geste auf die übrigen.
Slugi und ich zogen es jedoch vor, das Gespräch im Stehen zu führen, da den Polstern ein Geruch von Verwesung anhaftete und es bisweilen leise in ihnen raschelte.
Bursuq erläuterte, welche Verluste er durch den Mord an Saifaddaula erleiden würde, als Slugi ihn unterbrach: »Ich kann nicht sehen, daß etwas für Eure Herberge völlig Außergewöhnliches geschehen ist. Dieser Ort ist ein Unterschlupf für Diebe und Totschläger. Saifaddaula ist nicht der erste Fremde, der hier sein Leben lassen mußte. Ihr wißt auch, daß hier schon mehr als ein gesuchter Verbrecher aufgegriffen wurde. Daß Ihr Euer Haus noch führt, Herr Bursuq, liegt nicht an Eurer Untadeligkeit, sondern daran, daß es günstig ist, wenn wir um solche Häuser wissen, statt sie immer aufs neue suchen zu müssen. Das kann auch so bleiben, aber nicht, wenn ich es für nötig halte, Euch einer längeren Befragung im Innern des Palastes zu unterziehen. So haltet Euch zu unser beider Vorteil an die Dinge, über die ich Euch zu sprechen auffordere. Wann nahm Saifaddaula bei Euch Wohnung?«
»Gestern, am späten Nachmittag.«

»Hatte er Kontakt zu Euren anderen Mietern oder zu irgend jemandem sonst?«
»Ich sah ihn mit niemandem sprechen bis auf mich selbst und den Soldaten, der ihn hierherbegleitet hatte. Der Soldat wartete, bis ich Saifaddaula sein Zimmer angewiesen hatte. Dann ging er fort.«
»Ist Saifaddaula später auch noch fortgegangen?«
»Ich habe nichts dergleichen bemerkt.«
»Hätte es geschehen können, ohne daß Ihr es bemerktet?«
»Den Tag über nicht. Ich halte mich während der hellen Stunden immer vor dem Haus oder in der Nähe der Tür meines Raumes auf, um neue Gäste willkommen zu heißen. In der Nacht habe ich mich natürlich zur Ruhe begeben. Da mag er durchaus fortgegangen sein.«
»Habt Ihr während der Nacht Geräusche gehört? Vielleicht Lärm, der auf einen Kampf hingedeutet hätte?«
Bursuq hatte nichts gehört, nichts gesehen und wußte nichts. Er kümmerte sich nicht um die Geschäfte seiner Mieter, und es zeigte sich, daß Lärm oder Geschrei während der Nacht nichts Ungewöhnliches waren. Entweder wäre er nicht davon aufgewacht, oder er hätte sich nicht darum gekümmert.
»Für wie lange hatte Saifaddaula sich bei Euch eingemietet«, fragte Slugi.
»Für zwei Nächte nur. Dann wollte er, wie er sagte, nach Indien zurückkehren. Er erwartete eine umfangreiche Anerkennung für seine Mithilfe bei der Klärung des Verbrechens, wie er sagte. Er tat recht geheimnisvoll dabei.«
»Hatte er Geld, Euch im voraus zu bezahlen?«
»Andernfalls hätte ich ihm keinen Raum vermietet. Ich achte stets auf Vorauszahlung.«
»Wie bezahlte er Euch?«
»Er holte viele kleine Münzen aus der Tasche.«
»Hattet Ihr den Eindruck, daß er über viel Geld verfügte?«
»Nein, auf gar keinen Fall. Er suchte in mehreren Taschen herum und brachte stets nur eine Handvoll Fils und Dirham zum

Vorschein. Auch fragte er, ob er umsonst etwas zu essen bekommen könnte. Ich erklärte ihm den Weg zu einer öffentlichen Küche, in der er etwas hätte kaufen können. Er interessierte sich jedoch nicht dafür und zog sich unmittelbar darauf in sein Zimmer zurück.«
»Gehört Reza Abbas zu Euren häufigen Gästen?« fragte ich.
»Wer?«
»Der Riese, der so schnell Reißaus genommen hat, als die Wachen kamen.«
Bursuq zögerte mit der Antwort.
»Ich habe ihn noch nie vorher gesehen«, sagte er schließlich.
»Ich danke Euch«, beendete Slugi das Gespräch.
Wir gingen hinaus.
»Warum habt Ihr ihn nicht härter ins Verhör genommen?« fragte ich draußen. »Ich bin überzeugt, daß er mindestens am Schluß gelogen hat. Reza ist jemand, der schnell auf sich aufmerksam macht und der ohne Zweifel auch in diesen Kreisen verkehrt. Ich könnte mir vorstellen, daß Bursuq ihn schützen will.«
»Und ich könnte mir vorstellen, daß Bursuq vor Reza mehr Angst hat als vor der Schließung seiner Herberge.«
»Das kommt auf dasselbe heraus. Wenn Reza der Mörder Saifaddaulas ist, müssen wir doch erfahren, ob er früher schon hier war.«
»Wir haben leider keine Zeit, um uns mit jedem Einwohner Bagdads einzeln zu beschäftigen.«
»Aber Reza wollte unbedingt in Saifaddaulas Zimmer. Macht ihn das nicht verdächtig?«
»Nein, das macht ihn völlig unverdächtig. Was hätte er darin zu suchen gehabt, wenn er der Mörder gewesen wäre? Alle Spuren konnte er nach dem Mord verwischen, und wie es im Zimmer aussah, hätte er ohnehin gewußt.«
»Aber Slugi, es ist doch klar, daß wir es hier nicht mit demselben Mörder zu tun haben wie in den übrigen Fällen. Der Mörder, der den Kalifen, Selina und wahrscheinlich auch Sulanid

auf dem Gewissen hat, weiß, wie man Menschen schnell tötet. Sie alle starben da, wo sie sich gerade aufhielten. Nur Saifaddaula hatte noch Zeit, durch das Zimmer zu kriechen. Er lag erst lange an der Stelle, an der ihm die Kehle durchgeschnitten wurde. In dieser Zeit hat der Mörder das Gepäck durchsucht und mitgenommen, was ihm wertvoll erschien. Als der Mörder dann weg war, konnte Saifaddaula noch durch das ganze Zimmer kriechen, ehe er starb.«
»Soweit gebe ich Euch recht.«
»Dann müßt Ihr mir auch recht geben, daß dies ein Raubmord war. Bedenkt, daß nur noch die Trickmünzen im Zimmer waren. Alles wirkliche Geld hatte der Mörder mitgenommen.«
»Es war kein Raubmord, Aima, und das ist der wichtigste Punkt dabei. Ich weiß nicht, wie wertvoll der Armreif ist, den ich bei mir trage, aber ein Raubmörder hätte ihn kaum zurückgelassen. Das Geld ist nur verschwunden, damit es nach einem Raub aussieht. Da sich die meisten Gäste den Tag über vor dem Haus aufzuhalten scheinen – sofern sie nicht ihren Geschäften an anderen Orten nachgehen –, ist es bestimmt kein Geheimnis geblieben, daß bei Saifaddaula keine Reichtümer zu holen waren. Bedenkt, daß das ganze Gespräch zwischen ihm und Bursuq draußen stattfand, ehe Saifaddaula in sein Zimmer ging. Denkt einmal über etwas anderes nach: Saifaddaula hat sich hier eingemietet, obwohl er bis zum Abschluß der Untersuchung eine kostenlose Wohnung im Palast gehabt hätte. Er stand auch nicht unter Verdacht, also tat er es nicht, um seine Flucht vorzubereiten.«
Ein Leutnant kam aus dem Park herübergelaufen. »Es gibt gute Nachrichten«, rief er mit lauter Stimme dem Hauptmann zu, der mit seinen Leuten immer noch die Gefangenen bewachte.
Slugi und ich gingen hinüber, um zuzuhören.
»Ein Bataillon Infanterie aus Musayyi marschiert auf die Stadt zu«, meldete der Leutnant. »Sie waren dem Kalifen stets treu ergeben und werden zu Prinz Murschid halten. Sie werden

noch vor Anbruch der Nacht eintreffen. Dann zeigen wir den Türken, wem die Stadt gehört.«

Der Hauptmann wandte sich an Slugi: »Herr Muqallad, wünscht Ihr, daß diese Gefangenen noch weiter bewacht werden? Es gibt dringende Pflichten für meine Männer. Wir müssen die Sicherheit des Palastes gewährleisten.«

»Ihr denkt, daß Prinz Nuraddin versuchen wird, seinen Bruder zu stürzen?«

»Aber jeder denkt das.«

»Ich verstehe. Nein, es gibt keinen Grund, die Leute länger zu bewachen. Kehrt zu Euren Pflichten zurück. Übrigens, Leutnant, welches sind die guten Nachrichten, von denen Ihr spracht?«

»Aber ich habe sie doch soeben genannt«, antwortete der junge Offizier.

»Wenn zwei Einheiten unserer Armee sich darauf vorbereiten, gegeneinander zu kämpfen«, sagte Slugi, »dann sind das keine guten Nachrichten.«

Die Soldaten liefen eilig zum Palast zurück. Slugi und ich folgten ihnen langsamer. Slugi blickte zweifelnd nach dem Stand der Sonne.

»Eine Stunde noch«, erklärte er. »Wenn Ridwan innerhalb dieser Stunde zurückkäme: Das wäre eine gute Nachricht.«

Hinter den Soldaten erreichten wir die Palastmauer an der Stelle, an der sich das Seitentor befand. Es war natürlich verschlossen.

Slugi hob schon die Hand, um dagegen zu pochen, dann überlegte er es sich anders. »Nehmen wir den Haupteingang«, beschloß er.

Wir umrundeten den Palast. Das Gitter des Vordertores war geschlossen. Vor dem Tor hatte eine starke Einheit der Palastwache Stellung bezogen. Die Männer waren wie im Krieg mit Brustpanzern versehen und mit Speeren und Bogen bewaffnet. Sie bildeten drei Verteidigungslinien. Zwischen ihnen und

der Stadt rissen Sklaven den Rasen des Parks auf, um Verschanzungen anzulegen.
Kein Bürger des Stadt war mehr auf den Straßen zu sehen. Die Basare waren geschlossen, die Straßenhändler hatten all ihre Waren entfernt.
Die im Westen tiefstehende Sonne ließ die Schatten der türkischen Reiter, die sich auf der Hauptstraße zu einer langen Kolonne formiert hatten, bedrohlich in Richtung des Palastes weisen. Fast glaubte ich, zusehen zu können, wie die Schatten länger wurden und näher und näher auf den Palast zukamen.
Auf Slugis Ruf wurde das Tor geöffnet, aber nur einen Spalt breit. Kaum waren wir hindurch, da beeilten sich die Posten, das Tor wieder zu schließen.
Auch im Hof waren Soldaten angetreten. Einige hockten auf dem Boden und bestrichen Bälle aus Leinen mit Harz und Teer. An jedem der Bälle war eine lange Lederschnur befestigt, die in einer Schlinge endete.
»Feuerkugeln«, sagte ich zu Slugi. »Ich habe das schon einmal gesehen. Sie werden angezündet, über dem Kopf geschwungen und dann dem Angreifer entgegengeschleudert. Damit läßt sich ein Reiterangriff aufhalten. Nuraddin sollte sich genau überlegen, was er macht. Murschid ist nicht so leicht zu überwältigen, wie er zu glauben scheint.«
»Ich warte immer noch auf die guten Nachrichten«, brummelte Slugi.

Sklaven waren gerade dabei, das Gerüst abzubauen, auf dem Saifaddaula in der verhängnisvollen Nacht seine Vorführung gegeben hatte.
Es kam mir seltsam vor, daß hier Ordnung gemacht wurde, während schon binnen kurzem ein Kampf im Innern des Palastes Zerstörung größten Ausmaßes hervorrufen konnte. Uneinnehmbar war mir die Stadt bei meinem Eintreffen vor wenigen Tagen erschienen, und jetzt beherbergte sie die größte Gefahr in ihrem Innern.

Wir standen mit dem Rücken zur Palastmauer und blickten über die Länge des Hofes auf das Fenster, hinter dem der Kalif gestorben war.
»Kommt«, sprach Slugi, »jetzt bin ich es, der den Gestank unerträglich findet.«
Tatsächlich ging von der Mauer hinter uns immer noch Schwefelgeruch aus, als hätte er sich in den winzigen Spalten der Steine festgefressen, um uns nicht vergessen zu lassen, was sich bei seiner Entstehung ereignet hatte.
Vielleicht hatte Slugi auf eine plötzliche Eingebung gehofft, wenn er noch einmal herkam. Der direkte Weg zwischen dem Palasttor und seinem Arbeitsraum wäre jedenfalls kürzer gewesen.
Schließlich saßen wir wieder an dem Tisch in Slugis Raum. Schweigend starrten wir beide vor uns hin. Slugi spielte mit einer Münze herum.
Schließlich hielt ich die Stille nicht länger aus. »Ist das dieselbe Münze, die Ihr bei unserem ersten Gespräch Saifaddaula gegeben habt?« fragte ich.
»Ja. Es ist die einzige, die ich bei mir trage. Eine Erinnerung an einen meiner früheren Fälle.«
»Zeigt Ihr sie mir?«
Er reichte sie mir herüber. Wie ich feststellte, handelte es sich nicht um ein Geldstück, sondern um eine Münze, die geprägt worden war, um Slugi persönlich zu ehren. Sie zeigte auf einer Seite das stilisierte Banner des Kalifen. Auf der anderen stand die Inschrift:
»*Für Muqallad ibn Nasr, der ein wahrer Spürhund ist, dem nichts verborgen bleibt. In Anerkennung von al-Muqtafi bi-amr Allah, Kalif von Bagdad, Herr von Persien, Beherrscher der Gläubigen, im Jahre 544 der Hidschra.*«
»Ich sehe, daß Ihr in großer Achtung des Kalifen gestanden habt«, sagte ich.
»Damals war ich es auch noch wert, den Namen Slugi zu tragen. Jetzt aber scheint mit der Trübung meiner Augen auch ei-

ne Trübung meines Verstandes über mich gekommen zu sein.«
»Was habt Ihr damals getan, daß der Kalif Euch die Münze gab?«
»Eigentlich etwas ganz Einfaches: Ich fand ein Pferd wieder. Allerdings war es der Lieblingshengst des Kalifen, und deshalb war es ihm besonders wichtig. Es war ein schwarzer Berberhengst, der von einer Weide außerhalb der Stadt gestohlen worden war. Er sollte beim Wagenrennen mitlaufen und wurde vorher auf der Weide trainiert. Der Diebstahl wurde rasch entdeckt, und alle Ställe wurden untersucht. Die Straßen wurden gesperrt, genaue Beschreibungen des Tieres durch das ganze Land geschickt, aber niemand hatte das Tier gesehen.«
»Doch Ihr entdecktet es.«
»Ja, weil ich das Naheliegende erkannte. Wenn der Hengst außerhalb Bagdads nicht gefunden worden war, konnte er nur in der Stadt sein, wo ihn niemand gesucht hatte. Zwei Tage nach dem Diebstahl fand das große Wagenrennen statt. Da dachte ich mir, daß der Dieb den Hengst wahrscheinlich dort mitlaufen lassen würde.«
»Aber das ist unmöglich! Er wäre doch auf der Stelle entdeckt worden.«
»So? Ihr seid immer rasch mit Euren Erkenntnissen. Ich jedenfalls wartete mit meinem Ergebnis bis zum Rennen selbst. Dort fiel mir auf, daß eines der Gespanne Schwierigkeiten in den Biegungen der Bahn bekam. Die Pferde drängten stets nach außen statt nach innen. Das bedeutete, daß das schnellste Tier an der Innenseite des Gespannes lief. Ein Lenker, der seine Pferde kennt, läßt jedoch stets das schnellste Tier außen und das langsamste innen laufen. Trotzdem war das Gespann siegreich. Ich erwartete es am Ziel mit einem Wassereimer und einem Schwamm. Ratet, weshalb?«
»Ich kann es mir nicht vorstellen.«
»Die Pferde hatten ein herrliche rote Farbe. Als ich aber das innere Pferd mit dem Schwamm abrieb, kam darunter das

Schwarz des gesuchten Hengstes zum Vorschein. Sein Haar war mit Henna rötlich gefärbt. Da die Pferde in einer ungünstigen Reihenfolge angeschirrt waren, wußte ich, daß der Lenker nicht alle seine Tiere kennen konnte. Der Rest der Überlegung ergab sich von selbst. Übrigens danke für den Hinweis, daß Saifaddaula auch nicht wußte, was in der Flasche ist.«
»Aber ich habe Euch einen solchen Hinweis doch gar nicht gegeben. Außerdem wußte er es, das hat Herr Gutschalk doch beobachtet.«
»Manchmal erscheint einem etwas so naheliegend, daß man nur das Ding selbst sieht, aber nicht mehr den Zusammenhang, in dem es steht. Zum Beispiel diese Münze: Was fiel Euch daran auf, als ich sie Euch zeigte?«
»Daß der Kalif sie natürlich für Euch hatte prägen lassen.«
»Genau. Und eben das war der Hinweis, den ich meinte.«
Ich beobachtete ihn aufmerksam. Konnte es wirklich sein, daß sein Geist sich zu verwirren begann?
»Wenn Ihr einen Gegenstand bezeichnet«, führte Slugi aus, »dann zählt Ihr das auf, was ihn von anderen Gegenständen ähnlicher Art unterscheidet. Ihr sagtet über die Münze zum Beispiel nicht: Sie ist scheibenförmig, aus Metall, und auf ihrer Oberfläche befinden sich Schriftzeichen. Das wäre zwar zutreffend, aber es gilt für jede Münze. Wenn Ihr die Einmaligkeit hervorheben wollt, so benennt Ihr die einmaligen Eigenschaften. Als ich Saifaddaula diese Münze gab, wollte er mir beweisen, daß er genau diese und keine andere Münze scheinbar aus meinem Ohr hervorholen würde. Er sagte nicht: Diese Ehrenmünze werdet Ihr wiedererkennen. Er betrachtete die Münze so lange, bis er eine kleine Kerbe am Rand entdeckt hatte. Die Inschrift jedoch macht die Münze viel offensichtlicher bestimmbar – außer für jemanden, der des Lesens nicht kundig ist. Er hatte also deswegen kein Interesse an der Aufschrift auf dem Flaschensiegel, weil er es ohnehin nicht hätte lesen können, nicht etwa, weil er den Inhalt der Flasche kannte.«

Ich hatte mich zunehmend gefesselt nach vorn geneigt. Jetzt erwiderte ich: »Das ist genial. Darauf wäre ich nie gekommen. Aber es ist eindeutig wahr. Weshalb wurde er dann aber ermordet, wenn es kein Raubmord war?«
»Ich habe keine Ahnung.«
»Aber Slugi, das kann doch nicht sein. Wir haben so viele Spuren gefunden.«
»Und jede von ihnen führt schnurgerade ins Nichts. Ich finde eine Spur, die darauf hindeutet, daß der Mörder von außen durch das Fenster kam, aber sie endet damit, daß das Fenster von innen aufgebrochen wurde. Ich finde eine Spur, daß der Mörder durch einen Geheimgang kam, aber sie endet damit, daß der Geheimgang keine Verbindung zum Zimmer hat. Ich finde eine Spur, die auf eine geheimnisvolle Flasche mit wertvollem Inhalt als Motiv deutet, aber sie endet damit, daß die Flasche nur ein mäßig teueres Stärkungsmittel enthält. Ich finde eine Spur, die auf Saifaddaulas Wissen um den Flascheninhalt deutet, aber sie endet mit seiner Unkenntnis und seinem Tod. Vielleicht seid Ihr ja der Klügere von uns beiden, Aima.«
»Erinnert Euch doch, wie Ihr den Mord an Sulanid aufgelöst habt. Könnte der Mörder nicht auch beim Kalifen ein Assassine gewesen sein, der sich einfach eingeschlichen hat und ungesehen entkommen ist?«
»Vielleicht war es so, doch auch das müßte ich nicht nur behaupten, sondern beweisen können. Mit einem namenlosen Assassinen als Mörder werde ich Murschid und Nuraddin nicht zufriedenstellen können. Schließlich geht es um ihren Vater, nicht nur um irgendeine Dienerin.«
»Ich wünschte, ich hätte nach Kazimiya reiten können«, sagte ich. »Wenn es einen Dolch gibt, hätte ich ihn gefunden.«
»Genauso wichtig wäre es, wenn kein Dolch da wäre – und auch das müßte eindeutig geklärt werden. Wenn der Mörder es nicht für nötig hielt, den Dolch zu verstecken, dann wüßten wir, daß keine der Personen, die mit der Kolonne nach Bagdad

kamen, in Frage kommt. In diesem Fall hätte ich den Beweis, daß der Mörder ein Außenstehender ist.«
»Ein Außenstehender, der vielleicht noch einmal zuschlagen wird«, schmiedete ich die Gedankenkette weiter. »Wenn Murschid sein nächstes Opfer wäre, würde Nuraddin erben, ohne daß er darum Krieg führen muß, nicht wahr? Wenn einer dieser jungen Männer, die im Auftrag des al-Muabbad morden, sich immer noch in der Nähe aufhält, könnte er sich schon in dieser Nacht erneut in den Palast schleichen.«
Slugi trommelte mit den Fingern auf die Tischplatte. »Wir müssen vielleicht in eine völlig neue Richtung denken. Wenn es bei den Morden weder um die Verhinderung der Hochzeit noch um die Flasche ging... Warum denken wir bei einem Assassinen immer nur an einen jungen Mann? Die Mörder al-Muabbads töten, weil sie sich nach dem Eingang ins Paradies sehnen. Doch seht mich an! Könnte ich nicht dieselbe Sehnsucht haben? Ich bin kein junger Mann mehr, aber das Paradies ist für mich nicht weniger erstrebenswert. Ich glaube nur nicht daran, daß mir Verbrechen dieses Tor öffnen können. Moment... Saifaddaula wurde nicht von einem Assassinen umgebracht. Und doch muß sein Tod in Zusammenhang mit den übrigen Vorfällen stehen. Er hat uns einen Hinweis hinterlassen, ehe er starb – nur weiß ich ihn nicht zu deuten.«
»Ich habe keinen Hinweis gesehen.«
»Doch, Ihr habt ihn sogar entdeckt. Er strahlte Euch sozusagen leuchtend entgegen.«
»Ihr meint das chinesische Pulver, das er in der Faust hielt?«
»Ja. Wir wissen, daß Saifaddaula nach dem Fortgang seines Mörders noch lange genug lebte, um etwas unternehmen zu können. Um Hilfe rufen konnte er mit durchschnittener Kehle nicht. Er konnte nicht schreiben, sonst hätte er den Namen des Mörders in den Lehm ritzen können. Ihm blieb nur, ein Zeichen zu schaffen, das uns auf die Identität des Mörders weist.«
»Ich sehe aber keine Verbindung, die vom Pulver zum Mörder

gezogen werden kann. Saifaddaula war der einzige, der dieses Pulver besaß. Und wenn er uns auf jemanden aufmerksam machen wollte, der Kenntnis von dem Pulver besaß, so hilft uns das auch nicht weiter. Bestimmt hat jeder schon einmal davon gehört. Man hat sogar schon versucht, es zu Kriegszwecken einzusetzen – aber das ist gründlich danebengegangen.«
»Zu Kriegszwecken?«
»Ja, aber das ist lange her. Es war in Spanien, bei der Belagerung irgendeiner Stadt. Wenn ich nachdenke, komme ich vielleicht auf den Namen. Was man genau damit gemacht hat, weiß ich allerdings nicht. Er scheint, daß das Pulver nicht nur brennt, sondern auch Kraft entfalten kann, ähnlich wie ein Katapult. Es ließ sich aber nicht beherrschen, und den Soldaten flogen ihre eigenen Waffen um die Ohren. Na, jedenfalls hat es nicht viel genutzt.«
Schnelle, kräftige Schritte näherten sich, und dann stürzte Ridwan ins Zimmer.
Er trug immer noch seine teure Uniform, aber wie sah sie aus! Die Knie waren zerrissen, die ganze Kleidung war von Straßenstaub bedeckt. Die Jacke stand an der Vorderseite offen. So hätte Ridwan keine seiner eigenen Musterungen heil überstanden.
Er schwang einen Dolch über dem Kopf, als wäre er ein Assassine im Blutrausch.
»Ich habe ihn«, keuchte Ridwan außer Atem, aber voll Triumph. »Mein Pferd ist drei Meilen vor der Stadt zusammengebrochen, und ich bin den ganzen Weg gerannt. Und wenn Ihr wüßtet, was in den Straßen los ist ...«
»Wo habt Ihr den Dolch gefunden?«
»In der Erde. Der Mörder hatte ihn vergraben, stellt Euch vor! Ich hatte also fast hundert Leute zusammengerufen, um ...«
»Hauptmann, verzeiht meine Ungeduld. Wo genau war der Dolch vergraben?«
»Da, wo das Zelt gestanden hatte. Stellt Euch diese Dreistig-

keit vor! Während wir alle vor dem Zelt standen, hat der Mörder im Innern einen der Bodenteppiche hochgehoben, mit dem Dolch ein Loch gegraben und ihn dann hineingelegt. Anschließend konnte er in aller Ruhe verschwinden.«
»Dann ist der Mörder doch einer von uns«, sagte ich enttäuscht und verwirrt zugleich. »Aber wer? Außer den Soldaten leben aus der ganzen Gruppe nur noch Gutschalk und ich. Und von uns kann es keiner gewesen sein.«
»Es ergibt einfach keinen Sinn«, rätselte Slugi. »Wenn der Mörder einer aus Eurer Reisegruppe war, konnte er nicht den Dolch im Zelt vergraben, während alle davorstanden. Wenn er nicht zur Gruppe gehörte, brauchte er den Dolch nicht zu vergraben.«
Es kratzte an der Türfüllung. Zwei Wächter traten ein und riefen uns zu Murschids Urteilsfindung.
»Ich brauche noch etwas Zeit«, entgegnete Slugi.
»Es steht Euch frei, zu kommen oder nicht«, erklärte einer der beiden Soldaten. »Herr Usama jedoch wird uns jetzt folgen.«
Ich blickte hilfesuchend zu Slugi, aber der hatte begonnen, hektisch im Raum auf und ab zu laufen. »Slugi!« sprach ich ihn an.
Einer der Soldaten legte die Hand auf meinen Arm. »Folgt Ihr mir willig?« fragte er.
»Doch!« rief Slugi mit einemmal. »Natürlich ergibt es einen Sinn. Wie dumm ich war, wie blind! Der Armreif in Saifaddaulas Zimmer, das Pulver, um das er die Faust geschlossen hatte. Ich hätte schon längst darauf kommen müssen.«
Mit einer unwilligen Bewegung schüttelte ich den Arm des Soldaten ab. Beide Männer zogen ihre Säbel. »Wir werden Euch nicht noch einmal bitten«, äußerte einer von ihnen.
»Aima«, bat Slugi, »jetzt brauche ich Eure Hilfe mehr denn je.«
Ich ergriff einen der Hocker, sprang zurück und schwang ihn über dem Kopf. »Was immer in meiner Macht steht«, erwiderte ich.

Da trat ein weiterer Mann in den Raum. Es war Isbaslar, der Fechtlehrer. Er schob mit einer sanften Bewegung die Soldaten beiseite und trat näher zu mir heran. Seine Arme waren über der Brust verschränkt, aber ich wußte, daß er blitzschnell seine Schwerter ziehen würde, wenn es darauf ankam.
»Mein Herr wünscht Euch zu sprechen«, sagte er. »Ihr irrt Euch, wenn Ihr glaubt, es läge in Eurem Ermessen, zu kommen oder nicht. Eure Entscheidung ist nur, ob Ihr aufrecht vor ihm steht oder mit durchschnittenen Sehnen vor ihm am Boden liegt.«
Ich blickte auf Isbaslars Schläfe. Dabei hob ich den Hocker noch ein bißchen höher. Er würde einen Schlag gegen den Kopf erwarten, während ich ihn überraschend in den Leib treten konnte.
Doch Slugi sprang zwischen uns.
»Nein, nicht so!« rief er. »Ihr müßt diese Männer zu Prinz Murschid begleiten. Ich brauche nicht Eure Augen oder Eure Muskeln, ich brauche Euer Mundwerk. Ihr seid ein geschickter Redner, nun redet um Euer Leben. Argumentiert, widersprecht, weckt Zweifel – aber laßt nicht zu, daß Murschid ein Urteil fällt, ehe ich da bin. Ich muß etwas ausprobieren und weiß nicht, wie lange es dauert.«
Ich stellte den Hocker hin und trat zu den Soldaten.
»Gut, ich komme«, willigte ich ein. »Und Euch vertraue ich mein Leben an«, wandte ich mich an Slugi.
Der schmächtige Mann stand in der Mitte seines Zimmers und sah mir nach, während ich vor Isbaslar herging. Er wirkte verloren und hilflos – und war die letzte Hoffnung für mich.

9. Kapitel

Vor dem Thron

Murschid hatte sich entschlossen, dort Gericht zu halten, wo es auch sein Vater immer getan hatte.
Meine Begleiter führten mich in einem der Palastgebäude zunächst durch eine Vielzahl von Vorzimmern, ehe sich vor uns eine Tür aus Ebenholz auftat und uns ins Innere des Thronsaales einließ.
Sicherlich war dieser Saal dazu geeignet, jeden Besucher durch seine kostbare und prunkvolle Gestaltung in Erstaunen zu versetzen – es sei denn, dieser Besucher hatte bereits die schier unglaublich große Halle des Festsaales bestaunt oder war so damit beschäftigt, sich Sorgen um seine Unversehrtheit zu machen, daß für Staunen über prunkvolle Räume wenig Zeit blieb.
Der Saal war als eine längliche Halle mit einem freitragenden Gewölbe gebaut. Man betrat ihn an den dem Thron fernen Ende und mußte, um zum Herrscher zu gelangen, die ganze Länge des Saales durchqueren.
Der Boden war aus Marmorkacheln gefügt, die so glatt poliert waren, daß man immer befürchten mußte, mit den Füßen auszurutschen. Dadurch wurde der Gang vorsichtig und unsicher.
Als wir durch die Länge des Saales auf die Prinzen zugingen, wurden mir die Beine schwer angesichts des Wissens, daß ich mich einem Urteil zu unterwerfen hatte. Mein Körper bewegte sich nur widerwillig vorwärts, als müßte er sich bei der Annäherung an die Prinzen gegen eine unsichtbare Macht stemmen.

Auf der anderen Schmalseite des Saales führten einige Stufen zu einer Empore hoch, auf der der Thron des Kalifen stand. Auf dem Thron selbst hatte sich Murschid niedergelassen. Sein Bruder Nuraddin saß neben dem Thron auf einem Holzstuhl.

An den Wänden des Saales waren gepanzerte und bewaffnete Wächter aufgereiht, wohl hundert oder noch mehr an der Zahl.

Dagegen wirkte die Gruppe aus etwa dreißig Männern, die sich zu Füßen des Throns befand, trotz ihrer prächtigen Gewänder geradezu verloren. Hier mußten die höchsten Würdenträger versammelt sein, um das erste Urteil des künftigen Kalifen zu hören – wer immer von den beiden Prinzen auch dieser künftige Kalif sein würde.

Ich hatte nicht erwartet, Nuraddin noch im Palast zu sehen. Wahrscheinlicher hätte mich gedünkt, daß er draußen bei seinen Reitern wäre und erst mit ihrer Kraft in den Palast zurückkehren würde.

Doch dann erkannte ich, daß die starke Bemannung der Tore und das Aufgebot der Wachen in diesem Saal nicht nur zum Schutze Murschids, sondern gleichzeitig zur Bewachung Nuraddins dienten. Ohne ihren Kommandanten würden die Türken nicht angreifen, und Murschid hatte immer noch eine Chance, den Bruderzwist ohne Kampf zu beenden.

Abseits der Würdenträger, doch immer noch im Angesicht der Prinzen, stand Gutschalk. Er besaß weder Rüstung noch Verkleidung, den Oberkörper bedeckte ein leinenes Hemd, die Beine seine alte Reithose. Die Stiefel hatte man ihm genauso abgenommen wie den Rest seines Besitzes.

Seine Hände waren auf dem Rücken zusammengebunden. Um den Hals verlief eine enge Lederschlaufe, von der zwei Stricke fortführten, die je ein Soldat zu seiner Rechten und zu seiner Linken in Händen hielten. Hinter seinem Rücken stand ein dritter Soldat, eine Lanze stoßbereit in der Hand.

Als ich etwa in der Mitte des Saales war, hörte ich die Tür mit

einem dumpfen Knall hinter mir zufallen. Dieses Geräusch hatte etwas entsetzlich Endgültiges in meinen Ohren.
Isbaslar hieß mich in Gutschalks Nähe Aufstellung nehmen. Dann ging er die Stufen hoch und stellte sich hinter Nuraddin.
Zuerst dachte ich, hier wolle der eine Kämpfer seine Treue zum anderen Kämpfer offenkundig machen. Aber Nuraddin warf ihm einen Blick über die Schulter zu, der deutlicher als Worte sagte, daß er ihn nicht für einen Verbündeten halte, sondern für einen weiteren Bewacher.
Gutschalk nickte und zwinkerte mir zu, um mir Mut zu machen. Ich mußte die Energie dieses Franken bewundern, dem das zugestoßen war, was er in Kazimiya um den Preis seines Todes hatte vermeiden wollen – waffenlos und in Fesseln der eigenen Hinrichtung entgegenzusehen –, und der sich noch die Zeit nahm, mir ein Zeichen zu geben.
Ich fühlte mich unsicher, hilflos und außerstande, Slugis Bitte zu erfüllen. Wie sollte ich im Angesicht der Macht des künftigen Kalifen den Widerspruch wagen? Doch ich würde mich überwinden und sprechen, wenn ich auch an einen Sinn nicht glauben konnte.
»Ich sehe Euch an, daß Ihr darauf hereingefallen seid«, sagte Gutschalk.
Der Wächter hinter ihm stieß ihm die stumpfe Seite des Speers in den Rücken und herrschte ihn an: »Schweig, Ungläubiger. Noch einen Ton, und ich werde dir die Zunge heraustrennen.«
Gutschalk versuchte mir, mit den Augen ein Zeichen zu geben. Er verdrehte die Pupillen nach hinten, als wollte er mich auf etwas aufmerksam machen, was in meinem Rücken lag.
Ich drehte mich um und blickte durch den Saal auf die geschlossene Tür. Ich konnte jedoch nicht erkennen, was er meinte.
At-Tur betrat den Saal durch eine Seitentür und brachte Murschid ein Tablett, auf dem eine Teekanne und zwei Trinkbe-

cher standen. Der Prinz winkte ungeduldig ab. At-Tur zog sich nach einer Verneigung zurück und kam in meine Nähe.
»Wo ist Slugi?« flüsterte er.
Ich antwortete ebenso leise: »Ich weiß nicht. Er wollte etwas ausprobieren.«
At-Tur ging weiter. Er verließ den Raum jedoch nicht, sondern ging wie selbstverständlich nur einige Schritte weiter nach hinten und blieb dann stehen.
Murschid ließ seinen Blick langsam durch den Saal wandern. Er ließ keinen der Anwesenden aus, und wo sein Blick hinfiel, da senkten sich die Augen des Betrachteten. Auch ich blickte zu Boden, doch bemerkte ich, daß Gutschalk und Nuraddin ihre Köpfe stolz erhoben hielten. Jedes Gespräch im Saal war jetzt verstummt.
Murschid begann zu sprechen. »Ich bin hier, um letztmals im Namen meines Vaters Recht zu sprechen. Die Stunde ist nahe, da sich entscheiden wird, wer an seiner Stelle in Zukunft im eigenen Namen Recht sprechen wird.« Er schaute seinen Bruder dabei nicht an, aber jeder wußte, worauf er anspielte.
»Meine Anliegen sind die Gerechtigkeit und das Wohlergehen des Reiches. Heute stehen zwei Männer vor dem Thron, die verdächtig sind, des Mordes an meinem Vater al-Muqtafi bi-amr Allah und dessen Gemahlin Selina, Tochter des Malik ibn Salim, schuldig zu sein. Neben mir sitzt mein Bruder Nuraddin, der verdächtig ist, sich den Tod meines Vaters zunutze gemacht zu haben, um zum eigenen Vorteil mit Hilfe ihm ergebener Soldaten den Umsturz geplant zu haben. Wenn einer der drei Männer etwas zu seiner Verteidigung zu sagen hat, so möge er jetzt sprechen.«
»Die Schwerter meiner Männer werden zu dir sprechen«, sagte Nuraddin. »Wenn du mich nicht feige im Palast festgehalten hättest, wärst du es jetzt, der sich verantworten muß.«
Murschid ging nicht auf die Worte seines Bruders ein. »Wo ist Muqallad ibn Nasr, der Untersuchungsrichter?« fragte er.
Isbaslar antwortete ihm:

»Er hielt es noch nicht für nötig zu kommen, mein Herr.«
»Dann werde ich das Urteil ohne ihn sprechen. Usama aus Damaskus, gebt Ihr zu ...«
Die Tür am Ende des Saales öffnete sich, und Ridwan trat ein. Mein Herz schlug höher, denn ich erwartete, Slugi hinter ihm zu sehen. Doch die Tür schloß sich wieder, und Ridwan kam allein. Er hatte sich den Staub von der Uniform gebürstet, aber die Strapazen des Rittes sah man ihm immer noch an. In den Gürtel seiner Uniform hatte er einen Säbel geschoben, und in beiden Händen vor sich trug er mit sichtlicher Mühe Gutschalks langes Schwert, als wollte er es uns wie ein Beweisstück präsentieren. Sein Gang war langsam und angestrengt, als müßte er einen inneren Widerstand überwinden, um bis zum Thron zu gelangen.
Neben mir räusperte sich Gutschalk und verdrehte die Augen so wie vorher. Ich blickte in den Saal hinter mir – und erkannte mit einemmal, worauf er mich aufmerksam machen wollte.
Ridwans Gang wirkte nicht deshalb so angestrengt, weil der Respekt vor dem Thron des Kalifen ihn dazu brachte, sondern weil er bergauf ging. Der Fußboden des Saales war in einer Schräge angelegt, die so flach anstieg, daß man sie mit den Augen nicht erkennen konnte. Doch die Mühe, die es kostete, den ganzen Weg durch den Saal zu gehen, bewirkte bei einem Uneingeweihten, zumal wenn er sich ohnehin in einer schwierigen Lage befand, eine Minderung der Selbstsicherheit.
Generationen von Kalifen hatten es so leichter gehabt, eine starke Position gegenüber den Männern einzunehmen, die vor ihnen erscheinen mußten. Gutschalk hatte den Kunstgriff sofort durchschaut.
»Herr Muqallad bittet Euch noch um einen kurzen Aufschub, edler Herr«, sagte Ridwan. »Er ist gewiß, Euch noch in dieser Nacht den wirklichen Täter vorführen zu können. Doch muß er einen Versuch machen, der seine Überlegungen vor Eurem Angesicht bestätigen wird.«

»Ich kann und werde nicht länger auf ihn warten«, entgegnete Murschid. »Jedes weitere Zögern wäre ein Vorschub für die Kräfte, die mit Gewalt die von Allah gesetzte Ordnung im Reich umstürzen wollen. Drei Männer in diesem Raum sind angeklagt, und wenn sie ihre Unschuld nicht beweisen können, werden sie hingerichtet.«

Ich spürte Empörung gegen mich selbst, daß auch ich ein Opfer des Kunstgriffes eines Architekten geworden war. Mein Mut kehrte zurück, und mit ihm erkannte ich mit einemmal, wie und von wem die Morde begangen worden waren. Es war so leicht zu durchschauen, und ich mußte mich geradezu wundern, daß der kluge Slugi die Lösung nicht vor mir gefunden hatte.

»Sprecht kein ungerechtes Urteil, edler Prinz«, rief ich mit lauter Stimme. »Drei Männer sind angeklagt, doch ich werde Euch zeigen, wie Ihr zwischen den Unschuldigen den Täter herausfinden könnt.«

»Wenn Ihr das vermögt, so tretet vor und sprecht!« forderte Murschid mich auf. »Doch seid gewarnt. Wenn Ihr nur Zeit gewinnen wollt, so kann dies Euer Ende auf dem Richtblock nur beschleunigen. Wenn Ihr aber die Wahrheit sprecht, so zögert nicht.«

Er blickte mich streng an. Mein größter Vorteil war, daß ich den Richtblock als Strafe für Ausflüchte nicht zu fürchten hatte: Er drohte mir genauso für mein Schweigen. Also trat ich vor, wie ich geheißen worden war.

»Mein Name ist Usama ibn Munqid«, sagte ich. »Ich bin ein Bürger der Stadt Damaskus. Meine Aufgabe ist es, gemäß dem Befehl des al-Malik al-Adil, des Herrn von Damaskus, Reisen zu unternehmen und Nachrichten zu übermitteln. Häufig sind meine Aufträge geheimer Natur. Die Stadt Bagdad suchte ich in der Kleidung eines reisenden Teppichhändlers auf, um Eurem Vater, edler Prinz, eine Botschaft auszurichten. Doch erreichte ihn diese Botschaft nicht mehr.«

Die Würdenträger tuschelten aufgeregt miteinander, da sie eine solche Eröffnung nicht erwartet hatten. Eine kurze Geste Murschids brachte sie jedoch zum Schweigen.

»Ihr selbst lenktet Euren Verdacht auf mich«, fuhr ich fort, »während Euer Bruder jenen Franken für den Schuldigen hielt. Doch waren es nicht klare Hinweise, die bei Euch diese Verdächtigungen hervorriefen. Vielmehr lehnt Ihr, Prinz Murschid, die Politik der Stadt Damaskus ab, während Prinz Nuraddin ein eingeschworener Gegner der Franken ist. So benannte jeder von Euch als Verdächtigen den Mann, bei dessen Herkunft er Mißtrauen empfand. Ihr habt Eure Urteilskraft durch Vorurteil ersetzt.«

»Ihr sprecht unverschämte Worte, Damaszener. Gebt acht, daß Ihr mich nicht erzürnt.«

»Wenn ich zu weit ging, mein Prinz, so erflehe ich Eure Verzeihung. Gestattet mir jedoch, bei meiner Erklärung auch diese Dinge zu benennen. Wenn wir die Wahrheit nicht so gesehen haben, wie sie ist, dann deshalb, weil wir uns zu sehr darauf konzentriert haben, wie sie zu sein scheint. Der Schuldige am Tod Eures Vaters und seiner Gattin ist derselbe, der in Kazimiya auch Selinas Dienerin Sulanid tötete. Alle diese Morde stehen in einem direkten Zusammenhang. Der erste Mord wurde nur aus einem Grund begangen: Er sollte die beiden nachfolgenden ermöglichen.«

»Nennt mir den Namen des Mörders! Wenn Ihr recht habt, soll er an Eurer Statt vor mir stehen, und Euch will ich nach Eurer Leistung belohnen.«

»Es wird geschehen, wie Ihr verlangt. Doch den Mörder vor Euren Thron zu führen liegt nicht mehr in meiner Macht. Der wahre Schuldige wird Euch jedoch noch heute nacht ausgeliefert werden.«

»Verschwendet meine Zeit nicht, indem Ihr in Rätseln zu mir sprecht.«

»Erlaubt, daß ich das Rätsel sogleich auflöse.«

Ich trat noch näher heran, bis ich unmittelbar vor der untersten Stufe der Empore stand. Die Aufmerksamkeit aller Anwesenden war mir gewiß. Ich sah, wie Nuraddin seine Muskeln anspannte, als wollte er jeden Moment aufspringen und die Gelegenheit, daß alle mir zugewandt waren, zum Entkommen aus dem Palast nutzen. Isbaslar kam so weit nach vorn, daß er in den Gesichtskreis des Prinzen geriet.

»Der Mörder«, erklärte ich, »handelte nicht aus eigenem Interesse, sondern im Auftrag einer anderen Person, die Interesse am Ableben des Kalifen hatte. Ihr seht, hoher Herr, daß ich ganz offen zu Euch spreche, obwohl der Mörder fast im Sinne der Stadt Damaskus gehandelt hat. Der Mörder wollte die Bemühungen Eures Vaters, Frieden mit den Franken zu halten, scheitern lassen. Deshalb mußte er Euren Vater und dessen Gattin töten, noch bevor die Ehe vollzogen werden konnte. Hätte er nur Selina getötet, was bei seinem Eindringen in das Zelt leicht möglich gewesen wäre, so wäre dadurch nicht sichergestellt worden, daß Euer Vater nicht auf anderem Wege die Kontrolle über die Festung Mankir erlangen konnte. Da die Zeit drängte und er Bagdad später erreichte, als ursprünglich vorgesehen war, trachtete er nach einem Weg, der ihn mit Sicherheit noch vor der Hochzeit in den Palast führen würde. Zu diesem Zweck tötete er in Kazimiya die Dienerin und ließ es so aussehen, als hätte der Anschlag in Wirklichkeit der Prinzessin selbst gegolten. Er sorgte dafür, daß er zwar zum Kreise der Verdächtigen gehörte, seine Schuld jedoch so unwahrscheinlich erschien, daß niemand ihn hingerichtet hätte. Er wurde aber mit den übrigen Verdächtigen zu weiterer Untersuchung in den Palast gebracht. Er verstand es dort, sich den Anschein eines unbedarften Schwätzers zu geben, den bald niemand mehr für einen in Frage kommenden Täter hielt. Ich spreche von dem Mann, der sich uns als Saifaddaula Chalaf vorgestellt hat.«

Ich machte eine kleine dramaturgische Pause, um meine Worte richtig zur Geltung kommen zu lassen. Schließlich hatte ich von Slugi gelernt, daß nicht nur die Lösung wichtig ist, sondern auch die Art, wie man sie seinen Zuhörern vorführt.

Als ich das erste Anzeichen eines beginnenden Tuschelns bemerkte, sprach ich weiter: »Schon frühzeitig hatten Euer Untersuchungsrichter, der kluge Herr Muqallad ibn Nasr, und ich den Verdacht, daß es sich bei dem Mörder um einen Assassinen handeln mußte. Nur ein Assassine besitzt die Todesverachtung, eine Tat wie den Mord an Sulanid zu begehen. Schließlich mußte er sich inmitten bewaffneter Wächter bewegen, und selbst wenn er diese Gefahr überwinden sollte, hatte er seinen eigentlichen Auftrag noch nicht ausgeführt. Saifaddaula schlich sich in das Zelt, erstach Sulanid und hatte das Zelt bereits wieder verlassen, als die Wachfeuer hell auflodernten. Er lief direkt auf die Karawanserei zu, dicht an deren Mauer entlang, während im ersten Moment die Augen aller Wächter nur auf das Zelt gerichtet waren. Allerdings lief er nicht direkt zu der Stelle, an der er angeblich geschlafen hatte, sondern in die Gegenrichtung. Er umrundete das Gebäude einmal und tauchte auf der anderen Seite wieder auf. So sahen weder Herr Gutschalk noch ich ihn vor unseren Räumen vorbeilaufen. Niemand mochte einem älteren und anscheinend ängstlichen Mann wie Saifaddaula eine solch kühne Tat zutrauen. Saifaddaula war sehr gewandt. Er zeigte uns einen auf Schnelligkeit und Körperbeherrschung beruhenden Trick, bei dem er eine Münze verschwinden und wiederauftauchen ließ. In der Nacht, in der er seinen Zauber mit den angeblichen Feuergeistern vorführte – dem Herr Gutschalk und ich nicht zusahen, da wir in anregendem Gespräch vertieft waren –, verschwand er immer wieder hinter dem Gerüst aus den Augen der Zuschauer. Im Verlauf der Vorführung entfernten sich die Betrachter immer weiter vom Gerüst, da ihnen der Schwefelgestank unerträglich wurde. Es wurde gesagt, daß er niemals lange genug verschwunden war, um in das Zimmer gelangen und die Morde begehen zu können. Dabei aber ging man immer davon aus, daß er mühsam hätte hinaufklettern oder sich mit Hilfe von Stelzen bewegen müssen. Es gibt jedoch noch eine weitere Möglichkeit: Ein kräftiger Mann kann

sich an einem langen Stab emporschwingen, den er nach kurzem Anlauf vor sich auf den Boden stemmt. Bei einer günstigen Gelegenheit, als der Kalif das Fenster geöffnet hatte, ergriff Saifaddaula eine lose Stange vom Gerüst – bedenkt, daß es nach seinen Anweisungen errichtet worden war –, lief los, stemmte die Stange auf den Boden und schwang sich durch das Fenster ins Zimmer. Seine beiden Opfer waren viel zu verdutzt, um etwas unternehmen zu können. So erschlug er sie ohne Gegenwehr.«
»Aber welche Waffe hat er benutzt? Er hätte doch nicht nur sein eigenes Gewicht nach oben schwingen müssen, sondern zusätzlich noch eine Keule, die solche Wunden hervorrufen kann.«
»Seine Waffe war gleichzeitig sein Werkzeug, um hinaufzugelangen. Er zog die Stange hinter sich her in den Raum. Das Ende einer langen Holzstange, die mit aller Kraft geschwungen wird, ist fast so schnell wie eine Peitschenschnur und so gewaltig, daß sie große Wunden reißen kann. Saifaddaula hatte seinen Auftrag ausgeführt. Er verriegelte die Tür und das Fenster. Rasch schlug er von innen mit seiner Stange das Fenster wieder auf. So ergab die spätere Untersuchung, daß das Fenster von innen aufgebrochen worden war – und niemand kam auf den Gedanken, daß der Mörder es als Eingang benutzt hatte. Er schwang sich an seiner Stange wieder nach unten, brachte sie zum Gerüst zurück und tauchte wieder vor den Augen seiner Zuschauer auf.«
»Ich erwäge Eure Worte wohl«, sagte Murschid, »und sie scheinen mir nicht ohne Überlegung gesprochen. Doch gibt es noch etwas, was ich nicht verstehe. Saifaddaula beschuldigte Euch, der Mörder zu sein. Gestern noch sprach er mich selbst darauf an. Wenn er die Schuld auf Euch abwälzen wollte, warum hatte er dann die Tür verriegelt? Gerade durch diese Tat machte er doch Euer Eindringen in das Zimmer fraglich.«
»Es ging ihm in erster Linie nicht darum, mich als den Schul-

digen dastehen zu lassen. Er beabsichtigte nur, nicht selbst in ernsthaften Verdacht zu geraten. Wenn ein Assassine auch den Tod nicht fürchtet, so sucht er ihn doch nicht dann, wenn sich ihm ein anderer Ausweg bietet. Was er wollte, war, nicht ernst genommen zu werden. Solange ihn jeder nur für einen lästigen Schwätzer abtat, hielt ihn niemand für einen gefährlichen Mann. So mußte er sich nicht einmal um eine Möglichkeit zur Flucht bemühen. Er konnte in aller Ruhe in Bagdad bleiben, denn da die Dinge sich so zu entwickeln schienen, wie es geplant gewesen war, glaubte er ungefährdet abwarten zu können, bis sein Auftraggeber ihm den versprochenen Lohn aushändigen würde. Doch dann fiel er selbst dem Dolch dieses Mannes zum Opfer, so daß ihm letztlich weder der Lohn noch das Entkommen blieben.«
»Und Ihr wißt mir auch den Namen des Auftraggebers zu nennen, wie ich Euren Worten entnehme.«
»So ist es, hoher Herr. Erlaubt, daß ich die Tatsachen vor Euch ausbreite, damit Ihr durch dieselben Schlußfolgerungen die Wahrheit erkennt, wie es uns die dreizehnte Sure lehrt: *Allah ordnete alle Dinge und zeigte die Zeichen deutlich, damit ihr überzeugt sein könnt, einst vor sein Angesicht zu treten.* Saifaddaula entschloß sich, eine Wohnung außerhalb des Palastes zu nehmen. Dies tat er, um seinem Auftraggeber die Möglichkeit zu bieten, ihm unbeobachtet den versprochenen Lohn zu überreichen. Der Auftraggeber nämlich verhielt sich stets, wenn er Saifaddaula begegnete, in höchstem Maße ablehnend und geringschätzig diesem gegenüber. Dies unterstützte das Bild, das Saifaddaula von sich erzeugen wollte, und es verhinderte außerdem, daß man die beiden miteinander in Verbindung bringen konnte. So mietete Saifaddaula einen billigen und schmutzigen Raum in einer Herberge an, in der sich keiner um den anderen kümmert. Wenn der Auftraggeber dort Kontakt mit ihm aufnahm, so würde es keinen Zeugen dafür geben. Natürlich ahnte Saifaddaula nicht, daß er selbst getötet werden sollte. Vielleicht hatte man ihn glauben lassen, daß er

noch für einen weiteren Auftrag benötigt wurde: für den Mord an Euch.«

»An mir? So sollte auch ich ein Opfer des Mörders meines Vaters werden?«

»Das war letztlich nicht mehr nötig, denn der Auftraggeber sah, daß sich die Dinge ganz in seinem Interesse entwickelten. So wurde Saifaddaulas Hilfe überflüssig – vielleicht sogar gefährlich, da er ja um die Person des Anstifters wußte. Doch gerade dabei beging er zwei entscheidende Fehler. Der erste war, daß er Saifaddaula nicht schnell genug tötete. Saifaddaula lebte noch lange genug, um einen Hinweis auf den Hergang der Tat zu geben. Er umklammerte sterbend eine Handvoll des chinesischen Pulvers, mit dem er den Feuerzauber vollbracht hatte. Das Pulver in seiner Hand war keine Spur zu dem Mann, der ihn ermordet hatte – denn Ihr werdet gleich hören, daß es zu diesem eine andere Spur gab –, sondern zum Mörder Eures Vaters. Die Botschaft einer Hand, die chinesisches Pulver umklammert, heißt: Die Mörderhand gehört dem Mann, der das Pulver besitzt. So war Saifaddaulas letzte Mitteilung das Eingeständnis seiner eigenen Tat.«

»Ihr habt mich von der Richtigkeit Eurer Worte überzeugt. Jetzt zögert nicht länger, den Namen des Anstifters zu nennen. Sicherlich könnt Ihr seine Schuld genauso überzeugend beweisen, da Ihr von einer zweiten Spur spracht.«

»Ja, das kann ich. Der Mörder verlor in Saifaddaulas Zimmer etwas, was ihm gehörte. Es lag zwischen all den Dingen, die Saifaddaula mit sich führte, um uns glauben zu machen, er würde sich ausschließlich mit Zauberei beschäftigen. So kam es, das ich die Bedeutung dieses Gegenstands nicht sofort erkannte. Jetzt aber ist es möglich, den Finger auf diesen Mann zu richten und ihm ins Gesicht zu sagen: Du Ruchloser bist der Schuldige!«

Die letzten Worte rief ich laut heraus und deutete dabei auf Nuraddin.

Als hätte er den Biß einer giftigen Schlange verspürt, schnell-

te Nuraddin von seinem Stuhl hoch und brüllte: »Du wagst es!«
»In der Tat!« rief ich zurück. »Ich wage es, und mehr noch, ich kann es beweisen.«
Nuraddin lief auf mich zu und zog dabei einen Dolch aus den Falten seines Gewandes.
Doch noch schneller als der Prinz war Isbaslar. Bevor Murschid ihn dazu hätte auffordern können, sprang der Fechtlehrer Nuraddin in den Weg. Er zog eines seiner Schwerter und hielt es quer vor den Prinzen. Nuraddin blieb stehen. Zwar bedrohte Isbaslar ihn nicht mit der Klinge, doch der Prinz kannte und achtete gewiß die Kampfstärke seines Lehrers.
»Ich rufe die Gerechtigkeit des künftigen Kalifen an und bitte, zu Ende sprechen zu dürfen«, sagte ich.
»Sprecht«, forderte Murschid mich auf. Daß er Nuraddin nicht aufforderte, sich wieder zu setzen, sondern zuließ, daß Isbaslar mit der Waffe vor ihm stand, zeigte mir, daß ich ihn schon fast überzeugt hatte.
»In der vergangenen Nacht verließ Prinz Nuraddin den Palast. Wir alle nahmen bisher an, er habe sich zu der ihm treuen Kavallerie begeben, um diese in die Stadt zu rufen. Das ist auch so, doch ging er zuvor noch in die Herberge und tötete Saifaddaula. Er dachte, durch den Druck seiner Männer die Herrschaft in der Stadt an sich zu reißen. Die wilden und gnadenlosen Männer, mit denen er schon so lange reitet, hätten sich sicherlich von einem Mörder abgestoßen gefühlt, einem Eroberer aber wären sie bis in die Dschehenna gefolgt. Doch Nuraddin rechnete mit Eurem Zögern und Eurer Schwäche. Er ahnte nicht, daß auch Ihr die Zeit, die Ihr Herrn Muqallad bewilligt hattet, nutzen würdet. So wurde er völlig überrascht, als Truppen zu Eurer Unterstützung sich der Stadt näherten. Und bestimmt hatte er nicht damit gerechnet, daß er den Palast nicht mehr würde verlassen können und jetzt hier als der Schuldige vor Euch steht.«
Mit einem erneuten Aufschrei wollte Nuraddin an Isbaslar

vorbeispringen. Noch hielt er den Dolch umklammert, da machte Isbaslar eine rasche Bewegung mit dem Schwert, und der Dolch flog davon. Mit einer zweiten Bewegung schlug der Fechtlehrer den Griff seiner Waffe gegen Nuraddins Schläfe. Der Prinz strauchelte und stürzte schwer auf die Stufen.
»Wie ich zufällig hörte«, fuhr ich fort, mehr denn je darauf bedacht, meine Worte sorgfältig zu wählen, »hatte Euer Vater Nuraddin einen silbernen Armreif geschenkt. Am Abend des Festes bemerkte ich diesen Reif an seinem Arm. Heute nachmittag entdeckte ich denselben Reif in Saifaddaulas Zimmer.«
»Und ich bemerkte am Morgen, daß er ihn nicht mehr trug«, stimmte Murschid mir zu. »Eure Worte waren sehr bitter für mich, Herr Usama, denn sie betreffen meinen nächsten Verwandten. Trotz allen Zwistes hatte ich bis zuletzt auf eine Versöhnung gehofft, und ich will nicht verschweigen, daß ich für eine solche Versöhnung Euren und des Franken Tod zugelassen hätte. Man befreie augenblicklich Herrn Gutschalk und schlage statt seiner meinen Bruder in Bande!«
Die Wachen, die bisher Gutschalk festgehalten hatten, beeilten sich, seine Fesseln zu lösen. Isbaslar zog Nuraddin, der langsam wieder zu sich kam, mit Gewalt hoch. Die Riemen, die gerade noch Gutschalks Hände gefesselt hatten, wurden jetzt um Nuraddins Gelenke gelegt. Gutschalk selbst riß sich mit einer erlösenden Bewegung die Schlinge vom Hals.
»Ich habe Anlaß, Euch dankbar zu sein«, sagte Murschid zu mir.
Das war auch meine Meinung. Meine Darlegungen waren überzeugend gewesen, flüssig vorgetragen und geschickt an allen ungeklärten Punkten vorbeigegangen. Sie befreiten Gutschalk und mich von allem Verdacht und ermöglichten es Murschid, seinen gefährlichen Bruder hinrichten zu lassen.
Gutschalk war so von meinen Worten beeindruckt, daß er als erstes nicht auf sein geliebtes Schwert zustürzte, sondern auf mich. Er schüttelte meine Hand und betonte wieder und wieder, wie sehr er von mir beeindruckt sei.

Da rief eine befehlende Stimme durch den Saal: »Halt! Prinz Murschid, tut kein Unrecht an diesem Mann, der Euer Bruder ist. Es trifft ihn keine Schuld an den Vorfällen.«
Alle blickten zur Tür, um den Mann anzusehen, der so tollkühn dazwischenfuhr.
Wir sahen einen schmächtigen Mann mit schütterem Schnurrbart, der aus zusammengekniffenen Augen nach vorn starrte, während er eilig den Saal durchquerte. Die Worte waren von Slugi gekommen, der keineswegs den Eindruck machte, die leichte Steigung, die er gerade überwand, könne irgendwie geeignet sein, seine Entschlossenheit zu schmälern.
Ich war natürlich stolz darauf, wie brillant ich diesen schwierigen Fall allein gelöst hatte. Gleichzeitig war ich auch ein wenig enttäuscht von Slugi, der mich so sehr beeindruckt hatte. Natürlich konnte er nicht ahnen, daß ich die Vorfälle bereits aufgeklärt hatte. Er mußte vermuten, daß Nuraddin nur seiner Verschwörung wegen festgenommen worden war, und wollte jetzt seinerseits alle Indizien vorlegen.
Ridwan allerdings wirkte merklich erleichtert – so erleichtert, wie ich es gewesen wäre, wenn Slugi vor meinem Vortrag gekommen wäre.
Ein leiser Zweifel an der Richtigkeit meiner Beschuldigung begann, an mir zu nagen: Was für einen Versuch hatte Slugi gemeint machen zu müssen?
Slugi war jetzt vor dem Thron angekommen. Er blieb neben mir stehen und sprach zu Murschid: »Verzeiht mein spätes Kommen, Herr. In Erledigung meiner Pflicht als Untersuchungsrichter hatte ich Euch bis heute abend den Beweis für die Identität des wahren Mörders zu erbringen. Dies habe ich getan. Ein einziger letzter Baustein fehlte noch zur Errichtung des Gebäudes der Wahrheit. Ich mußte einen bestimmten Vorgang, von dem ich gehört hatte, überprüfen, um einen unwiderlegbaren Beweis für den Hergang der Morde zu erbringen. Ich bitte Euch, mir die Zeit einzuräumen, die ich zur Darlegung der Wahrheit benötige.«

»Ich werde Euch selbstverständlich zuhören«, sagte Murschid. »Allerdings möchte ich Euch darauf hinweisen, daß Herr Usama mir bereits eine Erklärung vorlegte, die mich und jeden anderen hier im Saal völlig überzeugt hat.«
Die Würdenträger schüttelten die Köpfe und gaben zustimmende Kommentare von sich.
»Unglückseliger«, murmelte Slugi, so daß nur ich und der neben mir stehende Gutschalk es hören konnten. »Ihr seid weit über das Ziel hinausgeschossen. Ich bat Euch zu verhindern, daß ein Urteil gefällt wird. Nicht einmal eine halbe Stunde kann man Euch allein lassen, ohne daß Ihr alles noch schlimmer macht.« Dann fuhr er laut fort: »Herr Usama, der fast während der ganzen Untersuchung an meiner Seite weilte, hat in bester Absicht alles in seiner Macht Stehende getan, um ein Unrecht gegenüber Herrn Gutschalk zu verhindern. Daß er zugleich alles tat, um ein Unrecht sich selbst gegenüber zu verhindern, werdet Ihr gewiß einsehen. Leider jedoch war er im Begriff, ein Unrecht gegen ein zweites, nicht geringeres, einzutauschen.«
»Dann denkt Ihr, daß es sich anders verhält? Ich bin gespannt auf die Lösung, die Ihr mir zeigen werdet.«
»So wißt, mein Prinz, daß der Mörder keineswegs allein handelte. Vielmehr wurde er von einer bestimmten Person beauftragt, die Morde zu begehen. Diese Person hatte nur ihren eigenen Vorteil zum Ziel, während das Wohl des Reiches ihr gleichgültig war. Der Mord in der Karawanserei sowie die Morde an Eurem Vater und seiner Gattin sind miteinander untrennbar verbunden. Es ist gar so, daß Euer Vater nur getötet werden konnte, weil der Mord in Kazimiya zuvor begangen worden war.«
»Das ist genau das, was mir Herr Usama erklärte«, unterbrach Murschid.
»Bei dem Mörder handelte es sich um einen verkleideten Assassinen, der uns allen eine Rolle vorspielte, die ihn völlig unverdächtig erscheinen ließ.«

»Herr Muqallad, um mir das zu erklären, hättet Ihr Euch nicht mehr herbemühen müssen. Wir wissen, daß der Assassine für den Mord Geld erwartete und statt dessen selbst den Tod fand.«

»Geld? Aber nein, mein Herr. Niemals hätte der Assassine damit rechnen können, für seine Tat Geld zu erhalten. Wenn jemand Gewinn an der Tat eines Assassinen hat, so nur der schändliche al-Muabbad, ihr Anführer. Wenn ein Assassine in seinem Einverständnis nach Bagdad kommt, so dürfen wir gewiß sein, daß das Blutgeld bereits lange vorher entrichtet wurde. Ich will jedoch, mit Eurer gütigen Erlaubnis, der Reihe nach berichten. Vielleicht seid Ihr so gut, Herrn Isbaslar anzuweisen, daß er Prinz Nuraddin zu seinem Sitz geleitet. Der Prinz scheint mir noch etwas unsicher auf den Beinen, aber er wird sicherlich wie jeder andere interessant finden, was meine Nachforschungen ergaben.«

Nuraddin schwankte, von Isbaslar gleichermaßen gestoßen wie gestützt, zu seinem Stuhl zurück. Immer wieder versuchte er unwillkürlich, seine Hände zur schmerzenden Schläfe zu führen, und immer wieder stellte er erstaunt fest, daß es ihm durch eine Fessel unmöglich gemacht wurde. Mit den auf dem Rücken zusammengebundenen Händen saß der junge Prinz schließlich alles andere als bequem auf seinem Stuhl.

Falls Slugi Murschid überzeugte, daß Nuraddin nicht für die Morde verantwortlich war, würde mir meine eigene Unschuld wenig nutzen. Die Blicke, die Nuraddin mir zuwarf, während sein Geist langsam wieder klarer wurde, verhießen mir ein böses Ende.

»Ich sehe«, sagte Slugi schließlich, »daß bis auf al-Muabbad, vor dessen Eintreffen uns Allah bewahren möge, alle Personen versammelt sind, die bei den Ereignissen, die ich jetzt erneut vor Euch aufrollen werde, eine Rolle spielten – sofern sie diese Ereignisse überlebt haben. Daß Saifaddaula sein Leben lassen mußte, trifft uns am schwersten. Seine Aussage hätte sowohl den Hergang des Mordes verdeutlicht als auch den

Mörder und dessen Auftraggeber entlarvt. Leider weigerte er sich zu seinen Lebzeiten, die Wahrheit zu sagen. Erst im Tode hinterließ er mir ein Zeichen, das mich auf den richtigen Weg führte. Bei der Untersuchung des Mordes an Sulanid erschien mir eine Frage als die vordringlichste: Wie kam der Mörder ungesehen in das Zelt hinein und wieder heraus? Ihr übermitteltet mir den Wunsch Eures Vaters, eine schnelle Lösung zu finden. So konstruierte ich aus einer aufgeschlitzten Zeltwand, einer zeitlichen Verzögerung, ehe Hauptmann Ridwan das Zelt betrat, und der Tatsache, daß niemand die Schritte eines Fliehenden gehört hatte, eine solche Lösung. Jedermann fand diese Lösung überzeugend – fast jedermann. Herr Gutschalk und Herr Usama hielten sie für falsch. Auch ich war mir völlig sicher, daß sie nicht stimmte. Als Euer Vater und seine Gattin tot waren, stellte ich mir wieder dieselbe Frage. Ich sammelte Aussagen von Männern, die zu bestimmten Zeiten Tür und Fenster beobachtet hatten oder die vor oder nach der Tat im Raum gewesen waren. Ich suchte nach einer Lücke in der Bewachung, einem unbeobachteten Augenblick, in dem jemand hätte hineinschlüpfen können. Schließlich ließ ich sogar, ohne Eure Erlaubnis einzuholen, die Wand aufbrechen, da ich dachte, es müsse einen unbewachten Zugang geben, wenn durch die bewachten Zugänge zur fraglichen Zeit niemand gegangen war. Diese Überlegungen, mein Prinz, waren falsch. Sie waren aus der Beschränktheit meines Denkens entstanden, und ich möchte Euch hiermit zerknirscht um Eure Verzeihung bitten.«

»Sie sei Euch gewährt. Wenn das Aufbrechen des Ganges auch Euren Untersuchungen nicht geholfen hat, so erwies sich doch der angerichtete Schaden als Segen.« Murschid blickte grimmig auf Nuraddin. Nuraddin blickte grimmig auf mich.

»Nein, mein Prinz, dem ist nicht so. Das Aufbrechen des Ganges war sogar für das Finden der richtigen Lösung außerordentlich bedeutungsvoll, ich ließ es nur aus den falschen Motiven durchführen. Erst nachdem ich den Gang gefunden und erkannt hatte, daß er auch nicht der Zugang des Mörders war, konnte ich erkennen, daß meine Überlegungen falsch gewesen waren. Ein Einschleichen des Mörders hatte es nämlich gar nicht gegeben. Er brauchte weder einen unbeobachteten Zeitraum noch einen versteckten Weg. Vielmehr betrat er schon in Kazimiya offen und für jedermann sichtbar das Zelt und kam auch wieder heraus. Und ebenso offen, unter den Augen der Wachen, betrat er auch das Brautgemach Eures Vaters. Das Geheimnis, wie er dieses unmöglich Erscheinende vollbrachte, liegt darin begründet, daß er sich dazu stets einen Zeitpunkt auswählte, der uns unmöglich erschien. Ja, und wenn wir erkannt haben, an welchen Zeitpunkt der Mörder die Räumlichkeiten betrat, dann wissen wir auch um seine Person.«

Alle Anwesenden schauten sich gegenseitig fragend an. Die beteiligten Personen seien versammelt, hatte Slugi gesagt. Aber keiner trug ein Schild mit der Aufschrift »Mörder« vor der Stirn.

Ich sah at-Tur an, der voll Neugier immer noch dabeistand. Er war am Abend der letzte beim Kalifen gewesen. Aber für den Mord an Sulanid kam er nicht in Frage, denn er hätte sich nicht so lange unbeobachtet aus dem Palast schleichen und außerdem noch die Strecke schneller zurücklegen können als wir. Oder vielleicht doch? Konnte es sein, daß Slugi nur noch um Haaresbreite von der Lösung entfernt gewesen war, als er den Eunuchen zu seinem Experiment auf dem ovalen Hof gebeten hatte?

Ridwan wirkte wesentlich nervöser als at-Tur. Er trat unruhig von einem Fuß auf den anderen, wie ein Schulknabe, den man beim Diebstahl von Datteln ertappt hatte. Er hatte in Kazimiya das Zelt vor aller Augen betreten und verlassen, aber erst nach den Schreien. Er hatte auch mit at-Tur zusammen die beiden Ermordeten im Palast entdeckt. Aber da konnte er sie nicht mehr ermordet haben, genausowenig wie Sulanid.

Das Geheimnis lag im Zeitpunkt, zu dem der Mörder gekommen war, hatte Slugi gesagt, und dieser Zeitpunkt war uns unmöglich erschienen. Konnte das die Lösung sein? Ridwan hatte die Morde in beiden Fällen später begangen, zu einem Zeitpunkt, als wir sie schon für vollbracht hielten? Und warum klammerte er sich immer noch so fest an Gutschalks Schwert?

Gutschalk schien sich gerade dieselbe Frage zu stellen. Er streckte fordernd die Hand aus. Ohne zu zögern, mit einem um Verzeihung bittenden Lächeln, als hätte er es nur vergessen, gab Ridwan dem Franken die Waffe zurück.

»Den Namen!« drängte Murschid.

Slugi hatte geduldig abgewartet, bis alle neuen gegenseitigen Verdächtigungen ohne Ergebnis abgebrochen worden waren. Jetzt erklärte er: »Mein Prinz, der Name des Mörders ist mir unbekannt.«

»Wollt Ihr mich zum Narren halten, Herr Muqallad? Was spielt Ihr für ein Spiel mit mir? Wenn Ihr so viel wißt, dann müßt Ihr auch wissen, wie sich der Mörder nannte.«

»Gewiß kann ich Euch sagen, wie sich der Mörder nannte. Ich weiß nur nicht seinen wirklichen Namen. In Kazimiya nannte sich der Mörder noch Sulanid, später dann Selina.«

Hatte auf jede vorherige Eröffnung ein heftiges Stimmengewirr eingesetzt, so war es jetzt still, als hielte Allah selbst den Atem an.

»Das ist nicht möglich«, sagte Murschid schließlich. »Prinzessin Selina und ihre Dienerin sind selbst Opfer des Mörders geworden. Wie könnten sie die Täterinnen sein?«

»Nicht beide; nur eine, die nacheinander in beiden Rollen erschien, bezeichne ich als die Täterin. Laßt mich den Hergang des ersten Mordes schildern und Euch die Spuren benennen, die entdeckt wurden, dann werdet Ihr die Wahrheit erkennen. Vor mehr als einem Jahr, mein Prinz, sandtet Ihr die Dienerin Sulanid gen Mankir. Die Verhandlungen zwischen Euch und Malik ibn Salim über die Eheschließung zwischen Selina und Eurem Vater waren zu diesem Zeitpunkt schon wesentlich weiter fortgeschritten, als öffentlich zugegeben wurde. Sulanid war beauftragt, Prinzessin Selina über bestimmte Dinge zu unterrichten, die mit der Eheschließung in Verbindung standen. Die genaue Natur dieser Dinge ist für den Vorgang ohne Belang, wichtig ist nur, daß Sulanid Bagdad verließ und niemals zurückkehrte. Sie erreichte nicht einmal Mankir, denn irgendwo auf dem Weg traf sie ihre Mörderin, und ihren Körper deckt auf ewig der Sand. Einige Zeit danach traf in der Festung Mankir eine junge Frau ein, die sich als die Dienerin Sulanid aus Bagdad ausgab – und gewiß ein Schreiben vorwies, das ihren Auftrag bestätigte. Sie wurde zu Selina geführt und gewann deren Vertrauen. In Wirklichkeit jedoch war sie eine Assassinin. Das war einer der weiteren Punkte, die mich so lange im unklaren ließen. Wenn man von den Mördern des al-Muabbad spricht, so denkt man dabei meist nur an junge Männer, die er durch sein heuchlerisches Tun zu seinen Werkzeugen gemacht hat. Kaum jemand denkt dabei an Frauen. Doch träumen nicht Frauen im selben Maße vom Zugang zu Paradies, wie wir Männer es tun? Und muß nicht ihr Traum von mehr Verzweiflung begleitet sein, da der Glaube den Frauen die Hoffnung auf ein Leben voll Freuden im Jenseits verweigert?«

Einer der Würdenträger, ein alter Mann mit einem schwarzen Turban und einem weißen Bart, der bis auf die Brust hing, hatte das Gefühl, daß hier seine Fachkenntnisse angesprochen waren.

»Zu Recht ist es so«, bestätigte er, »denn die vierte Sure sagt: *Männer sollen vor Frauen bevorzugt werden, weil Allah die einen vor den anderen mit Vorzügen begabte.* Allein durch die Hoffnung auf das Paradies macht eine Frau sich der Verdammung schuldig.«

»Es ist nicht meines Amtes, Entscheidungen über Glaubensfragen zu treffen, edler Ayatollah. Dies sei Euch vorbehalten. Der Wunsch nach Glück aber fragt nicht nach Recht oder Unrecht. Jedenfalls wurde die Assassinin von Selina ohne Argwohn betrachtet. Sie brachte ihr gar eine Flasche mit, in der sich ein bestimmtes Pulver befand. Dieses Pulver, sagte sie zur Prinzessin, sei geeignet, das Beisammensein von Mann und Frau in Momenten der Unsicherheit wohltuend zu unterstützen.«

»Muqallad!« fuhr Murschid den Untersuchungsrichter an.

Slugi lächelte ihm nur zu und sprach weiter, als hätte es das Verbot, das Nashornpulver ins Gespräch zu bringen, niemals gegeben. Unsere Begabungen, Kalifensöhne zu unseren Todfeinden zu machen, waren offenbar ebenbürtig.

»Ein Trupp Soldaten aus Mankir geleitete die Prinzessin und deren neue Dienerin in Richtung Bagdad. In Kazimiya wurden die Soldaten aus Mankir gegen eine Wachabteilung aus Bagdad ausgetauscht. So entspricht es dem Gesetz. Die neuen Begleiter standen unter dem Kommando des Hauptmanns Ridwan.«

Der Erwähnte schüttelte von Leid erfüllt den Kopf: Er konnte sich noch gut daran erinnern.

»Natürlich hatte Ridwan die Prinzessin noch nie gesehen. Er sah zwei verschleierte Frauen. Wie, außer an der Kleidung, hätte er sie unterscheiden können? Als Ridwan in der Nacht das Zelt betrat, fand er dort eine verschleierte Frau in vornehmen Gewändern. Er zweifelte nicht daran, die Prinzessin vor sich zu haben. Doch es war die Assassinin, die die wahre Selina getötet hatte und in ihre Kleidung geschlüpft war.«

»Das heißt den Zufall überstrapazieren«, wandte Murschid ein. »Wie hätte sie wissen können, daß Ridwan nicht sofort hereinstürzen und sie noch beim Wechseln der Kleidung überraschen würde?«

»Sie sorgte dafür, daß Selina längst tot war, als die Schreie ertönten. Zwar wurde der Körper der Toten nicht untersucht, aber es war doch deutlich, daß nur wenig Blut ausgetreten war. Der tödliche Stich wurde mit solcher Sicherheit geführt, daß der Tod fast sofort eintrat. Ein auf den Mund des Opfers gepreßtes Kissen konnte ein übriges tun. Erst als die Kleidung

gewechselt, die Seite des Zeltes aufgeschnitten und der Dolch unter dem Boden des Zeltes vergraben war, schrie die Mörderin. Wir vermuteten also einen zu späten Zeitpunkt für den Mord. Bedenkt, daß die angebliche Prinzessin selbst es war, die veranlaßte, daß die Tote sofort begraben wurde. Selbst wenn wir den Körper zu einer späteren Untersuchung wieder hervorgeholt hätten, so wäre es zu spät gewesen, denn der Mord am Kalifen sollte bis dahin ausgeführt sein. Dann stellte sich dem ungestörten Plan ein ungeahntes Hindernis in den Weg: Alle drei Gäste, die Ridwan in Verdacht hatte, schienen gegenseitig ihre Unschuld zu bestätigen. Die Mörderin befürchtete, daß Ridwan den Schluß ziehen könnte, auch sie in den Kreis der Verdächtigen mit einzubeziehen. Doch sie wußte sich rasch zu helfen. Sie übergab Ridwan die von mir zuvor erwähnte Flasche und verband damit die schärfsten Ermahnungen. Ihre Improvisation war ein voller Erfolg. Ridwan beendete die Untersuchung, ließ die Tote beerdigen und brach mit der ganzen Gruppe nach Bagdad auf.«
»Das erscheint gut durchdacht«, sagte Murschid. »Doch wie sollte einer so umsichtig handelnden Mörderin der Fehler unterlaufen, schon kurz darauf selbst den Tod zu finden?«
»Ich werde sogleich darauf zu sprechen kommen. Seit vielen Monaten lebte die Assassinin in der unmittelbaren Nähe der Prinzessin. Sie hatte sie aufmerksam beobachtet und vermochte sich in Bagdad weiterhin den Anschein zu geben, eine Prinzessin zu sein. Wenn ihr ein leichter Fehler unterlief, so hätte man das immer darauf zurückgeführt, daß sie noch unter dem Eindruck des Mordes stand. Die größte Gefahr ging von zwei Eigentümlichkeiten an ihrem Körper aus, die ich später an ihr bemerkte. Aber sie mußte schließlich nur noch einen einzigen Tag verbringen, ohne daß man ihr auf die Spur kam. Wie die Assassinin, so hatte auch die Flasche ihren Weg in den Palast gefunden, in der Hand Ridwans genauso sicher, als ob sie noch in der Hand der Mörderin gewesen wäre. Diese Flasche spielte bei der Ausführung der Mordes an Eurem

Vater eine entscheidende Rolle. Sie enthielt nämlich keineswegs das, was auf dem Siegel stand. Das Pulver in der Flasche war das gleiche, das auch Saifaddaula für seine Vorführung benutzte. Einer der Bestandteile ist Schwefel, die anderen kenne ich nicht. Allerdings ist dieses Pulver bei uns nicht unbekannt. Es brennt mit heller Flamme und großer Hitze, hat aber noch eine andere Eigenschaft, auf die mich Herr Usama aufmerksam machte. Wenn es sich in einem fest verschlossenen Behälter befindet und dort mit Feuer in Verbindung gebracht wird, so platzt es mit Gewalt auseinander. Von dieser Eigenschaft wissen heute nur wenige Menschen, doch wie ich hörte, hat man es früher einmal im Kriege verwendet.«
»Sind das nicht Spekulationen, Herr Muqallad?«
»Nein, mein Bruder«, mischte sich Nuraddin ein. »Das ist die Wahrheit. Erinnerst du dich nicht, daß wir als Knaben darüber gelesen haben? Die maurische Armee setzte es beim Kampf um Alora* ein, doch es war für den, der die Waffe anwandte, genauso gefährlich wie für den Feind. Deshalb ließ man seine Verwendung später wieder bleiben.«
Slugi berichtete weiter: »Als Saifaddaula auf dem Hof mit seiner Vorführung begann, tötete die Assassinin den Kalifen lautlos im Brautgemach. Vermutlich benutzte sie dabei keine Waffe, sondern tötete ihn durch einen gezielten Schlag ins Genick. Bedenkt, daß sie eine ausgebildete Mörderin war, und es gibt viele Arten, einen Menschen mit bloßen Händen zu töten. Damit hatte sie ihren Auftrag fast erledigt. Es blieb nur noch eine Kleinigkeit: Sie mußte die Spuren ihres Schlages beseitigen. Zu ihrem Unglück war sie nur eine Figur in einem Spiel – eine Figur, die al-Muabbad bedenkenlos zu opfern bereit war, wenn dies Bestandteil seines Handels mit dem Auftraggeber aus Bagdad war. Man hatte der Assassinin gesagt, daß für ihr Entkommen Sorge getragen werden würde. Behal-

---

* Alora: Stadt in Spanien, die 712 von den Mauren belagert wurde. Dabei wurden erstmals in der Kriegsgeschichte Feuerwaffen eingesetzt.

tet stets im Gedächtnis, daß ein Assassine zwar bedenkenlos sein Leben einsetzt, es aber kein Beispiel dafür gibt, daß er freiwillig in den Tod geht. Was man ihr also gesagt hatte, war, daß ein toter Kalif in einem bewachten Raum und eine junge Frau, die man anhand bestimmter Merkmale überführen konnte, keine Prinzessin zu sein, eine zu deutliche Sprache gesprochen hätten. Also sollte sie eine Handlung ausführen, die den Eindruck erwecken würde, daß der Tod des Kalifen auf eine Art hervorgerufen worden war, die man ihr nicht anlasten konnte. Doch laßt mich zunächst erklären, woran sich erkennen ließ, daß es sich bei dieser Frau nicht um eine Prinzessin handelte. Es wird Euch dann leichtfallen, mein Herr, mir Glauben zu schenken. Wir entdeckten, daß die Tote an ihren Knöcheln die Narben älterer Wunden besaß. Das deutet darauf hin, daß sie in ihrer Kindheit häufig barfuß durch dorniges Gelände lief. Dorniges Gelände finden wir zwar überall reichlich, doch laufen darin niemals Prinzessinnen ohne Fußbekleidung. Schwerer noch wiegt ein zweiter Punkt: Der Frau fehlte ein Finger. Zwei Finger waren von einer Hand entfernt, doch nur einen fanden wir im Raum wieder. Der zweite also muß schon vorher gefehlt haben. Ein solcher Makel hätte sie bei einer genauen Untersuchung des Hergangs rasch überführt. Gewiß könnt Ihr, der Ihr den Ehevertrag ausgehandelt habt, bestätigen, daß Prinzessin Selina kein Finger fehlte; eine Frau, die sich häufig in gefährlichen Situationen befindet, mag eher einen Finger verlieren. Ich habe mich, als ich die Lösung einmal gefunden hatte, lange gefragt, was die Assassinin sich von ihrer Handlung versprochen haben kann. Wenn der Kalif statt der Spuren eines Schlages Verbrennungen aufwies, hätten wir zwar einen anderen Hergang der Tat vermutet, aber die Frau wäre als die einzige Person im Zimmer nicht weniger verdächtig gewesen. Ob sie glaubte, daß wie in den Geschichten aus Tausendundeiner Nacht ein Geist aus der Flasche entspringen und sie wegführen würde? Oder befolgte sie nur blind ergeben einen Befehl al-Muabbads? Jedenfalls ergriff die

Assassinin die Flasche, hielt sie nahe an das Genick des Kalifen und entzündete das Pulver durch eine winzige Öffnung mit Hilfe eines Spans, der zum Anzünden einer kleinen Öllampe im Zimmer war. Es kam jedoch kein Feuerstrahl heraus. Statt dessen zerplatzte die Flasche so heftig, daß die Frau selbst durch die Explosion getötet wurde. Natürlich wurden auch die Spuren des Schlages im Genick des Kalifen durch eine neue, wesentlich größere Wunde überdeckt. Die Flasche selbst wurde völlig zerstört. Wir fanden nur noch wenige Splitter in den Wunden und auf dem Teppich vor. Beim Zerspringen der Flasche wurden auch die Hände, die sie hielten, zerschmettert. Ein Finger wurde völlig abgerissen. Ferner war der Stoß stark genug, um zwei der schweren Leuchter am Bett umzuwerfen und den Riegel am Fenster zerbrechen zu lassen. Daß außerdem noch die kleine Öllampe umgeworfen wurde, versteht sich von selbst.«

»Und all diese Dinge folgert Ihr aus den wenigen Spuren?« fragte Murschid.

»Ich kann Euch noch mehr Spuren nennen, und einige davon habt auch Ihr gesehen. Wir haben bewiesen, daß der Mörder weder durch die Tür noch durch das Fenster, noch durch den Geheimgang eindringen konnte, nachdem die Wachen ihre Posten bezogen hatten. Es bleibt also nur die Möglichkeit, daß er das Zimmer ganz offen betrat und zumindest bis zum Zeitpunkt des Mordes darin verblieb. Das Zimmer war voll Schwefelgeruch. Wir schoben dies zunächst darauf, daß der Geruch von Saifaddaulas Vorführung vom Hof durch das offene Fenster hineingezogen war. Doch kann das nur zu einem kleinen Teil der Fall gewesen sein. Die Windrichtung führte von dem Haus weg. Wir wissen das, weil die Schaulustigen sich während der Vorführung immer weiter vom Gerüst entfernten, während der Geruch sich ausdehnte, und sie standen auf der dem Haus abgewandten Seite des Gerüstes. Noch heute nachmittag stank die Palastmauer auf der anderen Seite des Hofes nach Schwefel, die Hauswand war jedoch völlig frei davon. Wenn der Geruch im Zimmer dermaßen stark war, mußte seine Ursache auch im Zimmer selbst zu finden sein und nicht etwa davor. Eine zweite Beobachtung war die, daß die Teppichfasern unter dem Körper des Kalifen regellos nach allen Seiten verliefen, so wie dies meist der Fall ist. Die Fasern unter dem Körper der Assassinin wiesen alle in eine Richtung. Das bedeutet, daß der Kalif einfach kraftlos auf den Boden gefallen war, als ihn der tödliche Schlag traf. Als die Flasche auseinanderplatzte, bewegte sich sein Körper nicht mehr. Die Assassinin jedoch hatte auf ihren Füßen gestanden. Sie wurde sterbend zurückgeschleudert, vom Körper des Kalifen weg. Als sie auf den Boden aufschlug, rutschte sie noch ein kurzes Stück, dabei drehten sich alle Fasern mit.«

»Mich überzeugt das sehr«, bemerkte Nuraddin.

Murschid hatte Slugis letzten Ausführungen nicht widersprochen. Jetzt schüttelte er zustimmend den Kopf und sagte: »Herr Muqallad, ich habe Euch Abbitte zu leisten. Euer Handeln war von mehr Überlegung erfüllt, als ich zunächst einzusehen vermochte. Jetzt sagt mir noch, welchen Vorgang Ihr überprüfen mußtet, ehe Ihr mir die Lösung darlegen konntet.«

»Ich mußte feststellen, ob das chinesische Pulver wirklich in einem festen Gefäß anders reagiert als in einer Schale oder Röhre. Bis dahin wußte ich nur aus Herrn Usamas Mitteilung davon. Ich besorgte mir also aus Saifaddaulas Zimmer eine Probe des Pulvers und machte einen entsprechenden Versuch. Dieser war erfolgreich, und somit konnte ich es wagen, vor Euch zu treten.«

»Dafür will ich Euch reich belohnen. Gewiß werdet Ihr mir zustimmen, daß Nuraddin die Verantwortung für die Morde trägt, wenn auch die ausführende Hand zu einer anderen Person gehörte. Ihr sollt nicht länger das Amt des Untersuchungsrichters bekleiden, sondern die verwaiste Position des Großwesirs in meinem Reich übernehmen. Noch heute werde ich Euch die Summe von tausend Dinar aushändigen lassen, und niemals werdet Ihr Euren Beutel leer finden, solange ich Kalif in diesem Lande bin.«

»Noch niemals wurde mir ein solch verlockendes Angebot unterbreitet«, erwiderte Slugi. »Doch muß ich es aus drei Gründen ablehnen: Erstens kann ich Euch nicht beipflichten, daß Nuraddin die Verantwortung für die Morde trägt; zweitens werdet Ihr niemals Kalif in diesem Lande sein; und drittens müßte ich an Eurer Seite stets fürchten, daß Ihr mich so tötet, wie Ihr Saifaddaula getötet habt.«

Nach so vielen Überraschungen war diese für mich die größte – und auch die am wenigsten willkommene. Bei der Wahl zwischen zwei Prinzen, von denen sich einer als Schurke entpuppt, wäre Nuraddin meine erste Wahl gewesen, vor allem, nachdem Murschid seine Beschuldigungen gegen mich aufgegeben hatte.

Noch ehe einer von den Anwesenden etwas dazu sagen konnte, hatte sich Slugi zu mir herübergebeugt und flüsterte: »Wenn es gefährlich wird, so schützt Nuraddins Leben. Ridwan ist auf unserer Seite, doch achtet auf Isbaslar: Er ist der Geheimbeauftragte der Franken und wird deshalb zu Murschid halten.«

Weiter kam er nicht, denn Murschids Zorn entlud sich laut und fluchend über ihm. Es war nicht Murschids Art, mit dem Dolch in der Hand die Treppe herunterzustürzen, um seine gekränkte Ehre zu rächen.

Nachdem er Slugis Namen in einem Atemzug mit verschiedenen unreinen Tieren genannt hatte, rief er: »Schlagt den Verräter in Fesseln!«

Die Wachen schienen unsicher, wie sie sich verhalten sollten. Auf einen herrischen Wink Isbaslars traten zwei Soldaten vor und ergriffen Slugi an beiden Armen. Slugi selbst blieb völlig ruhig.

Auch Ridwan griff nicht ein. Er zog sich sogar von Slugi zurück, doch brachte er seine Hand in die Nähe des Säbels.

Gutschalk und ich wechselten einen kurzen Blick. »Das wird

noch ein ereignisreicher Abend«, meinte er. »Ich hoffe, Ihr seid in Form für eine kleine Auseinandersetzung.«
»Halt!« rief Nuraddin. »Murschid, laß Slugi nicht sogleich in den Kerker werfen. Du hast zugelassen, daß der Damaszener seine Beschuldigungen gegen mich erhob. Nun laß mich die Beschuldigungen hören, die er gegen dich erhebt. Oder fürchtest du dich davor?«
Zustimmende Worte aus der Gruppe der Würdenträger wurden laut. Murschid zögerte und gab damit dem alten Ayatollah, der zuvor gesprochen hatte, Gelegenheit zu erklären: »Wir wollen alles hören, edler Prinz, was dieser Mann zu sagen hat. Wenn wir Euch zum Kalifen salben, dann darf kein Verdacht auf Euch lasten. Gewiß werdet Ihr jeden Vorwurf entkräften können.«
Murschid machte nicht den Eindruck, als ob er fest davon überzeugt wäre.
»Gut, er mag sprechen«, entschied er schließlich. »Doch erwägt Eure Worte wohl, denn Ihr werdet jedes von Ihnen auf Euren Fußsohlen wiederfinden, ehe der Scharfrichter Euch den Kopf abschlägt.«
»Ich danke Euch, edler Prinz«, sagte Slugi. Er verhielt sich so, als bestünde keinerlei persönliche Gefahr für ihn. Ich selbst merkte, wie meine Knie zitterten. Um so größer war meine Bewunderung für den Mann, der hier seinem Herrn trotzte.
»Als Saifaddaula Euch am gestrigen Nachmittag ansprach, da lenkte er Euren Verdacht keineswegs auf Herrn Usama. Er berichtete Euch höchstens, daß er das mir gegenüber getan hatte. Und tatsächlich verfügte Saifaddaula über Informationen, die sich auf den wahren Hergang der Morde bezogen. Allerdings benutzte er diese Informationen, um Euch zu erpressen. Gegen die Zahlung einer Summe, die sicher nicht zu niedrig bemessen war, versprach er Euch Schweigen. Saifaddaula kannte die Wirkung des Pulvers. Er hatte es seit Jahren für seine Vorführungen benutzt. Vielleicht hatte er in Indien Genaues darüber erfahren, vielleicht war er bei einem Unfall

selbst dahintergekommen. Als er von dem Schwefelgestank im Zimmer hörte, brachte er diese Information mit einer anderen Beobachtung in Verbindung, die er einen Tag früher gemacht hatte. Ihr werdet Euch an das Gespräch im Garten erinnern, bei dem Saifaddaula Euch um die Erlaubnis zu seiner Vorführung bat. Euer Bruder Nuraddin lehnte dieses Ansinnen ab, Ihr stimmtet jedoch zu. Herr Usama, der Euch zuhörte, glaubte, Ihr hättet dies getan, um Nuraddin in seine Schranken zu weisen. Es gab jedoch noch einen weiteren Zuhörer, den Ihr nicht gesehen habt. Die Sklavin Wagunda, die gelegentlich kleine Aufträge für mich ausführt. Da ich mich für alle Dinge, die mit den Herren Usama und Saifaddaula zu tun hatten, sehr interessierte, ließ ich mir das Gespräch von ihr wiederholen. Nun hat Wagunda eine besondere Begabung: Ihr Gedächtnis ermöglicht es ihr, auch längere Gespräche wortgetreu zu wiederholen. So erfuhr ich, daß Ihr Eure Erlaubnis in genau dem Moment gabt, als der Schwefelgestank des Pulvers erwähnt wurde. Da saht Ihr eine Möglichkeit, Euren Plan, der schon vollkommen schien, noch weiter zu verbessern – und verrietet Euch damit selbst. Der Schwefelgeruch der Vorführung sollte die scheinbare Ursache für den Schwefelgeruch im Zimmer werden. Saifaddaula nahm sich eine billige Wohnung außerhalb des Palastes, damit Ihr ihm ungesehen das Geld bringen konntet, das Ihr ihm versprechen mußtet. In der Nacht begabt Ihr Euch zu Saifaddaula, doch statt des Geldes brachtet Ihr ihm den Tod.«

»Diese Vorwürfe sind lächerlich«, entgegnete Murschid. »Mein Bruder Nuraddin war es, der nachts den Palast verließ. Wie hätte ich hinauskommen sollen? Habt Ihr auch nur einen einzigen Zeugen, der mich durch den Palast hat schleichen sehen? Und warum führt Ihr mir diese Sklavin nicht vor, auf deren Wort Ihr Euch so verlaßt?«

»Wagunda ist auf dem Weg hierher, sie wird Euch also noch gegenüberstehen. Es sah Euch deshalb niemand durch den Palast schleichen, weil Ihr vom Festsaal bis zu den Ställen den

Geheimgang benutztet. Bei den Ställen befindet sich ein Seitentor. In dieses Tor ist eine Tür eingelassen, die auf der Innenseite einen Riegel hat. Durch diese habt Ihr den Palast verlassen, seid zur Herberge geeilt und wieder zurückgekehrt.«
»Wo ist Euer Beweis? Gibt es jemanden, der die offene Tür sah? Laßt die Wächter rufen, die nachts die Tür kontrollieren!«
»Die Runde der Wächter führt etwa jede Stunde an der Tür vorbei. Sie alle fanden die Tür verschlossen. Ihr habt natürlich abgewartet, bis die Wächter vorbei waren und seid dann erst hinausgeschlüpft. Vor der zweiten Runde wart Ihr wieder zurück.«
»Vermutungen!« wandte er sich an die Würdenträger. »Ihr Herren werdet diesen Verleumdungen gewiß keinen Glauben schenken.«
»Natürlich konntet Ihr nicht ahnen, daß Herr Gutschalk ausgerechnet diese Stunde, in der Ihr bei Saifaddaula wart, zu seiner Flucht nutzen würde. Er fand die Tür offen, als er den Palast verließ. Die nächste Wachrunde jedoch fand sie wieder verschlossen. Also hat in der Zwischenzeit jemand den Palast verlassen, ließ die Tür, deren Riegel er von außen nicht betätigen konnte, offen und verschloß sie erst nach seiner Rückkehr wieder.«
»Ein Pferdebursche, der zu seinem Vergnügen in die Stadt schlich. Wie wollt Ihr beweisen, daß ich es war?«
»Das Vergnügen, daß Ihr an falschen Spuren empfindet, hat Euch verraten. Schon bei Saifaddaula hatte es Euch einen gefährlichen Zeugen eingebracht. Jetzt, als Ihr versuchen wolltet, den Verdacht auf Euren Bruder Nuraddin abzuwälzen, tatet Ihr etwas, durch was sich Eure Schuld beweisen läßt. Erinnert Euch, was in jener Nacht geschah: Ihr führtet einen Dolch mit Euch – und den silbernen Armreif Eures Bruders. Nuraddin ist kein Mann, der gern Schmuck trägt. Zur Freude Eures Vaters, der ihm den Reif geschenkt hatte, trug er ihn am Abend des Festes. Als er jedoch den Palast verließ, um zu seinen Truppen zu reiten, blieb der Reif in seinen Gemächern zurück.

Ihr konntet die Gemächer ohne weiteres betreten und nahmt den Reif an Euch. Dann gingt Ihr zur Herberge, traft Euch mit Saifaddaula und schnittet ihm die Kehle durch. Nuraddin ist ein Soldat und erfahrener Kämpfer. Er hätte niemals einen Mann lebend zurückgelassen, den er hätte töten wollen. Ihr jedoch erkanntet nicht einmal, daß Saifaddaula noch nicht tot war. Ihr untersuchtet die Taschen und einen Teil des Gepäcks und nahmt das wenige Geld an Euch, daß Ihr fandet. Dann ließt Ihr Nuraddins Reif zurück und kehrtet in den Palast zurück. Am nächsten Tag bemühtet Ihr Euch, mich die Spur finden zu lassen, die mich Eurer Meinung nach auf Nuraddin als den Täter bringen sollte. Ihr nötigtet mich, Saifaddaula aufzusuchen, und damit ich auch auf gar keinen Fall den Reif übersehen sollte, spracht Ihr Nuraddin in meiner Gegenwart darauf an. Ich sollte bei der Untersuchung von Saifaddaulas Raum denken, Nuraddin sei der Mörder, habe durch die Entfernung des Geldes einen Raubmord vortäuschen wollen und beim Durchsuchen des Gepäcks den Reif verloren. Mein Prinz, daß Ihr ein Mörder seid, macht Euch zum Schurken, daß Ihr glaubtet, ich würde in eine so plumpe Falle gehen, macht Euch zum Dummkopf.«

»Köpfen ist noch zu gut für dich, du Wurm«, äußerte Murschid gefährlich leise. »Ich werde dir die Augenlider an der Stirn festnähen lassen und dich in der Wüste eingraben.«

»Alles zu seiner Zeit, mein Prinz. Erlaubt, daß ich den Vortrag meiner Beweise zunächst abschließe, danach könnt Ihr mit mir verfahren, wie es Euch beliebt.«

Die Ordnung und die Disziplin der Wachen, die anfangs noch an den Wänden gestanden hatten, waren längst aufgelöst. Einige waren neugierig nähergetreten, andere sprachen untereinander über das Gehörte. Murschid konnte sich keineswegs mehr darauf verlassen, daß alle einem Befehl von ihm Folge leisten würden. Sie hatten ihren Eid auf den rechtmäßigen Kalifen geleistet, nicht auf Murschids Person.

»Saifaddaula konnte Euren Namen nicht aufschreiben«, fuhr

Slugi fort, »und er hatte auch keine andere Möglichkeit, unmittelbar auf Euch hinzuweisen. Aber etwas anderes konnte er tun: Er konnte uns zeigen, wie der Mord an Eurem Vater begangen worden war. Er nahm einen Teil des Pulvers in seine Hand und preßte sie zusammen, so fest er konnte. Dann kroch er von dem Beutel, aus dem er das Pulver genommen hatte, weg. Ich sollte also nicht denken, daß er seine Hand im Tode nur zufällig in das Pulver verkrallt hätte. So zeigte er, daß das Pulver in einem verschlossenen Gefäß gewesen war. Und der Versuch, den ich machte, bevor ich zu Euch kam, bewies mir den Rest. Doch wollt Ihr wissen, was Euer größter Fehler war, mein Prinz? Euer größter Fehler war Eure Unfähigkeit, in die Fußstapfen Eures Vaters zu treten. Es reichte Euch nicht, für den kranken Mann die Geschäfte zu führen, Ihr wolltet unbedingt auch den Titel, und Ihr wolltet ihn, ohne den natürlichen Tod des Kalifen abzuwarten. So habt Ihr ein Bündnis mit al-Muabbad geschlossen. Es hätte meiner gar nicht bedurft, um Euch zu Fall zu bringen. Mit einem Verbündeten wie dem Herrn der Assassinen braucht Ihr nach Feinden nicht mehr Ausschau zu halten.«
»Jetzt ist es genug!« rief Murschid. »Kein weiteres Wort mehr. Wachen, bringt ihn zum Schweigen!«
Einige Wächter traten vor, andere zögerten. Isbaslar kam die Treppe herunter. Er zog beide Schwerter. Zwei weitere Wächter näherten sich uns von der Seite.
»Wißt Ihr, was die beste Verteidigung ist?« fragte Gutschalk. Und noch ehe ich antworten konnte, zeigte er mir die Antwort selbst. Er schwang sein Schwert in einem weiten Bogen und stürzte den beiden Wächtern entgegen.
Ich sah nicht genau, was mit dem ersten geschah, denn Gutschalks Körper stand dazwischen. Auf jeden Fall hatte Gutschalk plötzlich dessen Säbel in der Hand und warf ihn in meine Richtung, ohne hinzusehen. Ich fing die Waffe im Fluge auf.
Isbaslar kam unten an der Treppe an. Da sprang Ridwan da-

zwischen, deckte Slugi mit seinem Körper und zog gleichzeitig seinen Säbel.
»Zurück, Herr Isbaslar«, sagte er. »Fügt diesem Mann kein Leid zu.«
»Aus dem Weg!« fuhr Isbaslar ihn an.
Ridwan antwortete nicht. Er blieb aber stehen und schien entschlossen, keinen Fußbreit zu weichen.
Slugi hatte Isbaslars Fähigkeiten im Umgang mit der Waffe hoch eingeschätzt. Ridwan würde wenig Aussichten haben, einen Kampf mit ihm zu bestehen. Schon kreuzten sie die Klingen zum erstenmal, da machte ich mich auf, Ridwan zur Seite zu stehen.
»Rettet Nuraddin«, rief Slugi mir zu.
Nein, ich widersprach ihm nicht. Wann immer ich eine andere Meinung vertreten hatte als Slugi – und sei ich noch so überzeugt davon gewesen –, hatte es mir geschadet. Ich schickte ein Stoßgebet zu Allah, daß Slugi wirklich durch Ridwan geschützt wurde, und lief die Treppe hinauf. Ich kam keinen Lidschlag zu spät.
Auf halber Höhe der Treppe stand ein Wachsoldat, der unentschlossen schien, was er tun sollte.
»Zehntausend Dinar für Nuraddins Kopf!« rief Murschid ihm zu.
Die Unentschlossenheit war verschwunden, und mit geschwungenem Säbel lief der Mann die letzten Stufen hoch.
Ich war nicht schnell genug, um vor ihm bei dem Gefesselten zu sein. Nuraddin sprang auf und warf sich zur Seite. Ich schlug mit meinem Säbel nach dem Rücken des Soldaten. Er war so weit von mir entfernt, daß die Klinge ihn nur leicht ritzte, aber er drehte sich um, um zuerst mit mir fertig zu werden.
Mein Position war ungünstig, da mein Gegner über mir stand und so einen besseren Angriffswinkel hatte. Auf den klassischen Fechtkampf mit Attacke und Parade konnte ich mich nicht einlassen, daher schlug ich gleich nach seinen Füßen.

Ohne hinzusehen, setzte ich voraus, daß er auf meinen Kopf zielen würde. Also duckte ich mich, während ich selbst schlug.

Seine Klinge zischte über mir hinweg, und meine schlug ein Stück aus seinem Stiefel und aus seinem Fuß.

Er knickte um. Im Vorbeilaufen schlug ich ihm den Knauf meines Säbels ins Gesicht.

»Zwanzigtausend Dinar für Nuraddins Kopf!« hörte ich Murschids Stimme.

Ich erreichte Nuraddin. Er war gerade mühsam wieder aufgestanden, die Hände auf dem Rücken gefesselt und eingeklemmt in der Ecke zwischen Stuhl und Wand. Ich hob meine Klinge, bis sie etwa in Höhe von Nuraddins Bauch war.

»Fünfundzwanzigtausend!« bot Murschid an. »Hört Ihr, Usama? Fünfundzwanzigtausend und eine Offiziersstelle, wo immer Ihr wollt.«

Ich näherte meine Klinge Nuraddins Körper noch etwas mehr.

»Worauf wartet Ihr?« fragte Nuraddin und blickte mir offen und ohne Furcht in die Augen.

»Darauf, daß Ihr Euch umdreht«, antwortete ich. »Ich will Eure Fesseln durchschneiden.«

Er reagierte schnell und hielt mir seine auf den Rücken gefesselten Handgelenke entgegen. Hastig zerschnitt ich die Fesseln, wobei ich ihn leicht am Unterarm verletzte. Nuraddin hielt sich nicht mit Danksagungen auf. Gerade als Murschid den Mund öffnete, um den Preis zu erhöhen, schnellte sein befreiter Bruder sich mit einem weiten Sprung auf ihn zu und riß ihn zu Boden.

Während sich im Saal der größte Teil der Wächter völlig aus dem Kampf heraushielt, hatten sich die anderen in zwei Lager gespalten. Ein Soldat focht an Ridwans Seite gegen Isbaslar, drei versuchten, an Gutschalk heranzukommen, der sie durch weite Schwünge seines Schwertes auf Distanz hielt. Weiter hinten im Saal kämpften einige der Wachen gegeneinander.

Ich lief die Treppe wieder hinab, um zu Slugi zu gelangen.

Isbaslar kämpfte mit beiden Waffen, und jeder seiner Arme schien zu einem eigenen Kämpfer zu gehören. Schon lief Blut aus einer Wunde an Ridwans Brust, doch der Hauptmann hielt stand. Da sank der Soldat an seiner Seite mit einem Aufschrei zu Boden, als eines von Isbaslars Schwertern zwei Handbreit tief in seinen Leib fuhr.

Kaum am Fuße der Treppe angelangt, sah ich mich von einem Wächter bedrängt, der von Gutschalk abgelassen hatte, da er in mir einen leichter zu bezwingenden Gegner sah.

Ich wehrte seinen Angriff ab, wich scheinbar vor seiner Kraft zurück und griff meinerseits an, als er mir folgte. Der Moment meines Gegenangriffs war gut gewählt. Gerade hatte der Soldat einen Fuß mitten im Schritt erhoben und noch nicht wieder festen Stand gewonnen. Mit einer Drehbewegung schob ich seine Klinge zur Seite. Ehe er sich verteidigen oder ausweichen konnte, bohrte sich die Spitze des Säbels in sein Handgelenk. Entwaffnet stand er vor mir.

Doch ich hatte keine Gelegenheit, mich zu freuen. Zwei neu hinzukommende Soldaten griffen mich an. Fechtend zog ich mich vor ihnen zurück.

Meine Geschicklichkeit reichte zwar aus, ihre Angriffe abzuwehren, doch fand ich keine Gelegenheit, meinerseits anzugreifen.

Hin und wieder fiel mein Blick auf Gutschalk. Er bewegte sich mit seinem Schwert wie ein Irrwisch hin und her. Vier Soldaten lagen zu seinen Füßen, doch schon hatte sich wieder eine Übermacht von Angreifern auf ihn gestürzt.

Slugi stand wie ein ruhender Pol inmitten des Tumults, der um ihn herum tobte. Seine beiden Wächter hatten ihn längst losgelassen und waren irgendwo in Kämpfe verwickelt.

Meine Gegner trieben mich vor sich her, bis ich mit dem Rücken zur Wand stand. Nun konnte ich nicht mehr nachgeben, ich mußte einen Ausfall machen, und wenn es noch so gefährlich war.

Ich holte Schwung, indem ich mich mit dem linken Fuß an

der Wand abstützte, und sprang einen meiner Angreifer direkt an.
Ich blockierte seinen Säbel mit dem Handschutz des meinen, faßte ihn mit der linken Hand am Kragen und brachte ihn aus dem Gleichgewicht. Der andere zögerte einen Moment, weil er seinen Kameraden nicht treffen wollte.
Das gab mir genügend Zeit. Ich versetzte dem Soldaten ein Ohrfeige, die seinen Kopf zur Seite riß und ihn sein Gleichgewicht nicht schnell genug wiederfinden ließ. Da hatte ihm die Klinge meines Säbels auch schon eine schmerzhafte Scharte über die ganze Länge seines Waffenarms versetzt.
In diesem Augenblick stürzte Ridwan zu Boden. Isbaslar hatte ihm das Schwert tief in die Hüfte gestoßen.
Ich kümmerte mich nicht um den verbliebenen Gegner, sondern lief auf Slugi zu, dem Isbaslars nächster Angriff gelten würde. Sofort erkannte ich, daß ich zu weit entfernt war, um Slugi noch retten zu können. Isbaslar mußte nur drei Schritte machen, ich mindestens zehn.
Doch warum zog Isbaslar nicht einfach die Waffe aus Ridwans Körper? Ridwan war tatsächlich ein mutiger Mann – was immer ich bislang über ihn geglaubt hatte, mußte ich widerrufen. Schwer verletzt klammerte er beide Hände um die Schwertklinge und hielt sie damit in seinem Körper fest. Mit einem Fluch versetzte Isbaslar dem Liegenden einen gemeinen Tritt. Aber Ridwan ließ nicht los, auch wenn er vor Schmerz schrie und das Blut in Strömen aus den Handflächen lief, die von der doppelseitig geschliffenen Klinge aufgerissen wurden.
Im Vorbeilaufen schlug ich einem der Männer, die Gutschalk bedrängten, von hinten die Klinge über den Kopf.
Isbaslar sah mich kommen. Er ließ das Schwert stecken und lief, nur noch mit dem anderen bewaffnet, auf Slugi zu.
Doch jetzt war ich heran. Ich stieß Slugi mit dem linken Arm außer Isbaslars Reichweite, mit dem rechten parierte ich den Hieb, der seinem Hals gegolten hatte.
»Bringt Euch in Sicherheit«, herrschte ich Slugi an.

Ich hatte keine Zeit, zu überprüfen, ob er meinem Ruf folgte. Ich war vollauf damit beschäftigt, Isbaslars Schläge abzuwehren.
Der Fechtlehrer war unverletzt und voll Kraft. Ich konnte, wenn ich meine Klinge in den Weg der seinen führte, den Schwung seines Hiebes kaum aufhalten. Er schlug von oben zu, rechts, links und rechts, dann machte er einen Ausfallschritt und stach schräg von unten. Ich wich jedesmal einen Schritt zurück und trachtete dabei, ihn von Slugi wegzulokken.
Wir bewegten uns langsam durch die Länge des Saales. Mein Gesicht war dabei dem Thron zugewandt. Oben auf der Empore rollten Murschid und Nuraddin herum, schlugen mit den Fäusten aufeinander ein und riefen abwechselnd: »Wachen, zu mir!«
Noch immer war es Isbaslar nicht gelungen, mich zu treffen. Er trieb mich weiter vor sich her. Ich spürte deutlich, wie meine Kräfte im Unterschied zu den seinen erlahmten.
Seine Angriffstaktik blieb stets dieselbe: Drei Hiebe von oben und ein Ausfallschritt mit einem Stich von unten. Fast war ich enttäuscht, einen Fechtlehrer so einfallslos kämpfen zu sehen.
Da hörte ich at-Turs Warnruf: »Vorsicht, Usama, er zwingt Euch in seinen Rhythmus!«
Und so war es. Die stets gleichen Angriffe brachten mich dazu, nicht auf jeden Schlag einzeln zu reagieren, sondern jede nächste Bewegung im voraus zu kennen und die entsprechende Abwehr vorzunehmen. Gleichzeitig wurde ich wieder gegen die Wand gedrängt.
Die Schläge kamen jetzt noch schneller als zuvor – ich hatte keine Möglichkeit, aus dem Rhythmus auszubrechen.
»Gutschalk, zu Hilfe!« rief ich.
Wie ein Gepanzerter, der die Klingen der Feinde nicht fürchten muß, stürzte Gutschalk auf seine Gegner und durchbrach deren Kreis. Zwei Soldaten gingen fast gleichzeitig unter den Hieben des langen Schwertes zu Boden.

Da brach die Saaltür auf, und ein Reiter preschte herein. Er bückte sich unter dem Türsturz, dann richtete er sich zu seiner vollen Größe auf. Sein breiter Mund unter dem struppigen Schnurrbart lachte angesichts des Kampfes, auf den er zuritt. Mit den Fersen spornte er sein Tier zu noch größerer Eile an, den blitzenden Säbel schwang er über dem Kopf.
Andere kamen hinter ihm: eine lange Reihe von Türken, die ihre Waffen schwangen und »Für Nuraddin!« brüllten.
Die Wachsoldaten, die bisher unschlüssig, ob sie doch noch eingreifen sollten, im Saal gestanden hatten, warfen ihre Waffen fort und flohen zu den Seitenwänden.
Eines der Pferde glitt auf den glatten Fliesen aus und rutschte, die Beine voran, von seinem eigenen Schwung getragen mitten in eine Gruppe von Fechtenden hinein.
Endlich kam die so dringend benötigte Unterstützung – doch für mich vielleicht zu spät. In dem Augenblick, als die türkischen Kavalleristen sich auf die letzten kampfbereiten Wachsoldaten stürzten, hatte Isbaslar mich bis zur Mauer gedrängt.
»Gebt auf«, sagte ich ihm, »Euer Prinz ist verloren.«
Isbaslar dachte nicht ans Aufgeben. Mit der Schnelligkeit des Blitzes wechselte er die Waffe in die linke Hand und durchbohrte mit der Klinge meinen rechten Oberarm. Die Waffe entglitt meinen kraftlosen Fingern, der Arm sank herab.
Reiter preschten durch mein Gesichtsfeld, sie waren auf dem Weg zum Thron, um Nuraddin beizustehen. Gutschalk konnte nicht bis zu mir vordringen. Zwischen dem Wirbel der Hufe sah ich, wie er verzweifelt nach einer Lücke in der Reihe der Reiter spähte.
Isbaslars Klinge zog sich zum letzten, zum tödlichen Stoß zurück. Ihre Spitze war genau auf meine Kehle gerichtet.
Da prallte at-Tur mit seinem Körper von der Seite gegen Isbaslar und stieß ihn zur Seite. Isbaslar fiel zu Boden, doch mit einer Rolle seines Körpers vermied er eine Verletzung und kam schon wieder auf die Beine, noch ehe at-Tur sich hatte fangen können.

Und ohne zu zögern griff er wieder an. Ich bückte mich, hob mit der Linken den Säbel wieder auf. Doch ich wußte, daß meine Kraft nicht ausreichen würde, um auch nur noch einen Schlag Isbaslars abzuwehren.
At-Tur deckte mich mit seinem Körper gegen Isbaslar. Mit einem einzigen Stoß trieb Isbaslar seine Klinge in at-Turs Brust – und auf dem Rücken wieder heraus.
Da sah ich, wie Gutschalk vorsprang. Er warf sich gegen eines der Pferde, ohne auf die eigene Gefahr zu achten. Das Pferd knickte auf den Hinterbeinen ein, bildete ein Hindernis für das nächste Pferd, das zurückscheute ... und Gutschalk war hindurch.
Isbaslar stieß at-Turs Körper von sich. Er kam auf mich zu, doch hörte er Gutschalks Ruf: »Kommt zu mir, Herr Isbaslar. Euer Partner ist müde und wird sich gern ein wenig ausruhen.«
Isbaslar ließ von mir ab, um sich zuerst dem gefährlicheren Gegner zuzuwenden.
Die beiden Männer umkreisten sich langsam mit vorsichtigen Schritten. Sie ließen die Sohlen über den Boden gleiten, um nicht für einen Moment ohne festen Stand zu sein.
Gutschalk hatte sein Schwert mit beiden Händen umfaßt und schlagbereit über dem Kopf erhoben. Isbaslar hielt das seine schräg zur Seite geneigt, so daß er schnell einen Stich oder einen Hieb ausführen konnte.
Außer diesen beiden kämpfte im Saal niemand mehr. Alle Wachsoldaten hatten ihre Waffen von sich geworfen. Die Türken bildeten einen Schutzschild um Nuraddin, während zwei von ihnen Murschid über den Boden davonschleiften.
Ich sah, wie Wagunda in den Saal trat und entschlossen nach vorn kam.
Gutschalk und Isbaslar umkreisten sich weiter. Es war ein Kampf zwischen gleichwertigen Gegnern. Niemand, der noch einen Funken Ehrgefühl hatte, hätte auf der einen oder anderen Seite eingegriffen.

So blieb es mir überlassen: Als Isbaslar an mir, der ich scheinbar unbeteiligt am Boden lag, vorbeikam, trat ich ihn von hinten in die Kniekehlen.
Isbaslar knickte ein, taumelte dabei nach vorn. Ich sah ein Blitzen, als Gutschalks Klinge einen Kreis beschrieb. Isbaslar Kopf prallte nur kurz nach seinem Körper auf den Boden.
Ich kroch über die Erde auf at-Tur zu. Ich hatte keine Kraft mehr, auf meinen Beinen zu stehen. Es war mir auch gleichgültig, was irgend jemand von mir denken mochte.
At-Tur blickte mich an. In kleinen Fontänen, so, wie ein Brunnen, der dabei ist, seinen Wasserdruck zu verlieren, sprudelte das Blut in Höhe des Herzens aus at-Turs Körper.
»Ich sagte doch, daß ich Euch einen Gefallen schulde«, murmelte er. Seine Augen blickten mich immer noch an, auch als das Blut versiegt war.
Die Würdenträger, die sich weise aus dem Kampf herausgehalten hatten, berieten sich nur kurz, wer von den Prinzen wohl in Wahrheit der Schuldige gewesen war. In der Zwischenzeit waren neue Beweise hinzugekommen: Sie hatten buschige Schnurrbärte, finstere Blicke und waren gut bewaffnet.
»Allah schütze Kalif Nuraddin!« riefen sie.
Wagunda half mir auf. »Fast wäre ich zu langsam gewesen«, sagte sie. »Ich weiß auch nicht, weshalb die Posten am Seitentor so mißtrauisch waren, als ich ihnen einen Topf heißer Suppe brachte.«
So siegte im Jahre 554 der Hidschra im Thronsaal des Palastes zu Bagdad dank des entschlossenen Handelns einer mutigen Frau und der Hilfe Allahs die Gerechtigkeit.

10. Kapitel

Slugi

»Seltsam«, sagte Gutschalk, »der Pferdeknecht bestand darauf, daß dies mein Sattel sei. Aber einen Sattel aus solch feinem Leder, beschlagen mit silbernen Knöpfen, nannte ich noch nie mein eigen. Auch das Pferd kommt mir nicht bekannt vor, ich hatte meines als schwarz in Erinnerung.«
Slugi lächelte.
Es war früh am Morgen. Noch herrschte Kühle auf dem Hof vor dem Haupttor des Palastes. Der Tag würde so heiß werden wie die Tage zuvor, die ich meist liegend verbracht hatte. Noch schmerzte meine Wunde, wenn ich den Arm bewegte. Er war dick mit heilenden Salben bestrichen, in einen sauberen Verband aus Leintuch eingewickelt und ruhte überdies in einer stützenden Schlinge vor meiner Brust.
Zwei Kamele hatte man mir soeben gebracht. Eines war mit Teppichen beladen – aber mit kostbaren Teppichen aus persischer Herstellung. Der Sklave, der mir die Tiere vorgeführt hatte, hatte genau wie bei Gutschalk darauf bestanden, daß es die meinen seien.
»Seht es einmal so«, erklärte Slugi. »Euer Pferd, Herr Gutschalk, sehnte sich zurück nach Angora. Deshalb wollten wir es nicht aufhalten, da gerade eine Karawane dorthin aufbrach. Was jetzt vor Euch steht, ist um so mehr Euer Pferd, als niemand wagen wird, das Gegenteil zu behaupten. Herr Usama scheint sich schneller daran gewöhnt zu haben, daß sein Besitz und seine Tiere ihr Aussehen um ein geringfügiges verändert haben.«

»War das Eure Idee?« fragte ich.
»Der neue Kalif ist kein Freund der Franken«, antwortete Slugi. »Deshalb kann er einen einzelnen Franken nicht in seiner Hauptstadt offiziell ehren. Er kann auch einem Mann aus Damaskus, der ihn im Angesicht vieler wichtiger Persönlichkeiten eines Verbrechens beschuldigte, nicht die Hand der Freundschaft reichen. Doch der Kalif hat viele Pflichten zu erfüllen, und so muß er bisweilen darauf vertrauen, daß ein anderer Mann in seinem Namen schon das Rechte tun wird.«
»Ihr seid ein Mann«, lobte Gutschalk, »von dem man bei uns sagen würde, daß er die Flöhe husten hört.«
»Nicht nur das«, fügte ich hinzu. »Ihr seid die lebende Antwort auf die Frage, die uns die neunundsechzigste Sure stellt: *Was ist der Unfehlbare? Und was lehrt dich den Unfehlbaren begreifen?* Ihr, Slugi, seid dieser Unfehlbare. Ihr wißt, was hinter den Wänden ist, in den Köpfen toter Menschen vorging, vielleicht kennt Ihr gar die Zukunft. Es wird dereinst von Euch heißen: Muqallad ibn Nasr, den man Slugi nannte, war der beste aller Untersuchungsrichter.«
»Der schlechteste«, sagte Slugi.
Unseren sofortigen Widerspruch – nicht höflich, sondern ernst gemeint – ließ er nicht gelten.
»Ein guter Untersuchungsrichter überprüft alle Spuren und alle Aussagen. Dann vergleicht er sie und findet so zur Lösung. Dabei ist die Wahrheit sein oberstes Streben.«
»Aber das ist doch genau das, was Ihr getan habt«, wandte ich ein. »Ich war es, der stets zu früh die Lösung zu sehen glaubte, und ich habe nicht aus Beweisen die Lösung gefolgert, sondern die Beweise so lange interpretiert, bis sie zu einer mir genehmen Lösung paßten.«
»Wollt Ihr sagen, daß Ihr den argen Fehler, den ich beging, nicht bemerkt habt?«
»Nun, es war sicher etwas ungünstig, Murschid mit der Wahrheit zu konfrontieren, während seine Leute in der Übermacht waren...«

»Nein, das war wohlüberlegt. Nur der Zeitraum war etwas knapp bemessen, da ich nicht wußte, wie lange Wagunda brauchen würde, um die Wachen am Seitentor zu betäuben und Nuraddins Männer einzulassen. Das schlimmste war, daß ich gar keinen Beweis gegen Murschid hatte.«

»Aber Ihr habt doch so viele Beweise genannt, daß er schier davon erdrückt wurde. Und als Ihr ihn mit der Tatsache des Pulvers in der Flasche konfrontiertet, gab er durch sein Verhalten seine Schuld selbst zu.«

»Herr Usama, Ihr habt immer noch nicht gelernt, genau aufzupassen. Ich habe Murschid als Täter überführt, weil ich ihn überführen *wollte*, nicht, weil die Indizien mich dazu zwangen. Am frühen Morgen nach der Entdeckung der beiden Toten ließ Murschid sich nur scheinbar widerwillig von Nuraddin dazu bringen, die Frist zur Untersuchung zu verkürzen. In Wirklichkeit kam ihm eine Frist von zwei Tagen, in denen Nuraddin nichts unternahm, genau recht. Er manipulierte uns alle in seinem Sinne, und das machte mich böse. Ich mag es überhaupt nicht, wenn jemand Herr über meine Handlungen ist.«

»Aber damals konntet Ihr doch noch gar nicht wissen, daß Ihr manipuliert wurdet.«

»Nein, aber einen Tag später. Stellt Euch vor: Nuraddins Armreif neben einem Toten! Das ist doch lächerlich! Und kaum waren Nuraddins Reiter in der Stadt und hatten sich gerade bei der Bevölkerung unbeliebt gemacht, da kommt eine Infanterieeinheit, von Murschid gerufen, als Retter zu Hilfe. Ist Euch nicht aufgefallen, daß die Fußsoldaten aus Musayyi schon einen Tag nach Nuraddins Leuten eintrafen? Sie mußten mindestens zwei Tage vorher losmarschiert sein. Aber alle waren so erleichtert, daß niemand daran gedacht hat. Murschid hatte nämlich auch Nuraddin dazu gebracht, zu handeln, wie er es wollte.«

»Nun, an welcher Stelle Ihr auch die Wahrheit erkannt habt, entscheidend ist doch, daß Murschid der Schuldige ist.«

»Keineswegs, Aima, entscheidend ist, daß ich durch Beweise die Wahrheit herausfinde.«
»Ich verstehe nicht, worüber Ihr Euch grämt«, sagte Gutschalk. »Ich war schließlich dabei, als Ihr Murschid Eure Beweise ins Gesicht geschleudert habt, und sie waren jenseits jeden Zweifels.«
»Der wichtigste Beweis überhaupt, bei dem Murschid zu argumentieren aufhörte und zur Anwendung von Gewalt überging, war der Versuch, den ich gemacht hatte. Dieser Versuch bewies, daß das chinesische Pulver eine Flasche zum Zerplatzen bringt. Als ich ihn damit konfrontierte, wollte er mich grausam hinrichten lassen, und somit waren alle Anwesenden überzeugt, daß meine Worte der Wahrheit entsprachen.«
»Aber das taten sie doch auch«, beharrte ich, immer noch nicht verstehend.
»Nein, Aima, das taten sie nicht. Einen solchen Versuch gab es gar nicht. Wann hätte ich ihn denn durchführen sollen? Erst mußte ich Ridwan von der Richtigkeit meiner Vermutung überzeugen, damit ich mindestens einen Verbündeten im Saal hatte, der Bescheid wußte, falls ich getötet worden wäre. Dann mußte ich mit Wagunda den Plan entwickeln, die Wachen am Seitentor mit einem Schlafmittel in einem Kübel voll Suppe zu betäuben. Selbst zu diesen Dingen hatte die Zeit kaum ausgereicht. Schließlich konnte ich mir denken, daß Ihr schon wieder Unheil anrichten würdet, indem Ihr genau die Gedanken hattet, die Murschid mir einflößen wollte. Ich behauptete nur vor Murschid, ich sei sicher, daß das Pulver auf die beschriebene Weise reagiere. Hätte er, wie er behauptete, nichts über das Pulver gewußt, so hätte er vielleicht auf einer Demonstration bestanden, die ich ihm nicht hätte geben können – vielleicht! Auf jeden Fall bleibt es Tatsache, daß ich einen falschen Beweis zur Überführung des Täters benutzte. Kann ich sicher sein, daß ich nicht eines Tages dasselbe bei einem Unschuldigen mache? Nein, ich muß eine Konsequenz aus meinem Verhalten ziehen, eine Konsequenz, die mir sol-

che Fehler unmöglich macht. Ich habe mit Nuraddin darüber gesprochen, und obwohl er anfangs Einwände hatte, stimmte er schließlich zu.«
»Bei Allah, tut das nicht! Es wäre der größte Fehler, den Ihr begehen könnt!«
»Nein, Slugi«, äußerte auch Gutschalk. »Legt Euer Amt nicht nieder!«
»Mein Amt niederlegen? Wie kommt Ihr denn darauf? Ich habe mich im Gegenteil entschlossen, in Zukunft nicht mehr allein zu arbeiten. Ich habe einen Schüler angenommen, der durch sein Verhalten mehr als einmal gezeigt hat, daß sein Verstand stets wach ist und daß er Gefahren nicht fürchtet.«
»Aber das ist ja großartig!« rief ich aus. »Doch weshalb hatte Nuraddin Einwände dagegen gehabt?«
»Er meinte, daß die Ayatollahs Anstoß daran nehmen könnten, wenn Untersuchungen von einer Frau durchgeführt werden, die zudem früher eine Sklavin war. Na, man gewöhnt sich an alles. Früher hätte auch niemand gedacht, daß ein Syrer und ein Franke Seite an Seite gegen die Männer eines Mörders aus Bagdad kämpfen würden. Im übrigen läßt Wagunda ihre herzlichen Grüße an al-Malik ausrichten und rät ihm, die Art des Umgangs mit seinen geheimen Beauftragen nochmals gründlich zu überdenken. Wenn ich von mir aus noch einen guten Rat an jeden von Euch hinzufügen darf: Ihr beide solltet dieses Land so schnell wie möglich verlassen und in Eure Heimat zurückkehren.«
Wir schwangen uns in die Sättel.
»Lebt wohl, Slugi«, verabschiedete ich mich, als mein Kamel aufgestanden war.
»Auch ich sage ›Lebt wohl‹«, fügte Gutschalk hinzu. Dann lenkte er sein Tier neben das meine.
Wir ritten durch das Tor, das jetzt wieder weit offen stand, in die Stadt hinaus.
Unter dem Torbogen wandte ich mich ein letztes Mal um. Slugi stand auf dem Hof, eine kleine, verloren wirkende Gestalt.

Heute noch empfinde ich Scham, wenn ich bedenke, was mein letztes Gefühl war, als ich diesen Mann sah. Er hatte fast sein Leben verloren, als er seinen Herrn öffentlich als Verbrecher entlarvte; er war im Begriff, sein Augenlicht zu verlieren; und er hatte gesehen, wie der einzige Freund, den er im Palast besaß, um meinetwillen sein Leben verlor. Und doch verspürte ich nicht Bewunderung und Mitleid für Slugi oder Trauer um den selbstlosen at-Tur, sondern Neid, weil Slugi hinfort mit Wagunda zusammen sein würde. So ritt ich hinaus und verlor den kleinen Mann aus den Augen.

Die Überwältigung Murschids war zehn Tage her, seine öffentliche Hinrichtung erst einen. Die Basare waren geöffnet, und mehr Menschen als je schienen sich in den Straßen zu drängen.

»Vor dem Stadttor trennen sich unsere Wege«, sagte Gutschalk. »Ich vermute, daß wir uns danach kaum noch einmal begegnen werden.«

»Das will ich hoffen«, erwiderte ich, »denn wenn wir uns begegnen, so werden wir wahrscheinlich gegeneinanderstehen. Es sei denn, Ihr beherzigt Slugis Rat und verlaßt die Länder der Rechtgläubigen, ohne Euch auf weitere Diebstähle einzulassen.«

»Ein guter Rat«, stimmte Gutschalk zu. »Ich werde ihn zu befolgen wissen. Übrigens, ehe ich nicht mehr dazu komme, Euch zu fragen: In welcher Stadt, meinte Slugi, werden diese golddurchwirkten Gewänder aufbewahrt?«

Inhalt

1. Kapitel
Die Nachtreise   *5*

2. Kapitel
Kazimiya   *39*

3. Kapitel
Bagdad   *83*

4. Kapitel
Der Mikrokosmos aus gemischtem Obst   *123*

5. Kapitel
Der Palast   *164*

6. Kapitel
Der verschlossene Raum   *225*

7. Kapitel
Vor und hinter den Wänden   *296*

8. Kapitel
Die Herberge   *334*

9. Kapitel
Vor dem Thron   *393*

10. Kapitel
Slugi   *434*